*»Wenn man zwei Stunden mit einem netten Mädchen
zusammensitzt, meint man, es wäre eine Minute.
Sitzt man jedoch eine Minute auf einem heißen Ofen,
meint man, es wären zwei Stunden. Das ist Relativität.«*
Albert Einstein (Physik-Genie)

*»Ich habe Opa Julius wieder getroffen.
Der ist zwar tot, aber er wird uns helfen.«*
Peter Sagenwelt (kein Genie)

FANTASY

Des Königs Verräter
Meerfeuer

Marco Reuther

ISBN: 978-3-946966-14-2

* * *

Gewidmet in der Farbe Gold:

Den Erinnerungen an Kreszenzia Metsch, geb. Jocher

& Rose (Rosina Emma) Reuther, geb. Leiner

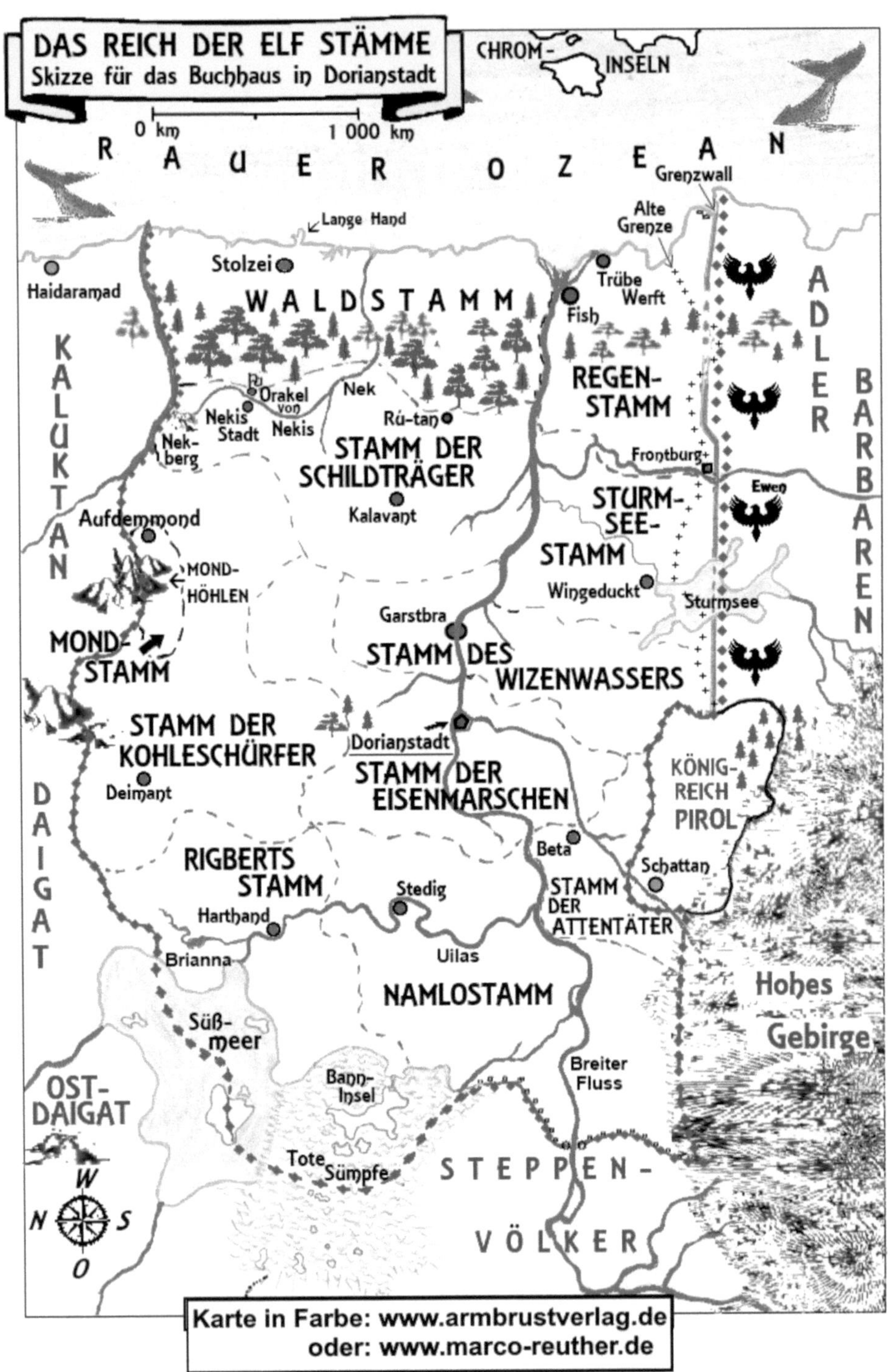

DAS REICH DER ELF STÄMME
Skizze für das Buchhaus in Dorianstadt
0 km
1 000 km
CHROM-INSELN
RAUER OZEAN
Grenzwall
Alte Grenze
Lange Hand
Haidaramad
Stolzei
WALDSTAMM
Trübe Werft
Fish
REGEN-STAMM
ADLER
BARBAREN
KALUKTAN
Orakel von Nekis
Nek
Nekis Stadt
Nekis
Nek-berg
Rú-tan
STAMM DER SCHILDTRÄGER
Frontburg
STURM-SEE-STAMM
Ewen
Aufdemmond
MOND-HÖHLEN
Kalavant
Wingeduckt
Sturmsee
MOND-STAMM
Garstbra
STAMM DES WIZENWASSERS
DAIGAT
STAMM DER KOHLESCHÜRFER
Dorianstadt
KÖNIG-REICH PIROL
Deimant
STAMM DER EISENMARSCHEN
RIGBERTS STAMM
Beta
Schattan
Stedig
STAMM DER ATTENTÄTER
Harthand
Brianna
Uilas
NAMLOSTAMM
Hohes Gebirge
Süß-meer
OST-DAIGAT
Bann-Insel
Breiter Fluss
W
N
S
O
Tote Sümpfe
STEPPEN-VÖLKER
Karte in Farbe: www.armbrustverlag.de
oder: www.marco-reuther.de

Karten

Kapitelübersicht

Anhänge

Prolog

Kälte

Der Geruch.

Tränen der Wut liefen über Peters Wangen.

Er stand allein und müde an der äußersten Spitze des großen Hafenkais von Tulpac und starrte auf die graue, unruhige See hinaus. Ein eisiger Wind schleuderte ihm winzige Schneeflocken ins Gesicht, wie sie schon seit drei Tagen ohne Unterlass vom Himmel herunterrieselten.

Dieser Geruch.

Auch in seinen braunen, kurz geschnittenen Haaren hatten sich Schneeflocken verfangen, wuchsen langsam zu einem immer dichteren Weiß zusammen. Eigentlich war Peter, der sich beim Hinauseilen statt des mit Fell gefütterten Wintermantels nur eine leichte Jacke gegriffen hatte, nicht warm genug angezogen, um hier zu stehen. Doch hatte er es besser verdient?

Einen ungewöhnlich milden Herbst, wie man ihn sich in normalen Jahren nicht besser wünschen konnte, hatte das Wetter dem Waldstamm beschert – als Fluch beschert, denn ohne die üblichen Herbststürme hatten die Piraten die Möglichkeit gehabt, sogar bis in den Winter hinein die Küstendörfer anzugreifen.

Es war immer dasselbe: Der Waldstamm hatte zwar viele Krieger, doch bei Weitem nicht genug, um die riesige Küstenlinie zu schützen. Die Piraten suchten sich irgendein Dorf oder einen Landstrich mit mehreren Gehöften aus und landeten in der Nacht direkt am Strand. – Selbst ihre großen Dreiruderer hatten kaum Tiefgang, sodass das Anlanden bei ruhiger See kein Problem war. Und bis der Waldstamm genügend Krieger zusammengezogen hatte, waren die Korsaren längst wieder verschwunden. Es war immer dasselbe? Nein, stimmte nicht. Es war schlimmer geworden.

Der ... der Geruch.

Wie man Peter erklärt hatte, waren die Waldstamm-Dörfer schon seit vielen Jahren immer mal wieder, alle ein, zwei Jahre, von Seeräuber-Banden überfallen worden. Vor drei Jahren dann kamen die Angriffe schon häufiger, doch noch war ihre Zahl überschaubar geblieben. Auch hatten die Menschen in den Dörfern meist genug Zeit zur Flucht gehabt, konnten so ihr Leben und ein paar Habseligkeiten vor den Plünderern retten – selbst wenn sie bei ihrer Rückkehr nur noch Asche vorfanden.

Doch dann …

Dann hatte das Töten begonnen.

Waren die Piraten bis dahin nur mit einzelnen Schiffen gelandet, so schlossen sie sich nun zu kleinen Verbänden von elf oder mehr Booten zusammen. Es waren jetzt genug Angreifer, um ein Dorf komplett zu umzingeln. Ja, immer gab es in den Dörfern auch erfahrene Kämpfer, und so gelang es oft, den Ring der Angreifer mit einem gezielten Vorstoß zu durchbrechen, doch immer verbunden mit einem hohen Blutzoll, den nicht zuletzt die Bogenschützen der Piraten einforderten.

Der Geruch.

Viele Dorfleute versuchten auch, ihre Alten und Kranken zu schützen – und gingen mit ihnen unter. Kleinere Dörfer und Gehöfte wurden mit Mann und Maus vernichtet. Tote Piraten fand man nie – obwohl es auch bei ihnen Verluste geben musste. Doch offenbar nahmen sich die Korsaren die Zeit, ihre Gefallenen wieder mit auf das Meer zu nehmen. Vielleicht taten sie es, um den Waldstamm zu verspotten, vielleicht aus Verbundenheit. Die Toten des Waldstamms dagegen …

Der Geruch.

Die grünen Augen auf den Ozean gerichtet, dorthin, wo Gicht und Schnee und Grau nicht mehr zu unterscheiden waren, dachte Peter mit Grauen daran, wie er selbst vor einem guten Monat in Kalvinsscholle eingeritten war, einem kleinen 55-Seelen-Weiler. – Genauer gesagt: das, was von ihm übrig geblieben war.

Peter war, um das Land besser kennenzulernen, mit einem Inspektionstrupp geritten, angeführt von Oro Prinz Grünhand, einem großen, drahtigen Krieger, der sein typisch weißblondes Haar eines Waldstämmlers meist zum Pferdeschwanz gebunden trug. Peter hatte Prinz Grünhand bereits beim Kampf im Nekistempel kennengelernt, wo er sich als umsichtiger Anführer des Ältesten-Begleitschutzes gezeigt hatte.

Der Trupp – Peter, Oro und dessen 55 Krieger – war in der Nähe von Kalvinsscholle gewesen, als es passiert sein musste. Aber nicht nahe genug.

Den Rauch hatten sie schon von Weitem aufsteigen sehen. Als sie schließlich in die kleine Dorfstraße vorstießen, standen links und rechts nur noch die dampfenden Gerippe der Häuser, in denen, im einsetzenden Nieselregen, noch vereinzelt kleine Flammen zischten.

Und dann der Geruch.

Peter wusste, dass er ihn bis ans Ende seiner Tage in der Nase haben würde. Verbranntes Fleisch von den Toten, die in den Hütten gelegen hatten, verwoben mit dem süßen Geruch des Blutes derer, die auf der Straße gestorben waren. Die Piraten hatten die Toten einfach dort liegen lassen, wo sie gefallen waren – erschlagen, erstochen, von Pfeilen durchbohrt. Peter sah einen Mann, der offenbar mit einer Mistgabel auf die Angreifer losgestürmt war. Noch immer hielt er sie in der verdrehten rechten Hand. Er lag auf dem Rücken, den Hals merkwürdig überstreckt, den weit aufgerissenen Mund und glasige Augen dem Regen zugekehrt. In seinem Körper steckten mindestens 15 Pfeile. Der Dorfälteste hatte das Pech gehabt, den Angreifern lebend in die Hände zu fallen. Sie hatten ihn aufgehängt. Sein nackter, geschundener Körper baumelte von einem Eichenast am Ausgang des Dorfes. Peter hatte, starr vor Entsetzen, beim Ritt durch Kalvinsscholle keinen Ton hervorbekommen. Überall Tote. Nur … Peter schüttelte sich und krächzte schließlich: »Die Kinder? Wo sind die Kinder?«

»Sie nehmen sie mit«, antwortete Oro mit bebender Stimme, die Augen starr geradeaus gerichtet, während seine Hand automatisch nach oben wanderte, um aus einem alten Reflex heraus an der Spitze seines linken Ohres zu ziehen, die er doch schon vor Jahren im Kampf verloren hatte. Dann wiederholte er: »Sie nehmen sie mit. Die Kinder und die jungen Frauen werden in die Sklaverei verkauft.«

Auf dem Rückweg war Peter etwas abseits in die Büsche geritten und dort, wo ihn die anderen nicht mehr hören konnten, vom Pferd gestiegen. Dann hatte er sich ins Gras gekniet und sich, von Krämpfen geschüttelt, gut fünf Minuten lang übergeben.

Auch jetzt, alleine auf dem Kai, schluchzte er laut bei dem Gedanken an das Dorf.

Diese blödsinnige Prophezeiung, die sich Xavox ausgedacht hatte! Die Menschen des Waldstammes waren sehr höflich und auch geduldig. Doch jedes Mal, wenn wieder eine Nachricht von einem Überfall und neuen Toten kam, dann spürte Peter sie, ihre Blicke in seinem Rücken und ihre Gedanken in seinem Kopf: Wann fällt ihm denn endlich etwas ein, diesem Jungen, den uns die Prophezeiung zur Rettung geschickt hat?

Aber natürlich würde ihm nichts einfallen. Wie denn auch?

Eine große Lüge hatte ihn hierher gebracht.

Dabei war er doch, ahnungslos und naiv, nach der gewonnenen Tempelschlacht so guter Dinge gewesen. Doch schon vier Nächte später hatte es nicht mehr so gut ausgesehen.

In der Kälte verirrten sich Peters Gedanken in die Zeit, als er erstmals Waldstammgebiet betreten hatte und noch weiter zurück, als er, völlig ohne sein Zutun, in den ganzen Schlamassel hineingeraten war ...

1. Keine Luft
– und ein kleiner Blick auf das, was bisher geschah

»Iiiiiiiiiiiiiiii« – schon seltsam, was einem an Details auffällt, während man gerade stirbt.

Ohne Gnade von sechs starken Händen unter Wasser gedrückt, hörte Peter von seinem eigenen gurgelnden Hilfeschrei nur diesen schrillen Vokal, immer leiser werdend, mit den Luftblasen nach oben steigen. Er warf sich hin und her, versuchte verzweifelt, sich den riesigen Pranken zu entwinden, die ihn an Armen und Kopf gepackt hatten und erbarmungslos nach unten pressten. Doch obwohl seine Muskeln in den vergangenen Wochen zugelegt hatten, hatte er, mit seinen 13 Jahren, den Angreifern nichts entgegenzusetzen.

Brams Leute waren gekommen, um das zu vollenden, was Bram Silberohr selbst nicht gelungen war – Peter umzubringen. Und diese Kerle mussten wahrlich sauer sein, wenn man bedachte, dass Peter den Plan ihres Anführers gehörig auf den Kopf gestellt hatte. – Denn überraschenderweise war der Junge nicht das Opfer Brams geworden, sondern Peter war es gewesen, der Bram getötet hatte. Verzweifelt hatte er den stählernen Kopf einer kaputten Streitaxt wie eine Frisbeescheibe auf Bram geschleudert – und tatsächlich getroffen. Mit einer Spitze hatte der Axtkopf in der Stirn Brams gesteckt, während der hochgewachsene Räuber zusammengebrochen war, den fassungslosen Blick auf Peter gerichtet. Er würde es sein Leben lang nicht vergessen. Wobei »ein Leben lang« gerade in diesem Moment durchaus überschaubar war.

Immer größer wurde die Luftnot, immer panischer das Wenige, das von Peters Verstand noch da war. Wie eine schwere Decke legte sich das Wasser um sein Gesicht, während ihn Brams Männer tief in das Becken des Nekistempels drückten, den Peter und sein Trupp vor vier Tagen verlassen hatten.

Moment mal ... Wenn sie den Tempel vor vier Tagen verlassen hatten, wieso war er jetzt wieder dort? Und wie konnten ihn Räuber ersäufen, die doch entweder tot oder gefangen waren?

– Mit einem heiseren Keuchen schreckte Peter aus dem Schlaf hoch und befreite sich hektisch aus der Rosshaardecke, unter die er wohl irgendwie auch mit dem Kopf geraten war.

*

Wenn man mal von der Kleinigkeit absah, dass er seine Heimat verloren hatte und ihm hier, im Elf-Stämme-Reich, so etwa jeder Zweite nach dem Leben zu trachten schien, während er gleichzeitig mit ziemlich merkwürdigen Begleitern eine unlösbare Aufgabe erfüllen sollte, dann hatten Peter die vergangenen Wochen ganz gutgetan: Er war selbstbewusster geworden. Auch hatte er das Gefühl, in dieser Zeit größer und kräftiger geworden zu sein. – Allerdings war er sich da nicht so ganz sicher, weil er ja noch gar nicht so lange in diesem Körper steckte. Nun hatte er jedenfalls braune Augen und mittellanges, dunkelbraunes Haar, das immerhin meistens so zerzaust war wie früher sein eigenes.

Aber auch sein neues Selbstbewusstsein konnte bei einem solchen Traum nicht mithalten. Sein Herz schlug ihm bis zum Hals, und kalter Angstschweiß bedeckte seine Stirn. Klar, von Brams Tod hatte er schon in den vergangenen Tagen geträumt, doch das mit dem Ersäuft-werden war etwas Neues ...

Peter sah sich um. Noch war es Nacht, und der Mond würde eine gute weitere Stunde bis zum Ende seiner Bahn brauchen.

Wenigstens hatte er die anderen mit seinem Herumgezappel nicht geweckt. Soweit er sehen konnte, waren nur die drei zur Wache eingeteilten Waldstammkrieger noch wach, die am Rand der flachen Senke patrouillierten, in der sie ihr Nachtlager aufgeschlagen hatten. Die anderen hatten sich um sechs kleine Feuer gruppiert – natürlich abgesehen von den etwas abseits gefesselt auf dem Boden liegenden Gefangenen und auch von dem verletzten Mädchen, das in einem der Ochsenkarren schlief.

Als Peters Herzschlag wieder ruhiger geworden war, kehrte die Müdigkeit zurück, die seinen Körper noch längst nicht verlassen hatte. Doch er glaubte nicht, dass er wieder einschlafen könnte – nach diesem Traum ...

Der Junge starrte in das nächste, schon weit heruntergebrannte Feuer, das mit jedem verhaltenen Flackern kleine Funken empor zum Sternenhimmel schickte.

Die Alpträume als neue nächtliche Begleiter wunderten ihn nicht – schon eher, dass er nicht auch tagsüber schreiend durch die Gegend lief. Aber er war eben wirklich mutiger geworden. Weil er es musste. Um zu überleben.

Noch vor wenigen Wochen und doch in unendlicher Ferne war Peter nur ein ganz normaler Junge in seiner eigenen Welt gewesen, die sie hier »*die Sagenwelt*« nannten. Das einzig Ungewöhnliche an ihm hatte darin bestanden, dass er sich für einen Dreizehnjährigen ungewöhnlich stark für Geschichte interessierte und einige Bücher zu den großen Epochen *seiner* Erde gelesen hatte. Dagegen hatte sich seine Lust auf Abenteuer außerhalb von Filmen und Büchern ganz eindeutig in sehr engen Grenzen gehalten. Doch leider hatte das Abenteuer darauf keine Rücksicht genommen.

Es war ohne die geringste Vorwarnung passiert, als er an einem wunderbaren Sommertag den kurzen Waldweg zum Fußballplatz genommen hatte – allein. Plötzlich waren, auf einer kleinen Lichtung, alle Geräusche des Waldes einer vollkommenen Stille gewichen. Dann hatte der Boden unter seinen Füßen gezittert, war innerhalb weniger Wimpernschläge ausgetrocknet und rissig geworden, während sich gleichzeitig der Stamm der alten Lichtungseiche in eine Wassersäule verwandelt hatte. Und zuletzt war – Peter konnte es noch immer nicht fassen – ein hölzerner Junge aus dem Wasser-Stamm getreten. Als sei es die normalste Sache der Welt, hatte der ihm erklärt, dass er, Peter, nun aufbrechen müsse, um das Elf-Stämme-Reich zu retten. Dann hatte ihn dieser Junge, dessen hölzerne Gestalt langsam zu einer menschlichen wurde, ohne Vorwarnung gepackt und in die Wassersäule gedrückt ... Das Nächste, woran sich Peter danach erinnern konnte, war, dass er in *dieser* Welt zu sich gekommen war und gekotzt hatte wie ein Reiher. – Eine Welt, in der eine einfache Handpumpe zur Wasserförderung als technisches Wunderwerk galt und in der die Kriege, von denen es offensichtlich nicht gerade wenige gab, mit dem Schwert ausgefochten wurden.

Und als ob dieser Weltenwechsel nicht genug gewesen wäre, hatte er nicht nur seine Heimat, sondern auch seinen Körper getauscht – was, wie sich später herausstellte, ein »*kleines*« Missgeschick beim Wechselzauber gewesen war. Jedenfalls steckte Peter jetzt in dem Körper von Prinz Rétep, während jener Prinz und Schuhputzer, der in Peters Welt geflohen war, nun in dessen Körper festsaß.

Damit hatte Peter eigentlich genug für einen Tag gehabt. Doch dem Tag war es noch lange nicht genug gewesen. Denn dieser Rétep war nicht nur ein Prinz (auf Rang 57.862 der Thronfolge) und Schuhputzerjunge, sondern leider auch ein Pferdedieb, der sich noch dazu mit dem mächtigsten Mann im Reich angelegt hatte. So gab es eine ganze Menge Leute, die ihn lieber tot als lebendig sehen wollten – und die dafür auch die notwendigen Mittel hatten. Den ersten Tag in dieser Welt hatte Peter jedenfalls nur dank eines Jungen mit dem seltsamen Namen Tulpe überlebt, einer der wenigen echten

Freunde, die Rétep hier gehabt hatte. Tulpe hatte ihn schließlich auch dem merkwürdigsten Mann vorgestellt, den Peter jemals kennengelernt hatte. Und das nicht etwa, weil Xavox klein und alt, sondern weil er ein Halbzauberer war.

Zum Sternenhimmel blickend, dachte Peter daran zurück, was Xavox und Tulpe ihm über seine »neue Heimat« erzählt hatten: Viele der einstigen Stämme waren in selbstzerstörerischen Kriegen untergegangen, bis es Prinz Dorian dem Libidinösen vor einigen Hundert Jahren gelungen war, die elf überlebenden Stämme sehr friedlich zu einen: Er hatte ganz einfach zehn Prinzessinnen aus den anderen Stämmen geheiratet. Den überaus fruchtbaren Verbindungen entwuchsen nicht nur unzählige Nachkommen, die sich alle Prinz oder Prinzessin nennen durften, sondern auch ein viele Generationen währender Friede unter den Stämmen. Doch irgendwann war eine neue Gefahr aufgetaucht: Aus dem Süden rückte ein mächtiges Barbarenvolk immer näher, fegte wie ein Sturm über viele kleinere Völker hinweg und unterwarf sie mit brutaler Gewalt. Dann, vor zwölf Jahren, waren die Adler-Barbaren wie ein Feuersturm auch in das Elf-Stämme-Reich eingefallen.

Das Reich schien verloren, aber im letzten Moment gelang es dem damals jüngsten Elfen-General mit einer gewagten List und einem noch gewagteren Angriff, die Adler zurückzuschlagen. Doch jener General war es auch, der schließlich all die Ereignisse in Gang gesetzt hatte, die Prinz Rétep zur Flucht in die Sagenwelt getrieben und so für Peters Entführung gesorgt hatten.

Zwar war das Reich fürs Erste gerettet gewesen, der Krieg jedoch war noch längst nicht vorbei. Oberster Heerführer war der nach dem König mächtigste Mann im Reich, Kriegskanzler Hanu, genannt »der Standhafte« – eben jener überaus beliebte General, der die Barbaren zurückgeworfen hatte.

Der Standhafte war vor ein paar Monaten auf einer Reise durchs Reich nach Rú-tan gekommen, der Provinzstadt, in der auch Prinz Rétep sein Unwesen trieb. Rú-tan, ganz im Westen des Stammes der Schildträger gelegen, war Umschlagplatz für Waren aus dem benachbarten Waldstamm. An der Küste zum Rauen Ozean gelegen und durch ein riesiges Waldgebiet von den übrigen zehn Stämmen getrennt, hatten sich die an ihren Traditionen hängenden Waldstamm-Krieger den Wandlungen im Rest des Reiches seit den Tagen Dorians verschlossen.

So hatte zum Beispiel nur bei den weizenblonden und hoch gewachsenen Waldstamm-Bürgern die Tradition überlebt, die Ohrmuscheln der Neugeborenen in eine spitze Form zu pressen, was den Waldstamm-Kriegern auch den Spitznamen ... nun ja, eben »*Spitzohren*« eingebracht hatte. Natürlich nur, solange sie es nicht hörten, denn sie waren nicht unbedingt dafür bekannt, niemals beleidigt zu sein oder Kämpfen aus dem Weg zu gehen.

Den Waldstamm plagten jedoch derzeit ganz andere Probleme: An seiner 1800 Kilometer langen Küste zum Rauen Ozean gab es immer häufiger Piratenüberfälle von immer größeren Verbänden.

So hatten sich der Kriegskanzler und sein Gefolge in Rú-tan mit einer Delegation Waldstamm-Ältester zur Beratung getroffen. – Das jedenfalls war die offizielle Version gewesen. Und das war auch die Stelle, an der Rétep – vollkommen ungewollt – ins Spiel gekommen war und zu seinem Leidwesen ganz andere Hintergründe entdeckt hatte. Und aus was für einem bescheuerten Grund!

Réteps Eltern, zwei einfache Krieger, waren vier Jahre zuvor nicht mehr aus einem Scharmützel mit einer Horde Barbaren zurückgekehrt. Überraschenderweise hatte daraufhin der Bruder seines Vaters – die beiden hatten sich nie gut verstanden – Rétep eine Zuflucht und Unterstützung geboten, wenn er mal eine Pause von seinem Leben als Herumtreiber brauchte. Onkel N'Ky war nicht nur der reichste Händler im Ort, sondern er hatte auch eine Tochter etwa in Réteps Alter – Prinzessin Ky war mit Abstand das hochnäsigste, oberflächlichste und eingebildetste Mädchen, das Rétep jemals kennengelernt hatte – und er konnte kaum ein Auge von ihr wenden, wenn er sie traf, während sie ihn mit spitzen Bemerkungen spüren ließ, dass sie ihn am liebsten mochte, wenn er sich am anderen Ende der Stadt aufhielt.

Doch als der Kriegskanzler nach Rú-tan gekommen war und ihm zu Ehren ein großer Ball gegeben werden sollte, da war Kys ganzes Bestreben darauf gerichtet gewesen, mit ihrer Ballkleidung alle anderen Mädchen von Stand auszustechen, weshalb sie unbedingt erfahren musste, wie sich die Frauen in der fernen Hauptstadt zu festlichen Anlässen kleideten. So hatte sie Rétep herausgefordert. Und er, um sie zu beeindrucken, hatte die Herausforderung angenommen.

Um es kurz zu machen: Rétep war in die Unterkunft des Kriegskanzlers eingebrochen, um einen Blick in die Kleidertruhe einer der beiden Mätressen Hanus zu werfen, hatte dabei aber, versteckt in einer alten Truhe, eine Unterredung des Kanzlers mit seinem Sohn

Harubal und seinem engsten Vertrauten, General Narbengesicht mitanhören müssen: Der Kriegskanzler persönlich hatte ein Komplott gegen den König und gegen den Waldstamm geschmiedet.

König Jaun XII. galt als etwas verschroben und nicht gerade stark. So war der Kriegskanzler, unter dem Eindruck der Barbarenangriffe, überzeugt, dass das Reich in Gefahr war und er, der Kanzler, den König stürzen musste, um entscheidend gegen die Adlerbarbaren vorgehen zu können. Dafür würde Hanu Standhaft sogar einen Bürgerkrieg nicht scheuen, denn er wusste um seine Beliebtheit beim ahnungslosen Volk. Doch eine Sache stand dem Bürgerkrieg im Weg: der Waldstamm. Durch seinen Ehrenkodex und die Hochzeitsverträge aus alten Tagen unerschütterlich an das Königshaus gebunden, würde der Stamm niemals die Seiten wechseln. Und selbst wenn Hanu alle anderen für sich gewinnen könnte, wären die gefürchteten Waldstammkrieger immer noch in der Lage gewesen, den Heeren des Kriegskanzlers einen hohen Blutzoll abzuverlangen

So hatte der Kanzler, um den Waldstamm zu schwächen und dessen Krieger im eigenen Land zu binden, geheime Abkommen mit zwei einflussreichen Piratenführern getroffen, die nur zu gerne bereit waren, ihre Angriffe auf die Waldstammküste auszuweiten.

Vollkommen verwirrt war Rétep ins Haus seines Onkels zurückgekehrt. Was sollte er tun? Den Kanzler alleine aufhalten? Na klar doch … Er wäre erledigt, noch bevor er »Trillerlopskacke« sagen könnte. Nur eine Sache gab es, dachte er, die er tun konnte: sich ein ordentliches Stück vom Kuchen abschneiden. So traf er die folgenschwere Entscheidung, den Kriegskanzler zu erpressen, der nicht wissen konnte, dass er es nur mit einem Jungen zu tun hatte.

In einem anonymen Schreiben forderte Rétep die ungeheure Summe von 1100 Hockperlen als Gegenleistung für sein Schweigen. Natürlich würde niemand seine Geschichte wirklich für bare Münze nehmen, doch sie würden das Vorhaben des Kanzlers erschweren. So ließ Hanu die Perlen tatsächlich nach Rú-tan bringen, hatte aber keinesfalls vor, die Erpresser davonkommen zu lassen. Und zu Réteps Pech hatte er selbst für den schlechtesten Mitwisser gesorgt, den man sich nur vorstellen konnte: Auf dem Ball zu Ehren des Kanzlers hatte Prinzessin Ky begierig die Nähe von Hanu Standhafts Sohn gesucht und den armen Kerl unaufhörlich zugeplappert – leider auch mit dieser *dummen erfundenen Geschichte* ihres Cousins, dass der Kanzler das Königshaus hintergehen wolle ... Um Haaresbreite war Rétep die halsbrecherische Flucht aus Rú-tan gelungen – auf dem

Pferd des Kriegskanzlers. Doch in den folgenden Wochen hatte der Kanzler und eine finstere Bruderschaft, deren er sich bediente, Rétep immer weiter in die Enge getrieben.

Peter, noch immer ins Feuer starrend, stieß einen lauten Seufzer aus, denn durch die Jagd auf Rétep war auch sein Schicksal besiegelt worden.

Rétep hatte schließlich keinen anderen Weg mehr gesehen, als auf den Plan dieses verrückten Halbzauberers Xavox einzugehen, der ihn in die Sagenwelt schicken wollte, denn dadurch würden selbst die beiden Finder der Bruderschaft seine Spur verlieren.

So war es unter dramatischen Umständen dazu gekommen, dass Peter mit Prinz Rétep den Körper und die Welt getauscht hatte. Eine Welt, in der ein alter Halbzauberer und ein Straßenjunge seine einzigen Verbündeten waren. Obwohl: es sind schon ziemlich eigentümliche Freunde, die einen zu einem Raub, zu einer Entführung und zu einem gigantischen Betrug an einem ganzen Stamm anstiften. Auch wenn das alles gut gemeint war – irgendwie ...

Xavox hatte einen wahnwitzigen Plan ausgetüftelt gehabt, um ihnen die Gelegenheit zu geben, dem Waldstamm gegen die Piratenflotten beizustehen und so zumindest den ersten Teil von Hanus Plänen zu durchkreuzen. Zunächst hatten Xavox, Tulpe und Peter mit einer List die 1100 Hock-Perlen gestohlen – schließlich brauchten sie eine Kriegskasse. Dann hatten sie Ky entführt, die, ohne es zu auch nur zu ahnen, wegen ihrer Mitwisserschaft ebenfalls auf der Abschlussliste des Kriegskanzlers gestanden hatte. Und schließlich folgte das Meisterstück: Die Ältesten des Waldstammes hätten es Peter und Xavox niemals geglaubt, dass sich der Kanzler gegen sie verschworen hatte. Doch sie vertrauten dem Orakel von Nekis ...

Wenn Peter daran zurückdachte, lief es ihm noch immer eiskalt den Rücken runter ... Geschichten, in denen es darum geht, Prophezeiungen zu erfüllen, sind ja ein alter Hut. Doch ein Orakel überzeugen, zu Gunsten der eigenen Pläne eine völlig frei erfundene Prophezeiung in die Welt zu setzen, das war mal etwas ganz Neues.

Jedes Jahr besuchte eine Delegation der Waldstamm-Ältesten das nur wenige Kilometer jenseits ihrer Grenze liegende Orakel von Nekis. Es war das letzte der Großen Orakel aus alten Tagen, das noch übrig war. Wobei … genau genommen war es ziemlich heruntergekommen. Zwar hatte die Lebende Quelle des Orakels, in der die Nekis-Nymphen badeten, um dann ihre Weissagungen zu machen, tatsächlich eine geheimnisvolle Wirkung auf den Geist der Badenden, nur hatte das noch nie etwas mit echten Weissagungen zu tun gehabt. Die ganzen Prophezeiungen waren nichts weiter als mechanisch aufgepeppter Hokuspokus der Orakelpriester, unterstützt dadurch, dass offenbar immer nur hübsche junge Frauen geeignet waren, Nekis-Nymphen zu werden. – Fast immer, jedenfalls. Denn da gab es auch noch Brumberta, ein Koloss von Frau, die sich schon seit Jahren in ihrem Job hielt, weil sie einige der Priester durch ein paar schmutzige kleine Geheimnisse in der Hand hatte und die Priester obendrein Angst vor der »schlagfertigen« Matrone hatten. Xavox wusste das, weil er Brumberta kannte – genauer gesagt: weil er mal etwas mit ihr gehabt hatte, bis er ohne Abschied wieder verschwunden war. Brumberta hatte ihn also keineswegs mit offenen Armen, sondern vielmehr mit geschlossener Faust begrüßt.

Doch mit ein wenig Erpressung und ein wenig Bestechung brachte Xavox sie schließlich dazu, den Waldstamm-Ältesten nach seinen Wünschen zu weissagen. Tja, und diese Weissagung hatte Peter eine ganz besondere Rolle zugedacht: Die Lebende Quelle hatte durch ihre Nymphe den Waldstamm-Ältesten natürlich die Verschwörung des Kriegskanzlers offenbart und obendrein mitgeteilt, dass dieser unscheinbare Junge, der doch tatsächlich aus der Sagenwelt komme, die Rettung gegen die blutigen Piratenangriffe bedeuten könnte.

Nur leider war diese Geschichte wohl ein Hauch zu dick aufgetragen gewesen, denn den Waldstamm-Ältesten erschien ein Verrat durch den Kanzler derart ungeheuerlich, dass sie an ein Missverständnis bei der Interpretation des Quell-Orakels glaubten. Und so wäre Xavox' schöner Plan erledigt gewesen, wenn nicht etwas geschehen wäre, mit dem niemand gerechnet hatte: Bram Silberohr stürmte mit seiner Horde von Dieben und Halsabschneidern die Orakelhalle. Zwei seiner Leute hatten *»Prinz Rétep«* auf dem Weg zum Tempel erkannt, und auf den hatte der Kriegskanzler ein Kopfgeld in nie dagewesener Höhe ausgesetzt – und er wollte ausdrücklich *nur* den Kopf haben.

Was folgte, war die Schlacht im Tempel, die Peter bis zu seinem letzten Atemzug nicht vergessen würde – und die ein ziemliches Durcheinander gewesen war.

Aber das vielleicht Unglaublichste an der ganzen Sache war Kys Wandlung gewesen. Schon die Tage zuvor hatte sich gezeigt, dass ihr das ganze Abenteuer auf sonderbare Weise gut zu tun schien. Ihre anfänglichen Fluchtversuche hatten irgendwann aufgehört, ihre ständigen Nörgeleien waren weniger geworden, und es hatte tatsächlich erste Anzeichen von Mitgefühl mit anderen Menschen gegeben. Und zu ihrer eigenen Überraschung hatte sie begonnen, diesen drei Verrückten zu helfen, die sich mit dem Kriegskanzler anlegen wollten und somit eigentlich Verräter des Reiches waren.

Im Durcheinander der Tempelschlacht hatten sich Ky und Peter in der Lebenden Quelle versteckt, waren jedoch von Brams Leuten entdeckt worden. Bei dem Versuch, Peter zu retten, war Ky böse zusammengeschlagen worden. So war es schließlich Peter gewesen, der sich Bram gestellt hatte – ein dreizehnjähriger Junge mit einer Doppelaxt-Klinge ohne Stiel gegen einen mit einem Schwert bewaffneten, zwei Meter großen, kampferfahrenen und gefürchteten Anführer einer Räuberbande. Wie das enden musste, war eigentlich klar gewesen. Doch Bram konnte nicht Frisbee spielen ...

Peter wurde noch immer schlecht bei dem Gedanken, dass er einen Menschen getötet hatte. Den Anblick des toten Bram mit der Axtklinge in seinem hässlichen Schädel würde er niemals vergessen. Aber er hatte durch seinen Einsatz nicht nur Ky gerettet sondern auch die Waldstamm-Ältesten überzeugt, die »*Prophezeiung*« nun doch zu glauben.

Und ihre kleine Verräter-Truppe hatte unverhofften, aber überaus willkommenen Zuwachs bekommen: Brumberta, die genug von ihrem Leben als nutzlose Nekis-Nymphe hatte, schloss sich ihnen an. Und auch Haans und Ailis, als Krieger und Kriegerin geächtet, weil ihnen gewisse Leute 1100 Hockperlen unter der Nase weg gestohlen hatten, waren nun mit von der nach wie vor ziemlich hoffnungslosen Partie. Doch leider war die Gruppe nicht lange zusammen geblieben. Zu seinem Erstaunen hatte Xavox erfahren müssen, dass es der Bruderschaft gelungen war, einen Mann aus dem Clan der Attentäter auf den Spuren des echten Rétep in die Sagenwelt zu schicken – ein Mann, von dem nur sein Clan-Name *Schwarze Klinge* bekannt war – und der als gefürchtetster Attentäter im ganzen Reich galt.

So hatte sich Tulpe auf den langen Weg nach Dorianstadt gemacht, denn dort, irgendwo im verbotenen Turm der verbotenen magischen Artefakte, mitten in der Burg der Bruderschaft, sollte auch der Stein des Greisen verborgen sein – ein kaum jemandem bekannter Artefakt mit einer noch weniger bekannten Eigenschaft ...

Tulpe wollte mit Hilfe des Steins seinen in die Sagenwelt geflohenen Freund warnen, dass ihm auch dort ein Killer auf den Fersen war – allerdings war der verbotene Turm auch verboten gut bewacht. Immerhin musste der Junge nicht alleine reiten: Auch Ailis, Haans und eine kleine Gruppe Krieger hatten sich auf den Weg gemacht, um in Dorianstadt alles daran zu setzen, dass König Jaun kein Opfer eines Attentats wurde.

Xavox, Brumberta, Ky und natürlich Peter waren mit den Waldstamm-Ältesten und ihren Kriegern weitergezogen. Denn schließlich: Wozu sonst hatte Peter all die Strapazen auf sich genommen, wenn nicht für dieses wunderbare Privileg, dem Waldstamm gegen die Piraten-Flotten beistehen zu dürfen und die erlogene Prophezeiung zu erfüllen. Wobei er natürlich nicht die geringste Ahnung hatte, wie er das tun sollte.

Es sah also viel eher so aus, als würde er, von einem Schwert durchbohrt, irgendwo auf dem Meeresgrund enden. – Aber warum sollte man sich von solchen Kleinigkeiten aufhalten lassen?

2. Plaudern mit einem Toten

Peter war schließlich doch noch in einen unruhigen Schlaf gefallen, aber keineswegs erfrischt und munter aufgestanden, nachdem ihn einer der Waldstammkrieger in aller Frühe geweckt hatte. Schon bald nach einem eher spartanischen Frühstück machte sich der Trupp von Bela Prinz Starkehand, Vorsitzender des Ältestenrates, zusammen mit Peter und seinen Freunden wieder auf den Weg.

Bis Stolzei würden sie noch fast drei Tage unterwegs sein. Für Ky hatte Brumberta ein weiches Lager aus Stroh und Decken auf dem Wagen errichtet, mit dem die Kinder aus Nekis herausgeschmuggelt worden waren. Der von vier Pferden flott gezogene Wagen wurde auf dem nicht gerade guten Weg zwar ordentlich durchgeschüttelt. Doch Brumi hatte sich trotz der überhasteten Abreise noch die Zeit genommen gehabt, sich im Tränke-Arsenal des Tiefen Priesters zu bedienen. In ihrer Satteltasche steckte jetzt auch ein Fläschchen mit dem Saft der Na-Dann-Gute-Nacht-Birne – eigentlich keine echte Birnenart, aber den Früchten so ähnlich, dass sie schon für so manch unverhofftes Nickerchen gesorgt hatte. Ein paar Tropfen des Saftes ließen Ky einen Großteil der Reise verschlafen. So merkte sie nicht viel von den Strapazen der Fahrt und den Schmerzen ihrer Verletzungen, die nun in Ruhe heilen konnten.

Brumberta sah während der ganzen Reise immer wieder nach dem Mädchen und trug vorsichtig zwei Heilsalben auf seine Lippen und die Schwellungen im Gesicht auf. Peter saß die meiste Zeit bei ihr auf dem Wagen. Den anderen hatte er gesagt, das würde ihm Gelegenheit geben, schon mal über das Piraten-Problem nachzudenken. Außerdem – das hatte er nicht gesagt – hatte es den unschätzbaren Vorteil, dass er nicht reiten musste. – Auch wenn er inzwischen schon ein ganzes Stück besser zu Pferde war und seine Schwester, die ihn nie wirklich für »ihren« Reiterhof hatte begeistern können, sicher erstaunt über seine Fortschritte gewesen wäre. Zudem brauchte er nach dem Kampf im Tempel selbst eine Auszeit – am liebsten hätte er ebenfalls von dem Na-Dann-Gute-Nacht-Birnen-Saft getrunken und drei Tage durchgeschlafen. Aber diese Schwäche wollte er nicht zeigen. Was jedoch dazu führte, dass aus der Erholung nicht viel wurde: Jedes Mal, wenn er die Augen schloss, sah er die Spitze der Axtschneide in Bram Silberohrs Kopf eindringen und dessen erstaunt-entsetzten Blick, bevor er zusammengebrochen war.

Wenn Peter schlief, dann unruhig und mit wirren Träumen, in denen es oft um seine Eltern und seine Schwester Paula ging – und um noch seltsamere Dinge, die er aber nicht so recht fassen konnte. Ihm war jedoch, als habe er dabei auch seinen Großvater gesehen – nicht den, der sich zu Hause (*»zu Hause«,* oh welch ein Wort) mit Vater einen Schrebergarten teilte, sondern der andere, Mutters Vater, der vor fast zwei Jahren gestorben war und an den Peter, wie er sich verschämt eingestand, lange nicht mehr gedacht hatte. Und statt schwächer, schienen die Träume mit jeder Nacht stärker zu werden.

Immerhin: Wenn er, im Wagen sitzend, auf die schlafende Ky blickte, dann half ihm das, sich etwas sicherer zu fühlen – noch ein Grund, dort mitzufahren. In solchen Momenten versuchte er sogar tatsächlich darüber nachzudenken, wie er dem Waldstamm gegen die Freibeuter helfen könnte. Doch nur allzu schnell wurde ihm wieder bewusst, was für eine wahnwitzige Vorstellung es doch war, dass ausgerechnet *er* etwas gegen ein Piraten-Heer ausrichten könnte.

Manchmal stieg Xavox, erstaunlich behände, von seinem Pferd zu ihnen in den Wagen. Schon am ersten Tag der Reise hatte er versucht, Peter etwas aufzumuntern: »Sieh mal, die Sache hat sich doch nicht schlecht entwickelt: Eigentlich standen die Chancen alles andere als schlecht, in Rú-tan von den Leuten des Kanzlers gefangen und gevierteilt oder in Nekis von den Räubern aufgeschlitzt zu werden. Doch stattdessen haben wir nun eine ordentlich gefüllte Kriegskasse, neue Verbündete und inzwischen nicht mehr alle elf Stämme mit Mann und Trillerlops gegen uns, sondern nur noch zehn.«

»Oh! Danke, Xavox. Das beruhigt mich.«

*

Am Mittag des dritten Tages war Ky, nachdem sie sich schon eine ganze Weile im Schlaf hin und her gewälzt und unverständliche Worte gemurmelt hatte, mit einem lauten Keuchen erwacht und hatte sich ruckartig aufgesetzt. Eine Sekunde lang starrte sie Peter mit großen Augen an, als wisse sie nicht, wo sie sich gerade befand. Dann entspannte sie sich sichtlich und rutschte etwas zurück, um sich mit dem Rücken an die Wagenwand zu lehnen. Plötzlich rümpfte sie die Nase, sah angewidert an sich herunter und stellte fest: »Oh Mann! Ich stinke! Wie lange stecke ich jetzt eigentlich schon in diesen Klamotten und habe auch noch drin geschlafen? Nein! Ich will's lieber nicht wissen. Was freue ich mich auf das Ende von diesem Gerumpel, ein heißes Bad und frische Kleider!«

Peter lächelte erleichtert und entgegnete: »Schön, dass es dir wieder besser geht. Oder soll ich noch mal Brumi mit dem Na-Dann-Gute-Nacht-Birnen-Saft rufen?«

»Bloß nicht! Es tut zwar noch etwas weh, aber das war's jetzt mit diesem komischen Schlaftrank. Ich habe eindeutig genug gepennt. Und genug geträumt …«

»Du hast auch so sonderbare Träume? Ist wohl kein Wunder, bei dem, was wir erlebt haben.«

»Du solltest besser sagen: Bei dem, worin ihr gebadet habt.« – Das war Xavox gewesen, der gerade neben dem offenen Wagen ritt und ihnen zugehört hatte.

»Wie meinst du das?«, wollte Ky wissen, während sie sich geistesabwesend den letzten Schlaf aus dem Gesicht reiben wollte, das aber gleich, schmerzhaft zusammenzuckend, bereute.

»Nun, wie ich hörte, habt ihr ziemlich lange in der Orakelquelle geplanscht?«

»Geplanscht?«, antwortete Peter, »so würde ich's nicht nennen, aber, ja, wir waren ziemlich lang in dem Wasser. Warum?«

»Ich hatte euch doch schon erklärt, dass es mit der Quelle eine besondere Bewandtnis haben muss. Dass dort in den magischen Zeiten vermutlich ein sehr starker Übergang in die Sagenwelt existiert hatte. Und dass das Wasser eine sonderbare Wirkung auf die Badenden hat. Nun, die erfahreneren Nekis-Nymphen sind darauf trainiert, ihren Geist dagegen zu verschließen, doch auch sie erleben hin und wieder Verwirrungs-Zustände. Und ungeübte … ich kann euch sagen, ich hatte einige Wochen überaus sonderbare, aber auch erkenntnisreiche Träume, nachdem ich bei meinem ersten Aufenthalt in Nekis, äh, nähere Bekanntschaft mit der Quelle geschlossen hatte.

Brumberta hat mir dann ein paar Dinge zur unterschiedlich starken Wirkung des Quellwassers erklärt: In den äußeren Becken der Tempelanlage ist die Wirkung nicht so stark, je weiter man ins Zentrum kommt, umso stärker wird sie. Hm … stimmt es, dass ihr nicht nur unten im Becken, sondern oben, direkt in der Quelle selbst, gesteckt habt?«

»Allerdings. Bis zur Nasenspitze. Das Wasser ist fast schon durch uns durch gesprudelt«, erinnerte sich Peter an ihr seltsames Versteck.

»Sooo?«, machte Xavox und verzog das Gesicht, »da werdet ihr jetzt aber lachen: Selbst altgediente Nymphen vermeiden den direkten Kontakt mit der Quelle – was wohl auch ein Grund dafür ist, dass man es erst einmal den großen Felsen hinunterrieseln lässt – gewissermaßen, um das Wasser etwas zu entschärfen.«

Ky und Peter lachten nicht.

»Wobei das, um ehrlich zu sein, noch nicht alles ist. Wisst ihr, die jüngsten Nekis-Nymphen sind sechzehn, ganz selten auch mal fünfzehn Jahre alt. Jünger ist verboten. Und frühestens mit 17 wird man im Hauptbecken eingesetzt.«

»Lass mich raten«, fiel ihm Peter ins Wort, »weil die Wirkung bei Jüngeren zu stark wäre?«

Xavox nickte: »Kinder werden tunlichst vom Wasser ferngehalten.«

»Oh Ahnen!«, Ky war noch blasser geworden, »wir haben also die volle Ladung abbekommen?«

»Tja, schätze, ihr werdet die nächsten Nächte eine Jahrhunterterfahrung in Sachen wilder Träume machen – vielleicht nicht nur das.«

»Himmel, was denn noch?«

»Nun ja, die Zeiten, in denen man mit Kindern experimentierte, sind lange vorbei«, – Ky wurde bei den Worten Xavox' leicht grün im Gesicht – »daher kann wohl keiner mit Gewissheit sagen, was passiert. Aber es scheint möglich, dass die Wirkung nicht nur intensiver ist, sondern auch länger anhält.«

»*Länger?* Wie …?«

»Oh, ein paar Tage, ein paar Wochen, elf Jahre, ein Leben lang …, wer weiß das schon?«

»Ein *Leben lang*? Alpträume???«

»Nun, Peter, die drei Fragezeichen darfst du ruhig – selbst wenn es Sprach-Puristen stören sollte – stehen lassen. Es müssen nicht unbedingt Alpträume sein. Zugegeben: Es sollen schon weniger feste Charaktere, die nur mit dem normalen Quellwasser in Berührung gekommen sind, wochenlang jede Nacht schreiend aufgewacht sein.«

»Oh bitte!«

»Und andere sollen so verwirrt gewesen sein, dass sie nach ein paar Wochen wahnsinnig wurden. Aber wieder anderen soll die Erfahrung gründlich den Verstand durchgepustet, ihnen neue Erkenntnisse, sogar Weisheit gebracht haben.«

»Was war es bei dir gewesen?«, wollte Peter erschöpft wissen, »ein klein wenig Wahnsinn?«

»Oh nein. Ich war schon immer so. Nein, ich hatte für ein paar Tage in meinen Träumen eine Art inneren Berater im Kopf.«

»*Innerer Berater?* Und was war das für ein Kerl?«

Xavox wurde tatsächlich rot und erwiderte: »Zwingt mich nicht, Details zu nennen, ich schäme mich etwas … Lasst es dabei bewenden, dass es sicher aus meinem Unterbewusstsein gekommen ist und ein paar Gedanken und Wissen, das dort verborgen war, nach oben befördert hat – ziemlich interessante Sache, das.«

Ky und Peter sahen sich entsetzt an und waren froh, dass sie gleich abgelenkt wurden, denn ihr Ziel war nun in Reichweite.

Den Wald hatte ihr Trupp schon am Vortag verlassen. Das Land war belebter geworden. Sie waren an vielen Feldern vorbei und durch ein paar Dörfer hindurch gekommen. Die Menschen entlang ihrer Route hatten die Ältesten mit Achtung gegrüßt und sich verbeugt, als sie das Zeichen des letzten Weges an einem der Wagen erkannt hatten – in dem Gefährt waren die Körper der drei im Kampf gefallenen Waldstamm-Ältesten gebettet. Und jetzt kam Stolzei in Sicht, die Hauptstadt des Waldstammes.

Bela Prinz Starkehand kam herangeritten und erklärte Peter: »Hier siehst du das Zentrum unseres Stammes – nicht geografisch, aber in den Gedanken und Herzen der Waldkrieger. Stolzei gibt über 30.000 Familien eine Heimat und hat sie unzähligen Tausend unserer Ahnen gegeben. In lange zurückliegenden Jahren habe ich, während meines Kriegsdienstes, auch Dorianstadt kennengelernt. Sicher kann sich Stolzei nicht mit der Pracht der Reichshauptstadt messen. Aber wir wiegen unseren Wert nicht nach der Anzahl von Palästen und Prunk-Alleen, sondern nach der Stärke unserer Herzen. Stolzei ist die einzige Stammes-Hauptstadt, in der du nicht den kleinsten Splitter Marmor finden wirst. Und das ist es, was uns ausmacht.«

Peter war sich nicht ganz sicher, ob er wirklich verstand, was der alte Prinz ihm damit sagen wollte, und er war keinesfalls überzeugt, dass tatsächlich alle Waldstämmler mit der gleichen augenleuchtenden Intensität genau so empfanden wie Bela. Ja er war sich nicht einmal im Klaren darüber, ob er der selbst gewählten Ausgrenzung des Waldstammes etwas Gutes abgewinnen konnte. Doch einer Sache war er sich inzwischen trotz allem ganz sicher: Dass er den Waldstamm respektierte und seine Menschen mochte – zumindest diejenigen, die er bisher kennengelernt hatte. Deswegen erwiderte er wahrheitsgemäß: »Ich freue mich auf Eure Stadt.«

Die drei Stadtmauern – sowohl die beiden äußeren und jüngeren, runden, als auch die älteste, ovale, waren aus mächtigen Steinquadern errichtet. Die Gebäude bestanden dagegen fast ausschließlich aus Holz – wobei man beim *Wald*stamm wohl auch davon ausgehen konnte, dass es sich dabei um das günstigste Baumaterial handelte.

Kurz vor dem Einreiten in die Stadt stieg Peter wieder auf sein Pferd, um einen besseren Überblick zu gewinnen. Doch er musste sich eingestehen, dass die Müdigkeit sein Interesse ziemlich dämpfte. Aber egal, denn er würde in den kommenden Tagen sicher ausreichend Gelegenheit bekommen, mit Ky die Stadt zu erkunden. Doch jetzt sehnte auch er sich vor allem nach einem Ende der Reise.

Er bewunderte die Ältesten, die trotz der Strapazen und der unterschiedlich schweren Verletzungen, die sie im Kampf gegen Brams Bande davongetragen hatten, alle aufrecht und hoch erhobenen Hauptes im Sattel saßen. Allerdings kehrten sie ja auch von einem Sieg zurück, auf den ihre Leute sicher stolz sein würden.

Die knapp 30 Gefangenen aus Brams Bande waren dagegen am Ende ihrer Kräfte. Aber immerhin waren sie am Leben, das sie eigentlich verwirkt gehabt hatten. Doch auf Peters Bitten waren sie verschont worden und sollten beim Wiederaufbau der von den Piraten zerstörten Dörfer eingesetzt werden.

Selbstverständlich war ihr Zug durch die Stadt von vielen Augen neugierig verfolgt worden, zumal sich so viele Gefangene und fremde Gesichter bei den Heimkehrern befanden und sich jeder ausrechnen konnte, dass der Jahresbesuch beim Orakel von Nekis diesmal *etwas* ungewöhnlich ausgefallen war. Doch bezähmten die Menschen ihre Neugier, und nur die kleinen Kinder liefen aufgeregt rufend hinter dem Tross her.

Als sie die dritte Stadtmauer passiert hatten, stellten die Fremden überrascht fest, dass sie plötzlich, mitten in der Stadt, an einem großen Gehöft vorbeiritten. Es war ein Gebäude in der Art, wie es ihnen schon dutzendfach, nur kleiner, während ihrer Reise übers flache Land begegnet war. Das Gehöft stand auf einer großzügig bemessenen Wiese, auf der sogar, hinter einem Gatter, drei Kühe grasten und die im hinteren Bereich in ein winziges Kornfeld überging. Xavox sah Bela nur fragend an, und der erklärte: »Von diesem Hof aus hat Stolzei seinen Anfang genommen – das Holz musste im Laufe der Generationen natürlich immer wieder ausgetauscht werden« – in seinen letzten Worten war ein leichter Seufzer mitgeschwungen – »aber stets entsprechend des ursprünglichen Zustandes.«

»Ihr hängt wirklich an euren Traditionen«, warf Brumberta ein.

»Oh, so unflexibel sind wir gar nicht«, entgegnete Bela, »das ist nämlich heute gar kein echter Bauernhof mehr.«

Was innerhalb einer Stadt ja wohl auch kaum möglich wäre, besagten die Blicke, die Brumi und Peter austauschten, während Bela fortfuhr: »Im Haupthaus wohnt heute der Stadt-Älteste. In diesem Jahrelft hat Hanna Prinzessin Starkerast das Amt inne.«

»Aber ihr sagtet doch«, warf Peter ein, »*der* Stadt-Älteste?«

»Ich verstehe deine Frage nicht.«

»Ihr spracht von einem Stadt-Ältes*ten*, männlich, aber Hanna ist ein Frauenname.«

»Ach so. Es heißt immer der Älteste, egal, wer das Amt ausübt.«

»Warum?«

»Warum nicht?«

»Und wie alt ist die …, äh, der Älteste Starkerast?«

»Zweiunddreißig. Warum?«

»Och, nur so. Aber fahrt fort, ich wollte Eure Erklärung nicht unterbrechen.«

Bela schüttelte den Kopf über diesen merkwürdigen Jungen, fuhr jedoch fort: »Die große Scheune ist der Versammlungsort für den Ältestenrat der Stadt, für die Gilden und für Zusammenkünfte der Stadt-Clans sowie der Land-Clans aus der näheren Umgebung. Das große Steingebäude, das ihr dort drüben im Zentrum so hoch über die anderen Häuser aufragen seht, ist die Zitadelle des Waldstamms. Dort treffen sich die elf Ältesten des ganzen Stammes – drei sind immer vor Ort – und die 23 Clan-Vertreter. Auf dem Großen Vorplatz der Zitadelle finden, neben den regelmäßigen Märkten, auch immer wieder Aussprachen der Krieger statt.«

Xavox warf ein: »Das heißt also, Aussprachen für alle Waldstämmler, die kommen wollen, da alle Volljährigen, egal, ob Mann oder Frau, als Krieger gelten?«

»Was sonst? Und an dem Platz der Zitadelle befindet sich auch unser Haus des Gastes. Ihr werdet es also bald geschafft haben. Ich denke, es ist euch recht, wenn ihr euch den Rest des Tages einfach ausruhen und früh zu Bett gehen könnt? Ich werde noch heute die anwesenden Ältesten, Clan-Vertreter und Feld-Führer von den Ereignissen in Nekis unterrichten. Morgen früh werde ich euch abholen lassen, werde euch vorstellen, und dann sollten wir euch das Piraten-Problem genauer erklären und eine erste Beratung abhalten.«

Peter bat: »Ihr wisst, dass ich noch nicht lange im Elf-Stämme-Land bin. Habt Ihr so etwas wie eine Übersichtskarte, damit ich mich wenigstens ein bisschen orientieren kann?«

»Natürlich. Ich werde dir noch heute eine Karte aus unserem Buchhaus schicken lassen.«

»Eine Frage habe ich auch noch«, Ky hatte sich aufgerappelt und hielt sich, vom langen Liegen und Schlafen noch etwas wackelig auf den Beinen, an der Umrandung des Wagens fest, »gibt es im Gästehaus auch ein Bad?«

Bela lächelte und erwiderte: »Keine Angst, mutiges Mädchen. Wir mögen zwar einfach leben, aber wir sind keine Asketen – und keine Stinker. Unser Haus des Gastes hat drei Badekammern, und am Platz der Zitadelle gibt es auch ein großes Badehaus – nutzt sie, ganz wie ihr wollt.«

Ky und die anderen, die sich alle auf ein langes Weichen im warmen, dampfenden Wasser gefreut hatten, sollten allerdings eine frostige Überraschung erleben: Die großen Zuber wurden nur mit kaltem Wasser gefüllt. Nicht etwa aus Unhöflichkeit oder Unachtsamkeit, sondern weil es den Bediensteten gar nicht in den Sinn kam, dass man das Wasser auch erwärmen könnte – was ja auch nur unnötig verweichlichen würde. Immerhin: Der Spätsommer war noch recht mild, und so war es erträglich. Außerdem war Bela so freundlich gewesen, zwei Zeugmeister zum Maßnehmen vorbeizuschicken, die den vier Gästen eilends neue Kleider besorgten (was im Falle Brumbertas nicht ganz einfach gewesen war), sodass sie sauber und frisch eingekleidet zum Abendmahl im kleinen Speisezimmer erschienen und sich schon wieder halbwegs wie Menschen fühlten.

Bela hatte Wort gehalten: Noch während des Mahls aus Schweinebraten, frischem Brot, Butter und verschiedenen rohen Gemüsesorten traf eine handgezeichnete Karte ein, in die sie sich nach dem Essen noch eine halbe Stunde vertieften. Sie zeigte das Elf-Stämme-Reich mit den angrenzenden Regionen, den wichtigsten Flüssen, Städten und Straßen. Xavox trug vorsichtig mit einem fein gespitzten Rötelstift noch die eine oder andere Ergänzung ein und gab einen Schnellkurs in Landeskunde. Doch bald konnte Peter vor lauter Gähnen nicht mehr zuhören, und eigentlich wollten alle nur noch eines: In ihre Kammern gehen, in die neuen, frisch gestärkten Leinenhemden schlüpfen, die sie für die Nacht bekommen hatten, und auf die mit Wolle gedeckten Strohmatratzen der einfachen Betten sinken, sich in die weichen Wolldecken einmummeln und schlafen.

Peter und Ky waren sogar so müde, dass sie gar nicht mehr an die Geschichte mit dem Wasser der Lebenden Quelle und an die Träume dachten.

Die Träume dachten allerdings an sie.

***

»Großvater, Großvater, warum hast du so leuchtende Augen? – Und, äh, ehrlich gesagt, du siehst zwar aus wie mein Großvater – aber auch wieder nicht. Ich bin verwirrt.«

»Tz, tz. Junge, irgendwie war es ja schon früh abzusehen gewesen, dass du deinen Geist nie gut genug für etwas Größeres, Bedeutendes im Griff haben würdest. – Das war mir klar geworden, als du immer wieder das Interesse verloren hast, wenn ich mich mal mit dir von Mann zu Mann unterhalten wollte.«

»Was hast du denn erwartet, wenn du versuchst, einem Achtjährigen Quantenphysik beizubringen? Und die Jahre davor? Ich schätze, ich war weltweit das einzige Kind, dem sein Großvater, wenn er mal Babysitter spielen musste, zum Einschlafen wissenschaftliche Abhandlungen vorgelesen hat.«

»Was ja auch regelmäßig zum Erfolg führte – jedenfalls soweit es das Einschlafen betraf, wie ich mit tiefem Bedauern feststellen muss. Ich jedenfalls habe schon mit fünf Jahren die Schönheit von Zahlen und die Magie physikalischer Gesetze erkannt.«

»Ja, ja, is' klar. Die Geschichte kenne ich. Du hast es schließlich nie versäumt uns wissen zu lassen, dass du ein hochbegabtes Wunderkind warst, das es zum angesehenen Professor gebracht hat – was es besonders für Oma nicht immer einfach gemach hatte. Dennoch war sie sehr, sehr traurig, als du gestorben bist.«

»Das tut mir leid zu hören. Aber das ist wohl das einzige und unlösbare Problem einer trotz allem guten Ehe: Einer bleibt mit Schmerzen zurück. Bitte grüße sie schön von mir – es tut mir leid, wenn ich im Leben nicht immer so an sie gedacht habe, wie ich es hätte tun sollen.«

»Das mit dem Grüßen würde ich gerne tun, aber im Augenblick stecke ich in einer ziemlich verfahrenen Situation ...«

»*Du?* Hast dich in Schwierigkeiten gebracht? Dann hat sich dein Naturell seit meinem Tod wohl doch noch gewandelt?«

»Also, an den Schwierigkeiten war dieser Rétep schuld, *ich* war es wirklich nicht.«

»Und ich hatte schon gehofft … Aber, hmmm, so seltsam es klingt, doch wenn ich's mir recht überlege, dann weiß ich natürlich von deinem kleinen Abenteuer.«

»Du *weißt?* Wieso? Und wie kommst du eigentlich hierher? Und überhaupt: Du hast mir immer noch nicht erklärt, warum du so … so … so *doppelt* bist?«

»Langsam, langsam«, lachte der Mann, »das sind ja gleich eine ganze Menge Fragen auf einmal. Aber sie hängen tatsächlich alle miteinander zusammen. Doch du kennst mich ja, ich lehre gerne.«

»*Be*lehre.«

»Wie auch immer. Also: Kommt es dir nicht wenigstens ein kleines bisschen merkwürdig vor, dass ich hier mit dir rede, obwohl ich tot bin?«

»Hm. Jetzt, wo du's sagst.«

»Na dann streng mal deinen Grips an, Junge, woran könnte das liegen?«

Peter schlug sich die Hand an den Kopf und rief: »Natürlich! Das unfreiwillige Bad in der Lebenden Quelle! Ich träume! Jetzt hat dieser Schlamassel also auch angefangen. Na dann gute Nacht.«

»Wieso? Du schläfst doch schon.«

»So hab' ich das doch nicht … ach, egal. Aber warum bist du es, und doch wieder nicht?«

»Ich bin es, weil du überraschenderweise stark und offen genug bist, das Hirn-Durchpusten durch die Kraft der Quelle für dich nutzbar zu machen. Denn ich war es, der in deinen frühen Kinderjahren jene Saat in dein Unterbewusstsein gepflanzt hat, die uns bei der Lösung deiner Probleme helfen kann. – Natürlich nur, falls es uns gelingen sollte, diese Samen auch zum Blühen zu bringen. Jener andere, den du auch in mir siehst, ist eine Person, die dich in dieser neuen Welt beeindruckt hat und die womöglich so etwas wie eine Art Gegenstück zu mir im Elf-Stämme-Land ist.«

»Xavox!«

Sowie Peter den Namen laut ausgesprochen – oder laut geträumt? – hatte, konnte er auch die Konturen des Halbzauberers in seinem Gegenüber besser erkennen.

Julius Bloch, der Vater von Peters Mutter, war vor gut zwei Jahren verstorben. Als Spätberufener in Sachen Ehe war er vierzehn Jahre älter als seine Frau Thea, und wie bei den Männern seiner Generation und Reputation üblich, hatte er sein Herz keineswegs immer in seiner Hand getragen, aber Peter hatte dennoch das Gefühl gehabt, dass Opa Bloch eines besaß. Erst im hohen Alter war er etwas lockerer geworden, und Paula hatte einmal überrascht zu Peter gesagt, dass in Opa Julius nicht nur Alters-Sentimentalität wirkte, sondern wirklich noch eine Weiterentwicklung stattgefunden habe – was Peter damals allerdings nicht verstanden hatte.

Julius' Eltern waren, noch während der Wunderkind-Jahre ihres jüngsten Sohnes, kurz nach Kriegsbeginn in die Schweiz geflohen, was sie praktisch das ganze Familienvermögen gekostet hatte. Doch das hatte den jungen Bloch nicht gehindert, nach Schule, Abitur und einem schnellen Studium summa cum laude, rasch Karriere zu machen. Als Professor der Physik und schließlich der Quantenphysik war er von Ruf zu Ruf durch die halbe Welt geeilt. Als er Thea kennengelernt und drei Jahre später geheiratet hatte, waren die Reisen und Umzüge etwas seltener geworden, doch sein Arbeitsleben war nach wie vor mehr als ausgefüllt gewesen. Dennoch war die Zeit geblieben, drei Kindern das Leben zu schenken. Nach zwei Söhnen war schließlich Mariana, Peters Mutter, zur Welt gekommen.

Obwohl er nicht allzu viel Lust dazu verspürt hatte, war Julius Bloch schließlich, nachdem er in den Ruhestand getreten war, auf das Drängen seiner Frau mit ihr nach Kleinnordfurth gezogen, wo auch ihre Tochter mit zwei Enkeln lebte. Peter war damals gerade zwei Jahre alt.

Bloch war ein stattlicher Mann gewesen, mit zuletzt eisgrauem, kurzen, schütteren Haar und buschigen, ebenso grauen Augenbrauen im ebenmäßigen Gesicht. Wer ihn gut kannte, ohne ihn *sehr* gut zu kennen, wunderte sich, dass sich in den Winkeln seiner Augen viele kleine Falten befanden, die durchaus als Lachfältchen durchgehen konnten – auch wenn es ein leicht spöttisches Lachen war.

Diese Lachfalten in den Augenwinkeln waren so ziemlich das Einzige, was Julius Bloch – äußerlich betrachtet – mit dem kleinen Halbzauberer Xavox aus dem Elf-Stämme-Reich gemein hatte. Und doch schien es Peter nun, als würde er beide gleichzeitig in einer Person sehen. Und das keineswegs verschwommen, sondern mit den messerscharfen Konturen eines einzigen Menschen. Wie sollte er das bloß den anderen erklären, wenn er aufgewacht war? Wo er es doch selbst nicht begreifen konnte?

Verwirrt fragte er: »Also, soll ich dich jetzt Julius oder Xavox nennen?«

»Bloß/Bloß nicht/nicht Julius/Xavox«, hörte er zwei Stimmen gleichzeitig in seinem Kopf – na, das konnte ja heiter werden.

Nach kurzem Grübeln sagte er schließlich: »Ohne dir zu nahe treten zu wollen, Xavox, aber mit dir kann ich ausführlich sprechen, wenn ich wach bin, und meinen Opa habe ich schon so lange nicht mehr gesehen. Zudem hab ich das Gefühl, dass er mir tatsächlich weiterhelfen kann. Wärst du mir böse, wenn ich dich bitte, etwas im Hintergrund zu bleiben?«

»Nun gut, wie du willst«, antwortete die Stimme von Xavox, die sich allerdings etwas eingeschnappt anhörte, während gleichzeitig Julius' Stimme »Weise Entscheidung« sagte – worin ein Hauch Triumph mitschwang.

Tatsächlich sah sein Gegenüber nun wieder etwas eindeutiger wie sein Großvater aus, auch wenn immer noch ein wenig Xavox drin steckte. Julius bat: »Sei doch so gut, und träum uns ein paar bequeme Stühle. – Nach zwei Jahren Totsein ist das lange Stehen doch etwas ungewohnt. Und ein Tisch mit einem netten Glas Wein für mich wäre auch nicht schlecht.«

Einen Moment sah ihn Peter verwirrt an, dann nickte er verstehend, und sie saßen an einem gemütlichen, mit Getränken und Obst bestückten Holztisch. Überrascht, dass es so einfach war, fügte Peter noch ein großes Fenster mit Blick auf Wiesen und Berge hinzu (sein Großvater war ein begeisterter Bergwanderer gewesen), dann wollte er wissen: »Wie kannst du mir helfen?«

»Wenn du jetzt ein Hau-Ruck-Da-Ist-Die-Lösung erwartest, dann muss ich dich natürlich enttäuschen. Dir dürfte ja inzwischen klar sein, dass ich aus deinem Unterbewusstsein komme und dass da irgendetwas verborgen liegt, das uns in einer wichtigen Frage weiterbringen kann. Und da müssen wir irgendwie drankommen.«

»Ich weiß noch nicht mal die Frage.«

»Doch.«

»Nein.«

»Doch.«

»Nein«

»Doch. Widersprich gefälligst nicht deinem Unterbewusstsein. Ich weiß es, also musst du es ja wohl auch wissen.«

Julius beugte sich vor und bohrte nach: »Hast du dich eigentlich nie gefragt, wieso es diese beiden Welten nebeneinander geben kann, obwohl sie ganz offensichtlich nicht nebeneinander durch das Weltall schweben? Zwei Welten, die in vielem verschieden sind, aber einander auch so ähnlich, dass es irgendeine Verbindung geben *muss*?«

»Das habe ich mich die ersten Tage jede Minute gefragt. Nur hab ich's nach und nach aufgegeben, um nicht wahnsinnig zu werden.«

»Aber meinst du nicht, dass es für die Frage, wie man zwischen den Welten wechseln kann, von Bedeutung ist, zu wissen, wieso es überhaupt diese zwei parallelen Welten gibt?«

»Mag sein … *Heee!* Du hast eine Spur!«

»Spur? Ja. Mehr aber auch nicht. Allerdings müssen wir hier unser Gespräch vorläufig abbrechen.«

»Neinneinnein! Jetzt doch nicht! Wo es gerade spannend wird!«

»Pardon, tut mir ja leid, aber du wirst gleich aufwachen.«

»Oh! Ist es schon so spät?«

»So früh.«

»Mist! Warum habe ich nicht schon früher geträumt?«

»Hast du ja. Aber dieses unnütze Zeug aus den vergangenen vier Nächten hat dein Hirn bereits in seinen integrierten Papierkorb verschoben. Auch in dieser Nacht war dein Verstand wieder eine ganze Weile damit beschäftigt, sich durch ein ziemliches Durcheinander zu ackern, das das Bad in der Quelle angerichtet hat.«

»Und was habe ich dann vorhin die ganze Zeit so geträumt?«

Julius holte tief Luft und schrie mit derart überschlagender Stimme »*Raaaaah! Hilfe!*«, dass ihm die Augen aus dem Kopf traten, dann schlug er mit der Spitze seines rechten Zeigefingers ein kleines Trommelfeuer an seiner Unterlippe und brabbelte: »Pftpftpft, trcht, pf, bababa, pf«, während seine Augen in alle Richtungen zu kreisen schienen. Schließlich lehnte er sich wieder entspannt zurück und fragte: »Reicht das, oder soll ich noch weiter …?«

»Hör bloß auf! War das irgendwie … gefährlich?«

»Oh, die vergangenen Nächte hatte es sich immer mehr gesteigert, diese hier war die kritischste Nacht. Du hättest auch wahnsinnig erwachen können – oder gar nicht mehr. Warum wirst du so blass? Es ist doch alles gut gegangen?«

Peter wollte noch etwas erwidern, doch plötzlich begann es an ihm zu ziehen und zu zerren. Als Geste für seinen Großvater träumte er noch schnell eine prall gefüllte Bücherwand und eine Tür, dann erwachte er. – Er fröstelte. Sein Traum stand ihm noch glasklar vor Augen, und er fragte sich, ob es in der Nacht tatsächlich so gefährlich für ihn gewesen war, ohne dass er selbst nur den Hauch einer Herausforderung bemerkt hatte. Plötzlich sprang er mit einem Satz aus dem Bett, rannte zur Tür, riss sie auf und stürmte im Nachthemd in den Gang hinaus.

Wenn jene fünfte Nacht nach dem Bad in der Quelle tatsächlich die kritischste war, dann schwebte Ky in der gleichen Gefahr wie er. Das Mädchen schlief im benachbarten Raum. Ohne anzuklopfen rannte er hinein. Die Sonne des noch sehr jungen Morgens fiel auf die Prinzessin. Sie schlief noch, doch ihr Kopf zuckte, mit einem Schweißfilm auf der Stirn, heftig hin und her, während sie aufgeregt Worte murmelte, unter denen Peter nur ein immer wieder heftig ausgestoßenes »Nein« heraushören konnte. Augenblicklich wollte er sie wecken, trat dicht an sie heran – und zögerte. *Wie* würde sie aufwachen? Würde sie in ihrem Kopf vielleicht nicht mehr …?

Da schoss Ky hoch, saß mit einem Ruck aufrecht im Bett und starrte Peter aus weit aufgerissenen Augen an. Er wagte nicht zu atmen und starrte zurück – oh Himmel, warum sagte sie denn nichts?

»*Hast* du sie noch alle oder was?«, platzte es aus Ky heraus, »du willst mich wohl zu Tode erschrecken? Das nächste Mal klopfst du gefälligst an … *Peter*?«

Der Junge war mit einem Mal lachend und klatschend durchs Zimmer gehüpft, was, wie Ky verwirrt dachte, mit dem Nachthemd doch zumindest etwas sonderbar aussah. Aber plötzlich stand auch sie mit einem Sprung neben dem Bett, schlug sich die Hand an die Stirn und keuchte: »Der Traum!«

»Ja!«, rief Peter lachend und konnte sich gerade noch zurückhalten, Ky vor Freude in die Arme zu schließen, »und wir leben beide noch! Und dein Gehirn ist auch nicht weggeschmolzen! Und ich habe Opa Julius wieder getroffen, der zwar tot ist, aber uns helfen wird. Und … Oh! Was hast *du* denn geträumt?«

Ky, die gerade noch über Peters Aufgeregtheit und Freude gelacht hatte, wurde plötzlich ganz still und dann rot wie eine Tomate. Sie wandte sich halb von Peter ab und stammelte: »Ich? Hm. Also, da war, also, … hm, nein, ich … wirklich, nein, erinnere mich nicht mehr … ja, genau, ich konnte mir den Traum nicht merken. Vielleicht fällt er mir später noch mal ein«, ergänzte sie lahm und blickte unter sich.

Peter starrte sie überrascht an, und die Frage lag auf seiner Zunge, was sie zu verbergen hatte. Doch stattdessen sagte er: »Ist schon gut, du musst nix sagen. Ich hoffe nur, es ist nicht zu schlimm. Falls du es doch mal loswerden willst, sag mir Bescheid. Ich jedenfalls werde euch nachher von meinem Traum erzählen. Und jetzt, so überwältigend diese Nachthemden auch sind, sollten wir uns vielleicht doch anziehen …«

3. Der Schiffsbaumeister

Nanu?

Was klapperte da so …? – Oh verdammt! Das waren seine eigenen Zähne!

Immer tiefer hatte sich die Kälte in Peter hineingebohrt. Zwar hatte das Schneien, ohne dass es ihm überhaupt bewusst geworden wäre, tatsächlich aufgehört, und durch eine große Lücke in der Wolkendecke starrte eine blasse Wintersonne auf ihn hinunter, doch nach wie vor war es bitterkalt. Peter, auf Tulpacs großem Hafenkai stehend, spürte sein Gesicht kaum noch, das er der offenen See zugewandt hatte.

Ja, es war irgendwie schön gewesen, seinen Großvater wieder zu treffen – ihn als »mein Unterbewusstsein« zu bezeichnen, brachte Peter nicht übers Herz. Doch seit jenem Tag in Kalvinsscholle, mit diesem schrecklichen Geruch und all den Toten, hatte ihn auch Opa Julius nicht mehr besucht.

Nach ihrer ersten Traumbegegnung hatten sie sich noch öfter getroffen. Peter hatte ihre Gespräche – auch wenn sie nur geträumt waren – sogar genossen. Allerdings hatte ihm der alte Bloch mit dem Schuss Xavox drin noch nicht weiterhelfen können. Peter hatte es ihm von Traum zu Traum gemütlicher gemacht und ihm noch ein paar Zimmer mit etlichen Türen eingerichtet. Irgendwie hatte Peter die seltsame Vorstellung gehabt, je besser sich der verstorbene Quantenphysiker entspannen könnte, umso eher würde er einen Fingerzeig auf das Warum der beiden parallelen Welten geben. Und die Türen, die Peter erträumt hatte, sollten Großvater Bloch natürlich die Möglichkeit bieten, die Zeit zu nutzen, während Peter wach oder auch schlafend nicht bei ihm war: Julius könnte dann nach Wegen und Gängen noch tiefer ins Unterbewusste suchen. Selbstverständlich war Peter klar, was das für ein ausgemachter Schwachsinn war, doch er hatte die Türen dennoch erschaffen.

Aber der Geruch schien den alten Bloch vertrieben zu haben, wie er auch Peters Schlaf vertrieb: Nacht für Nacht wälzte er sich, stundenlang grübelnd, im Bett, bevor er vor Erschöpfung in einen unruhigen, kurzen Schlaf fiel. Und mit Großvater Julius' Verschwinden, so Peters untrügliches Gefühl, war auch die Chance geschwunden, jemals wieder in seine eigene Welt zurückzukehren.

Die Kälte ließ Peter immer stärker zittern.

Was sollte er nur tun? Was sollte er für sich selbst tun (was seine Eltern wohl gerade machten?)? Und … was sollte er für den Waldstamm tun?

Er hatte sich geschunden und jeden Tag Schwertunterricht geben lassen, um zu zeigen, dass er *irgendetwas* tat, und er spürte, dass er kräftiger und geschickter wurde. Doch was nutzte das dem Waldstamm? Er hatte sich sogar Bücher über Kriegstaktiken und längst vergangene Schlachten besorgen lassen. Über diesen Schriften vergeblich brütend hatte Ky ihn gefunden und daran erinnert, dass die in ihrer Welt bekannten Taktiken ganz offensichtlich nichts brachten, denn sonst hätte der Waldstamm sie ja schon längst eingesetzt. Und dass die Hoffnung der Waldstämmler, die an ihn glaubten, ja gerade darin bestand, dass er aus einer neuen Welt kam und daher auch neue Mittel und Wege … *»VERDAMMT NOCH MAL! Darf ich dich daran erinnern, dass die Prophezeiung ein Schwindel war?«*, hatte er Ky angeschrien. Nur gut, dass niemand in der Nähe gewesen war. Ky war blass geworden und hatte, mit traurigem Gesicht, wortlos sein Zimmer verlassen.

Beschämt dachte er jetzt daran, dass sie natürlich im Recht gewesen war. Aber eingestanden hatte er es ihr nicht.

Es war zum Verrücktwerden. Hier stand er und fror und sehnte sich mehr denn je nach seinen Eltern, seiner Schwester und seinem Zuhause – was ihm natürlich auch nicht wirklich half, einen genialen Plan auszutüfteln –, und er wusste gleichzeitig, dass er hier niemals weggehen konnte, bevor die Piraten nicht geschlagen waren, ob mit oder ohne seine Hilfe.

Seine beste Freundin hatte er beleidigt, und von Tulpe und den anderen, die sich auf den Weg nach Dorianstadt gemacht hatten, war noch immer keine Nachricht gekommen. Lebten sie überhaupt noch? Was passierte gerade in Dorianstadt? Wurde der König vielleicht in eben diesem Augenblick ermordet? Oder sein Freund gefangen genommen bei dem verzweifelten Versuch, in die Zitadelle der Bruderschaft einzudringen, um zu jenem seltsamen Stein des Greisen zu gelangen? Ebenfalls keine Gedanken, die seine Einfallskraft beflügelten.

Richtig mit Taten helfen konnte zurzeit – man höre und staune – einzig die gute Brumi. Keiner hätte Brumberta zugetraut, dass sie über erstaunliche medizinische Kenntnisse verfügte. Doch als mit den Flüchtlingen, die in Stolzei aufgenommen wurden, auch immer mehr Verwundete in die Stadt kamen, hatte sie in kürzester Zeit ein

Hospital organisiert und nach einer ganzen Reihe von Kräutern, Pilzen und Erden schicken lassen.

Brumberta war geradezu aufgeblüht, nachdem sie ihr ergaunertes Schlaraffenland-Leben in Nekis hinter sich gelassen hatte. Selbst ihre Kleidergröße war um zwei Nummern geschrumpft, und Fett war dabei, sich in Muskeln zu verwandeln, denn sie war häufig unterwegs, legte bei vielen Dingen selbst Hand an und war ständig mit der Herstellung von Pulvern, Ölen und Salben beschäftigt. Besonders jene Salbe, die das Fieber aus Wunden zog, hatte schon manche Leben gerettet. Gleichzeitig brachte Brumberta einer Handvoll Männer und Frauen bei, wie diese Mittel herzustellen waren. Und immer wieder half sie den Badern, wenn es darum ging, Wunden zu nähen, Knochen zu richten oder Gliedmaßen zu amputieren.

Was nun den Krieg selbst betraf – denn nichts anderes war es inzwischen –, waren die beiden einzigen brauchbaren Gedanken natürlich nicht von ihm, Peter, sondern von Xavox gekommen. Der kleine Halbzauberer hatte sich daran erinnert, was Rétep über das von ihm belauschte Gespräch zwischen Kriegskanzler und General Narbengesicht berichtet hatte. Der Plan des Kanzlers war es gewesen, durchaus auf ein Hilfegesuch des Waldstammes zu reagieren: Im Frühjahr, so hatte er versprochen, wolle er eine Flotte aus den an der Nebelküste und im Breitwasser stationierten Schiffen zusammenziehen und gegen die Korsaren schicken. Und das wollte er auch tatsächlich tun – allerdings so, dass die Piraten die Möglichkeit hatten, die Schiffe des Elf-Stämme-Reiches aufzureiben, noch bevor sie sich zusammengeschlossen hatten. Das sollte den Waldstamm noch stärker isolieren, den Ruf nach einem starken Mann im Reich lauter werden lassen und gleichzeitig dem Befehlshaber der Flotte, der dem König ergeben war, den zumindest politischen Todesstoß versetzen – wenn nicht mehr.

Immerhin diesen Plan von Hanu Standhaft konnten sie durchkreuzen. Und das ganz ohne Krieger und großen Aufwand, sondern lediglich mit einer Feder: Schweren Herzens schickte Bela Prinz Starkehand eine offizielle Depesche an Königshaus und Kriegskanzler, in der er mitteilte, dass der Waldstamm seine Bitte um Unterstützung zur See zurückziehe. Denn schließlich wisse man ja, dass alle Kräfte im Kampf gegen die Barbaren und die Kriegsschiffe somit an der Grenze gebraucht würden. Zudem freue man sich berichten zu können, dass man den Kampf gegen die Piraten immer besser in den Griff bekomme und das Problem sicher bald gelöst habe.

Dieses Schreiben dürfte Hanu Standhaft ziemlich verwirren, da er über seine Verbindungen zu den Piraten etwas ganz anderes erfuhr.

Das Mindeste, was dieser kleine Brief erreicht hatte, war ein Zeitgewinn in ihrem Kampf gegen die Pläne des Kanzlers. Gegen die Piraten half der Brief natürlich nicht. Die betraf aber Xavox' zweite Idee: Da man einen Gegner umso besser bekämpfen kann, je genauer man ihn kennt, hatte der alte Halbmagier den Vorschlag gemacht, alles Wissen über die Korsaren zusammenzutragen, das man irgendwie erlangen konnte. So wurden Geschichtsbücher gewälzt, Überlebende von Angriffen befragt, zudem Schiffer von Booten, die das Glück gehabt hatten, einem Piratenangriff zu entkommen – was nicht viele waren.

Xavox fasste schließlich zusammen, was man über die Freibeuter als gesichert annehmen konnte: Es handele sich bei ihnen keineswegs um eine homogene Gruppe und schon gar nicht um ein Volk. Ja, es gab offenbar sogar einzelne Schiffe, auf denen Strauchdiebe aus aller Herren Länder mitfuhren, angefangen von verstoßenen Kaluktanis über Männer von den Chrom-Inseln und Barbaren bis zu Leuten aus fremden Völkern südlich des Barbarenreiches. Vereinzelt waren sogar geflohene Verbrecher und Vogelfreie aus dem Elf-Stämme-Reich zu den Piraten gestoßen. Wo sie ihren Stützpunkt hatten, war unbekannt. Vielleicht auf einer Insel der Chrom-Föderation, doch Xavox vermutete, dass die Barbaren, selbst keine Seefahrer-Nation, den Piraten sichere Häfen gewährten, dafür von ihnen in Ruhe gelassen wurden und sich somit sicher sein konnten, dass die Freibeuter lieber das Elf-Stämme-Reich heimsuchten. Die Piraten hätten dann zwar Vereinbarungen sowohl mit den Barbaren als auch mit deren Todfeind, dem Kriegskanzler getroffen, doch darin sahen sie wohl kaum ein Problem, solange sie nur ihre Vorteile daraus ziehen konnten.

Dafür, dass der bunt zusammengewürfelte Piratenhaufen nun im Verbund vorging, schien es auch einen Grund zu geben: Vor etwa vier, fünf Jahren mussten gleich zwei Persönlichkeit unter den Piraten aufgetaucht sein, die charismatisch genug waren, den wilden Haufen zumindest für gemeinsame Unternehmungen unter einem Banner zu scharen. Einen Namen oder gar ein Gesicht dazu gab es noch nicht, doch da jeder der Piraten bei den Überfällen entweder ein rotes oder ein gelbes Stück Stoff um den Arm gebunden hatte, vermuteten Xavox und Prinz Bela, dass dies zwei unterschiedliche

Gefolgschaften symbolisierte; so sprachen sie von »dem Roten« oder »dem Gelben«, wenn sie den jeweiligen Anführer meinten.

Das Geschäft der Piraten schien lukrativ zu sein, denn die Zahl der Schiffe war stetig gewachsen, sodass es zu den Überfällen größerer Verbände gekommen war. Und schließlich – schlechte Nachricht – waren noch die Blauen zu den Piraten gestoßen: Seit ein paar Monaten hatte man auch Freibeuter mit blauen Bändern gesehen, und bei denen handelte es sich offenbar tatsächlich um Männer und Frauen eines Volkes. Ihre Sprache war derjenigen der elf Stämme sehr ähnlich, was vermuten ließ, dass sie von einer Insel der Chrom-Föderation kamen. Während die Verbände der Roten und Gelben aus einer wilden Mischung von mit Segeln unterstützten Drei-, Zwei- und Einruderern bestanden, sowie etlichen mit Rudern unterstützter Transportsegler, hatten die Blauen einen einheitlichen Bootstyp: Lange, schlanke Trieren mit hohen Borden und kleinem Achterkastell, die sogar über zwei Masten für Segel mit ungewöhnlicher Takelage verfügten. Zwei Ruten-Fischer hatten ein solches Schiff nahe an ihrem kleinen Boot vorbeiziehen sehen. Sie hatten geglaubt, ihr letztes Stündlein habe geschlagen, doch war ihre kleine Nussschale den Blauen wohl nicht der Mühe eines Angriffs wert erschienen. Und die Fischer schworen Stein und Bein, dass die Piratenmannschaft mit ihrem Schiff allein durch die Kraft der Segel mit einer solchen Geschwindigkeit gegen den Wind gekreuzt war, wie es eigentlich gar nicht möglich sein sollte, wenn es hier mit rechten Dingen zuging.

Xavox hielt diese Kriegsschiffe für die hochseetüchtigsten und auch für die im Kampf schlagkräftigsten von allen. Trotz ihrer Größe wirkten sie elegant und windschnittig. Und wenn sie unter vollen Segeln fuhren, dann gab es auf offener See vor ihnen kein Entkommen. Den Berichten zufolge hatten die Blauen auch die diszipliniertesten Kämpfer und taktisch gut geschulte Anführer, was sie einerseits am gefährlichsten machte, andererseits waren sie die einzigen, die es bei den Überfällen nur auf Beute abgesehen hatten – niemand wurde in die Sklaverei verschleppt. Allerdings töteten auch sie diejenigen, die sich ihnen in den Weg stellten, nur wer floh, überlebte.

Die Gesamtstärke der Korsaren konnte allenfalls sehr grob geschätzt werden. Unter der Führung des Roten, so Xavox' Vermutung, könnten gut 111 Schiffe stehen, unter der des Gelben mochten es etwas weniger sein. Dazu kamen dann noch knapp 44 Boote der Blauen – was dann, grob über den großen Zeh gepeilt, bis zu 28.000 Gegner bedeuten würde, denn auch die Ruderer waren keineswegs

Sklaven oder Gefangene, sondern gehörten zur Mannschaft der Piraten. Xavox rechnete im Durchschnitt mit 111 Mann Besatzung pro Schiff, wobei die großen Dreiruderer und die Boote der Blauen vermutlich deutlich Leute hatten, die etwa 100 kleineren Boote bei den Roten und Gelben dagegen deutlich weniger.

Schließlich hatte Peter doch noch einen Beitrag zur Taktik gegen die Piraten geleistet, was er allerdings für sich selbst nicht als echten Erfolg verbuchte, denn er kannte den wahren Hintergrund seiner Idee: Peter hatte den Vorschlag gemacht, das Hauptquartier von der Hauptstadt Stolzei weg an die Küste zu verlegen, um näher an den Piraten zu sein und schneller reagieren zu können. Bela Prinz Starkehand hatte sich nur kurz mit den anderen Ältesten beraten, hatte bekannt, dass er sich ärgere, warum man nicht schon früher auf diese Idee gekommen sei und Peter dafür gelobt. Der war rot bis zu den Ohrenspitzen geworden und hatte gehofft, dass Bela das nur auf das Lob zurückführen würde und nicht das egoistische Motiv hinter seinem Vorschlag erkannte: Peter wollte weg aus der Hauptstadt des Waldstammes. Er konnte die Blicke der immer neuen Flüchtlinge einfach nicht mehr ertragen.

Einmal zu einem Entschluss gekommen, fackelten die Ältesten nicht lange, und innerhalb einer Woche war die Meeresburg in Tulpac zum neuen Hauptquartier geworden.

*

Spürend, wie die Kälte immer weiter in seine Knochen eindrang, dachte Peter an ihren Einzug in Tulpac zurück und daran, dass das Elfstämmeland wohl immer neue Überraschungen bereithalten würde: Die Stadt Tulpac lag an der Küste der Langen Hand. Genauer gesagt: auf dem Nagelbett des Daumens der Langen Hand, einer mächtigen Halbinsel, die weit in den großen Ozean hinausragte.

Der größte Teil der Waldstamm-Küste war im Prinzip eine riesige, gut hundert Kilometer landeinwärts führende Bucht, die ihrerseits mit kleineren Buchten, Schründen und Auswerfungen versehen war. Die Lange Hand, knapp 20 Kilometer breit und selbst nahezu 100 Kilometer lang, reichte etwas nördlich des Zentrums der großen Bucht in den Ozean hinaus. Tulpac lag an einer daumenähnlichen Ausbuchtung an der nördlichen Küste der Halbinsel. Und Tulpac war, obwohl es doch unmittelbar auf Waldstammgebiet lag, im Ursprung keine Stadt des Waldstammes.

Prinz Oro hatte es Peter vor ihrem Aufbruch nach Tulpac erklärt: Die zweitgrößte Stadt im heutigen Waldstamm-Gebiet war – schon lange vor Dorian – die einzige Stadt des Stammes der Meeresspringer gewesen. Jenes verschollenen Volkes, das fast nur auf Schiffen gelebt hatte und dessen »Stammland« der Ozean vor der Rauen Küste gewesen war.

Waldstamm und Meeresspringer hatten in einer Art Symbiose gelebt: Die Meeresspringer hielten ungebetene Gäste von der Küste fern, belieferten die Märkte mit Fisch und erledigten den Seehandel für den Waldstamm zu fairen Konditionen. Dafür hatte der Waldstamm seine Hand über Tulpac und die großen Werften der Stadt gehalten. Doch im Jahr 1200 war etwa die Hälfte der Meeresspringer aufgebrochen, dem Traum von einem eigenen Land und Erzählungen von einer riesigen, unbewohnten Insel weit, weit weg im Westnorden hinterhersegelnd. In den Jahren davor hatten sie einen neuen Schiffstyp entwickelt, mit dem sie sich immer weiter auf die Unendlichkeit des Ozeans hinausgewagt hatten, und so glaubten sie nun, für das große Abenteuer gerüstet zu sein. Zwei Jahre später hatte ein Orkan von gigantischen Ausmaßen die Raue Küste heimgesucht, wie er niemals zuvor und auch niemals danach in der bekannten Welt getobt hatte. Nach drei Tagen waren die Meeresspringer fast schon Geschichte. Eine kleine Flotte von älteren Schiffen, die das Glück gehabt hatten, außerhalb der Reichweite des Orkans unterwegs gewesen zu sein, machte sich auf die verzweifelte Suche nach den Brüdern und Schwestern, die zwei Jahre zuvor ausgewandert waren – und wurde nie wieder gesehen. Die wenigen in Tulpac verbliebenen Meeresspringer hatten nicht mehr die Kraft gehabt, als eigenes Volk zu überleben und waren schließlich im Waldstamm aufgegangen.

Dass die direkt am Meer liegende Stadt in ihrem Ursprung tatsächlich keineswegs vom Waldstamm errichtet worden war, das merkte selbst ein Fremdling wie Peter, als sich ihr kleiner Tross Tulpac näherte: Während die Waldstämmler eher in die Breite bauten – sogar die Mauern von Stolzei waren zwar ungeheuer dick, aber nur vier Meter hoch – schien in Tulpac alles in die Höhe zu schießen. Die Stadtmauer ragte etwa zwölf Meter gen Himmel; die seltsame, unregelmäßige und sich der Landschaft anpassende Form erinnerte Peter an irgendetwas ... Erst, als sie noch näher gekommen waren, fiel der Groschen: Die Mauer sah aus, als hätten die Baumeister der Meeresspringer, wie in einem übervollen Hafen, unzählige Schiff dicht an dicht, das Heck immer nach außen, aneinandergereiht. Dabei war die Linie dieser »Schiffe« keineswegs exakt ausgerichtet, sondern diese steinernen, überdimensionierten Boote sprangen in unregelmäßigen Abständen vor und zurück, sodass der Eindruck eines Hafens mit echten Schiffen noch verstärkt wurde. Sogar Achterkastelle gab es auf jedem fünften diese Boots-Hinterteile – ideale Standplätze für Wurfmaschinen und Bogenschützen.

Die Meeresburg selbst war ein mächtiger, fast vierzig Meter hoher runder Turm aus blaugrauem Granit, der, zur Hälfte auf riesigen Steinquadern im Wasser stehend, im Norden direkt an die Stadtmauer angrenzte. Der Turm wachte auch über den großen, doch jetzt nahezu leeren Hafen der Stadt. Dabei ließ der Turm, durch eine Trick der Baumeister, den Betrachter an eine gigantische Welle denken, die sich aus der See heraus aufgetürmt hatte und dann erstarrt war: An seinem Fuß verbanden sich ein in einer eleganten Kurve nach oben verlaufender Wellenbrecher mit der mächtigen Mauern des Turmes. Oben dagegen ragte das flache Dach auf der Festlandseite gut drei Meter über den Turm hinaus, gestützt von aus der Mauer herauswachsenden Viertel-Bögen, während das Dach auf seiner seewärts gerichteten Seite, entsprechend der Bögen, einen Schwung nach unten nahm.

*

Schlotternd und bibbernd wandte Peter seinen Blick über seine rechte Schulter zurück und betrachtete düster die elegante Erscheinung der Meeresburg, deren Baumeister wagemutig bis an die Grenzen ihrer Möglichkeiten gegangen waren. Warum bloß mussten sich diese verrückten Meeresspringer auch einfach so aus der Geschichte ihrer Welt verpissen? Mit ihnen hätte es das Piratenproblem nicht gegeben. Doch der Waldstamm konnte dieser Pest der Meere auf dem Wasser … nun ja, nicht das Wasser reichen, denn …, denn …, *denn!* …, mit einem Ruck starrte Peter wieder aufs Meer hinaus, den Mund weit offen, die Augen aufgerissen. Ihm war gerade etwas eingefallen. Und dann noch etwas. Und noch etwas. Es durchströmte ihn so heiß, dass er für ein paar Augenblicke sogar die Kälte nicht mehr spürte. Er wälzte seine Gedanken im Kopf hin und her, doch eigentlich hatten sie schon vom ersten Moment an klar vor ihm gestanden, ohne dass es weiterer Details bedurft hätte.

Peter war so konzentriert, dass er das leise Knirschen von Schritten auf der dünnen Schneeschicht nicht hörte, die sich von hinten näherten. Ky hatte Peter vom Turm aus allein an der Spitze des Kais stehen sehen und war hinausgekommen, eingemummelt in einen dicken pelzgefütterten Ledermantel mit Kapuze. Sie tippte ihm auf die Schulter. Er fuhr herum und starrte sie mit einer seltsamen Verwirrung an. Das Mädchen sah noch die Spuren der Tränen in seinem Gesicht und merkte, wie er am ganzen Körper schlotterte. Sie griff Peters eiskalte Hände und sagte besorgt: »Bitte, komm mit rein. Es hilft niemandem, wenn du dir hier den Tod holst.«

»Den Tod? Nein, nein«, gab Peter mit klappernden Zähnen zurück, dann schien er aus einer Art Trance aufzuwachen, umarmte die verdatterte Prinzessin heftig, wirbelt sie einmal im Kreis und schrie es heraus: »*Ich weiß es jetzt!* Endlich, endlich! Ich weiß es!«

»Was? Was weißt du?«

»Ich weiß, wie der Waldstamm die Piraten besiegen wird! Und du hattest vollkommen recht!«

Dann rannte er mit Ky an der Hand zurück zum Turm. Keine zehn Minuten später hatten sie Xavox und Prinz Grünhand gefunden und waren mit ihnen zu den Räumen von Bela Prinz Starkehand geeilt. Peter wollte seinen Plan zunächst im kleinen Kreis vortragen. Wäre Bela erst einmal überzeugt, dann würde auch der Ältestenrat zu gewinnen sein.

Obwohl Bela Goldältester war, hatte er nur zwei Räume beansprucht – Tilo Prinz Starkehand, der Burgälteste, hatte seine beiden Privatzimmer gerne für seinen Großcousin geräumt. Tilo und Bela hatten es sich für eine Unterhaltung in einer Fensternische nahe dem flackernden Kaminfeuer bequem gemacht, als Peter, das »Herein« nach seinem stürmischen Klopfen nicht abwartend, ins Zimmer platzte. Erst runzelte Bela die Stirn, doch als er das Strahlen in den Augen des Jungen sah und mit ihm dieser Xavox, das mutige Mädchen und Oro den Raum betraten, ahnte er etwas und beugt sich gespannt nach vorne.

Peter, die noch immer klammen Hände nach hinten Richtung Feuer gestreckt, wartete vor dem Kamin, bis Xavox in einem mit Fellen bespannten hölzernen Sessel und Ky und Oro auf Stühlen Platz genommen hatten, dann machte er es nicht allzu spannend: »Wenn der Winter zu Ende geht und die Piraten wieder kommen, dann werden wir vorbereitet sein. Sagt mir: Wer hat die besseren Seeleute? Sie oder wir?«

»Na selbstverständlich die Piraten«, antwortete Tilo verblüfft.

»Und wer hat die besseren Krieger?«

»Wir, natürlich.«

»Die Piraten haben etwa 28.000 Kämpfer – können wir 40.000 mobilisieren?«

Bela antwortete: »Etwa 30.000 sind im Kriegsdienst außer Landes. Aber mit den Veteranen …, ja, 20.000 können wir innerhalb von drei Wochen, weitere 20.000 in ein, zwei weiteren Wochen zusammenziehen. Aber warum …?«

»Gegen ihre Blitzangriffe, wenn sie mit ihren Booten landen und nach allenfalls wenigen Stunden wieder verschwunden sind, können wir nichts ausrichten. Also erledigen wir's eben auf die herkömmliche Methode, von der der Waldstamm etwas versteht: Eine Entscheidungsschlacht Krieger gegen Krieger – wobei wir ein paar Krieger mehr haben dürften.«

Xavox wusste zwar noch immer nicht genau, worauf Peter hinauswollte, doch er lächelte und nickte dem Jungen aufmunternd zu. Dagegen schüttelte Tilo ungläubig den Kopf und sagte: »Junge, ich zweifele nun doch an dem Orakel von Nekis. Falls es dir entgangen ist: Die Piraten werden uns kaum den Gefallen tun, an Land zu spazieren und unserem Heer gegenüberzutreten.«

»Das weiß ich natürlich. Deswegen gehen wir ja auch zu ihnen.«

»Bist du jetzt ganz …? Wie sollen wir denn auf dem Ozean das Feuer des Krieges entfachen? Nur falls es dir entgangen sein sollte: Die sitzen nämlich auf dem *Meer*.«

»Na klar sind die auf dem Meer! Und ganz genau dort werden wir aufmarschieren.«

Dann erklärte Peter seinen Plan.

Als er fertig war, hielt es niemand mehr auf seinem Sitz. Belas Stimme war unter denen, die nun auf Peter einredeten, die lauteste, als er herausplatzte: »*Unmöglich!* So was hat es noch nie gegeben!«

»Doch,« entgegnete Peter. »Vielleicht nicht hier« – dann sah er Ky um Entschuldigung bittend an – »in meiner Welt allerdings schon.«

Und er begann, ein paar winzige Ausschnitte aus der Geschichte der Sagenwelt vor ihnen auszubreiten. Ausschnitte, die zwar in unterschiedlichen Jahrtausenden spielten, die aber hier, im Land des Waldstamms, zu einem Ganzen zusammengefügt werden sollten. So berichtete Peter von einem Pharao, von Karthago, der ersten Schlacht von Mylae und den Raubzügen der Wikinger.

Dann herrschte Schweigen im Raum, während sich so etwas wie ein Hoffnungsschimmer in den Gesichtern der drei Waldstämmler einschlich.

Doch schließlich meinte Oro: »Aber all die Schiffe … wie sollen wir die in so kurzer Zeit bauen?«

»Die Römer schafften es, und auch sie waren Anfänger. Dennoch bauten sie 150 Kriegsschiffe in nur zwei Monaten. Und auch wir sollten keineswegs mehr bauen, damit die Piraten mit ihren Schiffen deutlich in der Überzahl bleiben.«

»Komischer Gedanke«, warf Oro ein, »aber so, wie du's erklärt hast … Trotz deiner jungen Jahre scheinst du in deiner Welt schon ein Gelehrter in der Erforschung eurer Geschichte zu sein – meine Hochachtung.«

»Man tut, was man kann«, murmelte Peter, während sein Gesicht rot anlief.

Augenblicke später diskutierte Bela schon eifrig Details mit den beiden anderen Waldstämmlern. Ky und Xavox nutzten die Gelegenheit, um zu Peter zu treten, und Xavox flüsterte: »Sei mir nicht böse, aber auch wenn ich inzwischen weiß, dass du dich trotz deiner jungen Jahre für die Geschichte deiner Welt interessiert hast, so hattest du bisher nicht unbedingt den Eindruck eines Geschichtsgelehrten bei mir hinterlassen.«

Ky ergänzte: »Und so schuldbewusst, wie du bei Oros Lob unter dich geguckt hast … ich kenne dich inzwischen. Also los, woher hast du dein Wissen?«

»Aber sagt es bloß nicht den anderen!«

»Natürlich nicht. Also?«

Und ganz, ganz leise flüsterte Peter: »Aus Kinderbüchern!«

Während Kys Lippen lautlos ein erschrockenes »O weh!« formten, wollte sich Xavox fast ausschütten vor Lachen. Auf die fragenden Blicke der Waldstämmler entgegnete er unter Glucksen: »Schon gut. Ist nix. Ich freue mich nur, dass wir's den Piraten endlich zeigen können.«

Bela Prinz Starkehand unterbrach schließlich das Treffen für eine Stunde, um seinen Beraterstab, der aus einer Handvoll Ältester und Kriegsmeister bestand, zusammenzurufen. Im Ratszimmer wurden das Für und Wider schließlich weiter erörtert und auch der Werftmeister von Tulpac und der Schanzmeister des örtlichen Clans hinzugerufen. Doch gerade diese brachten ein Problem ins Spiel, mit dem Peter nicht gerechnet hätte.

Der Werftmeister, ein großer, sehniger und ernster Waldstamm-Krieger um die 44, der unterhalb des linken Knies statt seines echten Beins ein schlichtes Holzbein hatte, erklärte frei heraus: »Die großen Boote, ja, das ist zu machen – aber die kleine Flotte dieser besonderen Boote, die ihr verlangt – nein, dazu sind wir nicht in der Lage. Jedenfalls nicht in der kurzen Zeit, die wir haben.«

Bela nickte ernst und erwiderte: »Das, mein lieber Meister Borkenfest, hatte ich fast schon befürchtet. Nun, seid so gut und erklärt es unseren Gästen.«

Der Werftmeister begann: »Die Menschen des Waldstamms sind stolz auf das, was sie können: Wir sind gute Bauern, gute Jäger, gute Krieger, gute Bogenschützen – und wir sind sehr wohl in der Lage, unsere Grenzen zu kennen. Wenn wir etwas nicht sind, dann gute Bootsbauer.«

»Aber in eurem Land ist doch so viel aus Holz gebaut – ich muss nur an all die Häuser in Stolzei denken«, warf Peter irritiert ein.

»Oh ja, wir können auch gut mit Holz umgehen, wenn es um Häuser, Schanzen oder Kriegsgerät geht. Doch das ist im Vergleich zum Schiffsbau, als solle ein Hufschmied plötzlich eine Zimbel schmieden. Auch er würde schon irgendetwas zustande bekommen, das Töne produziert, jedoch eine echte Zimbel wäre es wohl nicht.«

Ky warf ein: »Aber ihr baut doch Boote in eurer Werft?«

»Boote? Nun ja. Wir bauen Transportmittel, die schwimmen können. Die Meeresspringer, *die* konnten Boote bauen. Wenn die Überlieferungen stimmen, dann waren es die besten in der ganzen bekannten Welt. Was wir hier machen, dürfte dagegen das glatte Gegenteil sein. Aus den Werften unseres südlichen Nachbarn, des Regenstammes, dessen Gebiet zwischen uns und dem Land der Barbaren liegt, kommen recht ordentliche Schiffe. Und die Arbeiter der großen Werft in Dorianstadt, in der die Heeresschiffe für den breiten Fluss gebaut werden, können sogar wirklich gute Schiffe bauen. Jedoch unsere Werften, die wir einst von den Meeresspringern übernahmen … seht mich an: Ich bin zwar der Werftmeister, doch glaubt ihr, ich bin ein gelernter Bootsbauer? Mit zwei Beinen ging ich in den Kriegsdienst, mit einem kam ich zurück. Die Ältesten des Clans der Langen Hand hatten die Freundlichkeit, mir Arbeit in ihren Werften zu geben.« Fast klangen die Worte von Meister Borkenfest ein wenig verbittert, als er fortfuhr: »Meinen kleinen Hof konnte ich nicht mehr bewirtschaften, doch ich hatte eine Familie zu ernähren, also nahm ich dankend an.

Früher muss es mindestens acht Werften in und bei Tulpac gegeben haben, heute stehen noch vier der Anlagen, aber nur noch eine
ist in Betrieb. Meine 66 Männer, mit denen ich dort arbeite, sind fast
alle nicht mehr an einem Stück aus dem Krieg zurückgekehrt. Ihr
seht: Der Bootsbau steht beim Waldstamm nicht sehr hoch im Kurs
– wozu auch? Unsere ganze Flotte besteht aus behäbigen Transport-
kähnen für den küstennahen Verkehr und ein paar kleinen Fischer-
booten – nur die elf Patrouillenschiffe unter dem Kommando des Ältestenrates – eine lächerlich kleine Anzahl für die Länge unserer
Küste – sind ganz passable Schiffe, wenn auch überaltert: Alles Dieren, die vor 22, 33 Jahren in Dorianstadt oder gebraucht von der
Flussflotte gekauft worden waren.

Bei uns hat man es seit ein paar Generationen sogar verlernt, einen
ordentlichen Schiffsrumpf in Kraweelbauweise herzustellen, für unsere Zwecke genügt ja auch die Klinkerbauweise vollkommen.«

»Bitte, was ist da der Unterschied?«, fragte Xavox, der an den Blicken der anderen sah, dass auch die Waldstämmler im Raum nicht
wussten, wovon Borkenfest sprach.

»Bei der Klinker-Beplankung werden die Planken für die Schiffs-
wände – also die bearbeiteten Bretter, die den Bootskörper bilden
sollen, einander der Länge nach überlappend auf die Spanten und
den Kiel gezapft oder genagelt. Bei der Kraweelbauweise dagegen
stoßen die Planken mit den Kanten direkt aneinander. Das macht die
Schiffe stabiler, schneller und leichter, da weniger Material gebraucht wird. Allerdings erfordert es exaktere Holz-Bearbeitung, die
Boote sind zudem nicht so leicht abzudichten und brauchen mehr
Wartung.«

Eine sanfte Stimme wandte verträumt ein: »Allerdings müsste die
Klinkerbeplankung alle Vorteile der Kraweelbauweise haben und sogar noch stabiler sein, wenn in den Längskanten der Bretter eine ent-
sprechende Nut eingearbeitet ist, so dass man die Bretter ein wenig
überlappen kann und dennoch eine glatte Oberfläche erhält, oder?«

Alle sahen überrascht Ky an, die, als wäre ihr gerade erst bewusst
geworden, dass sie laut gesprochen hatte, erschrocken einen Schritt
zurück tat und verlegen unter sich blickte.

Doch der einbeinige Werftmeister erwiderte, wobei die Überraschung immer noch in seiner Stimme mitschwang: »Jaaa. Das Mädchen könnte recht haben. Es wäre dann eine Art Glattklinkerbauwei-
se. Hm. Sehr interessant … wäre allerdings wohl noch komplizierter
zu bauen als die Kraweelbeplankung. Bringt uns also nicht weiter.«

Bitono, der Schanzmeister, ein für einen Waldstämmler recht kleiner, aber breitschultriger junger Mann, wandte zögernd ein: »Vielleicht ... Nun ja, es mag verrückt klingen, aber vielleicht sollten wir mal mit Jezz'y über das Problem reden?«

»Mit dem Irren?«, entgegnete der Werftmeister mit gerunzelter Stirn, »nein, ich denke, das können wir uns schenken.«

»Oh, das hört sich doch interessant an!«, schaltete sich Xavox augenblicklich in das Gespräch ein. »Ich finde, es kann gar nicht genug verrückte Ideen geben, wenn wir irgendwann aus dem ganzen Schlamassel herauskommen wollen. Wer ist dieser Jezz'y? Bei diesem Namen sicher keiner vom Waldstamm?«

»Doch«, sagte der Werftmeister, während dem Schanzmeister gleichzeitig ein »Nein« entfuhr.

Unwirsch wollte Bela wissen: »Was denn nun? Beides gleichzeitig geht ja wohl nicht, oder?«

»Irgendwie ... schon«, entgegnete Bitono, während Borkenfest demonstrativ die Arme vor der Brust verschränkte.

Bitono erklärte: »Manchmal trifft man im Waldstammland, besonders in der Region um Tulpac, noch auf Familiennamen der Meeresspringer, deren wenige Überlebende ja in unserem Stamm aufgegangen sind. Jezz'y ist so ein Name. Nur, dass der Verrückte darauf besteht, dass er nicht nur den Namen habe, sondern dass er *tatsächlich* ein Meeresspringer ist, – was ja Beweis genug wäre, dass der Stamm der Meeresspringer keineswegs ausgestorben sei. Er spricht auch nie vom Elf-Stämme-Land ...«

»Lass mich raten«, fiel Xavox ein, »für ihn ist es das Zwölf-Stämme-Land?«

»Ja. Und – Pardon, es ist mir peinlich, das zu sagen – aber er hat auch keine Waldstamm-Ohren, denn sein Vater, der selbst etwas absonderlich gewesen sein muss, hatte ihm nie die Ehre des Gotholzes zukommen lassen.«

»Der Ärmste!«, murmelte einer der Ältesten sichtlich betroffen, während er sich, wie, um sich zu vergewissern, dass sie noch da seien, über seine oben spitzen Ohren fuhr.

»Ja, welche Schande«, meinte Xavox kopfschüttelnd, während er sich seine Haare hinter seine runden Ohren zurückstrich. »Aber das erklärt alles noch nicht, weshalb wir mit ihm reden sollten.«

Meister Borkenfest gab seine Abwehrhaltung auf und erwiderte: »Jezz'y ist ein verrückter Hund – milde ausgedrückt –, der immerfort alle Menschen in seiner Umgebung beleidigt und dafür schon mehr als einmal eine Tracht Prügel kassiert hat. Aber er war ein ganz ausgezeichneter Schiffsbauer.«

»*War?*«

»Er war *zu* gut. Er hatte die einzige Privatwerft im Waldstammland. Doch seine Schiffe waren viel zu teuer, um jemals verkauft zu werden, da die einfachen und billigen Boote aus unserer Werft den Ansprüchen unseres Stammes vollauf genügten. Jezz'y weigerte sich aber, seine eigenen Ansprüche herunterzuschrauben. Außerdem machte er die wenigen Kunden, die seine Qualitätsarbeit wollten, wahnsinnig damit, dass er alle Abrechnungen im Zwölfer- statt im Elfersystem vornahm. Schließlich kam der abzusehende Tag, an dem seine Arbeiter wegliefen, die schon lange keinen Lohn mehr gesehen hatten. Die folgenden Jahre tauchte er immer wieder in unserer Werft auf, um abwechselnd wie im Fieber Verbesserungsvorschläge herunterzurasseln oder unsere Arbeit zu verspotten. Bis mir der Kragen platzte und ich ihn, mit Hilfe von dreien meiner Leute, persönlich vor die Tür warf. Kurz darauf hat er auch sein kleines ererbtes Anwesen in Tulpac verkauft und haust seither in seiner immer weiter verfallenden Werfthalle. In der Stadt lässt er sich kaum noch blicken.«

»Und was macht er so den ganzen Tag allein?«, wollte Ky wissen.

»Nun, an einem Schiff bauen, denke ich.«

»Ich finde, wir sollten mit diesem Herrn mal über unseren Plan reden«, meinte Xavox mit strahlendem Gesicht.

»Nun gut. Was soll es schaden?«, seufzte Bela mit einem Kopfnicken.

***

»*Waaas!!!?* – Bevor ich für *euer* verdammtes Volk auch nur einen Nagel in einen Spanten haue, schieb' ich mir lieber einen Trillerlops in den Hintern, bis er zum Hals wieder rauskommt! Und jetzt bewegt eure schmutzigen Füße aus meiner schönen Werft!«

Wobei »schöne Werft« nicht so ganz den Tatsachen entsprach. Die Anlage, kein elf Pferdeminuten westlich von Tulpac gelegen, war in einem erbärmlichen Zustand.

Die meisten Arbeiten an Groß-Schiffen im Elf-Stämme-Reich erfolgten im Freien. Zeltstoff-Bahnen, an große Pfosten gespannt, schützten die Arbeiter vor Sonne und Regen. Die Werft-Hallen waren zu klein für die großen Trieren und auch für die meisten Dieren.

In den Hallen entstanden nur kleinere Boote und im Winter bereitete man dort Einzelteile vor, die man dann, wenn man wieder unter freiem Himmel arbeiten konnte, in die großen Boote einbaute.

Zwischen Jezz'ys Werfthalle und dem Strand flatterten an 24 riesigen Masten die Überreste von Zeltbahnen, die schon vor Jahren in Wind und Wetter zerrissen sein mussten. Zwischen den Pfosten verrottete langsam ein halbfertiger Kiel eines Dreiruderers, der nun niemals Wasser unter seine Planken bekommen würde.

In der löchrigen und zugigen, aus gebrannten Lehmziegeln errichteten Halle selbst war es bitterkalt. Zwar prasselte ein Feuer in einer Schmiedeesse in der hinteren linken Ecke der Halle, doch das reichte bei Weitem nicht, um das große Gebäude zu erwärmen. Neben der Esse konnte Peter einen großen Haufen Lumpen erkennen, und er hatte so eine Ahnung, dass es sich dabei um die Bettstatt des Eigentümers handeln könnte. Die Halle starrte vor Schmutz und Verfall – mit einer Ausnahme: Im Zentrum der etwa 36 Meter langen Halle war ein gut 24 Meter langes Schiff in Arbeit. Der Rumpf war noch lange nicht fertig, doch das dunkelbraune Holz glänzte wie poliert, und selbst in Peters Augen, der mit Sicherheit keine Erfahrung in der Kunst des Schiffsbaus hatte, wirkte er elegant und eine hohe Schnelligkeit versprechend.

Der Mann, der dieses Kunstwerk entstehen ließ, passte von seinem Äußeren her allerdings weniger zu seinem Boot als vielmehr zu seiner Halle: Jezz'y, etwa 60 Jahre alt, knapp 1,80 groß und mit einem ordentlichen Schmerbauch ausgestattet, war in einen dicken Pelzmantel eingemummelt, der seine beste Zeit auch schon lange hinter sich hatte und stellenweise an Reute zu leiden schien. Auf seinen Kopf hatte sich der Mann, mit dem Leder nach oben, ein Hasenfell gelegt und mit einem groben Wollschal unter dem Kinn festgebunden. An der Stirn schauten ein paar wirre, fettige, grau-braune Haarsträhnen hervor, unter dem langen Mantel ein paar große, ursprünglich braune, aber inzwischen mit den unterschiedlichsten Flecken übersäte Bootsstiefel. Die Handrücken waren rissig, das Gesicht mit den stechenden braunen Augen wettergegerbt, der Mund mit den schmalen Lippen hatte, als er die Besucher anbrüllte, braune Zähne und drei Zahnlücken offenbart.

Peter, Xavox, Meister Borkenfest und die Prinzen Bela und Oro hatten das Gebäude durch einen nur mit einem Ledervorhang geschützten Nebeneingang betreten. Jezz'y war, laut vor sich hinmurmelnd, gerade mit dem Schleifen einer auf vier Böcken ruhenden

Planke beschäftigt gewesen. Seine »Gäste« hatte er noch gar nicht bemerkt gehabt, sodass er, nach einem Räuspern Belas, erschrocken herumgefahren war. Der Schreck hatte ihn jedoch nicht daran gehindert, geistesgegenwärtig ein an einem der Böcke lehnendes großes Scheitmesser zu ergreifen, um es den Eindringlingen drohend entgegenzustrecken. Doch gleich darauf hatte er das Messer, die Augen zu Schlitzen verengt, langsam wieder nach unten sinken lassen. Und seine Worte hatten gezeigt, dass er vielleicht verrückt, aber nichtsdestotrotz von ungeheuer schneller Auffassungsgabe war: »Aaaaaach! Da ist ja mein lieber Werftmeister, der besser Badezuber statt Schiffe bauen sollte – aber was red ich? Genau das macht er ja. Und auch der Goldälteste persönlich hat den Weg ins Meeresspringer-Land gefunden? Sieh an, sieh an. Dann kann dieser junge Bursche hier, der mich so unverschämt anglotzt, nur jener – ho, ho, ich lach mich tot! – angebliche Sagenweltler sein, der euren Stamm von den Piraten befreien soll? Und dieser tattrige Zwerg neben ihm ist dann sein Begleiter. Meine Antwort ist *Nein*.«

»Bitte?«, war es dem Werftmeister entfahren, »aber Ihr wisst doch gar nicht ...«

Mit überschnappender Stimme hatte Jezz'y gebrüllt: »*Selbstverständlich* weiß ich! Glaubt ihr etwa, ich hätte nicht mehr alle Spanten im Kiel? Ihr wollt meine Hilfe. Natürlich. Warum sonst solltet ihr hier sein? Und ihr müsst tatsächlich so bekloppt sein, die Piraten auf See herausfordern zu wollen. Denn, ich sagte es, warum sonst solltet ihr hier sein? Aber meine Antwort ist *N – E – I - N*, Nein! In jeder Schreibweise und meinetwegen auch rückwärts gesungen! *Nein!*«

»Hat sich irgendwie fast wie ein Nein angehört«, hatte Xavox gut gelaunt Peter zugeflüstert. Bela Prinz Starkehand dagegen war alles andere als amüsiert und es nicht gewohnt, so angesprochen zu werden. Finster hatte er mit Zorn in der Stimme erwidert: »Jezz'y, Euer *Nein* spielt keine Rolle, denn Ihr seid ein Bürger des Waldstammes, und ...«

An dieser Stelle war es zu jenem Wutausbruch Jezz'ys gekommen: »... Bevor ich für *euer* verdammtes Volk auch nur einen Nagel in einen Spanten haue, schieb' ich mir lieber einen Trillerlops in den Hintern, bis er zum Hals wieder rauskommt! Und jetzt bewegt eure schmutzigen Füße aus meiner schönen Werft!« Er hob wieder drohend das Messer, was Oro veranlasste, sein Schwert zu ziehen, was wiederum Jezz'y veranlasste, laut »*Trommler!*« zu brüllen.

In dem Lumpenhaufen neben der Esse rührte sich etwas, dann tauchte erst ein struppiger Kopf aus dem Haufen auf und schließlich der größte Hund, den Peter jemals gesehen hatte. Mit einem tiefen Knurren in der Kehle kam der Wolfshund näher. Er war abgemagert und nicht mehr der Jüngste, doch seine Augen glitzerten kampfeslustig. Auch der Werftmeister und Bela zogen nun ihre Schwerter.

Xavox seufzte kopfschüttelnd und sagte laut: »Na, das wäre ja dann das erste Mal seit Anbeginn der Zeiten, dass sich Waldstamm und Meeresspringer bekämpfen, statt zusammenzustehen.«

Alle ließen vor Überraschung die Waffen sinken und starrten den Halbmagier entgeistert an, selbst Trommler hielt inne und blieb, Xavox wachsam im Auge behaltend, neben seinem Herrn stehen. Xavox trat zwei Schritte vor. Den anderen hinter seinem Rücken mit einem Handzeichen Schweigen bedeutend, fuhr er fort: »Doch das darf natürlich nicht geschehen, dass sich Meeresspringer und Waldstamm bekriegen. So müssen wir also unverrichteter Dinge wieder abziehen. Obwohl das, mein lieber Jezz'y, deine Vorväter sehr traurig stimmen würde.«

»Was verstehst du von meinen Ahnen?«, brauste Jezz'y auf.

»Nun, ich weiß, dass sie treu zum Waldstamm standen. In einem nie beendeten Pakt. Stolz wären sie gewesen, ihren Verbündeten den Rücken frei zu halten. Keine Sekunde gezögert hätten sie, die Piraten, die es wagten, in *ihre* Gewässer einzudringen, zum Burischja zu jagen.«

Aufrecht und mit offenem Mund starrte Jezz'y den alten Halbmagier an. Doch dann schüttelte er kurz den Kopf und entgegnete brummend, aber immerhin nicht mehr schreiend: »Nein. Fast hättet Ihr mich … aber so geht das nicht. Der Pakt beruhte auf Fairness. Leben und leben lassen. Doch seht euch dieses Loch an, in dem ich hause«, dabei drehte er sich mit ausgebreiteten Armen einmal um die eigene Achse, »nennt Ihr das fair?«

»Nun ja, wird ein Pakt nicht erst in Kriegszeiten wirklich wichtig? Hat der Waldstamm Euch vielleicht den Schutz gegen Feinde Eures Stammes verwehrt? Gut, zugegeben, hier sind zwei Meinungen aufeinandergestoßen – der Waldstamm glaubte, keine guten, – ach was –, keine so *wunderbaren* Schiffe mehr zu brauchen, wie nur Ihr sie bauen könnt. Und Ihr glaubtet, nicht auf die Bedürfnisse des Waldstammes eingehen zu müssen.«

Seit den Worten »wunderbare Schiffe« blickte Jezz'y fast verträumt, während Xavox fortfuhr: »Doch natürlich kann ich Euch verstehen: Ein Meister seines Fachs braucht eben eine Herausforderung. Aber jetzt, jetzt, heute und hier, kann sich alles ändern und wieder ins rechte Lot kommen: Eure Kunst wird Anerkennung nicht nur im Waldstamm, sondern weit über seine Grenzen hinaus finden. Und Ihr werdet die Herausforderung Eures Lebens bekommen. Sogar eine doppelte Herausforderung: Zum einen werdet ihr einen Plan für ein einfaches, schnell zu bauendes Großschiff mit ein paar kleinen Extras entwerfen, das auch die Waldstamm-Schanzer und -Schreiner problemlos bauen können, und das als Grundlage für die größte Flotte dient, die der Waldstamm jemals gesehen hat und die in nur zwei Monaten aus dem Boden gestampft werden muss. Und zum anderen wird unter Eurer Aufsicht eine kleinere Flotte wendiger Kampfschiffe entstehen. Aber nicht irgendwelche Schiffe: Es werden *die* Schiffe schlechthin sein. Nicht mehr und nicht weniger als die schnellsten und besten Boote unter der Sonne.«

Jezz'ys Augen leuchteten, schienen durch Xavox hindurch in eine unbestimmte Ferne zu blicken … Doch dann stellten sie sich wieder scharf auf das Gesicht des Halbmagiers ein, und der einsame Schiffsmeister sagte mit leichtem Bedauern in der Stimme: »Alter Mann, Ihr seid wirklich verdammt gut. Eure Verführungskünste würden Burischja zu Ehren gereichen – meine Hochachtung. Aber Ihr habt einen Fehler gemacht: Ihr habt zu dick aufgetragen. Es ist einfach nicht möglich, das alles – *He!* Finger weg, Bursche!«

Peter hatte schon seit einer geraumen Weile nachdenklich die Planke betrachtet, die Jezz'y bearbeitet hatte, als sie hereingekommen waren. Dann war er an den Rand des unfertigen Bootsrumpfes getreten und hatte seine Finger sachte über die oberste Planke gleiten lassen, was die Ursache für Jezz'ys erbosten Ruf gewesen war.

Peter fuhr herum und rief: »Aber das sind sie doch! Genau, wie sie es gesagt hat!«

»Noch mal, Junge, nimm deine Finger weg, oder ich werde …«

»Planken mit Nut!«, lachte Peter, »Klinkerbeplankung mit allen Vorteilen der Kraweelbauweise! *Das* wird den Piraten zu knabbern geben!«

Jezz'y starrte Peter mit offenem Mund an, flüsterte dann: »Er versteht mich! Er versteht mich wirklich! – Woher …?«

»Ich muss zugeben, dass das nicht von mir kommt, sondern Ky, eine gute Freundin von mir, drauf gekommen ist, dass man so etwas machen könnte.«

Atemlos fragte Jezz'y: »Du kennst eine Schiffsbaumeisterin vom alten Schlag?«

»Schiffsbaumeisterin? Äh, nicht direkt. Sie ist ein dreizehnjähriges Mädchen, und … na ja, sehr mutig, und, nun, Ky, eben.«

»Ein Mädchen von dreizehn Jahren ist da ganz alleine auf die Idee gekommen, die Generationen von Schiffsbauer nie probiert haben?«

»Na ja, sie ist fast vierzehn.«

»Schnickschnack! Unglaublich, dass ein Mädchen … Diese Schiffe wären stabiler als alle anderen. Ihre Geschwindigkeit wäre höher, der Stoß des Rammsporns vernichtender. Aber das Boot ist nicht alles. Die Rudermannschaft muss eins sein, um wirklich eine überlegene Geschwindigkeit zu erreichen. Und wie wollt ihr Landratten das in so kurzer Zeit erreichen?«

Peter warf Xavox einen unsicheren Blick zu, der ihm aufmunternd zunickte.

»Hm, ja, also«, fuhr Peter fort, »wenn du uns hilfst, dann, denke ich, kann ich dir verraten, wie deine Schiffe, mit deiner Beplankung und einem kleinen Trick von mir, auch mit einer weniger geübten Mannschaft im Kampf 20 Knoten schaffen können.«

»*20 Knoten?* Mit *Rudern*? Dir ist klar, dass das die doppelte Geschwindigkeit wäre, die ein anständiger Dreiruderer für einen Rammstoß erreichen kann? Junger Freund, du musst wahnsinnig sein! Aber ein Wahnsinn, der mir zu gefallen beginnt! Erzähl mir von deinem Trick – ist der auch von dieser Ky?«

»Nein, den habe ich aus meiner … aus der Sagenwelt mitgebracht. Ich hatte … – oh Himmel, ist das alles so weit weg! – ich hatte ein paar Mal meinen Klassenkameraden Kevin im Ruderclub besucht, und der hat mir dabei auch ein paar Dinge erklärt.«

»*Kevin?* Was für ein bestenfalls merkwürdiger Name. Und ihr habt *Clubs* zum Rudern? *Seeehr* merkwürdig. Doch sprich.«

Nachdem Peter seine Erklärung beendet hatte, lief ein Schauer von Nervosität und Aufregung durch Jezz'ys Körper, dann schnellte sein Kopf in Richtung des Goldältesten, und fast brüllte er Bela an: »Aber ich stelle Bedingungen!«

Bela seufzte: »Welche Bedingungen?«

»Ihr ernennt mich zum obersten Schiffsbaumeister des Waldstamms.«

»Wie?«, entgegnete Bela langgezogen, mit einem Gesicht, das zwischen Grimm und Belustigung schwankte, »*wir* sollen einem *Meeresspringer* so eine Position in unserem Stamm geben?«

»Wer wird denn so kleinlich sein. Also?«

»Na gut.«

»Und mein Lohn wird drei Goldochsen im Monat betragen.«

»*Waaas?* Das ist …«

»Angemessen! Und fürs Erste möchte ich ein warmes Zimmer in Tulpac und Geld für neue Kleider und ein menschenwürdiges Leben. Also?«

»Gut, gut, sonst noch was?«

»Wenn alles vorbei ist, wird meine Werft – falls wir gewinnen – auch weiterhin Aufträge bekommen.«

»Abgemacht.«

»Und ich bekomme so schnell wie möglich alle Männer, die ich brauche, und ihr lasst dazu meine alten Arbeiter suchen – und zahlt ihnen die ausstehenden Löhne.«

»Um Himmels willen, ja, ja!«

»Und das Mädchen, diese Ky, die soll auch hier mitarbeiten!«

»Sie ist ein Gast, ich kann nicht … ach, ich red mit ihr.«

»Und Trommler bekommt täglich frisches Fleisch.«

»*Bitte?* Oh, gut, meinetwegen, aber jetzt reicht es ja? Ich möchte nicht, dass Ihr noch an Eurer Liste arbeitet, wenn die Piraten im Frühling wieder kommen.«

*

Noch an Ort und Stelle hatten der Werftmeister und Peter Jezz'y geschildert, welche Anforderungen das einfache Großschiff erfüllen musste, das zum Packesel der neuen Flotte werden sollte. Dann hatte Jezz'y seine wenigen Habseligkeiten zusammengepackt und war, Trommler im Schlepptau, mit nach Tulpac geritten. Im Schriftenraum der Meeresburg hatte er, unter Seufzen und Kopfschütteln darüber, dass ihm so etwas Scheußliches abverlangt wurde, innerhalb von nur zwei Stunden eine Bauzeichnung eines hohen, weit ausladenden und ungeheuer plump wirkenden Schiffs mit zwei Ruderdecks zu Papier gebracht. Den Bau dieser Schiffe würde Werftmeister Borkenfest leiten. Den Rest des Tages und bis zum frühen Morgen des nächsten entwickelte der frisch ernannte oberste Schiffsbaumeister des Waldstammes dann die Grundzüge für das neue Boot, das die See-Kriegsführung revolutionieren sollte, und er stellte einen Plan auf, wie viele Arbeiter, welche Arbeitsstätten und welches Material benötigt werden würde.

Prinz Bela hatte bereits Boten ausgesandt, die auch die alten Patrouillenschiffe des Stammes nach Tulpac rufen sollten – fünf von ihnen lagen ohnehin schon auf den Trockendocks, um während des Winters überholt zu werden. Die Besatzungen dieser Boote sollten die Ruderer für die neuen Schiffe ausbilden. Der Rat der Ältesten würde am nächsten Morgen Boten zu allen Clans des Stammes schicken, jedem genau mitteilend, wie viele Krieger er nach Tulpac zu entsenden hatte – und wie viele sich in ihren Orten vorbereiten, ihre Schwerter schleifen und ihre Schilde polieren sollten, um zu einem exakt festgelegten Tag gegen Ende des Winters vor den Toren Tulpacs einzutreffen.

An diesem Abend war Peter, zum ersten Mal seit jenem Tag, als er durch die Dorfstraße von Kelvinsscholle geritten war, in sein Bett gesunken und tief und fest eingeschlafen, kaum dass sein Kopf das Kissen berührt hatte. Und zum ersten Mal seit jenem Tag traf er in seiner Traumwelt auch wieder Großvater Julius.

***

»Du hast dir ja ganz schön Zeit gelassen«, begrüßte ihn Julius, gemütlich im Schaukelstuhl sitzend – und diesmal wieder von Xavox überlagert, wie bei ihrem ersten Treffen.

Auf Peters fragenden Blick entgegnete er, nun allerdings mit Xavox' Stimme: »Ach das! Weißt du, wir haben festgestellt, dass auch das Unterbewusste besser arbeitet, wenn es ein Gegenüber für Zwiegespräche hat – selbst wenn es nur ein anderes Teilchen von ihm selbst ist.«

»Aha«, sagte Peter und setzte sich an den Traum-Tisch, »ich freue mich jedenfalls. Und ich habe einiges zu erzählen …«

»Brauchst du nicht«, unterbrach Julius/Xavox, »dir sollte doch inzwischen klar sein, dass wir hier unten sehr gut wissen, was du da oben tust, auch wenn das umgekehrt nicht so funktioniert. Deswegen lass dir lieber *unsere* Neuigkeiten erzählen.«

Aufgeregt sprang Peter auf: *»Ihr wisst …?«*

»Wir haben auf jeden Fall ein paar vielversprechende Schubladen entdeckt, in denen so einiges eingelagert ist, was dir dein Großvater erzählt und vorgelesen hat. Und daher sollten wir, wo wir doch gerade so schön die Muße haben, uns endlich mal der Frage widmen, die dich schon lange beschäftigt. Lass uns also ein bisschen über Physik plaudern.«

»*Physik?* – Kotz! – Ich *hasse* Physik, und du weißt, dass du da nicht ganz unschuldig dran bist – also, zumindest Großvaters Anteil in dir. Ich wüsste nicht, dass es irgendeine physikalische Frage gibt, die ich freiwillig erklärt bekommen möchte.«

»Du irrst. Denn erstens möchtest du, zweitens natürlich keine Frage, sondern eine Antwort bekommen, und drittens hat sie dich vielleicht in deiner alten Welt noch nicht interessiert, doch dort, wo du jetzt bist, möchtest du sie sogar ganz dringend geklärt haben.«

»Mir war ja gleich klar, dass du ein bisschen verrückt bist – in diesem Fall meine ich Xavox. Aber dass es *soo* schlimm ist, dass du mir Interesse an Physik unterstellst, hätte ich nicht erwartet …«

»Ach, du hast dich also doch nie gefragt, wie unsere beiden Welten nebeneinander existieren können und wie du hier hereingeraten konntest? Ich meine mich zu erinnern, dass du mir da schon anderes erzählt hattest.«

»Mann, du kennst einen wirklich … Natürlich will ich das wissen!«

»Na also. Dann werden wir uns jetzt mal Albert Einstein und die Relativitätstheorie vorknöpfen.«

»*Oh nein!* Bitte, es war ein anstrengender Tag – überleben ist nun mal anstrengend.«

»Keine Angst, die Relativitätstheorie ist eigentlich ganz einfach.«

»*Einfach???* Hör mal, Einstein war ein Genie …«

»Da hast du recht.«

»… ich bin kein Genie …«

»Auch da würde ich dir nicht widersprechen wollen.«

»… *jedenfalls nicht so wie Einstein.* Für den mag die Relativitätstheorie ja …«

»-en!«

»Bitte?«

»Nicht Relativitätstheorie, sondern Theori*en*, es gibt zwei davon, die allgemeine und die spezielle.«

»*Zwei* Stück??? Auch das noch!«

»Nun, keine Bange, die spezielle können wir im Augenblick mal außen vor lassen.«

»Wie beruhigend.«

»Und wenn du mich ausreden lassen würdest, statt vor lauter Angst, es nicht zu verstehen, deinen Verstand schon von vorneherein auf Durchzug zu schalten, dann hättest du die Grundzüge der Relativitätstheorie in fünf Minuten verstanden. Denn weißt du, das Genie von Albert Einstein bestand ja nicht darin, die Relativitätstheorie zu verstehen, sondern darin, sie zu *erfinden*.«

»Das ist ja wohl so ziemlich dasselbe.«

»Aber nein, keineswegs. Kannst du ein Ei ohne Hilfsmittel auf eine glatte Fläche stellen, ohne dass es umfällt?«

»Was soll das jetzt? Nein, natürlich nicht.«

»Du brauchst nur die Spitze so hart aufzuschlagen, dass sie etwas eingedrückt wird, und schon steht das Ei.«

»Oh ja, jetzt fällt's mir wieder ein, das Ei des Kolumbus … ja, das ist einfach, aber man muss erst mal drauf kommen. Sag nichts, ich hab' schon verstanden. Ganz so leicht wird es aber mit der Relativitätstheorie wohl nicht werden, oder?«

»Doch. Na ja, fast.«

»Also gut, du hast gewonnen, erklär sie mir.«

»Aah! Na endlich! Aber zuerst musst du sie mir erklären.«

»*Ich?* Is nich dein Ernst???«

»Doch. Erkläre mir, was das Wort ›relativ‹ bedeutet.«

»Hm. O.K., das kann ich: *Relativ* heißt eigentlich nur ›*im Vergleich zu*‹. Es bedeutet, dass hier keine feste Größe zählt, sondern dass etwas im Vergleich zu anderen Dingen oder durch unterschiedliche Betrachtungsweisen immer wieder anders erscheinen: Ein Elefant ist neben einem Hund relativ groß, neben einem Pottwal allerdings relativ klein. Ein normales Bett ist für einen Liliputaner groß, für einen Zweimeterzwanzig-Mann aber klein. Zehn Menschen im Aufzug sind verdammt viele, im Fußballstadion dagegen sehr wenige.«

»Prima, prima, prima, das wär's ja fast schon.«

»*Das* soll alles sein?«

»Na ja, nicht ganz, nicht ganz. Bei Einstein kommt noch hinzu: Wenn du nur noch zehn Minuten hast, um zwei kniffelige Aufgaben in einer Mathearbeit zu lösen, dann ist das sehr wenig Zeit. Wenn du dagegen ein Fieberthermometer im Hintern stecken hast, dann sind zehn Minuten verdammt viel Zeit.«

»*Das* soll Einstein gesagt haben?«

»Zugegeben, so eigentlich nicht. Aber bei Einsteins Theorie geht es darum, dass auch *die Zeit selbst* etwas Relatives ist. Allerdings nicht nur unserem Empfinden nach, wie bei dem Beispiel mit dem Fieberthermometer, sondern dass sie *tatsächlich* an verschiedenen Orten und unter bestimmten Bedingungen anders vergeht; jedoch – und das ist der Clou – nur aus Sicht eines Betrachters von außen, nicht für denjenigen, der wirklich an diesem anderen Ort ist.«

»Du machst Witze?«

Jetzt sprach wieder Julius Blochs Stimme: »Wenn du das schon für einen Witz hältst, wie wär's dann damit: Zeitreisen sind keine Science-Fiction und nicht erst in der Zukunft möglich, sondern es gibt sie schon – hier und heute – also, zumindest in unserer Welt.«

»Das ist ja wohl gigantomanischer Käse! Wenn es Zeitreisen gäbe, hätte man garantiert schon mal etwas davon gehört.«

»Hat man ja auch. Hören und verstehen ist aber nicht immer das Gleiche. Die Relativitätstheorie ist es nämlich, die diese Art von Zeitreisen erklärt.«

»Wirkliche Zeitreisen???«

»Nun, natürlich sind sie bisher nicht sonderlich spektakulär. Also nichts in der Art, dass du in irgendeine Maschine steigst und ein bestimmtes Datum eingibst, zu dem du dann wieder unter Zischen und Getöse ausgespuckt wirst. Du musst stattdessen nur in ein Flugzeug steigen.«

»In ein *Flugzeug*? Um eine *Zeitreise* zu machen?

»Aber ja, genau so ist es: Jeder Pilot eines Düsenjets, ja sogar jeder Passagier eines Urlaubsfliegers, unternimmt eine winzige – eine extrem winzige – Zeitreise. Den Rekord unter uns Zeitreisenden hält übrigens Sergei Konstantinowitsch Krikaljow – das war jedenfalls zu meinen Lebzeiten der Stand der Dinge. Was später geschah, kann ich natürlich nicht sagen, denn da war ich dann ja tot. Jedenfalls war der russische Kosmonaut bei sechs Weltraummissionen mit der Mir und der ISS insgesamt 803 Tage im Erdorbit. Und – das ist tatsächlich exakt errechnet worden – er reiste dabei nicht nur viele Male um die Erde, sondern auch eine 50stel Sekunde in die Zukunft – wohl gemerkt: aus Sicht der Daheimgebliebenen. Für ihn selbst verlief die Zeit wie immer. Dennoch hatte er, als er nach seinem letzten Ausflug ins All wieder landete und somit auch wieder in die Erd-Zeit eintrat, auf der Erde alles in allem etwa 0,02 Sekunden übersprungen.

Anders ausgedrückt: Jeder Tag seiner Weltraumreise hat ihn etwa 0,000025 Sekunden in die Zukunft katapultiert. Und das ist kein Hirngespinst, sondern nachweisbar so geschehen: Messergebnisse belegen, dass die Zeit innerhalb von Krikaljows Bezugsrahmen, also innerhalb der Mir, tatsächlich anders verging als im Kontrollzentrum.

Dabei hatte der Kosmonaut aber die aus Erdsicht fehlenden 0,02 Sekunden nicht etwa übersprungen, denn aus *seiner* Sicht fehlte der Sekundenbruchteil ja gar nicht. Die Zeit war für ihn persönlich ebenso vergangen, wie sie es getan hätte, wenn er auf der Erde geblieben wäre. Nur die Zeit selbst, oder besser gesagt, die Raumzeit, in der er sich bewegte, war eben eine andere als die auf der Erde. Und nichts anderes ist es eigentlich, was Albert Einsteins Relativitätstheorie erklärt: Selbst die Zeit ist keine universelle und überall im Universum gleiche Größe, sondern auch sie ist immer nur relativ zu irgendeiner Bezugsgröße gleich. Uns kommt das nur deshalb so komisch vor, weil wir nun mal auf der festen Bezugsgröße Erde leben – obwohl es in Wirklichkeit auch auf der Erde Raumzeit-Unterschiede gibt, die aber so verschwindend gering sind, dass wir sie nicht bemerken können.-3

Aus unserer Sicht und in unserer begrenzten Lebensspanne scheint die Zeit daher tatsächlich gleichförmig zu verlaufen. Dadurch haben wir die Vorstellung einer objektiven, unveränderlichen und ewig gleichförmigen Zeit seit Jahrtausenden verinnerlicht, und es erscheint uns auf den ersten Blick völlig irre, dass es anders ist. Da darf man uns aber keinen Strick draus drehen, denn erstens ist die Anzahl der Physik-Genies unter uns relativ begrenzt, und zweitens dürfte die Zahl derjenigen Menschen noch weitaus geringer sein, denen es vergönnt ist, mit annähernder Lichtgeschwindigkeit durchs All zu reisen und auch wieder heil zurückzukehren. Denn mit der Geschwindigkeit steigert sich auch der Effekt: Würde jemand mit annähernder Lichtgeschwindigkeit zu einem 500 Lichtjahre entfernten Stern und zurück reisen, dann wären bei seiner Ankunft 1000 Jahre auf der Erde vergangen – für ihn selbst aber nur zehn Jahre. Womit für ihn jeder Zweifel an der Richtigkeit der Relativitätstheorie zerstreut sein dürfte.

»Wow!«, sagte Peter atemlos, »ganz erstaunlich!«

»Die Relativitätstheorie?«

»Nein, sondern dass ich sie verstanden habe! – glaub ich.«

»Tatsächlich? Gut, dann können wir zum nächsten Schritt gehen.«

»Oh weh …«

»Beruhig dich, immerhin habe ich dir die Mathematik erspart. Denn Einstein hatte ja tatsächlich aus seiner Theorie eine handfeste mathematische Gleichung abgeleitet, das berühmte *Energie ist gleich Masse mal Lichtgeschwindigkeit zum Quadrat*, e = mc².«

»Und was wäre nun der zweite Schritt?«

»Tja, da müssen wir noch in ein paar Schubladen wühlen. Außerdem wird es jetzt Zeit aufzuwachen. Wir melden uns dann wieder.«

»Wie? Was? Aber was ist mit …? Ihr könnt doch jetzt nicht einfach …«

»Guten Morgen!«

***

Verärgert über seinen Großvater und Xavox erwachte Peter – obwohl er natürlich wusste, dass in Wirklichkeit weder den echten Halbmagier noch seinen toten Großvater irgendeine Schuld traf.

Peter hatte die Erholung gebraucht und bis in den Vormittag hinein geschlafen. Dennoch ließ er sich nochmals zurücksinken und wiederholte für sich, manchmal sogar laut murmelnd, was der alte Bloch/Xavox zur Relativitätstheorie erklärt hatte. Er wollte es bis zum nächsten Treffen nicht vergessen. Vielleicht würde er dann ja wirklich damit zu Potte kommen, was seine »Sagenwelt« mit seiner *derzeit* wirklichen Welt zu tun hatte.

Doch Bloch/Xavox ließ nachts nichts mehr von sich hören, und Peters Gedanken wurden immer mehr von der langsam wachsenden Flotte in Anspruch genommen. Der Winter wurde sehr arbeitsam, und immer wieder wurde Peter zu Jezz'y gerufen, der seltsamerweise darauf bestand, etliche Details mit ihm durchzusprechen. Die meiste Zeit half Peter aber, über den täglichen Zustrom bewaffneter Krieger staunend, bei der Errichtung des ständig wachsenden Heerlagers vor den Toren Tulpacs. Warum er gerade hier half? Natürlich weil er es konnte. Nein, nein, doch sicher nicht deshalb, weil er dort manchmal hörte, wie der Name *Peter Sagenwelt* geflüstert wurde. Peter Sagenwelt! Und das war er.

Selbstverständlich war der genaue Plan ihres weiteren Vorgehens von der Führungsgruppe, zu der *er* gehörte, nicht nach außen getragen worden. Dennoch war den Kriegern klar, dass es nun endlich eine Idee gab, wie man die Piraten besiegen konnte. Und sie hatten gesehen, wie er, Peter Sagenwelt, sich mit Oro und Bela unterhielt. Und sie kannten die Nekis-Prophezeiung, dass *er* die Rettung bringen würde. Altgediente Krieger grüßten ihn, den Jungen, mit Ehrerbietung, und wenn sein Name geflüstert wurde, dann mit Respekt. Oh ja, das war besser als die Tage in Stolzei! Mit Prinz Oro, den der Ältestenrat neben Bela zum obersten Heerführer für die kommende Schlacht ernannt hatte, besprach er immer wieder einzelne Punkte der Taktiken, die zum Einsatz kommen sollten.

Als Peter, an einem Abend etwa drei Wochen nach seinem Zeitreise-Traum, über dem Tor auf der Stadtmauer stand, von dort im letzten Licht des Tages über die Geschäftigkeit zu seinen Füßen blickte und die vielen Krieger im Lager sah, überkam ihn ein wohliger Schauer: Es durchzuckte ihn der Gedanke, ob die erlogene Prophezeiung nicht vielleicht doch wahr geworden sein könnte. Was da unten, nicht weit vom Tor entfernt, wuchs und wuselte, geschah nur wegen ihm; fast … ja fast könnte man sagen, auf seinen Befehl. Und es sah ganz so aus, als wäre er unentbehrlich geworden. Die arme Ky dagegen war ständig auf einer der neuen oder wiederbelebten Werften, die an den Küsten in Tulpacs Umland entstanden waren. Sie hatte sich breitschlagen lassen, als eine Art Gehilfin – vielleicht so etwas wie ein Laufmädchen? – des verrückten Schiffsmeisters zu arbeiten. An den meisten Tagen hatte Peter sie nur noch während des gemeinsamen Frühstücks oder Abendmahls getroffen – manchmal selbst dann nicht. So konnte er ihr zu seinem Leidwesen immer nur recht gedrängt von seinen Tagen und Begegnungen berichten. Außerdem schien dieser Jezz'y ihr einen Haufen Arbeit aufzubürden, denn sie wurde von Mal zu Mal immer einsilbiger und schien in sich selbst versunken zu sein. Nun ja, hatten sie nicht alle – und nicht zuletzt er selbst – viel Arbeit, und waren sie nicht alle ständig übermüdet? Trotzdem konnte *ihm* derzeit der Tag gar nicht lang genug sein. Möglicherweise hätte das Tulpe ja auch so gesehen.

An jenem Abend auf der Stadtmauer entdeckte Peter schließlich Ky, die langsam auf das Tor zuritt. Er eilte die steile Treppe hinunter, um sie an den nahe dem Tor gelegenen Stallungen abzufangen.

Müde und zerschlagen glitt Ky vor dem letzten der Stallgebäude vom Pferd und stöhnte: »Oh Ahnen! Ich müsse die Arbeit mit eigenen Händen spüren, damit mir die Bedeutung des Schiffsbaus wirklich klar werden würde, hat er gesagt! Die letzten vier Tage habe ich nichts weiter getan, als Planken zu hobeln und mit Sand Unebenheiten abzuschleifen. Noch vor ein paar Wochen habe ich allenfalls Seidenstoffe durch meine Finger gleiten lassen. Meine Hände sind voller Blasen, und ich spüre meine Schultern nicht mehr. Was ein Glück, dass wenigstens Brumi wieder bei uns ist, die kann mir nachher mit ihrem Wunder-Öl die Schultern einreiben – dann kann ich morgen wenigstens den Bohrer halten. Morgen soll ich nämlich Löcher für Verzapfungen bohren. Hast du eine Vorstellung, was so ein verdammter Schiffsbohrer wiegt? Mindestens eine Tonne. Und dann muss man das Ding auch noch kurbeln.«

Peter begleitete Ky und führte ihr Pferd in den Stall. Auch er freute sich, dass Brumberta wieder zu ihnen gestoßen war. Im neuen Hospital in Stolzei wurde sie inzwischen nicht mehr gebraucht, zumal kaum noch Verwundete ankamen, da sich die Piraten im Winter zurückgezogen hatten. Nun war sie damit beschäftigt, auch in Tulpac ein großes Hospital einzurichten und etliche ältere Männer und Frauen, die zu alt, sowie Jugendliche, die noch zu jung für den Kriegsdienst waren, anzulernen, für das, was kommen würde. Denn die Schlacht mit dem Piratenvolk, wie es inzwischen genannt wurde, würde nur noch ein paar Wochen auf sich warten lassen.

Peter übernahm es für Ky – selbst überrascht, dass er so etwas mal freiwillig machen würde –, ihr Pferd abzusatteln, in seine Box zu führen und mit Futter zu versorgen. Nun könnte er ihr endlich einmal ausführlicher erzählen, was er die ganzen Tage getan hatte. Während er arbeitete, sah er immer wieder zu dem Mädchen hinüber, das müde an einem Trägerbalken lehnte.

»Was ist?«, fragte sie schließlich.

Eigentlich wollte *er* ja erzählen. Aber irgendwie war da, bei ihrem Anblick, plötzlich ein anderer Gedanke. »Nichts«, antwortete Peter.

»Was guckst du dann so?«

»Na ja, ich habe gerade daran gedacht, wie ich dich zum ersten Mal gesehen habe; mit teuren Kleidern, duftenden, frisierten Haaren und die Nase zehn Kilometer im Himmel. Jetzt lehnst du hier mit einem alten Ledermantel über der Arbeitskleidung, die Haare zerzaust, mit zwei wunderschönen Dreckstreifen durchs halbe Gesicht.«

»Na danke«, fauchte Ky erbost, »dass du mich dran erinnert hast.«

»A-Aber«, stotterte Peter, »so habe ich das doch nicht …, ich meine …«, dann wurde er rot, »eh, die neue Ky gefällt mir doch auch mit Dreckstreifen viel besser.«

Im ersten Moment schien Ky lächeln zu wollen, doch übergangslos schlug sie die Hände vors Gesicht und begann hemmungslos zu schluchzen.

Peter war völlig überrumpelt, eilte zu ihr, scheute sich, seine Hand auf ihre Schulter zu legen und haspelte: »Tut mir leid. Das wollte ich wirklich nicht, ich weiß auch überhaupt nicht …«

»Nein, du kannst nichts dafür«, schniefte das Mädchen, das sich die Tränen abwischte und, selbst peinlich berührt, versuchte, sich zu beherrschen, »es sind meine Träume.«

»Deine …? Oh! Was bin ich für ein Hornochse!«

»Hornochse?«

»Äh, Trillerlops. Ich hab die ganze Zeit geglaubt, du bist bloß müde. Und ich habe nur an mich gedacht, obwohl ich wusste, dass du auch solche Träume hattest. Tut mir leid. Das war blöd.«

»Ja. Allerdings. Das war es.«

»Aber du hättest doch mit mir reden können. – Hab ich doch auch gesagt, oder?«

»Na und? Du hättest mich ruhig noch mal fragen können.«

»He! Moment mal! Das ist jetzt aber … ach, egal. Komm, wir setzen uns da auf den Strohballen, und du erzählst mir, was *du* geträumt hast.«

Ky ließ sich von Peter auf den Strohballen ziehen, kämpfte noch einen Moment mit sich selbst und platzte dann heraus: »Oh Ahnen! Ich bin mir selbst begegnet. Und … und es war … *schrecklich.*«

»Ich finde es überhaupt nicht schrecklich, dir zu begegnen.«

»Du verstehst überhaupt nichts. Nein, ’tschuldigung. Kannst du ja auch nicht. Du bist schließlich nicht Rétep und kennst mich erst seit ein paar Monaten. Das Schlimme für mich ist: Die Ky, die ich getroffen habe, das war die echte. Und sie hat so gar nichts mit der Ky zu tun, die ich immer sein wollte. Ich habe immer behauptet, meine Mondlicht-Fähigkeit sei es, charmant zu sein – ha, ha, ha. Mein Leben würde, in nicht ganz so ferner Zukunft, bedeutend werden, hatte ich geglaubt. Und zwar allein dadurch bedeutend, dass ich bedeutende Männer nach meiner Pfeife tanzen ließe. Dass ich, wenn ich älter werden würde, jeden umgarnen und, und …« Ky wurde rot wie eine Tomate und flüsterte: »und verführen könnte, gerade so, wie es meinen Zielen dienen würde. Blöd nur, dass mir dabei eine Kleinigkeit entgangen ist: Ich hatte gar keine Ziele. Auch das hat mir mein Traum-Ich deutlich erklärt. Und es hat mir mein wahres Talent gezeigt. Bloß dass das überhaupt nichts mit glanzvollen Auftritten auf Bällen und königlichen Festen zu tun hat, wie ich es mir immer gewünscht hatte.«

»Aber was ist es denn, dein Talent?«

Panik flackerte in Kys Augen, als sie antwortete: »Du siehst es doch schon vor dir: Dreck an den Händen, raue Kleider am Körper, Schweiß im Gesicht. – *Dem Neuen entgegen*, war das Motto meiner Mondlichtseele gewesen. Und ich wollte immer glauben, das bedeute, gesellschaftlichen Glanz zu erreichen. Aber es war viel wörtlicher zu verstehen: Ich kann, wenn ich es akzeptiere, mit meinem Verstand und meinen Händen Neues erschaffen. – Peter, ich kann eine *Erfinderin* werden!«

»Aber Ky! Das ist doch großartig!«

»*Großartig?* Oh, Jungs können wirklich manchmal so was von dämlich sein! Also ich muss mich jedenfalls an die Vorstellung gewöhnen, statt die Abende auf dem Tanzparkett die Tage in einer Werkstatt zu verbringen. Nein! Ich weiß, was du sagen willst: Dass mir schon mein neues Leben der vergangenen Wochen gutgetan hat. Und irgendwie stimmt es ja auch: Wenn ich in mich hineinhorche, dann fühle ich mich auf eine Art, die ich noch nicht so ganz verstehe, viel wohler als zu der Zeit, in der ich nichts weiter als die verwöhnte Tochter eines reichen Händlers war. Trotzdem ist es schwer, sich von allen Vorstellungen, die man sich über seine Zukunft gemacht hat, so schlagartig zu verabschieden. Doch das ist nicht das Schlimmste. *Du hast jetzt Verantwortung*, hat mein Traum-Ich zu mir gesagt. Ich! *Verantwortung!* Peter, hilf mir! Ich will das nicht!«

»Aber Ky«, ohne es zu merken, hatte er nun doch mit beiden Händen ihre Linke ergriffen und drückte sie fest, »glaub mir, wohin uns unsere Leben auch führen werden, ich will versuchen, für dich da zu sein, wenn du mich brauchst – besser als ich es in den vergangenen Wochen getan habe. Doch ich weiß einfach nicht, wie ich dir bei *diesem* Problem helfen kann. Und ist es denn wirklich so schlimm, Verantwortung zu tragen? Erinnere dich, als du im Tempel von Nekis aufgestanden bist und Verantwortung für mein Leben übernommen hast.«

»Aber ein ganzes Leben lang Verantwortung tragen? Für *andere*? Auch für Leute, die ich nicht so gern hab?« Als sie merkte, was sie gerade gesagt hatte, wurde sie erneut rot und fuhr schnell fort: »So wie mir mein anderes Ich gegenübergetreten ist und mit mir gesprochen hat, war für mich klar, dass ich mein Leben wegwerfen würde, wenn ich mein wahres Talent verkümmern ließe. Aber Peter! Bald werde ich 14 Jahre alt, ich dachte immer, dann kann mir keiner mehr was … aber das ist viel zu jung, um für andere verantwortlich zu sein!«

Peter konnte das leichte Zittern ihrer Hand spüren und sagte: »So beruhig dich doch! Du hast sicher noch Zeit, in Ruhe erwachsen zu werden, bevor du …«

»*Nein!*«, Ky war aufgesprungen und hatte es Peter, ihre Hand aus seiner reißend, entgegen gebrüllt. Dann schluchzte sie: »*Jetzt!* Jetzt habe ich Verantwortung! Jetzt muss ich entscheiden, wer leben darf und wer stirbt! Peter! Ich kann *töten!*«

»Was? Aber ich verstehe nicht …?«

Hektisch ließ sich Ky wieder neben ihn auf den Strohballen fallen, krallte sich an seinen Schultern fest, brachte ihr Gesicht nahe an seines und flüsterte, als hätten die Worte schon seit Tagen darauf gewartet frei gelassen zu werden, in einem aufgeregten Stakkato: »Schon an meinem ersten Tag in Jezz'ys Werft standen da diese großen Kessel mit blubberndem Pech, das für das Abdichten von Fugen benutzt wird. Und zu Hause in Rú-tan haben wir so eine neuartige Wasserpumpe – mein Vater ist schließlich reich –, und dann war Heerführer Oro vorbeigekommen und hatte mit Jezz'y darüber gesprochen, wie man am besten Wurfmaschinen auf einem bestimmten Schiff anbringen könnte ... Peter, ich glaube ... nein, ich *weiß*, dass ich zumindest zwei Waffen konstruieren kann, die Tod und Verderben über die Piraten bringen würden. Wenn ich Jezz'y und dem Schanzmeister davon erzähle, und wir bauen die und montieren sie auf unseren Schiffen: Das würde vielen unserer Leute das Leben retten. Aber es würde hunderte Piraten in einen wahrlich qualvollen Tod schicken.«

Peter schluckte. Dann sagte er: »Das ist allerdings eine Verantwortung. Doch ist es nicht wichtiger, unsere eigenen Leute zu schützen? Und die Piraten haben schon so viele Menschen getötet. Glaub mir: Ich habe auch darüber gegrübelt, dass meine Idee eine Schlacht von gigantischen Ausmaßen nach sich ziehen wird, in der vermutlich hunderte, ach was, in der tausende Menschen sterben werden. Und ich kann dir auch nicht mit Sicherheit sagen, ob ich dadurch nicht zu einem bösen Menschen geworden bin. Aber ich will auch dem Waldstamm helfen. Ich will es ja wirklich! Inzwischen. Und ich habe mich, nach einem Gespräch mit Xavox, entschlossen, die Schlacht als Verteidigung zu sehen. Vielleicht solltest du das mit deinen Erfindungen auch tun?«

»Schön wär's. Doch der Kampf zwischen Piraten und Waldstamm würde ja tatsächlich auch ohne dich stattfinden. Vielleicht nicht in einer großen Schlacht, aber über Jahre hinweg, mit immer mehr Opfern, vielleicht mit unzähligen weiteren Opfern, wenn der Plan des Kriegskanzlers durch die Schwächung des Waldstammes aufgeht. Und die neuen Schiffe, die wir bauen, bieten jetzt, in *dieser* Schlacht einen Vorteil. Doch sind sie erst einmal von anderen Völkern kopiert und ist die neue Taktik bekannt, wird sich früher oder später alles wieder ausgleichen, die neuen Schiffsmodelle werden dann nicht mehr Tote verursachen als die alten. Meine Erfindungen dagegen ... wenn die erst einmal in die Welt gebracht sind, dann werden sie auch noch weiter töten, selbst wenn unsere Schlacht längst geschlagen ist, ja selbst noch nach Generationen. Und sie werden dann nicht mehr nur Piraten treffen. Stell dir vor: ein Feuerstrahl, der aus einem Rohr hervorbricht und gegnerische Schiffe in ein Flammenmeer hüllt, und dazu von Ballisten abgeschossene Speere …

»Ballisten?«

»Eine Art Riesen-Armbrust, die mit Geschossen nach meinen Plänen wesentlich effektiver als bisher Brandpfeile auf gegnerische Schiffe abfeuern könnte.«

Peter schwieg eine ganze Weile, dann sagte er: »Du bist verdammt klug. Soweit hätte … soweit *habe* ich nicht gedacht. Aber, ja, das ist ein Problem. In meiner Welt gibt es wahre Höllenmaschinen fürs Töten, die ich glücklicherweise nicht nachbauen kann. Doch ich muss zugeben: An Schwarzpulver hatte ich gedacht – damit kann man Eisenkugeln mit mörderischer Wucht aus großen Stahlrohren abfeuern, die beim Aufprall eine verheerende Wirkung haben. Aber ich bin mir ohnehin über die genaue Zusammensetzung unsicher und zudem scheint Salpeter – das braucht man zur Herstellung – in eurer Welt unbekannt zu sein. Und Kanonen zu gießen – das sind diese Eisenrohre – ist sicher auch nicht so einfach.«

»Du hast's gut«, murmelt Ky und legte erschöpft ihren Kopf an Peters Schulter, »aber was mache ich mit meinen Waffen?«

Wieder schwieg Peter einige Sekunden, bis er glaubte, einen Vorschlag zu haben, dann noch ein paar weitere Sekunden, um, Schuldbewusstsein unterdrückend, das Gefühl von Kys Berührung zu genießen, bis er schließlich sagte: »Vielleicht ist ein Kompromiss möglich. Was den Feuerstrahl betrifft: Ich ahne, worauf du hinauswillst. So etwas gab es in unserer Welt tatsächlich. Jahrhunderte lang konnten die Byzantiner das griechische Feuer als eine Art Geheimwaffe einsetzen. Und es würde auch in eurer Welt auf lange Sicht viele zusätzliche Tote fordern.

So gut wir sie im Kampf gegen die Piraten auch gebrauchen könnten: Wenn du eine solche Vernichtungswaffe aus deiner Welt fernhalten kannst, dann tu es. Was die Geschosse betrifft: Diese Wurfapparate werden so oder so montiert, und früher oder später wird jemand anderes auf Ideen kommen, wie man Brandgeschosse – die es ja schon gibt – effektiver machen kann.«

»War das bei euch auch so?«

»Ja, bei uns ist auch jemand drauf gekommen, allerdings nur auf dem Papier. Wirklich gebaut wurden sie nie.«

»Warum nicht? Waren deinen Leuten diese Waffen zu schrecklich?«

Peter lachte freudlos: »Wo denkst du hin? Nein, als ein gewisser Leonardo da Vinci diese Pläne entwarf, gab es schon viel schrecklichere Waffen – diese Kanonen, von denen ich erzählt habe –, also brauchte man seine Brandgeschosse gar nicht mehr.«

Nach einem weiteren Schweigen nickte Ky schließlich und sagte: »Ich werde noch mal drüber schlafen – und drüber träumen –, aber ich denke, es wird dabei bleiben: Mit dem Feuerstrahl werde ich mich nicht länger befassen und mein Leben lang niemandem ein Wort davon erzählen. Über die Feuer-Schleudern werde ich mit Jezz'y und Xavox reden.«

Dann wandte sie sich mit großen Augen Peter zu und fragte: »Sag mal, haben wir jetzt gerade entschieden, dass in unserer Schlacht mehr unserer eigenen Krieger sterben müssen, damit in künftigen Kämpfen auf unserer Welt nicht so viele Leute sterben sollen? Haben ... haben *wir* eben entschieden, wer leben darf und wer nicht?«

»Oh Ahnen!«, auch Peters Stimme zitterte, »hoffentlich haben wir das Richtige gemacht.«

Dann lagen sie sich plötzlich in den Armen, um sich gegenseitig das Gefühl von Schutz und Freundschaft zu geben – ein Gefühl, das sie in diesem Moment bitter nötig hatten.

Schließlich sagte Peter zu Ky: »Genaugenommen kommt Heerführer Oro auch ohne mich mit dem wachsenden Heerlager zurecht. Hm, wenn ich ehrlich bin: Er braucht mich keinen Deut dazu. Ich werde jetzt mehr bei den Schiffen mitarbeiten – und in deiner Nähe bleiben.«

Müde und nachdenklich erhoben sie sich schließlich, um sich zur Meeresburg zu begeben. Es war inzwischen dunkel geworden, doch aus den meisten Häusern fiel Licht auf die Straßen. Auf dem kurzen Weg von den Ställen bis zum Eingang der Burg fragte Ky: »Deine Taktik gegen die Piraten – hast du die wirklich aus Kinderbüchern?«

»Was ist Was.«

»Was soll was sein?«

»*Was ist Was*. So heißt eine ganze Buchreihe bei uns. Da wird alles Mögliche erklärt. Vom Leben in der Steinzeit über die alten Ägypter und die Wikinger bis was weiß ich alles.«

»Kinderbücher! Das ist ein Ding. Die Piraten mit Kinderbüchern besiegen.« Ky kicherte.

Peter erwiderte: »Aber ich will jetzt auch noch was wissen – eigentlich schon lang. Sag, was hat es denn nun mit dieser Mondlicht-Fähigkeit auf sich? Jedes Mal, wenn ich fragen will, scheint irgendetwas dazwischen zu kommen.«

»Oh, das. Das ist uns von unseren Ahnen überliefert. Es muss älter sein als die Bruderschaft, vielleicht sogar älter als die magische Zeit oder aus deren Anfängen. Jeder einzelne im Elf-Stämme-Reich, so heißt es, vom Regenstamm im Westsüden bis zum Stamm der Kohleschürfer im Ostnorden, hat diese Mondlichtseele, manche sagen auch Mondfähigkeit. Es bedeutet eigentlich nichts anderes, als dass jeder eine bestimmte Sache in seinem Leben besonders gut kann. Wird ein Kind elf Jahre alt und einer der Reisenden des Mondstamms ist im Dorf, dann gibt es ein kleines Fest. Der Reisende, der dafür natürlich bezahlt wird, unterhält sich im Mondschein mit dem Kind und verkündet dann den Eltern, welche besonderen Fähigkeiten der Sprössling hat. Wenn es sich die Eltern leisten können, dann wird das Kind sogar auf eine Fahrt zu den Mondlicht-Höhlen an der Nord-Grenze des Reiches geschickt – ich war natürlich dort gewesen, zusammen mit Rétep, den mein Vater auch eingeladen hatte. Und nur dort – sagen jedenfalls die, die's sich leisten können – wird einem die wahrste Wahrheit über sein inneres Wesen verkündet. Ich denke, viele nehmen diese Zeremonie heute nicht mehr so ganz ernst – man macht's halt, weil es immer so war, und anderes wäre unschicklich. Aber manchmal ist es schon verblüffend … wenn ich zum Beispiel an Rétep denke …«

»Na gerade das interessiert mich – wo ich doch in seinem Körper festsitze. Was ist denn nun seine Mondlichtfähigkeit?«

»Das Lügen.«

»*Bitte?*«

»Oh, keine Angst. Das Fach ist zwar schwierig, aber er ist wirklich ein absoluter Meister darin. Ich war eine der wenigen, die seine Lügen – oft – erkannt haben. Doch er hat die ungewöhnliche Fähigkeit, dass ihm die meisten Leute selbst die hanebüchensten Geschichten abkaufen.«

»Ich stecke im Körper eines Profi-Lügners? Ich bin hier, weil der größte Lügner eures Landes abhauen musste? Ein Lügner, der mir bei unserer kurzen Begegnung erklärt hat, ich sei dazu ausersehen, euer Land zu retten? Ein Lügner, wegen dem ich für einen Pferdedieb gehalten werde, von Kriegern zerstückelt, von Soldaten aufgeknüpft, von Räubern geköpft werden sollte?«

»Ja. Aber sonst ist er eigentlich ganz nett.«

Verwundert drehten andere Passanten ihre Köpfe nach diesen beiden seltsamen jungen Leuten um, die mitten auf der Straße standen und vor lauter brüllendem Gelächter immer wieder hustend und japsend nach Luft ringen mussten.

***

Der Königspalast in Dorianstadt, geschützt von einer elf Meter hohen, elfeckigen Mauer, war ohne Zweifel die gigantischste Anlage im ganzen Reich und darüber hinaus. Doch ein Großteil der für das Reich wichtigen Entscheidungen wurde nicht hier, sondern ganz in der Nähe getroffen. Das Haupttor der Palastanlage führte auf den quadratischen Siegesplatz hinaus, und auf dessen anderer Seite, in 222 Meter Entfernung, befand sich das Kriegshaus – in der Sagenwelt hätte man vermutlich Kriegsministerium gesagt. Zwar konnte seine Ausdehnung nicht mit dem Palast mithalten, doch mit seiner fast 111 Meter langen Front war es das zweitgrößte frei stehende Haus der Stadt.

In den beiden oberen Etagen des Nordflügels lagen die Privatgemächer des Kriegskanzlers. Hanu Standhaft, von vielen als großer Held verehrt, war jedenfalls körperlich tatsächlich von großer Statur. Allerdings fehlte jetzt, als er allein und unbeobachtet in seinem Lesezimmer saß, ein wenig von der Spannkraft und der aufrechten Haltung, die man sonst an ihm kannte. Doch auch mit fast 55 Jahren hatte er noch volles braunes, allerdings mit etlichen grauen Strähnen durchzogenes Haar, das ihm in einem Rundschnitt bis über die Ohren reichte. Sein Gesicht mit dem dunklen Teint war bereits mit etlichen Falten durchsetzt, zu denen in diesem Augenblick auch noch die tiefen Falten einer gerunzelten Stirn hinzukamen. Denn der Kanzler war beunruhigt. Nicht offiziell natürlich. Offiziell hatte die Botschaft des Waldstamm-Ältestenrates natürlich gut geklungen. Hanu las sie gerade zum dritten Mal:

»An Eure Hoheit König Jaun, Herrscher über die elf Stämme ...« und so weiter, und so weiter ... »und an den ehrenwerten Kriegskanzler Hanu Standhaft, Retter des Reiches ...«, bla, bla, bla ..., doch dann wurde es ..., ja was? Spannend? Verrückt? Für des Kanzlers Pläne gefährlich?

»Wir, der Rat der Ältesten des Waldstammes, übersenden gute Kunde: Noch in diesem Jahr wollen wir die Piraten besiegen. Durch das Bündeln unserer handwerklichen Fähigkeiten und unter Ausnutzung der Arbeitskraft etlicher gefangener Räuber ist es uns gelungen, über Winter eine Flotte zu bauen, die groß genug sein wird, unsere Küste zu schützen. Auch sollte sie uns die Möglichkeit geben, den Spieß umzudrehen: Wir werden in größeren Verbänden segeln, die den kleinen Angriffs-Verbänden der Piraten die Stirn bieten können. Wenn im Spätwinter die ersten Korsarenangriffe zu erwarten sind, dann wird in Tulpac auch unser Flaggschiff vom Stapel laufen und die stolze Flotte beim Auslaufen anführen.

Wenn das Piratenproblem gelöst ist, werden wir uns auch wieder verstärkt in den Dienst der Krone stellen können.

Mit Hochachtung im Namen des Rates und des Volkes:
Bela Prinz Starkehand«

»… wieder verstärkt in den Dienst der Krone stellen …«, wie war das denn zu verstehen? Und wieso glaubte der Waldstamm plötzlich, in nur einem Winter zur Seefahrernation werden und es gar mit den Piraten aufnehmen zu können? Waren die wirklich so naiv? Vertrauten sie einfach auf ihr Geschick als Krieger? Oder … wussten die etwas? Hatten die noch irgendetwas in der Hinterhand? Jedenfalls würde er augenblicklich Tagun, dem Anführer der roten Piraten, eine Abschrift des Briefes zukommen lassen.

Der Kanzler konnte den Piraten leider keine Befehle erteilen. Doch der erfahrene Korsarenführer würde wohl die gleiche Idee haben – und sicherheitshalber sollte ein ordentlicher Batzen Gold diese Idee beflügeln: Der Waldstamm konnte ganz einfach nicht über Winter eine Flotte gebaut haben, die diejenige der Piraten ausstach. Die Piraten mussten erst ein kleines Kommando landen, um sich über die Flottenstärke Gewissheit zu verschaffen, und dann mussten sie die Mühen des Waldstammes mit harter Faust im Keim ersticken: ein Großangriff auf die auslaufende Flotte und alle mit Mann und Maus versenken. Das sollte, das musste gelingen … aber warum war er dann so unruhig?

Was diesen Jungen betraf – Prinz Rétep, ja, *den* Namen hatte er sich merken können –, so war sich der Kriegskanzler inzwischen alles andere als sicher, ob er sich nun in der Sagenwelt aufhielt oder nicht.

Von dem Attentäter, der ihm hinterher gesandt worden war, hatte man nichts mehr gehört – nun gut, natürlich nicht. Selbstverständlich würde man nie wieder etwas von ihm hören, da er ja nicht mehr zurückkehren konnte – eine Kleinigkeit, die man wohl vergessen hatte, dem jungen Mann vor seiner Abreise mitzuteilen. *Schwarze Klinge* ... also die Clansleute der Attentäter konnten bei der Wahl ihrer Kampfnamen schon ganz schön theatralisch sein. Was aber speziell diesem Attentäter nicht helfen würde, wieder nach Hause zu kommen. Nun ja, ein Mörder weniger.

Aber dieser Prinz Rétep ... Irgendwie wurde Hanu Standhaft das Gefühl nicht los, dass er diesen Jungen durchaus auch beim Waldstamm antreffen könnte. Seit jener seltsamen Schlacht vergangenes Jahr im Nekis-Tempel, nachdem sich die siegreichen Waldstamm-Kämpfer so merkwürdig schnell wieder auf ihr Gebiet zurückgezogen hatten, ohne die Ankunft der Reichskrieger abzuwarten ... die Nachricht darüber war ihm schon damals mehr als verdächtig erschienen. Vielleicht könnte er ja Cé-tan bewegen, einen Spezialisten der Bruderschaft zu den Piraten zu entsenden – einerseits als Beobachter, andererseits bestand ja eine geringe Chance, auf den Jungen zu treffen.

Und ihn zu töten.

Was sonst?

4. Magie und Tupperware

Ob ein Kopf wirklich platzen konnte? Einfach so, vom Nachdenken? Es gab jedenfalls noch immer Tage, an denen sich Peter so fühlte. Was ihn andererseits nicht verwunderte, bei all den vielen Gedanken, die er durch seinen Kopf wälzte. Ganz zu schweigen von den neuen Eindrücken, die es fast täglich für ihn gab. Doch immerhin hatte dieser vollgestopfte Kopf den Vorteil, dass für bestimmte Gedanken weniger Raum und Zeit blieb. Für Gedanken, die Peter nach wie vor einen Stich versetzten und es auch immer tun würden, so lange er keine Klarheit hatte – die Gedanken an seine Familie. Und an Schwarze Klinge.

Als er nun, aufgekratzt von seinem Gespräch mit Ky, in seinem Bett lag und eigentlich nichts weiter als schlafen wollte, da war er plötzlich wieder da, der Gedanke an seine Familie.

Was sie wohl gerade taten? Mama, Papa und natürlich Paula? Doch seit jener Beratung nach der Schlacht im Nekistempel war es ihm nicht mehr vergönnt, nur in Sehnsucht an seine Familie zu denken. Denn in jener Nacht war auch die Angst hinzugekommen. Die Angst um seine Familie, seit der Name Schwarze Klinge gefallen war. Jener Mann aus dem Stamm der Attentäter vom Clan der Attentäter, den der Kriegskanzler mit Hilfe des Gleichsten der Bruderschaft Rétep hinterher geschickt hatte. Jener Mann, der dafür sorgte, dass auch die andere Welt, Peters Heimat, nicht mehr frei von Gefahren war. Dass sich ein gesichtsloser Schatten seiner Familie näherte, sie umschlich.

Schon viele Elfstämmler hatten sich vorzustellen versucht, wie wohl das Gesicht hinter diesem Schatten aussehen mochte. Diejenigen, die es tatsächlich erfahren hatten, konnten es nicht weitererzählen. Tote reden nicht. Andere versuchten erst gar nicht, sich Schwarze Klinges Aussehen auszumalen. Denn wie sollte das auch möglich sein, bei so einem … so einem *Ding*, das, wenn nur die Hälfte der Schauergeschichten über ihn stimmten, die Bosheit in Person sein musste?

»Ein Monstrum«, dachte Peter, selbst als ihm schon die Augen zufielen, – ein Monstrum, das nur Blut im Sinn hatte, präzise, tödlich, unbesiegbar, und das womöglich gerade jetzt seiner Familie immer näher kam. Das vielleicht genau in diesem Augenblick zuschlug …

*

Schwarze Klinge schlug zu.

Die Tupperware-Vertreterin sah, wie die meisten Frauen im Raum, mit einer Mischung aus Irritation und Belustigung zu dem jungen Mann hinüber, der schon wieder vor lauter Begeisterung mit der flachen Hand auf den Tisch geschlagen hatte, und der jetzt freudig erregt erklärte: »Die auch, diese …! Was sagten Sie, ist das? Eine Salatschüssel? Ja, die nehm ich auch. Was für ein tolles Grün! Und bekomme ich dafür dann noch einen von diesen kleinen … diesen Wichteln?«

»Ja, klar, meinetwegen«, lachte Mariana Eifel, die Tupper-Gastgeberin des heutigen Abends, »welche Farbe darf's denn diesmal sein?«

»Äh … welche gibt's denn noch?«

»Nun, Sie haben ja schon alle … rot und grün schon zwei Mal.«

Tatsächlich standen vor Schwarze Klinge, fein säuberlich aufgereiht, acht Tupper-Wichtel auf dem Couchtisch. Wie viele Töpfe, Schüsseln und Salatbestecke er dafür inzwischen schon bestellt hatte, darüber war ihm im Augenblick die Übersicht abhandengekommen. Paula, die neben ihm saß, stupste ihn jetzt von der Seite an und flüsterte: »Sag mal, Kurt, meinst du nicht, dass du langsam genug von diesen Dingern hast?«

Überrascht fragte der junge Mann zurück: »Aber wieso denn? Die sind doch ganz fantastisch. Und so praktisch!«

Paula seufzte kopfschüttelnd und wollte wissen: »Deine Kopfschmerzen sind nicht zufällig wieder zurückgekommen, nein?«

»Nein. Den Ahnen … Gott sei Dank nicht. Warum fragst du?«

Schwarze Klinge hatte tatsächlich keine Kopfschmerzen mehr. Und das hatte er Paula zu verdanken …

Als Schwarze Klinge erstmals Sagenwelt-Boden berührt hatte, da war das auf derselben Lichtung geschehen, auf der auch Rétep hier angekommen war. Allerdings war es ganz und gar nicht auf die gleiche Weise passiert: Es war Nacht gewesen, der Waldweg menschenleer. Und das war gut so.

Von einer zur anderen Sekunde hatte sich ein fauliger Gestank auf der Lichtung verbreitet. Und mit dem Gestank war, vollkommen geräuschlos, ein Riss in der Luft erschienen, glühend wie geschmolzener Stahl, vier Meter hoch, doch in diesem Moment noch dünn.

Dann begann der Riss, als sei er lebendig, zu pulsieren und immer weiter auseinanderzuklaffen, während gleichzeitig ein zunächst leiser Schrei immer näher kam, immer lauter wurde, bis ein vor Schmerzen brüllender, zur Kugel gekrümmter Mann aus dem Riss geschleudert wurde, aus zwei Metern Höhe auf den Boden krachte und besinnungslos liegen blieb.

Als Schwarze Klinge, die Beine angezogen und an seinen großen Rucksack geklammert wie an eine Rettungsboje, mit schmerzenden Knochen und nie gekannten Kopfschmerzen wieder zu sich kam, war von dem Riss schon lange nichts mehr zu sehen.

Darauf trainiert, vorausschauend zu denken und minutiös zu planen, war Schwarze Klinge vor seinem Weltenwechsel weitaus deutlicher als Rétep bewusst gewesen, dass ihm in der Sagenwelt Dinge und Verhaltensweisen begegnen würden, die ihm absolut fremd und unglaublich erscheinen mussten. Genaugenommen bedeutete dies, und das war neu für ihn, dass er eigentlich gar keine Chance hatte, sich auf diesen Auftrag vorzubereiten. Mit Rothand hatte er das Problem durchgesprochen. Rothand war sein ehemaliger Blutmeister, der, inzwischen selbst zu alt für die Kunst des aktiven Meuchelns, eine Art Einsatzleiter für die jüngeren Attentäter geworden war.

Sie waren zu der Einschätzung gekommen, dass er sich nur in zwei Punkten vorbereiten konnte: Erstens musste er seinen Geist noch viel stärker, als er es ohnehin schon gewohnt war, dagegen wappnen, seiner Zunge unbedachte Äußerungen zu gestatten. Denn so sicher wie ein Trillerlops nicht fliegen kann, so sicher war es auch, dass selbst er von etlichen Eindrücken überwältigt werden würde, sich aber nicht verraten durfte. Daher durfte er sich zweitens nicht sofort nach seiner Ankunft auf die Suche begeben, sondern musste erst ein, zwei Wochen zumindest ein paar rudimentäre Erfahrungen über das Leben in der Sagenwelt sammeln. Dazu sollte er eine Tarnung aufbauen; das wiederum konnte nur gelingen, wenn er einen Schnittpunkt zwischen dem Leben in der echten und dem in der Sagenwelt fand: irgendeine Gemeinsamkeit, die es in beiden Welten gab und mit der er sich auskannte.

Gegen ein weiteres Problem fühlte sich Schwarze Klinge gewappnet: Das Attentat würde nur unnötig kompliziert werden, wenn er in einer fremden Welt auch noch ernsthaft für seinen Lebensunterhalt sorgen müsste. Natürlich hatten weder Schwarze Klinge noch Rothand die leiseste Ahnung, welche Zahlungsmittel in der Sagenwelt in Umlauf waren, doch »keine Sorge – Gold geht immer«, hatte Rothand gesagt. Und da der Auftraggeber für die Kosten des Einsatzes aufkommen musste und es sich bei der Bruderschaft um einen sehr reichen Auftraggeber handelte, war Schwarze Klinge mit einer wahrhaft königlichen Reisekasse unterwegs. Gold konnte sehr nützlich sein: Vielleicht würde er Waffen oder Papiere brauchen, an die über offizielle Wege nicht heranzukommen war. Dann konnte das Gold inoffizielle Wege öffnen und ihm die Hilfe unehrenhafter Menschen kaufen. Kurz durchzuckte ihn der Gedanke, dass er damit Pech haben würde, falls in der Sagenwelt nur Heilige lebten. Doch das verwarf er augenblicklich wieder: Wo Menschen sind, gibt es auch Verbrecher – ganz egal in welcher Welt.

Ja, die neuen Eindrücke hatten ihn fast erschlagen. Als er zum ersten Mal eine fliegende Maschine am Himmel über sich sah, da hatte ihm all seine angeborene und antrainierte stoische Ruhe nichts mehr geholfen: Sein Herz raste und seine Beine schlotterten so sehr, dass er umgekippt wäre, wenn er sich nicht augenblicklich hingesetzt hätte. Und er hatte großes Glück gehabt, dass er gerade in diesem »Park«, wie sie das hier nannten, an einer Bank vorbeigekommen war, denn sonst hätte er bestimmt Aufmerksamkeit erregt.

Und dann dieses Theater mit geschrumpften Menschen, die hinter Scheiben in seltsamen Kästen festsaßen, die innen viel mehr zeigten, als bei ihrer Größe eigentlich möglich schien, was aber, wie sich dann herausgestellt hatte, alles gar nicht echt war. Oder diese hauchdünnen, welligen, salzigen Scheiben in seltsam glatten Beuteln, die eigentlich ziemlich sonderbar schmeckten, aber dennoch hatte ihn irgendein geheimer Zauber dazu gebracht, so lange weiter zu essen, bis der Beutel leer war. – Und dann diese seltsamen Bräuche, die es hier gab: An einer Straßenecke war es gewesen, da hatte ein kleiner Mann mit Halbglatze gestanden und stumm ein Schriftwerk in der Hand gehalten. Als Schwarze Klinge zwei Stunden später ein zweites Mal an der gleichen Stelle vorbeigekommen war, hatte dieser Typ noch immer dagestanden und ihn, nach einem schnellen Blick links und rechts, gefragt, ob er vielleicht mit ihm über Gott sprechen dürfe (es schien hier nur einen Gott zu geben). Da Schwarze Klinge nicht durch Unhöflichkeit auffallen wollte, hatte er unsicher genickt, was zur Folge gehabt hatte, dass er erst eineinhalb Stunden später, nach dem Gespräch, wieder weitergekommen war, zwar ohne ein Wort verstanden zu haben, dafür aber mit schwirrendem Kopf und fünf dieser Schriftstücke in der Hand.

Die Zahlungsmittel in dieser Welt waren auch seltsam: teils, wie zu Hause, Münzen – wenn auch keine aus Gold darunter waren – und teils tatsächlich aus Papier, das noch dazu mehr wert zu sein schien als die Münzen. Was eigentlich ziemlich ungewöhnlich war, weil es andererseits Papier gab, das man für eine Münze kaufen konnte. Später ging Schwarze Klinge dann auf, dass es sich bei den Papieren wohl um eine Art vorgefertigter Verträge handelte, gegen die man immer eine bestimmte Menge an Ware eintauschen konnte – ganz schön schlau, aber man brauchte sicher eine große Menge ganz vorzüglicher Kopisten, um so viele dieser Verträge herzustellen.

Die ersten Tage schlief Schwarze Klinge im Wald und ging tagsüber in den Ort, um die Menschen zu beobachten und zu belauschen – wobei er zwar dank des Übergang-Zaubers die Worte der Menschen sehr gut verstand, der Sinn ihrer Gespräche ihm aber oft sehr unverständlich erschien. Bald merkte er auch, dass es hier, wie in den großen Städten seiner Heimat, Geldhäuser gab, die allerdings Banken hießen. Da seine Vorräte langsam zur Neige gingen, musste er es riskieren. In einem Geldhaus wollte er drei Goldmünzen gegen die hiesige Währung eintauschen, musste aber eine unangenehme Überraschung erleben: Man tausche zwar Gold um, jedoch werde das Geld nur auf ein Konto überwiesen. Nun, dann würde er so ein Konto nehmen, hatte Schwarze Klinge geantwortet. Tja, dann, hatte der Mann hinter dem Tresen gesagt, müsse er den Ausweis des »werten Herren« sehen, und einen festen Wohnsitz und ein geregeltes Einkommen habe er ja wohl, oder? Dabei war der Blick des Mannes auf unangenehme Weise an ihm hoch und runter gewandert. Nun ja, zugegeben, seine Reisekleidung entsprach nicht wirklich der hiesigen Mode, und die Nächte im Wald hatten es auch nicht besser gemacht. Schnell war Schwarze Klinge wieder gegangen, während der Mann bereits mit einem anderen tuschelte.

Seltsam, er hatte Gold, aber konnte nichts damit anfangen. Würde er vielleicht seinen Einstand in dieser neuen Welt mit einem Einbruch nehmen müssen? Er hatte keine Skrupel, scheute aber das Risiko – schließlich hatte er hier einen Jungen zu töten, da würden Kämpfe mit einheimischen Wächtern eher hinderlich sein. Hmmm … in seiner Welt gab es Pfandleiher und Schmuckmeister, die Gold aufkauften … Schließlich betrat Schwarze Klinge ein Juweliergeschäft und verließ es tatsächlich wieder mit 900 »Euro« – seltsamer Name, das – in der Tasche und dem untrüglichen Gefühl, dass er übers Ohr gehauen worden war.

Mit dem Geld besorgte er sich einheimische Kleidung und probierte erstmals in einem Schankhaus die Sagenwelt-Kost – gaaar nicht übel! Dann machte er sich daran auszuspähen, was er hier als Tarn-Hintergrund nutzen könnte. Was hatte Rothand gesagt? Einen Schnittpunkt zwischen der echten Welt und dieser hier … nun, diese hier war ja jetzt auch irgendwie echt, oder? Auf jeden Fall musste er etwas finden, womit er sich auskannte. Und er hatte Glück: Er belauschte in einem »Eiscafé« – Essen bedeutete ihm eigentlich nicht viel, aber diese kalten Bällchen waren wirklich köstlich – zwei Mädchen von 13 oder 14 Jahren, die sich darüber unterhielten, dass in ihrem Reitstall der Stallhelfer in Pension gegangen war und die Besitzerin einen Nachfolger suchte. Mit Pferden kannte er sich aus! Jeder aus dem Clan der Attentäter konnte reiten wie Burischja. Das lernten schon die Kinder, weil man ja nie wusste, ob man das nicht mal als Rückversicherung bei einem verpatzten Attentat gebrauchen konnte – nicht dass es bei ihm jemals notwendig gewesen wäre.

Er sprach die beiden an und fragte sie nach dem Weg zu diesem Hof. Kichernd gaben sie ihm Antwort. Er wusste nicht, was er von dem Kichern halten sollte, bis ihm eines der Mädchen, als er sich gerade auf den Weg machen wollte, noch sagte: »Ich würd mir an deiner Stelle noch schnell die Sahne von der Nase wischen, bevor ich auf die Straße gehe.«

Schwarze Klinge überlegte, aber ihm fiel wirklich nicht ein, wann er das letzte Mal errötet war.

Jedenfalls fand er schnell den Reiterhof, was daran lag, dass er sich in eine dieser pferdelosen Mietkutschen gesetzt und dem Fahrer die Adresse genannt hatte. Es war seine erste Fahrt in einem »Auto« gewesen. Das Wort war ihm völlig fremd, in seiner Sprache gab es keine Entsprechung. Diese Art der Fortbewegung war überaus faszinierend gewesen, und er fragte sich, wozu man in dieser Welt überhaupt noch Pferde brauchte. – Man brauchte sie gar nicht, stellte er bei seinem ersten Rundgang über den Weidenhof überrascht fest. Pferde schienen für die Sagenländler nur eine Art Freizeitvergnügen zu sein. Gut, Pferde*rennen*, das hätte er ja noch verstanden, die gab es in seiner Welt auch. Aber reiten einfach so …, nun, ihm konnte es nur recht sei. Und Agathe Kleinschnieder, der Besitzerin des Reitstalls, war sein Besuch ebenfalls sehr recht. Drei Bewerber in drei Wochen waren gekommen und ebenso schnell wieder gegangen, und sie hatte verdammt noch mal keine Lust mehr, sich alleine um alles zu kümmern.

Zuerst war sie skeptisch gewesen, als dieser junge Mann behauptet hatte, Pferde auch beschlagen zu können, doch er hatte ohne zu zögern und elegant ein lockeres Eisen des alten Paladin wieder befestigt. Augenblicklich waren bei Agathe die Zahlen der Geldscheine durch den Kopf gerattert, die sie in Zukunft beim Hufschmied sparen könnte. Und dann hatte sie den Mann reiten gesehen. Und sich gewünscht, 20 Jahre jünger zu sein. Er bekam den Job.

Agathe störte es auch nicht, dass der Neue seinen Lohn am liebsten immer bar ausgezahlt bekommen wollte, und, ja, Thorwald, der alte Stallhelfer, hatte sich in dem alten Holzschuppen am Stall im Laufe der Jahre eine kleine Bude eingerichtet gehabt, in der er auch manchmal übernachtet hatte, die könne er ruhig benutzen, bis er in der Stadt etwas Besseres fand.

War es also ein reiner Zufall, dass er Paula kennengelernt hatte? Nun, in einem Kitschroman hätte man jetzt vermutlich lesen können, dass es kein Zufall war, sondern dass sich zwei verwundete Seelen gesucht und, ach!, gefunden hatten … Also schön, also schön, dann nehmen wir jetzt mal für einen winzigen Moment an, wir befänden uns hier in einem Kitschroman. Wobei: Hätte man Schwarze Klinge gefragt, er hätte in jenem Moment wohl eher von verwundetem Kopf als von verwundeter Seele gesprochen.

Er hatte die vergangenen Wochen seine Arbeit sehr gewissenhaft versehen und die meiste seiner freien Zeit damit verbracht, in der Stadt nach dem Jungen zu forschen. Er war nach wie vor überzeugt, dass der irgendeine Spur hinterlassen haben musste. Ein Junge aus der echten Welt konnte einfach nicht im Sagenreich auftauchen, ohne dass irgendjemand darauf aufmerksam geworden wäre. Doch dieser Prinz Rétep blieb wie vom Erdboden verschwunden. Und ein Problem rückte immer näher: Der Vorrat von diesem scheußlichen Schmerzmittel, das ihm die Bruderschaft mitgegeben hatte, wurde immer kleiner. Schwarze Klinge hatte bereits damit begonnen, das Mittel zu strecken, vielleicht deshalb waren seine Kopfschmerzen schon jetzt fast unerträglich.

Zu seinem Job gehörte auch die Fähigkeit, sich nicht selbst etwas vorzumachen. Daher war ihm klar: Wenn das Schmerzmittel endgültig aufgebraucht war und diese verfluchten Kopfschmerzen ungebremst auf ihn einstürmten, hätte er nicht mehr die Kraft und die Gedanken, sich auf seine Arbeit zu konzentrieren – und er meinte nicht die Arbeit im Reitstall. Dann würde er tatsächlich zum ersten Mal in seinem Leben geschlagen nach Hause zurückkehren müssen.

– Nach Hause! Mit allenfalls gelinder Überraschung stellte er fest, dass er dieses Zuhause nicht vermisste. Er lehnte am Zaun der kleinen Koppel und beobachtete gedankenverloren zwei Pferde, die ihre Köpfe aneinander rieben und geduldig auf ihre Reiter warteten. Vielleicht würde er später einmal eher das hier vermissen.

Nur ein paar Meter weiter lehnte eine junge Frau am Zaun, die ebenfalls mit ihren Gedanken weit, weit weg war. Erstaunlicherweise war dieses »Weit, weit weg« genau jene Welt, aus der Schwarze Klinge gekommen war. Aber das wussten beide natürlich nicht.

Paula hatte in den vergangenen Wochen ein gutes Stück ihrer Ausgeglichenheit eingebüßt. Erst hatte sie es nur geahnt, dann einen Beweis gefunden, dass mit ihrem »Bruder« etwas nicht stimmte. Schließlich hatte er ihr unter dramatischen Umständen offenbart, dass er keineswegs ihr armer, an einer Amnesie leidender Bruder war, sondern ein Mensch aus einer anderen Welt, der Peters Körper übernommen hatte. Doch nur sie wusste es – und ebenso wusste sie, dass ihr niemand diese Geschichte glauben würde. Nicht einmal ihre Eltern.

Paula zermarterte sich ohne Unterlass das Hirn, doch hatte sie nach wie vor nicht den blassesten Schimmer einer Ahnung, was sie tun sollte. Und dass sie gerade in diesem Jahr fürs Abitur zu büffeln hatte, machte es auch nicht eben einfacher.

Wenn sie doch nur jemanden hätte, mit dem sie die Last dieses Geheimnisses teilen könnte.

Ein paar Mal hatte sie versucht, mit diesem Jungen, der im Körper ihres Bruders steckte, ins Gespräch zu kommen. Doch die Ergebnisse waren alles andere als befriedigend gewesen. Der Kerl trieb sie noch in den Wahnsinn! Einmal hatte er ihr nach einem Streit erzählt, dass sie ihn nicht so anschnauzen solle, schließlich könne er vom Alter her ihr Vater sein – oder hätte sie etwa geglaubt, dass man im gleichen Alter sein müsse, um die Körper zu tauschen? Das hatte sie, vor lauter Überraschung, tatsächlich verstummen lassen, denn sie hatte ihm geglaubt. Bis zum nächsten Tag, als er mit hinterhältigem Grinsen zu ihr gesagt hatte, falls sie mal eine gute Freundin zum Reden brauche, könne sie ruhig zu ihm kommen, denn genaugenommen sei er eine Sie, zumindest sei er dies in seiner Heimatwelt gewesen … Sicher war sich Paula inzwischen nur noch darin, dass dieser Kerl die abenteuerlichsten Lügengeschichten erzählen konnte.

Um sich abzulenken war sie wieder öfter in den Reitstall gegangen. Und jetzt stand sie hier und war kein bisschen abgelenkt. Es sei denn … der Typ, der da hinten am Zaun lehnte, war durchaus geeignet, eine junge Frau abzulenken. Oder ihr als Prüfung des Willens zu dienen, falls sie vorhatte, in ein Kloster einzutreten.

Der neue Stallbursche war jedenfalls der Schwarm fast aller Mädels hier am Hof – und das waren nicht wenige. Das Verrückte war, dass er das noch gar nicht bemerkt hatte. Und es war nicht so, als würde er, um besonders cool zu erscheinen, nur so tun, als ob er es nicht merken würde, nein, er erkannte es tatsächlich nicht, da war sich Paula sicher. Sie hatte schon ein Gespräch dreier Reiterinnen, die nicht mehr zum ganz jungen Gemüse gehörten, mitangehört, die sich darüber unterhalten hatten, ob der neue Helfer vielleicht vom anderen Ufer herübergerudert sei. Doch das, auch da war sich Paula sicher, war er ebenfalls nicht.

Es war aber auch kein Wunder, dass der Kerl die Weiblichkeit faszinierte: Groß, aufrecht, kein Kleiderschrank und dennoch mit einem absolut durchtrainierten, muskulösen Körper. Und es waren keine dieser Bodybuilder-Muskeln. Ein dunkler, dichter Haarschopf über einem ebenmäßigen Gesicht mit Kohleaugen. Und diese kräftigen Hände waren sicher wunderbar geeignet, eine Frau auf die richtige Art und Weise festzuhalten. Doch das Äußere war es nicht – na ja, zumindest nicht nur. Es war diese absolute Selbstsicherheit, die er ausstrahlte, und doch … wer genauer hinsah, meinte darunter einen Hauch von Traurigkeit zu erkennen. Mit anderen Worten: Er war genau der Typ Mann, mit dem eine Frau vielleicht nicht unbedingt eine Familie gründen würde, aber für den sie dahinschmelzen konnte. Wenn Paula nicht derzeit ganz andere Probleme im Kopf gehabt hätte, vielleicht hätte sie sich selbst interessiert … Wobei sie sich allerdings beim besten Willen nicht vorstellen konnte, mitten in der Gruppe gickelnder Hühner zu stehen, die den armen Kerl des Öfteren umlagerten. Apropos armer Kerl: Paula sah genauer hinüber und merkte, dass das sonst so ebenmäßige Gesicht jetzt arg zerknautscht war und der Typ sich mehrmals reflexartig über die Schläfe rieb, ansonsten aber mit seinen Gedanke gerade in irgendeinem Nimmerland zu weilen schien – ein wohl nicht sehr erfreuliches Nimmerland.

Ohne lange darüber nachzudenken ging sie zu ihm hinüber und fragte von der Seite: »Kopfschmerzen?«

Mit einem pantherartigen Satz schnellte der Mann herum, sodass Paula selbst erschrocken die Luft anhielt, und griff gleichzeitig an seine rechte Hüfte, tastete nach etwas, das nicht da war, während er sie eine Millisekunde verwirrt anstarrte. Dann, in diesem Augenblick nicht ganz so selbstsicher wie sonst, entspannte er sich wieder und meinte etwas verlegen: »Entschuldige bitte, hab dich nicht kommen hören« – was ihn zu erstaunen schien –, »was hast du gesagt?«

»Na ja, du hast mich jedenfalls auch ganz schön erschreckt. Ich hab nur gefragt, ob du Kopfschmerzen hast?«

»Oh? Sieht man das? Tut mir leid.«

»Wieso? Das braucht dir doch nicht leid zu tun.«

»Nicht?«

»Äh. Nein. Moment …«

Damit ließ Paula ihn leicht verwirrt stehen, kam aber nach fünf Minuten wieder zurück und meinte, während sie ihm aus einer eben aufgerissenen Packung eine kleine weiße Scheibe in die Hand drückte: »Hier, kau das, Agathe hat immer welche auf Vorrat da.«

»Kauen?«, Schwarze Klinge starrte das Ding in seiner Hand an, »was ist das?«

»Na Aspirin.«

»Aha. Und was ist *das*?«

»Wie? Du kennst keine Kopfschmerztabletten?«

»Äh, nein.«

»Oh Mann, du bist nicht von dieser Welt, oder?«

Erschrocken starrte er sie an, bis ihm dämmerte, dass das wohl nicht wörtlich gemeint war. Dann stopfte er sich schnell, um die Verlegenheit zu überspielen, dieses Aspi-Dingsda in den Mund, kaute und schluckte … Schmeckte nicht besonders. Und was sollte diese Sagenwelt-Medizin schon großartig helfen gegen diese Kräfte des Übergangs, die so erbarmungslos an seinem Schädel zerrten, als seien seine Hirnwindungen mit einer unsichtbaren Schnur noch in seine eigenen Welt festgebunden. Zwei Minuten später waren seine Kopfschmerzen verschwunden. – Nicht etwa so wie mit dem Trank der Bruderschaft, der immer noch einen Restschmerz im Hintergrund pochen ließ, nein, der Schmerz war schlicht wie weggeblasen, restlos, absolut.

Überrascht sah Schwarze Klinge die junge Frau an und meinte mit unüberhörbarer Erleichterung: »Das ist ja fantastisch! Aspirin, sagst du? Wie lange hält die Wirkung an? Wo bekommt man das Zeug?«

»He!«, lachte sie, und es war angenehm, sie lachen zu sehen, »seh ich vielleicht aus, als sei ich Ärztin? Aber du bekommst *das Zeug* in jeder Apotheke. Ich heiße übrigens Paula.«

»Danke, Paula, du hast mich wirklich gerettet. Ich bin Kurt.«

»Ich weiß.«

»Ach! Woher denn?«

Paula seufzte, dann erklärte sie: »Also gut, ich sag's mal ganz direkt, falls es dir wirklich noch nicht aufgefallen ist: Abgesehen von den vielen Kindern, die hier rumwuseln, sind die meisten Mitglieder des Reitstalls Teenager und junge, gesunde Frauen. Wenn dann plötzlich ein junger Mann hier auftaucht, der alle Chancen hätte, im Casting für die nächste Baywatch-Staffel alle Konkurrenten auszustechen und der auch noch reitet wie der Teufel persönlich – glaubst du allen Ernstes, die Mädels wüssten nicht spätestens fünf Minuten nach deiner Ankunft deinen Namen? Und dazu wahrscheinlich noch deine Hut- und Schuhgröße!«

»Oh? … Oh! Bur … Teufel noch eins! Verdammt … äh, vermutlich wär mir das aufgefallen, wenn ich nicht ständig diese Kopfschmerzen gehabt hätte.«

»Und weißt du, was die ganze Bande wirklich *verrückt* macht?«

»Was?«

»Na, dass sie eben, mal abgesehen von Hut- und Schuhgröße, praktisch nichts über dich herausgefunden haben. Du bist der große Unbekannte. Das macht es natürlich noch spannender. Also …?«

»Also was?«

»Also erzähl mal, Kurt – seltsamer Name für jemanden in deinem Alter – wer bist du? Wo kommst du her? – Sicher nicht aus Kleinnordfurth, sonst hätten die Buschtrommeln schon funktioniert. Was machst du so?«

Schwarze Klinge seufzte. Auf so eine Frage hatte er gewartet, hatte sie befürchtet ... Gut, dass er die vergangenen Tage auch genutzt hatte, um zu lernen – aus jenem faszinierenden Kasten, den sie hier »Fernsehen« nannten. Wenn sie da in bewegten Bildern all diese tollen Produkte vorstellten, dann wurde das manchmal von Geschichten unterbrochen. Und in denen kam es immer gut an, wenn ein Mann sagte: »Lass uns lieber über dich reden.«

Tatsächlich, diese Paula schien einen winzigen Hauch von Rot auf die Wangen zu bekommen, meinte dann jedoch: »Nun, danke, aber mich umgibt kein Geheimnis.«

Kurz wirkte Schwarze Klinge nachdenklich – wie war das neulich in »Talk am Mittag«? »Der Charme der schwarzen Schafe«, war das Motto dieser Sendung gewesen.

»Ich will keinen Unsinn erzählen«, sagte der junge Mann schließlich, »deswegen sag ich lieber nichts. Weißt du, du hast natürlich recht: Ich bin nicht von hier. Ich war lange im Ausland gewesen und habe leider auch eine Menge Mist gebaut. Und dann war da noch … na ja, jemand, der mir den Laufpass gegeben hat. Ich kann ihr keinen Vorwurf machen, sie hatte allen Grund dazu. Jedenfalls will ich neu anfangen und, ehrlich gesagt, am liebsten nichts mehr von meiner Vergangenheit wissen. Deswegen rede ich auch nicht gerne drüber – jedenfalls im Moment nicht.«

Gegen ihren Willen war Paula fasziniert. Wenn der jetzt noch den Mut habe würde, sie zu einem Kaffee oder so einzuladen …

»Sag mal, Paula, lass uns doch zur Wirtschaft rübergehen. Ich glaube, während ich weg war, habe ich hier ein bisschen was verpasst. Wir trinken was zusammen, und du kannst meine Wissenslücken füllen?«

Himmel! »Gerne. Ich hab aber nur noch eine Stunde Zeit. Weißt du,« – wie zur Entschuldigung zuckte sie mit den Achseln – »meine Mutter gibt heute eine Tupper-Party, und ich habe versprochen, bei den Vorbereitungen zu helfen.«

»Tupper-Party? Was ist denn das schon wieder?«

»Oh je, wie soll ich das erklären … nun, letztendlich geht es darum, dass sie den Gästen ein paar bunte Plastiktöpfe einer bestimmten Firma vorstellt und versucht, die Dinger zu verkaufen.«

»Hört sich interessant an. Kann ich mitkommen?«

»…«

»Was?«

»Du … du bist nicht vielleicht – versteh mich nicht falsch, es würde mich nicht stören – aber du bist nicht zufällig schwul?«

»Hm. Also bisher sind mir Frauen lieber. Wieso?«

»Oh Himmel! Ich glaub, ich muss dir auf der Stelle einen Heiratsantrag machen! Der Kerl sieht aus wie Adonis *und* interessiert sich für Tupper-Partys! Dafür seh’ ich sogar über deinen Namen hinweg. Bitte! Heirate mich!«

Schwarze Klinge freute sich, dass er diese Welt immer besser in den Griff bekam. Denn er hatte diesmal nicht gestutzt, sondern gleich gemerkt, dass Paula ihn nur freundschaftlich auf den Arm nahm.

Sie schlenderten zur Wirtschaft hinüber, und Paula überlegte, was Mama und ihre Tupper-Damen wohl für Augen machen würden, wenn sie Kurt mitbrachte. Und dann dachte sie, dass diese Kraft in diesem Mann auch etwas Vertrauenerweckendes hatte, und dass er vielleicht genug erlebt hatte, um offen zu sein für … dass sie ihm, wenn sie sich besser kannten, vielleicht von ihrem Bruder erzählen könnte, und von diesem Parasiten, der im Körper ihres Bruders hauste und der sich Rétep nannte. Und sie sehnte sich danach, ihre Angst nicht mehr in sich einschließen zu müssen.

Schwarze Klinge dachte, dass diese Paula wirklich ein schönes Mädchen sei. Und dass es gut war, jemandem zu haben, der ihm diese Welt erklären könnte. Mit dem neuen Wissen, das sie ihm vermitteln konnte, und mit der fast unbegrenzten Zeit, die sie ihm durch diese wunderbare Medizin verschafft hatte, konnte er diesen Rétep doch noch finden. Und töten.

5. Radarsch

»*He!* Die haben ja Räder am Arsch!«

Die Waldstämmler waren für ihre Zurückhaltung bekannt. Eigentlich. Doch jetzt blieben immer mehr der Krieger stehen und starrten mit offenen Mündern einer Gruppe von 88 der ihren an, die geschlossen durchs Lager marschierten. Schließlich wurden Gelächter und anzügliche Bemerkungen laut, die die 88 auf ihrem ganzen Weg durchs Lager begleiteten.

Bald hatten etliche der 88 begonnen zu murren, die Fäuste zu schütteln und ihre Kameraden, die sie auslachten, aufs Herzhafteste zu verfluchen.

Peter dagegen, der, gemeinsam mit Oro, Jezz'y, Bootsmeisterin Ezar Prinzessin Wetterholz und vier Bogenschützen vor der Gruppe herging, drehte sich lachend um und rief so laut er konnte: »Macht euch nichts draus. Ich wette einen gebratenen Trillerlops für jeden, dass noch innerhalb dieses Jahres *Radarsch* eine Ehrenbezeichnung sein wird.«

»Na, Junge«, knurrte Oro leise, weil es die anderen nicht hören sollten, »deine Zuversicht möchte ich haben.«

Aufgekratzt und mit einem Grinsen, aber ebenso leise entgegnete Peter: »Oh, ich habe da mal eine sehr interessante Doku gesehen …«

»Äh, eine was?«

»… es ging dabei um alte Bootstypen und den Nachbau eines Wikinger-Langschiffs, mit dem ein paar Leute den Atlantik überquert hatten …«

»Was, bitte, ist der *Atlantik*?«

»… die sind mit dem Boot an der norwegischen Küste gestartet und waren in nur 27 Tagen in New York! – Das war doppelt so schnell wie die Zeit, die man mit dem Nachbau von Christoph Columbus' Flaggschiff Santa Maria gebraucht hatte!«

»Ich frag erst gar nicht …«

»Welche Geschwindigkeit das Langboot genau erreicht hat, hab ich vergessen. Aber eines weiß ich: Die Boote der alten Wikinger waren verdammt schnell – jedenfalls deutlich schneller als die Pötte der Antike, denen eure Schiffe ähneln.«

Oro sah Peter inzwischen so verzweifelt an, dass dieser, ein Lachen unterdrückend, nun doch seinen Redeschwall unterbrach. Und dass kleine Boote, wenn sie nur schnell und wendig genug waren, großen, schwer bewaffneten Pötten durchaus überlegen sein konnten, darüber hatte er ja schon mit den anderen gesprochen. Dass er während seiner Erklärungen an ein paar alte Abenteuerfilme aus dem Fernsehen gedacht hatte, war jedoch wohlweislich unerwähnt geblieben.

Immerhin hatte es zu diesen Filmen eine handfeste Grundlage gegeben: den Angriff der spanischen Armada auf die britischen Inseln, als es den Engländern mit ihren kleineren Schiffen gelungen war, die gewaltige spanische Flotte auf Abstand zu halten – wobei »auf Abstand halten« nicht wirklich das war, was Peter vorhatte … Und heute begann dieser Plan, Realität zu werden, denn heute sollte die erste Probefahrt des ersten Langschiffs der Elf-Stämme-Welt stattfinden.

Mit Jezz'ys Hilfe war dem Waldstamm das Wunder geglückt: Schon jetzt, nur vier Wochen nach ihrem so schlecht gestarteten Besuch in Jezz'ys Werft, drehten die ersten der schwerfälligen Doppel-Ruderer vor der Küste Tulpacs ihre Runden. Und von den Langbooten lagen schon einige nahezu fertig in den Trockendocks. Das erste, das vollendet war, würde noch an diesem Morgen in See stechen.

Peter hatte die im Waldstamm unbekannte Sitte eingeführt, Schiffen Namen zu geben. Zuerst war das den Waldstämmlern befremdlich erschienen, doch dann fanden sie Gefallen an dem Gedanken. Allerdings: Bis der Ältestenrat mit eigenen Namensvorschlägen kam, hatte Peter schon die ersten 20 der überbreiten Dieren eigenhändig mit Namen in dicken, roten und weißen Buchstaben versehen.

Als Peter gerade, auf einem Gerüst stehend, mit dem letzten Namen fertig geworden war, war Jezz'y während eines Kontrollgangs hinzugetreten, hatte interessiert hinauf gesehen und gefragt: »*Spongebob*, wer ist das? War das einer eurer bekannten Seefahrer?«

»Oh ja, großer Entdecker und Gründer von Bikini Bottom.«

Jezz'y hatte sich herumgedreht, auf ein anderes Boot gezeigt und wollte wissen: »Und dieser – seltsamer Name – Mickey Mouse?«

»Admiral Mouse? Ganz große Nummer. Darf hier nicht fehlen. Hat zusammen mit Käpt'n Duck« – Peter zeigte in Richtung eines weiteren Schiffes – »die Angriffe der Panzerknacker immer wieder abgewehrt.«

Peter hatte auch darauf bestanden, dem ersten Langschiff einen Namen zu geben, wollte ihn aber bis zur Jungfernfahrt geheim halten.

»Warum?«, hatte Jezz'y gefragt.

»Die Erfinder dieser Langschiffe haben geglaubt, das bringt Glück«, hatte Peter geantwortet – und sich gefragt, ob nicht vielleicht doch ein wenig von Réteps Mondfähigkeit auf ihn übergegangen sein könnte.

Natürlich war das neue Langboot keine exakte Kopie eines Wikinger-Langschiffes, sondern auf die Bedürfnisse der kommenden Schlacht angepasst. Der Kiel war verstärkt, denn er musste etwas tragen, das die Wikinger nicht gekannt hatten: den Rammsporn, der in der kanonenlosen Elf-Stämme-Welt die klassische Waffe für Seegefechte war. Besonders stolz war Peter aber auf seinen Geistesblitz durch die Erinnerung an den Ruderclub gewesen. Denn weder die antiken noch die Wikinger-Ruderer hatten Rollbänke gekannt. Ein Wikinger hatte sich zwar beim Rudern auch mit den Beinen abgestemmt, doch die meiste Kraft war aus den Armen gekommen. In einem Sportruderboot dagegen werden die Füße in Schnallen geschoben, und man sitzt nicht auf einer starren Bank, sondern auf dem Rollbrett, einer Sitzschale auf vier kleinen Rollen, die in zwei Schienen entlanglaufen. So kann der Ruderer durch das Beugen der Beine seinen ganzen Körper ein Stück nach vorne rollen und beim Durchziehen der Ruder die Beine wieder strecken, wodurch deren komplette Kraft auf die Ruder übertragen wird.

Jezz'y war gleich Feuer und Flamme für diese Idee gewesen, hatte aber auch schnell ein paar Probleme bei der Umsetzung erkannt: Ein Langboot brauchte mindestens eine doppelte Besatzung an Ruderern haben, da die Ruderer, bei schneller Fahrt, immer wieder ausgetauscht werden mussten. Bei Seegang oder während eines Kampfeinsatzes würden lose liegende Rollbretter nach und nach im ganzen Boot verteilt, aber nicht mehr auf ihrem Platz sein.

Ky hatte, ohne zu ahnen, dass man in der Sagenwelt vor der Erfindung des Rollbretts tatsächlich genauso verfahren war, vorgeschlagen, dass die Ruderer ja an der Kehrseite eingeölte Lederhosen anziehen könnten. Jezz'y hatte den Kopf geschüttelt und erwidert: »Das könnte zwar im Prinzip funktionieren. Aber denk daran, dass die Ruderer gleichzeitig auch die Krieger an Bord sind. Ich stelle mir das hübsch vor: 44 Mann springen auf, um ein gegnerisches Schiff zu entern oder einen Angriff abzuschlagen, und mindestens 33 von ihnen fallen auf die Schnauze, weil sie auf dem überall verteilten Trillerlops-Fett ausgerutscht sind. Hmmm … Aber der Ansatz ist nicht schlecht. He, he, ich hab's! Das wird den Kriegern zwar nicht passen, aber was tut man nicht alles fürs Vaterland. Wir lassen die Führungsschienen weg, nehmen stattdessen glatte Bretter mit etwas erhöhten Rändern – geht auch viel schneller –, und die Rollbretter montieren wir einfach an den Hintern der Ruderer.«

Ky und Peter sahen sich kurz entgeistert an, und der Junge fragte: »Ihr wollt doch die Rollen nicht wirklich in ihre ... eh ... nageln?«

»Hmm, wäre eine bemerkenswerte Alternative. Aber nein: Wir nähen einfach Bretter in die Gesäßpartien ihrer Hosen ein, und an die werden dann vier Rollen gezapft.«

Die ersten Krieger, die es erwischte, gehörten zu einer Besatzung der Patrouillenschiffe. Alle bis auf eines, das noch auf einer Werft des Regenstammes ausgebessert werden musste, waren inzwischen zurückgekehrt, und für die erste Testfahrt wollte man erfahrene Ruderer einsetzen. Der Winter war ungewöhnlich mild verlaufen, die See für einen Februar ausgesprochen ruhig, und so wollte man die Fahrt riskieren.

*

Sie war eine Schönheit, und selbst wenn es grammatikalisch nicht korrekt sein mochte, so wäre es doch niemandem eingefallen, bei diesem überwältigenden Anblick nicht an eine »Sie« zu denken: Das Langboot wartete, mit seinem Tiefgang von weniger als einem Meter, im Hafen.

Die ganze Gruppe blieb bewundernd stehen, und Peter gab dem Steuermann, der gemeinsam mit dem Taktmeister bereits an Bord war, ein Zeichen, das Tuch von der Namensinschrift zu entfernen.

Jezz'y sank weinend, mit ausgebreiteten Armen, in die Knie.

Oro sagte: »Gut gemacht, Peter. Das hat er sich mehr als verdient.«

Dann bestiegen sie die »*Meeresspringer*« für deren erstes Abenteuer.

Von Anfang an sollte das Boot unter Kampfbedingungen getestet werden. So war der Rammsporn montiert, vier Bogenschützen waren mit an Bord, und die Krieger hatten ihre Schilde und Schwerter dabei. Zunächst wurde das Boot unter Segel ausprobiert. Eigentlich hatte man schnell mit den Tests beginnen wollen, doch als der Wind das Boot die Küste der Langen Hand entlang in Richtung Westen beschleunigte, traten, außer dem Steuermann und denen, die mit dem Segel beschäftigt waren, alle an die Brüstung. Eine halbe Stunde lang hatten sie nur Augen für das unter dem Bug vorbeirasende Wasser und die wie an einem Band gezogen dahingleitende Küste. Niemand sprach.

Plötzlich rief einer der Männer, aufgeregt auf die Küste deutend: »Seht, ist das nicht die Mündung des Swollenflusses?«

Andere riefen: »Unmöglich! So weit können wir noch nicht sein!«

Doch es gab jenseits von Tulpac keinen anderen Fluss – genaugenommen war es nicht viel mehr als ein breiter Bach – auf der Langen Hand, und so änderten sich die Rufe in Begeisterungs-Schreie: »Jezz'y! Ein Hoch dem verrückten Jezz'y«, »Ein Hoch der Meeresspringer!« Schließlich lachte einer: »Und meinetwegen auch ein Hoch auf die Arsch-Rollen.«

Nachdem die ganze Mannschaft auch diese noch hatte hochleben lassen, begann man mit einigen Versuchsmanövern unter Segel. Aber keiner an Bord konnte sich des Gefühls erwehren, dass dies eigentlich nichts anderes als eine Vergnügungsfahrt wäre.

Schließlich ließ Oro das Segel einholen und den Mast umlegen, um das Boot unter Rudern zu testen.

»*Erste Staffel*«, rief Bootsmeisterin Ezar Prinzessin Wetterholz. 44 Männer nahmen, mit Rollen unterm Hintern, Platz und ergriffen die Riemen. Ihre genormten Schilde hatten die 44 Männer der ersten Staffel noch vor Beginn der Fahrt von außen an Halterungen an der Bordwand gehängt, die dem gesamten Schiff somit einen gewissen Schutz vor Brandpfeilen boten und, da die Schilde nach oben überstanden, auch den Ruderern. Genau in den kleinen Zwischenräumen zwischen den Schilden waren – ebenfalls einen Neuerung – bewegliche Dollen angebracht, in die jetzt die Riemen eingelegt wurden. Die Ruderer hakten ihre Füße unter die dafür vorgesehenen Lederriemen und rollten, mit gemischten Gefühlen, probeweise einige Male auf ihren Plätzen vor und zurück. Ezar gab dem Taktmeister ein Zeichen, der brüllte: »Achtung! – Bei drei! Eins, zwei, uuuund …« Zum ersten Mal schlug er auf seine schmale, hohe Trommel, zum ersten Mal tauchten die Riemen ins Wasser, drückten sich 88 Beine gerade und zogen 88 muskelbepackte Arme an den Riemen. Im langsamen Gleichklang schlug der Taktmeister weiter, ruhig und stabil glitt die Meeresspringer dahin.

Eigentlich hatte Oro vorgehabt, den Test ruhig angehen zu lassen, doch er konnte es nicht mehr erwarten. So gab er der Bootsmeisterin mit drehendem Zeigefinger ein Zeichen. Die kräftige Frau brüllte: »Schneller bei drei: eins … zwei … drei!« Der Trommler erhöhte den Takt, die Ruder zogen schneller durch. Ein Ruck schien durch die Meeresspringer zu gehen, sie beschleunigte augenblicklich.

Oro fragte mit glitzernden Augen: »Kann man, statt schrittweise, auch direkt auf das Maximum gehen? Jetzt will ich's wissen.«

»Sicher geht das«, lachte Ezar und brüllte unvermittelt: »Rammgeschwindigkeit bei drei – eins, zwei, drei!«

Peter hielt den Atem an. War es Einbildung? Nein, er war fest überzeugt, dass sich der Rammsporn ein kleines Stück aus dem Wasser gehoben hatte. Die Meeresspringer raste geradezu dahin. Die Kapitänin brüllte vor Glück: »Danke, Ahnen, dass ich mit diesem Schiff fahren darf!« Jezz'y vergoss heiße Tränen der Freude.

»Fast wünschte ich mir, es wären ein paar Piraten hier«, lachte Oro.

Sie probierten noch diverse Manöver. Vor allem den schnellen Wechsel zwischen den beiden Ruderer-Staffeln. Neben jedem Ruderer wartete schon der Mann der nächsten Staffel, um sein Schild gegen den Riemen zu tauschen. Wer gerade nicht ruderte, hatte im Kampfeinsatz die Aufgabe, bei einem Pfeilbeschuss den Ruderer und sich selbst mit dem Schild abzudecken.

Eine Stunde später schnauften alle vor Anstrengung. Aber auch vor ungebrochener Begeisterung. Oro hatte eigentlich gar nicht so weit fahren wollen, doch nicht einmal drei Stunden, nachdem sie den Hafen verlassen hatten, erreichten sie die Spitze der Langen Hand und setzten zum Umfahren an.

Einer der Bogenschützen sah es zuerst: »Schiffe!« rief er.

Und Oros Wunsch erfüllte sich.

In etwa einem Kilometer Entfernung näherte sich ein Zweiruderer, der zuvor für die Besatzung der Meeresspringer hinter der Halbinsel verborgen gewesen war. Es war das letzte Patrouillenschiff des Waldstamms, das noch aus dem Süden zurückerwartet wurde. Die Besatzung schien mit aller Kraft zu rudern und hatte zudem noch das Segel oben, doch hatte sie nicht verhindern können, dass sie von zwei Piraten-Trieren eingeholt worden war. Da von hinten nur schwer ein Rammstoß oder ein Entermanöver auf ein fahrendes Schiff bewerkstelligt werden konnte, waren die Piratenschiffe mit etwas Abstand ein kurzes Stück an der Diere vorbeigezogen, um von beiden Seiten zuschlagen zu können. Bereits jetzt zischten Hagel von Langbogen-Pfeilen von Schiff zu Schiff.

Der Bootsmeister der Diere wusste, dass er nicht mehr entkommen konnte, und hatte wohl gerade den Befehl gegeben, das Segel niederzulegen, um beweglicher für den Kampf zu sein. Doch die Piraten waren erfahren und eingespielt. Sie manövrierten so geschickt, dass das Patrouillenboot mindestens einem der beiden Schiffe eine Blöße geben musste. Das zwischen Küste und Waldstamm-Diere manövrierende Korsaren-Schiff scherte schließlich, mit rechtzeitig eingefahrenen Rudern, so an der Backbordseite des Patrouillenschiffs vorbei, dass dort sämtliche Ruder zersplitterten. Dann war es ein Leichtes, das antriebsloses Boot von der höheren und stärker bemannten Triere herab zu entern.

Doch auch die Schiffsmeisterin der Meeresspringer hatte reagiert. Dem Angriff des östlichen Schiffes konnte sie nicht mehr rechtzeitig begegnen, so hatte sie dem Steuermann augenblicklich ein Zeichen gegeben, auf das westliche Schiff zuzuhalten, das einen etwas größeren Abstand zu der angegriffenen Diere hatte und auch näher an der Meeresspringer lag.

Das Piratenschiff hielt unbeeindruckt auf die Diere zu. Das vergleichsweise kleine Boot, das da plötzlich hinter der Halbinsel aufgetaucht war, schienen die Freibeuter womöglich gar nicht als ernsthaften Gegner zu empfinden. Und mit Sicherheit konnte auch niemand glauben, dass das Boot die Piraten noch rechtzeitig für einen seitlichen Rammstoß erreichen konnte – falls es so etwas überhaupt wagen wollte. Doch die Freibeuter sollten eine Überraschung erleben. Und es sollte die letzte ihres Lebens sein.

Die Meeresspringer flog heran. Es war gar nicht nötig, dass Oro seinen Schild schützend vor Peter und sich selbst hielt, denn kein einziger Pfeil war in ihre Richtung abgefeuert worden, als das schlanke Langboot seinen Rammsporn auch schon, durch splitternde Ruder hindurch, tief in den Bauch des Korsarenschiffes bohrte.

Überraschte Schreie waren von den Piraten zu hören, doch Sekunden später hatte die Meeresspringer den Sporn wieder frei bekommen und entfernte sich von dem sinkenden Schiff, um der Besatzung des Patrouillenbootes zur Hilfe zu eilen.

Dort konnten sie dramatische Szenen beobachten: Die Besatzung hatte sich aufs Achterdeck zurückgezogen, versuchte, einen Schildwall aufrechtzuerhalten und wehrte sich verzweifelt gegen die Übermacht. Ein paar der Piraten waren in der Mitte des Bootes versammelt. Dessen Segel war zwar niedergelegt, doch der Mast selbst war, im Gegensatz zu dem der Meeresspringer, starr befestigt. Auf einer winzigen, geländerlosen Aussichtsplattform stand ein kleiner rothaariger Kerl und feuerte, freihändig stehend, mit einem Langbogen Pfeil um Pfeil auf die Piraten, dabei gleichzeitig hektisch um die Mastspitze tanzend, um den Geschossen zu entgehen, die die Piraten ihrerseits von unten nach oben schossen. Die Unterseite der Plattform und der Mast selbst waren schon gespickt mit Pfeilen.

Als die Meeresspringer schon fast heran war, fand schließlich doch ein Pfeil der Piraten sein Ziel. Der Rothaarige stürzte mit einem Schrei fast vor Peters Nase ins Meer und wurde abgetrieben. Peter stand eine Millisekunde starr vor Schreck und glaubte seinen Augen nicht zu trauen. Dann sprang er hinterher.

Oro fluchte. Die Waldstammkrieger auf der Diere brauchten Hilfe, aber er konnte wohl schlecht ohne den prophezeiten Retter heimkehren. Also galt es, rasch zu handeln: Mit 80 Kriegern erklomm er das nun gegnerische Schiff – die Piraten konzentrierten sich auf den Kampf gegen die Verteidiger und schienen nicht so recht bemerkt zu haben, was da von rechts hinten auf sie zukam. Als sie sich endlich gegen die Angreifer formierten, lagen schon viele der ihren erschlagen auf dem Deck. Nun waren plötzlich die Piraten vom sicher geglaubten Sieg auf die Verliererstraße geraten und mussten sich nach zwei Seiten wehren. Das taten sie heftig, da sie wussten, dass sie keine Gnade zu erwarten hatten. Aber nach fünf Minuten war nur noch ein kleines Häuflein übrig, mit dem die Besatzung der Diere alleine fertig werden konnte. Zu deren Überraschung brüllte Oro, dem gerade nichts Besseres einfiel: »Arschroller! Sofort auf die Meeresspringer, Erklärung später.«

Einer der Bogenschützen war an Bord geblieben und hatte versucht, Peter im Auge zu behalten, konnte ihn aber nur noch erahnen. Keine zehn Sekunden nach Oros Befehl schoss die Meeresspringer in diese Richtung davon.

*

Als Peter prustend aus dem eiskalten Wasser auftauchte, sah er zwei Meter weiter einen roten Schopf davontreiben. Den Kälte-Schock niederringend, schwamm er mit eiligen Kraul-Zügen hinterher, packte den schon fast versunkenen Mast-Turner am Ärmel, zog ihn zu sich und hielt, auf dem Rücken schwimmend, dessen Kopf über Wasser. Der zumindest vorläufig Gerettete hustete, riss plötzlich erstaunt die Augen auf und stammelte: »R-Rétep?«

»Nein. Peter, natürlich. Wo bist du getroffen?«

»Schulter.«

Peter ertastete den Schaft eines Pfeils direkt am Schlüsselbein des Verletzten, die Spitze ragte aus dem Rücken. Nun gut, wenn das Ding feststeckte, war auch der Blutverlust nicht so groß. Jetzt aber schnell wieder auf die Meeresspringer – Hoppla!

Die Strömung trieb sie rasch von den Schiffen fort, die ebenfalls, aber nicht in der gleichen Geschwindigkeit abgetrieben wurden.

Peter versuchte, in der Rückenlage den Verletzten mit sich ziehend, mit Beinstößen zurückzuschwimmen. Doch er konnte das Abtreiben nur etwas herauszögern. Schnell fraß sich die Kälte immer tiefer in seinen Körper. Zehn Minuten länger in diesem eisigen Wasser, und es wäre aus. »Kämpft schneller!«, flüsterte er, seine Anstrengungen verdoppelnd – wohl wissend, dass er so noch schneller auskühlen würde.

Schließlich konnte er die Boote kaum mehr erkennen. Verzweifelt dachte er, dass er nun nie erfahren würde, ob sein Plan Erfolg hätte. Und nie erfahren, was aus Ky und den anderen werden würde.

Was wohl mit seinem Körper daheim und mit Rétep im Augenblick seines Todes passierte?

Doch da schien der Punkt am Horizont wieder größer zu werden. »Durchhalten! Durchhalten!«, flüsterte er sich selbst und dem Verletzten zu. Noch waren Luftblasen in ihrer Kleidung, doch sie begann, schwerer und schwerer nach unten zu ziehen.

Eine halbe Minute später wurden die Konturen des Langbootes immer deutlicher, ja, der Meeresspringer schienen Flügel gewachsen, so sah es jedenfalls aus, als sie, weiße Bugwellen vor sich herschiebend, auf die Jungen zuraste. Bald war sie heran, und Peter wollte schon jubeln – doch was war das? Statt anzuhalten beschleunigte das Boot sogar noch stärker und hielt geradewegs auf sie zu. Und vorne stand, in einer artistischen Meisterleistung, ein Bogenschütze auf dem Rammsporn der rasenden Meeresspringer, Peter konnte sogar schon sein verzerrtes Gesicht sehen. Der Mann hatte den Langbogen bis übers Ohr gespannt und ... zielte auf Peter! Würde er jetzt ertrinken, erfrieren, überfahren oder erschossen werden?

Im letzten Moment wurden die Ruder nach oben gedrückt, die Meeresspringer rauschte an ihm vorbei, der Schütze schoss ... und Peter hörte hinter sich ein mächtiges Strudeln, sah beim Herumschnellen gerade noch eine gewaltige Dreiecksflosse abdrehen und in die Tiefe verschwinden.

Durch den Schock wäre Peter um ein Haar ohnmächtig geworden, gerade so konnte er sich noch sagen: »Jetzt untergehen, wär' echt Scheiße.«

Nach ein paar Sekunden hatte die Meeresspringer gewendet, und zwei kräftige Krieger zogen die beiden halbtoten, bibbernden und blau angelaufenen Jungs an Bord, wo die Ruderer erschöpft und keuchend über ihren Riemen hingen.

»Nanu? Ist das denn ein Krieg der Kinder? Der andere ist ja auch noch ein Knabe«, hörte Peter die Bootsmeisterin wie durch einen Nebel sagen.

Mit klappernden Zähnen entgegnete er: »Das ist mein Freund Tulpe.«

Dann wurde er ohnmächtig.

6. Tulpe im Schnee

Zwanzig Minuten später wachte Peter wieder auf. Er lag, wie Tulpe neben ihm, auf und unter einem Berg Decken in der kleinen Achterkajüte des Piratenschiffs. Es war die einzige Kajüte auf den ansonsten offenen, bei Regen nur durch Planen geschützten Booten, und sie verfügte sogar über einen winzigen Kohleofen, der zu glühen schien. Das Piratenschiff war die Kriegsbeute des Tages. Die Hälfte der Meeresspringer-Besatzung segelte es, im Konvoi mit den beiden anderen Booten, zurück nach Tulpac.

Von den Piraten hatte kaum einer überlebt. Allen war klar, dass kein einziger zu seinen Leuten zurückkehren durfte, um von dem neuen Schiffstyp zu berichten. Nur ein paar Gefangene waren gemacht worden, um sie später zu verhören – endlich würde man genauere Angaben über die Stärke der Freibeuter bekommen. Aber dass sie so früh im Jahr wieder unterwegs waren, zeigte auch, dass der Waldstamm mit seiner Flotte einen Zahn zulegen musste.

Die Besatzung des Patrouillenschiffes hatte bittere Verluste hinnehmen müssen. Unter den Leuten der Meeresspringer gab es zwar Verletzte, doch wie durch ein Wunder keinen einzigen Toten. Einer der rudernden Krieger schwor sogar Stein und Bein, dass er nur wegen des Rollbretts in seiner Hose überlebt habe: Er sei im Kampf gegen einen Piraten gestürzt, und der habe zum tödlichen Hieb ausgeholt, doch mit einem kräftigen Fußtritt gegen die Reling habe er sich gerade noch aus der Gefahrenzone rollen können – jedenfalls werde er nie wieder ohne das Ding in seiner Hose vor die Tür gehen.

Als Peter sich in der Kajüte umsah, entdeckte er Oro, der gerade Tulpe, der halb im Delirium lag, heißes Wasser einflößte.

»Wie geht's ihm?«, krächzte er, trotz der Decken noch immer schlotternd.

Gleich gab Oro auch Peter einen Henkelbecher vom Ofen, und Peter schlürfte das heiße Wasser begierig in kleinen Schlucken, während Oro antwortete: »Weiß nicht. Wir haben keinen Arzt hier und nur den Pfeil kurz vor der Eintritts- und hinter der Austrittswunde abgeschnitten und die Schulter verbunden. Den Rest überlasse ich deiner kräftigen Freundin, die sich ja gut mit so was auszukennen scheint. Ach ja: Was hier so ranzig riecht, das seid ihr. Wir haben euch gegen die Kälte mit Walfett eingerieben, das mit ein paar Kräutern versetzt ist, die eure Haut ordentlich durchbluten sollten.

Allerdings werden wir mit diesen lahmen Pötten noch eine ganze Weile unterwegs sein, bevor wir – hoffentlich noch bei Tageslicht – wieder in Tulpac sind. Versuch am besten zu schlafen.«

»Eine Bitte noch …«

»Ja?«

»Ist dieser Bogenschütze an Bord?«

»Ursus Guterde? Der euch mit seinem Schuss gerettet hat? Ja, ich schicke ihn kurz rein.«

Als der große Mann mit seinen weizenblonden, schon ganz leicht angegrauten Haaren vor ihm stand – irgendwie kam er Peter bekannt vor, aber schließlich sahen viele Waldstämmler so ähnlich aus –, bedankte er sich für seine Rettung. »Und wie Ihr da vorne auf dem Rammsporn das Gleichgewicht halten konntet … in meiner Welt würdet Ihr ein prima Surfer sein.«

Ursus lächelte freundlich und entgegnete: »Was immer auch ein *Surfer* sein mag, ich jedenfalls bin eigentlich Bauer und jetzt bloß ein Veteran, der noch mal ran muss.«

»Unglaublich! Müssen Bauern hier solche artistische Leistungen vollbringen?«

»Na, da solltest du erst mal meine Tochter Xanckz sehen, *das* ist eine echte Artistin. Ab und an übe ich mit ihr, und sie hat mir auch gezeigt, wie man das Gleichgewicht gut hält. Aber ich freue mich, dass ich helfen konnte. – Schließlich: Wie man so hört, sollst du ja unser Retter sein. Als solcher solltest du vielleicht künftig etwas besser auf dich aufpassen, nein?«

*

Die Meeresspringer hatte den kleinen Verband kurz vor Tulpac verlassen und war vorausgefahren. So erwarteten Xavox, Ky, Brumberta und ein paar Helfer schon die beiden anderen Schiffe am Hafen. Gerührt beobachtete Peter, wie Ky, die schon von dem Gefecht erfahren hatte, mit den Tränen kämpfte, als sie ihn wiedersah. Tulpe, immer noch nicht richtig bei Bewusstsein, wurde auf einer Trage transportiert.

Brumberta entfernte schon bald nach ihrer Ankunft den Rest des Pfeils aus Tulpes Schulter. Nachdem sie das herausstehende Ende gründlich mit kochendem Wasser gereinigt hatte, zog sie das Holz mit einem Ruck heraus. Tulpe war dabei, zu seinem Glück, ohnmächtig geworden, denn Brumi hatte zuvor auch eine ausgekochte

Schnur an dem abgebrochenen Schaft befestigt, die nun an der anderen Seite der Wunde herausschaute. Dann band sie einen langen, dünnen, ebenfalls ausgekochten und in Alkohol getränkten Stoffstreifen an die Schnur und zog ihn langsam durch die Wunde. Es folgte ein zweiter, in einer Salbe eingelegter Streifen. Schließlich kam noch eine ordentliche Menge ihrer Heilsalbe außen auf die Wunden, dann ein fester Verband.

Schon am Nachmittag des nächsten Tages war Tulpe bereit, seine Geschichte zu erzählen. Brumberta wollte eigentlich, dass er sich noch schonte, doch er bestand darauf, da es Wichtiges zu berichten gab. Das Wiedersehen fand in einem großen Gasthof statt, den Brumberta zum Hospital umfunktioniert hatte. In einem Nebenzimmer des ehemaligen Schankraums saß Tulpe, den linken Arm in einer Schlinge und die Schulter dick verbunden, in einem Sessel nahe am prasselnden Kaminfeuer. Auch Brumberta war schon da.

Tulpe war nicht etwa, wie Peter zunächst vermutet hatte, ein Spitzname, sondern der echte Name, den er einer blödsinnigen Wette seines einst saufenden, inzwischen toten und dadurch sehr viel friedlicheren Vaters zu verdanken hatte. Tulpes roter Haarschopf erschien Peter wie eine Mischung aus Locken und einer Art natürlicher Rastazöpfe, die ihm auch in die Stirn hingen und unter denen hellgrüne Augen hervorblitzten. Nase und Mund waren nicht gerade klein, passten aber zu dem markanten, etwas eckigen Kinn und den großen Händen die den Eindruck machten, dass der Junge, obwohl eher dünn, ordentlich zupacken konnte.

Normalerweise hatte Tulpe eine für einen Rotschopf ungewöhnlich dunkle Haut, aber in Folge seiner Verletzung und des Blutverlustes war er noch immer blass wie ein Stück Papier. Doch als Ky und Peter den Raum betraten, zog ein breites Grinsen über sein Gesicht und er winkte ihnen mit der rechten Hand erfreut zu.

Ohne ein Wort eilte Ky auf ihn zu und gab ihm einen langen Kuss auf die Stirn, dann fragte sie besorgt: »Wie geht es dir jetzt?«

»Oh, es tut scheiß-weh«, lachte Tulpe, »aber ich fühle mich unbeschreiblich gut! Ich lebe! Und ich bin hier bei euch – fürs erste in Sicherheit. Ach ja, Peter: danke, dass du mir beim Baden Gesellschaft geleistet hast. Als ich ins Wasser gestürzt bin, hatte ich wirklich gedacht, das war's jetzt – und das war nicht das erste Mal in den vergangenen Wochen.« Dann sagte er beiläufig: »Ich soll euch übrigens schön von Rétep grüßen.«

Die beiden anderen brachten fünf Sekunden kein Wort hervor. Dann bestürmten sie Tulpe mit Fragen, doch der wehrte lachend ab: »Wartet, bis die anderen hier sind, dann erzähl ich alles der Reihe nach.«

»Bis die anderen kommen«, warf Brumberta ein, »könntet ihr mir vielleicht noch mal genau erklären, was Tulpe eigentlich in Dorianstadt gesucht hat? – Offenbar habt ihr Jungvolk eure Köpfe viel zu oft im Weg, wenn's irgendwo kracht.

Bei der Beratung damals, kurz nach der Schlacht im Nekistempel, war ich nicht dabei, weil ich mich zu der Zeit ...« – sie deutete auf Ky – »... um eine Patientin kümmern musste.«

Also erklärte Peter der ehemaligen Nekis-Nymphe: »Einen Teil der Geschichte kennst du: Rétep war mit Xavox' Hilfe in die Sagenwelt geflohen, um endlich Spur und Spür, die Finder der Bruderschaft abzuschütteln, die ihm der Kriegskanzler und Cé-tan, der Gleichste der Bruderschaft, auf die Fersen gehetzt hatten. Und Rétep war sich natürlich sicher gewesen, dass ihm kein Bruder, kein Lederkrieger, kein gedungener Mörder und auch sonst niemand in die Sagenwelt würde folgen können. Er wäre dort also vor jeder Nachstellung sicher – dachte er.

Doch Ailis war eine geheime Botschaft Cé-tans an seine Leute in die Hände gefallen, die Xavox schließlich entziffern konnte. Und es muss ihn verdammt überrascht haben: Offenbar ist auch dem Gleichsten eine ganz eigene Methode bekannt, wie man einen Menschen in die Sagenwelt schicken kann. Um es kurz zu machen: Die Bruderschaft heuerte einen Meister des Mordens vom Stamm der Attentäter an, von dem man nichts weiter als seinen Clan-Namen kennt: Schwarze Klinge.«

Als Brumberta den Namen hörte, stieß sie einen leisen Pfiff aus und meinte: »Schwarze Klinge! Na, da haben die Brüder ja keine Kosten gescheut. – Und diese lebende Legende haben sie dem armen Rétep hinterhergeschickt? Ohne dass er etwas ahnt? Da kann er sich aber bald die Scharfwurzeln von unten begucken.«

»Und damit genau das nicht passiert, ist Tulpe nach Dorianstadt aufgebrochen. Xavox, der anscheinend sein halbes Leben damit verbracht hat, Informationen über das Wechseln in die Sagenwelt zusammenzutragen, wusste, dass es womöglich eine kleine Chance gab, Rétep wenigstens zu warnen: Er hatte von einem alten magischen Artefakt erfahren, mit dessen Hilfe man angeblich Verbindung zur Sagenwelt aufnehmen kann: Der *Stein des Greisen*.«

»Hu? Was soll'n das für ein sonderbarer Name sein?«

»Es war eine ziemlich verrückte Geschichte, die Xavox erzählt hatte: In den alten Zeiten, als es noch echte Magier gab, waren diese Zauberer offenbar nicht in allen Bereichen gleich gut. Die Magier, die die Kunst des Überwechselns in die Sagenwelt am besten beherrschten, kamen aus dem Stamm der ... äh, ... *Katzenkrieger*?«

»Ah, ja, der verschollene Stamm ...«

»Und unter den Magiern dieses Stammes hatte es einen Großmagus gegeben – Prinz Halef Krallenspitze, hieß der, glaub ich – der im Streit mit seinem steinalten Vater gelegen hatte. Der Vater war bereits nahezu taub, aber Halef hatte den dringenden Wunsch verspürt, seinem Vater noch ein paar Beleidigungen an den Kopf werfen. So suchte er nach einem magischen Mittel, mit dessen Hilfe ihn der Greis verstehen sollte. Im Laufe seiner Experimente hatte er schließlich einen *Resonanzstein gezüchtet*, wie es Xavox nannte. Doch als er den ans Ohr seines Vaters presste, explodierte dessen Kopf.«

»Sauber!«

»Na, eher nicht ... Jedenfalls fand Halef die durchschlagende Wirkung des Steins interessant, forschte weiter daran und entdeckte schließlich, dass man durch den Stein mit Stammes-Expeditionen kommunizieren konnte, die in der Sagenwelt unterwegs waren.«

»Kommuni... was?«

»Na, mit ihnen reden konnte man. Aber Halef war nur dieser eine Stein gelungen. Doch der existiert offenbar noch immer.«

»So wie du das erzählst, kommt jetzt der Klecks Trillerlops-Dung in der Geschichte?«

»Ein ziemlich großer sogar. Irgendwann muss dieser Stein der Bruderschaft in die Hände gefallen sein. Die wusste zwar nichts mit dem Stein anzufangen, doch sie besitzt ihn noch immer – eingelagert in der Bruderschafts-Burg in Dorianstadt, im verbotenen Turm der verbotenen magischen Artefakte.«

»Is nicht wahr«, wandte sich Brumberta nun an Tulpe, »und du hast wirklich versucht, *da* reinzukommen, um deinen Freund in der Sagenwelt vor dem Killer zu warnen? Na, wenn das mal nicht wirklich sagenhaft ist. Wie hast du ...«, – doch da stießen, erwartungsvoll, Xavox, Oro und Bela zu der Gruppe, suchten sich einen Platz, und Tulpe begann mit seiner Geschichte.

*

Als sich Ailis und ihre Truppe von den übrigen trennten, um in Dorianstadt ein Attentat gegen den König zu verhindern, da hatten sie eine Reise vor sich, die, in Luftlinie, gut 1200 Kilometer betragen hätte. Doch natürlich konnten sie nicht fliegen, und so hatten sie etwa 3000 Kilometer unter die Hufe zu nehmen.

Dass die Waldstamm-Ältesten eine gerade mal 24 Jahre alte Kriegerin zur Anführerin des Trupps bestimmt hatten, war schon allein ein Hinweis darauf, dass sich die Zeiten änderten. Allerdings hatte sich die für Waldstammverhältnisse eher kleine, aber breitschultrige Frau beim Kampf im Nekistempel mit Entschlossenheit, Mut und Verstand überaus gut bewährt gehabt, und Tulpe war froh gewesen, dass die Wahl auf die junge Kriegerin mit den kurzen weizenblonden Haaren gefallen war.

Angesichts des winterlichen Wetters konnten die Waldstammkrieger ihre Haare und Ohren gut unter Kapuzen, Woll- oder Fellmützen verbergen, denn sie ritten nicht als Krieger und wollten nicht auffallen. Wenn sich die Gelegenheit bot, tauschten sie ihre scharf gerittenen Pferde – verbunden mit einem kleinen Aufpreis – gegen frische Tiere. Wurden sie in den Dörfern oder kleinen Städten, in denen sie übernachteten, gefragt, wohin sie ihr Weg führe, dann berichteten sie, dass sie von einem wohlhabenden Kaufmann als Schutztruppe angeheuert worden seien, um seinen Sohn nach Dorianstadt zu eskortieren, der dort bei einem befreundeten Händler in die Lehre gehen sollte.

Am 16. September waren sie von der Waldlichtung aufgebrochen, bereits am 20. Oktober erreichten sie Dorianstadt. – Tulpe hatte seinen Hintern schon seit dem 1. Oktober nicht mehr gespürt.

Am Tag, bevor sie die Hauptstadt erreichten, hatte er Ailis gefragt, ob sie nicht besser in kleineren Gruppen in die Stadt einreiten sollten, um nicht aufzufallen. Die Kriegerin hatte gelacht und geantwortet: »Du glaubst allen Ernstes, 13 Reiter könnten in der Hauptstadt auffallen? Na, dann wart mal ab. Niemand, nicht einmal der Kriegskanzler, weiß wirklich, wie viele Einwohner Dorianstadt genau hat. Aber mit Sicherheit sind es weit über 300.000.«

Tulpe wollte es nicht glauben und wurde ganz aufgeregt bei dem Gedanken, sich in ein solches Menschengewimmel zu stürzen – und sich dabei auch noch zurechtzufinden.

»Du warst schon dort. Erzähl doch ein wenig über die Hauptstadt«, bat Tulpe, während er neben Ailis ritt.

Sie berichtete: »Im Laufe der Jahrhunderte ist die Stadt immer weiter gewachsen und hat nach und nach elf Stadtmauern bekommen. Einige der inneren Mauern stehen allerdings schon lange nicht mehr – die Steine wurden für andere Gebäude oder für die neueren Mauern genutzt. Trotz ihrer Größe kann die Stadt jedoch nicht alle Menschen fassen, die von ihr angezogen wurden. Im Osten und im Süden grenzen zwei große, ungeschützte Armenviertel an Dorianstadt, im Norden wurde noch, einer natürlichen Landzunge in das Breite Wasser hinein folgend, eine kleine separate Stadtmauer wie eine Blase angebaut, die eine Reihe größerer Manufakturen, Mühlen, eine große Werft und etliche Handwerker-Wohnungen umfasst. Abgesehen davon ist die äußerste Stadtmauer die einzige, die eine Symmetrie aufweist: Sie wurde auf einem fünfeckigen Grundriss angelegt. Im Norden fließt das Breite Wasser an der Hauptstadt vorbei. Im Süden mündet vor den Toren der Stadt der Fluss der Attentäter in das Breite Wasser. An den drei Seiten des Fünfecks entlang, die nicht von den beiden Flüssen begrenzt waren, hat man einen breiten Kanal angelegt und so das Breite Wasser auch noch im Osten mit dem Attentäter-Fluss verbunden – und die beiden Armen-Viertel von einem direkten Kontakt zur Stadt abgeschnitten.

An der Ost-Seite gibt es das nur von Booten zu erreichende Wassertor, von dem aus ein ringförmiger Kanal durch die Stadt führt – was für die Versorgung der Einwohner und den Handel eine große Erleichterung ist. In der Stadt wirst du Gebäude und Parks finden, wie in keiner zweiten des Elf-Stämme-Reichs. Natürlich auch den Königspalast und das Kriegshaus, wo Hanu Standhaft residiert, dann noch die Burg der Bruderschaft, den Sitz des Stammesrates, die Große Lehranstalt, das Bücherhaus, das Dorianshaus, die Villen der großen Händler und Basaristi, das Konsular-Viertel, das Rathaus und die Ständevertretung, die Große Arena und drei Theater sowie etliche Tempel. Nur in wenigen Bereichen ist eine klare Ordnung in der Bebauung der Stadt zu erkennen – etwa an den Innenseiten der Stadtmauern oder entlang der Ringe, an denen sich früher Stadtmauern befanden, und auch auf der Werft-Halbinsel. Doch ansonsten ist es ein einziges Durcheinander. Was eigentlich ganz gut den verschiedenen Strömungen und Interessengruppen in der Stadt entspricht. Aber das wirst du selbst erleben. Was uns jedoch hilfreich sein sollte: Die Leibgarde des Königs, die ihm direkt untersteht, besteht aus je 111 Kriegern eines jeden der elf Stämme.

Der Oberste Leibgardist ist Prinz Ryma vom Stamm des Wizen-wassers – keine Ahnung, wie der einzuschätzen ist, der ist nach meiner Zeit in Dorianstadt gekommen. Unter seinem Befehl hat aber jede Stammesabteilung noch einen eigenen Anführer, und interne Angelegenheiten regelt jeder Stamm für sich. Der erste Leibgardist des Waldstammes ist Oran Rodenaxt – ich kenne seine Familie, die zu meinem Clan gehört. Zudem hat mir Prinz Starkehand natürlich ein Schreiben mitgegeben, das Rodenaxt anweist, uns zu unterstützen. Ich denke, er wird es bald an der Zeit finden, ein paar seiner Männer auszutauschen – so komme ich selbst mit meinen Leuten in die Leibgarde und habe dadurch auch Zugang zum Palast. Denn solange wir noch keine konkreten Attentat-Pläne kennen, müssen wir versuchen, die Umgebung des Königs auszukundschaften und ihm so nahe wie möglich zu sein, um ihn schützen zu können. Wenn sich die Gelegenheit ergibt, werden wir auch außerhalb des Palastes Informationen sammeln – was aber die Hauptaufgabe von Haans und dir sein wird. Ihr werdet in der Stadt die Ohren aufhalten. Auch wenn es nur hässliche Rundohren sind.«

»Heee!«

»Haans wird sich in den zahlreichen Spelunken herumtreiben – was ihm sicher nicht schwerfällt – und dort sachte nach den neuesten Gerüchten bohren, um herauszufinden, was so über die derzeitigen Aufträge für den Clan der Attentäter gemurmelt wird oder welche Gifte gerade in Mode sind. Zu letzteren werden wir dann, wenn möglich, Gegengifte auftreiben und in der Nähe des Königs aufbewahren.«

»Schön und gut«, entgegnete Tulpe, »aber was ist mit diesem Stein des Greisen?«

Ailis seufzte: »Ja, natürlich. Da müsst ihr, Haans und du, auch eure Fühler ausstrecken. Meine Leute im Palast und ich werden dabei allerdings kaum helfen können. Und, ehrlich gesagt, auch wenn meine Leute draußen sind, werden sie allenfalls bei Nachforschungen behilflich sein. Nicht auszudenken, wenn einer von ihnen bei einem Einbruchversuch in die Burg der Bruderschaft geschnappt und die Verbindung zu uns Waldstamm-Leuten hergestellt wird – wir würden vermutlich auf finale Weise gleich wieder aus dem Umfeld des Königs entfernt werden.«

Tulpe grinste und meinte: »Aber wenn Haans oder ich erwischt werden …?«

»Du weißt, ich schätze euch sehr … Moment, habe ich das gerade auch über Haans gesagt? Nun, dann wird es wohl so sein … « – Tulpe meinte eine leichte Röte über ihr Gesicht huschen zu sehen – »… Aber der König muss für mich Vorrang vor privaten Freundschaften haben.«

*

Was Tulpe, der sich in seiner kleinen Heimatstadt Rú-tan wie in seiner Westentasche auskannte, nicht für möglich gehalten hatte: In den ersten Tagen in Dorianstadt verlief er sich gleich mehrmals in breiten Straßen und engen Gassen. Doch dann bekam er die Stadt langsam in den Griff und dehnte seine Erkundungstouren aus.

Sehr ernüchternd war allerdings sein erster Besuch an der Burg der Bruderschaft gewesen. Überhaupt, die Bruderschaft … Ein paar Brüder hatte es auch in Rú-tan gegeben, doch Tulpe hatte sich nie sonderlich für diese merkwürdigen Männer interessiert. Aber da er sie ja nun mal zu bestehlen gedachte, hatte er sich vor ihrem Aufbruch nach Dorianstadt von Xavox über sie berichten lassen: »Die Bruderschaft« war einst die auch weltlich sehr mächtige spirituelle Kraft im Reich gewesen, denn sie war es, die den Willen der Götter repräsentierte – jedenfalls nach eigener Auffassung der Brüder. Doch im Laufe der Jahrhunderte war mit dem Glauben an die Götter die Macht der Bruderschaft geschwunden – auch wenn sie noch immer Zehntausende Anhänger hatte.

»Wir sind alle gleich« lautete, allerdings nur die Männer meinend, ein Wahlspruch der Bruderschaft, die erst kürzlich mit Cé-tan einen neuen Gleichsten bekommen hatte. Dessen trotz des hohen Alters unerwartet verstorbener Vorgänger war an weltlicher Macht im Reich nicht sehr interessiert gewesen. Cé-tan dagegen verzehrte sich danach, die alten Götter wieder in glorreichem Glanz erstrahlen zu lassen und dem Glauben im Volk die – seiner Ansicht nach – gebührende Stärke zurückzugeben. Notfalls mit Gewalt. Die Adler-Barbaren, diese Andersgläubigen, hasste Cé-tan abgrundtief und wollte sie vernichtet sehen; das Königshaus, das nur noch pro forma den Göttern huldigte und ihn, den Gleichsten, nicht als die Macht anerkannte, die er doch repräsentierte, verachtete er nicht minder.

So waren, wie Xavox inzwischen auch dank Réteps ungewollter Spionage klar geworden war, der Kanzler und Cé-tan ein geheimes Zweckbündnis eingegangen. Hanu Standhaft hatte den Gleichsten damit geködert, dass er, sobald er König wäre, die Barbaren vernichten und so den Göttern wieder den gebührenden Ruhm verschaffen würde – wobei beide vermutlich sehr unterschiedliche Vorstellungen davon hatten, wie das Erstarken der Götter geschehen und wer zuletzt die Macht in Händen halten würde.

Überaus machtvoll war jedenfalls auch die Burg der Bruderschaft, die für Tulpe das vordringlichste Problem darstellte – denn irgendwie musste er hinein gelangen.

Einst hatte die Burg außerhalb der Stadt gestanden, doch war sie schließlich von der achten Stadtmauer umfasst worden. Das hatte die Bruderschaft aber keineswegs dazu veranlasst, ihre Burg der Stadt zu öffnen. Sie taten weiterhin so, als handele es sich um eine ganz eigenständige, geradezu exterritoriale Anlage. Und so ragte die graue Steinmasse der Burg wie ein Pickel aus dem siebten Ring der Stadt in die Höhe. Im Gegensatz zu dem bunten Durcheinander rundherum war es allerdings ein sehr akkurater Pickel: Auf exakt quadratischem Grundriss wuchsen die starken, gut 120 Meter langen Mauern etwa neun Meter empor. Wie es im Inneren aussehen mochte, ließ sich nur teilweise erahnen: An der Ostseite ragte ein hohes Gebäude mit recht flachem Giebeldach fast auf der gesamten Länge der Mauer nochmals neun Meter über die zinnenbewehrte Mauerkrone hinaus. Lediglich in der Ost-Süd-Ecke hatten die Bauherren Platz für einen gut und gerne 30 Meter hohen und ebenfalls auf quadratischem Grundriss erbauten Turm gelassen. Und irgendwo in diesem Turm musste er also zu finden sein, jener Stein des Greisen. Dort hineinkommen? Heiliger Trillerlops! Wenn Tulpe wie eine Fliege die Wand hochklettern könnte, dann würde er es vielleicht schaffen. Aber er müsste schon ganz hoch kommen, denn die Schießscharten, die in fünf und sieben Meter Höhe die Burg umzogen, waren auch für ihn zu eng.

Tulpe wanderte, ohne in dem geschäftigen Treiben um ihn herum weiter aufzufallen, einmal um die gesamte Burganlage herum und fand, abgesehen vom Portal, nichts als glatte Mauern. Das große und in diesem Moment geschlossene Tor befand sich im Zentrum der Westmauer, zu beiden Seiten flankiert von würfelähnlichen Wachhäusern, zwischen denen unbewegt sechs Brüder standen, die, was ziemlich seltsam aussah, über ihren Kutten schwarze Kettenhemden, Brustharnisch und Pickel-Helm trugen. Zwei von ihnen hatten Hellebarden in der linken Hand, zwei stützten sich, die rechte Faust um den Griff geschlossen, auf mächtige Schwerter, die letzten beiden hatten gespannte Armbrüste in den Armbeugen. Und nicht genug damit: An jedem Wachhaus saß auch noch, mit einer langen Kette gesichert, ein Wolfshund; allein die schiere Größe der Tiere jagte Tulpe einen Schauer den Rücken herunter.

Ein fliegender Händler mit gerösteten Bisamratten kam vorbei. Tulpe kaufte ihm eine ab – es war ohnehin Mittagszeit – und tat so, als sei er ganz in den Verzehr vertieft, während er von der anderen Straßenseite aus das Tor im Auge behielt. Nach etwa fünf Minuten scherte aus dem Verkehr auf der Straße ein offener, mit Säcken beladener Einspänner aus und hielt vor dem Tor. Der junge Lenker des Gefährts war, wenn Tulpe die weiß bestäubte Kleidung richtig beurteilte, ein Müller-Gehilfe. Er stieg von seinem Gefährt und gab einem der Wächter ein Papier. Der sah ihn kurz missbilligend an, dann pochte er gegen ein Eisenrohr, das neben dem Portal ein kurzes Stück aus der Wand ragte, und rief etwas in die trichterförmige Öffnung des Rohres. Unterdessen klopfte einer der Hellebarden-Träger den Wagenboden ab, der andere stocherte zwischen den Säcken herum, während einer der Hunde, den Wagenlenker mit einem leisen Knurren zurückweichen lassend, gelangweilt zum Wagen trottete und daran schnüffelte.

Nach gut 30 Sekunden öffneten sich die beiden Torflügel. Der Müllersbursche durfte allerdings nicht passieren, stattdessen traten fünf weitere Brüder ins Freie, einer griff das Pferd am Halfter und zog so den Wagen, der zu beiden Seiten von den anderen vier Männern flankiert wurde, durch das Tor. Der Müllergehilfe musste sich, von einem Bein aufs andere trippelnd, gedulden, bis ihm sein Wagen wiedergebracht werden würde. Tulpe wollte so lange nicht warten, denn die Bisamratte war verzehrt, und ihm war sicher nicht daran gelegen, zu guter Letzt doch noch aufzufallen.

Ohnehin hatte er genug gesehen: Wächter, die nicht einmal Lieferanten passieren ließen, und hinter ihnen, im Schein mehrerer Fackeln, eine etwa 20 Meter lange, tunnelähnliche Durchfahrt, an deren Decke die Spitzen von mindestens drei Fallgattern glitzerten, deren Wände Schießscharten zeigten, durch die der komplette Tunnel mit Pfeilen bestrichen werden konnte und an dessen Ende ein weiteres Tor wartete. Das konnte heiter werden.

Die nächsten Tage kam Tulpe immer mal wieder an der Burg vorbei, was allerdings nur den einen Erfolg hatte, dass er immer verzweifelter wurde.

Von Ailis hörte er kaum etwas, sie war, mit den meisten ihrer Leute, schon drei Tage nach ihrer Ankunft in den Dienst im Palast eingetreten. Vier ihrer Männer waren in verschiedenen Gasthäusern abgestiegen, streiften durch die Stadt und sammelten Informationen. Haans und Tulpe selbst hatten ihrerseits in einem weiteren Gasthof zwei nebeneinander liegende Zimmer bezogen.

Der gute Haans schien seinen Auftrag recht ernst zu nehmen – jedenfalls soweit es das Herumlungern in Spelunken betraf. Oft kam der große Mann vom Stamm der Kohleschürfer erst im Morgengrauen nach Hause und schlief dann lange in den Tag hinein.

Immerhin: Da der Ältestenrat sie reichlich mit Finanzmitteln versehen hatte, konnte sich Tulpe problemlos gefütterte Stiefel, eine Lederhose sowie Hemden und warme Unterkleidung kaufen, dazu einen molligen Mantel und eine warme Strickmütze. Dorianstadt lag zwar in der gemäßigten Klimazone – gar nicht zu vergleichen etwa mit dem frostigen Wetter im Westsüden des Namlostammes – doch beim stundenlangen Streifen durch die Stadt konnte einem ohne passende Kleidung schon unangenehm kalt werden.

Manchmal schneite es auch, »aber warte nur ab bis zum Januar, dann gibt es hier ordentliche Schneegestöber, und der ganze Himmel scheint weiß zu sein, um eine 22-Zentimeter-Schneedecke über Dorianstadt auszubreiten«, hatte ihr Wirt gesagt, als Tulpe und der Hausherr der Gaststätte während eines leichten Schneeregens zufällig gemeinsam an der Schenke angekommen waren.

*

Gut einen Monat war Tulpe schließlich in Dorianstadt, doch der Erfüllung seiner selbst gewählten Aufgabe war er keinen Deut näher gekommen. Und jeden Abend, wenn er sich schlafen legte, und jeden Morgen, wenn er aufwachte, fragte er sich, ob jener Mörder, den der Kanzler und die Bruderschaft Rétep hinterhergeschickt hatten, seinen Auftrag vielleicht schon erledigt hatte – oder gerade jetzt, in diesem Moment, dabei war es zu tun, während er sich für einen weiteren vergeblichen Rundgang durch die Stadt bereitmachte. – Was wohl mit Peter und Réteps Körper geschah, wenn Schwarze Klinge Erfolg hatte? Nein, Tulpe musste weitermachen und vor dem Attentäter Erfolg haben. So begann er den Tag wieder mit einem Seufzen, nicht ahnend, dass er noch heute, nach Wochen des Stillstands, gleich zwei bemerkenswerte Begegnungen haben sollte.

*

Gerade hatte Tulpe, nach einem schnellen, einsamen Frühstück, seine morgendliche Runde durch die Straßen begonnen, als er an einem der größeren Tempel der Götter vorbeikam, den in diesem Moment eine Gruppe von zehn Novizen verließ, die von zwei Brüdern geführt wurde. Die Novizen schritten, die Blicke nach unten, immer paarweise in Reih und Glied. Plötzlich sprang ein junger Mann aus einem Hauseingang hervor, den die Gruppe gerade passiert hatte, packte einen der an letzter Position marschierenden Novizen am Arm und hielt ihn zurück. Der Novize blickte dem anderen zunächst erschrocken, dann erkennend ins Gesicht.

Tulpe beobachtete die Szene aus ein paar Metern Entfernung. Der junge Mann, der aus dem Hauseingang herausgesprungen war, sprach nun aufgeregt auf den anderen ein, der schien zu zögern, schüttelte dann aber den Kopf.

Inzwischen war den anderen Novizen und den beiden Brüdern aufgefallen, dass ihre Reihe in Unordnung geraten war. Nach einem kurzen Blick zurück eilten die beiden Brüder in Richtung der jungen, sicher noch keine 22 Jahre alten Männer. Einer der beiden Brüder, ein Mann in den 33-ern, dem fettige schwarzen Haarsträhnen in die schmale Stirn hingen, brüllte dabei: »Ponto! Du Verräter! Die Götter werden deine verfluchten Knochen zermalmen! Und du, Josh, mach, dass du zurück ins Glied kommst!«

Ponto schien erschrocken einen Schritt zurückweichen zu wollen, blieb dann aber stehen und rief: »Klar, Bruder Nip, du weißt natürlich, wessen Knochen die Götter zermalmen werden; du sprichst täglich leere Verehrungsformeln und scheuchst die Novizen umher – das ist doch ein guter Grund, dass dich die Götter in ihre Ratsschlüsse einweihen.« Dann wandte er sich den Novizen zu, die ihn verunsichert anstarrten, und rief: »Wenn ihr einen Verstand habt, dann benutzt ihn auch. – Und falls der ein Geschenk der Götter ist, wäre es Blasphemie, ihn nicht zu gebrauchen.«

Die Brüder waren aber inzwischen heran und Nip kreischte: »Willst du schon wieder die Seelen der den Göttern Geweihten vergiften?«, dann zog er aus der großen, an seiner Kutte angenähten Tasche eine kurze Peitsche mit einem etwa ein Meter langen, geflochtenen Lederriemen und deckte den jungen Mann mit blitzschnellen Schlägen ein, sodass dieser zurückweichen musste und schließlich ein paar Schritte davonlief.

Viele Passanten waren inzwischen stehengeblieben, um das Schauspiel zu beobachten. Bruder Nip rief dem jungen Mann nach: »Das war noch nicht alles. Du wirst es noch spüren, dass es nicht gut ist, die Bruderschaft zum Feind zu haben!« Dann wandte er sich seiner Gruppe zu und rief: »Zurück ins Quartier! Wir werden beten und exerzieren, dass die Götter unsere Seelen vor den giftigen Worten der Verführer schützen und sie stärken.« Schließlich trieb er seine Schäfchen an, von denen das ein oder andere aber nicht widerstehen konnte und rasche Blicke in Richtung Ponto warf – was Josh, der besonders lange zurückstarrte, einen klatschenden Schlag mit der flachen Hand auf den Hinterkopf einbrachte.

Die Unterhaltung war vorüber und die Neugierigen gingen auseinander, nur Ponto stand noch da, blickte den langsam in der Menge verschwindenden Novizen düster hinterher und rieb sich die rechte Wange, über die sich nun ein böser Striemen hinzog.

Tulpe wusste augenblicklich, wie er den jungen Mann ins Gespräch ziehen konnte, trat hinzu und fragte höflich: »Entschuldige, es geht mich ja nichts an, aber …«

»Stimmt«, knurrte Ponto, noch immer aufgewühlt von dem Erlebten, »es geht dich nichts an.«

»Na ja«, fuhr Tulpe unbeirrt fort, »eigentlich hatte ich ja auch darüber nachgedacht, in die Bruderschaft einzutreten, aber was ich da gerade gesehen habe …«

Augenblicklich hatte er Pontos Aufmerksamkeit, der ihn mit entsetzt aufgerissenen Augen anstarrte und rief: »Tu das bloß nicht!«

»Wie wäre es dann«, entgegnete Tulpe, »wenn ich dich da hinten in der Schänke zu einem zweiten Frühstück einlade, und du erzählst mir, was hier geschehen ist?«

Kurz darauf saßen sie an einem der groben Tische im Wilden Eber, vor sich große Krüge mit dampfenden L'ak, dazu Holzplatten mit Brot, Butter, Käse und Schinken. Ponto griff hungrig zu und sagte unsicher: »Danke, Mann. Weißt du, meine Börse ist derzeit ziemlich leer. Es ist nicht einfach, in Dorianstadt eine Arbeit zu finden – und sie zu behalten – wenn man bei der Bruderschaft in Ungnade gefallen ist, und irgendwann muss ich vielleicht weg hier. Die meisten Menschen geben zwar einen Trillerlops drauf, was die Brüder sagen, andererseits machen viele Händler, Handwerker und auch Geldverleiher Geschäfte mit den Tempeln und wollen es sich schon allein deswegen nicht mit den Brüdern verscherzen. – Ich hätte auch fast zu ihnen gehört.«

Ein Schankhelfer in mittleren Jahren brachte frischen L'ak und blieb in der Nähe stehen, während Ponto kauend weiter berichtete: »Meine Familie gehört zu den ›Göttergefälligen‹, wie es die Brüder nennen. Sie besucht die Tempel und spendet eifrig. Dann wurde meine Mutter krank. Sehr krank. Ein Heiler der Brüder – der ohne Zweifel gute Arbeit tat – half ihr wieder auf die Beine, erkannte bei seinen Besuchen aber auch, dass er mit einem besonderen Wunsch leichtes Spiel haben würde: Er wollte kein Geld für seine Dienste, die er großzügig und, hm, *freigiebig* leistete. Doch da die Götter meine Mutter gerettet hätten, solle sie sich dankbar zeigen und einen ihrer Söhne den Brüdern anvertrauen – am besten den jüngsten.

Weißt du, sie wählen immer die jüngsten Söhne. Weil die am formbarsten sind und in den Familien leichter entbehrt werden können – schließlich übernehmen in der Regel die ältesten Kinder das Geschäft des Vaters.

So wurde ich Novize. Und war anfangs auch stolz darauf. Erste Zweifel bekam ich, als zwei Freunde, die sich einen Spaß erlauben wollten, versuchten, nachts aus den Quartieren zu schleichen. Sie wurden erwischt. Die Brüder lachten über das Ungestüm der Jugend und ermahnten die beiden mit liebevollen Worten, ließen sie beten – und 24 Stunden mit nackten Beinen auf spitzen Kieselsteinen knien.

Ich fragte mich, was die Götter wohl von den Schmerzen der beiden hätten. Die Frage, was die Götter davon haben, dass erwachsene Männer ihre Zeit damit verbringen, eine endlose Litanei von Beschwörungsformeln zu murmeln, folgte bald danach. Ich meine, es sind *Götter*, was sollte denen daran liegen, ständig von ein paar alten Zauseln zugeplappert zu werden? Und sie verachten die Frauen.«

»Die Götter?«

»Na klar, die Götter. Nein, Blödmann, die Brüder. Natürlich. In der Öffentlichkeit fällt es nicht so auf, aber sie lehren die Novizen, dass Frauen ihre von den Göttern geschenkten Körper dazu benutzen würden, die Männer zu verführen und vom Dienst an den Göttern fernzuhalten. Doch wie sollte ich Frauen verachten? Ich liebe meine Mutter, ich liebe meine Schwestern«, und leise, fast verträumt, ergänzte er: »Und ich lebe und atme, und es gibt so schöne Frauen – wie können die Sünde sein?«

Plötzlich entdeckte er das leise Grinsen in Tulpes Gesicht, wurde rot und redete hastig weiter: »Nun ja, es gab noch viele andere Gründe, die meine Zweifel immer stärker werden ließen. Jedenfalls trat ich im dritten und letzten Jahr meines Noviziats, als ich 17 und somit volljährig wurde, aus dem Orden aus. Sie versuchten mich zu halten, redeten mit Engelszungen auf mich ein und drohten mir mit ewiger Verdammnis. Als sie merkten, dass alles nichts nützte, präsentierten sie mich den anderen Novizen als verlorene Seele, als ein Scheusal voller Sünde und böser Gedanken, dann jagten sie mich zum Quartier hinaus. Trotzdem fühlte ich mich noch nie so gut wie in jenem Moment, als ich wieder in Freiheit war. Das Schlimmste kam aber noch: Meine Mutter flehte mich unter Tränen an, zu bereuen und wieder zur Bruderschaft zurückzukehren. Auch wenn ich wusste, dass ich nichts zu bereuen hatte, war es unendlich schwer, stark zu bleiben. Doch ich schaffte es. Nun – das Leben ist schwieriger geworden als in der Zeit vor meinem Eintritt in die Bruderschaft. Schwieriger, aber nicht schlechter.«

»Und Josh?«

»Er trat in meinem letzten Jahr ein. Wir befreundeten uns, und ich spürte, dass auch er Zweifel hatte. Ich habe seit meinem Austritt ihn und andere schon ein paar Mal angesprochen, ob sie sich die ganze Sache nicht noch einmal überlegen wollten.« Er seufzte: »Meinen jüngsten Erfolg hast du gesehen. – Und warum willst du der Bruderschaft beitreten?«

»Ein Bruder hatte zu mir, sehr beredt, über die Freuden des Dienstes an den Göttern gesprochen«, log Tulpe behände, der in Rétep einen guten Lehrmeister gehabt hatte, »aber nachdem, was du mir erzählt hast, denk ich, ist das wohl doch keine so gute Idee.«

»Na, dann ist es für mich vielleicht doch noch ein guter Tag«, freute sich Ponto mit einem naiven Lächeln.

»Aber eines würde mich noch interessieren«, begann Tulpe, endlich zu dem Thema vorstoßend, das er am brennendsten besprechen wollte, »die Burg der Bruderschaft ist so mächtig – gibt es irgendeine Möglichkeit, da reinzukommen?«

»Machst du Witze?«, lachte Ponto, »nicht einmal der König selbst darf da rein. Auch keine Novizen und längst nicht alle Brüder. Nur wer die höheren Weihen erlangt hat – und ein ganz sicherer Kandidat der Götter ist – darf da rein.«

»Das stimmt nur fast«, kam eine Stimme von der Seite, »und obwohl die Bruderschaft sehr viel von ihrer alten Macht und ihrem Einfluss verloren hat, solltet ihr bei Gesprächen in der Öffentlichkeit dennoch besser darauf achten, wer euch gerade zuhört.«

Überrascht blickten die beiden den Schankhelfer an, der gesprochen hatte. Der kräftige Mann, der für hiesige Breiten ungewöhnlich welliges braunes Haar hatte, ließ sich – es war um diese Zeit wenig Betrieb im Wilden Eber – unaufgefordert an ihrem Tisch nieder und erklärte: »Ich war auch mal ein jüngster Sohn. Prinz Janik ist mein Name. Und du, Ponto, musst nicht denken, dass du der einzige bist, der trotz aller Gehirnwäsche stark genug war, der Bruderschaft den Rücken zu kehren. Ich tat es allerdings erst, nachdem ich schon fast sieben Jahre Dienst in den Tempeln versehen hatte.«

»Und Ihr hattet die höheren Weihen, um in die Burg zu gelangen?«, fragte Tulpe gespannt.

»I wo«, entgegnete Prinz Janik, »aber ich war Chorsänger – ein guter, wie ich sagen darf. Und zu bestimmten Festtagen hat der hohe Chor der Bruderschaft auch im Tempel des Gleichsten Bruders in der Burg gesungen.«

»Und was sind das so für Lieder?«, wollte Tulpe wissen.

»Äh, keine Ahnung.«

»Bitte? Aber Ihr habt sie doch gesungen?«

»Schon, aber sie sind in der alten Sprache der Ordensbrüder verfasst, die auch im Orden kaum noch jemand versteht.«

»Und du hast die *sieben Jahre* lang gesungen? Ganz toll. Aber zurück zur Burg …«

»Glaube mir, mein Junge, in der Burg gibt es nicht viel, was sich zu sehen lohnt: Der Innenhof besteht nur aus tristem Pflaster, die Räume sind düster und scheinen überwiegend Verwaltungsaufgaben vorbehalten zu sein. Quer durch den Hof verläuft eine Mauer, so hoch wie die Außenmauer selbst, die die Burg zweiteilt. Auch das Tor dort ist bewacht, ebenso der Eingang zu dem riesigen Gebäude im zweiten Burghof.«

»Das man auch von außen sieht?«, fragte Tulpe.

»Ja. Dort sollen sich auch die Gemächer von Cé-tan, dem Gleichsten, befinden. In diesem Hof steht zudem der kleine Tempel, ganz aus schwarzem Marmor gebaut – das einzige Gebäude, das überhaupt geschmückt ist und zudem eine Reihe weißer Götter-Statuen enthält. Was mich damals neugierig gemacht hatte, war vor allem der große Turm. Denn dessen Eingang war zusätzlich mit einer eigenen Mauer geschützt, mit einem Wachhaus davor und acht Wächtern mit Wolfshunden. Aber ich habe erst gar niemanden danach gefragt, was da wohl drin ist. Das hätte ganz sicher Ärger bedeutet. Nur dass der Turm 30 Meter hoch ist, weiß ich ganz genau. Einer der Brüder hat nämlich damit geprahlt, dass es, abgesehen von den Palasttürmen, das höchste Gebäude im Elf-Stämme-Reich sei.«

»Und es gibt tatsächlich noch andere, die aus der Bruderschaft ausgetreten sind?!«, fragte Ponto begierig dazwischen.

»Was glaubst du denn?«, antwortete Janik, »ich kenne inzwischen allein so an die 33 *Ehemalige*, Prinz Lysen, der Besitzer des Wilden Ebers, der mir den Job hier gegeben hat, ist auch einer von ihnen. Manchmal treffen sich auch einige von uns, und wir versuchen, uns gegenseitig zu unterstützen oder auch solchen Grünschnäbeln wie Ponto hier zu helfen, die mit ihrer Freiheit offenbar noch nicht so viel anzufangen wissen.«

Begeistert leuchteten die Augen des jungen Mannes auf, und schnell war er in ein Gespräch mit Janik vertieft, sodass Tulpe schließlich behutsam aufstand, ein paar Münzen auf den Tisch legte und sich leise zurückzog. Er gönnte es diesem Ponto ja, dass er Hilfe gefunden hatte, er selbst war allerdings ziemlich niedergeschlagen.

Zwar hatte er endlich etwas über das Innere der Burg erfahren, doch das, *was* er erfahren hatte, führte ihm auch die Aussichtslosigkeit seines Vorhabens vor Augen. Ohne sich über sein Ziel im Klaren zu sein, führten ihn seine Schritte wieder zur Burg der Bruderschaft. Seufzend betrachtete er, an der West-Nord-Ecke stehend, die dicken Mauern und dachte an all die Sicherheitsvorkehrungen, von denen jede einzelne unüberwindlich schien. Da würde er niemals hineinkommen. Und wenn er es doch versuchte? Sie würden ihn schnappen, noch bevor er »Trillerlopskacke« sagen konnte, und das würde dann Rétep auch nicht helfen. Er sah zu dem mächtigen, zinnenbekrönten Turm hinauf. Ja, von oben müsste man hineinspazieren können, denn dort gab es – wozu auch? – natürlich keine Wachen. Er müsste nur fliegen können und unsichtbar sein, schon könnte er unbemerkt auf dem Turm landen und wäre flugs drin – ha, ha.

Tulpe war inzwischen am König-Kapulskis-Ring angelangt. In der Regierungszeit von Kapulskis II. war die achte Stadtmauer fast komplett niedergerissen worden, um an ihrer Stelle neue Wohnhäuser zu errichten. Der Junge, der sich nun nach dem Gespräch im Wilden Eber besonders einsam fühlte, fragte sich, welchen Sinn es noch hatte, weiter die Straßen zu durchstreifen und darüber nachzugrübeln, wie er an den Stein des Greisen gelangen könnte. »Verdammter Betrüger!«, hallte es da aus ein paar Metern Entfernung zu ihm herüber, und er wurde Zeuge eines Streites.

»Ihr seid ein Gauner!«, hörte er erneut die Stimme eines jungen Mannes schreien, »vier Elfernick waren ausgemacht, dafür, dass Ihr Opa Jorge abholt! Und nicht fünf!«

»Nun, du kannst deinen Opa ja wieder in den Turm hochschleppen und einen anderen Ahnengräber rufen«, antwortete eine gehässige Stimme.

Der Streit spielte sich vor einem ungewöhnlich hohen Gebäude ab, das die anderen Häuser um das Vierfache überragte – nein, es war eigentlich in seinem Ursprung gar kein richtiges Wohngebäude gewesen, fiel Tulpe erst jetzt auf, obwohl er schon mehrfach durch diese Straße gewandert war. Was da zwischen den neueren Häusern emporragte, war ganz eindeutig ein Turm der achten Stadtmauer, der deren Abriss überstanden hatte. Offenbar war er zu einem Wohnhaus umfunktioniert worden. Im Erdgeschoss befand sich ein Pferdestall, eine steile Holztreppe führte außen zu dem in drei Metern Höhe gelegenen Eingang. Am Fuß der Treppe redeten vier Männer wild durcheinander, neben ihnen stand eine Karre, auf der irgendetwas lag, das mit einer Plane abgedeckt war. Nein, nicht irgendetwas, korrigierte sich Tulpe, sondern ganz offensichtlich irgendjemand: Ein dürrer, sehniger nackter Arm, der in eine fleckige, fast vertrocknete Hand mündete, baumelte unter der Plane hervor. Tja, da lag wohl Opa Jorge.

Die Streitenden waren noch immer nicht weitergekommen. Was es nicht einfacher machte: Einer der Männer, ein untersetzter, etwa 50-jähriger Kerl, hatte ganz anderes im Sinn als Opa Jorges Verbleib: »Zwei Monate Mietzins ist er mir schuldig! Ihr seid sein Enkel, Ihr zahlt mir den.«

Der junge Mann, der gerade noch den Ahnengräber angekeift hatte, fauchte nun den Turmbesitzer an: »Darauf könnt Ihr lange warten! Ihr hättet Opa noch was zahlen müssen dafür, dass er diese Bruchbude all die Jahre vor dem Zusammenstürzen bewahrt hat. Es regnet durchs Dach, und die Dachbalken drohen schon seit Jahren einzustürzen, nur weil Ihr, obwohl Ihr's versprochen hattet, noch immer nicht dieses blöde alte Katapult vom Turm geräumt habt. Seid froh, wenn ich Euch nicht verklage.«

»He, stell dich hinten an!«, fuhr der Ahnengräber den Turmbesitzer an, »erst bekomme ich noch einen Elfer- oder elf Kupfernick von dem Herrn hier, denn sonst wird Opa wieder abgeladen!«

So wogte der Streit noch eine Weile hin und her, doch Tulpe hörte nicht mehr richtig zu, weil er einen Gedanken fassen wollte, der sich in seinem Kopf breitzumachen begann.

Schließlich kamen zwei Krieger vorbei, die an ihren Umhängen als Soldaten der Stadtwache zu erkennen waren. Sie hörten sich das

Gezeter nur kurz an und beendeten dann das Geschrei, indem sie, nach einem Blick auf die steile Treppe, den Ahnengräber anwiesen, den Leichnam mitzunehmen. Murrend zog der ab, während sein Gehilfe den Karren schob.

Als sie an Tulpe vorbeikamen, hörte er den Mann gerade noch seinem Gehilfen zuflüstern: »Doch, es ist kalt genug. Wir parken Opa einfach im Hof, und er wird erst dann unter die Erde gebracht, wenn dieser Schnösel bezahlt hat.«

Auch der junge Mann stapfte nun davon, der Vermieter rief ihm hinterher: »He! Und was ist mit den Mietschulden?«

»Frag doch Jorge«, brüllte der Jüngere zurück und zeigte mit der linken Faust, von der kleiner Finger und Zeigefinger weggespreizt waren, auf den Älteren, was im Stamm der Eisenmarschen als ziemlich obszöne Geste galt.

Der Untersetzte schimpfte, am Fuß der Treppe stehend, noch immer leise vor sich hin, als Tulpe auf ihn zutrat.

Er fragte: »Entschuldigung …«

»Was willst du, Bursche?«, blaffte der Mann unfreundlich.

»Habe ich das gerade richtig verstanden, dass der Turm eventuell zu mieten ist?«

Augenblicklich wurde das Gesicht des Mannes freundlicher, doch dann sah er sich Tulpe genauer an, und er fragte seinerseits: »Bist du nicht etwas jung für eine eigene Wohnung?«

»Keine Bange, mein älterer Bruder sucht eine. Und er liebt den freien Blick – wisst Ihr, er ist mal zur See gefahren. Ich bin ziemlich sicher, dass er diesen Turm lieben wird. Dürfte ich mal sehen?«, dabei deutete Tulpe die Treppe hoch.

»Hm, nun, warum nicht, Junge. Wie heißt du eigentlich?«

»N … Niemand. Prinz Hinz Niemand.«

»Niemand? Seltsamer Name.«

»Wir sind vom Stamm der Kohleschürfer eingewandert.«

»Ach so. Na dann. Mein Name ist Bosse. Und du hast richtig verstanden, mir gehört dieser prächtige Turm.«

Damit begann er schnaufend vor Tulpe die Treppe hinaufzusteigen.

Im ersten Stock, den sie durch eine breite Bohlentür betraten, hielt sich die Kälte in Grenzen, was daran lag, dass lediglich ein Holzboden die Wohnung von dem darunter liegenden Pferdestall trennte. Die kostenlose Pferde-Heizung bezahlte man jedoch damit, dass man den Stallgeruch in Kauf nehmen musste.

Bosse ließ seinen Blick durchs Zimmer schweifen und knurrte: »Dieser Hund! Jorges Sachen hat er sich natürlich schon eingesackt, noch bevor er seinen Opa selbst geholt hat.«

Tatsächlich war der Raum leer bis auf eine alte Strohmatratze, eine umgestürzte schwere Truhe, die nichts als Luft enthielt, und einen kleinen Haufen aussortierter Kleider, die allenfalls noch als Lumpen Verwendung finden konnten. In den fünf Geschossen darüber sah es ähnlich aus. Eine geländerlose Steintreppe führte im runden Turm durch alle Geschosse bis aufs Dach hinauf.

Im fünften Stock gab es dann ein paar Einrichtungsgegenstände, wenn man sie denn so nennen wollte: Gut zwei Dutzend Eimer aller Art standen wild verstreut auf dem Boden. Bosse räusperte sich verlegen und meinte: »Ahm, gar nicht beachten. Ein paar Bretter aufs Dach, und alles ist wieder dicht.«

»Aber wieso? Ist doch wunderbar: Fließend Wasser! Können sich sonst nur die Reichen leisten.«

»Hm … so hab ich's noch gar nicht gesehen. Ich meine: Natürlich! Recht hast du!«

»Das da könnte natürlich schon irgendwann zum Problem werden«, meinte Tulpe und deutete nach oben. Die Decke wölbte sich leicht nach innen und einer der beiden mittleren Tragebalken hatte ganz eindeutig einen ordentlichen Knacks.

»Alsooo, da könnte man vielleicht …«, stammelte Bosse, wurde aber von Tulpe unterbrochen: »Mein Bruder hat handwerklich was drauf, der bekommt das schon hin – dafür darf der Mietzins dann aber nicht so hoch angesetzt sein. Und jetzt das Dach! Ihr wisst, die Aussicht!«

»Nuuun,« meinte Bosse gedehnt, während er nochmals schnell zu dem angeknacksten Balken hinaufschielte, »ich will dich nicht stören, der erste Eindruck ist ja bekanntlich immer wichtig. Also geh ruhig allein aufs Dach und sieh dich in Ruhe um.«

Das ließ sich Tulpe nicht zweimal sagen. Die Scharniere der Falltür waren weggerostet, und so schob er mühsam das gesamte Gebilde beiseite, stieg aufs Dach und sah sich um. Bevor er sich der Aussicht zuwandte, ging sein erster Blick zur Mitte der Plattform. Tatsächlich! Er hatte sich vorhin nicht verhört! Da stand wirklich, auf einer großen Drehscheibe mitten auf dem Turm, ein altes Katapult. Es war keines von den ganz großen Dingern sondern eher ein kleines Kaliber. Es stand, sicher wegen des angeknacksten Balkens, ziemlich schief, und es zeigte – natürlich – stadtauswärts. Aber da stand es! Wahrhaftig ein Katapult. Es musste aus der Zeit stammen, als die achte Mauer in den Verteidigungsplänen der Stadt noch eine Rolle gespielt hatte, und war demnach uralt. Aber erstaunlicherweise schienen die Holzteile noch ganz in Ordnung zu sein. Tulpe trat hinzu und strich ehrfürchtig über einen der Balken. Er war zwar rissig, fühlte sich aber steinhart an. Das musste Eiche sein. Einige Holzzapfen waren verfault. Der Lederschnäpper, die Abschusssehne und die Torsionsseile waren natürlich vollkommen verrottet. Und der große Eisenbogen bestand fast nur noch aus Rostfraß. Auch den Flaschenzug zum Spannen konnte man nur noch wegwerfen. Doch das alles war nichts, das sich nicht mit ein wenig Geschick beheben ließe.

Nun widmete sich Tulpe tatsächlich der Aussicht. Und die war geradezu genial. Die Brüstung war, einschließlich der Zinnen, etwa 1,50 Meter hoch. Zwischen den Zinnen konnte Tulpe problemlos hindurchsehen, und er genoss den atemberaubenden Anblick, der sich ihm bot: Die ganze Hauptstadt lag vor ihm ausgebreitet, er konnte sogar über die äußerste Mauer hinweg ins Land hinaussehen.

Er sah andere Türme, Tempel, den Kanal und die Prachtstraßen – und natürlich den gigantischen Königspalast. Was ihn allerdings am meisten freute: Wenn er nach Osten blickte, dann sah er, über drei Häuserreihen hinweg, ganz genau auf den Turm der Bruderschaft-Burg. Da der noch weit über *seinen* Turm hinausragende Bruderschaftsturm, von Tulpe aus betrachtet, an der Rückwand der Burg lag, waren es bis zu ihm insgesamt etwa 330 Meter Luftlinie.

Fliegen können und unsichtbar sein?

Nun.

Warum nicht.

*

»*Was* soll ich?«, fragte Haans entgeistert, »ein altes Katapult reparieren? Und unter dem Namen Prinz Kunz Niemand einen verlotterten Turm mieten, für den du schon – höllisch überteuert – drei Monatszinsen im Voraus bezahlt hast? *Warum?*«

Tulpe hatte sich wach gehalten, bis Haans, gegen vier Uhr am Morgen und leicht angetrunken, in ihre Schänke zurückgekehrt war. Der fast zwei Meter große, muskelbepackte junge Krieger vom Stamm der Kohleschürfer hätte mit seinen schwarzen Haaren und dem kantigen Gesicht gut für das Bild eines Schlägers Modell stehen können – wenn nicht die gerne nach oben gezogenen Mundwinkel und die dunklen, aber freundlichen Augen gewesen wären. Tulpe war jedenfalls dankbar, dass er in dem Krieger – der Wert darauf legte, dass die beiden »A« in der Mitte seines Namens getrennt ausgesprochen wurden – einen Freund gefunden hatte, auch wenn ihm klar war, dass sich Haans insbesondere wegen Ailis ihrem Trupp angeschlossen hatte. Tulpe erklärte ihm seinen Plan.

Haans schüttete sich aus vor Lachen, bis aus dem Nachbarzimmer jemand gegen die Wand hämmerte und »*Ruhe!*« brüllte. Dann flüsterte Haans, sich die Lachtränen aus den Augenwinkeln wischend: »Du bist irre. Komplett übergeschnappt.«

»Das ist die einzige Chance! Du willst mir also nicht helfen?«, fragte Tulpe enttäuscht.

»Hör mal«, antwortete Haans, »ich habe mich dem Kampf von ein paar Kindern und einem bekloppten Halbzauberer angeschlossen, der mich aufs Übelste reingelegt hatte. Ich beteilige mich an einer Verschwörung gegen Verschwörer, was leider eine Verschwörung gegen die geballten Mächte des Kriegskanzlers und der Bruderschaft bedeutet, was wiederum über kurz oder lang nur heißen kann, dass mich irgendjemand zur Hölle schickt. Ich saufe mich jede Nacht durch die schlimmsten Spelunken von halb Dorianstadt in der vagen Hoffnung, vielleicht irgendetwas über ein möglicherweise geplantes Attentat gegen den König zu erfahren. Und was das Schlimmste ist: Ich befürchte, ich habe mich in eine Kriegerin verliebt, die mir zwei Zähne ausgeschlagen hat und noch dazu zwei spitze Ohren ihr eigen nennt – wenn auch, wie ich zugeben muss, zwei überaus entzückende Spitzohren.«

»Aha. Und was heißt das jetzt?«

»Das heißt, dass du nach wie vor irre bist. Aber natürlich mache ich mit.«

»Wow!«

»Und falls es dich interessiert: Ich bin zwar sicher kein perfekter Geschützmeister, aber als Mitglied – nun ja, als *ehemaliges* Mitglied der Garde des Kriegskanzlers habe ich auch eine Ausbildung an Kriegsmaschinen erhalten.«

»Könnte hilfreich sein.«

»In der Tat. Zumal wenn man bedenkt, dass wir nur einen einzigen Schuss haben.«

Diesmal brachen beide in schallendes Gelächter aus, bis sie von mehreren aufgebrachten »Ruhe!«-Rufen und erbosten Drohungen aus den Nachbarräumen unterbrochen wurden.

Haans besorgte die nötigen Werkzeuge, Leder, Seile und das Holz, einschließlich Balken, um den angeknacksten Träger der Decke abzustützen. Einem neugierigen Nachbarn erklärte er, dass er sich daran mache, Schäden im Turm zu reparieren. »Ja, ja«, sagte der Nachbar, »der alte Jorge hatte ja jahrelang nichts mehr getan.«

Tulpe suchte einen Schmied auf und gab ihm die Maße für den Eisenbogen – im entspannten Zustand nichts weiter als ein langes, dünnes Eisenblatt und somit nicht als Bestandteil eines Katapults zu erkennen.

»Was soll denn das sein?«, fragte der Schmied stirnrunzelnd.

»Etwas, das gut und in Vorkasse bezahlt wird, plus einem Bonus bei schneller und tadelloser Ausführung.«

»Ach so ein Teil ist das! Klar, das kann ich machen.«

Dann besorgte Tulpe auf der Werfthalbinsel einen kleinen vierarmigen Anker für einen Fischerkahn. Auf dem Rückweg kaufte er weiße Farbe und suchte schließlich noch einen Tuchhändler, einen Schuhmacher und einen Schneider auf. Dann half er Haans, auf dem Turmdach Zeltplanen zu spannen. Falls irgendein Bruder doch mal die oberen Räume des Burgturms oder gar dessen Dach betrat und in ihre Richtung blickte, musste er ja nicht gleich sehen, was hier oben vor sich ging. Und Zelte oder Planen auf flachen Dächern waren in den meisten bewohnten Gegenden des Elf-Stämme-Reichs kein ungewöhnlicher Anblick.

Während Haans sich die nächsten Tage an die Reparaturarbeiten machte, hatte Tulpe noch eine Aufgabe vor sich, die ihm ziemlich im Magen lag. Eine richtige Schulpflicht gab es im Elf-Stämme-Reich nicht. Schule war zwar nicht teuer, und so ließen die meisten Eltern, wenn eine Schule in der Nähe war, ihren Kindern zumindest eine gewisse Grundausbildung zukommen – Lesen, Schreiben, ein wenig Rechnen. Und Réteps Onkel N'Ky hatte freundlicherweise nicht nur für Rétep, sondern, auf dessen Bitten, auch für Tulpe das Schulgeld übernommen gehabt. Doch sein weniges Wissen half ihm nicht weiter, wenn es darum ging, die exakte Länge des Seils zu berechnen. Auch Haans zuckte auf seine Frage hin nur mit den Schultern.

Gut, also: Sein eigener Turm war 18 Meter hoch, das hatte er mit einem Seil ausgemessen. Ebenfalls mit einem Seil bewaffnet, machten sich Tulpe und Haans in der Nacht auf, den genauen Abstand von Turmmitte zu Turmmitte zu ermitteln – was gar nicht so einfach war. Sie kamen auf 312 Meter. Und sie wussten, dass der Turm der Bruderschaft zwölf Meter höher als ihr eigener war. Sie mussten also ein Seil haben, das 312 Meter lang war plus das Stück, das benötigt würde, den Höhenunterschied auszugleichen. Doch wie viel war das dann? Zu lang sollte das Seil ja auch nicht sein, um nicht über den Turm hinauszuschießen und eventuell Aufmerksamkeit zu erregen. Ein bisschen Spiel hatten sie zwar, denn sie mussten die Plattform nicht exakt in der Mitte treffen. Aber irgendwo *auf* der Plattform sollte der Anker schon landen.

Es half nichts: Tulpe machte sich auf den Weg zum Buchhaus.

Ein Besuch, der ihm eigentlich nur eine Grundkenntnis der Geometrie vermitteln sollte – obwohl Tulpe den Begriff Geometrie gar nicht kannte. Der ihm aber weitaus mehr Kenntnisse als erwartet bringen würde.

*

Tulpe hatte einen ziemlich langen Weg zum Buchhaus, in dem er sich auch nicht besonders wohlfühlte. Alles war so voller … nun ja, Bücher. Bücher und Schriftrollen, und die gehörten nicht zu seiner Welt. Das wiederum konnten ihm doch bestimmt alle anderen Besucher des Buchhauses ansehen, die durch die unzähligen Reihen schlenderten. Unschlüssig stand Tulpe an einem Regal und wusste nicht, wo er anfangen sollte.

»Kann ich dem jungen Herren behilflich sein?«, fragte eine freundliche Stimme von hinten.

Junger Herr? War damit etwa *er* gemeint? Nun ja, gute Kleidung, vor drei Tagen beim Haar-Meister gewesen und gestern das Badehaus zum Aufwärmen benutzt – vielleicht war er ja tatsächlich gemeint? Tulpe drehte sich um. Hinter ihm stand ein älterer Mann mit Hakennase und zotteligen grauen Haaren, in denen eine große Gänsefeder steckte.

Tulpe starrte mit offenem Mund die Feder an.

»Ah, der junge Herr ist zum ersten Mal hier! Nun, schon der Urgroßvater unseres großen Königs Jaun, Bruno der Siebte, hatte die Großzügigkeit besessen, das Buchhaus, das sich im Privatbesitz der Krone befindet, jedermann zugänglich zu machen.

Das bedeutete aber auch, dass Leute eingestellt werde mussten – meist waren es Schreiber –, die die Weisheitsuchenden anleiten konnten – und aufpassten, dass diese nichts mitgehen ließen.

So wurde unsere Profession der Buchsucher begründet. Eigentlich sollten wir ja ursprünglich so etwas wie eine Uniform bekommen, doch als Bruno VII. die Rechnungen für die nötigen Umbauten und Erweiterungen am Buchhaus sah, meinte er, dass es nun irgendwie mal gut sei. Auf die Frage des ersten Buchhaus-Meisters, wie die Besucher denn dann die Bediensteten erkennen sollten, machte der weise König den Vorschlag mit den Federn. – Nun ja, es gab böswillige Zeitgenossen, die seinen Ausruf ›*Ihr elendes Schreiberpack, schiebt euch meinetwegen eure Federkiele in den …*‹ irgendwie anders interpretierten. … wie auch immer. So landeten die Federn jedenfalls im Haarputz meiner Vorgänger. Und so ist es auch geblieben. Und wenn ich hinzufügen darf, ohne mich natürlich beschweren zu wollen: Auch das Gehalt der Buchsucher ist seit jener Zeit nicht angehoben worden. Das steht natürlich keinesfalls in Zusammenhang damit, dass einer meiner Kollegen vorletzte Woche hingerichtet wurde, als herauskam, dass er Bücher als Heizmaterial mit nach Hause genommen hatte. Und immerhin helfen manche der Herren, die hierherkommen, mit einem kleinen Geschenk aus.

Nicht, dass uns das etwa beflügeln würde, die Wissensdurstigen zum Ziel zu führen – die sich natürlich alleine kaum jemals das Ordnungssystem dieser heiligen Hallen zu eigen machen können.«

Tulpe, der der servil leiernden und immer gleich bleibenden Stimme des Federträgers fasziniert zugehört hatte, war natürlich klar, was von ihm erwartet wurde. Aber gut, so kam er wenigstens schneller zum Ziel, und er sagte: »Da bin ich doch froh, dass ich gleich so einen ehrlich bemühten Helfer gefunden habe, dem ich natürlich gerne eine großzügige Unterstützung … äh, wie großzügig?«

»Fünf Kupfernick.«

»… gerne eine großzügige Unterstützung zukommen lasse. Ich suche nämlich tatsächlich ein bestimmtes Buch. Ein Buch, das mir verrät, wie ich eine ganz bestimmte Aufgabe lösen kann. Um genau zu sein: eine Rechenaufgabe, die mir, ah, mein Lehrer aufgetragen hat.«

»Ah, Schulbücher! Werden selten verlangt, aber wir haben sie natürlich alle hier. Wie lautet denn die Aufgabe?«

»Na ja, ich habe, äh, ein Dreieck, aber nur zwei Seitenlängen. Kann ich damit die Länge der dritten Seite berechnen?«

»Aber selbstverständlich. Was für ein Dreieck ist es denn?«

»Äh … eines mit … drei Ecken?«

Der Buchsucher verdrehte die Augen und ergänzte: »Ich meine, gleichschenklig, rechtwinklig, oder was?«

»Oh! Ja. Also, gleiche Schenkel hat es nicht, aber der Turm … will sagen: Eine Seite steht im rechten Winkel nach oben.«

»Also ein rechtwinkliges Dreieck. Und *dafür* brauchst du ein Buch?«, plötzlich klang die Stimme des Federträgers gar nicht mehr servil, sondern eher spöttisch.

»Nun, wenn Ihr es könnt, ohne nachzuschlagen, dann könntet Ihr es ja vielleicht für mich ausrechnen?«

Der Federträger sah ihn nur schweigend an.

Tulpe holte fünf Kupfernick aus der Tasche.

Der Federträger rührte sich nicht.

Tulpe ließ die kleinen Münzen wieder verschwinden und zog stattdessen einen Elfernick hervor.

Der Federträger neigte mit leicht gebleckten Zähnen, was wohl ein Lächeln sein sollte, den Kopf und bedeutete Tulpe mit einer Geste, ihm zu einem kleinen Tisch zu folgen. Dort griff er sich ein Stückchen von einem kleinen Stapel Pergament-Reste, zog die Feder aus seinen Haaren, tauchte die Spitze in ein bereitstehendes Tintenschälchen und sah Tulpe fragend an.

»Oh! Die Zahlen!« Instinktiv beschloss Tulpe, als Längenmaß statt Meter lieber Zentimeter zu sagen, um diesen Mann nicht auf die Idee zu bringen, irgendwelche echten – und damit handelbaren – Informationen in Händen zu halten: »Also, die eine Seite ist 12 Zentimeter, die andere 312 Zentimeter lang.«

»Seltsame Aufgabe,« murmelte der Hakennasige, während er auf dem Papier zu rechnen begann, »aber egal. Also: 12 zum Quadrat, macht 144; 312 zum Quadrat… hmhmmmhm… macht 97344. Das Ganze addiert…. Und nun die Wurzel gezogen…« Der Mann rechnete noch eine Weile, dann gab er Tulpe den Zettel mit den Worten: »Fertig. Die Hypotenuse ist 312,23068 Zentimeter lang.«

Tulpe nahm den Zettel und hatte Mühe, seine Enttäuschung zu verbergen. Und dafür der ganze Aufwand?! Bei diesem geringen Unterschied hätte er für das Seil auch einfach den von Turm zu Turm gemessenen Abstand von 312 Meter nehmen können. Dass die Schräge kaum länger war als die Gerade, lag wohl daran, dass die zu überwindende Höhe um so vieles kleiner war als die Länge – aber das hatte er sich vorher nicht vorstellen können.

Nun ja, immerhin konnte sich Tulpe jetzt sicher sein mit der Länge der… *was* hatte der Mann gesagt? »Wieso hat das Ergebnis was mit *Nüssen* zu tun?«

»*Nüsse???* Wieso Nüsse?«

»Na, Ihr sagtet doch, die Hipotee-Nüsse, oder so?«

»Oh Himmel, Junge! Du hast wirklich keinen Schimmer von Geometrie, was? Die Hypotenuse ist die lange Seite des Dreiecks, die dem rechten Winkel gegenüber liegt, die anderen Seiten heißen Katheten.« Diesmal war sogar kaum verhohlene Verachtung in der Stimme des Mannes mitgeschwungen, und Tulpe mochte ihn immer weniger leiden. Und sich selbst mochte er auch nicht leiden, als er sich mit kleinlauter Stimme fragen hörte: »Gibt es hier vielleicht ein Buch über, äh, Geometer?«

»Geometrie?«

»Jaaa.«

»Natürlich. Und in der sicher vergeblichen Hoffnung, dass der junge Herr zu etwas Weisheit kommt, sag ich's dir sogar umsonst. Die Bücher sind alphabetisch geordnet.«

»Ich muss also unter ›G‹ nachsehen?«

»Quatsch. Dann würd's ja jeder finden. Schau unter ›K‹ nach. Dort findest du *Die Kunst der Geometrie* von Prinz Piet Agoras – leichte Kost für den Einsteiger.«

Tulpe nickte seufzend und machte sich auf die Suche, während er sich gleichzeitig fragte, was er hier eigentlich tat. Er hatte schließlich zurzeit Besseres zu tun als zu versuchen, seine Bildungslücken zu schließen. Und ein bisschen in einem Buch zu blättern würde ohnehin nicht viel helfen. Aber jetzt war er schon mal hier.

Und hier war auch schon das ›K‹…. und viele Bücher, Schriftrollen und Pergament-Sammlungen, die irgendwie *Kunst* im Namen hatten: Die Kunst der Bewässerung, die Kunst des Bartholomäus Joller, die Kunst der Kriegsführung, die Kunst der Falkenjagd… ah! Da stand es ja, nahezu am Ende der Reihe: Die Kunst der Geometrie, direkt neben einem kleinen Pergament mit dem Titel…. *Ach du heiliger Trillerlops!* Noch im gleichen Sekundenbruchteil hatte Tulpe die Geometrie vollkommen vergessen und zog mit zitternden Fingern das letzte Buch aus der Reihe – genaugenommen kein Buch, sondern lediglich drei zusammengenähte Pergamente mit dem Titel: »Die Kunst des schmerzlosen Wechsels in die Sagenwelt und warum sie sinnvollerweise verboten wurde – Abschrift einer Handschrift einer Sammlung einer Bibliothek einer Hauptstadt des Matriarchats von Kaluktan, niedergeschrieben von Horatio Tacituús«.

Ein rascher Blick nach links und rechts überzeugte Tulpe, dass er nicht beobachtet wurde. Einen halben Wimpernschlag später war das Pergament unter seinem Hemd verschwunden.

Beim Hinausgehen lief Tulpe nochmals dem zottelhaarigen Buchsucher über den Weg, zögerte, hielt dann kurz inne und fragte: »Verbotene Bücher gibt es hier natürlich nicht?«

»Natürlich nicht. Warum fragst du?«

»Aber Bücher *über* ein Verbot sind ja nicht das Verbotene selbst, und wenn die Hüter dieser heiligen Hallen sich punktgenau und ohne schädliche Fantasie an ihre Anweisungen halten, dann könnte es schon mal geschehen…?«

»Junge, wovon sprichst du eigentlich? Verschwende nicht meine Zeit.«

»Ihr habt natürlich recht. Vergebt mir, es war nur so ein dummes Hirngespinst eines Ungebildeten.«

Damit ließ er den kopfschüttelnd zurückbleibenden Mann stehen und machte sich eiligst auf den Rückweg in seine Unterkunft. Am liebsten wäre er in die nächste Schänke eingekehrt, um das Pergament gleich zu lesen. Doch das wagte er nicht in der Öffentlichkeit, zumal nach der Warnung, die ihm Prinz Janik im Wilden Eber gegeben hatte.

Während er eilig durch die Straßen ging, sah er sich noch eine ganze Weile immer wieder um, doch niemand kam *»Dieb!«* brüllend hinter ihm hergestürmt. Nur langsam beruhigte sich sein Pulsschlag etwas. Er hatte tatsächlich eine Schrift gefunden, die sich offensichtlich mit *echter* Zauberei befasste! Tulpe war sofort klar gewesen, dass das mehr als ungewöhnlich war, denn wie eigentlich jeder im Elf-Stämme-Reich wusste auch er, wie es einst mit der Magie geendet hatte: Heutzutage fand man allenfalls noch ein paar Halbzauberer, so wie Xavox einer war. Wobei die Halbzauberer wohl allenfalls ein schwacher Abklatsch der echten Zauberer waren, die einst unter den Stämmen ihre Arbeit getan hatten. Doch die alten Zauberer gab es nicht mehr. Gut 1600 Jahre lag es zurück, dass sich Halla die Schreckliche mit Hilfe magischer Kräfte zur Herrscherin ihres Stammes aufgeschwungen und die anderen Stämme durch den Einsatz dunkelster Zauberkräfte mit Blut und Tod überzogen hatte.

Halla konnte schließlich besiegt werden, hatte die Stämme aber so in Angst und Schrecken versetzt, dass die Zauberei immer stärkeren Beschränkungen unterworfen worden war und schließlich ganz verboten wurde. – Nur Halbzauberer, von denen man wohl keine allzu große Gefahr erwartete, durften noch weiter wirken. Doch auch sie wurden mit Argwohn betrachtet, und es gab nur noch wenige.

So konnte Tulpe sein Glück kaum fassen, dass er nun eine Schrift in Händen hielt, die womöglich ihm oder doch zumindest Xavox Hinweise zum Zauber des Weltenwechsels geben konnte.

Als Tulpe endlich wieder in seinem Zimmer war, stürzte er sich gleich auf das Pergament.

In der rechten unteren Ecke der Titelseite fand er den Vermerk, in einer anderen Handschrift als der Titel selbst geschrieben: *»27. Werk aus der 43. Sendung des ehrenwerten Schriftgelehrten Horatio Tacituús, der, im Auftrag der Krone und zum Austausch unserer befreundeten Kulturen, nach Kaluktan reiste, um zur Bereicherung unseres Geistes ausgewählte Werke kaluktanischer Literatur zu übersetzen und sie, zur Erbauung aller Wissbegierigen im Elfstämmeland, dem großen Haus des Buches in Dorianstadt, Hauptstadt des Reiches, zu schicken.«* Uff! Wer so einen Satz schreiben konnte, der war ohne Zweifel auch in der Lage, ein Buch in einem öffentlichen Buchhaus einzusortieren, das zumindest die Bruderschaft, wüsste sie von seiner Existenz, verbrennen, wegschließen oder gar selbst nutzen würde. Vermutlich hatte selbst Xavox, der mehr über den Weltenwechsel als jeder andere wusste (was dennoch nicht gerade viel zu sein schien) und schon selbst im Buchhaus nachgeforscht hatte, diese Seiten niemals in Händen gehalten. Na, wenn das mal kein Knaller war!

Auf der ersten Seite las Tulpe: *»Vorbemerkung von Horatio Tacituús:*

Gekommen, aus den reichen Schätzen der Weisen Frauen von Kaluktan und mit deren Erlaubnis unsere eigene Kultur zu bereichern, war ich erstaunt, zwischen den Schriften Kaluktans auch Werke aus anderen Ländern und ebenso aus unserem eigenen zu finden. – Ganz besonders erstaunt war ich allerdings über jenen Brief, der diesem Pergamente zugrunde liegt. Ist darin doch von Dingen die Rede, die sehr eindeutig mit Magie zu tun haben und somit bei uns – natürlich selbstverständlich vollkommen zu Recht – verboten sind.

Auf den zweiten Blick allerdings ist klar, dass man auf solche Überbleibsel aus jener – selbstverständlich dunklen – Zeit eher in fremden Ländern trifft: Wurden solche Texte doch in unserem Land entweder vernichtet oder so gut verborgen, dass sie noch heute in ihren Verstecken verrotten – und natürlich selbstverständlich hoffentlich niemalsnienicht wieder entdeckt werden.

Der Stil und die Rechtschreibung des Briefes – beides habe ich in meiner Abschrift etwas geglättet – deuten auch darauf hin, dass er in einer Zeit geschrieben wurde, in der die Vollmagie gerade erst endgültig verboten worden war. Dazu passt, dass der unbekannte Schreiber seinen Namen nicht nennt. Die Vermutung liegt nahe, dass es sich um einen Zauberer oder doch zumindest einen Gehilfen handelte, der aus seiner Heimat geflohen war oder ihr enttäuscht den Rücken gekehrt hatte. Wobei wir zugeben müssen, dass nicht zweifelsfrei geklärt werden konnte, ob der Brief nun in Kaluktan geschrieben und nie abgeschickt wurde, oder ob der Empfänger in Kaluktan weilte.

Hier nun also die Abschrift, die wir selbstverständlich als die Beschreibung eines zutiefst verwerflichen Tuns ansehen. So geben wir sie denn auch nur zum Zwecke der Mahnung wieder, um zu zeigen, wie sogar Teile einer ansonsten hochwertigen Kultur auf die falsche Bahn geraten können. Zudem brauchen wir nicht besorgt zu sein, dass durch diese Schrift ein weniger gefestigter Charakter vielleicht in Versuchung geführt werden könnte, da ja die im Folgenden beschriebenen Zutaten nicht oder doch nicht mehr existieren. Und so mag der geneigte Leser die folgenden Zeilen vielleicht auch einfach nur als ein Märchen betrachten.«

Dann begann die Abschrift:

»Mein lieber Freund,

ich hoffe, dass dich mein Brief bei guter Gesundheit erreicht – wohl wissend, dass in diesen Zeiten unsereiner sehr schnell etliches an Gesundheit einbüßen kann. Ich verstehe deine Frage, die mir dein Kind übermittelt hat, nur zu gut. Wie verlockend ist dieser Gedanke! Doch ich befürchte, dass uns dieser Weg nicht mehr offen steht.

Das letzte Wissen über den einzig wirklich sicheren und schmerzlosen Übergang ging der Sage nach mit dem Magier Jeppaz'y verloren, als er mit dem letzten Aufgebot der Meeresspringer verschwand. Du wirst dich sicher fragen: Warum gerade mit Jeppaz'y, der doch ein Großmagier der Meeresspringer war und nicht der Katzenkrieger, deren Magier schließlich die eigentlichen und, so schien es, einzigen wahrhaft Wissenden der Kunst des Übergangs nach du weißt schon waren? Und da doch die Katzenkrieger schon zwei Generationen vor Jeppaz'ys Geburt vom Erdboden verschwanden? Nun, was kaum jemand unter den Zauberern der anderen Stämme wusste: Der dritte Mann von Jeppaz'ys Ur-Ur-Ur-Ur-Großmutter war Phinxfitz, ein Magier des Stammes der Katzenkrieger – was zwar eine überaus ungewöhnliche Konstellation, aber nicht unmöglich war. Und obwohl es sein Stammeswille (Anm. Tacituús: hier ist vermutlich ›Stammesgesetz‹ gemeint) eigentlich verbot, soll Phinxfitz sein Wissen an ihre gemeinsame älteste Tochter weitergegeben haben, die, nach dem Tod ihrer Mutter, deren Nachfolge als Großmagierin der Meeresspringer antrat. Sie gab das verborgene Wissen ihrerseits weiter, bis es schließlich zu Jeppaz'y gelangte. Doch du kennst die Geschichte: Es kam der Exodus der Hälfte aller Meeresspringer, dann der große Sturm und schließlich die verzweifelte Suche der Überlebenden – und zuletzt kam das Vergessen.

Warum die Meeresspringer dann nicht auch den sanften Weg nach drüben wählten? Ganz einfach: Selbst wenn die Sage stimmt, dann hatten sie durch Phinxfitz lediglich die Informationen, nicht aber die Steine bekommen – und später gab es keine Steine mehr: Die Ich-bin-dann-mal-weg-Steine waren mit dem Stamm der Katzenkrieger verschwunden. Gerüchte, dass sieben von ihnen später nochmals aufgetaucht sein sollen, konnten nie bestätigt werden; zudem ist es neuerdings ja verboten, über sie und ihren Einsatz beim sicheren Wechseln zwischen den Welten zu schreiben, weshalb ich hier natürlich auch nicht bestätigen kann, dass diese Steine in Form und Größe in etwa einem Wachtelei gleichen, allerdings von dunklem, leicht schimmerndem Grün sein sollen.

Nun, solltest du doch noch einen Weg – irgendeinen Weg – finden, dann denk an meine Familie und mich, so wie ich an die Deinen denken werde. Unsere geliebten Länder sind so grau und freudlos geworden, dass ich es nicht mehr mit ansehen kann und lieber das Risiko des Unbekannten auf mich nehmen würde (und ich weiß, dass du es auch so fühlst).

Grüße mir herzlich die Deinen, und – wenn es sicher ist – unsere gemeinsamen Freunde (die es noch gibt).

In Liebe und die Hoffnung nicht aufgebend, dass wir uns in diesem Leben vielleicht doch noch einmal sehen werden,

XXX«

Ein sicherer Übergang? Geheimes Wissen? Grüne Steine? Tulpe las das Schreiben mindestens fünf Mal. Das musste Xavox erfahren! Vielleicht konnte der ja mehr damit anfangen. Aber eine Brieftaube zu schicken, schien ihm zu unsicher. Natürlich würde er Haans und bei nächster Gelegenheit auch Ailis informieren – denn dieses Wissen durfte nicht verloren gehen, falls ihm etwas passierte. Wobei er bei letzterem Gedanken nun gleich wieder an seinen aktuellen Plan dachte, bei dem ihm sehr leicht *etwas* passieren konnte.

Dennoch stürzte er sich erneut in die Vorbereitungen, denn wenn – oder falls – er seinen Plan durchzog, hatte er nun schon das nächste Ziel vor Augen: so schnell wie möglich zu Xavox, Peter und Ky zurückzukehren.

Tatsächlich waren Ende Dezember alle nötigen Arbeiten abgeschlossen, das Katapult repariert und ausgerichtet. Was jetzt noch fehlte, war eine Schnee-Nacht. Doch die ließ auf sich warten, und Tulpe wurde von Tag zu Tag nervöser.

Das alte Jahr ging, das neue kam – nur immer noch nicht der Schnee in ausreichenden Mengen. Auch am Morgen des 13. Januar war der Himmel, nachdem sich der Frühdunst verzogen hatte, unverschämt blau. Nun ja, zumindest wäre er das auch über Dorianstadt gewesen, wenn nicht aus fast allen Kaminen Rauch aufgestiegen wäre.

Missmutig kam Tulpe schon am frühen Nachmittag von seiner täglichen Tour zurück, ließ sich mit einem Krug L'ak im Schankraum nieder und starrte geistesabwesend in das prasselnde Feuer in dem großen Kamin. Kaum nahm er wahr, dass Haans eine gute Stunde später grüßend an ihm vorbeiging, um sich auf den Weg zu seiner nächsten Kneipen-Tour zu machen, die er, seit dem Abschluss ihrer Vorbereitungen, wieder aufgenommen hatte.

Doch keine zehn Sekunden später hörte Tulpe, wie sich die Tür der Gaststätte, der er den Rücken zugewandt hatte, erneut öffnete, und Haans trat nochmals vor ihn hin. Hatte er vielleicht etwas verg… Er hatte weiße Haare! Und das Weiß schmolz in der Wärme des Schankraums, hinterließ kleine Pfützen auf den Boden! Tulpe sprang auf und schnellte herum.

Dicke Flocken rieselten in einem langsamen, stetigen, dichten Strom an den Fenstern vorbei. Augenblicklich rannte Tulpe vor die Tür und starrte nach oben. Schon in wenigen Metern Höhe war nur noch ein weißes Flirren zu erkennen. Tulpe öffnete den Mund. Er streckte die Zunge heraus, schloss die Augen und schmeckte den Schnee. Dann breitete er die Arme aus und drehte sich lachend einmal um die eigene Achse. Neben sich hörte er Haans' Stimme: »Das ist gut, dass du lachen kannst – schließlich: Wenn man den letzten Tag seines Lebens erlebt, dann ist es doch wirklich angenehmer, ihn fröhlich zu verbringen, nicht wahr?«

Tulpe antwortete lachend: »Wenn du wüsstest, wie gestrichen voll ich die Hosen hab, dann würdest du lieber ein bisschen Abstand wahren. – Aber das Tolle ist: Die Warterei hat ein Ende. Ich bin nicht zum Warten geboren.«

»Ich auch nicht. Also, worauf warten wir dann eigentlich? Lass uns die Rucksäcke holen. Bis wir an unserem Turm sind, ist es dunkel.«

*

Dann standen sie wirklich auf dem Turm. Die große Seiltrommel war gebaut und verankert. Das Katapult war schon vor Tagen gedreht und, um es aus seiner Schieflage zu befreien, unterbaut worden. Auch das genaue Ausrichten und Zielen war längst erledigt, musste erledigt sein, denn bei diesem Wetter sahen sie ihr Ziel natürlich nicht. Haans zog die Plane beiseite. Irgendwo in dieser Richtung, in 312 Meter Entfernung und hinter einem dichten Vorhang aus Schneeflocken lag er, der verbotene Turm. Von unten wehten eigentümlich gedämpft Unterhaltungen von den wenigen Städtern herauf, die *trotz* des Schnees noch draußen waren, sowie ein paar freudige Jauchzer von Kindern, die *wegen* des Schnees draußen waren.

Tulpe sah fast wie ein lebender Schneemann aus. Im Turm hatte er bereits seine zusätzliche Überjacke mit Kapuze und die Überhose angezogen, beides aus dünnem, weiß gegerbtem Rehleder. Seine neuen weißen – und teuren – Lederschuhe hatte er schon in den vergangenen Tagen eingelaufen, und sie machten glücklicherweise keine knarzenden Geräusche, was eventuell noch hilfreich sein könnte. Seine dicken Wollfäustlinge hatte er gegen weiße, lederne Fingerhandschuhe getauscht – schließlich musste er greifen können. Sein Gesicht war mit in etwas Sonnenblumenöl gelöstem Kreidepuder bedeckt. Der Anker war weiß lackiert, die Seile waren zwei Tage in weißer Farbe eingelegt gewesen.

Haans half Tulpe beim Anlegen der Gurte und der Halterung – natürlich auch diese in Weiß.

Dann war es soweit.

Haans klopfte Tulpe auf die Schulter und überraschte ihn damit, dass er ihn kurz in die Arme schloss.

Dann schlug er auf den Auslöser des Katapults.

Mit einem satten Dröhnen schlug der Wurfarm gegen den gepolsterten Querbalken, und der Anker schoss ins weiße Nichts davon, die sorgfältig ausgelegten Seile wickelten sich in rasender Geschwindigkeit ab.

An der Öse des Ankers war ein kräftiges, 315 Meter langes Seil verknotet, zudem ein einzelnes Kettenglied, durch das ein etwas dünneres, zweites und doppelt so langes Seil verlief. Das dickere Seilende war, nachdem Haans es durch einen kräftigen, lose sitzenden Stahlring gezogen hatte, an einem Spannrad verknotet worden, ein dünnes Seilende an der Winde, das andere hatte Haans mit einem Kettenglied versehen gehabt, das nun an einem Mauerhaken eingeklinkt war.

Sie sahen den Anker natürlich nicht landen, hörten über die große Distanz nicht den durch Schnee gedämpften Aufschlag. Doch die Seile lagen plötzlich ruhig, hingen ein wenig durch. Haans drehte schnell das Spannrad, mit jedem Klicken der Arretierung straffte sich das Seil und zeigte schließlich ganz leicht schräg nach oben.

Tulpe atmete einmal tief und zitternd durch – Himmel, was tat er eigentlich hier? –, dann hakte er ein Ende des dünneren Seils an der vorderen Schlaufe seines »Korsetts« ein, wie Haans es genannt hatte, um ihn zu ärgern. Schließlich setzte er sich vorsichtig zwischen zwei Zinnen auf die Brüstung des Turms und Haans hakte die Lederriemen, die von den Schultergurten abgingen, an den kräftigen Stahlring, der an dem stramm gespannten Trageseil baumelte.

Ein letztes Mal sah Tulpe über die Schulter zurück, dann packte er das Seil, ließ sich vorsichtig hinab und hing schließlich, neben dem Turm, in 18 Metern Höhe über dem Boden. Haans verlor keine Zeit und begann, mit Hilfe der horizontal herausragenden Griffhölzer, möglichst schnell und stetig die große Seiltrommel zu drehen.

Tulpe spürte den Ruck an seinen Gurten, und schon wurde er vom Turm fort- und hinaufgezogen. Unter sich sah er, milchig trüb, den Lichtschein, der aus den Häusern auf die Straße fiel. Den Boden selbst konnte er zwischen all den tanzenden Schneeflocken gar nicht erkennen. Doch plötzlich sah er etwas … das musste die erste der Häuserreihen sein, die die beiden Türme voneinander trennten. Eine seltsame Euphorie überkam ihn. Er breitete die Arme aus, als würde er fliegen, und als er, über der nächsten Straße schwebend, den Schein zweier sich bewegender Handlampen weit unter sich ausmachte, konnte er kaum sein Bedürfnis bezwingen, einmal kurz lauthals hinunterzubrüllen; – die Menschen da unten würden wohl denken, ein Gott wäre über sie gekommen. Er gestattete sich schließlich aber nur ein leises Kichern und streckte nochmals die Zunge aus, um ein paar Schneeflocken aufzufangen, während er durch die gedämpfte Wattewelt schwebte.

Tulpe hatte keinen Zweifel, dass Haans genug Kraft in den Armen hatte, um ihn die ganzen 312 Meter hinaufzuziehen. Und er genoss seinen »Flug«. Doch langsam schlich sich wieder der Gedanke an die Landung ein. Und die musste kurz bevorstehen, denn nun – ein Schauer lief plötzlich über seinen Rücken – musste er sich schon über der Burg der Bruderschaft befinden: Unter sich konnte er das Dach des großen, noch über die Burgmauer hinausragenden Hauses erkennen. Da tauchte auch schon abrupt die dunkle Masse des verbotenen Turms vor ihm im Schneetreiben auf, und nur Augenblicke später wurde er regelrecht gegen die Turmmauer gepresst. Er spürte den Druck noch einen Moment unangenehm steigen, bis Haans gemerkt haben musste, dass es nicht mehr weiterging. Tulpe, dem bisher nur Schwindelfreiheit, aber keine Kraft abverlangt worden war, tastete nach oben, griff das Seil und zog sich höher, bis er über die Umrandung reichen konnte, hinter der auch der Anker klemmte. Fünf Sekunden später stand er auf dem Dach des verbotenen Turms.

Über den kommenden Tag hinweg konnte das Seil, zumal das Schneien ja auch irgendwann ein Ende haben würde, nicht hängen bleiben. Schweren Herzens ergriff Tulpe sein Messer, schnitt den Anker frei und sah zu, wie das lose Seilende in Dunkelheit und Schnee verschwand. Plötzlich kam er sich ziemlich – nun ja – abgeschnitten vor.

Haans würde merken, dass das Seil erschlafft war und es so schnell wie möglich zurück zum kleinen Turm kurbeln – und hoffen, dass dort, wo das lose Ende kurzzeitig zwischen den Häuserzeilen über den Boden schleifte, niemand versehentlich darauf trat.

Tulpe machte sich gleich auf die Suche nach einer Falltür. Er brauchte zwei Minuten, bis er sie unter dem Schnee gefunden hatte.

Oh!

Hmmm…

Warum hatten sie eigentlich nicht vorher daran gedacht, dass die Falltüre, auch wenn es eigentlich unnötig erscheinen musste, dennoch verschlossen sein könnte? Oh Ahnen! Was jetzt?

Tulpe packte nochmals den eisernen Ring, stemmte sich mit aller Macht gegen den Boden, zog und zerrte …

Nichts.

Tulpe trat an den Rand der Brüstung und starrte etwa eine Minute in die Richtung, in der er seinen kleinen Turm vermutete, der auf einmal fast so etwas wie ein Geborgenheit versprechendes Zuhause geworden war.

Noch hatte sich die Kälte der hereinbrechenden Nacht nicht durch seine Kleidung gefressen. Aber irgendwann würde es passieren. Und weiteres Zögern brachte auch nichts. Mit einem Schaudern blickte er in die Tiefe, wo er das Dach des großen Hauses erahnen konnte. Er hakte den Anker in seine Haltegurte, dann holte er ein Seil aus seinem Rucksack. An einer Zinne festknoten durfte er es nicht, denn er würde es noch brauchen – falls er die nächste Minute überlebte. Also legte er es nur lose um eine der Zinnen, ergriff die beiden Enden, schwang sich über die Mauer und ließ sich vorsichtig hinabgleiten.

Ja! Ein paar Meter weiter kam er direkt an einer Schießscharte des Turmes vorbei … Trillerlopskacke! Die war viel zu eng!

Während er noch wütend auf die Öffnung starrte, griff er, ohne sich darauf zu konzentrieren, mit der linken Hand um. Als ihm bewusst wurde, dass er nur noch an einem Ende des Seils hing, war es schon zu spät. Allein mit den Knien konnte er die Seilhälften nicht zusammenhalten. Die eine Hälfte rauschte nach oben, die andere Hälfte noch immer umklammert stürzte er in die Tiefe.

Sein Glück, dass der Sturz mit nur zwei Metern zu kurz war, als dass er hätte schreien können und dass die Stadt noch immer voller Geräusche war, sodass der satte Rumms seiner ihm die Luft aus den Lungen pressenden Bauchlandung den Turmwachen unten im Hof nicht weiter auffiel. Schon seit Jahrzehnten rechneten sie nicht mehr mit irgendwelchen Zwischenfällen. Sein Pech allerdings, dass er nicht in der Mitte des Satteldachs gelandet war, sondern auf der zum Innenhof zeigenden Neigung. Langsam, aber unaufhaltsam rutschte er nach unten, fand mit seinen hektisch im Schnee wühlenden Fingern keinen Halt, glitt über das Dach hinaus … und baumelte plötzlich an der Regenrinne, in der sich der Anker verhakt hatte. Der Boden musste irgendwo da unten, etwa 18 Meter tiefer liegen, und nichts als nackte Luft war zwischen ihm und den Steinplatten des großen Innenhofs. Oh Ahnen! Das würde eine schöne Sauerei werden! Er konnte sich gar nicht mehr daran erinnern, ob er den Anker nur locker befestigt hatte, sodass er sich jeden Moment von den Gurten lösen konnte, oder ob er ihn ordentlich festgebunden hatte.

Tulpe schloss eine Sekunde die Augen. Jetzt erstens nicht in die Hose machen, zweitens wieder mit dem Atmen beginnen und drittens nicht wie ein Kaninchen nach unten starren. Etliche Schlaufen des Seils, das hinter ihm hergerutscht war, hatten sich um ihn herum verheddert. Das behinderte ihn noch mehr, aber so reichten die beiden Enden wenigstens nicht bis in den Hof hinunter. Und … er hing tatsächlich vor einem Fenster! Vor einem trotz der Kälte offenen Fenster! Vor einem Fenster, das wegen des Dachüberstandes außerhalb seiner Reichweite lag! Trillerlopskacke.

Tulpe streckte seinen Arm so weit wie möglich aus, grapschte mit den Fingern … lausige fünf Zentimeter fehlten bis zum Fensterkreuz! Am liebsten hätte er laut losgebrüllt. Aber seine Beine waren doch länger als seine Arme? Über dem Abgrund baumelnd, zog er Schuhe und Strümpfe aus und befestigte sie mit den Schließriemen an seinem Gürtel, dann klemmte er sich, die Kälte ignorierend, ein Stück von dem Seilgewirr zwischen die Zehen des linken Fußes und schob es an der Mittelstange des Fensterkreuzes vorbei, von der anderen Seite hakelte er mit dem rechten Fuß danach, bekam es fast augenblicklich zu fassen und zog es zu sich heran. Erst als er beide Seil-Teile fest in Händen hielt, fiel ihm der Nebel vor seinen Augen auf, dann merkte er, dass es der Dampf seiner eigenen, röchelnden Atemstöße war. Na gut. Jetzt musste er nur noch irgendwie den Anker lös … Trillerlopskacke! Durch das Ruckeln und Schaukeln hatte der Anker zuletzt nur noch mit einer Spitze an der Rinne gehalten, die sich nun, einen kleinen Riss in der Rinnenkante hinterlassend, vollends löste.

Krampfhaft hielt sich Tulpe fest, als er plötzlich – den Ahnen sei Dank aus geringer Entfernung – gegen die Mauer klatschte und sein Gewicht und das seines Gepäcks mit einem Ruck an Handgelenken und Schultern zerrte. Einen Meter über ihm war das Fenster. Doch er war erschöpft und seine Füße begannen taub zu werden. Tulpe biss die Zähne zusammen und zerrte sich in die Höhe, konnte schließlich über das Fensterbrett langen und sich in das Zimmer ziehen.

Auch wenn sämtliche Wachen der Burg im nächsten Zimmer gestanden hätten – Tulpe blieb erst einmal eine Minute auf dem Boden liegen, bis sich sein keuchendes Japsen etwas beruhigt hatte. Schließlich setzte er sich auf, zog erleichtert seine dicken Wollstrümpfe wieder über die eiskalten Füße und murmelte dabei leise: »Ha! *Improvisationstalent ist deine Mond-Gabe? Was soll man denn damit anfangen‹* hat er gesagt! Jetzt siehst du, Papa, was man damit anfangen kann!« Erst dann sah er sich um, während er eilig das Seil wieder in den Rucksack stopfte. In dem wenigen Licht, das durch zwei Fenster fiel, konnte er erkennen, dass er sich in einem sehr spartanisch eingerichteten Schlafzimmer befand. Das war sicher die Behausung eines Dieners. Den Anker band er diesmal nicht fest, sondern behielt ihn, an der Mittelstange gegriffen, in der Hand;

schließlich sollte er nirgends dagegen schlagen – allenfalls gegen einen Kopf, wenn es sein musste.

Dann schlich er leise zur Tür. Und konnte gerade noch zur Seite springen und sich dahinter verbergen, als sie in den Raum hinein geöffnet wurde. Ein Kuttenträger betrat das trotz des durch die Tür fallenden Lichtes noch immer recht dunkle Zimmer. Zielstrebig ging er zu den Fenstern, um sie zu schließen. Dabei schimpfte er leise vor sich hin: »Buro, lüfte mein Zimmer, Buro, bring mir einen L'ak, Buro, hol mir Tinte, Buro, schließ die Fenster wieder; – und nachher ist's ihm zu kalt, dann kann ich wieder heiße Ziegelsteine unter seine Bettdecke legen.« Hinter der Tür hielt Tulpe den Atem an. Würde dem Mann der fehlende Schnee auf einem der Fenstersimse auffallen? Oder Wasserflecke auf dem Boden, wo Tulpe gelegen hatte und der Schnee auf seiner Kleidung geschmolzen war? Doch das Zimmer war zu dunkel und Buro zu sehr damit beschäftigt, sich selbst zu bemitleiden. Als er schon wieder auf dem Weg nach draußen war, hörte Tulpe aus einem anderen Zimmer den Ruf: »*Buro! Wo bleibt mein Wasser?*«

Buro seufzte: »Schieb dir doch einen Trillerlops …«, dann rief er mit Engelsstimme: »Kommt sofort, mein geliebter Gleichster.«

Als sich die Tür wieder geschlossen hatte, stand Tulpes Mund offen. Von allen vermaledeiten Zimmern in diesem riesigen Kasten musste er ausgerechnet im Schlafzimmer des Gleichsten landen! Wenn Cé-tan ihn hier erwischte, wäre ein halbwegs schneller Tod vermutlich das Freundlichste, was er erwarten könnte.

Hier konnte er jedenfalls nicht bleiben. Lauschend legte er ein Ohr an die Tür, hörte draußen eine Tür zuschlagen und riskierte es. Er öffnete die Türe und schlich in ein geräumiges, von den Flammen eines Kamins beleuchtetes Zimmer mit einem großen Tisch, Stühlen, Kommoden und einer Vielzahl von Götterfiguren in den verschiedensten Formen und Größen. An der Wand gegenüber war eine Tür, allerdings auch an der Wand rechts von ihm, neben einem Hausaltar mit einer besonders griesgrämig blickenden und von zwei Vasen flankierten Götter-Figur. Welche Tür nehmen? Tulpe tropfte der Schweiß von der Stirn, und das nicht nur, weil es ihm in seiner Winterjacke hier drin allmählich recht heiß wurde. Er entschied sich für die rechte Tür, öffnete sie ein Stück und erstarrte: Sein Blick fiel in ein großes, von mehreren Öllampen mit Reflektionsspiegeln gut erleuchtetes Studierzimmer. Ein schwerer Sessel stand in der Ecke, an den Wänden waren etliche Bücherregale und Schränke verteilt, an der Rückwand befand sich eine weitere Türe,– doch das war es nicht, was zu Tulpes Erstarrung geführt hatte. Der Grund saß vielmehr an einem großen, vor einem Fenster stehenden Schreibtisch und hatte Tulpe den Rücken zugekehrt: Dort saß Cé-tan, der Mann, der im Augenblick womöglich ihr größter Feind war – na ja, es gab da natürlich auch noch den Kriegskanzler, Rollo Schwarzauge, dessen Männer, das Heer des Kanzlers, gedungene Killer, diversen Räuber, ein paar zehntausend Piraten und natürlich die Barbaren. Aber immerhin war Cé-tan sicher recht weit oben auf der Liste anzusiedeln. Und er, Tulpe, stand in seinem Zimmer. Cé-tan schien konzentriert irgendetwas zu studieren, das vor ihm auf dem Schreibtisch lag. Eiligst wollte sich Tulpe wieder zurückziehen. – Zu eilig.

Eine Diele knarrte.

Tulpe hielt den Atem an.

Ohne sich umzudrehen deutete Cé-tan fingerschnipsend auf ein Beistelltischchen neben ihm, auf dem ein großes Glas stand, und befahl: »Schenk nach.«

Tulpe schluckte. Dann griff er sich eine der Vasen vom Hausaltar, betrat das Zimmer und schritt gemessen auf Cé-tan zu, während er eilig mit dem Mund – in der linken Hand hielt er ja den Anker – einen immergrünen Zweig aus der Vase zog. Ganz kurz blitzte der Gedanke in ihm auf, dass er jetzt, in diesem Augenblick, die Gelegenheit hatte, das Problem Cé-tan mit Hilfe des Ankers auf finale Art zu lösen. Doch noch im selben Moment war ihm klar, dass er den Gleichsten, selbst wenn er es irgendwann bereuen würde, nicht hinterrücks erschlagen konnte – mal ganz abgesehen davon, dass er dann auch keine Gelegenheit mehr hätte, den Stein des Greisen zu suchen. Stattdessen trat er also von hinten heran und schenkte, mit zitternder Hand, Wasser aus der Vase in das Glas ein.

Zu seinem Glück hatte Cé-tan, leicht nach vorne gebeugt und unverständlich vor sich hin brummend, nur Augen für den Gegenstand vor ihm. Und Tulpe konnte nicht umhin, über Cé-tans Schulter auch einen Blick darauf zu werfen – und beinahe wäre ihm die nahezu magische Faszination, die von diesem Gegenstand, diesem Kleinod ausging, zum Verhängnis geworden: Fast hätte er das Glas überlaufen lassen. Gerade noch rechtzeitig wandte er seinen Blick ab von der kleinen, silbernen Statue des geflügelten Wunderwesens, das nicht von dieser Welt sein konnte. Das Kunstwerk war von einer ganz eigentümlichen Eleganz, schlank, zart und in sich ruhend, und doch zugleich von einer inneren Kraft strotzend, wie es Tulpe noch nie gesehen hatte. Das Silber war von eisigem Glanz, die Frau – es musste ganz zweifelsohne eine Göttin sein – war in einer Haltung erstarrt, in der der Körper fast wie ein S gebogen war. Der weit nach vorne gereckte Kopf konnte dabei zärtliche Aufmerksamkeit bedeuten, genauso gut aber das Herabstoßen eines Raubvogels. Sie stand, fest verwurzelt in einer ebenfalls silbernen, runden Halterung, nur auf dem rechten, leicht angewinkelten Bein. Der linke, nackte Fuß war, als befände sich die Gestalt in schnellem Lauf, leicht nach hinten gestreckt, die Beine wurden dabei von einem Stoff umweht, bei dem es sich um eine Art Gewand handeln mochte. Am merkwürdigsten war jedoch, dass dieser Göttin keine Arme, sondern weit nach hinten gereckte, libellengleiche Flügel aus den Schultern wuchsen. Fast sah es aus, als wollte dieses fantastische Wesen aus dem Lauf heraus in den Flug springen – um, ganz nach Belieben, der Welt Weisheit zu bringen oder sie zu vernichten.

Einen letzten Blick warf Tulpe darauf, dann war es höchste Zeit sich von dem Anblick loszureißen und wieder – jetzt bloß nicht rennen! – zur Türe zu schreiten. Hoffentlich drehte sich der Gleichste nicht im letzten Moment doch noch um.

Er tat es nicht.

Dafür hörte Tulpe, wie sachte die andere Tür des Wohnraums geöffnet wurde. Die Augen verdrehend, zwängte er sich hinter den schweren Sessel und hoffte, dass nicht irgendein Stück seines ganzen Gepäcks dahinter hervorlugte. Zwei Sekunden später hörte er, wie jemand den Raum betrat, und Buros Stimme sagte, fast salbungsvoll: »Das Wasser, mein Gleichster.«

*

Cé-tan drehte sich irritiert in seinem Stuhl um und starrte Buro an, der dort noch immer mit der Karaffe in der Hand stand. Musste man dem Trottel eigentlich alles sagen? »Ja, schon gut, stell die Karaffe auf den Tisch, ach ja, und nimm dir ein Stück Pergament und eine Feder, ich will Hanu Standhaft eine Nachricht zukommen lassen.«

Buro trat heran und stellte mit einem missbilligenden Blick fest, dass das Glas Cé-tans ja noch randvoll war – weshalb musste der alte Bock ihn dann losscheuchen, um frisches Wasser zu holen? Aber natürlich sagte er nichts, sondern griff sich ein Schreibbrett vom Tisch, klemmte ein Stück Pergament ein, rührte etwas Tintenpulver an und tauchte beflissen seine Feder ein.

Und Cé-tan diktierte:

»Lob und Preis den großen Göttern, die über uns wachen und die uns zum Sieg verhelfen, wenn wir uns ihrer Weisheit anvertrauen.

Ehrenwerter Verbündeter.

Jener Fetisch, den Ihr mir zur Untersuchung anvertrautet, gibt, das muss ich einräumen, selbst mir Rätsel auf. Klar scheint nur, dass Ihr mit Eurer Vermutung wohl recht habt und es sich nicht um ein originäres Stück der Adler-Barbaren handelt, denen ihr es einst bei Eurem glorreichen Feldzug abnehmen konntet.

So sehr die Barbaren diese silberne Teufelin auch verehren und so sehr ihre Kriegsschamanen auch ihre Kraft daraus bezogen: Diese Figur ist nie und nimmer durch barbarische Handwerker entstanden. Da die Art von Kunstfertigkeit auch nicht bei uns oder einem unserer Nachbarn zu finden ist, vermutet Ihr, dass der Fetisch aus irgendeinem unbekannten Land weit im Süden oder vielleicht durch ein Seefahrervolk seinen Weg ins Barbarenreich gefunden hat. Doch ich habe eine Ahnung, dass sein Ursprung ein ganz anderer ist: Ich habe die Figur – natürlich ohne zu sagen, worum es sich handelt – nun doch zweien meiner Spezialisten gezeigt, die Magie erspüren können – natürlich nur zum Zwecke, im Dienste unserer geliebten Götter die böse Zauberkunst zu vernichten.

Die beiden waren jedenfalls auf das Äußerste verwirrt; sie sind zwar von geringem Geiste, aber zu fantasielos, um sich das auszudenken, was sie unabhängig voneinander zu spüren glaubten: Dass dieser Figur nämlich nicht nur keine Art von erkennbarer Magie innewohnt, sondern dass diese Materie ›aus Nichts zu bestehen scheint‹, wie es die armen Tröpfe sagten. Was natürlich unmöglich ist. Daher gehe ich davon aus, dass die beiden die Kraft, die dieser Materie innewohnt, nur deshalb nicht spüren konnten, weil die Statue nicht aus dem Material unserer Welt geschaffen wurde.

So bleibt die Schlussfolgerung, dass es sich bei diesem silbernen Teufelswerk um das einzige Artefakt handelt, das eine Reise aus der Sagenwelt in die echte Welt bis in unsere Tage überstanden hat – ja, Ihr habt richtig gelesen: Die Statue, die hier vor mir auf dem Tisch liegt, muss ein Meister in der Sagenwelt geschaffen haben. Wie sie ihren Weg zu den Barbaren gefunden hat und deren Schamanen ihre Kraft entschlüsselt haben, das wissen allein die Götter – vielleicht ist es ja auch eine Prüfung, die unsere Feinde und die Feinde unserer Götter erstarken ließ, um unsere eigene Festigkeit im Glauben auf die Probe zu stellen.

Natürlich werden mir die Götter helfen, die Magie des Barbaren-Fetischs zu entschlüsseln, doch wann dies sein wird, kann ich zu diesem Zeitpunkt nicht sagen. Von einem kleinen Erfolg kann ich Euch allerdings doch berichten: Auch Euch sind sicher die Kratzer an der Unterseite des Ständers aufgefallen? Doch handelt es sich dabei nicht einfach um Kratzer, sondern es sind Zeichen, widerwärtige Runen der Barbaren. Und es gefiel den Göttern, dass Bruder Piro, dem wir vor Jahren den Auftrag und die Erlaubnis gegeben haben, die Sprache und Schrift dieses schändlichen Volkes zu studieren, die Inschrift entziffern konnte, bei der es sich möglicherweise um den Namen – man stelle sich diese Ungeheuerlichkeit vor! – den NAMEN jener Ketzer-Göttin handelt, die in den Augen der von den guten Göttern verlassenen Barbaren offenbar ein Geister-Wesen ist: ›Geist der Ekstase‹ nennen diese Wilden ihr Geschöpf, das ihrem Ansturm auf die zivilisierten Völker so viel Kraft gegeben hatte.

Gut jedenfalls, dass es nur diesen einen Fetisch gibt und dass wir ihn haben. Sollten noch weitere dieser magischen Geister-Frauen aus der Sagenwelt auftauchen und nicht in unsere Hände oder gar zu den Barbaren gelangen, dann könnten wir unter Druck geraten (ohne Zweifel wären zehn dieser Silber-Frauen ein gutes Gegenmittel gegen unsere eine). Da ist es beruhigend zu wissen, dass – wie es die Götter in ihrem weisen Ratschluss gefügt haben – jener junge Narr, den wir ins Sagenland geschickt haben, um dort Euer kleines Problem zu beseitigen, nicht wieder zurückkehren wird. Und wenn man seinen Ruf bedenkt, scheint es gut zu sein, dass wir nicht dabei sind, wenn er es merkt, denn das Pulver braucht etwas, bis es wirkt.
Den Göttern zum Ruhme,
Cé-tan
Gleichster der Bruderschaft«

Cé-tan war zufrieden mit seinen gewählten Worten – zumal sie dem Kriegskanzler zwischen den Zeilen zeigen würden, dass er sich als ebenbürtig mit ihm betrachtete. Doch gleichzeitig grübelte er, ob er Buro das Ganze nicht noch einmal mit etwas mehr Götterlob darin schreiben lassen sollte. Er lehnte sich zurück, griff zum Glas, nahm einen tiefen Schluck – und spuckte hustend alles auf den Boden, was er noch auswürgen konnte. Dann schrie er, immer noch schnaufend und das Gesicht vor Ekel und Wut rot verzerrt, den entsetzten Buro an: »*Du Hund!* Die Götter sollen dir die Knochen zermalmen! Was hast du mir da für eine ekelhafte Brühe hingestellt?

Das wird Folgen haben! Bring den Brief zum Kanzler, gib ihn persönlich ab, und wenn du runtergehst, lass mir eine frische Karaffe Wasser hochschicken – aber von jemandem, der auch *fähig* dazu ist. Und wenn du wieder zurück bist vom Kriegshaus, wirst du dich zwei Stunden auf das Strafholz knien und die Götter um Vergebung für deine Ungeschicklichkeit bitten.«

»Aber …, aber ich habe doch gar nicht …«

»*Drei* Stunden! – Willst du noch etwas sagen, mein Bruder?«

»J… N… Nein, danke für Euren Großmut, mein Gleichster.«

Nachdem Buro wie ein geprügelter Hund aus dem Raum geschlichen war, seufzte Cé-tan: »Oh meine geliebten Götter! Warum straft ihr mich damit, dass alle anderen so dumm sind?«

Dann nahm er, ihr einen Blick aus Hass und Ehrfurcht zuwerfend, vorsichtig die silberne Statue auf. Während er eine dicken Schlüssel aus der Tasche seiner Kutte zog, schritt er zur Rückseite der Schreibstube, schloss dort die Tür auf, nahm eine Öllampe von der Wand und verschwand mit immer leiser nachhallenden Schritten seiner Holzpantinen.

Inzwischen schweißgebadet, die weiße Farbe im Gesicht verlaufen, war Tulpe in seinem Versteck wie elektrisiert. Er hatte den Fetisch der Barbaren gesehen, von dem Rétep nach seiner unfreiwilligen Spionage beim Kriegskanzler berichtet hatte! Doch er musste sich zusammenreißen, denn etwas anderes war im Augenblick noch wichtiger: Die kaum noch zu hörenden Schritte des Gleichsten schienen von Steinboden widerzuhallen! Und von der Anordnung der Räume her konnte hinter jener anderen Türe eigentlich nur der Turm liegen! Na, da soll doch gleich der Trillerlops … Der Gleichste hatte einen Privateingang zu den Mysterien.

Tulpe, der die vergangenen Minuten kaum zu atmen gewagt hatte, stemmte seinen verkrampften Körper ächzend hinter dem Sessel hervor, knöpfte endlich seine Jacken auf und konnte nicht widerstehen, den noch immer auf dem Tisch stehenden Krug mit köstlich frischem Wasser in einem Zug fast bis zur Neige zu leeren.

Gerne hätte er sich noch im Raum umgesehen, doch da der Gleichste schon bald auf dem Rückweg sein konnte, schlich er eilig durch die selbe Tür, die Cé-tan genommen hatte. Tatsächlich: Er stand auf dem Zwischenabsatz eines Treppenhauses mit steilen steinernen Stufen. Ein kaum noch wahrnehmbarer Lichtschein erreichte ihn von irgendwo weiter oben. Noch immer auf Strümpfen, eilte er vorsichtig bis zum nächstgelegenen Treppenabsatz unter ihm. Dort versperrte eine abgeschlossene Tür den Weg weiter nach unten. Eine weitere, nur mit einem Vorhang verhängte Türöffnung führte in ein mit Bücherregalen vollgestopftes Turmzimmer, was Tulpe allerdings nur mit Mühe erkennen konnte, da durch Fenster und Türöffnung kaum Licht in den Raum fiel.

Tulpe verbarg sich hinter dem Vorhang und lauschte. Schon kurz darauf kamen die Schritte Cé-tans von oben zurück – würde er vielleicht weiter nach unten kommen, um womöglich noch etwas aus diesem Zimmer zu holen? Nein, er ging zurück in sein Studierzimmer, Tulpe hörte deutlich, wie die Tür zufiel – und der Schlüssel im Schloss gedreht wurde. – Nun ja, von hier wieder herauszukommen war dann halt ein Problem für später. Aber er hatte es geschafft! Zwar verschwitzt, mit Farbe verschmiert, halb erfrorenen Füßen und vor Angst verkrampftem Magen, doch er stand endlich, endlich hier: im Turm der verbotenen Artefakte verbotener Magie. Nun musste er nur noch den Stein des Greisen finden. Ach ja, und lebend wieder rauskommen wäre auch nicht schlecht.

7. Der unsichtbare Vogel

Nachdem die Tür zu Cé-tans Schreibstube ins Schloss gefallen war, konnte Tulpe kaum noch die Hand vor Augen sehen. Durch die kleinen, schießschartenähnlichen Fenster des Turms drang lediglich das wenige Licht der Stadt ins Innere, das nicht von dem nach wie vor stetigen Schneefall geschluckt wurde.

Tulpe, erschöpft und zum Umfallen müde, beschloss, mit seiner Suche bis zum nächsten Morgen zu warten. Allerdings wollte er, um sich einen Platz zum Schlafen zu suchen, einen möglichst großen Abstand zwischen sich und den Gleichsten bringen. Er schlich also wieder nach oben, immer weiter, ganz vorsichtig an Cé-tans Tür und allen anderen Türöffnungen im Treppenhaus vorbei. Schließlich endeten die Treppen und er glaubte, schon in der obersten Etage angekommen zu sein. In der Dunkelheit bemerkte er nun auch eine Leiter, die zu einer Falltür in der Decke über ihm führte. Tulpe vermutete, dass er nun unter dem Turmdach stehen würde, und stieg vorsichtig nach oben, um zu prüfen, ob er die Falltüre für eine eventuelle Flucht vom Dach öffnen könnte. Überrascht stellte er fest, dass es an dieser Falltür gar keinen Riegel gab. Warum hatte er sie dann von außen nicht öffnen können? Sachte hob er sie an … und blickte in einen weiteren Raum, der, soweit zu erkennen, vollgepackt war mit Gerümpel aller Art. Prima! Offenbar diente der Raum, dessen Größe der gesamten Grundfläche des Turms entsprach, heutzutage als eine Art Dachboden, der sicher nicht allzu oft aufgesucht wurde.

Tulpe quetschte sich zwischen Falltür und Boden durch und schloss die Luke leise hinter sich. Etwas weiter vor ihm führte eine weitere Leiter nach oben, und die nächste Falltür hatte tatsächlich einen schweren Riegel, der sich aber, mit etwas Mühe, öffnen ließ. Diese Luke war schwerer und Tulpe musste sie mit der Schulter hochstemmen. Augenblicklich blies ihm kalter Wind Schneeflocken ins Gesicht. Er sah wieder auf das Dach, konnte noch seine eigenen, nicht ganz zugeschneiten Spuren erkennen, die er nach seiner Landung hinterlassen hatte. Doch schnell schloss er die Luke wieder – im Turm war es kalt genug, auch ohne dass er den Wind hereinließ.

Seine weiße Überkleidung hängte er über eine seltsame, unregelmäßige und gut 1,20 Meter hohe Stele. Dann stellte er sachte zwei große Sessel zusammen, zog eine dünne Rosshaardecke aus seinem Rucksack, nutzte seine zusammengefaltete Jacke als Kopfkissen und rollte sich auf dem improvisierten Bett zusammen. Er wollte noch einmal über das Erlebte nachdenken, doch zehn Sekunden später war er, die Decke bis zur Nasenspitze gezogen, tief und fest eingeschlafen.

*

Irgendwann in der Nacht hatte es aufgehört zu schneien. Tulpe, der ohne Licht nicht suchen konnte, war erst mit dem winterlich späten Sonnenaufgang aufgestanden. Nun stand er vor einem kleinen, verglasten Schießscharten-Fenster und blickte fasziniert über die unter einer Schneedecke liegenden Konturen der großen Stadt, die sich immer mehr aus der Dämmerung schälten. Dann setzte er sich zu einem einsamen Frühstück wieder auf sein Lager – was seine Freunde wohl gerade taten? – und verzehrte aus seinen kleinen Vorräten ein hartes Ei und zwei Scheiben Brot. Ungeduldig wartete er auf das schon bald einsetzende Murmeln der Stadt, das ihm als Schutzmantel für etwaige von ihm selbst verursachte Geräusche dienen sollte. Dann machte er sich auf die Suche und fand – nichts.

Nun ja, nichts stimmte natürlich nicht. Es waren bloß nicht die Dinge dabei, die er suchte, als er sich von der Etage Cé-tans aus nach oben durch die Räume des Turms arbeitete.

In einem Raum stapelten sich alte Schriftrollen bis unter die Decke – Xavox würde hier sicher seine helle Freude haben. Der nächste war vollgepackt mit alten, teils wertvollen und reich verzierten Waffen (Tulpe konnte nicht umhin, sich ein wirklich kurzes Kurzschwert zuzulegen, in dessen scharfe Stahlklinge ihm unbekannte Schriftzüge aus Kupfer eingearbeitet waren). Wieder ein anderer Raum war zugestellt mit Schubschränken, in denen sich Beutel mit Pulvern und Erden, Steine, kleine Kunstgegenstände sowie Phiolen mit diversen Flüssigkeiten befanden. Durch den Raum daneben konnte sich Tulpe kaum durchzwängen, weil überall überlebensgroße Götzenstatuen und hölzerne Totem-Pfähle den Weg verstellten, die Wände waren dazu über und über mit Masken behängt. An vielen der Objekte, die Tulpe fasziniert betrachtete, waren kleine Pergamente befestigt, deren Beschriftung Auskunft über die Herkunft der Gegenstände gab, sowie über die Wirkung, die die Vorbesitzer all diesen Dingen zugesprochen hatten. Zu etlichen fehlte aber jede Information und Tulpe bezweifelte, dass in der Bruderschaft noch irgendjemand etwas dazu sagen konnte. Wie viele falsche und wie viele *echte* magische Gegenstände mochten hier wohl lagern, die in den vergangenen Jahrhunderten zusammengetragen worden waren und von denen heute nicht einmal die Höchsten der Bruderschaft etwas wussten? Wie viel Blut war zur Erlangung und zur vergeblichen Verteidigung all dieser Schätze geflossen, die heute keinen Trillerlops mehr interessierten?

Doch so faszinierend seine Beobachtungen auch waren: Tulpe wurde mit jeder Minute unruhiger, trat öfter von einem Bein aufs andere, als es für seine Suche nötig gewesen wäre. Jene geflügelte Geisterfrau der Barbaren, nach der ihn fast mehr verlangte als nach dem Stein, der es ihm ermöglichen sollte, mit Rétep zu sprechen, jenen silbernen Fetisch würde er natürlich wiedererkennen. Doch gerade diese Figur – für den Gleichsten sicher das wertvollste Stück hier im Turm – hatte Cé-tan mit Sicherheit gut versteckt. Und jener Stein des Greisen? Tulpe wusste nur, dass er angeblich irgendwo im Turm sein sollte, aber er hatte nicht die geringste Ahnung, wie er aussah. Gut möglich, dass er ihn in dem Raum mit den Schubladenschränken schon in der Hand gehabt hatte, ohne es zu merken – dort sollte er auf jeden Fall später nochmals gründlicher suchen. Aber was, wenn er ihn tatsächlich fand? Wie sollte er das Ding aktivieren? Und brauchte Rétep in der Sagenwelt nicht irgendeine Art Gegenstück, damit die Verbindung hergestellt werde konnte?

Ein Gedanke drängte in sein Bewusstsein. Der Gedanke nämlich, dass er es zwar nach wochenlangem Grübeln und Planen und unter Lebensgefahr tatsächlich geschafft hatte, mitten im Herzen der Bruderschaft in den Turm der Mysterien einzudringen – dass er allerdings genauso gut hätte draußen bleiben können, weil er auch hier drin seiner Mission keinen Schritt näher kommen würde.

Nein!

Diesen Gedanken durfte er nicht an sich heranlassen! Er hatte Vorräte für vier Tage dabei. Wenn er sie streckte und Schnee im Mund schmolz, konnte er auch acht Tage, vielleicht länger hier bleiben. Er würde … er musste … oh Ahnen!, er musste mal. Er hätte gestern Abend vielleicht doch nicht den ganzen Wasserkrug leer trinken sollen. Und nachdem er heute bisher gut vier Stunden die Räume durchsucht hatte, drückte es inzwischen doch arg … Vielleicht könnte er ja in irgendeine Ecke …? Aber was, wenn Cé-tan auch heute Abend wieder in den Turm kam, um den Barbaren-Fetisch zu holen? Und dann ausgerechnet diesen Raum betrat und eine Pfütze entdeckte oder ihm der Geruch auffiel? »Trillerlopskacke!«, fluchte Tulpe

leise, »da ist man unterwegs, um König und Land zu retten, geht vielleicht als Held – oder größter Depp aller Zeiten – in die Geschichte ein, und dann weiß man nicht, wo man hinpinkeln soll?«
Vielleicht zu einem Fenster raus? Tagsüber könnte das jemand sehen. Also musste er bis zur Dunkelheit warten … – er trippelte von einem Bein aufs andere – … dumm nur, dass er das nicht aushalten würde. Er war inzwischen nur noch eine Etage unter dem Speicher, den er derzeit ›bewohnte‹. Eilig stieg er weiter nach oben, kletterte die Leiter hinauf und zwängte sich wieder durch die Luke. Hier oben würde Cé-tan bestimmt nicht hinkommen. Verdammt, jetzt wurde es aber wirklich Zeit! Da! In all dem Gerümpel stand auf einer flachen Kiste eine große, weiße Keramikschale, in der bloß grobkörniger Sand und ein paar kleine braune Steine lagen. Wunderbar, der Sand würde alles aufsaugen …

…

…

Aaaah! – Oh Ahnen, das tat gut!

Nicht nur der Sand, auch zwei der Steine waren nass geworden, von denen sich jetzt die braune Farbe löste.

Erleichtert arrangierte Tulpe seine Kleidung und wandte sich ab, um … Er stutzte, fuhr wieder herum und starrte in die Schüssel. Das Braun, das von den beiden Steinen abgeflossen war, färbte nun den Sand um sie herum. Vielleicht wäre es Tulpe in dem Zwielicht, das im Turmzimmer herrschte, gar nicht aufgefallen, wenn nicht die Farbe, die unter dem Braun zum Vorschein gekommen war, ganz eigentümlich geschimmert, fast schon geleuchtet hätte. Die Farbe war grün. Die Steine glichen in Größe und Form Wachteleiern.

Eilig stieg Tulpe die Leiter zur Dachluke hoch, öffnete sie ein Stückchen und scharrte eine Ladung Schnee nach unten. Dann schnappte er sich einen dritten Stein und rubbelte ihn mit Schnee ab. Nichts. Seufzend holte er von dem durchnässten Sand aus der Schüssel und rieb damit kräftig den Stein ab. Fast augenblicklich löste sich die braune Farbe.

Insgesamt vier Steine hatten aus dem Sand herausgeschaut, nach kurzem, mit gerümpfter Nase durchgeführtem Wühlen fand er drei weitere. Allen ließ er die gleiche Behandlung zukommen und rieb sie zu guter Letzt – ebenso wie seine Hände – kräftig mit Schnee ab. Dann lagen sieben wunderschöne, gleichgroße Steine vor ihm, alle von einem tiefen, dunklen, schimmernden Grün. Oh heiliger Trillerlops und all seine Ahnen! Da hatte er etwas ganz anderes gefunden als das, was er gesucht hatte! Das waren, wenn er dem Pergament trauen durfte, dessen Abschrift Horatio Tacituús dem Haus der Bücher geschickt hatte, genau jene Steine, die den alten Magiern der Katzenkrieger zu einem gefahrlosen Übergang in die Sagenwelt verholfen hatten. Die Verschwörer des Königs mussten jetzt nur noch die passende Anleitung dazu finden. Hm, jene Anleitung, die mit Jeppaz'y, dem Großmagier der Meeresspringer, und mit seinem ganzen Stamm verloren gegangen war. Toll. Eine seit Jahrhunderten verschollene Zauberformel wieder finden, nichts leichter als das. – Ha, ha.

Nun ja, vielleicht konnte Xavox auch ohne diese Formel etwas mit den Steinen anfangen? Jedenfalls war es ein unglaublicher Fund, wenn man bedachte, dass außer ihm und jenem Schriftgelehrten Tacituús, dessen Identität sich Xavox kurzzeitig ausgeliehen hatte, wohl kaum jemand in der Lage gewesen wäre, die Steine als das zu erkennen, was sie waren: Schlüssel zur Sagenwelt.

Tulpe wickelte sie in einen Stofffetzen, den er, gut zugeschnürt, tief in seine Hosentasche schob. So hatte sich sein kleiner Ausflug auf jeden Fall schon mal gelohnt, auch wenn er den Stein des Greisen nicht fand. Aber … was wäre, wenn auch jener Stein *hierher* auf den Speicher verfrachtet worden war? Nein, unmöglich, das wäre einfach zu viel des Guten.

Doch wenn er nun schon mal hier oben war, wo er seinen Rucksack gelassen hatte, konnte er seinen überraschenden Erfolg auch feiern – es war ohnehin Zeit, etwas zu essen. Er nahm nochmals von dem unter der Luke liegenden Schnee in die Hände und reinigte sie damit, während er zu seinem improvisierten Lager ging. Dort ließ er sich nieder und nahm die dünne weiße Überjacke von der Stele, um sich damit die Hände abzutrocknen. Dann warf er sie achtlos über eine Sessellehne, holte ein Fladenbrot und ein Stück Schinken aus dem Rucksack und begann zu essen.

Das Brot war zwar nicht mehr unbedingt knusprig, aber der Schinken war lecker – gar nicht so unangenehm, mal zur Abwechslung etwas Geld zum Ausgeben in der Tasche zu haben, auch wenn es Waldstammgeld war.

Während er weiterkaute, blieb sein Blick an jener etwa 120 Zentimeter großen und 40 Zentimeter durchmessenden Stele hängen, die neben seinem Lager stand. Was das Ding wohl für eine Geschichte hatte? Und … war es wirklich eine Stele? Einerseits waren die Flächen und unregelmäßigen Kanten glatt und scharf, wie von einem

Steinmetz herausgearbeitet. Andererseits war die Gesamtform so unregelmäßig, dass es auch etwas Natürliches hätte sein können. Vielleicht … ein Kristall? Aber konnte es so große Kristalle geben? Die Bergkristalle, die er bei Händlern des Kohlegräber-Stamms gesehen hatte, waren jedenfalls bei Weitem nicht so groß gewesen. Die Zucker-Kristalle, die er manchmal gemeinsam mit Rétep aus den Lieferungen für dessen Onkel stibitzt hatte, waren noch kleiner. Außerdem waren die ja genaugenommen gar nicht natürlich entstanden, sondern von Menschen gemacht. »Gezüchtet« hatte N'Ky dazu gesagt (»und ihr beide bekommt eine ordentliche Züchtigung, wenn ich euch noch mal mit euren Händen an meiner Ware erwische«, waren die weiteren Worte gewesen). Hm. War jener Stein des Greisen nicht vielleicht auch ein »künstlicher« Stein? Schließlich war er doch von dem Großmeister der Katzenkrieger-Magier – Tulpe fiel der Name nicht mehr ein – »hergestellt« worden? Oder war das so gemeint, dass er einen herkömmlichen Stein in etwas anderes umgewandelt hatte? Nein, war es nicht! Tulpe erinnerte sich wieder: Halef war der Name des alten Magiers gewesen. Halef Krallenspitze. Und Xavox hatte davon gesprochen, dass Halef »den Resonanzstein gezüchtet« hatte. Tulpe sollte sich also vermutlich bei seiner weiteren Suche nach einem Kristall umsehen. Das Ding hier neben ihm konnte es aber sicher nicht sein, das war viel zu groß. Wobei er allerdings nicht die geringste Ahnung hatte, wie groß der Stein des Greisen denn tatsächlich sein mochte.

Tulpe schnippte mit einem Finger gegen die Stele. Er hatte, wie bei einem Stein, ein trockenes Klicken erwartet. Doch stattdessen setzte ein helles Summen ein, das kurz anschwoll und dann wieder verschwand.

Resonanzstein.

Der Stein – oder der Kristall – hier neben ihm hatte eine nichtssagende hellgraue Farbe. Lediglich knapp unterhalb der Spitze wurde an einer Stelle der ansonsten einheitliche Farbton durch einen schwarzen, fast wie eingebrannt wirkenden Fleck gestört. Hi, hi, der Fleck hatte die Form eines Waldstammohrs.

Eines Ohrs?

Oh.

Heute legte man nur noch beim Waldstamm den Neugeborenen Gothölzer an, um ihren Ohren oben die spitze Form zu geben. Doch einst hatten die Vorfahren aller Stämme spitze Ohren gehabt. – Was hatte Xavox ihm noch mal erzählt? Der Kopf von Halefs Vater sei explodiert, als Halef ihm den Stein ans Ohr gepresst hatte? Aber dazu war *dieser* Stein hier viel zu schwer. Oder war es einfach umgekehrt gewesen, dass Halef den Kopf seines Vaters gegen einen extrem großen Resonanzstein gedrückt hatte?

Skeptisch starrte Tulpe das graue Ding an, so als könnte es ihm eine Antwort geben. Sein Ohr, das war klar, würde er jedenfalls nicht dagegen drücken.

Zögernd presste er seine linke Handfläche gegen den Stein, starrte ihn weiter an, öffnete den Mund und … schloss ihn wieder, während er die Hand wie von einem heißen Ofen zurückzog, um schließlich kopfschüttelnd zu murmeln: »Ist wirklich zu dämlich. Ich kann mich doch nicht zum Trillerlops machen und hier mit einem Stein reden! … Aber es sieht's ja keiner.«

Schnell, bevor er es sich wieder anders überlegen konnte, presste er nochmals seine Handfläche gegen den Stein, sah ihn direkt an und sagte mit belegter Stimme: »Äh, hallo auch. Könnte ich bitte mal mit Rétep sprechen?«

Wieder begann der Kristall eigentümlich zu summen, der Ton schwoll an … dann war das Summen mit einem Schlag abgerissen, stattdessen hörte Tulpe, ganz leise, ein eigentümliches, regelmäßiges Tuten.

Dann ein Klicken.

Und eine Stimme sagte: »Jussef Chodajari – sabah al cher.«

Tulpe war fast das Herz stehen geblieben. Diese Stimme … sie schien nicht aus dem Kristall zu kommen, sondern auf sonderbare Weise über ihm zu schweben … und was war das für eine Sprache?

Mit offenem Mund starrte Tulpe über den Kristall, als müsse dort irgendetwas zu sehen sein. Dann sagte die Stimme, diesmal aber merklich ungeduldiger: »Sabah al cher???«

Tulpe stotterte: »Ha… hallo. Könnt … könnt Ihr mich verstehen? Spreche … spreche ich mit der Sagenwelt? Ich suche Rétep.«

»Ana misch fehim«, kam es irritiert zurück.

»Jaaa …, also *i-c-h s-u-c-h-e R-é-t-e-p.*"

»Ana misch fehim, ana misch fehim!«, sagte die Stimme entnervt. Dann war ein Klicken zu hören, dann … nichts mehr.

Etwa fünf Minuten lang starrte Tulpe den Kristall an, ohne etwas zu denken. Schließlich fing er sich wieder, legte sich im Geiste ein paar Fragen zurecht, dachte auch daran, dass er wohl eher nach Peter fragen musste – als der Rétep in der Sagenwelt höchstwahrscheinlich immer noch auftrat – und versuchte es erneut.

Mit einem ähnlichen Ergebnis. Die Sprache schien die gleiche zu sein, allerdings war es diesmal die Stimme einer Frau gewesen.

Noch zehn Mal versuchte Tulpe sein Glück, und er war sich ziemlich sicher, dass er dabei mit zehn verschiedenen Personen gesprochen hatte – wobei es »gesprochen« nicht wirklich traf –, und zwei Mal schien auch eine andere Sprache verwendet zu werden – doch er hatte noch kein einziges Wort verstanden.

Tulpe hielt mit den Versuchen inne und grübelte, vor sich hin murmelnd: »Keine Ahnung, wie viele Leute es in der Sagenwelt gibt, aber sicher viel zu viele, als dass ich mit jedem einzelnen sprechen kann, bis ich zufällig irgendwann mal Rétep erreiche ...«

Da Blitzte eine Idee in ihm auf. Wie beiläufig glitt seine Hand an seinen Hals, fuhr dann den Lederriemen der Zahnkette entlang, bis er den Milchzahn seines Freundes berührte. Er und Rétep waren Zahnbrüder gewesen: Sie hatten als kleine Jungs, so wie es viele miteinander befreundete Kinder im Elf-Stämme-Reich taten, je einen ausgefallenen Milchzahn miteinander getauscht und ihn an einer Kette getragen. – Als Xavox vor Monaten Peter diesen Brauch erklärt hatte, da hatte er es auch nicht versäumt gehabt, sich mit einem Augenzwinkern über Tulpe lustig zu machen, weil er und Rétep doch eigentlich längst zu alt für diesen Kinderkram gewesen waren ... Aber womöglich zahlte sich der Kinderkram ja jetzt aus? Tulpe hoffte inständig, es Xavox unter die alte Nase reiben zu können. – Schon allein deshalb, weil er dann diese ganze Aktion überlebt haben würde.

Er nahm die Kette ab und legte diesmal den Zahn auf seine linke Handfläche, bevor er sie gegen den Kristall drückte. Dann wiederholte er, diesmal mit fester Stimme: »Ich möchte mit Prinz Rétep sprechen, der derzeit im Körper von Peter (... wie war noch gleich dessen richtiger Familienname? Er hatte es mal erwähnt... Ah ja:) Eifel wohnt.«

Erneut war dieses seltsame, leise Tuten zu hören, dann wieder eine Stimme:

»Paul Eifel, guten Abend.«

Tulpe hatte das seltsame Gefühl, als würde sein Herz gleichzeitig rasen und ein paar Schläge aussetzen. Dann antwortete er: »Guten (... Abend? Hier war es mitten am Tag ...) Abend. Hier spricht Tulpe. Ich bin ein Freund von Ré..., von Peter.«

»Tulpe?? Ungewöhnlich. Moment, ich rufe meinen Sohn.«

Es vergingen ein paar Sekunden, dann war die vor Aufregung heiser flüsternde Stimme eines Jungen zu hören: »*Tulpe?!?* Bist du's wirklich? Bist du *auch hier*?«

Aber das war doch nicht die Stimme Réteps? Nein, natürlich nicht, das musste Peters echte Stimme sein. Dann sprudelte es aus Tulpe hervor, wobei er Tränen über sein Gesicht rinnen spürte: »Ich bin's! ich bin's wirklich! Was bin ich froh, dich zu hören. Nein, ich bin nicht in der Sagenwelt, und wenn ich dir erzähle, wo ich bin, wirst du es nicht glauben.«

»Moment, Moment, bleib bloß dran!«, unterbrach ihn Rétep atemlos, dann hörte er ihn zu jemandem sagen: »Tschuldigung, aber ich muss was klären …«, dann waren eilige Schritte, schließlich das Schlagen einer Tür zu hören, und Rétep meldete sich keuchend wieder: »Bist du noch da? *Wo* bist du«?

Genauso atemlos antwortete Tulpe: »Xavox wusste von einem großen Stein, einem Kristall, genauer gesagt, mit dessen Hilfe man mit Reisenden in der Sagenwelt sprechen kann. Der steht allerdings in Dorianstadt, im Speicher des großen Turms in der Burg der Bruderschaft.«

»*In der …?* Himmel – wie bist du *da* reingekommen?«

»Eingebrochen. Um dich zu warnen. Der Kriegskanzler und die Bruderschaft haben dir jemanden in die Sagenwelt hinterhergeschickt. Einen Mann vom Clan der Attentäter, der dich töten soll.«

Schweigen.

»Rétep? Bist du noch da?«

»J… ja, ich bin noch am Telefon.«

»Am was?«

»Telefon, das ist ein … oh, ich glaube, es gibt jetzt Wichtigeres. Einer aus dem Stamm der Attentäter?«

»Schwarze Klinge.«

»Heiliger Trillerlops!«

»Vermutlich hätte er dich längst gefunden, wenn er wüsste, dass er nach einem anderen Körper suchen muss.«

»Bei der Gelegenheit: Wie geht es – ähm, meinem Körper? Und Peter?«

»Was ja irgendwie dasselbe ist. Nun – gut. Vermute ich jedenfalls. Aber es ist schon eine ganze Weile her, dass ich die beiden gesehen habe. Ach: Es wird dich erstaunen, aber die Prophezeiung gibt es jetzt wirklich.«

»Welche Prophezeiung?«

»Na, dass Peter unsere Welt retten muss.«

»*Bitte???* Dieser ganze Unsinn, den ich ihm erzählt habe???«

»… ist jetzt kein Unsinn mehr. Obwohl er es natürlich genaugenommen doch ist.«

»*Tulpe!* Könntest du etwas weniger in Rätseln sprechen?«

»Das Orakel von Nekis hat den Waldstamm-Ältesten prophezeit, dass sie Peter – sie nennen ihn jetzt Peter Sagenwelt – zum Kampf gegen die Piraten brauchen, was wiederum der Rettung ihres Stammes und letztlich der Rettung des Reiches dient.«

»Das *Nekis-Orakel*? Unmöglich!«

»Doch. Aber nur, weil wir eine Orakel-Priesterin bestochen und erpresst haben – bestochen übrigens mit den Hockperlen, die du dem Kriegskanzler abpressen wolltest, wir haben sie nämlich geklaut. Ansonsten mussten wir nur, nachdem wir uns in den Tempel eingeschlichen hatten, ein paar Orakelpriester betäuben und dann gegen eine Räuberhorde kämpfen. Aber der Rest war ganz einfach. Und Ky hat uns geholfen.«

»Geholfen? *Ky???* Wenn ich alles glaube, aber das nicht.«

»Du würdest staunen, wie sie sich verändert hat.«

»Tulpe …«

»Ja?«

»Du, hier gibt es unglaubliche Dinge zu entdecken, und auf gewisse Weise fange ich an, die Sagenwelt zu mögen. Und meine Eltern … also, na ja, die von Peter – sie halten mich noch immer für ihren richtigen Sohn, der allerdings nach einem Schlag auf den Kopf Gedächtnisschwund hatte. Sie sind ziemlich besorgt um ihn. Und meine … seine Freunde sind schwer in Ordnung.«

»Aber?«

»Ich hab' Heimweh.«

»Ich vermisse dich auch. Verrückt: Ich dachte immer, ich habe keine Familie. Als du weg warst, hab' ich gemerkt, dass du meine Familie bist.«

Ein kurzes Schweigen trat ein, das schließlich von Tulpe gebrochen wurde: »Wenn es uns nur gelingen würde, dich wieder zurückzubringen. Falls ich Xavox richtig verstanden habe, können dich die Finder nach deinem Wechsel nicht mehr entdecken – zumindest solange sie nicht erneut etwas von dir in die Stinkefinger bekommen. Außerdem könnte der Kriegskanzler über kurz oder lang ganz andere Probleme haben.«

»He! Dieser Attentäter … der muss doch irgendeine Art Rückfahrkarte haben? Vielleicht könnte ich ihm eine Falle stellen?«

»Um der Ahnen willen, bloß nicht! Er weiß es nicht, aber der Kanzler und die Brüder wollen wohl alle Spuren loswerden und haben ihm Gift mitgegeben. Sobald er dich erledigt hat und heim will, ist er selbst dran.«

»Was für elende Säcke! – Gut, es würde dem Kerl natürlich ganz recht geschehen, nur tröstet mich das auch nicht wirklich, wenn ich tot bin.«

»Aber ich habe hier ein magisches Hilfsmittel entdeckt, das dich, vielleicht, irgendwann zurückholen kann … allerdings gibt es um die Anwendung noch ein ziemliches Geheimnis. Na ja, so lange hast du eine neue Aufgabe im Sagenland.«

»Magisches Hilfsmittel? Geheimnis? Eine Aufgabe? Was für eine Aufgabe?«

»Ich werde dir jetzt eine Figur beschreiben ….«

Dann sprachen sie noch gut fünf Stunden miteinander, erzählten sich gegenseitig ihre Erlebnisse. Schließlich trat Schweigen ein. Beide waren erschöpft. Tulpe konnte kaum noch seine Hand gegen den Stein pressen und Rétep hatte schon drei Mal »seine« Mutter aus seinem derzeitigen Zimmer hinauskomplimentieren müssen, die wissen wollte, ob alles in Ordnung sei und ob er denn wirklich so lange telefonieren müsse. Dann kam die Frage Réteps, vor der sich Tulpe gefürchtet hatte: »Und diesen …, diesen Stein des Greisen – kannst du den mitnehmen?«

»Hm. Ich muss dir nicht sagen, dass ich nichts lieber machen würde. Aber ich weiß nicht mal, ob ich diesen Klotz überhaupt bewegen kann. Den Turm runter werde ich ihn sicher nicht in einem Stück bringen – und das gilt sowohl für den Stein als auch für mich.«

Wieder Schweigen.

»Und … ein Stück abschlagen …?«

»Hab' ich auch schon dran gedacht. Aber was, wenn das Ding dann überhaupt nicht mehr funktioniert?«

Tulpe hörte einen Seufzer aus der anderen Welt und dann Réteps Stimme: »Schon klar, Alter. Aber es war eine schöne Vorstellung … Gut, es sieht jetzt so aus: Du musst natürlich zuallererst diese Ich-bin-dann-mal-weg-Steine in Sicherheit bringen – oh Mann! Drübergepinkelt! Erzähl das als Geschichte, und niemand wird dir glauben.

Du solltest jedenfalls so schnell wie möglich wieder zu Xavox und den anderen und ihnen berichten, was du alles herausgefunden hast. Vielleicht weiß Xavox ja doch etwas über das Geheimnis des Jeppaz'y. Was mich betrifft, habe ich einen Killer abzuwehren, muss Peters Schwester im Zaum halten und werde gleichzeitig nachforschen, ob es hier tatsächlich noch solche Götzen-Statuen gibt – *Geist der Ekstase?* –, sonderbarer Name. Und falls du noch länger im Turm bleiben musst, kannst du dich ja noch mal melden.«

»Also, hier ist es inzwischen dunkel. Und es schneit auch wieder.«

»Schon klar. Und wer weiß, wann es wieder schneit? Grüß Xavox von mir. Und falls du sie siehst, Onkel N'Ky und die Tanten Ri und Olonikayanawanisa, und, hm …«

»Klar, Ky auch.«

»Und sag ihr, es tut mir leid, falls ich ihr mal auf die Nerven gegangen bin.«

»Mach ich.«

»Na ja, und grüß auch diesen Peter …«,

Tulpe hörte Rétep über eine Welt hinweg schlucken.

»… ich finde es toll, dass er Ky gerettet hat. Ach, sag mal …«

»Ja?«

»Ky und dieser Peter … wie die sich gegenseitig beigestanden haben. Die scheinen sich gut zu verstehen, oder?«

»Ich denke schon. Warum fragst du?«

»Nicht so wichtig. Ich … ich glaube, ich will einfach noch weiter quatschen und will nicht, dass du auflegst …«

»Auflegen? Was meinst du damit? Ich muss hier nichts irgendwo drauflegen.«

»Nun, bei einem Telefon … ach, erklär ich dir alles, wenn wir uns wiedersehen. Los, bring jetzt diese Steine und vor allem dich selbst in Sicherheit.«

»Ja, mach ich. Und bleib du bloß am Leben, hörst du? Wenn wir bis nächstes Jahr das Rätsel nicht gelöst haben, dann komme ich nämlich noch mal her – Haans muss diesen Katapult-Turm behalten –, dann reden wir wieder.«

»Das … würdest du tun? Wäre toll. Nur wer weiß, ob ich nächstes Jahr noch hier bin.«

»So wie ich das sehe, nimmt dieser Stein des Greisen nicht Kontakt zu einem Ort, sondern zu einer Person auf, vorausgesetzt, man hat etwas aus deren Besitz, das man gegen den Kristall drücken kann. Und glaub mir, ich werde deinen Zahn jetzt besser hüten als ein Trillerlops seine Küken.«

»Da werde ich mir wohl vorsorglich auch so ein Handy zulegen, wie Paula eins hat, damit ich immer erreichbar bin. Aber jetzt mach dich endlich vom Acker und pass auf dich auf und … ich vermisse dich.«

Dann hörte Tulpe eine Art Klicken und wusste, dass Rétep eine Antwort nicht mehr hören würde. Dennoch sagte er: »Ich dich auch.«

Er nahm seine Hand von dem großen Kristall und schüttelte den schon längst steif gewordenen Arm kräftig, während er sich mit der anderen Hand durch die Augenwinkel wischte. Schließlich seufzte er, zog wieder seine weißen Sachen an, packte zusammen und stieg auf das Dach des Turms. Er hoffte, dass es im kommenden Winter wieder genug Schnee gab, um ihn unsichtbar zumachen und dass bis dahin niemand den Riegel an der Falltür wieder schließen würde. Aber wenn es sein musste, würde er nochmals durch Cé-tans Zimmer und Schreibstube schleichen. Er kannte ja jetzt den Weg.

Am Rande des Turms spähte er zwischen zwei Zinnen durch den dichten Schnee nach unten. Soweit er erkennen konnte, rührte sich gerade nichts. Also warum warten? Er legte das Seil um eine Zinne und rutschte, durch die Handschuhe vor Verbrennungen geschützt, in nur fünf Sekunden die gesamte Strecke bis zum Boden. In zehn Sekunden hatte er das Seil eingeholt, in weiteren zehn samt seiner weißen Überjacke in den Rucksack gestopft. Er blieb unbehelligt. Während er den Rucksack aufnahm, murmelte er: »Er muss sich ein ›Handy‹ besorgen? Was, bei Burischja, ist ein Handy …?« Dann machte er sich mit klopfendem Herzen auf den Rückweg zu seiner Herberge.

8. Der Geist der Ekstase

Ein sonniger Tag sollte es werden in der Sagenwelt, das zumindest hatte der Wetterbericht angekündigt – sonnig und viel zu warm dafür, dass der Winter noch nicht ganz vorüber war. Rétep war als Letzter an den Frühstückstisch seiner, ähem, Gastfamilie gekommen. Mariana saß mit Paula schon am Tisch. – Rétep würde es vermutlich nie fertigbringen, an die lebenslustige, sportliche Mariana Eifel als »Mutter« zu denken, auch wenn er sie und ihren Mann, die gut zueinander zu passen schienen, inzwischen wirklich mochte.

Die gute Paula sah ziemlich übernächtigt aus. Paul, ihr Vater, holte gerade die Kaffeekanne. Offenbar war Paula eben dabei gewesen, etwas aus dem Reitstall zu erzählen.

»… ja und gestern, da hat diese Betty dann ihre Angeberei auf die Spitze getrieben. Wisst ihr, ihr Vater hat doch einen Antiquitätenladen, und sie hat sich tatsächlich für ihre Pferdebox im großen Stall zwei kleine Statuen mitgebracht und auf die beiden Torpfosten geschraubt. Ganz ungewöhnliche Dinger, aus Silber … es ist ein identisches Paar. Frauen mit Flügeln statt Armen, die, ganz seltsam verrenkt, grade in die Luft zu springen scheinen. Na ja, jedenfalls passen die in den Pferdestall wie die Faust aufs Auge. Aber zugegeben, sie sehen schon faszinierend aus. – Ist was, Peter?«

Rétep war wie versteinert stehen geblieben und starrte Paula aus großen Augen an. »Wie? Nein, nein, mir ist nur gerade eingefallen, dass ich oben ein Buch vergessen habe.« Schnell, um seine Lüge als Wahrheit erscheinen zu lassen, lief er noch mal auf sein Zimmer. Ihm war klar, dass er gleich sein Frühstück herunterschlingen und heute nicht zur Schule gehen würde.

*

Fast die ganze Strecke zum Reitstall rannte Rétep. Jetzt bereute er, dass er nicht doch gelernt hatte, mit diesem zweirädrigen Vehikel, diesem »Fahrrad« zu fahren. Aber auf nur *zwei* Rädern? Nein danke, da fiel man doch um.

Um Viertel nach acht stand er schnaufend vor dem Stall. Niemand war zu sehen. Eilig trat er ein und suchte mit den Blicken die Eingänge zu den Pferdeboxen ab. Verdammt, wo waren diese Dinger? Eigentlich musste er diese Statuen doch schon sehen.

»Krchchch.«

Rétep erstarrte und wurde blass.

Er hatte sich noch nicht umgedreht, aber er wusste es. In der gleichen Sekunde, in der er dieses leise Knarren einer Pferdebox-Tür hinter sich gehört hatte, wusste er es mit unumstößlicher Gewissheit.

Er war in die Falle gegangen.

*

Langsam drehte sich Rétep um.

Die Schritte hatte er gar nicht gehört, aber da stand er, keine drei Meter von ihm entfernt. Ruhig blickte sein Tod ihn an, sagte, mit leiser, fast trauriger Stimme: »Sehen wir uns endlich.«

Tausend Lügen strömten durch Réteps Kopf, was er diesem schönen, finsteren und todbringenden jungen Mann erzählen könnte, um ihn zu überzeugen, dass er nur ein Junge aus dieser Sagenwelt war. Doch er sah in die Augen des Mörders und wusste, dass ihm hier und jetzt auch sein Talent nicht mehr helfen würde.

Stattdessen fragte er: »Wie hast du mich gefunden?«

»Ach, Junge, das spielt doch keine Rolle mehr, oder?«

»Ich nehme an, du wirst es dir nicht noch anders überlegen?«

Der Finstere schüttelte bedächtig den Kopf.

»Auch nicht wenn ich dir erzähle, dass deine Auftraggeber gerade dabei sind, das Elf-Stämme-Reich zu ruinieren? Dass hinter den Brüdern, die dir den Auftrag gaben, kein geringerer steht als der Kriegskanzler?«

»Oh, das weiß ich schon. Und du hast recht, es ändert nichts. Du weißt: Wenn mein Clan einen Auftrag angenommen hat, dann wird er auch ausgeführt. Koste es, was es wolle. Wir haben einen Ruf zu verlieren.«

Rétep nickte und meinte düster: »Ja. Genauso, wie man es aus all den Geschichten über eure Meucheleien kennt. Der Clan der Attentäter … unerbittlich. Hm. Gibst du mir wenigstens eine Chance?«

»Das gehört nicht zu meinem Auftrag.«

Und plötzlich, so schnell, dass Rétep gar nicht gesehen hatte, wo es herkam, hielt der junge Mann ein Kurzschwert mit funkelnder Klinge in der Hand.

Rétep atmete tief durch. Vor ihm stand keiner der schweren Lederkrieger, sondern ein geschmeidiger Attentäter. Er würde nicht einfach davonlaufen können …

»Dann werde ich kämpfen.«

»Ich bin beeindruckt. Wirklich, das meine ich ehrlich. Aber es wird dir nichts nützen.«

»Gib mir wenigstens eine Waffe.«

Kurz schien sein Gegenüber zu zögern, dann schüttelte er den Kopf: »Du würdest nur etwas länger als notwendig leiden, das will ich nicht. Ich bin schnell. Du wirst es gar nicht spüren.«

Damit schritt er näher, während Rétep langsam rückwärts ging und sich verzweifelt umsah.

Und dabei hatte er doch einen Hoffnungsschimmer gehabt, wieder nach Hause zu kommen, vor wenigen Wochen erst, als Tulpe ihn angerufen hatte …

… doch genau jener Anruf war es auch gewesen, durch den die Falle für Rétep erst möglich geworden war, denn es hatte jemand zugehört, als sich Tulpe mit seinem Freund unterhalten hatte, vor vier Wochen:

… Rétep blieb die Luft weg.

Erst nach drei Sekunden schaffte er die stammelnde Frage: »*Wer*, sagst du, ist am Telefon?«

»Nun, ›*Tulpe*‹, hat er tatsächlich gesagt, ist aber sicher ein Spitzname?«, wollte sein Vater – genauer gesagt: der Vater von Peter wissen, der, überrascht von der heftigen Reaktion seines »Sohnes« nun seinerseits Rétep irritiert anblickte.

Der antwortete jedoch nicht, sondern nahm wie in Trance das schnurlose Telefon entgegen und flüsterte hinein: »*Tulpe?!?* Bist du's wirklich? Bist du *auch hier*?«

Nur kurz hörte er zu, während seine Augen freudig erregt zu glänzen begannen und er nach einem zitternden Ausatmen »Moment, Moment, bleib bloß dran!«, in die Sprechmuschel rief, dann, atemlos, schnell, zu Paul Eifel sagte: »Tschuldigung, aber ich muss was klären …«, und augenblicklich entschwand er mit dem Telefon auf sein Zimmer.

Paul Eifel fand das höchst ungewöhnlich, wollte aber nichts sagen, weil er seinen Sohn seit seiner Amnesie nicht mehr so erfreut gesehen hatte. Es musste ja wirklich eine tolle Nachricht sein …

Aber Paul Eifel war nicht der Einzige gewesen, der Tulpes Reaktion mitbekommen hatte. Hinter ihm stand, ohne dass er es merkte, Paula in der Tür zum Wohnzimmer, die Augen starr auf Rétep gerichtet.

Was für dieses Alien eine gute Nachricht war, konnte eigentlich nur irgendeine Teufelei sein? – Sie hatte nicht den geringsten Skrupel, nun ihrerseits schnell und unbemerkt auf ihr Zimmer zu verschwinden, zum eigenen Telefon der Haussprechanlage zu greifen und sich, auf ihrem Bett sitzend, leise, leise mit einem sachten Knopfdruck in das Gespräch einzuklinken.

Was sie zu hören bekam, die Geschichten, die dieser Junge am anderen Ende der Leitung erzählte, der irritierenderweise aus der Heimat von diesem Parasiten im Körper ihres Bruders anrief, waren jedoch keine Teufeleien, die gegen ihre Familie gerichtet waren. Dennoch wurde Paula auf eine Achterbahnfahrt der Gefühle geschickt. Es war atemberaubend, ja, mehr als das: Wenn all diese Ereignisse tatsächlich stattgefunden hatten und, irgendwo, noch immer stattfanden, dann war das geradezu fantastisch – aber auch schmerzhaft: Jedes Mal, wenn die Rede auf ihren Bruder kam, auf all die Gefahren und Kämpfe die er durchlitten hatte, musste sie sich auf die Hand beißen, um sich nicht durch Schluchzen zu verraten. Kaum konnte sie es glauben, dass mit jenem Peter Sagenwelt, der offenbar in irgendeinem barbarischen Krieg und in einem Kampf gegen ein erbarmungsloses Piratenheer eine Schlüsselrolle spielen sollte, tatsächlich niemand anderes als ihr kleiner Bruder war – im Körper dieses … was auch immer.

Und dann diese eine, diese wahre Teufelei, die schon gleich zu Beginn des stundenlangen Gesprächs zu Tage getreten war, die *sehr* beunruhigend war und alles noch komplizierter machte: Offenbar war noch einer dieser *»Außerirdischen«* in ihre Welt gekommen – Paula benutzte in Gedanken noch immer den Begriff, auch wenn dieser Rétep zehnmal etwas anderes sagen sollte. – Ein außerirdischer Killer, der nichts weiter wollte, als Rétep zu töten. An dieser Stelle hatte Paula sich auf die Lippe beißen müssen, um nicht laut und hysterisch loszulachen. – Das würde ihr nie im Leben jemand glauben!

Fast könnte es ihr ja nur recht sein, wenn wer auch immer diesen Freak aus dem Weg räumen würde – hätte der sich nicht dummerweise im Körper ihres Bruders eingenistet. Und noch etwas drohte, je länger sie zuhörte, die ganze Angelegenheit zu einem emotionalen Wirrwarr zu machen: Dieser Tulpe schien kein übler Kerl zu sein, wenn man bedachte, was er für seinen Freund auf sich genommen hatte. Aber *was* für einen Freund hatte er sich da ausgesucht … oder bedeutete das, wenn jener Tulpe nicht absolut bar jeder Menschenkenntnis war, dass dieser Rétep vielleicht gar nicht durch und durch schlecht war? Und dann noch diese Ränkespiele und Gefahren, in die all diese Menschen verstrickt waren … ja, Menschen. Wo auch immer sie waren, Menschen schienen sie jedenfalls zu sein.

*

Die Tage zogen dahin, die lauernde Spannung zwischen Rétep und Paula blieb bestehen. Die Tage zogen dahin, und Paulas Angst, dass irgendein Monstrum mit einem Schwert in der Hand an ihrer Haustür klingeln könnte, wurde mit jedem dieser Tage größer. Die Tage zogen dahin, und Paula hatte nach wie vor nicht den blassesten Schimmer, was sie unternehmen sollte.

Dieser Rétep hatte wenigstens etwas zu tun – neben der Schule. Ja, tatsächlich: Er hatte Peters Platz in der Schule eingenommen. Unglaublich, wie er das geschafft hatte. Vielleicht kapierte er all die Sachen in der Schule so schnell, weil sich sein Geist in den Hirnwindungen von Peters Körper bewegte, in denen schließlich, rein physisch, all die Informationen gelagert sein mussten, die auch das »Original« gehabt hatte. Natürlich war er nicht so gut wie Peter. Der war zwar kein Genie, aber doch auch alles andere als schlecht gewesen – »war gewesen«, oh Himmel! – Rétep war dagegen eher mäßig in seinen Leistungen. Wobei natürlich alle den Leistungsabfall auf die »Amnesie« des Jungen zurückführten und jeder sich ein Bein ausriss, um ihm zu helfen. Wenn die wüssten …

Jedenfalls forschte dieser Rétep offensichtlich tatsächlich nach dem »Geist der Ekstase« – wer oder was auch immer dies sein mochte. Auf gewisse Weiße war es Paula eine Genugtuung, dass er genauso wenig weiterzukommen schien wie sie. Dann dachte sie wieder, dass sie ihm vielleicht helfen sollte. Immerhin schien mit dieser seltsamen Statue die Möglichkeit gegeben, dass Rétep zurück in seine Heimat verschwand und im Gegenzug, vielleicht, vielleicht, vielleicht ihr Bruder wieder auftauchte. Doch wenn sie ihm wirklich ihre Hilfe anbieten würde, dann müsste sie auch zugeben, dass sie sein Gespräch mit diesem Tulpe belauscht hatte. Würde sie damit nicht einen Trumpf aus der Hand geben? So viele Fragen … Paula hatte das Gefühl gehabt, fast platzen zu müssen, wenn sie sich nicht endlich jemanden anvertrauen könnte. Doch das, so hatte sie sich entschieden, sollte jetzt ein Ende haben.

Der einzige Lichtblick für Paula war in jener Zeit Kurt gewesen. Zunächst hatte sie noch so getan, als würde es ihr gar nicht auffallen, dass sie plötzlich wieder öfter zum Reitstall ging. Aber bald hatte sie sich eingestanden, dass sie diesen sonderbaren Kerl wirklich mochte. Und wenn sie sich nicht sehr täuschte, dann mochte er auch sie … oder war das etwa nur Wunschdenken? Noch heute Abend wollte sie es herausfinden. Und dann, ja, dann hätte sie auch jemanden, dem sie diese sonderbare Geschichte schildern könnte.

Viel hatte sie Kurt über das Leben in ihrer Stadt und ihrem Land erzählt – der musste die vergangenen Jahre wahrlich am A… Allerwertesten der Welt verbracht haben. Das Entscheidende aber war, wie fantastisch er über alles staunen konnte und wie offen er für all die Dinge war, die er nicht richtig gekannt hatte. Wenn ihr also irgendjemand diese verrückte Geschichte vom »Elf-Stämme-Reich« und der Entführung inklusive Körpertausch ihres Bruders glauben würde, dann sicher Kurt.

Wie recht sie hatte.

*

Hhhhhhhchch!!!« Kurt hatte sich an einem Stück Apfel verschluckt und hustete ganz fürchterlich. Paula musste ihm – patsch, patsch, patsch – ordentlich auf den Rücken klopfen, damit das Stückchen wieder herauskam.

Gleichzeitig zogen sich ihre Augenbrauen ein Stück zusammen und sie sagte traurig: »Du glaubst mir nicht?«

Kurt musste sich noch zwei, drei Mal räuspern, ein Zittern lief durch seinen Körper, dann sagte er: »Es … es klingt ja wirklich unglaublich …«

»Aber es ist wahr!«, sagte sie fast verzweifelt – und bekam große Augen, als er antwortete: »Ich weiß. Äh, ich meine: Glaub mir, ich glaub dir.«

»*Wirklich*? Ich würde mir ja selbst kaum glauben, wenn ich nicht diese seltsame Telefonat mit angehört hätte.«

»Weißt du was? Kuschel dich zu mir und erzähl mir ganz von vorne und ganz genau, was du weißt, vor allem über diesen Rétep. Dann entscheiden wir, was zu tun ist.«

Paula war so glücklich. Endlich jemand, der ihr nicht nur glaubte, sondern sogar bereit war, einen Teil der Last von ihren Schultern zu nehmen.

Dabei war sie vier Stunden zuvor, als sie sich auf den Weg zu Kurt gemacht hatte, noch so unsicher gewesen.

Wie im Elf-Stämme-Reich, so war es auch in der »Sagenwelt« ein ungewöhnlich milder Winter geworden. Eigentlich war es Paula schon wie ein Frühlingstag vorgekommen, als sie schließlich vor Kurts Haus gestanden und geklingelt hatte – ihr Freund wohnte inzwischen in einer winzigen, mit Secondhand-Möbeln ausgestatteten Mietwohnung, die er sich in der Stadt genommen hatte. Nicht einmal ein richtiges Bett hatte er, sondern nur eine Matratze auf dem Boden. Und auf der Matratze hatte der verrückte Kerl doch tatsächlich statt einer Decke ein Fell ausgebreitet gehabt. Fast glaubt sie, es sei ein Bärenfell … aber sicher war es kein echtes. Jedenfalls hatten sie auf der Matratze gesessen und über dies und das geredet. Dann hatten sie plötzlich entdeckt, dass man Lippen nicht nur zum Reden benutzen konnte. Und dann hatten sie sich auf diesem sonderbaren und ein klein wenig pieksendem Fell geliebt. Und Paula hatte, durchaus erfreut, festgestellt, dass Kurts Geschicklichkeit, Ehre, wem Ehre gebührt, seiner schönen Gestalt entsprach. Sie hatte jetzt jedenfalls vor Rétep den Geist der Ekstase entdeckt, wenn auch sicher nicht in Form einer Statue.

Als Paula und Kurt schließlich, nach langer Zeit, beide angenehm erschöpft waren, war Kurt aufgestanden und mit einem in Stückchen zerteilten und auf einem kleinen Teller drapierten Apfel zurückgekehrt. Sie hatten sich wieder aneinander geschmiegt, und Kurt hatte sie, verträumt lächelnd, mit Apfelstückchen gefüttert und sich auch immer wieder selbst eines genommen. In dieser Leichtigkeit des Seins war es Paula plötzlich gar nicht mehr schwer gefallen, Kurt ihr Geheimnis anzuvertrauen.

»Ich muss dir was erzählen«, hatte sie gesagt und ihm kurz ins Ohrläppchen gebissen, »denn du kannst … du *sollst* alles von mir wissen. Es ist eine ziemlich verrückte Geschichte, aber jedes Wort ist wahr. Und weil es wahr ist, ist es auch gefährlich. Auch deswegen musst du's wissen.«

Verspielt hatte Kurt mit seinem Zeigefinger die Linie ihrer rechten Augenbraue nachgefahren, um ihn dann sanft über ihren Nasenrücken bis zur Nasenspitze wandern zu lassen. »Soso? Jetzt machst du mich neugierig. Schieß los.«

»Ich hab dir doch von meinem Bruder erzählt …?«

»Ja. Peter, nicht? Würde ihn gerne mal kennenlernen.«

»*Das* dürfte im Augenblick *etwas* schwierig werden … der Typ bei mir zu Hause ist nämlich nicht der echte Peter. Offenbar gibt es eine Art Parallelwelt zu unserer, und von dort ist ein gewisser Rétep, mit einem Killer auf den Fersen, geflohen und hat den Körper meines Bruders übernommen, während *der* nun in dessen Körper in der anderen Welt festsitzt.«

Genau das war jener Moment gewesen, in dem Kurt das Atmen vergessen, dann das Apfelstückchen verschluckt und einen fürchterlichen Hustenanfall bekommen hatte.

Paula erzählte Kurt alles, woran sie sich noch aus dem seltsamen Telefonat erinnern konnte – jetzt bereute sie es, dass sie sich damals nicht direkt hingesetzt und möglichst viel aufgeschrieben hatte. Die meiste Zeit hörte Kurt nur zu, schien plötzlich etwas einsilbig zu sein. Nur hie und da warf er eine Frage ein, insbesondere, als es um den Killer ging: »Schwarze Klinge, sagst du, heißt der Kerl?«

»Ja, vom *Stamm der Attentäter* hat dieser Tulpe gesagt. Stell dir das mal vor: Ein ganzer Volksstamm, der nur aus gedungenen Mördern besteht.«

»Nein, nicht alle sind … ich meine, das heißt sicher nur so, die brauchen ja auch ihre Bäcker und Metzger und Bauern und was sonst noch alles … egal. Sag, gibt es auch eine Beschreibung von diesem *Schwarze Klinge*? Ich würde ihn gerne erkennen, wenn ich ihm mal über den Weg laufen sollte.«

»Verständlich. Aber, nein, leider nicht. Er scheint in seiner Welt so etwas wie ein lebender Mythos zu sein. Außer ein paar Leuten aus seinem ›Clan‹ weiß offenbar niemand, wer er ist. – Eine unheimliche Figur, die ohne Skrupel Leben nimmt. Muss ein richtiges Scheusal sein.«

»Hm.«

Nachdem Paula schließlich geendet hatte, blieb Kurt lange Zeit still. Er überlegte, ob er noch in dieser Nacht über Rétep kommen sollte. Wo Paula und ihre Familie wohnten, wusste Schwarze Klinge ja schon seit ihrer ersten Begegnung – kurz schweiften seine Gedanken zu all den schönen bunten Plastikschüsseln ab, die sich unter seiner Spüle stapelten. Jedenfalls wäre es sicher kein Problem für ihn, in das Haus einzudringen und diesem Schuhputzer-Prinzen das Genick zu brechen. Schließlich entschied er sich dagegen. Nicht etwa, so sagte er sich, weil er dann möglicherweise noch andere Familienmitglieder töten müsste, sondern weil er möglichst wenig Aufsehen erregen wollte. Er würde Rétep in eine Falle locken, ihn in aller Ruhe umbringen, gemütlich in den Wald spazieren, zu dieser Lichtung, auf der er angekommen war, und endlich, endlich dieses

Pulver schlucken, das er schon so lange bei sich trug, um wieder in seine eigene Welt zurückzukehren. Warum nur machte ihn der Gedanke nicht … zufrieden? Und Paula?

»Sag, Paula …«, plötzlich war er nicht mehr der gefühllose Attentäter. Plötzlich war da ein Gefühl, das ihm den Magen umdrehte. Es war Ekel. Und der betraf nicht sein Opfer. *Gefühle?* Das war gefährlich. Er musste sich zusammenreißen. »Sag, meinst du, du könntest diesen Rétep morgen Vormittag, wenn die Chefin auf Einkaufstour ist, auf den Reiterhof locken? In den großen Stall?«

Paula überlegte nur einen Augenblick, dann schlich sich ein erbarmungsloses Grinsen in ihr Gesicht: »Das wird gar kein Problem. Er wird morgen kurz nach acht Uhr da sein.«

»Aber auf eines muss ich bestehen«, sagte Kurt ernst, und plötzlich hatten seine Augen etwas eigentümlich Unerbittliches, »er muss allein kommen. Du darfst ihn *auf keinen Fall* begleiten, versprich mir das.«

Ein Hauch von Unsicherheit machte sich in Paulas Blick breit, als sie zurückfragte: »Warum nicht? Du wirst doch nicht irgendeinen Unsinn …?«

»Nein, nein, keinen Unsinn«, beeilte sich Kurt zu versichern, während er dachte: *Es ist meine Arbeit, und die ist sehr ernst und bestimmt kein Unsinn*, »ich will nur ein ernstes Gespräch von Mann zu Mann mit ihm führen.«

»N… na gut.«

»Und?«

»Und was?«

»Du hast es mir noch nicht versprochen.«

»Also hör mal!«

»Versprich mir, dass du ihn nicht begleiten wirst.«

Ach du je, was war der denn plötzlich so ernst geworden?

»Na gut, meinetwegen. Ich verspreche es. Zufrieden?«

»Danke. Und … oh Ahnen! … Ich hab dich wirklich lieb.«

Perplex und gerührt wollte Paula Kurt in die Arme nehmen, und obwohl es schon nach zwei Uhr in der Nacht war, hätte sie nichts dagegen gehabt … Doch Kurt legte ihr die Hand auf die Schulter, schüttelte den Kopf und meinte: »Nein, bitte, ich … ich muss morgen ausgeruht sein. Zieh dich jetzt an und geh nach Hause. Schließlich …«, ein fast trauriges Lächeln huschte über sein Gesicht, »schließlich musst du Rétep auch noch deine Falle stellen, oder?«

Es fiel ihr nicht leicht, aber dann nickte sie, stand auf und kleidete sich wieder an. Kurt sah sie dabei die ganze Zeit an, saugte den Anblick ihres Körpers und ihrer geschmeidigen Bewegungen in sich auf, wollte ihr Bild im Gedächtnis bewahren. Zuletzt schlüpfte sie in ihren Mantel und ging zur Tür, drehte sich noch einmal um und fragte: »Und wir? Wir sehen uns dann morgennachmittag am Stall? Ja?«

»Wie? Ja … ja, natürlich, bis morgen dann, Paula.«

Warum bloß wurde sie den Eindruck nicht los, dass seine Abschiedsworte irgendwie … *traurig* geklungen hatten?

Ein ganz seltsames Gefühl beschlich Paula auf ihrem nächtlichen Heimweg durch die stillen Straßen.

*

Nur noch wenige Meter und Rétep würde mit dem Rücken zur Wand stehen, mit nichts als den bloßen Händen, um sich gegen den gefürchtetsten Attentäter seiner Welt zu wehren.

Und Rétep machte sich bereit zum Sterben, versuchte, das Bild von Ky, von seinen Eltern und Tulpe vor seinen Augen entstehen zu lassen.

Schwarze Klinge würde ihn gleich in eine andere Welt schicken, aber nicht in seine Heimat. Schade. Er würde wohl ohne den Trost seiner Ahnen zu Staub werden.

»Krchchch.«

Erneut öffnete sich die Tür einer Pferdebox.

Wie von Zauberhand war Schwarze Klinges Schwert plötzlich in seiner linken Faust, während er in der erhobenen Rechten ein Wurfmesser hielt und nach rechts blickte, dorthin, woher das Geräusch gekommen war.

Dort war eine Boxen-Tür aufgeschwungen. Dahinter stand ein großes Pferd, war unruhig. Im Schatten des schnaubenden Pferdes stand jemand – jemand mit einem langen, fast bis zum Boden reichenden Mantel, das Gesicht noch im Dunkeln liegend.

Schwarze Klinge ließ den Wurfarm hochzucken, die Person machte einen Schritt nach vorne, und Kurts Arm sank schlaff an seiner Seite herab, während er, genauso ungläubig wie Rétep, die junge Frau anstarrte.

Sie kam langsam, schwer atmend, blass, näher.

Immer wieder zitterte, nein, schüttelte sich ihr ganzer Körper. Sie blutete stark an der linken Unterlippe, so als habe sie sich darauf gebissen, und ein unaufhörlicher Strom von Tränen rann über ihr Gesicht. Doch zu hören war nur das Schnauben des Pferdes, von ihr kam kein einziger Ton.

Kurt stammelte schließlich: »Aber ... aber du hast *versprochen* ...«

Da brüllte Paula ansatzlos mit sich überschlagender Stimme »*Du dämliches Arschloch!* Andere Sorgen hast du nicht? *Mörder!* Du bist ein *Mörder!* Was schert dich da ein gebrochenes Versprechen? Und wenn du es genau wissen willst: Ich habe nur versprochen, dass ich Rétep nicht begleiten werde. Und das hab ich auch nicht. Als er den Köder geschluckt hatte, bin ich gleich ins Auto und los ... Ich war schon vor ihm – und vor dir – hier im Stall. Und wie war das damit, dass wir uns heute Nachmittag wiedersehen würden? Wolltest du mir vielleicht eine Ansichtskarte aus deiner Heimat, aus deiner beschissenen Schlangengrube schicken?«

Jetzt stand sie neben Rétep und legte tatsächlich ihren Arm um seine Schulter. Der fragte verwirrt: »Aber ... woher wusstest du ...?«

Durch all die Tränen lächelte sie ihn tatsächlich an und sagte: »Hab dein Gespräch mit Tulpe belauscht. – Wirklich, ein bescheuerter Name.«

Schwarze Klinge spannte alle Muskeln an, atmete einmal tief durch, machte sich wieder locker, dann sagte er, und er hatte tatsächlich wieder Ruhe in seiner Stimme: »Paula, tritt beiseite. Das hier geht dich nichts an, und du verstehst es nicht, also lass mich ...«

»Schieb dir deine Macho-Scheiße sonst wo hin«, und diesmal hatte Paulas Stimme vor Wut vibriert, »ich verstehe sehr genau, was du hier tust: Du willst gerade einen Menschen umbringen. Das mag ja in deiner Welt ein Beruf sein, bei uns jedenfalls ist es nicht nur verboten, es ist auch zutiefst unmoralisch, es ist *böse*. Und du lässt diesen Junge jetzt in Ruhe und verschwindest aus unserem Leben.«

Nun schwang auch Wut in Schwarze Klinges Stimme mit, als er antwortete: »Mal ganz abgesehen davon, dass es in eurer Welt geradezu von Mord und Totschlag wimmelt, dass es hier Vernichtungswaffen gibt, die bei uns nicht in den schlimmsten Alpträumen vorkommen, und dass es bei uns auch keine ›*Unterhaltungsprogramme*‹ gibt, in denen ständig Leute massakriert oder, noch schlimmer, *tatsächlich* gedemütigt werden: Es spielt nicht die geringste Rolle, was *ihr* für Vorstellungen habt. Denn *ich* stehe hier, und wo ich stehe, da steht der Clan der Attentäter, und wo der Clan der Attentäter steht, da zählt nichts anderes als der Clan. Und das Gesetz des Clans kennt kein Erbarmen. Also tritt beiseite, oder so wahr wir uns gestern geliebt haben, werde ich dich heute töten.«

»Äh, ihr habt euch …? *Jetzt* versteh ich … na danke auch, ›*Schwester*‹«, doch Rétep hatte es nur gemurmelt, und die beiden anderen hörten es nicht, starrten sich nur in die Augen.

Dann sagte Schwarze Klinge: »Paula, überleg, was du tust. Denk daran, was dir dieser Kerl angetan hat. Du willst dich doch nicht wirklich für ihn opfern? Ändern würde das ohnehin nichts. Er würde lediglich ein paar Sekunden nach dir sterben.«

Paula ging.

Sie ging einen Schritt nach vorne und stellte sich schützend vor den Jungen, während sie erwiderte: »Mal abgesehen davon, dass er sich rein zufällig im Körper meines Bruders befindet: Es gibt Dinge, die müssen getan werden, wenn man Mensch bleiben will. Und dazu gehört ganz eindeutig, sich einem *Mörder* in den Weg zu stellen, wenn er einen Unschuldigen töten will. Ich gehe *nicht*.«

»Paula, zum letzten Mal: Deine Aufrichtigkeit und dein Mut sind bewundernswert, und ich wünschte, wir hätten uns unter anderen Umständen kennengelernt, aber wenn du jetzt nicht gehst, dann *werde* ich dich töten.«

Paula rührte sich nicht.

Schwarze Klinge wurde kreidebleich im Gesicht. Aber er ließ das Wurfmesser wieder verschwinden, hob das Schwert und trat einen Schritt näher...

»*Nein!!!*«, brüllte Rétep, riss die junge Frau zurück und blickte seinem Mörder in die Augen, »ist gut, lass sie, ich bin bereit, aber bitte, tu ihr nichts. Ich möchte sie nicht auch noch auf dem Gewissen haben.«

Und zu Paula gewandt fuhr er fort: »Bitte, mach, was er gesagt hat. Denn sonst … entschuldige, aber du kennst unsere Welt wirklich nicht. Er ist vom Clan der Attentäter, also wird er dich töten, wenn du dich ihm in den Weg stellst. Er hat gar keine andere Wahl. Du hast es versucht. Und ich bin froh, dass ich das noch erlebt habe; es gibt – in zwei Welten – nicht gerade viele Leute, die sich für mich einsetzen würden. – Selbst wenn du's mehr für deinen Bruder getan hast. Ich bedauere nur, dass ich so mies zu dir gewesen bin … bitte glaub mir, ich bin nicht schlecht. Na ja, nicht nur. Peter war für mich ein völlig unbekannter Junge, irgendein Mittel zum Zweck. Aber selbstverständlich sind Menschen nicht anonym, sind nicht nur Manövriermasse. Das ist mir klar, seit ich seine Familie kennengelernt habe und sie mich, wenn auch unwissentlich, aufgenommen hat. Und ich schäme mich dafür, was ich deinem Bruder angetan habe.

Ich hoffe … du wirst mir irgendwann verzeihen, und ich hoffe, dass ihm nichts passiert, wenn ich sterbe, und dass er vielleicht doch irgendwann wieder, und wenn auch nur in meinem Körper, in seine Heimat findet. Du kennst die Geschichte: Such nach diesen Statuen und geh ans Telefon, wenn Tulpe nächstes Jahr wieder anruft – ah, du solltest irgendwas von meinen Sachen aufheben, ich hoffe, der Anruf landet dann auch bei dir … . Grüß ihn von mir. Und jetzt, bitte, geh. Denk an deine Eltern, die wirklich fantastisch sind und die heute auf gar keinen Fall zwei Kinder verlieren dürfen. Geh jetzt, ich habe mir in dieser Welt schon mehr Zeit gestohlen als mir zusteht. Geh.«

Überrascht sah Paula ihn an und meinte: »Scheint, wir hätten uns schon früher mal offen unterhalten sollen?«

Dann trat sie wieder vor Rétep, wandte sich erneut Schwarze Klinge zu und meinte sarkastisch: »*Dir* macht es aber sicher nichts aus, unsere Eltern ins Unglück zu stürzen, oder? Du hast ja Erfahrung darin,« – sie knöpfte ihren Mantel auf – »andere ins Unglück zu stürzen.« Sie ließ ihren Mantel von den Schultern gleiten und schleuderte ihn Schwarze Klinge entgegen.

Der sprang überrascht zwei Schritte zurück und stammelte verwirrt: »Du … du willst gegen mich *kämpfen*?«

»Aber nein. Ich weiß, wie stark und gewandt du bist, und mir ist schon klar, dass ich gegen einen bewaffneten Killer von deinem Kaliber keine Chance habe.« Damit zog sich Paula ihren Pullover über den Kopf und warf ihn ebenfalls Schwarze Klinge vor die Füße.

»Aber … *Was* tust du?«

»Oh« – Paula riss ihre weiße Bluse auf, dass die Knöpfe nach allen Seiten davonflogen – »ich will es dir nur einfacher machen …«

Was von der Bluse übrig war, flog zum Pullover.

»… ich meine, an Kraft, Gewandtheit und Übung unterlegen bin ich ja ohnehin schon, unbewaffnet auch.«

Ein Griff nach hinten, ein lockeres Rollen der Schultern und der weiße Satin-BH folgte.

»Ich dachte, vielleicht fällt es dir ja noch leichter, mir die Klinge ins Herz zu stoßen, wenn ich nackt bin? Außerdem …«

Paula streifte jeweils mit dem anderen Fuß ihre Turnschuhe ab und kickte sie mit wütendem Schwung Schwarze Klinge entgegen, sodass der zwei Mal seinen Kopf nur durch schnelle Bewegungen aus der Schussbahn brachte. Dann zog sie mit schnellen Bewegungen die weißen Socken von ihren Füßen, »...außerdem sollst du mich nicht so wie gestern in Erinnerung behalten. Als du mich so lange angesehen hast.« Sie öffnete die Gürtelschnalle. »Du sollst niemals an unsere Nacht denken, als ich in deinen Armen lag. Nein, deine Erinnerung wird nichts Angenehmes haben. Du wirst mich jedes Mal nackt schen, das ja, aber nackt und tot und kalt, und du wirst dich nicht mehr an die Wärme meines Körpers erinnern können, den du immer und immer in seinem Blut liegen siehst, das *du* vergossen hast. Und ...« – ihre Stimme war so sanft – »und, mein Liebster, ich hoffe, du träumst *oft* von mir.«

Damit zog Paula den Gürtel aus ihrer Jeans, öffnete Knopf und Reißverschluss, und Kurt brüllte: »*Neiiiiin!*«

Paula griff die Seite ihrer Jeans und fragte Schwarz Klinge ruhig: »Nanu? Gefalle ich dir plötzlich nicht mehr?«

Der streckte seine Linke abwehrend nach vorne, rief stammelnd: »Bitte! Nicht! Hör auf! Sieh her, aber hör auf und sieh her, sieh, was ich tue!«

Damit packte er sein Schwert wie einen Speer am Griff, beugte sich weit zurück, holte noch weiter aus und schleuderte die Klinge mit einem gewaltigen Schrei in Richtung Scheunendecke, wo sie, in sieben Metern Höhe, zitternd tief im Holz stecken blieb.

Dann sah er Paula an und sagte erschöpft: »Und wenn mich mein Clan ausstößt, und wenn mich mein Vater persönlich aus der Clan-Liste streicht: Das ist mir egal. Ich kann dir nichts tun, und ich *will* dir auch nichts tun. Und dem Jungen werde ich auch nichts tun. Versprochen und ohne Tricks. Und noch etwas.«

»Ja?«

Schwarze Klinge brüllte mit zusammengeballten Fäusten in Richtung Decke: »*Ich hasse meinen Beruf! Und mein ganzer verdammter Clan ist mir nicht mehr wert als ein Furunkel auf dem Arsch eines Trillerlops, und ich will nie, nie wieder was mit ihm zu tun haben, ich hasse das Töten, ich will nicht mehr töten, und – hört ihr mich? – ich werde nicht mehr töten!*«

Dann hob er Paulas Mantel auf und wollte auf sie zu gehen. Doch Rétep brüllte: »*Stopp!*«

Alarmiert sah Paula ihn an und fragte: »Was ist?«

Aber Rétep wandte sich nicht an sie, sondern an Schwarze Klinge und meinte, wenn auch mit leicht zittriger Stimme: »Du Depp hättest ruhig noch eine halbe Minute durchhalten können!«

»Wieso?«

»Na, sie hat doch noch ihre Hosen an!« Dann wandte er sich an Paula: »Also von mir aus darfst du ruhig … ich meine, was man angefangen hat, soll man auch zu Ende bringen oder?«

»Du Ratte!«, zischte Paula halb sauer, halb belustigt, während sie sich von Kurt ihren Mantel umlegen ließ, »mach nur weiter so, und *ich* werde es sein, die dich umbringt. Und ein Wort von der Sache hier zu einem deiner … zu einem von Peters Freunden, dann wirst du's sogar ganz sicher bedauern.«

»Keine Angst, *das* würde selbst mir niemand glauben. Das Leben gerettet durch einen Striptease …«

»*Rétep!*«

»Schon gut, ich sage nichts mehr.«

Paula sammelte ihre Sachen ein, dann verließen sie gemeinsam den Stall und sie zog sich kurz in Kurts Baracke zurück, um sich wieder herzurichten, während die beiden anderen vor der Tür warteten.

Unsicher blickte Rétep zu Schwarze Klinge hinüber. Allein hier draußen mit ihm zu sein, während Paula drin war … ein bisschen mulmig war ihm schon.

Und Schwarze Klinge sah ihn so komisch an … dann machte er einen Satz auf Rétep zu und brüllte »*Buh!*«

Rétep machte einen panischen Sprung zurück und starrte schlotternd auf den jungen Mann.

Der meinte gleichmütig: »Ja, wie jetzt? Ich dachte, du magst solche Scherze?«

»*Pfff!* Oh Mann! Beinahe hättest du es doch noch geschafft! … Wenn Paula nicht da gewesen wäre … du hättest mich getötet, oder?«

»Sie ist aber gekommen, oder?«

»Pah! An den Umgang mit dir werde ich mich noch gewöhnen müssen.«

»Wirst du wohl nicht«, meinte Schwarze Klinge düster, »ich will nur noch etwas von Paula wissen.«

Die kam gerade aus dem ehemaligen Holzschuppen und hatte es geschafft, dass man ihr, abgesehen von einem kleinen Riss in der leicht geschwollenen Unterlippe, nichts mehr von den Aufregungen der vergangenen halben Stunde anmerkte.

»Was war das gerade für ein Schrei?«, wollte sie mit skeptischem Blick von Schwarze Klinge erfahren.

Doch Rétep antwortete bissig: »War nur 'n kleiner Scherz unter Landsleuten ... ich meine, wann hat man hier schon mal so viele aus dem Elf-Stämme-Reich auf einmal gesehen?«

»Jetzt halt endlich mal die Luft an«, meinte Kurt, während er Rétep zur Seite schob. Dann fragte er mit ernster Stimme: »Paula, eines möchte ich noch wissen, bevor ich gehe.«

»Bevor du ...?«

»Sag mir, warum du in den Stall gekommen bist? Warst du neugierig? Oder hattest du Angst, dass der Stallhelfer den Körper deines Bruders vermöbeln würde? Oder ... hast du etwas geahnt?«

»Neugierde? Angst um Peter? Das war es wohl ... auch. Aber ich denke, dass ich etwas geahnt habe. Vielleicht sogar mehr als geahnt, ich wollte es nur nicht zulassen, dass es mehr als nur eine Ahnung sein könnte ...«

»Was hat dich auf die Spur gebracht?«

»Deine Sprache. Ich hatte doch die Unterhaltung von Rétep mit diesem Tulpe belauscht. Wenn einer von den beiden über irgendeine Neuigkeit aufgeregt war – und es gab einige aufregende Neuigkeiten für sie –, da sagten sie nicht etwa *Oh Gott* oder *Himmel* oder *Oh je*, was man bei uns halt so sagen würde. Sondern sie sagten immer wieder *Oh Ahnen*, und das habe ich als Redensart bei uns noch nie gehört.«

»Und?«

»Na ja«, sie errötete ein wenig, »kurz bevor ich gestern gegangen bin, direkt nachdem du mir das Versprechen abgenommen hattest, Peter... äh... Rétep nicht zu begleiten, da hast du gesagt: *und – oh Ahnen! – ich hab dich wirklich lieb*.«

»Oh Ahnen! Und ich hatte die ganze Zeit so aufgepasst!«

»Stimmt das auch?«

»Natürlich habe ich die ganze Zeit aufgepasst.«

»Du weißt genau, dass ich das nicht gemeint habe.«

»Natürlich habe ich dich sehr lieb. Aber das weißt du.«

Paula nickte und sagte: »Ja, ich weiß. Denn wenn es anders wäre, dann würde ich jetzt nicht mehr leben. – Und das ist irgendwie auch das Problem. Wie viele Menschen hast du schon getötet?«

»Es waren ... 22. In acht Jahren.«

Paula und Rétep wurden blass.

»Und ich vermute«, meinte Schwarze Klinge mit belegter Stimme, »das ist, selbst wenn die Arbeit meines Clans in unserer Welt ganz normal ist, ein bisschen viel für dich?«

Paula nickte.

»Na ja, dann werde ich mal packen. Das ist das erste Mal, dass ich ohne Erfolgsmeldung zurückkomme … Aber was soll's? Ich werde nur noch ein einziges Mal ins Clan-Land zurückkehren. Um meinem Vater und meinem Onkel zu sagen, dass sie mich mal können. Und dass man einem Kind Antworten geben soll, keine Schläge. Und dass ich niemals – den Ahnen sei Dank – *niemals* so sein werde wie sie. Und ihr … denkt nicht zu schlecht von mir. Ich werde noch etwas in der Sagenwelt bleiben, um mir noch einige der faszinierenden Orte und Sachen hier anzusehen – wann hat man schon mal die Gelegenheit dazu? –, dann komme ich ein letztes Mal hier vorbei. Ihr könnt bis dahin Briefe fertig machen, die ich für Peter und Tulpe und diese Ky mitnehmen kann. Ich werde sie schon irgendwie finden. Betrachtet es als eine Art Wiedergutmachung.«

»Du willst also wirklich wieder zurück?«, fragte Rétep.

»Ja« – ein langer Blick zu Paula, die schwieg – »ja, es scheint, hier hält mich nichts, und es ist nun mal, auch wenn mir vieles gefällt, nicht meine Welt.«

»Hmm«, meinte Rétep locker, »da werde ich dich enttäuschen müssen. Du wirst nicht zurückgehen. Jedenfalls so lange nicht, bis Xavox mit Hilfe dieser verflixten Steine doch eine Möglichkeit des Wechselns gefunden hat.«

»Aha. Und warum willst du mich aufhalten?«

»Weil du mich am Leben gelassen hast. Was – du wirst es gleich einsehen – auch für dich ein Vorteil ist. – Paula, sag mal, hast du nicht ein Detail von dem Gespräch vergessen, das du belauscht hast?«

»Was meinst du?«

»Das Pulver.«

»Oh Himmel!«, Paula war blass geworden und hatte im Reflex Schwarze Klinges Hand ergriffen, war aber gleich wieder zurückgezuckt.

Rétep erklärte: »Als Tulpe Cé-tan beim Diktieren des Briefs an den Kanzler belauscht hatte, da hat er auch erfahren, dass deine Auftraggeber dir nur ein Ticket ohne Rückfahrkarte besorgt hatten.«

»Ich verstehe nicht.«

»Das Pulver für die Rückreise führt in Wirklichkeit nur zu aller-
letzten Reise: Es ist Gift.«

»*Diese Bastarde!*«

»Nun«, meinte Paula zaghaft, »jetzt, wo du hierbleiben musst …
lass mir einfach etwas Zeit. Du kannst uns währenddessen auch helfen, diese Statuen zu suchen – falls es wirklich noch welche bei uns
gibt. Und wer weiß? Vielleicht werde ich mir dann ja sicher, dass du
tief im Innersten wirklich keiner vom Clan der Attentäter bist und
dein altes Leben in deiner alten Welt zurückgeblieben ist?«

»Das … das wäre schön.«

Rétep wollte sich schon mit einem der üblichen dummen Sprüche
über die beiden lustig machen, doch dann dachte er an Ky und
schwieg.

»Hey!«, sagte Paula mit einem überraschten Blick auf die Uhr, »es
ist gerade erst neun Uhr! Und ich dachte, es seien Jahre vergangen!
– Komm, *Rétep*, wir können noch in die Schule. Ich fahr dich.«

Sie legte ihm locker den Arm um die Schulter, und sie gingen
Richtung Straße, während Kurt ihnen nachstarrte.

Nach ein paar Metern drehte sich Paula nochmals um und rief:
»Hätt ich fast vergessen, *Schwarze Klinge*, wie heißt du eigentlich
wirklich?«

»Oh!«, rief der zurück, »na ja, mein Name ist bei uns im Elf-Stämme-Reich eher selten. Aber ein Großvater von mir hieß auch schon
so. Und der Name … das ist mir jetzt irgendwie peinlich.«

»Sag schon, wie heißt du?«

»Du wirst es nicht glauben. Aber ich *heiße* Kurt.«

»*Kurt?*«

»Kurt.«

»Geh furt!«

*

Gut zwei Wochen später, an einem Samstag, besuchten Paula,
Rétep und Kurt gemeinsam das Kleinnordfurther Museum für Vor-
und Frühgeschichte. Sie betrachteten sich eingehend die keltischen
Fundstücke, darunter auch verschiedene kleine Figuren, allerdings
keine, die irgendeine Ähnlichkeit mit der von Tulpe beschriebenen
Figur gehabt hätte. Sie waren jedoch auch deshalb gekommen, weil
es heute eine Führung geben sollte. Nach der Führung fingen sie den
Frühzeit-Experten ab – ein Professor, der sich bereit erklärt hatte, für

das Museum ab und an sein Wissen unter die Leute zu bringen – und fragten, in welcher Epoche er sich eine tanzende oder springende Frauenfigur mit Flügeln statt Armen vorstellen könnte. »Ehrlich gesagt, in keiner«, hatte der unwirsch geantwortet.

»Und«, hatte Paula nachgeschoben, »eine Gottheit, die *Geist der Ekstase* genannt wurde?«

»Für Ratespielchen habe ich keine Zeit«, hatte der Professor nur gemurmelt und war gegangen.

Enttäuscht sahen sich die drei an, als aus einer Ecke des kleinen Saals, in dem sie den Gelehrten gestellt hatten, ein leises Lachen erklang. Dort saß ein alter Museumswärter – augenscheinlich ein Pensionär, der sich seine Rente etwas aufbesserte.

Auf die fragenden Blicke der jungen Leute meinte der Alte: »Ihr wolltet Professor Heinlein wohl veräppeln, was? Aber der versteht nur was von seinem Fach und hat gar nicht gemerkt, worauf ihr hinaus wollt.«

»Äh, nein, wir wollten den guten Mann wirklich nicht auf den Arm nehmen. Wir sind tatsächlich auf der Suche …«, wandte Rétep stockend ein.

»Ach, tatsächlich?«, lächelte der Mann jetzt, strich sich über seinen grauen Schnauzbart und war erfreut, auch mal sein Wissen an den Mann bringen zu können, »nun, da seid ihr hier aber im falschen Museum.«

»Wie? Haben wir was im Mittelalter-Museum übersehen? Oder müssen wir ins Heimatmuseum?«, fragte Paula.

»Ach was. Ihr solltet in ein Automobilmuseum gehen. Oder gleich zum Händler.«

»Bitte?«

»Na ja, im Gegensatz zu unserem Professor hier ist es bei mir mit dem Geschichtsstudium leider nichts geworden … musste abbrechen und meine Familie versorgen. Ich war dann Fahrer … *Chauffeur*, wie man in besseren Kreisen sagte. Und einmal« – die alten Augen des Mannes hinter seiner Brille bekamen plötzlich ein jugendliches Funkeln – »einmal habe ich sogar selbst ein paar Jahre einen gefahren, damals, bei den Klausewitz'.«

»Einen *was*?«, wollte Paula, noch immer verständnislos, wissen.

»Ist der Groschen noch immer nicht gefallen? Ihr habt gerade von Emily gesprochen – die übrigens durchaus Arme hat, über die allerdings flatternde Stoffbahnen wehen, sodass es tatsächlich wie Flügel aussieht.«

»Wer, bei Burischja, ist Emily?«

»Wer, bei Emily, ist Burischja? – Schon gut, schon gut, ich spanne euch nicht länger auf die Folter. Also: Miss Eleanor Velasco Thornton war die Geliebte – und Sekretärin, was ziemlich praktisch ist – von John Walter Edward Douglas-Scott-Montagu, dem zweiten Lord of Beaulieu. Sie schien ihm wirklich ans Herz gewachsen, denn er beauftragte Charles Robinson Sykes, einen damals sehr bekannten britischen Bildhauer, seine Freundin zu verewigen.

»Als Statue?«

»Na ja, nicht direkt … genaugenommen als Kühlerfigur.«

»Eine Kühlerfigur?«

»Nein, nein, nicht irgendeine, sondern *die* Kühlerfigur: Wir sprechen hier von nichts anderem als dem Markenzeichen eines Rolls-Royce. Der Lord war der erste – es war das Jahr 1911 –, der einen mit Kühlerfigur hatte. Und viele seiner Standeskollegen wollten plötzlich auch eine. John Walter Edward Douglas-Scott-Montagu verschaffte Sykes den Auftrag bei Rolls-Royce, und *Emily* war geboren.«

Kurt wollte wissen: »Aber was hat das mit dem Geist …«

»Moment, Moment, junger Mann, da kommen wir gleich zu. Komischerweise weiß heute niemand mehr, warum die Figur bei uns *Emily* heißt, denn Mrs. Eleanor wurde nie so genannt. Und *Emily* heißt die Figur ohnehin nur im deutschsprachigen Raum. Die Angelsachsen benutzen den offiziellen Namen: Ursprünglich sollte die Figur *Spirit of Speed* heißen, aber diesen Namen empfand man bei Rolls-Royce dann doch als Prahlerei – zu unenglisch. So nannte man die Kühlerfigur schließlich *Spirit of Ecstasy.*«

»Da brat mir einer ’n Storch!«, rief Paula, »eine Kühlerfigur! Wieso ist die …?« Gerade noch rechtzeitig biss sie sich auf die Lippen, bevor sie fragen konnte, wie eine solche Figur wohl bei den Barbaren in der Parallelwelt aufgetaucht sein mochte. Stattdessen fragte sie den alten Museumswärter – und Réteps Einfluss schien bereits auf sie abzufärben: »Wissen Sie, wir machen gerade bei so einer Art Schnitzeljagd mit und sollten nach einer Beschreibung herausfinden, was das für eine Figur ist. Aber ich bin mir nicht ganz sicher, ob das mit dieser *Emily* wirklich ein Treffer ist. Es hieß nämlich in dem Rätsel auch, dass die Statue in Schlachten schon zu so manchem Sieg verholfen haben soll. Können Sie sich vorstellen, was damit gemeint ist?«

»Zu *Siegen* verholfen? Nun ja, der Rolls-Royce ist zwar der König der Luxus-Fahrzeuge, aber sicher kein Rennwagen. Und so gesehen auch nicht siegreich. Halt! Ich hab's! Klar! Es ist schon … ach herrje! Es ist schon über 30 Jahre her, dass ich zum letzten Mal am Steuer des Silver-Ghost saß. Aber jetzt ist's mir wieder eingefallen … Der Legende nach hat sich Sykes, als er die Statue erschuf, nicht nur an Mrs. Eleanor orientiert, sondern auch an der Nike von Samothrake. Beziehungsweise: Er hat die Freundin des Lords in der Körperhaltung posieren lassen, in der einst auch die antike Nike-Staue aus dem Marmor gemeißelt worden war.

»Nike von …? Wer ist denn das schon wieder?«

»Ah! Den jungen Leuten heute fehlt eindeutig die klassische Bildung! Die Nike von Samothrake ist eine Götterfigur aus dem alten Griechenland. Sie wurde, ich glaub in den frühen 1860er Jahren, auf der Insel Samothrake in einem alten Heiligtum ausgegraben – leider ohne Kopf. Heute steht die etwa zweieinhalb Meter große geflügelte Figur im Louvre in Paris. Wer die Statue sieht und es nicht besser weiß, denkt wohl zuerst an einen Engel. Aber Geflügelte gab es schon vor der christlichen und auch unabhängig von der jüdischen Mythologie. Die Statue soll etwa 200 Jahre vor Christus entstanden sein. Und was das Siegen betrifft: Die gute alte Nike kann gar nicht verlieren. Manche ihrer Anhänger glaubten, wer in ihrem Zeichen kämpft, *muss* siegen.«

»Warum?`«

»Na ja, im Pantheon der griechischen Götter ist Nike die Tochter des Styx und der Pallas. Ihre Geschwister, mit denen zusammen sie Zeus im Kampf gegen die Titanen beistand, sind Bia, das heißt Kraft, Zelos, das ist der Eifer, und Kratos, die Macht.«

»Und was heißt Nike?«

»Sieg. Nike ist das altgriechische Wort für Sieg. Nike ist die Siegesgöttin.«

9. Verrat und ein Bad

»Da! Das ist er! – Und jetzt möchte ich meine Belohnu*Urgh!*«

Zwei Zähne flogen davon, als Haans dem Mann, der ihn gerade verraten hatte, seinen Bierkrug ins Gesicht schlug und der Kerl taumeln zu Boden ging. In seiner Aufregung und Gier hatte der etwa 44-jährige, auch heute wieder nach Fusel und faulen Zähnen stinkende Flussmatrose den Fehler gemacht, seinen Begleitern vorauszueilen und Haans tatsächlich die Hand auf den Arm zu legen.

»Trillerlopskacke!«, fluchte Haans. Mit der Rechten riss er sein Schwert heraus, während er gleichzeitig mit der Linken den kleinen, nun verdutzt aufschreienden Säufer, der das Pech hatte, neben ihm auf einem Thekenhocker zu sitzen, seinen Angreifern in den Weg stieß.

Für den Flussmatrosen mochten sich einige seiner Zahn-Probleme unverhofft gelöst haben, dafür begannen für Haans nun die echten Probleme mit den Begleitern des Mannes. Gleich sieben Stück waren es, und von einem anderen Kaliber als ihr versoffener Kumpan.

Der *Stolze Pfau* war, ganz anders, als es sein Name vermuten ließ, eine der übelsten Spelunken im Honigviertel, das wiederum einer der heruntergekommensten Stadtteile in Dorianstadt war – und das wollte schon was heißen. Dennoch machten die anderen Gäste nicht den Fehler, sich in die Auseinandersetzung einzumischen.

Zwar lag bei dem wüsten Volk, das sich hier zum Zechen traf, der Durchschnittsgrad der Bildung deutlich unter dem Durchschnittsgrad der Alkoholisierung, dennoch war jedem sofort klar, dass die sieben großen Männer, die gerade die vier Stufen in den Schankraum heruntergekommen waren, zur Garde der Attentäter gehörten. Das war unzweifelhaft an den kurzen schwarzen Umhängen, den feingliedrigen kurzärmeligen Kettenhemden und vor allem an der kleinen Stahlplakette zu erkennen, die etwa in Höhe des Herzens auf dem Kettenhemd festgenietet war und die das Zeichen des Attentäter-Clans zeigte: ein zweischneidiger, ungewöhnlich langer Dolch, bei dem, am Übergang zwischen Klinge und Griff, zu beiden Seiten je ein elf Zentimeter langer Stahldorn schräg nach vorne ragte. Wobei bei den echten Dolchen dieser Art die Dornen vor Kampfeinsätzen auch gerne mal mit Gift präpariert wurden.

Die Gardekrieger waren dabei nicht mit den Attentätern selbst zu verwechseln, die sich hüteten, ihren Beruf auf irgendeine Weise nach außen kenntlich zu machen. Aber wie jeder der elf Stämme, so hatte auch der Stamm der Attentäter ein großes und gut befestigtes Stammeshaus in Dorianstadt, genaugenommen war es sogar ein ganzer Gebäudekomplex. Und zur Stammesvertretung gehörte auch die exzellent ausgebildete Garde, ein Trupp von 55 Kriegern, die dafür bezahlt wurden, die Interessen der Attentäter zu wahren. Und genau das gedachten sie mit ihrem *Besuch* bei Haans zu tun.

Dass sich die Abordnung der Garde noch nicht gleich auf den Krieger vom Stamm der Kohleschürfer gestürzt hatte, lag durchaus auch an dessen beeindruckender, fast zwei Meter großer, muskelbepackter Erscheinung, aber ebenso daran, dass sie noch Fragen hatten, bevor sie ihn zu massakrieren gedachten.

Sie hatten Haans, der mit dem Rücken zur Theke stand, mit nun ebenfalls gezogenen Waffen in einem Halbkreis umstellt, allerdings noch außerhalb der Schwert-Reichweite, aus der sich nun der kleine Kerl, der auf dem Boden gelandet war, laut fluchend und eilig krabbelnd entfernte.

Einer der Gardemänner, ein ernster, breitschultriger Kerl mit kurz geschorenem Kinnbart, der nur daran als Anführer zu erkennen war, dass der Dolch auf seiner Plakette einen feinen Messing-Überzug hatte, wandte sich nun an Haans: »Du bist also der Kerl, der schon eine ganze Weile durch die Spelunken zieht und sich erkundigt, was denn so über die Aufträge bekannt ist, die meine Clansleute derzeit in Dorianstadt haben. Nun, du musst ein ganz schönes Landei sein, wenn du glaubst, dass wir davon nicht Wind bekommen würden. – Alle Stämme bezahlen Leute in der Hauptstadt, die für sie die Ohren offen halten, aber unser Informantennetz ist das dichteste.«

»Das leuchtet ein«, meinte Haans leichthin, »bei all den Freunden, die sich dein Clan mit seinem Hauptberuf macht. Aber warum die Aufregung, meine Herren? Ich hatte mich doch nur nach den Attentätern erkundigt, weil ich selbst einen Auftrag habe.«

Haans Lüge entlockte dem Messingdolchträger nur ein müdes Lächeln: »Klar doch, statt dich zu einem diskreten Gespräch in unserer Vertretung anzumelden, säufst du dich nachts durch Dorianstadt und versuchst herauszufinden, was für Aufträge unsere Attentäter haben ... – Du lebst nur noch, weil wir den Grund für deine Neugier erfahren wollen. Bist du vielleicht ein derartiger Narr, dass du uns Aufträge streitig machen möchtest? Bietest du dilettantische Morde zum Billigpreis? Hm ... nein, so dumm kann kein Freiberufler sein, dass er uns in die Quere kommen würde, oder?«

»Ach natürlich nicht. Eigentlich ist es ja genau umgekehrt. Weißt du, es gibt da jemanden, der kann mich nicht leiden, und ich wollte herausfinden, ob ich bei eurem Clan irgendwo in den Auftragsbüchern stehe.«

»So«, entgegnete der Anführer der Truppe spöttisch, »jemand kann dich Riesenbaby nicht leiden? Wer könnte das wohl sein?«

»Na, meine Schwiegermutter. Ich hab mich über ihren Bart lustig gemacht. Und wenn ich's mir recht überlege: Du siehst ihr verdammt ähnlich.«

Bei seinem letzten Wort war er auf den Anführer der Attentäter-Garde zugesprungen, der, einen Schritt zurückweichend, augenblicklich sein Schwert hob, doch tatsächlich hatte Haans den Nebenmann des Anführers aus dem Augenwinkel im Blick behalten, und der hatte offenbar nicht wirklich damit gerechnet, dass sich ein einzelner Krieger auf sieben Gardeleute stürzen würde.

Noch ehe er wusste, was geschehen war, hatte Haans sein Schwert von unten in den kurzen Ärmel des Kettenhemdes gestoßen, durch die Achsel des Mannes tief in die Schulter hinein. Der Schrei des rückwärts taumelnden Gardisten war noch nicht verklungen, als Haans auch schon wieder mit dem Rücken zur Theke stand, jetzt aber mit einem Schwert in jeder Hand.

Mit einer zusätzlichen Waffe und die Zahl der Gegner um eins reduziert, rechnete sich Haans zumindest den Hauch einer Chance aus, hier lebend herauszukommen. Womit er allerdings nicht gerechnet hatte, war die Überlegung des untersetzten Wirtes. Der dachte nämlich, dass es nichts schaden könnte, wenn ihm der Clan der Attentäter einen Gefallen schuldete.

Aus dem Augenwinkel bemerkte Haans, dass die Flamme der Kerze, die ihm am nächsten auf der Theke stand, plötzlich aufflackerte. Er zuckte nach links und der Knüppel, der, schräg von rechts oben geführt, seinem Schädel gegolten hatte, traf nur seine Schulter. Das war zwar schmerzhaft, doch dank des dicken Lederharnischs, den er bei seinen Touren wohlweislich unter seinem weiten Hemd trug, auszuhalten. Der Wirt dagegen hatte sich durch den Schwung seines Schlages etwas nach vorne über die Theke gebeugt, was ihn in Reichweite von Haans' mit Wucht zurückgestoßenen Schwertknaufs brachte – irgendein Zahndoktor aus der Umgebung würde diesen Abend in guter Erinnerung behalten.

Doch die exzellent ausgebildeten Krieger der Attentäter-Garde ließen die Chance nicht ungenutzt. Der kurze Moment, in dem sich

Haans auf den Wirt konzentrieren musste, hatte vieren von ihnen genügt, um nach vorne zu springen und Haans' Schwerter beiseite zu schlagen. Sekunden später war er entwaffnet und wurde, an jedem Arm von je zwei Gardisten gepackt, gegen die Theke gedrückt.

Lächelnd trat der Anführer der Gardisten vor ihn hin, während er, sein Schwert wieder in der Scheide, einen kräftigen Lederhandschuh von seinem Gürtel nahm und über die rechte Hand zog. Haans gefiel es gar nicht, das unterhalb der Knöchel kleine genoppte Eisenplatten auf den Fingern des Handschuhs festgenäht waren.

Der Gardist meinte nun im Plauderton: »So, mein Bart gefällt dir nicht? Bin schon sehr gespannt, wie dir der Keller unserer Stammesvertretung gefällt, in der wir noch jeden zum Reden gebracht haben. Es genügt aber vollkommen, wenn du noch gerade so am Leben bist, sobald wir dort ankommen.«

Dann holte er weit aus und war ziemlich überrascht, dass plötzlich eine Schwertklinge gut zweiundzwanzig Zentimeter aus seinem Oberarm herausragte, beim Zurückgerissenwerden noch mehr Muskeln durchtrennte und seine Faust schlaff herunterfallen ließ.

Erst jetzt fuhr er mit einem Schrei zur Seite, was der muskulösen jungen Frau, die hinter ihm gestanden hatte, eine gute Angriffsmöglichkeit auf die Männer gab, die Haans festhielten: Sie stützte sich an der gesunden Schulter des Gardeführers ab, um sich, ihn dabei freundlich anlächelnd, hochzuschnellen und, fast waagerecht in der Luft liegend, kräftig nach hinten auszutreten. Die Folge war, dass die beiden Männer, die Haans rechten Arm gehalten hatten, zu Boden gingen und der Tag für die Gilde der Zahndoktoren zur Legende werden würde.

Die blasse Frau sah verwegen aus: Sie trug eine schwarze Pluderhose, ein weites schwarzes Hemd, das von einem gut bestückten Waffengürtel zusammengehalten wurde, dazu ein schreiend buntes, im Nacken verknotetes Kopftuch, unter dem hervor eine Kaskade schwarzer Locken bis über ihre Schultern reichte. Über Stirn und Wangen verlief je eine dicke, rote Wellenlinie, die womöglich das Zeichen eines Clans aus dem fahrenden Volk sein mochte. Federnd landete sie vor den beiden Männern, die Haans linken Arm festhielten, ging dabei in die Knie, wodurch sie in einer sehr guten Position war, um einem von ihnen den rechten Ellenbogen dorthin zu rammen, wo es Männern ganz besonders wehtut.

Dem verbleibenden Gegner konnte Haans nun ohne Probleme mit einem explosionsartigen Stoß die flache Hand gegen das Kinn rammen, sodass er benommen zurücktaumelte.

Während sich die junge Frau, ihr Schwert in Richtung des verletzten Gardeanführers haltend, aufrichtete, zischte sie Haans zu: »Kann man dich eigentlich keine Sekunde allein lassen?«

Der Krieger knurrte zurück: »Du hast gut reden! Bei meinem Job musste ich ja früher oder später auffallen, während du mit deinem zugegebenermaßen hübschen Hintern sicher im ... na, du weißt schon wo sitzt.«

»*Sicher?* – Dir hat wohl ein Trillerlops ins Gehirn ... ah, lass uns das später klären, Ich denke, wir sollten uns jetzt verabschieden.«

Innerhalb weniger Sekunden hatte sich das Kräfteverhältnis umgekehrt. Von den sieben Gardisten stand nur noch zwei: der verletzte Anführer, sein Schwert in der Linken, dem Blut vom rechten Arm tropfte, und der Mann, der Haans' flache Hand ins Gesicht bekommen hatte. Aber der blickte noch immer benommen auf das Blut, das, aus seiner Nase triefend, eine kleine Pfütze auf dem Boden bildete. Er hatte noch nicht einmal sein Schwert gezogen.

Doch das Kräfteverhältnis blieb nur so lange günstig, bis der Gardeführer brüllte: »Einen Goldochsen für die Köpfe der beiden!«

Gerade noch hatten sich die gut 33 Gäste im großen Schankraum des *Stolzen Pfau* das Spektakel zwar neugierig und die ein oder andere Wette abschließend, aber aus sicherer Entfernung betrachtet, doch nur einen Moment später hatte jeder von ihnen irgendeine Waffe in der Hand, um sich langsam Haans und seiner Retterin zu nähern. – Und Haans hatte sich noch immer nicht neu bewaffnet. Mit einem Sprung war er beim nächsten, aus groben Holzbohlen zusammengenagelten Tisch, stemmte ihn hoch, sodass Teller und Krüge scheppernd herunterkrachten, und schleuderte den Tisch in die ihm am nächsten stehende Gruppe von vier Angreifern, für die der Tag damit gelaufen war.

Nun war der Weg frei zu dem großen Kamin, in dem sechs Hühner auf zwei Bratspießen über einem Holzkohlefeuer brutzelten. Haans packte die Spieße an ihren Holzgriffen, riss sie aus ihren Halterungen und drehte sich dabei mit Schwung herum, sodass den Angreifern sechs heiße Hühner, die so überraschenderweise nach ihrem Tod noch das Fliegen lernten, entgegenwirbelten. Ein langer Kerl mit Pferdegebiss war so dumm, im Reflex ein Huhn zu fangen, um es gleich darauf aufjaulend seinem Nachbarn zuzuwerfen.

Haans hielt unterdessen mit wuchtigen Schlägen der heißen Bratspieße die Menge auf Abstand, fluchte aber verhalten durch die Zähne, als er merkte, dass es auch mit den Bratspießen kaum möglich sein würde, sich durch die Menge bis zum Ausgang durchzukämpfen. Da hörte er seine Retterin rufen: »Verdammt, hörst du jetzt endlich mal auf mit dem Unsinn und kommst her?«

Ein schneller Blick zur Seite zeigte ihm zwei vor der Theke liegende und einen halb über ihr hängenden Angreifer und hinter der Theke die junge Frau, die eine Tür an der Rückwand der Spelunke aufhielt. Den bierbäuchigen Angreifer, der sich, mit einem langen Messer in der hoch erhobenen Faust, vorsichtig die Rückwand entlang auf sie zuschob, konnte sie allerdings wegen der in den Raum hinein geöffneten Tür nicht sehen. Haans schleuderte den Bratspieß aus seiner rechten Hand wie einen Speer, das Messer fiel klappernd zu Boden, Bierbauch schrie auf und kam nicht mehr weiter, weil er plötzlich mit der Hand an der Wand festgepinnt war.

Mit dem wütenden Schrei eines Kriegers ließ Haans den verbliebenen Eisenspieß noch einmal kreisen, was zwei Männern und einer Frau tiefe Schrammen einbrachte, schleuderte einen dicken Kerl mit kräftigem Tritt gegen einen weiteren Mann und hechtete schließlich, gleich gegenüber der Tür, über die Theke, sodass ihn der Schwung direkt durch die Türöffnung trug.

»Verdammte Trillerlopska... *Autsch!*« – Leider war es im Raum hinter der Tür noch sieben hölzerne Stufen nach unten gegangen, die Haans fluchend heruntergepoltert war.

Als er sich wieder aufrappelte, konnte er im flackernden Licht einer kleinen Öllampe noch sehen, wie die junge Frau an der Tür den Riegel vorlegte. Dann schritt sie die Stufen herunter, während sie ihn kopfschüttelnd musterte: »Erst kommst du nicht, und dann hat's der Herr plötzlich so verdammt eilig? – Also ihr Erdmännchen habt wirklich nicht mehr alle Hufe am Pferd.«

Er *hasste* es, wenn sie die Männer vom Stamm der Kohleschürfer als Erdmännchen verspottete ...

Sie waren in einem mit ein paar Regalen ausgestatteten Vorratskeller gelandet, einige Lebensmittel baumelten auch an Schnüren von der Decke. – Unvermittelt rummsten vom Schankraum her kräftige Schultern gegen die Kellertür, die dem nicht lange standhalten würde. Es war also höchste Zeit, zu verschwinden. Glücklicherweise entdeckten sie an der rechten Seitenwand einen schrägen Schacht, durch den Fässer heruntergerollt werden konnten.

»Schieb mich hoch«, verlangte die Frau, »hey! Hände weg von meinem Hintern! Schieb an den Füßen! – So ist's brav!«

Am oberen Ende des Schachts konnte sie problemlos eine Holzklappe entriegeln und öffnen und sich auf die nächtliche Seitenstraße neben dem *Stolzen Pfau* ziehen, wobei Haans murmelte: »Ich hätte mit dem Bratspieß doch auf *sie* zielen sollen.«

Dann folgte er der Frau den schrägen Schacht hinauf, nach drei Schritten immer wieder zwei zurückrutschend, bis sich ihm ihre Hand entgegenreckte und auch Haans bald auf der Straße stand – und das keine Sekunde zu früh, denn hinter sich hörte er noch das Splittern, als einige Unentwegte, die immer noch auf die Belohnung aus waren, mit Hilfe einer langen Holzbank endlich die Tür zum Keller eingerammt hatten.

*

Kasmir brummte zwar noch immer der Schädel, was ja auch kein Wunder war, wenn er an den Schlag dachte, den ihm sein riesiger Gegner verpasst hatte. Doch wenigstens konnte er inzwischen seine Benommenheit abschütteln, auch das Nasenbluten hatte aufgehört. Als sein Blick endlich wieder klar geworden war, hatte er gerade noch gesehen, wie der schwarze Lockenkopf dieser Hexe – unglaublich, wie die kämpfen konnte! – hinter der Theke durch eine Türe verschwunden war. Dann bemerkte er, dass ihn Obal, sein Anführer, fluchend anschnauzte, weil er ihm augenscheinlich nicht zugehört hatte. Obal hatte gerade einem seiner bewusstlos am Boden liegenden Gardekrieger, so gut es einhändig ging, mit Hilfe seines Dolches einen Streifen von dessen Umhang abgetrennt, den er sich nun um seinen blutenden Arm wickelte. Gleichzeitig fuhr er Kasmir entnervt an: »Hörst du schlecht? Nimm ein paar dieser Halunken mit und natürlich auch Basmar und Lorren, die vor der Tür Wache stehen, dann schaut zu, dass der große Kerl und die Frau nicht irgendwo hinten raus entkommen.«

Während Kasmir hinauslief, dankte er in Gedanken jenem König, der schon vor etlichen Generationen den Befehl erlassen hatte, dass in den Amüsiervierteln der Stadt an mindestens jedem fünften Haus eine Halterung mit einer kleinen Öllampe anzubringen und des Nachts zu entzünden sei. – Offiziell war König Hsaruball III. auf diese Idee gekommen, um die Straßen sicherer und den Straßenräubern das Leben schwerer zu machen, inoffiziell hatte sich Hsarubal kurz vor dem Erlass des Befehls bei einem nächtlichen Bordellbesuch die Nase gebrochen, als er kurz vor seinem Ziel in eine Entwässerungsrinne getreten und gestürzt war.

Wenig später eilte eine Gruppe von drei Gardekriegern und vier mit Äxten bewaffneten Holzfällern, die im *Stolzen Pfau* das Ende eines guten Geschäftstages begossen hatten, um die Ecke der Wirtschaft in eine Nebengasse – und Kasmir fluchte. Etwas weiter die Gasse hinunter war dieser Riese von Mann gerade aus einem Bierschacht geklettert, seine Begleiterin hatte bereits auf ihn gewartet. Die beiden hatten seine Gruppe natürlich gesehen und waren losgerannt, jetzt verschwanden sie schon um die nächste Straßenecke.

Augenblicklich stürzten Kasmir und seine Leute hinterher, bogen um dieselbe Ecke und ... hatten die Flüchtenden aus den Augen verloren.

»Beim runzeligen Arsch eines Trillerlops«, schimpfte der Gardekrieger, irritiert die lange Straße hinunter blickend, in der es auf gut 111 Meter keine weitere Seitengasse gab, »wo sind die hin? – Die können es doch unmöglich schon bis zur nächsten Straßenecke geschafft haben?«

Da klopfte ihm Basmar keuchend auf die Schulter und deutete auf ein hölzernes Schild, das am übernächsten Haus auf der linken Straßenseite über dem Eingang hing: *Wonzas Badehaus – 24 Stunden geöffnet.*

Gerade in einer Gegend wie dem Honigviertel, in dem es sehr viele Möglichkeiten der nicht immer ganz legalen Zerstreuung gab, war es keineswegs unüblich, verschiedene Geschäfte und Dienstleistungen rund um die Uhr in Anspruch nehmen zu können.

Nur wenige Augenblicke später polterte Kasmir mit seinen Leuten in das große, einstöckige Steinhaus und sah sich um. Die rechte und die linke Wand waren durch Bretterwände in je elf durchnummerierte Verschläge unterteilt, bei fünf der Verschläge waren die Eingänge hinter schweren Ledervorhängen verborgen, bei den übrigen, momentan offenbar nicht genutzten Verschlägen, waren die Vorhänge zurückgeschlagen, sodass man in jedem von ihnen ein gut zwei Meter langes, eineinhalb Meter breites und ein Meter tiefes steinernes Becken im Boden sehen konnte. Ansonsten gab es in jedem Verschlag noch einen Stuhl, einen kleinen Tisch mit Handtüchern und Badeutensilien darauf, sowie zwei große Kerzenständer. Einige der Becken waren schon mit dampfendem Wasser gefüllt und warteten auf Kundschaft.

Gerade kam aus Verschlag vier das zweistimmige Lachen eines Paares, das womöglich nicht nur badete, während aus Verschlag 7 eine dunkle Männerstimme rief: »Heda! Noch etwas heißes Wasser!«

Der Wasser-Heizer war in die Mitte der Rückwand gemauert worden: ein nur 55 Zentimeter hoher, breiter Ofen, der mit dicken Holzscheiten befeuert wurde und auf dem ein riesiger Kessel stand, der mit seiner unteren Rundung in einem großen Loch in der Ofenoberfläche steckte. Ein bulliger, nur mit kurzer Hose bekleideter Bediensteter trat hinzu, legte eine Halbröhre aus dickem Eichenholz mit einem Ende in eine von 22 Rinnen, die durch den Steinboden verliefen, das andere Ende steckte er in eine Halterung unter dem Kessel, dann stülpte er sich einen bereitliegenden Lederhandschuh über die rechte Hand und zog einen großen Korken aus einem Loch ziemlich weit unten am Kessel. Dampfendes Wasser spritzte in einem dicken Strahl heraus, traf in die schräg stehende Halbröhre und lief durch die Rinne zu der Kabine, aus der sich ein Badegast mehr heißes Wasser verlangt hatte.

Noch während das heiße Wasser floss, begann der Bedienstete bereits, einen Pumpschwengel links neben dem Kessel zu betätigen, und aus einer Kupferröhre, die über dem Kessel aus der Wand ragte, plätscherte Wasser aus der hauseigenen Zisterne in den Kessel. Daneben gab es noch einen kleinen runden Brunnen, ebenfalls mit Pumpe, über den kaltes Wasser in die Rinnen geleitet werden konnte.

Links neben dem Wasserheizer ragten drei Massagetische in den Raum hinein. Auf dem mittleren Tisch schlief bäuchlings, den Kopf schräg zur Seite gelegt, ein dicker Mann, dem etwas Speichel aus dem Mund tropfte, während er wohlig schmatzte. Rechts neben dem Wasserheizer standen, vor einem hohen Wandspiegel, eine kleine Theke und Hocker. Hungrige Gäste konnten hier Brot, Käse und kalte Trillerlops-Pastete bekommen, Wein und Bier natürlich auch.

Hinter der Theke hatte eine ältere Frau in einem blauen Seiden-Hausmantel gesessen, mit zu viel Puder im Gesicht und einer schlecht gemachten schwarzen Perücke auf dem Kopf. Sie war nun eilig aufgestanden, um auf die Neuankömmlinge zuzugehen und hatte dabei mit leiser Stimme und einstudiertem Lächeln gesprochen: »Willkommen in meinem Haus. Wenn Ihr Entspannung im heißen Wasser sucht, ich hättet da noch verschiedene Kräuterzusätze und Seifen, die ...« – doch in dem Moment stand sie vor Kasmir, der sie einfach mit einem unwirschen »Ach, halt die Klappe, alte Vettel«

grob beiseiteschob. Mit gezogenem Schwert ging er geradewegs auf den ersten der geschlossenen Vorhänge zu und riss ihn auf. Im Wasser saßen sich dort zwei ältere Männer gegenüber, zwischen ihnen war über das Becken ein Brett gelegt, auf dem zwei Bierkrüge und ein Haluka-Spiel standen. Die beiden starrten konzentriert auf das Spielbrett mit den elf Pfluftgurkensteinen und waren derart vertieft, dass sie die Störung gar nicht bemerkten.

Mit einem verhaltenen Fluch schloss Kasmir den Vorhang wieder und öffnete dann Kabine vier. Das Paar im mittleren Alter, das sich dort im Becken tummelte, kicherte jetzt nicht mehr, war aber dennoch beschäftigt. Wenn auch nicht mit Haluka-Spielen. Jedenfalls bemerkten sie die Störung ebenfalls nicht.

Nur eine Kabine weiter starrte ein untersetzter Holzkohlehändler, der gerade dabei war, sich gründlich einzuseifen, Kasmir erstaunt an, als der seinen Kopf in die Kabine streckte, dann warf der Händler ihm, Verwünschungen ausstoßend, ein großes Stück Seife hinterher, worauf sich der Gardekrieger auch gleich wieder zurückzog.

In der nächsten der besetzten Kabinen lehnte ein junger Mann entspannt an der Beckenwand und nahm gerade einen tiefen Zug aus einem dünnen Schlauch, der zu einer neben dem Becken blubbernden Wasserpfeife führte, die einen penetrant süßlichen Geruch verbreitete. Nur langsam fand sein Blick die ungebetenen Besucher, dann grinste er leicht debil, winkte freundlich und flüsterte: »Heeh, Jungs, kommt doch ra-in! Ees is' sa-o geemü-etlich hi-ar! Und da-as Wasser so-o schön bunt!« Seine Frage, ob seine neuen Freunde denn vielleicht etwas Hauapilzpulver dabei hätten, hörte Kasmir schon nicht mehr, denn er hatte mit einem genervten Augendrehen den Vorhang schnell wieder geschlossen.

Blieb nur noch Kabine 14 ... Kasmir riss den Ledervorhang beiseite und starrte unvermittelt auf eine hübsche junge Frau mit kurzen, fast weißblonden Haaren und spitzen Ohren, die offenbar gerade im Becken aufgestanden war, um nach einem Handtuch zu greifen. Kasmir konnte nicht anders, als einer großen Schaumflocke hinterherzustarren, die langsam an ihrem nassen Körper ins Becken zurückrutschte, das von einer dichten Schaumschicht aus der Schahampano-Blütenessenz bedeckt war – eine ziemlich teure Importware von den Chrominseln.

Der Bann war gebrochen, als sich die junge Frau ein großes Handtuch umlegte und böse zischte: »Ihr habt genau drei Sekunden zu verschwinden, bevor ich euch aufschlitze.«

Doch einer der Holzfäller in Kasmirs Begleitung, der die Frau noch immer mit glasigen Augen anstarrte, meinte nun mit einem Grinsen: »Aach, Waldstamm-Mädchen, reg dich nicht auf, wir könnten doch ...« – er brach seinen Satz mit aufgerissenen Augen ab, als die Frau in ihre auf einem Stuhl liegenden Kleider gegriffen und eine Kette mit einer Medaille daran herausgezogen hatte, um sie ihnen entgegen zu halten. Auf der silbernen Medaille waren zwei gekreuzte Schwerter unter einer flachen, gezackten Krone zu sehen.

»Oh! Oh – entschuldigt«, stammelte der Holzfäller jetzt und wich zwei Schritte zurück, während Kasmir ein halb bewunderndes, halb verächtliches: »Verdammt – die Königsgarde!« entfuhr. Aber auch er zog sich, mit einem minimalen Kopfnicken und einem kaum hörbaren »Nichts für ungut« zurück und schloss den Vorhang eilig wieder. Dann kratzte er sich am Kopf und ließ seine irritierten Blicke durch das Badehaus wandern.

Doch da meldete sich kopfschüttelnd wieder die Besitzerin des Hauses, Prinzessin Wonza zu Wort: »Könnt ihr Trottel jetzt vielleicht mal damit aufhören, meine Kundschaft aufzuscheuchen? Ich vermute mal, ihr sucht einen wirklich großen Krieger – verdammt strammes Bürschchen – und eine muskulöse, schwarzlockige Schwertträgerin?« – Jetzt konnte sie sich der vollen Aufmerksamkeit Kasmirs gewiss sein. In Richtung Rückwand deutend fuhr sie fort: »Seht ihr den Spiegel hinter der Theke? Das ist eine Tür, und die führt rüber ins Liebeshaus. Der Durchbruch hat sich für beide Seiten als geschäftsfördernd erwiesen ...«

»Oh verfluchter Auswurf eines kranken Trillerlops!«, brüllte Kasmir, stürmte, seine Begleiter mit sich winkend, zur Rückwand und war nur sechs Herzschläge später mit seinen Leuten durch die Spiegeltür verschwunden.

In Kabine 14 stand die weizenblonde Kriegerin mit den Waldstammmohren unterdessen immer noch im Wasserbecken, schaute auf den Schaum hinunter und trat mit dem rechten Fuß nach etwas unter der Wasseroberfläche. Langsam tauchte Haans auf. Der Krieger steckte noch immer in seinen jetzt mit Wasser vollgesogenen Kleidern und Schaum tropfte ihm vom Gesicht, aber er grinste Ailis breit an, während er einmal tief Luft holte und dann meinte: »Ich musste mich ja schon öfter mal verstecken, aber ein Versteck mit so netter Aussicht hatte ich bisher wirklich noch nie gehabt.«

»Aaach, halt doch die Klappe, du großes ... – he, was machst du da?«

Haans hatte damit begonnen, sich auszuziehen, und während er nun unter Wasser an einem Stiefel zerrte, meinte er: »Na, das Zeug sollte schon erst mal trocknen, oder? Also komm wieder rein, sonst wird dir noch kalt.«

Nur kurz runzelt die Waldstammkriegerin die Stirn, doch dann warf sie das Handtuch achselzuckend zu Boden und ließ sich wieder in das warme, schäumende Wasser gleiten.

Schon bald darauf machte sich die Badehaus-Besitzerin durch ein Kratzen am Vorhang bemerkbar, trat ein und meinte mit einem Lächeln: »Ah, wie ich sehe, ist unser hübscher Krieger hier wieder aufgetaucht ... Dieser ungehobelte Kerl von der Attentäter-Garde ist mit seinen Leuten schon durchs Liebeshaus hindurch getrampelt. Am Ausgang hat ihnen Willbrod erzählt, dass ihr Richtung Innenstadt gelaufen seid – ihr müsst nachher noch ein paar Münzen für ihn dalassen.«

»Aber gerne, Prinzessin Wonza«, antwortete Ailis freundlich, »und danke nochmals, dass Ihr uns geholfen habt.«

»Na ja, der Goldochse, den ihr mir vorhin zugesteckt hattet, ist ja schon ein ordentlicher Dank. – Eigentlich wollte ich euch trotzdem gegen eine Belohnung verraten – Kindchen, wirklich, bei solchen Transaktionen darfst du immer erst hinterher bezahlen, ganz egal, wie sehr die Zeit auch drängen mag –, aber nachdem dieses schrumpfköpfige Trillerlopshirn so unfreundlich zu mir gewesen war, hab' ich's mir dann anders überlegt.«

Ailis musste erst kräftig schlucken, bevor sie antwortete: »Ihr könnt verdammt ehrlich sein.«

»Ach, Kindchen, wir sind in Dorianstadt, und Geschäft ist nun mal Geschäft. Außerdem seid ihr ja jetzt sicher. – Soll ich dir dein komisches Kopftuch mit den falschen Haaren dran und deine schwarzen Klamotten wieder geben?«

»Hm? Nein, seid so gut und verbrennt die Perücke, den Rest könnt Ihr behalten. Ich muss mir jetzt irgendetwas anderes ausdenken, wenn ich nicht gleich als Angehörige des Waldstammes erkannt werden will. Aber ... erstmal habe ich ziemlichen Hunger.«

»Ich lasse euch was bringen, auch einen Krug Bier. Geht aufs Haus – verdammt, ich muss euch wirklich mögen. Außerdem sind die Sachen von dem Großen hier sicher nicht so schnell trocken, und vielleicht solltet ihr für den Rest der Nacht lieber nicht mehr durchs Honigviertel wandern. Ich könnte euch ein Zimmer drüben im Liebeshaus geben. Das gehört auch mir, was ziemlich praktisch ist.«

»Das Zimmer auch auf Kosten des Hauses?«

»Wo denkst du hin? Irgendwo hat selbst meine übergroße Fürsorge Grenzen.«

Ailis musste nun doch lachen und erklärte: »Also gut, zwei Zimmer dann.«

Doch hinter ihrem Rücken schüttelte Haans hektisch den Kopf, während er gleichzeitig den Zeigefinger der rechten Hand hochhielt und mit dem linken Zeigefinger auf den rechten deutete, sodass Prinzessin Wonza lächelnd sagte: »Tut mir leid, Schätzchen, aber ich habe nur noch ein Zimmer frei, das werdet ihr euch teilen müssen. – Und scheinbar habe ich wirklich ein großes Herz«

»Äh, was hat das jetzt damit zu tun?«

»Ach nichts. Ich lasse euch das Essen bringen.«

Dann wandte sie sich zum Gehen, drehte sich aber, schon halb aus der Kammer draußen, nochmals um, sah auf Haans hinunter, leckte sich kurz über die Lippen und fragte: »Du könntest es dir nicht zufällig vorstellen, bei mir im Liebeshaus anzuheuern?«

Haans lächelte freundlich, als er mit einem schnellen Seitenblick zu Ailis antwortete: »Ein verlockender Gedanke, aber ich muss passen. Mein Interesse ist derzeit gebunden.«

*

Nachdem sie nun offenbar in Sicherheit waren und das angenehm warme Wasser seine Wirkung tat, fuhr auch der Adrenalinspiegel in ihren Körpern langsam wieder herunter, sodass der Mitternachtsimbiss, bei dem sie sich auch den Krug Bier teilten, überwiegend in Stille verlief. Erst als sie fertig waren, schob Haans das Tablett-Brett beiseite, bat mit einem lauten Ruf, der Ailis aus ihren Gedanken hochschrecken ließ, um weiteres heißes Wasser, sah dann der Waldstammkriegerin in die Augen und sagte: »Du bist zwar eine Nervensäge, aber danke, dass du rechtzeitig gekommen bist. Dieser kleine Wicht von einem Trillerlops-Furunkel, der mich verraten hat, war mir vor drei Tagen bei meinen Erkundungstouren über den Weg gelaufen. Er erzählte, dass er tatsächlich Gerüchte über ein Attentat im Umfeld des Palastes gehört hätte und versprach, sich zu erkundigen – natürlich gegen Bezahlung – und mich dann wieder im *Stolzen Pfau* zu treffen. Doch ganz offensichtlich hatte er gelogen und nichts Eiligeres zu tun gehabt, als mich an die Attentäter-Garde zu verpfeifen. – Aber der Anführer von denen hat natürlich recht gehabt: Ganz egal, wie vorsichtig ich mich auch nach den derzeitigen Aufträgen der Attentäter umhöre, irgendwann mussten bei denen ja die Alarmglocken schlagen. – Zu blöd, dass wir praktisch keine konkreten Anhaltspunkte haben. Ich habe zwar in den vergangenen Monaten einiges über die Arbeitsweise der Clan-Leute und ihre Strukturen erfahren, und ich habe sogar freiberufliche Attentäter kennengelernt und so einiges Interessante über ein paar von denen gehört. Doch was unser vordringlichstes Problem betrifft ...«

»Ja«, seufzte Ailis, »nur zu wissen, dass es vermutlich irgendwann einen Anschlag auf das Leben des Königs geben wird, ist etwas dürftig. Wir haben nicht den geringsten Hinweis, wann es geschehen wird und aus welcher Richtung das Attentat kommt. Und der Kriegskanzler oder die Bruderschaft werden sich natürlich sorgsam darauf bedacht sein, dass auch nicht die kleinste Kleinigkeit in ihre Richtung deutet. Genaugenommen können wir uns nicht einmal sicher sein, ob es das Attentat auch wirklich geben wird oder ob der Kriegskanzler seine Taktik ändert.«

»Na, du hörst dich auch nicht gerade so an, als ob du inzwischen etwas herausgefunden hättest.«

Ailis reckte sich müde und antwortete: »Da hast du leider recht. Wie du weißt, hat es immerhin ganz gut geklappt, mich mit meinen Leuten in den Palast einzuschleusen. Durch das Schreiben des Goldältesten Oro Prinz Starkehand an Oran Rodenaxt, der die Waldstamm-Einheit in der Königsgarde befehligt, sind wir dort ohne Probleme eingegliedert worden. Auch wenn ich mich immer noch nicht so ganz an meinen falschen Namen gewöhnt habe – Ohanna Festhand ..., na ja – aber musste halt sein, weil wir wegen der Vorfälle in Rú-tan immer noch gesucht werden ... Es gelingt uns zwar ganz gut, dass durchgehend irgendeiner von meinen Leuten *ganz zufällig* Wache in der Nähe des Königs schiebt, aber wir haben auch nicht den leisesten Hinweis auf irgendwelche Pläne zu einem Attentat gefunden.«

»Und wenn ich mir so die Ringe unter deinen Augen betrachte, scheint dich das alles nicht viel Schlaf finden zu lassen? – Dreh dich mal um.«

Ailis sah ihn zwar fragend an, drehte sich aber dennoch so, dass sie ihm den Rücken zuwandte. Sachte umfasste Haans sie, zog sie näher zu sich heran und flüsterte Ailis ins Ohr: »Dir fehlt ganz eindeutig Entspannung.« Dann begann er, mit festem Druck, aber doch vorsichtig ihre Schultern und ihren Nacken zu massieren.

Trotz des warmen Wasser spürte Ailis die angenehme Version einer Gänsehaut über ihren Rücken rieseln. Nach fünf Minuten stillem Genuss sagte sie leise: »Hmmm – wer hätte gedacht, dass deine Kohleschaufeln noch zu anderen Dingen geeignet sind, als Schädel weich zu klopfen? Ihr Erdmännchen könnt einen manchmal doch überraschen.«

»Musst du mich unbedingt *Erdmännchen* nennen?«

»Oh, ich mag Erdmännchen ...«

»Ach? Na dann nenn mich ruhig weiter so.«

»... am liebsten gut durchgegart und in Walnuss-Sauce serviert.«

»Oh Mann, du bist wirklich ...«, er biss ihr sanft ins rechte Ohrläppchen, »... zum Anknabbern. Wie kann eine Kriegerin eigentlich so zarte Haut haben?«

»Häufiger Gebrauch von Sheabanabutteröl.«

»Du benutzt ...?«

»Ja, glaubst du etwa, nur weil ich meinen Lebensunterhalt mit dem Schwert verdiene, lege ich keinen Wert auf Körperpflege? – Nur ...«

»Nur was?«

»Bin schon lange nicht mehr zum Einölen gekommen. Sollte mich aber wundern, wenn man in einem Badehaus kein Shebanabutteröl bekommen könnte. – Es wäre natürlich viel einfacher, wenn jemand anderes das Einölen übernehmen würde. So von Kopf bis Fuß. Ganz langsam. Zart. Und dabei keinen Zentimeter vergessend.«

»Jemand anderes? Oh! *Jemand anderes!* – Irgendwie habe ich genug vom Baden, vielleicht sollten wir so langsam in unser Zimmer wechseln?«

»Na endlich.«

*

Zum ersten Mal seit etlichen Wochen gönnte es sich Ailis, bis lange nach dem ersten Hahnenschrei auszuschlafen. Das Zimmer, das ihnen Prinzessin Wonza gegeben hatte, war zwar alles andere als ein Palast, aber das Bett war groß und weich und das Sheabanabutteröl von ganz ausgezeichneter Qualität gewesen. Noch immer lag etwas von dem hauchfeinen Zitrusfruchtaroma in der Luft.

Als sie langsam ihre Augen aufschlug, war Haans schon eine ganze Weile wach, lag neben ihr auf einen Ellbogen gestützt und betrachtete sie, ohne sich zu rühren.

Ailis reckte sich und fragte: »Warum so ernst, mein Großer?«

»Ganz einfach, ich frage mich, ob das jetzt nur diese Nacht war, mit uns. Ich muss es dir wohl nicht sagen, du weißt: dafür, dass du mir mal zwei Zähne ausgeschlagen hast, empfinde ich ziemlich viel für dich.«

Jetzt lächelte Ailis und erwiderte: »Sagen wir mal so: Auf uns wird die nächsten Monate, vielleicht Jahre, noch einiges zukommen. Vermutlich wird es nicht nur einmal so gefährlich werden wie vergangene Nacht. Aber solltest du dich unterstehen und dich dabei abmurksen lassen, dann müsste ich dich leider umbringen. Außerdem: Mag ja sein, dass du es nicht sagen musst, aber ich höre es gerne.«

»Ich liebe dich.«

»Es erstaunt mich zwar, und es hat schon etwas gedauert, bis ich es kapiert hatte, aber ... ich liebe dich auch. – Himmel! Ein Mann, der nicht zum Waldstamm gehört! Ein Rundohr!! Da werden meine Eltern was zu schlucken haben.«

»Eigentlich sollte mich ein aufgebrachter Waldstamm-Vater ja beunruhigen, aber Tatsache ist, dass ich da vollstes Vertrauen in deinen Dickkopf habe«, dann zog Haans die Waldstammkriegerin zu sich heran, und es dauerte noch etwas länger, bis sie sich schließlich, das Honigviertel weit hinter sich lassend, zu einem sehr späten Frühstück aufmachten.

*

Fürs Frühstück spät, für die Mittagsstärkung zu früh, hatten sie im *Fliegenden Bär* einen Tisch an der Rückwand für sich allein und konnten sich ungestört unterhalten. Haans musste dabei aufpassen, kein verzücktes Dauergrinsen im Gesicht zu tragen, aber auf dem Herweg hatte Ailis tatsächlich einige Minuten lang seine Hand ergriffen gehabt und sogar einen Moment ihren Kopf an seine Schulter gelegt. Dass eine Waldstammkriegerin in der Öffentlichkeit eine solche Vertrautheit zeigte ... ja, Haans war glücklich und ebenso Ailis. Doch beiden war klar, dass ihr persönliches Glück nicht ihre derzeitigen Probleme löste. So ging es schnell wieder um das *möglicherweise* gegen den König geplante Attentat, während sie immerhin erfolgreich mit reichlich gebratenen Trillerlopseiern, Brot, frischer Butter und großen Stücken der aromatischen Honzafrucht gegen den Hunger kämpften.

Doch als schließlich beide eine letzte Schale dampfenden L'ak vor sich stehen hatten, seufzte Ailis: »Ich muss mich bald wieder im Palast blicken lassen. Viel gebracht hat der Ausflug ja nicht gerade.«

»Oh, nun ja, so würde ich das nicht sehen. Da wäre die Kleinigkeit, dass du gerade rechtzeitig gekommen bist, um mir das Leben zu retten. Außerdem haben wir die ganze Nacht ...«

»Depp! – Du weißt genau, was ich meine. Wenigstens war Tulpe hier in Dorianstadt erfolgreich gewesen – sehr erfolgreich sogar. Ich hoffe, der kommt gut beim alten Xavox an. Aber wir hier sind offenbar noch keinen Schritt vorangekommen. Und du kannst jetzt auch nicht mehr weiter forschen. Nachdem die Garde der Attentäter nach dir sucht und dich Riesenbaby jetzt beschreiben kann, wäre das viel zu gefährlich. – Tja, Pech, jetzt ist wohl Schluss mit deinen nächtlichen Touren durch die Wirtshäuser.«

»Irgendwie schade«, grinste Haans.

Ailis legte ihre Hand auf seine, sah ihm in die Augen und sagte mit ungewöhnlichem Ernst: »Nein, Haans, ich bin wirklich froh, dass du wenigstens für den Moment aus der größten Gefahr heraus bist. – Und du wirst keinen Unsinn machen und nicht heimlich weiter den Vertretern des Attentäter-Clans hinterherspüren, oder?«

Gerührt zog der große Krieger ihre Hand an seine Lippen, um sie sanft zu küssen. Dann erklärte er: »Nein, keine Angst, ich werde erst mal meine Füße stillhalten. Aber ist schon komisch, oder? Nur weil ich in Gefahr geraten war, bin ich jetzt plötzlich nicht mehr in Gefahr.«

»Na ja, zumindest weniger, aber ...«

»Was ist?«

Ailis hatte ihren Satz unvermittelt abgebrochen und starrte Haans mit weit aufgerissenen Augen an. Dann tat sie etwas völlig Untypisches: Sie sprang unvermittelt auf, stieß dabei so heftig gegen den Tisch, dass beide L'ak-Schalen hochhüpften und eine scheppernd umkippte, während die Kriegerin gleichzeitig rief: »Beim Barte des großen Trillerlops! Du .... !«, doch sie besann sich gerade noch und warf einen schnellen Blick zurück, aber niemand interessierte sich für ihr Gespräch. – Die drei anderen Gäste waren in eine Unterhaltung mit dem Wirt vertieft, und nur die magere Frau hinter der Theke hatte bei Ailis' Ausruf einmal kurz aufgeschaut, dann konzentrierte sie sich wieder auf das Rupfen des Huhnes, das bald ein paar Artgenossen am Bratspieß Gesellschaft leiste sollte. Sicherheitshalber beugte sich Ailis jetzt dennoch über den Tisch und flüsterte aufgeregt: »Du hast recht! Oh verdammt, du hast ja sowas von recht!«

»Ah ... schön, dass du es einsiehst. Natürlich habe ich recht. – ... und womit habe ich recht?«

»Du hast recht mit ..., hm, einfach wird es natürlich nicht werden ...«

»*Ailis!* Verdammt, *womit* habe ich recht?«

»Und wir werden vermutlich ein paar Wochen brauchen. Hoffentlich kommt uns der Kanzler nicht zuvor.«

10. Mörder morden

Tommas merkte es. Selbst wenn er nicht mehr für den Clan mordete, so hieß das nicht, dass man ihm mit seinem Dolch auch seine Instinkte hätte nehmen können und all das, was er in den Jahren seiner Ausbildung gelernt hatte. Der Mann mochte etwa 40 Jahre alt sein; er trug gute, aber nicht zu teure Kleidung – Stiefel, dunkle Wollhose, graues Leinenhemd und eine trotz der noch kühlen Temperaturen nicht geschlossene Lederjacke. Auf den ersten Blick konnte er als ›unauffällig‹ durchgehen. Doch wer ihn in Bewegung sah und genauer hinschaute, dem fielen seine Geschmeidigkeit und seine harte Muskulatur auf und ebenso, dass sein ziemlich rundes Gesicht unter den kurzen schwarzen Haaren nur wenige Regungen zeigte.

Eigentlich hatte er ja zum kleinen Pferdemarkt gewollt. Dort lungerte vormittags öfter einer seiner Kontaktleute herum, und Tommas konnte so langsam mal wieder einen Auftrag gebrauchen. Doch als ihm klar geworden war, dass er verfolgt wurde, änderte er seine Richtung und überquerte die geschäftige Weinfass-Allee, denn das gab ihm Gelegenheit, sich unauffällig nach allen Seiten umzusehen.

Als er dann jedoch schnell merkte, was ihm da in wenigen Metern Abstand folgte, war er tatsächlich etwas ungehalten. Denn seine Verfolger waren praktisch nicht zu übersehen, und selbst einem Blinden mit Krückstock musste es über kurz oder lang auffallen, wenn er von *so etwas* verfolgt wurde.

Es war eine ..., nein, es waren sogar zwei Sänften, die nicht von seiner Spur wichen – zwei identische und mit schwerem roten Tuch verhängte Mietsänften, jede getragen von drei freien Männern in billiger, naturbrauner Leinenkleidung und einem an der vorderen linken Tragestange festgeketteten zerlumpten Mann.

Tommas, inzwischen auf dem breiten Bürgersteig laufend, blieb abrupt stehen, die Sänftenträger ebenso. »Was für Dilettanten«, murmelte er. Nicht nur, dass Sänften ohnehin leicht zu bemerken und schwerfällig waren, sie stachen hier in den Straßen auch heraus, weil man sie nicht allzu oft sah. Sänften waren in Dorianstadt als Transportmittel einfach nicht beliebt und wurden vorzugsweise von gebrechlichen oder kranken Menschen benutzt – er selbst hatte sich erst ein einziges Mal, in jüngeren Jahren, von einer Sänfte nach Hause bringen lassen, und das auch bloß, weil er damals viel zu betrunken zum Reiten oder auch nur zum Laufen gewesen war.

Tommas kratzte sich am Ohr und überlegte, ob er durch irgendeinen Laden hindurch verschwinden oder vielleicht zu der vorderen Sänfte hinübergehen und die Sache klären sollte – aber auch aus einer Sänfte konnte ein Pfeil abgeschossen oder eine kurze Lanze hervorgestoßen werden. Doch da wurden die Sänften, vermutlich auf einen Befehl hin, auf ihren kurzen Standbeinen abgestellt und einer der Träger ging auf ihn zu, um ihm wortlos etwas in die Hand zu drücken.

Es war eine Silberhand! Von so einer Münze, die immerhin über ein Achtel des Wertes einer Goldhand darstellte, konnte man ein paar Wochen leben, und für Billig-Attentäter konnte es gut und gerne der Lohn eines ganzen Auftrags sein.

Tommas ließ die Münze schnell in seiner Tasche verschwinden und ging nun gemächlich zur vorderen Sänfte hinüber, während ihm gleichzeitig klar wurde, dass es seine Verfolger wohl eindeutig darauf angelegt hatten, dass er sie entdeckte. Vielleicht waren sie ja doch nicht so dilettantisch.

Als er an der ersten Sänfte stand, wollte er schon nach dem Vorhang greifen, doch da kam eine Schwertspitze zwischen den beiden Vorhangteilen hervor und eine leise Männerstimme sagte: »Hätte ich gewollt, dass du mich siehst, Tommas, dann hätte ich im *Süßen Versprechen* auf dich gewartet.«

Tommas machte zwar kein Geheimnis aus seinen Stammwirtshäusern und Lieblingsetablissements, aber wie ihm dieser Unbekannte gerade zu verstehen gab, dass er wusste, wo Tommas zu finden war, gefiel ihm nicht sonderlich. So sagte er: »Und wenn ich keine Lust auf dieses Gespräch habe?«

»Wir wissen beide, dass du derzeit knapp bei Kasse bist. Also los, steig in die hintere Sänfte, wir unterhalten uns bei den Toten, da sind wir ungestört.«

»Bei den ...? Ach so.« Ganz in der Nähe war einer der fünf alten Friedhöfe. Bestattungen waren, außer für Mitglieder der Königsfamilie, nur außerhalb der Stadt gestattet, doch ein paar der Friedhöfe Dorianstadts waren im Laufe der Jahrhunderte von der wachsenden Hauptstadt geschluckt worden. Die Mehrzahl von ihnen war irgendwann eingeebnet worden – Bauland war in Dorianstadt sehr begehrt –, doch fünf dieser alten Friedhöfe waren als Parkanlagen erhalten geblieben.

Die Münze in seiner Tasche wog schwer. Schließlich zuckte Tommas mit den Achseln und stieg in die hintere Sänfte. Während des ganzen Weges spähte er aber zwischen den Vorhängen hindurch und hatte seine rechte Hand in die Jacke geschoben und um den Griff eines der drei Messer gelegt, die in einem auf der Innenseite eingenähten Futteral steckten. Doch der Weg verlief ereignislos und nur wenige Minuten später stellten die Träger die beiden Sänften in einem Feld flacher, wie große, verwitterte Kieselsteine aussehender Grabsteine direkt nebeneinander ab. Dann wurden die Ketten der grimmig zu Boden blickenden Gefangenen gelöst und die Träger zogen sich außer Hörweite zurück, behielten die Sänften aber im Auge. Die Vorhänge seiner Sänfte hatte Tommas inzwischen aufgezogen – er wollte Licht und möglichst freies Blickfeld haben. Dann fragte er in Richtung des anderen Sänfte, deren Vorhänge natürlich geschlossen geblieben waren: »Ihr macht es ganz schön spannend. Dass es um einen Auftrag geht, ist klar. Nur ... offenbar verfügt ihr über die notwendigen Mittel, um euch auch jemanden aus dem Clan der Attentäter leisten zu können. Warum also wollt Ihr einen Freiberufler?«

»Ah«, kam es gedämpft aus der Sänfte, »Ihr stellt gleich die guten Fragen. Nun, ich sehe zumindest ein gewisses Restrisiko, dass den Attentätern mein Auftrag nicht gefallen könnte und daraus womöglich Probleme erwachsen. – Vermutlich trifft das gar nicht zu, aber wie gesagt, ich will das Risiko ausschließen. Daher greife ich auf einen Freiberufler zurück. Und auf Euch, weil ich weiß, dass ich dann dieselbe Qualität wie beim Clan bekomme, dem Ihr ja angehört hattet. Und dass Ihr dort rausgeworfen wurdet, interessiert mich nur insofern, als dass Ihr wohl kaum gut auf den Clan zu sprechen seid.«

Dieser Kerl wusste auch, dass man seinen Clandolch zerbrochen hatte! – Na ja, der Clan der Attentäter zögerte nicht damit, solche Informationen in Umlauf zu bringen, sodass sich der Verstoßene nicht weiterhin als Clanmitglied ausgeben konnte. Und dass er nicht mehr gut auf seinen ehemaligen Clan zu sprechen war, stimmte natürlich auch. Diese alten, arroganten, Ehrhaftigkeit heuchelnden Säcke aus dem Clanrat! Hatten ihn rausgeworfen, nur weil er einmal eine Regel des Clans etwas großzügig ausgelegt hatte ... einmal jedenfalls, wo es dann auch herausgekommen war.

Klar, sein Auftrag war es gewesen, diese reiche Basaristifrau schnell zu töten und wieder zu verschwinden. Doch sein Lebensstil war damals recht aufwändig gewesen. So hatte er gedacht, eine hübsche Nebeneinnahme würde sicher niemanden stören. Und die Frau war ja auch schon, wie abgesprochen, tot und in einem Teich versenkt gewesen, als er von ihrem Mann Lösegeld gefordert hatte.

Nur hatte sich dann leider herausgestellt, dass der Ehemann selbst der Auftraggeber gewesen war. Dazu hatte sich dieses blöde Rindvieh in seiner Aufregung darüber, dass da irgendwas schief lief, auch noch vor seinen beiden anderen Frauen verplappert, die wohl alles andere als amüsiert über das Schicksal ihrer Freundin gewesen waren. Es kam zu einem Skandal, der Kaufmann landete auf dem Richtblock und die dummen Säcke im Clanrat empfanden es wohl als keine gute Werbung, wenn ein Auftraggeber wegen eines versauten Deals einen Kopf kürzer gemacht wurde. – Dabei hatte er, Tommas, seinen Auftrag doch ordnungsgemäß erfüllt gehabt, und dieser Pfeffersack war selbst daran schuld gewesen, dass er sein Maul nicht halten konnte ...

Tommas hatte sich nach seinem Rauswurf kurz als Krieger versucht, doch den Lohn schnell als unter seiner Würde empfunden. Sogar seine Gefährtin hatte ihn damals verlassen, wobei es ja eigentlich schon ein Wunder gewesen war, dass die hochwohlgeborene Prinzessin Sanna nicht gleich nach seinem Rauswurf die Kurve gekratzt hatte. So war er jedenfalls zum freiberuflichen Attentäter geworden. Und als solcher hatte er hier und jetzt offenbar die Gelegenheit, gutes Geld zu verdienen. Wobei es sich um einen riskanten Auftrag handeln musste, denn sonst würde dieser Kerl hier nicht so einen Aufwand betreiben. Aber das Risiko gehörte nun mal zum Job.

»Na gut«, sagte Tommas zum Sänftenvorhang, »dann erzählt mal was.«

»Der Auftrag ist gefährlich, das Ziel ist gefährlich, der Ort ist gefährlich ...«

»Der Ort?«

»Im Palast.«

»In welchem ... ach, *der* Palast? Na, das kostet extra ...«

»Und ich dachte, das gibt Rabatt«, kam es sarkastisch zurück.

»... falls es nicht um die Königsfamilie geht. Soviel kann mir niemand bezahlen. Es geht doch nicht um die Königsfamilie, oder?«

»Keine Angst. Es geht um eine Kriegerin aus der Königsgarde – die Führerin einer Elferschaft der Waldstämmler in der Garde.«

»Ah, ein Spitzohr. – Gute Krieger, aber mit wenig Rückhalt bei den anderen Stämmen. Nur ... warum soll es im Palast geschehen? Es wäre sehr viel einfacher zu warten, bis sie mal Ausgang hat.«

»Um darauf zu kommen, müssen wir keinen Attentäter bezahlen. Das Problem ist, dass wir nicht so lange warten können. Hmm ... wie erkläre ich das jetzt, ohne dass ich *Euch* nachher umbringen muss? – Ich halte es mal allgemein: Diese Kriegerin weiß etwas, das gewissen Leuten – einflussreichen Leuten – schaden könnte, wenn sie dieses Wissen an einen bestimmten Personenkreis verrät. Und die Gelegenheit, dieses Wissen mitzuteilen, wird schon in ein paar Tagen gegeben sein. Und ...«

»Stopp! Das genügt schon. Zuviel Hintergrundwissen kann bei meiner Profession ungesund sein. – Wenn der Zeitplan aber so eng ist, wie Ihr es schildert, dann wird es schwer sein, eine Möglichkeit zu finden, um in den Palast zu gelangen.«

»Die Möglichkeit ist schon geschaffen. Und sie wird funktionieren, ganz egal, ob wir Euch oder einen anderen Attentäter beauftragen.«

»Oh, ihr habt Zugang? Gut. Ich bin also jetzt im Palast – der ja fast eine kleine Stadt für sich ist. Im Nachtquartier, mit all den anderen Kriegern, ist ein Mord zwar nicht unmöglich, aber die Chancen dafür könnten deutlich besser sein. Es muss also geschehen, wenn sie im Palast unterwegs ist – am besten nachts oder zu einem Zeitpunkt, wenn nicht viel los ist. – Könnt Ihr mir auch einen Dienstplan Eurer Freundin besorgen?«

Kurz herrschte Schweigen, doch dann antwortete die Stimme aus der Sänfte: »Ja, Ihr werdet den Dienstplan bekommen. – Wollt ihr den Auftrag?«

»Hört sich sehr interessant an. Aber ein wichtiges Thema haben wir noch nicht besprochen.«

»Drei Goldochsen, einer im Voraus.«

Das war viel Geld, dennoch sagte Tommas: »Ihr macht Witze, oder? Für einen Auftrag im Palast sind sieben Goldochsen ja wohl das Mindeste.«

»*Sieben???* – Ich kann gerne die Sänftenträger rufen ...«

Tommas verhandelte hart. Denn schließlich wusste er, dass seine potenziellen Auftraggeber unter Zeitdruck standen. Und so einigten sie sich tatsächlich auf die wahrlich fürstliche Summe von fünf Goldochsen und einer Goldhand, zwei Goldochsen im Voraus – aber in kleineren Münzen ausgezahlt. Sein Auftraggeber fragte nicht warum, stattdessen blieb es in dessen Sänfte einige Sekunden ruhig, dann wurde ein kleiner Lederbeutel herausgereicht. Während Tommas nachzählte, sagte die gedämpfte Stimme: »Bei *dieser* Summe werde ich auch den Tag festlegen, wann es zu geschehen hat. Ich werde dann an diesem Tag weit weg vom Palast sein, an irgendeinem Ort, an dem mich viele Menschen sehen können.«

»Ganz wie Ihr meint. Und wie heißt sie nun, Eure Spitzohr-Kriegerin?«

»Ohanna Festhand.«

*

»Oh ihr Götter, was für ein langer Tag!« – König Jaun XII. gähnte, reckte und streckte dabei seine 62 Jahre alten Knochen, dass es knackte, und warf schließlich seine Krone auf den nächstbesten Sessel – er trug immer die flache, leichteste aus seiner Sammlung, eigentlich nur ein breiter goldener Reif mit elf Zacken.

Wenigstens jetzt hatte er mal eine halbe Stunde Zeit zum Entspannen, aber dann musste er noch zum Jahresempfang für den Stammesrat. Na, wenigstens fand der im Palast statt, und er musste sich nicht noch mal in den Sattel schwingen. Obwohl ... Von seinen Gemächern bis zum großen Saal würde er – bei all den Menschen, die ihn unterwegs abpassten – bestimmt zehn Minuten unterwegs sein. Schon lange hatte er es sich überlegt, einen Raum neben dem Großen Saal zu einem privaten Ruhezimmer umbauen zu lassen, aber er schien es jedes Mal genau dann zu vergessen, wenn er seinem Baumeister über den Weg lief. – War der womöglich heute Abend auch da? Nein, wohl eher nicht, sonst hätte er jetzt sicher nicht an dieses Ruhezimmer gedacht.

Der König reckte sich nochmals, sodass er noch schlanker und seine 1,80 Meter noch größer erschienen, und kratzte sich ausgiebig im Nacken, direkt unter dem Ansatz seines Pferdeschwanzes, zu dem er seine langen grauen Haare zusammenzufassen pflegte. Tja, der Königspalast war schon ein echtes »kleines Monster«, kam Jaun der Name in den Sinn, den er dem Gebäudekomplex als kleines Kind gegeben hatte, als er sich mal nachts verlaufen und vor Angst fast in die Hose gemacht ... na ja, das war lange her.

Die Außenbereiche des Palastes waren die jüngeren Teile der Anlage. Das gesamte Gelände nahm einen riesigen elfeckigen Grundriss ein, so dass es elf 222 Meter lange und 11 Meter hohe, zinnenbewehrte Außenmauern gab. An den elf Ecken trafen die Mauern nicht direkt aufeinander, sondern sie steckten dort gewissermaßen in elf mächtigen, selbstverständlich elfeckigen, 22 Meter hohen Türmen, in denen die elf Abteilungen der Königsgarde ihre Räume hatten.

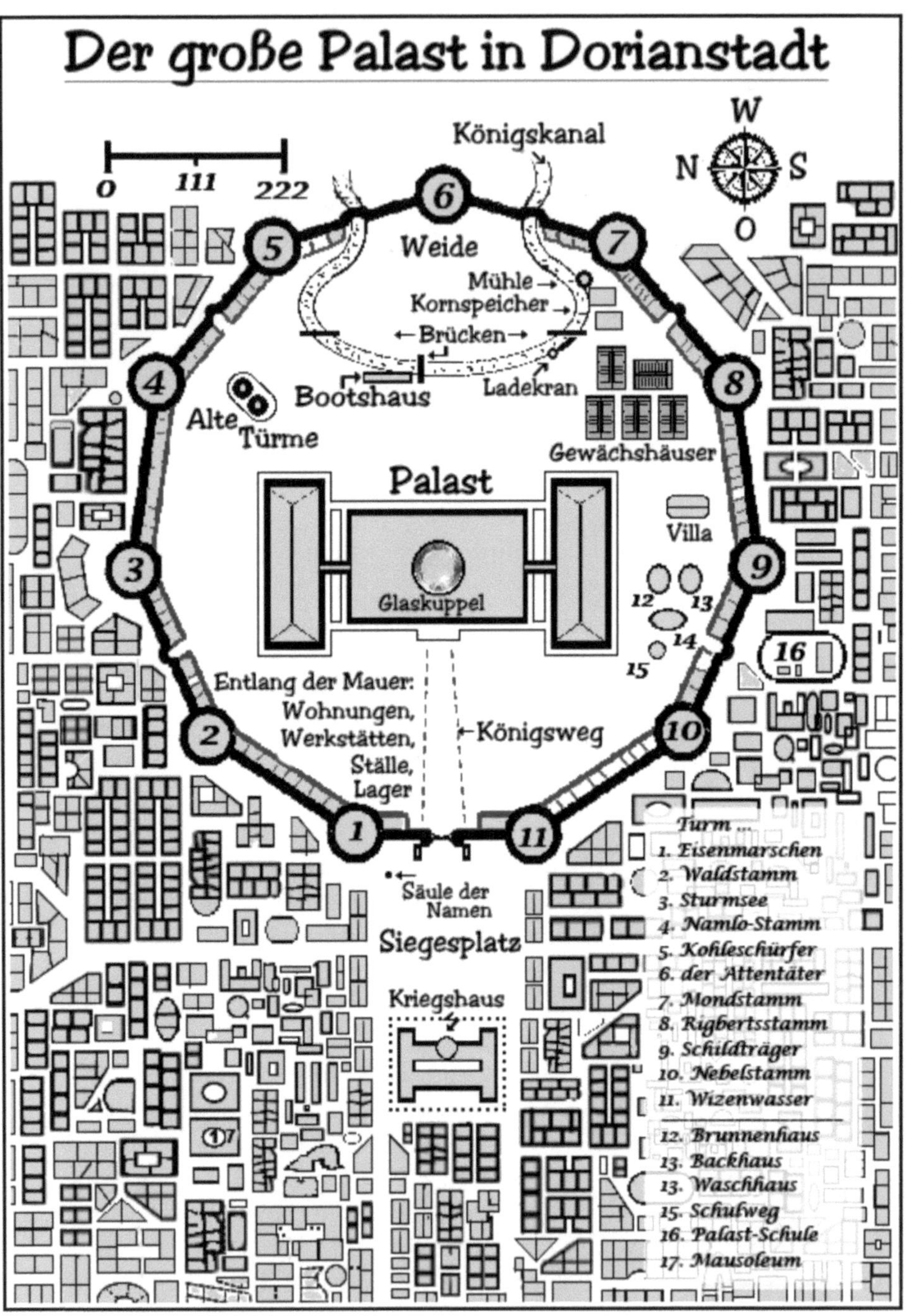

Der große Palast in Dorianstadt
W
N S
O
Königskanal
0 111 222
Weide
Mühle
Kornspeicher
Brücken
Ladekran
Bootshaus
Alte Türme
Gewächshäuser
Palast
Villa
Glaskuppel
12 13
14
15
16
Entlang der Mauer:
Wohnungen,
Werkstätten,
Ställe,
Lager
Königsweg
Säule der Namen
Siegesplatz
Kriegshaus
Turm ...
1. Eisenmarschen
2. Waldstamm
3. Sturmsee
4. Namlo-Stamm
5. Kohleschürfer
6. der Attentäter
7. Mondstamm
8. Rigbertsstamm
9. Schildträger
10. Nebelstamm
11. Wizenwasser
12. Brunnenhaus
13. Backhaus
13. Waschhaus
15. Schulweg
16. Palast-Schule
17. Mausoleum

Das große Haupttor befand sich in der exakt nach Osten ausgerichteten Mauer, die als »Mauer 1« galt. Die Nummerierung setzte sich dann, sah man von außen auf das Haupttor, nach links fort. In den Mauern 3, 5, 8 und 10 gab es noch kleine, nur drei Meter breite Landtore, während sich in den Mauern 6 und 7 – der Turm zwischen ihnen lag dem Haupttor gegenüber – die beiden Wassertore befanden: Vom Hauptkanal, der die Stadt durchlief, zweigte im Westen der Palastanlage der Palastkanal ab, floss durch Tor 6 in das Schlossgelände und verließ es nach einer flachen Schleife durch Tor 7, um wieder zum Hauptkanal zurück zu führen – der Kanal war eine praktische Sache, um die gut 2200 Menschen zu versorgen, die im Palast lebten.

An den Innenseiten der Mauern und an ihnen angebaut gab es langgestreckte Häuser mit Werkstätten, Stallungen und Bediensteten-Wohnungen.

Der eigentliche Palast, der noch ein gutes Stück älter als die Maueranlage war, bestand genaugenommen aus drei großen, rechteckigen Gebäuden: Der fünfstöckige weiße Hauptpalast mit seinen unverschämten Ausmaßen stand nicht ganz im Zentrum des Elfecks, sondern ein Stück in Richtung Ostmauer gerückt. Eine Längsseite mit repräsentativer, durch Pilaster, Absätze und gewundene Fensterbögen gegliederter Front war auf das Hauptportal ausgerichtet, zum großzügigen Portalvorbau führte eine ausladende siebenstufige Freitreppe hinauf. In diesem Hauptgebäude fand man die Repräsentationsräume, die meisten Ministerien und ihre Sekretariate, den königlichen Audienzraum, eine Bibliothek, ein kleines Theater, zwei Badesäle, die große Küche, drei kleine Säle und natürlich den Großen Saal. Um das komplette Erdgeschoss lief ein breiter Säulengang herum, der wiederum einen den kompletten ersten Stock umlaufenden und über den Portalvorbau auskragenden Balkon stützte.

Über die gesamte Fläche des flachen Palastdaches war ein Park angelegt worden, zuletzt umgestaltet unter König Jauns Großvater.

Schon viele Gartenbaumeister der Könige hatten sich hier austoben dürfen, nur ein paar Lichtschächte und natürlich die flache Kuppel aus dünnen Stahlstreben und dicken Glasplatten waren unverändert an derselben Stelle geblieben. Durch die Kuppel wurde der Große Saal im Zentrum des Palastes mit Tages- und Sternenlicht versorgt. Ansonsten befanden sich auf dem Dach Spazierwege und Ruhebänke, mehrere Pavillons, Rasenflächen, Schatten spendende Obst-, Nuss- und Kastanienbäume, ein großer künstlichen Teich mit einer kleinen Freilichtbühne daneben sowie zwei Hütten, falls man sich – aus welchen Gründen auch immer – zurückziehen wollte. Dazu gab es noch die kleinen runden Wachtürme an den Ecken und die vier Steinhäuschen mit Spitzdächern, in denen die vier Treppenaufgänge mündeten, durch die man zum Dachpark gelangen konnte.

Die beiden übrigen Gebäude des Hauptpalastes waren kleinere Ausgaben des Haupthauses, die beidseits quer zum Hauptgebäude standen. Sie waren jeweils nur drei Geschosse hoch und hatten Walmdächer statt eines Dachgartens. Dort, wo den Längsseiten dieser Häuser die Querseiten des Hauptgebäudes gegenüberlagen, waren die umlaufenden Säulengänge verlängert worden, sodass sie direkt an den Säulengang des Haupthauses anschlossen. Zudem waren die Gebäude auch im zweiten Stock, jeweils im Zentrum, durch Brückengänge miteinander verbunden.

Das südliche Nebenhaus war Heerscharen von Verwaltungsbeamten vorbehalten – etliche lebten sogar dort. Zur Versorgung gab es im Erdgeschoss zwei Speisesäle mit Küchen, zudem mehrere Bade- und Aborträume.

Um der Aktenberge Herr zu werden, hatte man schon vor gut 333 Jahren ein zweites, tieferes Kellergeschoss angelegt, dann noch eins ... angeblich gab es inzwischen unter dem Südgebäude schon fünf Kellergeschosse. König Jaun war sich selbst nicht sicher, ob das stimmte, er war noch nie in seinem Leben da unten gewesen, zumal er eine tief sitzende Aversion gegen Akten hatte. Der liebste Papierkram war ihm derjenige, der sich vermeiden ließ, der zweitliebste der, den er auf seine Ministerinnen und Minister abwälzen konnte – wozu hatte er die denn sonst? Was darüber hinaus bis zu ihm durchdrang, war noch immer weitaus genug, um ihn beim bloßen Gedanken daran ermatten zu lassen.

Im Erdgeschoss des Nordhauses waren das Sekretariat des Königs mit noch mehr Beamten, zudem die Räume aller Bediensteten der Königsfamilie und der kleinen Leibgarde Jauns untergebracht. Der erste und der zweite Stock blieben, abgesehen von den vier Wachräumen, der königlichen Familie vorbehalten. Die Räume waren luxuriös, ja sogar verschwenderisch ausgestattet, und alles in allem boten sie viel zu viel Platz für so wenige Menschen. Jaun XII. kam sich jedenfalls manchmal verloren vor, zumal hier tatsächlich außer ihm selbst nur seine Königin und seine vier Kinder lebten. Gut, auch noch die Erzieherin für die beiden Kleinen, und es waren ziemlich oft nahe Verwandte zu Besuch in den Gästezimmern im zweiten Stock. Aber grundsätzlich hatten seine beiden Schwestern und sein Bruder mit ihren Familien – und auch die Familie des Bruders, der nicht mehr in dieser Welt weilte – ihre eigenen Paläste in der Stadt.

Das Beeindruckendste an der gesamten Palastanlage war für Jaun schon so lange er denken konnte der riesige Doppelturm zwischen der West-Nord-Ecke des Hauptpalastes und der Außenmauer. Die beiden runden Türme stammten noch aus der Zeit vor Dorian. Es hieß, einst hätten sie zu einer Burg seiner Vorväter gehört, von der ansonsten kein einziger Stein mehr übrig war.

Der näher zur Außenmauer stehende Turm war mit einer Höhe von 70 Metern das höchste Bauwerk der bekannten Welt. Der in kaum drei Metern Abstand davor stehende Turm war nur vier Meter niedriger. Einst, so hatte es Jaun sein Großvater erzählt, seien die Türme gleich hoch gewesen und hätten ganz oben eine gemeinsame, beide Türme überspannende Plattform getragen, auf der das mächtigste Katapult gestanden habe, das jemals gebaut worden sei. Doch entsprechend mächtig waren wohl auch die Erschütterungen beim Abfeuern des Katapults gewesen. Irgendwann war der oberste Mauerabschnitt des einen Turms auseinandergebrochen und hatte die Plattform, das Katapult sowie etliche Männer 70 Meter in die Tiefe gerissen ... Als kleiner Junge hatte Jaun diese Geschichte geliebt und sein Großvater musste sie ihm immer wieder erzählen.

Inzwischen war die Stadt natürlich so sehr gewachsen, dass man vom Palast aus selbst mit dem mächtigsten Katapult der Welt nicht mehr über die äußere Mauer hinausschießen könnte.

Außer den Türmen befanden sich auf dem Palast-Gelände noch eine luxuriöse Villa für besondere Staatsgäste, große Gewächshäuser, ein Brunnen- und ein Waschhaus sowie ein Bootshaus am Kanal, über den zwei schmale Brücken auf die Wiese zwischen Kanal-Schleife und Außenmauer führten – es war der einzige Abschnitt der Mauer, an dem die Innenseite unbebaut war, weil die große Wiese als Freigelände für die Pferde genutzt wurde.

Zudem gab es Schulen für die größeren und Betreuungsstätten für die kleineren Kinder der Beamten, Bediensteten und Gardesoldaten – doch diese Einrichtungen lagen außerhalb des Palastgeländes, was Jaun irgendwie schade fand.

Endlich war es dem König gelungen, sich aus seinen Stiefeln zu quälen, und er ließ sich, seufzend seine müden braunen Augen reibend, auf der Chaiselongue zurücksinken.

Dies hier, diese kleine Bibliothek in seinen Privatgemächern, war sein Lieblingsraum zum Ausruhen. Zumal er es, gegen einige Widerstände, schon vor gut 22 Jahren durchgesetzt hatte, dass in einem Nebenraum eine kleine Experimentier- und Einmachküche für ihn eingerichtet worden war. Seine spätere Frau, Königin Conyra vom Stamm des Wizenwassers, hatte ein Augenrollen nicht unterdrücken können, als sie die Küche zum ersten Mal gesehen hatte.

Kurz spielte Jaun mit dem Gedanken, hinüberzugehen, um nach seiner neuesten Marmeladen-Kreation zu sehen – eine Mischung aus Kirsche und Erdbeere mit einem Hauch Zitrusfrucht und Minze. Aber er war einfach zu müde und schloss die Augen. Dabei musste er wohl eingeschlafen sein, denn das Nächste, was er wahrnahm, war, dass er von Prinz Jorgis, seinem Kammerdiener seit über 30 Jahren, sachte wachgerüttelt wurde.

Jorgis trug eine dunkelgrüne Hose, ein weißes Hemd, halbhohe Stulpenstiefel und eine zur Hose passende dunkelgrüne Weste mit dem königlichen Wappen auf der Brust. Das hätte der König auch mit geschlossenen Augen gewusst, denn Jorgis trug *immer* seine Diener-Kluft, und wie immer sah sie so aus, als hätte er sie gerade frisch angezogen. Auch der Rundtopfschnitt seines grauen Haares, aus dem hinten ein langer grauer Zopf herausschaute, war, wie immer, akkurat. Und natürlich trug er die dünne Stahlkette mit dem kleinen Goldmedaillon, das ihn als Angehörigen des königlichen Haushalts auswies, der allein der königlichen Familie unterstellt war. Das Einzige, was nicht so recht zu seiner penibel gepflegten Kleidung zu passen schien, war der Mann, der darin steckte, denn Jorgis hatte die Statur eines Hafenarbeiters, dazu ein rundes, für 55 Jahre schon ziemlich zerfurchtes Gesicht mit einer irgendwann einmal gebrochenen Knollennase darin und buschigen Augenbrauen über den dunklen Augen.

Noch bevor der König aufgewacht war, hatte Jorgis schon eine kleine Platte mit einer Schale heißem L'ak und drei kleinen, mit unterschiedlichen Marmeladen bestrichenen Brotstückchen bereitgestellt. Jaun richtete sich verschlafen auf, nahm einen großen Schluck des warmen Getränks zu sich und war sich ziemlich sicher, dass Jorgis ihn besser kannte, als es die Königin tat.

Jetzt bückte sich Jorgis, um nach den königlichen Stiefeln zu greifen, doch Jaun winkte ab: »Nein, heute bringen mich keine zehn Wanzechsen mehr in diese Dinger. Hol mir bitte meine weichen, warm gefütterten Wildleder-Schluppschuhe.«

»Aber Majestät«, der Kammerdiener schüttelte indigniert den Kopf, »wenn Ihr mit eurer Amtsrobe zweiten Grades zum Empfang mit dem Stammesrat geht, dann verlangt die Kleideretikette Stiefel ...«

»Die Kleideretikette könnte ja auch Rücksicht darauf nehmen, dass seiner Majestät die königlichen Füße schmerzen.«

»Aber ...«

»Aaach, halt die Luft an. Ich bin verdammt noch mal der König, und die Clowns vom Stammesrat werden es schon ertragen, wenn ich ohne Stiefel komme.«

»Majestät!«

»Noch ein Wort und ich gehe barfuß und spieße mir einen gebratenen Trillerlops auf die Krone!«

Seufzend gab Jorgis klein bei und half Jaun bei seiner Garderobe – einschließlich Schluppschuhen –, um dann die Königin abzuholen und ebenso Kronprinz Jonas und seine 27 Minuten jüngere Zwillingsschwester Prinzessin Jaunessa.

Königin Conyra gaben viele im Volk den Beinamen »die Zierliche«, was auf ihren Körper sicher zutraf, doch wer nun glaubte, ihr Äußeres spreche für eine zaghafte, passive Person, der kannte sie nicht wirklich. Die Haltung seiner 18 Jahre jüngeren Frau konnte mitunter, so empfand es jedenfalls der König, überaus standhaft sein, und sie warf so schnell nichts aus der Bahn. Und manchmal kam es Jaun noch immer wie ein Wunder vor, dass diese wunderschöne Frau sein Werben erhört hatte – wenn auch nicht ohne Bedingungen. Er hoffte jedenfalls sehr, sie würde ihn bald einmal wieder nachts in seinen Räumen besuchen.

Der Kronprinz und seine Schwester, das wusste der König, waren auch nicht gerade begeistert von dem Empfang, an dem sie nun teilnehmen mussten. Die beiden waren gerade mal elf Jahre alt. Der König – damals noch Thronfolger – hatte ziemlich spät geheiratet und – völlig untypisch für sein Geschlecht – noch später Nachwuchs bekommen. Als es endlich soweit gewesen war, da hatte Jaun den Eindruck gehabt, dass seine Neffen nicht wirklich begeistert gewesen waren.

Trotz ihres jungen Alters wurde von Jaunessa und Jonas erwartet, dass sie zumindest den Anfang des Empfangs über sich ergehen ließen, bevor sie in den Blättersaal verschwinden konnten, in dem den Kindern der Gäste ein kleines Unterhaltungsprogramm geboten wurde. Seine »Kleinen«, wie Jaun seine beiden jüngeren Kinder nannte,

Prinzessin Elhenna und Prinz Bastrobill, waren schon von ihrer Mutter zu Bett gebracht worden. Wahrscheinlich las Prinzessin Hansa, das Kindermädchen, den beiden gerade eine Gutenachtgeschichte vor – die hatten es gut!

Jaun XII. schob sich schnell das letzte Stückchen Marmeladenbrot in den Mund – hmm, das war eine Apfel-Birne-Mischung mit einer hauchzarten Fenchelnote! – und musste sich nun sputen, um noch rechtzeitig zum Empfang zu kommen. Der König befürchtete, einen langweiligen Abend mit ziemlich öden Ansprachen vor sich zu haben, und er freute sich jetzt schon auf den Zeitpunkt, wenn das ganze Brimborium vorbei wäre und er dann hoffentlich in Ruhe noch ein paar Zeilen lesen und endlich zu Bett gehen könnte.

Seine Befürchtung sollte sich, soweit es die Ansprachen betraf, erfüllen. Seine Hoffnung dagegen ...

*

Heute also sollte es soweit sein. Sein geheimnisvoller Auftraggeber schien wirklich einen günstigen Tag abgepasst zu haben: Viele hohe Tiere und der König selbst waren während des Jahresempfangs des Stammesrates im großen Palastgebäude – darauf würde sich also die Aufmerksamkeit der Garden und der Leibwächter konzentrieren. Die Frau, die heute Nacht eines gewaltsamen Todes sterben sollte, hatte dagegen Wachdienst im Nordgebäude – Tommas sah nochmals auf den Plan, den ihm der Unbekannte zugespielt hatte: An der markierten Stelle war eine Gastwohnung, dort würde der alte Prinz Volpin, der momentan Vorsitzender des Stammesrates war, samt seiner beiden Gattinnen übernachten. Volpin scheute den späten Heimweg, zumal er bei Empfängen bekanntermaßen gerne einen über den Durst trank – und häufig auch einen zu viel.

Eigentlich wäre eine Wache vor den Governeräumen wohl nicht nötig gewesen, doch es war ein Zeichen der Ehrerbietung, und so würde Ohanna Festhand an der Tür zu der Zimmerflucht Wache stehen und sicher nicht mit irgendwelchen Problemen rechnen. Das schien ja ein relativ einfacher Job für Tommas zu werden. So einfach, dass er noch etwas mehr dabei herauszuholen gedachte – schließlich konnte man ihn ja kein zweites Mal mehr aus dem Clan der Attentäter ausstoßen, und wenn er schon die Chance hatte, in den Palast hineinzukommen, dann galt es, das auszunutzen. Der Gebäudeplan schien ihm geradezu ein Geschenk der Götter zu sein, obwohl der Bote, der ihm die Rolle gestern im *Süßen Versprechen* zugesteckt hatte, ziemlich unangenehm gewesen war.

Es war ein riesiger Lederkrieger gewesen, dem ein Auge fehlte. Diese Krieger, an ihrer schwarzen Kluft zu erkennen, folgten nicht dauerhaft einem bestimmten Herren, sondern boten ihre Fähigkeiten – innerhalb des Elf-Stämme-Reichs – gut zahlenden Kunden, den Landesfürsten und dem Reich selbst an, für das sie dann gewissermaßen als inländische Söldner kämpften. Der große Kerl mit der Augenklappe hatte auch im Wirtshaus seinen Nasenklappen-Helm nicht abgenommen gehabt, unter dem an der Rückseite ein langer, dünner, geflochtener schwarzer Zopf hervorgeschaut hatte.

Lederkrieger galten als wahre Kampfmaschinen, dazu als arrogant und leicht zu beleidigen, was der Attentäter bei diesem Kerl auch bestätigt fand. Denn Tommas war schon beim Eintreten ins *Süße Versprechen* auf den Mann aufmerksam geworden, weil der Kerl lauthals den Wirt beschimpfte, der ihn angeblich nicht schnell genug bedient hatte. Dann hatte er noch einen anderen Gast angerempelt und diesen daraufhin als hirnlosen Trillerlops beschimpft – wobei der andere klug genug gewesen war, sich zu entschuldigen und in eine andere Ecke der Wirtschaft zu verkrümeln.

Tommas war jedenfalls froh, dass er sich mit dem Plan und einem Brief schnell wieder davonmachen konnte, nachdem ihm der Kerl, von irgendwelchen Heldentaten prahlend, noch ein Bier aufgenötigt hatte. Heute Abend jedenfalls, wenn diese Kriegerin starb, davon war Tommas überzeugt, würde es wesentlich weniger lautstark zugehen.

*

Wären es unruhigere Zeiten gewesen – oder hätten die Garden und Leibwachen gewusst, dass es unter der Oberfläche schon gefährlich brodelte –, den Wächtern des Palastes und den Beschützern der Königsfamilie wäre ihre Arbeit vermutlich wie ein Alptraum vorgekommen. Es war ja nicht so, dass die Außenmauern des Palastbezirks, mitten im Gewimmel der Reichshauptstadt gelegen, tatsächlich wie die Mauern einer echten Kriegsburg erbaut worden wären. Daher war es schon schwierig, die sieben Tore effizient zu kontrollieren. Zudem galt es, auch an den Türmen – wenn auch meist verschlossene – schwere Eichentüren zu bewachen.

Selbst am Haupttor waren nicht etwa Fallgatter und Zugbrücke eingebaut, sondern es stand lediglich zu jeder Seite des tagsüber offen stehenden Tores ein Wachhäuschen. Und zu den Palastgebäuden selbst gab es eine Vielzahl von Eingängen.

Nur zu den Räumen der Königsfamilie führten bloß zwei Zugänge – einer über ein Treppenhaus aus dem königlichen Sekretariat im Erdgeschoss und einer im zweiten Stock über den Brückengang zum Hauptgebäude. Allerdings gab es noch den umlaufenden Balkon im ersten Stock, zu dem eine ganze Reihe Türen führten, weshalb tagaus, tagein Wachen an den vier Gebäudeecken auf dem Balkon standen.

Wobei die Gebäude selbst nicht einmal das größte Sicherheitsproblem waren. Das größte Problem bestand darin, dass auf dem Palastgelände ein reges Kommen und Gehen herrschte. Ständig waren hier die Beschäftigten und oft auch ihrer Familien unterwegs, dazu kamen Bittsteller, Vorgeladene und Besucher von Ämtern und Ministerien – und die Wachen an den Toren konnten unmöglich alle Besucher kennen.

An Tagen wie diesen, mit großen Empfängen, war es besonders schlimm. So war es kein allzu großes Wunder, dass die Wachen am Haupttor sieben Männer der Bruderschaft einfach durchwinkten, ohne sich den Passierschein, den einer der Männer hochhielt, überhaupt nur anzusehen. Aber vermutlich wäre es ihnen selbst bei näherer Betrachtung nicht aufgefallen, dass eine geschickte Hand die »1« auf dem Passierschein zu einer »7« gemacht hatte und dass das Wort »Person« am Ende einer Zeile noch um ein »en« ergänzt worden war.

Zudem war es üblich bei diesen Jahresempfängen, dass immer ein Bruder aus einer kleinen Abordnung ein paar salbungsvolle Worte sprach. Allerdings fanden sich diese Brüder stets schon vor der Mittagszeit im Palast ein, denn die Palastküche stand zu Recht in einem guten Ruf.

Den Passierschein der echten, schon um elf Uhr eingetroffenen elfköpfigen Delegation hatte sich ein Torwächter sogar angesehen. Aber seine Dienstzeit war schon eine gute Stunde zu Ende gewesen, als Tommas mit seinen sechs Helfern das Palastgelände betreten hatte – gemessenen Schrittes und in Bruderschaftskutten gehüllt.

Nicht umsonst war ihm daran gelegen gewesen, den im Voraus gezahlten Teil seines Attentäter-Lohns in kleiner Münze zu erhalten. Er brauchte das Geld, um Mitstreiter anzuheuern. Seit er Freiberufler geworden war, hatte er etliche Halsabschneider kennengelernt. Und ein paar von ihnen waren auch dumm genug, sich für eine Silberschleuder zu so einem Unternehmen verlocken zu lassen. – Genaugenommen hätten ja fünf oder sechs Helfer genügt, aber eine »1« ließ sich nun mal viel besser in eine »7« statt in eine der anderen Ziffern verwandeln.

Doch wer weiß, wozu es gut war? Schließlich hatte sein Auftraggeber ja nicht damit hinter dem Berg gehalten, dass diese bald tote Ohanna Festhand als ausgezeichnete Kriegerin galt. Ihr drei Männer auf den Hals zu hetzen, war also womöglich gar nicht so schlecht. Er selbst gedachte mit den drei übrigen Begleitern noch ein wenig seinem Zweitberuf als Entführer zu frönen.

Praktisch, dass die Karte, um ihm mögliche Wege der Annäherung offenzulegen, nicht nur das linke Nebengebäude, sondern auch das Hauptgebäude des Palastes gezeigt hatte. Die meisten der Stammesrats-Mitglieder waren schon älter, wenn nicht gar alte Säcke, dennoch hatten ein paar von ihnen jüngere Kinder, natürlich besonders die Kerle mit ihren Zweit- und Drittfrauen. Und die nahmen ihre bis zum Gehtnichtmehr herausgeputzten Bälger gerne mit zum Schaulaufen bei den den Jahresempfängen, wollten sie aber vor dem großen Blabla im Prunksaal und dem späten Imbiss mit Großstadtgeplauder und Intrigenspinnen wieder loswerden, sodass die Kinder dann in einem anderen, viel kleineren Saal unter sich waren. Und dank der Karte kannte Tommas auch die drei anderen Säle im Palast und wusste, wo sie zu finden waren. Er war sich sicher, dass der kleinste, der Blättersaal, als Ort der Kinderbelustigung dienen sollte, doch er würde vorsorglich nachfragen.

Es war nicht schwer gewesen, drei geeignete, heißt schwerreiche Familien auszumachen. Er und seine Jungs würden sich die drei Blagen dieser Ratsmitglieder greifen und so zu einem ordentlichen Sümmchen Lösegeld kommen. Drei auf einmal! Da sprang wirklich was heraus. Er hätte ja auch vier genommen, doch es mussten Kinder eines Stammes sein.

Natürlich wäre das Risiko viel zu groß, die drei Kinder tatsächlich lebend aus dem Palast zu schmuggeln. Aber dank des Planes wusste Tommas auch, dass er schnell in den Weinkeller gelangen konnte, wo er die Leichen der Kleinen in Weinfässern verstecken konnte – da würden sie dann auch nicht so schnell zu stinken beginnen. Er durfte nur nicht vergessen, ein paar Finger mitzunehmen, als Beweis für ihre Eltern.

Ailis alias Ohanna Festhand stand vor der schweren Eichentür Wache. Vermutlich hätte allein diese Türe, in deren ganze Höhe und Breite ein naturgetreuer, sich entfaltender Apfelbaum eingeschnitzt war, einen Soldaten den kompletten Jahressold, wenn nicht mehr gekostet. Aber Ailis war froh über die massive Handwerksarbeit, denn ein Pfeil oder ein Armbrustbolzen konnte da nicht durchdringen.

Sie stand, im Seitengebäude des Palastes, in einem kleinen, nach der anderen Seite hin offenen Vorraum vor der großen Tür. Der Vorraum ging direkt in den Brückengang über, der in der zweiten Etage Neben- und Hauptgebäude des Palastes miteinander verband.

Ailis trug, wie immer während des Palast-Dienstes, die Gardeuniform der Waldstamm-Krieger: Braune Stiefel, eine Hose aus dunkelblauem Leinen, ein weißes Schnürhemd und darüber eine dunkelblaue Wildlederweste, in die vorne mit Hilfe von Punziereisen und Färbemitteln zwei braune Buchenäste mit vielen kleinen grünen Blättern herausgearbeitet waren. Auf den weißblonden Haaren, die inzwischen fast bis zu den Schultern reichten, saß eine flache, dunkelbraune Lederkappe, um die herum ebenfalls ein Band aus grünen Buchenblättern verlief. Wer die Ausstattung der Palastwache kannte und genauer hingesehen hätte, dem wäre womöglich aufgefallen, dass die junge Kriegerin zusätzlich zu Schwert und Dolch der Garde noch zwei Wurfmesser im Gürtel stecken hatte. Sie war ungewöhnlich angespannt. Was ja auch kein Wunder war angesichts der Tatsache, dass gleich ihr Mörder kommen würde.

Haans hatte diesen Tommas, über den er während seiner nächtlichen Nachforschungen etwas aufgeschnappt hatte, ja ziemlich schnell an der Angel gehabt. Und glücklicherweise konnte er ihn auch gut sehen, während er ihm aus der Sänfte heraus den Auftrag zu *Ohannas* Ermordung gegeben hatte. Er hatte diesen geschassten Attentäter jedenfalls so gut beschreiben können, dass Ailis keine Schwierigkeiten haben würde, ihn zu erkennen. Zudem hatte Haans diesen Karl ja noch ein zweites Mal gesehen, wenn auch nur mit einem Auge. Bei der Gelegenheit hatte Ailis eine weitere Seite an Haans entdeckt: Offenbar schlummerte in dem Mann, den sie liebte, auch schauspielerisches Talent. Er musste recht überzeugend gewesen sein als streitsüchtiger Lederkrieger mit Augenklappe.

Es konnte nun eigentlich nicht mehr lange dauern. Der Mörder würde sie auch ganz sicher finden, mit dem guten Plan des Palastes, den er bekommen hatte. Nur einen klitzekleinen Fehler hatte Ailis in den Plan eingearbeitet, lediglich eine Petitesse. Denn sie hielt heute natürlich nicht irgendwo im Gästetrakt Wache, sondern vor den Gemächern der königlichen Familie.

Der Platz war gut gewählt, denn Tommas, der davon ausgehen musste, dass sein Opfer ahnungslos war und ihn nicht kannte, konnte hier nur von zwei Seiten zuschlagen: Entweder er kam ganz locker direkt von vorne über den Brückengang auf sie zu spaziert – vielleicht als Diener getarnt – oder er wollte sie von hinten erledigen, dann musste er den Weg durch den Wohntrakt nehmen – in diesem Fall würde er wohl auf leisen Sohlen über das Dach des Brückenganges herüberlaufen, anschließend durch das nächste Dachfenster steigen – Ailis hatte es geöffnet, nachdem der König gegangen war – und zu ihr herunterzukommen, um dann schnell die Türe hinter ihr zu öffnen ... Mit der überraschten Kriegerin, die alleine Wache hielt, würde er leichtes Spiel haben. Nur dass Ailis, davon war sie überzeugt, eben nicht überrascht sein würde. Und alleine war sie auch nicht. Es war ja Vorschrift, dass mindestens zwei Gardekrieger an jedem Eingang zu den Königsgemächern standen.

›Ohanna Festhand‹, als die sie im Palast eingeschleust worden war, gehörte zu den Federträgern, führte also eine Elferschaft der Palastgarde an. Ihre zehn Leute waren natürlich jene Waldstamm-Kriegerinnen und Krieger, die mit ihr nach Dorianstadt gekommen waren, um den König vor einem möglichen Attentat zu schützen.

Die 1221 Mann starke Leibgarde des Königs wurde zu gleichen Teilen von den elf Stämmen gestellt. Anführer des Waldstamm-Kontingents war Oran Rodenaxt, seine und Ailis' Familien kannten sich, und sie hatte Oran mit Hilfe eines Schreibens des Waldstamm-Goldältesten eingeweiht. Ohne das Schreiben von Oro Prinz Starkehand hätte Oran ihr, bei aller Freundschaft, niemals geglaubt, dass der Kanzler eine Verschwörung gegen das Königshaus plante. So waren sie auch übereingekommen, die übrigen Waldstammkrieger noch nicht zu informieren – das hätte für zu viele Mitwisser und Diskussionen gesorgt. Doch Oran Rodenaxt unterstützte Ailis – etwa dadurch, dass ihre Leute besonders oft zur Königswache abkommandiert wurden. So hatte er es auf ihre Bitte auch möglich gemacht, dass sie heute zur Wache an den Königsgemächern eingeteilt war. Wobei sie allerdings ›vergessen‹ hatte, Rodenaxt über die Kleinigkeit zu informieren, dass an diesem Abend ein Mörder vor den Gemächern des Königs auftauchen würde.

Rodenaxt hätte ihr niemals gestattet, ihren Plan in die Tat umzusetzen, also musste sie ihren Vorgesetzten hintergehen. Noch vor einem Jahr, darüber war sich Ailis im Klaren, hätte sie so etwas nicht einmal zu denken gewagt – na ja, vielleicht fast nicht.

Jedenfalls hatte sie jetzt, dank Rodenaxt, auch die Möglichkeit, ihre Leute einzuteilen. Zwei von ihnen standen, ganz regulär, Wache vor dem Portal zum Aufgang im Erdgeschoss. Vier hielten sich am Ausgang des Treppenhauses zum ersten Stock verborgen, denn an der Rückseite dieses Stockwerks waren die Räume der jüngsten Königskinder und des Kindermädchens – die Kleinen schliefen sicher schon und ahnten natürlich nichts von der Intrige gegen einen Intriganten, die gerade in ihrer unmittelbaren Nähe ablief. Ailis ging zwar nicht davon aus, dass dieser Tommas so dumm war, in das falsche Stockwerk hinunterzugehen und dann auch noch ausgerechnet in das Zimmer der Kleinen hineinzumarschieren, doch sie durfte in dieser Sache auf keinen Fall ein Risiko eingehen. – Nicht auszudenken, wenn den Kindern des Königs etwas passieren würde!

Die beiden Ecken an der Südseite des im ersten Stock umlaufenden Balkons waren auch mit je einem Krieger aus ihrer Mannschaft besetzt. Denn auf der Südseite schloss, im Zentrum des zweiten Stockwerks, der Brückengang vom Hauptpalast an das Nebengebäude an, und ihre beiden Leute würden es dann garantiert *nicht bemerken*, falls Tommas als schwarzer Schatten in der Nacht über das Brückendach herüber huschen sollte.

Blieben noch zwei aus ihrer Elferschaft übrig – Sola Borkendach und Ruald Eichspeer, die erfahrensten und wohl auch besonnensten der Krieger, die mit ihr nach Dorianstadt gekommen waren. Und die ganz ohne Zweifel, wie alle ihrer Leute, mit ihren Waffen umzugehen verstanden. Diese beiden befanden sich nur drei Meter von Ailis entfernt, im Vorraum hinter den Vorhängen verborgen, von denen die zweiflügelige Tür zu beiden Seiten begrenzt wurde. Ailis selbst hatte den aus ihrer Sicht linken Türflügel im Rücken, der rechte Türflügel war nur angelehnt, sodass sie ihn mit der linken Hand schnell aufziehen konnte und die rechte Hand für Schwert oder Wurfmesser frei hatte.

Hätte sie darauf wetten sollen – was im Waldstamm natürlich verpönt war –, dann hätte Ailis darauf gesetzt, dass Tommas von vorne durch den mit Kerzen und Spiegellampen erleuchteten Gang kommen würde. Haans war anderer Ansicht gewesen. Und da die Kriegerin inzwischen nicht mehr gar so streng auf das Einhalten der

Waldstamm-Gebräuche achtete, hatten sie tatsächlich eine kleine Wette am Laufen, deren Einsatz bei ihrem nächsten nächtlichen Treffen einzulösen wäre. – Doch sie würden beide verlieren.

*

Tommas hielt nicht viel von der Bruderschaft, hatte allerdings auch nicht die geringste Ahnung von deren Strukturen. Allerdings war er oft genug in der Stadt Brüdern begegnet, die in festen Formationen unterwegs waren. So hatte er es gestern noch mit seinen Halsabschneidern geübt: Er ging in der Mitte vorneweg und sie marschierten paarweise hinter ihm, sodass er die Spitze vor einer Sechserformation bildete. Natürlich hatten alle ihre Kapuzen über den Kopf gezogen und die sechs hinter ihm hielten ihre Blicke bescheiden gesenkt – dadurch konnte auch niemand die Verbrecher-Karrieren erkennen, die sich in den meisten der sechs Gesichter dank Narben, fehlender Zähne, nicht zu verbergender Härte und gieriger Blicke abzeichnete.

Die weiten Kutten der Bruderschaft hatten zudem den Vorteil, dass sie die Kleidung, die sie für ihr weiteres Vorgehen brauchten, schon unter den schnell abzuwerfenden Gewändern tragen konnten. Bei den beiden Kleinsten und Wendigsten war es schwarze Kleidung, bei Honzak, dem Armbrustschützen, war es eine Diener-Livree, bei Tommas und den drei anderen waren es die Gardeuniformen des Regenstammes.

Erst hatten sie, in Formation bleibend, die Lage sondiert und schnell herausgefunden, dass tatsächlich der Blättersaal für den Aufenthalt der Kinder vorgesehen war. Dann hatte Tommas den dreien, die diese Kriegerin zu ihren Ahnen schicken würden, den Weg gezeigt, damit sich die Deppen nachher nicht verlaufen würden. Schließlich zogen sie sich in einen kleinen, selten genutzten Haustempel zurück und heuchelten Andacht, um abzuwarten, bis der Jahresempfang begonnen hatte und die Kinder dieser nichtsnutzigen reichen Säcke in dem angenehm entfernt vom Prunksaal liegenden Blättersaal ihr eigenes kleines Fest feierten »Hoffentlich ist es ein nettes Fest«, flüsterte Honzak Tommas mit einem bösen Grinsen zu, »immerhin wird es für drei der lieben Kleinen das letzte Fest ihres Lebens.«

Dann gingen zuerst die drei Männer, die Ohanna Festhand umbringen sollten. Die anderen ließen ihnen etwas Zeit, da sich ja zwei der Männer erst noch über das Dach dieses seltsamen Brückenwegs vorarbeiten und durch ein Dachfenster eindringen würden, um die Wache stehende Kriegerin von hinten anzugreifen. Die Leiche Ohannas konnte danach im Gästetrakt in aller Ruhe auf den Stammesrat-Vorsitzenden Prinz Volpin warten.

Als sie glaubten, dass Ohanna nun spätestens in den nächsten Minuten erledigt sein müsste, machten sich die vier Mörder auf den Weg, um sich die Kinder zu schnappen.

*

Da kam jemand! Endlich! Ailis war langsam ungeduldig geworden und freute sich darauf, dass die Sache bald erledigt wäre (und ein Stückchen tiefer in ihren Gedanken auch ein wenig darauf, was sie von Haans als Verlierer seiner Wette verlangen würde).

Sachte legte sie ihre Linke an den angelehnten Türflügel, die rechte Hand auf den Knauf ihres Schwertes – und stutzte. Der Mann, der da durch das flackernde, sich spiegelnde Kerzenlicht den Gang entlang auf sie zuschritt, konnte unmöglich dieser Tommas sein, dafür war er viel zu schmächtig und obendrein war er blond. Himmel, das war wirklich ein Diener! Ausgerechnet jetzt! Sie musste ihn augenblicklich loswerden, denn mit dem Kerl als Zeugen wäre ihr ganzer Plan im Eimer.

»Was willst du?«, blaffte sie den muskulösen, aber nicht besonders großen Mann in der Livree eines Palastdieners schon von Weitem an. Er trug ein flaches, breites Paket aus Weidengeflecht vor sich her, das er mit der rechten Hand von unten und mit der linken Hand an der Seite festhielt.

Der Kerl war wohl früher Soldat gewesen, schoss es Ailis durch den Kopf, als er näherkam – eine dunkle, tiefe Narbe zog sich von seiner Nase aus über seine komplette linke Wange.

»Ich soll ’n ... ein Geschenk abgeben«, kam es kurz angebunden zurück.

»Ein Geschenk?«, Ailis war verwirrt, »für den König?«

Jetzt zeigte sich auch Verwirrung in den kalten blauen Augen des Dieners, der etwa zwei Meter vor ihr stoppte und überrascht entgegnete: »Für den ...? Nein, natürlich für Prinz Volpin.«

Honzak hatte den Namen des Stammesrat-Vorsitzenden noch nicht ganz ausgesprochen, als Ailis, sich eine eingebildete Närrin scheltend, bereits klar war, dass sie einen großen Fehler gemacht hatte.

Ein Wurfmesser aus dem Gürtel reißend, tauchte die Kriegerin nach rechts weg, während Narbennase das unten offene Weidengeflecht beiseite schleuderte, eine kleine Armbrust anhob und feuerte. – Gleichzeitig rummste der Körper eines schmerzerfüllt aufschreienden Mannes von innen gegen die große Flügeltür des Vorraums, und zwei Schwerter klirrten aufeinander.

*

»Mann, ist mir langweilig«, flüsterte Thronprinz Jonas, der irgendwann einmal der Achte dieses Namens sein sollte, seiner 27 Minuten jüngeren Schwester zu.

»Erstens bin ich kein Mann, aber zweitens hast du erstaunlicherweise recht: Es *ist* langweilig«, flüsterte Prinzessin Jaunessa zurück.

Sie waren zwar keine eineiigen Zwillinge, die Ähnlichkeit war jedoch unverkennbar: Beide waren, trotz der reichhaltigen Ernährung im Palast, ziemlich dünn und quirlig, beide hatten sie ebenmäßige, leicht herzförmige Gesichter mit etlichen Sommersprossen und einer kleinen Stupsnase über den momentan wegen der Langeweile schmollenden Lippen. Die Stupsnasen hatten sie zweifelsohne von ihrer Mutter, Königin Conyra geerbt – diese Nase war auch einer der Gründe gewesen, warum sich König Jaun schließlich doch noch zu einer Ehe hatte hinreißen lassen. Das braune Haar – bei Jaunessa etwas mehr in Richtung Kastanie tendierend –, die braunen Augen und die dichten Augenbrauen hatte ihnen dagegen der königliche Vater vererbt. Jaunessa war derzeit viereinhalb Zentimeter größer als ihr Bruder, was sie ihm nicht mehr als sechs bis sieben Mal am Tag unter die Nase rieb.

Jonas trug sein Haar kurz, weshalb Jaunessa auf derselben Frisur bestanden hatte – ihre Etiketten-Lehrerin schimpfte zwar nach wie vor über ihre *liederlichen Haare*, doch, na ja, der König war nun mal ihr Vater, und den konnte sie schneller um den kleinen Finger wickeln als ein Trillerlops sein Ei gewendet hatte. ... obwohl ... Heute hatte er sich nicht erweichen lassen, und sie musste die weit geschnittene blaue Samtjacke tragen, an der man sie als Mädchen erkennen konnte, was Gästen, die sie nicht kannten, ansonsten nicht unbedingt gelungen wäre.

Jonas' Jacke war enger, etwas kürzer und unten weniger ausladend, dafür liefen um den Kragen und ganz unten um die Ärmel zwei eingewebte goldene Bänder, während es bei ihrer Jacke ein goldenes Zackenmuster war. Die goldenen Knöpfe und auch die übrige Kleidung waren identisch: Feinste weiße Leinenhemden unter den Jacken mit kleinen Goldtressen an den Krägen, die, so fand Jonas, ziemlich unangenehm kratzten, wenn man erst mal an sie dachte. Auch die blauen Samthosen waren natürlich von bester Qualität. In die Außennähte waren Goldfäden eingewebt, die Jonas, sehr zum Missfallen des Hofschneiders, schon oft in Ungedanken herausgezupft hatte.

Die anderen Kinder im Raum waren nicht weniger edel gekleidet, es waren etwa 22 Mädchen und Jungen, deren Vater oder Mutter im Stämmerat saß oder auch – das war die Minderheit – ein Ministeramt innehatte. Das Alter der Kinder reichte von sechs bis zwölf Jahren. Die Jüngeren durften zu Hause bleiben, die Älteren mussten sich von Anfang bis Ende durch den Empfang quälen – die Ärmsten, dachte Jonas, da war es selbst hier noch besser.

Der Blättersaal verdankte seinen Namen der Freskenmalerei, die das flache Tonnengewölbe wohl schon seit über 333 Jahren zierte und die teilweise auch in die Wände überging: Die Decke war das reinste Blättermeer, tausende kleine, saftiggrüne Blätter hingen an einem Gewirr kleiner Äste. Dass der Saal gerade bei Kindern tatsächlich beliebt war, lag daran, dass man bei genauem Hinsehen auch einige Tiere, Nymphen und Faune zwischen den Blättern zu entdecken glaubte, die jedoch derart versteckt waren, dass man sie leicht wieder aus den Augen verlor. Deutlich heraus stach nur das einzige goldene Blatt in dem grünen Meer, genau im Zentrum der Gewölbedecke. Es hieß, dort habe der Meister, der das Bild gemalt hatte, mit seinem Kunstwerk begonnen, um, von diesem einzelnen Blatt ausgehend, eine ganze geheime Welt zu erschaffen. Leider war heute von jenem alten Meister nur noch der Handwerksname bekannt. *Tüftler* hatte man ihn offenbar zu seinen Lebzeiten genannt.

Der Saal konnte mühelos große Tische und Bänke für bis zu 33 Personen aufnehmen. So wirkte er jetzt fast ein wenig leer, denn nur an der Rückwand war eine Reihe Tische aufgestellt worden, die reichlich mit Leckereien und Getränken für die Kinder bestückt waren. Zwei Bedienstete sorgten bei Bedarf für Nachschub aus einem kleinen Nebenraum.

Die Kinder selbst saßen auf Wolldecken, die über dünne Strohmatratzen gebreitet waren, vor der flachen Bühne an der Front des Saales. Auf der Bühne mühten sich gerade drei Gaukler ab. Es war eine Jonglage-Nummer, bei der es aber nicht so sehr auf die doch recht einfache Jonglage mit Bällen und Keulen ankam, sondern mehr auf die Clownerien, die die drei sich gegenseitig foppenden Artisten fortlaufend einbauten.

Den meisten der Kinder schien die Vorführung durchaus Spaß zu machen, denn viele lachten oder klatschten während des Spektakels. Doch Prinzessin Jaunessa, die zusammen mit ihrem Bruder mitten in der letzten Reihe saß, gähnte zum wiederholten Male recht unverhohlen und flüsterte Jonas zu: »Man könnte glatt meinen, für die anderen ist das alles neu. – Na ja, für einige ist es das ja auch. Aber ... wie oft haben wir diese drei Clowns jetzt eigentlich schon gesehen? Drei Mal?«

»Vier Mal. Und immer die gleiche Vorführung. – Ich hasse diese ständigen Programmwiederholungen!«

»Ja, ich wäre jetzt viel lieber unten in der Küche. Einige von den Küchenjungs sind *wirklich* witzig. – Vielleicht können wir uns ja verkrümeln?«

Jonas runzelte die Stirn, während er zurückflüsterte: »Aber Mama hat gesagt, dass wir hierbleiben müssen. Sonst wäre das unseren Gästen gegenüber unhöflich.«

»Aaach, alter Hosenschisser! Außerdem hat uns unser Lehrer doch erklärt, Glück liegt auch darin, die richtige Gelegenheit zu erkennen und zu ergreifen, oder? Und gerade du als nächster König müsstest das lernen.«

»Tja, also, wenn du das so siehst ... he, schau mal, vielleicht kommt da unsere Gelegenheit.«

Gerade war ein Flügel der großen Doppeltür aufgegangen und ein Federträger aus der Palastgarde war geschmeidig eingetreten. An seiner Uniform erkannte Jonas gleich, dass er zu den 111 Leuten vom Regenstamm gehörte, die hier Dienst taten. Der Mann selbst war ihm aber bisher noch nicht aufgefallen. Hinter ihm standen in dem breiten Gang drei weitere Regenstamm-Männer der Garde.

»Entschuldigt bitte«, sagte der Federträger nun laut und vernehmlich, und es klang, als sei er es gewohnt, Befehle zu geben, »aber würdet Ihr nur einen kurzen Moment Euer Spiel unterbrechen? Wir stören auch nicht lange.«

So völlig unerwartet aus dem Konzept gebracht, fielen zwei der Artisten ihre Keulen, die sie gerade zwischen sich kreisen ließen, tatsächlich unbeabsichtigt zu Boden. Die kleineren Kinder lachten trotzdem, während die Älteren neugierig zu dem Garde-Mann hinübersahen. Der erklärte nun, noch immer unter der Tür stehend:

»Offenbar hat es einen kleinen Zwischenfall in der Vertretung des Regenstammes gegeben, weshalb unsere Ratsmitglieder den Empfang schon verlassen wollen. – Wenn mir bitte ...«, er blickte kurz auf eine Notiz, »... Prinz Kalmann, Prinz Rudan und Prinzessin Jessa zum Treffpunkt folgen wollen.«

Während ein sechsjähriger Knirps und ein ziemlich übergewichtiger Zwölfjähriger zwar mit Verwunderung in den Gesichtern, aber doch eilig aufstanden, beschwerte sich ein etwa zehnjähriges, für ihr Alter hoch aufgeschossenes Mädchen: »Trillerlops noch eins! Muss das denn sein? Es ist gerade lustig. Wir könnten doch wenigstens warten, bis ...« Doch barsch unterbrach sie der Federträger: »Nein, offenbar können wir nicht warten. Ich tue auch nur, was mir eure Eltern aufgetragen haben. Soll ich ihnen vielleicht sagen, dass die Lösung des Problems warten muss, weil eine Prinzessin erst noch das Kasperletheater hier zu Ende sehen will?«

Das brachte ihm zwar ein erbostes »Du Gardetölpel hast ja keine Ahnung ...«, eines der Artisten ein, doch das war Tommas egal, solange diese hochnäsige kleine Zicke nur mitkam. Sie maulte zwar noch, stand aber tatsächlich auf und folgte den beiden Jungs.

Als die drei an Tommas vorbei in den großen Gang marschiert waren, lächelte der tatsächlich den anderen im Raum zu und erklärte: »Nochmals Entschuldigung für die Störung – macht nur weiter«, dann schloss er die Türe hinter sich, um die anderen in Richtung Weinkeller zu führen. Na, das war ja wirklich ungeheuer einfach, geradezu ein Kinderspiel gew... – da flog die Tür in seinem Rücken nochmals auf, worauf Tommas mit der Hand am Schwertknauf herumfuhr, doch es waren nur zwei weitere Kinder – offenbar Geschwister –, die ihnen hinterhereilten. Das Mädchen rief dabei fröhlich: »Wartet, wir begleiten euch noch zu eurem Treffpunkt!«

Der Junge ergänzte: »Ja, das erfordert die Höflichkeit.«

»Und auf dem Rückweg«, vor lauter Kichern konnte man das Mädchen jetzt kaum verstehen, »werden wir uns verlaufen und ganz *zuuufällig* in der Küche landen.«

Tommas, den seine Spießgesellen fragend ansahen, hatte keine Ahnung, was diese kleinen Spinner meinten. Doch er hatte das untrügliche Gefühl, dass sie nicht in der Küche, sondern vielmehr in einem Weinfass landen würden. – Warum sollte er sie auch zurückschicken, wenn sich hier die Möglichkeit ergab, zwei zusätzliche Ratsfamilien auszunehmen. »Also gut, folgt mir, aber trödelt nicht, es ist jetzt schon etwas eilig.«

Zwei seiner Leute gingen nun hinter den sich aufgeregt unterhaltenden Kindern, sodass diese Plagen, falls sie doch noch merkten, was hier gespielt wurde, nicht nach hinten abhauen konnten. Bald würden sie den Weinkeller erreicht haben ...

Tommas überlegte unterdessen, dass er ja noch herausfinden musste, wer diese zwei anderen Kinder eigentlich waren, denn sonst würde er ja kaum ihre Eltern um Lösegeld angehen können. Gut, er könnte diesen beiden Kröten im Keller einfach die Arme brechen, dann ein wenig daran ziehen, und sie würden ihm nur zu gerne jede Frage beantworten. Andererseits könnte das ein wenig zu laut werden, außerdem wollten sie den Kindern ja auch nicht unnötig wehtun, sondern sie nur erdrosseln – das hinterließ keine Blutpfützen. Also versuchte es Tommas, als sie den Abgang zum Weinkeller schon fast erreicht hatten, auf die sanfte Tour und fragte ganz einfach: »He, ihr zwei im blauen Samt, wer seid ihr eigentlich?«

Das Mädchen kicherte schon wieder: »Er kennt uns tatsächlich nicht!« Der Junge schien zunächst auch lachen zu wollen, doch dann mischte sich das Grinsen in seinem Gesicht mit einem Runzeln der Stirn, während er ergänzte: »Und das ist eigentlich ziemlich komisch, wo er doch im Palast dient. Und seine Männer scheinen uns auch nicht zu kennen.«

Abrupt hielt Tommas an, der ganze Trupp stoppte, er fuhr zu den Kindern herum und fragte alarmiert, die Antwort schon befürchtend: »*Wer* seid ihr?«

Das Kichern des Mädchens hatte mit einem Schlag aufgehört. Sie stellte die Gegenfrage: »Warum bewegen wir uns nicht auf den Großen Saal zu, sondern von ihm weg? Eigentlich müssten doch dort die Eltern unserer Gäste vom Regenstamm warten.«

»Oh bei allen verdammten Göttern«, entfuhr es Tommas – das Mädchen hatte von *»unseren« Gästen* gesprochen – »ich dachte, Jonas und Jaunessa sind Zwillinge?«

»Trollo!«, entfuhr es dem Mädchen, »seit wann müssen Zwillinge immer gleich aussehen?«

Tommas wurde blass, konnte sich aber, als vorzüglich ausgebildeter Attentäter, beherrschen und überlegte, ob er sich herausbluffen und den Thronprinz samt Schwester einfach zurück in den Blättersaal schicken könnte. Doch seine drei Spießgesellen waren alles andere als gut für brenzlige Situationen ausgebildet. Bisher hatten sie nur Kutschenstation verstanden, doch so langsam dämmerte auch ihnen, was los war, und einer, den die Erkenntnis wie ein Blitz traf, rief plötzlich: »Himmel! Der Thronprinz und seine Schwester! – Wir werden alle hängen!«

Dann wollte er tatsächlich davonstürzen, doch Tommas konnte ihn gerade noch am Hals packen, und kochend vor Wut zischte er ihn an: »Du dreimal verfluchter Schwachsinniger! Wir werden einzig dann hängen, wenn du und ihr anderen euch nicht zusammenreißt! – Wir haben jetzt nur noch eine Möglichkeit: Es müssen *alle* in den Keller, und zwar schnell!«

»Rennt!«, brüllte in diesem Augenblick Jonas den übrigen Kindern zu und wollte selbst unter den Armen der falschen Gardekrieger hindurchtauchen. Doch Tommas ließ seinen Spießgesellen rechtzeitig los und verpasste Jonas noch in der gleichen Bewegung mit der rückwärts schwingenden Hand eine heftige Kopfnuss, sodass der Junge benommen taumelte und von dem ehemaligen Attentäter problemlos mit dem linken Arm in den Schwitzkasten genommen werden konnte. Jaunessa sprang mit einem wütenden Aufschrei hinzu und trat Tommas kräftig gegen das Schienbein. Nur mit Mühe konnte er einen Aufschrei unterdrücken, doch gleichzeitig versetzte er dem Mädchen mit dem Handrücken eine so heftige Ohrfeige, dass sie vor Prinz Knauson, dem kräftigsten der drei anderen Halsabschneider, zu Boden ging. Der zögerte kurz, doch dann wurden seine breiten Kiefer noch härter, er zerrte Jaunessa hoch, umfasste mit einer Pranke mühelos ihre Kehle, um sie durch einen leichten Druck am Schreien zu hindern, und zischte seinen Begleitern zu: »Er hat recht. Es gibt kein Zurück. Und auch wenn alle mit diesem Empfang im Großen Saal beschäftigt sind, haben wir mehr Glück als Verstand, dass uns noch niemand über den Weg gelaufen ist. Also los jetzt!«

Die beiden nickten, zogen ihre Schwerter und wandten sich den drei anderen Kindern zu, die wie erstarrt mit dem Rücken zur Wand standen und die Männer aus großen Augen anstarrten. Nur das Mädchen, das vorhin nicht mitgehen wollte, hielt den Eindringlingen einen kleinen Dolch entgegen, der jedoch in Sekunden ihrer zitternden Hand entwunden war. Dann schnauzte einer der Kerle die drei an: »Bloß den kleinsten Ton von euch, und ich schlitze jedem die Kehle von einem Ohr bis zum anderen auf! Los, setzt euch in Bewegung.«

Tommas schleifte den Jungen, der nun wohl doch nicht der nächste König werden würde, eilig mit sich, wobei ihn der Schmerz in seinem Schienbein humpeln ließ. Er warf einen giftigen Blick nach rechts, wo Knauson dieses jetzt schwer atmende Mädchen, noch immer am Hals gepackt, vor sich herschob, und zischte: »*Dich* stecke ich lebend ins Weinfass.«

Die anderen Kinder folgten ängstlich, die beiden älteren durch piekende Schwertspitzen im Rücken ermuntert, der kleine Junge, nun leise weinend, an der Hand des Mädchens.

Als sie um die nächste Ecke bogen, seufzte Tommas erleichtert auf: »Endlich! Da ist die Tür zum Weinkeller!«

*

Der Armbrustbolzen zerriss den Ärmel von Ailis' Schnürhemd und durchpflügte die Haut ihres linken Oberarmes, jedoch kaum etwas von ihrem Muskelgewebe, sodass nur wenig Blut aus der Wunde trat. Sie hatte dem Gegner ihr Messer entgegengeschleudert, während sie zu Boden gehechtet war, und hatte deshalb keinen exakten Treffer anbringen können. – Wobei »nicht exakt« eigentlich ziemlich geschönt war. Sie hatte auf den Bauch dieses falschen Dieners gezielt, doch nun ragte der Messergriff etwas seitlich über dem Knie aus dem linken Bein des Mannes, der mit einem Aufschrei zu Boden gegangen war. Jetzt wollte er in Panik trotz des verletzten Beines wieder aufstehen, während er gleichzeitig versuchte, seine Armbrust neu zu laden und Ailis nicht aus den Augen zu verlieren – was alles gleichzeitig nicht so recht gelingen wollte. Eigentlich, so dachte Ailis während sie aufsprang, wäre es gerade eine wunderbare Gelegenheit, dem Kerl den Rest zu geben, doch aus dem Vorraum zu den Gemächern des Königs hörte sie noch immer Kampfgetümmel. Also stürzte sie mit gezogenem Schwert in den Wohntrakt der königlichen Familie, sah aber gleich im Licht zweier Öllampen, dass sie ihren beiden Leuten nicht mehr zur Hilfe kommen musste.

Gerade zog Sola Borkendach, heftig keuchend, ihr Schwert aus dem Brustkorb eines kleinen, ganz in Schwarz gekleideten Mannes, der auch sein Gesicht mit schwarzer Farbe eingerieben hatte und nun zu Boden ging, mit glasigen Augen das letzte Stöhnen seines Lebens ausstoßend. Keine zwei Meter weiter hinten im Raum war es genau umgekehrt: Mit einem schmerzerfüllten Stöhnen kam Ruald Eichspeer wieder vom Boden hoch.

Der Mann, der unter ihm gelegen hatte, würde nicht einmal mehr stöhnen können. Rualds Messer steckte in seinem Herz. Der Waldstamm-Krieger hielt sich unterdessen den linken Arm, von dem Blut auf den Boden tropfte, und meinte entschuldigend zu Ailis: »Der Kerl hat mich erwischt, als ich dich draußen gehört und an der Tür gelauscht hatte. Hätte wohl damit rechnen sollen, dass der Angriff von zwei Seiten kommen könnte. Na ja, ich hab's ihm heimgezahlt.«

»Oh, ihr habt eure Sache gut gemacht«, entgegnete Ailis, während sie nachdenklich auf die toten Angreifer starrte, »bei mir selbst bin ich da allerdings nicht so sicher. – Keiner der beiden ist dieser Tommas, und der Kerl draußen auch nicht. Hat dieser Ex-Attentäter seinen Auftrag vielleicht weiterverkauft?« Doch dann wurden ihre Augen schlagartig groß, und sie rief: »Ach du je! Ich dämlicher Riesen-Trillerlops! Der Kerl ist bei den Attentätern rausgeflogen, weil er gerne nebenher noch auf eigene Rechnung gearbeitet hatte! Und jetzt kann ihn niemand mehr irgendwo rauswerfen, wieso sollte er dann sein Verhalten ändern? Der treibt sich ganz sicher noch irgendwo im Palast rum! Ich muss sofort herausfinden, was er vorhat.«

Sie wollte schon zur Türe hinausstürzen, drehte sich aber nochmals um und schärfte den beiden anderen ein: »Ihr bleibt bei unserem Plan. Und, Sola, wenn du Ruald verbunden hast, dann geh zu unseren vier Leuten unten auf dem Treppenabsatz und mach dich mit ihnen aus dem Staub. Hier wird es bald von wichtigen Leuten wimmeln. Die sollen nicht auffällig viele Waldstamm-Wächter sehen, das könnte sie stutzig machen.« Dann griff sie noch in ihre Tasche, zog einen Lederriemen mit einem Anhänger in Form einer etwa vier Zentimeter durchmessenden Kugel hervor, auf der Fratzen und Gesichter eingraviert waren. Sie warf den Anhänger neben einen der Toten und erinnerte Sola: »Vergiss nicht, dem Kerl das Ding anzuziehen.« Dann spähte sie, an die Armbrust denkend, vorsichtig um einen Türflügel herum ... – Der Kerl war weg!

Dort, wo er gelegen hatte, gab es nur noch eine kleine Blutlache auf dem Boden, von der eine kontinuierliche Spur zerplatzter Blutströpfchen auf den Steinen fortführte. Mist! Der Attentäter durfte auf gar keinen Fall gefangen und befragt werden, dann wäre ihr ganzer Plan beim Burrischja! Ailis rannte los.

*

Wie? Was? War der ... war der Kerl etwa schon fertig? Verdammter Trillerlops! Vielleicht hätte er doch bis zum Ende der Rede zuhören sollen, dachte Jaun. Doch zuletzt war er in seinem vielleicht etwas zu bequemen Thronsessel immer tiefer gerutscht. Wenn er in dieser Position den Kopf nur ein wenig zurücklegte, konnte er, durch die große Kuppel hindurch, schon den Mond am Nachthimmel sehen – der Große Saal hieß nicht nur so, er war riesig, kreisrund und reichte bis zum Dach des Palastes, auf jeder Etage umlief eine von weißen Kalksteinsäulen getragene Galerie das komplette Rund. König Jaun sah gerne die Wolken oder die Sterne über die Glaskuppel ziehen, doch hatte er sich wohl zu sehr ablenken lassen. Schnell setzte er sich wieder auf und blickte in die Menge. – Tatsächlich! Die Leute waren alle ruhig und sahen erwartungsvoll zu ihm auf, während der gut genährte Redner, zwei Meter neben dem Königsthron auf der Empore stehend, schon leicht die Stirn runzelte.

Gut, dass wenigstens die Königin aufgepasst und ihm einen kleinen Stups gegeben hatte. Wie sie da neben ihm saß, sah sie einfach umwerfend aus, in ihrer weißen Toga mit Goldsäumen und dem offenen roten Samtmantel, der mit der glänzenden Wolle aus Haaren des grünen Hermelins besetzt war. Ihr rotbraunes Haar war, als Reminiszenz an ihren Heimatstamm, mit ein paar goldenen Ährenhalmen durchwoben, zu einem Kranz um ihren Kopf gelegt, der keine Krone mehr nötig machte ... und *sie* durfte Sandalen tragen ...

Jetzt lächelte sie den König an und deutete mit ihren Augen in die andere Richtung. Ach ja! Hastig begann der König zu applaudieren, alle unten im Saal fielen mit ein, und das Stirnrunzeln des Redners, das immer tiefer geworden war, verwandelte sich in ein Lächeln, während Jaun sich wie jedes Jahr fest vornahm, die Redezeiten bei den Empfängen zu begrenzen. Seine eigene Eröffnungsansprache war kurz und knapp gewesen – noch kürzer, und sie hätte als unhöflich gegolten.

Während er nach seiner Rede unter dem pflichtschuldigen Applaus der Gäste wieder zu seinem Thron gegangen war, hatte er es gar nicht übersehen können, dass die Zwillinge auf ihren Plätzen schräg hinter dem Thron schon unruhig hin und her gerutscht waren, und er hatte ihnen mit einem Lächeln zu verstehen gegeben, dass sie nun zu den anderen Kindern gehen konnten. Dann hatte Jaun dem Stämmeratsvorsitzenden Prinz Volpin, der in der ersten Reihe vor der Empore saß, mit einer freundlichen Geste bedeutet, heraufzukommen und ans Rednerpult zu treten. Seine Geste war aber wohl zu freundlich gewesen, denn der alte Volpin schien mit dem Reden und dem Lobpreisen der Arbeit des Stammesrates und dem Bedanken bei jedem einzelnen seiner Helfer gar nicht mehr aufhören zu wollen, so jedenfalls war es Jaun vorgekommen.

Und jetzt würden auch noch die Reden des Vorstehers der Gilden sowie der Bürgermeisterin Dorianstadts folgen, dann ein Gebet eines Gleicheren der Bruderschaft und schließlich seine eigenen Abschlussworte. Immerhin: Wenigstens die Länge des Gebets war schon vor zwei Generationen auf fünf Minuten begrenzt worden. Der damalige Gleichste, ein gewisser Cé-takatak, war offenbar ein wirklich unerträglicher Schwätzer gewesen. Doch der *Königliche Erlass zur Begrenzung der Gebetszeit beim Jahresempfang für den Stämmerat* hatte den Orden damals so verärgert, dass seither nie wieder der Gleichste persönlich gekommen war, sondern Jahr für Jahr nur noch ein Gleicherer zu den Empfängen entsandt wurde.

Was Bürgermeisterin Kaspira betraf: König Jaun mochte sie auch deshalb, weil sie vorzugsweise kurze Ansprachen hielt. Das galt aber leider nicht für den Obermeister der Gilden, Prinz Brannawulf. Wenn der mal die Gelegenheit zum Reden bekam ...

Jaun XII. beendete seinen inzwischen sanften Applaus und stand auf, um Volpin zu verabschieden und Brannawulf zu begrüßen – und alle Leute im Saal erhoben sich mit dem König. Noch so etwas, das er endlich abschaffen sollte. Auch acht Jahre nach seiner Krönung irritierte es ihn noch immer, dass alle Welt aufstand, wenn er ein Zimmer betrat oder sich auch nur von seinem Platz erhob. Das erste Jahr seiner Regentschaft war allein deshalb schwierig gewesen, weil er es gar nicht gewagt hatte, während langwieriger Verhandlungen einmal seinen Platz zu verlassen, um zum Abort zu gehen.

Der Große Saal, von zahlreichen Fackellaternen erleuchtet, war gut gefüllt, vorne natürlich mit den Mitgliedern des Stammesrates, dahinter mit ein paar hundert geladenen Gästen. Jaun konnte von seiner erhöhten Position sehen, dass am anderen Ende des Saales die Dienerschaft bereits damit begonnen hatte, Getränke, Krüge und zarte Glaspokale auf den zahlreichen Tischen zu verteilen, die Speisen würden bald folgen. Bevor er sich wieder setzen wollte, hob der König noch einmal die Hand grüßend in Richtung der Gäste. Da fiel plötzlich ein grässlich schreiender Mann von der Kuppel herab und schlug mit einem deutlichen Klatschen auf dem dann nicht mehr weißen Marmorboden auf. Danach schrie er nicht mehr.

*

Nachdem Ailis die Verfolgung aufgenommen hatte, musste sie nicht lange laufen. Erst rannte sie über den Brückengang, der auf der anderen Seite, im Hauptpalast, mit zwei breiten Gängen eine Kreuzung bildete. Ailis folgte der Blutspur weiter geradeaus, bis nach wenigen Metern eine weitere Kreuzung kam und die Spur nach rechts deutete. Vorsichtig spähte sie um die Ecke und sah den verwundeten Attentäter, wie er sich verzweifelt voranschleppte, sich mit der linken Hand an der Wand und den Türen verschiedener Ministerialräume abstützend. Sein linkes Bein schleifte er mehr nach, als dass er es recht bewegen konnte. Natürlich sah er sich immer wieder um.

Panik traf auf Entschlossenheit, als sich die Blicke des Mannes und seiner Verfolgerin trafen, doch der Kerl lehnte sich nun keuchend mit dem Rücken gegen die Wand und hob die Armbrust – ganz ohne Frage war es ihm doch gelungen, das Ding zu laden. Die Kriegerin zuckte zurück, doch kein Bolzen sauste an ihr vorbei. Der Kerl sparte sich den Schuss, bis er ein sichereres Ziel vor Augen hatte. Ailis blieb gar nichts anderes übrig, als ihm weiter zu folgen. Immerhin hatte sie den Vorteil, dass sie sich inzwischen in allen zugänglichen Teilen des Schlosses bestens auskannte. Ganz bewusst hatte sie sich mit der gesamten Anlage vertraut gemacht, weil sie sich im Umfeld des Königs, den es zu schützen galt, auskennen wollte. Und so wusste sie auch, dass hier die Sekretäre des Ministers der Münze ihre Räume hatten. Schnell öffnete sie die nächste Tür und riss die nächstbeste Steuersammlung aus einem Regal. Sie enthielt in feiner, geschnörkelter Tuscheschrift die Aufzeichnung Abertausender Steuerzahlungen Tausender Bürger – und war dementsprechend groß: Die losen, etwa 66 Zentimeter hohen und 33 Zentimeter breiten Bögen lagen zwischen zwei dünnen, nur wenig größeren Eichenbrettern, das Ganze war mit zwei Stricken zusammengebunden – und etwa 22 Zentimeter dick.

Doch trotz aller Eile: Bis Ailis, mit ihrer schweren Last unterm Arm, erneut um die Ecke spähte, verschwand der Mann schon hinter der nächsten Abzweigung nach links. Keuchend verdoppelte die Kriegerin ihre Anstrengung, als ihr klar wurde, wohin dieser Gang führte: direkt zu der Galerie, die im dritten Geschoss um den Großen Saal herumführte. Würde der Attentäter dort die Treppen herunterlaufen, konnte ihn auch seine Verkleidung nicht mehr retten: Der blutende, panische *Diener* musste auffallen und würde festgesetzt werden. Ailis schlitterte geradezu um die nächste Ecke, hörte von weiter vorne ein paar Fetzen einer Rede herüberwehen und sah einige Meter weiter den blutenden Meuchelmörder, der sich stöhnend die Wand entlangschob. Ohne zu zögern rannte sie auf ihn zu, der, von so viel Dreistigkeit erstaunt, die Augen aufriss, was ihn aber nicht davon abhielt, die Armbrust hochzunehmen und abzudrücken.

Als Ailis die Bewegung sah, riss sie, sich so klein wie möglich zusammenkauernd und das Beste hoffend, die Steuersammlung vor sich. Mit Wucht schlug der Bolzen in das Holz ein und die Kriegerin fiel nach hinten. Auf diese kurze Distanz hatte das Geschoss eine solche Kraft gehabt, dass es ihr das Buch, in dem es nun steckte, heftig gegen den Brustkorb geschlagen hatte.

Stöhnend sprang Ailis wieder auf und sah, dass sich der Armbrustschütze bereits den nächsten Bolzen zwischen die Zähne geklemmt hatte und gerade mit dem Spannhebel die Sehne seiner Waffe zurückzog. Sie schoss auf den Gegner zu, der legte den nächsten Bolzen ein, zog den Finger zum Abzug zurück ... doch da Ailis heran, erreichte die Armbrust mit den Fingerspitzen der lang vorgestreckten Außenhand gerade so, um sie ein paar Millimeter beiseite drücken zu können. Der Bolzen zischte an ihrem Kopf vorbei.

Noch aus dem Schwung heraus stürzte sie sich auf den Mann – ihr Schwert hatte sie nicht mehr ziehen können –, warf ihn dadurch zu Boden und hieb ihm den Ellbogen in den Solarplexus, sodass er nach Luft schnappend auf dem Rücken liegen blieb.

Auch Ailis atmete schwer, hatte jetzt jedoch weder Zeit zur Erholung noch für ein Plauderstündchen. Sie zog ihr Gardemesser und drückte dessen Spitze unter den heftig zuckenden Adamsapfel des Mannes. »Wo ist Tommas? Was hat er vor?«, zischte sie ihn an.

Röchelnd kam es zurück: »Du kennst ...?«, dann blitzten Verstehen und Entsetzen in den tränenden Augen des Mannes auf, als er rief: »Das war abgekartet! Wieso ... – *urchch!*«

Ailis hatte die Spitze etwas tiefer gedrückt: »*WO – IST – TOMMAS?*«

»*Die Kinder*«, kam es panisch zurück, »er will mit den anderen drei Kinder reicher Ratsmitglieder aus dem Blättersaal holen.«

Verdammt, Tommas konnte es nicht lassen! Vermutlich hatte er seine Opfer schon ... »Wo will er sie aus dem Palast schmuggeln?«

»G... gar nicht.«

»Gar nicht? – Oh Ahnen! Er will es genauso machen wie bei der Frau des Kaufmanns!«

In ihrem Entsetzen hatte sie sich etwas aufgerichtet und mit dem Druck auf den Hals des Mannes nachgelassen. Als sie die Bewegung seiner rechten Hand spürte, war es schon zu spät. Honzak hatte einen Armbrustbolzen aus seiner Jackentasche ziehen können und rammte ihn Ailis in die Seite. Da er dabei den etwa 13 Zentimeter langen Bolzen in der rechten Faust gehalten und nur ein kleiner Teil hervorgeschaut hatte, war die Wunde nicht sehr tief, doch der Schmerz ließ Ailis unter Stöhnen zur Seite zucken. So konnte Honzak sein gesundes Bein unter ihr hervorziehen und seinen Fuß in ihren Bauch rammen, worauf ihr Messer klappernd zu Boden fiel.

Wäre er nicht durch den Blutverlust schon geschwächt gewesen, er hätte sie nun erledigen können. Doch die Zähne zusammengebissen kam Ailis zitternd wieder auf die Füße und zog ihr verbliebenes Wurfmesser. Aber auch Honzak hatte sich erneut hochgestemmt und hüpfte verzweifelt auf einem Bein in Richtung Galerie – doch sie *musste* wissen, wo die Kinder hingebracht wurden, um sie ... Und der Kerl erreichte gerade die große Galerie!

Sie warf. Und traf diesmal genau.

Das Messer in der rechten Wade ließ Honzak aufstöhnend nach vorne auf die Galerie hinaustaumeln. Er konnte sich gerade noch mit seinen Händen und seinem Brustkorb auf der Balustrade abstützen, etwa acht, neun Meter unter sich den Boden des Großen Saales, von dem jetzt Applaus zu ihm heraufzubranden schien. Dann stöhnte er erneut auf, als das Messer wieder aus seiner Wade gerissen, ihm an den Hals gepresst wurde und die Frau, die ihm kurz darauf den Tod bringen sollte, zischte: »*Wo sind die Kinder?*«

»Bitte!«

»*Wo?*«

»Im ... im Weinkeller, Tommas will sie im Weinkeller töten und sie dann in die Fässer – *NEIN! BITTE NICHT!*«

Er krallte sich an der Balustrade, spürte, wie seine Beine höher und immer höher angehoben wurden, bis sein Schwerpunkt auf der anderen Seite des Geländers lag – »*NEIIIII...*«. – Sein letztes Wort endete in einem langgezogenen Schrei, der aber abrupt aufhörte. Alles andere wäre auch sehr verwunderlich gewesen.

Ailis wusste, dass ihr nur ein Sekundenbruchteil blieb, um auf sich aufmerksam zu machen, bevor aus dem schockierten Schweigen unter ihr ein lautes, undurchdringliches Tohuwabohu werden würde. Noch blickten die meisten Gäste dorthin, wo der schreiende Mann genau zwischen der Gildenmeisterin der Holzbauer und dem Gildenmeister der Maurer, die sich eigentlich auf den Abend gefreut hatten, aufgeprallt war. Doch der König gehörte zu den Wenigen, die ihre Augen schon nach oben gerichtet hatten, um zu sehen, wo der nicht fliegende, sondern stürzende Mann hergekommen war. Als sich in diesem Moment die Blicke der Kriegerin und des Regenten trafen, schrie Ailis so laut sie konnte in seine Richtung: »Attentäter in den Königsgemächern, bei den Kindern im Blättersaal ...« – doch da ging das Schreien und Rufen los, und der Kriegerin war klar, dass ihr Zusatz »... und im Weinkeller« niemanden mehr erreicht hatte. Sie musste augenblicklich dorthin!

Acht Reichsminister residierten mit ihren persönlichen Stäben in überaus großzügigen Räumlichkeiten, die direkt an den großen, den Prunksaal umlaufenden Galerien im zweiten und dritten Geschoss des Palastes lagen. Direkt hinter Ailis befanden sich die Räume des Ministers für Flüsse und Seen (ein Intimfeind der Bauministerin, seit er ihr vor drei Jahren die Verantwortung für die Kanäle überlassen musste). Im Gegensatz zu den schlichten Räumen der Münz-Sekretäre waren die Türen zu den Ministerien natürlich verschlossen, doch an den Wänden zur Galerie folgte ein großes Rundbogenfenster dem nächsten, sodass das Tageslicht, das durch die große Kuppel fiel, auch in den Ministerien für etwas Licht sorgte.

Ohne zu zögern wandte sich Ailis um und sprang, sich den Arm schützend vor die Augen haltend, durch das nächstgelegene geschlossene Fenster. Das Zimmer diente offenkundig der Entspannung des Ministers und Beratungen, denn es war mit erlesenen Tapeten, weichen Teppichen, einem reich verzierten Stehpult sowie etlichen Edelholztischchen und mit Samt gepolsterten Sesseln ausgestattet, dazu mit einem offenen Schrank voller teurer Weine (die ein Grund dafür gewesen waren, dass das Fluss-und-See-Ministerium seine Zuständigkeit für die Kanäle an das Bauministerium abgeben musste). Doch für all den Luxus hatte die Kriegerin kein Auge, sondern nur für etwas, das wie ein kleiner, zweiflügeliger Fensterladen direkt neben dem kleinen Kamin in der Mauer gegenüber aussah.

Nachdem sie in einem Scherbenregen auf einem weichen Teppich gelandet war, war sie ohne Unterbrechung hinübergerannt, hatte die kleine Flügeltür aufgerissen, sich in den Schacht des mittels Zugseil und Rollen betriebenen Speiseaufzugs gequetscht und war an einer der dünnen Eichenstangen, die den Aufzug in der Spur hielten, in die Tiefe gerutscht.

Der kleine Aufzugkasten auf dem Boden des Schachtes bestand aus einem dünnen Weidegeflecht, das in tausend Splitter zersprang, aber auch den Aufprall dämpfte, als Ailis mit ziemlicher Geschwindigkeit aufschlug.

Einen pickeligen Küchenjungen traf fast der Schlag, als plötzlich eine verschwitzte und ziemlich grimmig schauende Gardekriegerin des Waldstammes vor ihm aus der Wand stieg. Doch wegen des großen Empfangs herrschte auch um diese späte Stunde noch reges Treiben im Küchentrakt, der zudem derart riesig war, dass die meisten Köche und Helfer gar nicht bemerkten, was da gerade geschah.

Kaum dass sie aus dem Schacht heraus war, zog Ailis ihr Schwert, rannte weiter, rief »Weg da! – Zur Seite! – Aus dem Weg!«, um so die Köche und Helfer energisch beiseite zu scheuchen, die ihr an ihren Herden und Töpfen im Weg standen. Gleichzeitig schoss ihr durch den Kopf, dass sie dem Armbrustschützen wohl eine Frage zu früh Flugunterricht gegeben hatte: Von Tommas und ›den anderen‹ hatte er gesprochen, aber Ailis hatte gar nicht gefragt, wie viele ›andere‹ es waren. Doch eigentlich spielte es auch keine Rolle.

Die Küche lag nicht in ihrer ganzen Tiefe im Keller, an der Außenwand gab es dicht unter der Decke eine kontinuierliche Reihe niedriger Fenster. Der nächste Raum, den Ailis ansteuerte, lag allerdings noch tiefer.

Nachdem sie, einen neuen Geschwindigkeitsrekord aufstellend, die Küche bis zur nächsten Seitenwand durchquert hatte, machte sie sich gar nicht erst die Mühe, die Treppe nach unten zu benutzen. Ein Stückchen neben dem Treppenabgang führte eine durch den häufigen Gebrauch gut polierte Rutsche aus Eichenbrettern in die Tiefe, die eigentlich Fässern und Säcken vorbehalten war. Ailis hechtete mit Schwung hinein.

*

Seine Benommenheit hatte zwar nachgelassen, doch das machte die Lage für Prinz Jonas auch nicht eben besser, da er sich fürchterlich sicher war, dass dieser falsche Regenstamm-Gardist seiner Schwester und ihm sowie den drei Regenstamm-Kindern den Garaus machen würde. Und dass dieser Widerling gerade die Ankunft am Weinkeller mit einem freudigen »Na endlich« begrüßt hatte, ließ Jonas vermuten, dass die Sache mit dem *Garaus machen* an einem eher ungemütlichen Ort und vor allem in einer überaus nahen Zukunft geschehen würde.

Er versuchte, sich aus der Umklammerung zu befreien und den Mann zu treten, der seinen Hals nach wie vor fest zwischen Armbeuge und Brustkorb gepresst hielt. Als er ihm schließlich mit den

Fingernägeln drei Furchen über den Handrücken zog, kam der Kerl tatsächlich ins Stocken – und Jonas vom Regen in die Traufe, denn der Mörder murmelte verärgert: »Der Floh kann's nicht lassen«, und drückte dann einfach fester zu. Einen toten Jungen die zwei Meter bis zur Kellertür zu schleifen, würde ja keine große Mühe sein.

Jonas wehrte sich noch heftiger, bekam aber keine Luft mehr und lief unter den entsetzten Augen seiner Schwester schon blau an, während Knauson, der sie noch immer am Hals gepackt hielt, mit finsterem Lächeln erst seinem Anführer zusah und dann mit einem Achselzucken selbst zudrückte. Die beiden anderen Entführer trieben die drei Regenstamm-Kinder noch zwei Meter weiter, einer der Männer öffnete die Kellertür, hinter der eine Kriegerin stand und ihm ihr Schwert in den Hals stieß.

Dann rammte Ailis, ihr Schwert zurückreißend, den Sterbenden mit der Schulter beiseite und durchbohrte das Herz des zweiten Mannes. Sein Gesicht zeigte noch immer vollkommenes Unverständnis, als er, bereits tot, zu Bode fiel.

Ailis hatte die Situation mit einem Blick erfasst und rief den drei Kindern, die nun nicht mehr bewacht wurden, ein energisches »Verschwindet!« zu. Das Mädchen stürzte diesmal tatsächlich gleich davon, den kleinen Jungen mit sich zerrend und mitten durch die große Blutlache schlitternd, die durch die letzten Herzschläge des Mannes mit der aufgeschlitzten Kehle noch etwas größer wurde. Der große Junge starrte die Kriegerin einen Moment lang verwirrt an, dann trottete er den anderen hinterher. Dafür hatte Ailis allerdings schon keinen Blick mehr gehabt, denn sie konzentrierte sich ganz auf die beiden verbliebenen Gegner, denen sie jetzt gegenüberstand. Schon beim ersten Blick war ihr klar gewesen, dass sie Tommas gefunden hatte. Und der war, als ausgebildeter Attentäter, ein ganz anderes Kaliber als seine Verbündeten. Zudem war ihr, immerhin gut genutzter Überraschungsmoment nun vorbei.

Dann fiel ihr Blick auf die beiden furchtbar keuchenden Kinder – und hätte vor Schreck fast ihr Schwert fallen lassen. Als Mitglied der Königsgarde erkannte sie natürlich sofort den Thronfolger und dessen Schwester, die oft durch den Palast wuselten. – Oh Ahnen, was hatte sie mit ihrem Plan nur angerichtet?

Tommas kochte derweil vor Wut. Innerhalb eines einzigen Sekundenbruchteils schien er von der Sieger- auf die Verliererstraße geraten zu sein. Doch er war natürlich so schlau, den Kronprinz nun wieder atmen zu lassen, da er ihn aller Wahrscheinlichkeit noch als

Druckmittel brauchte. Das begriff sogar Knauson, der den Griff um Jaunessas Hals löste, das nun röchelnd nach Luft schnappende Mädchen aber wie einen Schutzschild vor sich zog und mit der Rechten sein Schwert anhob.

Die Gegner taxierten sich lauernd, während sich Tommas fragte, wo diese Waldstamm-Schlampe so plötzlich hergekommen war. Moment ... eine Kriegerin der Waldstamm-Garde, die genau der Beschreibung entsprach, die er mit seinem Vertrag bekommen hatte? Irgendetwas stimmte ganz und gar nicht. Doch erst mal war es wichtig, hier lebend herauszukommen. Also zog er, mit dem Unterarm unter dessen Kinn, den Kopf des Jungen hoch, bis Jonas auf den Zehenspitzen stehen musste, dann legte er die Schneide seines Schwertes an Jonas' langgestreckten Hals und zischte die Kriegerin an: »Du weißt, wer diese beiden hier sind, oder? Du legst sofort dein Schwert beiseite und lässt uns durch, oder sie sterben.«

»Doch dann hättet ihr ja kein Druckmittel mehr, oder?«

»Du vergisst, dass ich zwei habe«, dann sagte er, ohne Ailis aus den Augen zu lassen, mit ruhiger Stimme zu Knauson: »Drück der kleinen Schlampe den Hals zu und hör erst wieder auf, wenn sie nicht mehr zappelt.«

»Schon gut!«, rief Ailis, während sie ihre Waffe erst in die Linke wechselte und dann mit der Rechten den Griff so umfasste, dass die Klinge nun nach unten zeigte, »ihr bekommt meinen Stahl.«

Knauson lächelte, Ailis holte aus und schleuderte ihr Schwert wie eine Lanze. Knauson lächelte noch immer, als die flache Klinge zu seinem Mund hineinfuhr und unterhalb seines Hinterkopfes wieder austrat.

»Seht ihr«, sagte Ailis, »ich habe Wort gehalten. – Gibt dem Ausdruck ›*Eisenfresser*‹ irgendwie eine ganz neue Bedeutung.«

Aus einem der anderen Gänge hörte sie lautes Rufen näher kommen. Sie musste diese Angelegenheit hier unbedingt zu Ende bringen, bevor Tommas plaudern konnte. Und sie bekam Hilfe von unerwarteter Seite. Als Knauson nach hinten kippte, hatte seine erschlaffende Hand Jaunessa freigegeben.

Zunächst war sie mit einem Keuchen, sich auf ihren Knien abstützend, zusammengesunken. Doch mit einem Mal richtete sie sich mit einem tiefen, befreiten Atemzug auf, stürzte sich mit einem wütenden Schrei auf Tommas, umklammerte seinen Schwertarm und biss ihm mit aller Kraft in die Hand. Während der Attentäter aufschrie und sein Schwert auf den Marmorboden klirrte, konnte sich Jonas weit genug aus der Umklammerung drehen, um, seiner Schwester in die Augen blickend, so fest er konnte in Tommas Daumen zu beißen.

Der Attentäter brüllte vor Schmerz und Wut, konnte seine Hand aber nicht zwischen den beiden eisern zusammengepressten Kieferpaaren herauszerren. So riss er mit der Linken seinen verbliebenen Dolch heraus, um auf die Kinder einzustechen, doch da war Ailis schon heran, krachte in Tommas hinein und bekam seine Hand mit dem Dolch zu fassen, während alle vier zu Boden gingen.

*

Prinz Ryma war nicht umsonst Oberster Leibgardist des Königs. Der hochgewachsene Mann vom Stamm des Wizenwassers, gut in seinen 44ern, machte durch sein kantiges Gesicht und die buschigen Augenbrauen meist einen ernsten Eindruck, was diesmal der Situation aber durchaus angemessen war.

Nachdem der Mann von der Galerie gestürzt war, diese Kriegerin da oben etwas von Attentätern gebrüllt und unten im Saal das große Geschrei begonnen hatte, war Ryma besonnen geblieben. Sofort ließ er seine Leute die Ausgänge besetzen. Denn unkontrolliert im Palast umherrennende Ratsmitglieder und Bürger waren so ziemlich das Letzte, was er jetzt gebrauchen konnte. Gleichzeitig hatte er je eine Elferschaft auf die Galerien, zu den Gemächern des Königs und zum Blättersaal geschickt. Schließlich verschaffte er sich, mit seiner kräftigen Stimme von der Tribüne brüllend, lautstark Gehör und sorgte für Ruhe.

Nur zweierlei gelang ihm nicht: Königin Conyra davon abzuhalten, mit einer weiteren Elferschaft ebenfalls zu den königlichen Gemächern zu eilen, wo ja noch ihre beiden jüngeren Kinder waren, und König Jaun XII. daran zu hindern, nun mit ihm und weiteren Kriegern nach den Kindern zu sehen, während sein Stellvertreter zusätzliche Gardekrieger aus den Türmen holte, die den Palast systematisch durchkämmen sollten.

Der König hatte vor Aufregung rote Flecken im Gesicht, und ihm war schlecht vor Sorge. Er hatte sogar sein reich verziertes Schwert gezogen, obwohl er nur noch eine stumpfe Zierwaffe mit einer Rundung statt einer Spitze mit sich führte, seit er sich vor vier Jahren einmal versehentlich ziemlich tief in den Handballen geschnitten hatte.

Aber jetzt lief er zusammen mit Ryma vorneweg. Auch sie wollten zum Blättersaal, doch kaum hatten sie den Großen Saal verlassen, kam ihnen aus einem Nebengang ein Mädchen mit einem kleinen Jungen an der Hand entgegengerannt, das erst erleichtert aufschluchzte und dann lossprudelte: »Vier Männer, als Gardeleute verkleidet, haben uns entführt und wollten uns umbringen, aber dann war da plötzlich eine Kriegerin, aber, König, deine ... äh, Eure Kinder sind noch dort und ...«

»*Wo* sind sie?«, unterbrach Ryma, doch da wurde er, völlig unköniglich, von Jaun angestupst. Der König, der noch einen Tick blasser geworden war, deutete auf die Blutspuren, die den Weg der Kinder markierten und auf dem jetzt auch noch ein übergewichtiger Junge angeschnauft kam.

Den Spuren folgend, rannte Jaun augenblicklich los, sodass die überraschten Soldaten ein paar Sekunden brauchten, bis sie aufgeschlossen hatten. Er war zwar nicht mehr der Jüngste, aber dennoch stürmte der König durch die nächsten beiden Gänge, den kräftiger werdenden blutigen Fußabdrücken folgend. Doch dann bremsten alle abrupt, als hinter der nächsten Ecke ein Mann in der Uniform eines Regenstamm-Gardisten hervortaumelte. Ein Messer in der Hand, starrte er den König aus weit aufgerissenen Augen an, machte zwei Schritte auf ihn zu ... kippte wie ein Brett nach vorne und schlug ungebremst auf dem Boden auf, den Kopf nur noch Zentimeter von den Schluppschuhen des Königs entfernt. Unter ihm breitete sich eine schnell größer werdende Blutlache aus.

Im ersten Moment wollte sich Jaun bücken, doch dann hatte er den Eindruck, dass er aus dem Gang, aus dem der sterbende Mann gekommen war, Stimmen hörte. Darunter mindestens eine Stimme eines Kindes. Augenblicklich rannte der König weiter, schoss um die Ecke ... und wäre vor Erleichterung fast ohnmächtig geworden.

Drei tote Männer lagen zwischen größeren und kleineren Blutpfützen auf den Marmorplatten, an die Wand gelehnt saß eine Kriegerin der Waldstammgarde auf dem Boden. Sie presste sich einen Stofffetzen seitlich über der Hüfte auf den Bauch, und den Blutspuren nach zu urteilen, war sie offenbar auch am linken Arm verletzt. Für ihn das Wichtigste aber: Seine Kinder standen Hand in Hand vor dieser Kriegerin und sprachen mit ihr.

Der König krächzte ihre Namen, sie fuhren herum und lagen eine Sekunde später in seinen Armen. Im ersten Moment wollte er zurückschrecken, als er das Blut an ihren Kleidern und vor allem das

Blut sah, das über ihre Lippen gelaufen sein musste. Seine Tochter bemerkte seinen Blick, versuchte ein Grinsen und erklärte: »Ist nicht unser Blut. Wir haben diesen schrecklichen Mann gebissen.«

»*Gebissen?* – Ganz wunderbar!«

Dann deutete sein Sohn auf die am Boden sitzende Kriegerin und sagte: »Das ist Ohanna. Ohne sie wären wir ... Mann, die ist ganz schön irre!«

»Ja«, fiel seine Tochter mit ebensolcher Bewunderung in der Stimme ein, »die hat ein Schwert ganz knapp an meinem Kopf vorbei geworfen, das war echt klasse!«

»*Klasse!?* – Oh, gut, alles, was ihr wollt ... aber sie ist verletzt? – Moment ...«, Jaun wandte sich kurz an zwei Gardisten und wies sie, erst auf einen, dann auf den anderen deutend, an: »Hol meinen Leibarzt! Sag ihm, wenn er seinen runzeligen Hintern nicht in fünf Minuten hierher bewegt hat, ist er seinen Job los. – Und du, lauf zur Königin und sag ihr, dass es Jaunessa und Jonas gut geht«, dann nahm er seine Kinder beiseite und war die nächsten Minuten nur für sie da.

Prinz Ryma trat unterdessen zu der Waldstammkriegerin hin und fragte: »Ohanna, nicht? Nein, bleibt ruhig sitzen! Ihr habt die vier hier alleine erledigt?«

»Ja. Hatte wohl einen guten Tag.«

»Saubere Arbeit ...«

»Na ja, wenn ich all das Blut hier sehe ...«

»Und eine große Klappe«, aber Ryma sagte es mit einem erleichterten Lächeln und wollte dann wissen: »Könnt Ihr mir sagen, ob noch weitere Meuchelmörder im Palast herumlaufen?«

»Also, laufen sicher nicht, aber wenn man über den Brückengang zu den Gemächern des Königs geht, liegen da noch zwei Tote, das waren dann aber auch alle.«

»Und die habt Ihr auch ...?«

»Nein, nur den Kerl, der über die Brüstung gesegelt ist – irgendwie ... – der war zusammen mit den beiden anderen in die königlichen Gemächer eingedrungen, aber die zwei, die jetzt noch dort liegen, hat Ruald Eichspeer, einer meiner Männer erledigt. Er hat dabei aber auch was abbekommen. Wir beide waren für die Wache vor den Königsgemächern abgeordnet und uns dann nicht ganz sicher gewesen, ob wir Geräusche gehört hatten, als ob jemand über das Dach des Brückenganges zum Königstrakt herübergeschlichen wäre. Wir haben nachgesehen und sind auf die drei Kerle gestoßen. Einer von ihnen war seltsamerweise als Diener verkleidet – vielleicht sollte er sich als unauffälliger Kundschafter im Palast herumtreiben oder die beiden anderen informieren, wenn die königliche Familie wieder auf dem Rückweg in ihre Gemächer wäre.«

»Die königliche ...?«

»Ja, wir hatten den Eindruck, als hätten die beiden nach einem Versteck gesucht, um von dort dann irgendwann in der Nacht hervorzukommen ...«

Ailis war fast ein klein wenig besorgt, weil es ihr so langsam Spaß zu machen begann, ihrem höchsten Vorgesetzten nach König und Kriegskanzler diese Geschichte aufzutischen.

Prinz Ryma pfiff unterdessen durch die Zähne und meinte kopfschüttelnd: »Ein Attentat auf den König! Wer ist denn so wahnsinnig und wagt so ein Unternehmen ganz offen? Da muss entweder jemand sehr Verrücktes oder sehr Mächtiges dahinter stecken.«

»Ja«, erwiderte Ailis mit entspanntem Lächeln, »das muss wohl eine überaus mächtige Person sein oder eine mächtige Gruppe – vielleicht auch beides.«

»Und wer war dieser Mann, der ohne Flügel fliegen wollte?«

»Das war der Kerl, der als Diener verkleidet war. Er ist mir erst entkommen. Doch ich hatte ihn schnell eingeholt. Er wollte sich retten, indem er verraten hat, dass noch ein paar seiner Spießgesellen auf dem Weg zu den Kindern waren, von denen einige entführt werden sollten. Allerdings hatten die Kerle gar nicht vor, sie von hier fortzubringen. Die Kinder sollten im Weinkeller umgebracht und in Fässern versteckt werden, von den Eltern hätte man dennoch Lösegeld verlangt.«

Obwohl Ryma schon einiges erlebt hatte, schüttelte es ihn kurz, dann meinte er nachdenklich: »Ich frage mich nur, wie das zusammenpasst: Auf der einen Seite die Königsfamilie ermorden, auf der anderen Seite diese merkwürdige Entführung. Das ergibt doch keinen Sinn.«

Genau das fand Ailis auch. Tommas' Alleingang hatte ihre nette kleine Intrige gegen den intriganten Kriegskanzler komplizierter gemacht. Andererseits konnte etwas Verwirrung ihrem Plan nichts schaden. So antwortete sie: »Dazu hatte der Vogelmann leider nichts gesagt – er hat mich dummerweise überrascht und mir einen Armbrustbolzen in die Seite gestoßen.

In dem darauffolgenden Gerangel hat er dann, äh, den Abflug gemacht. Und ich kann mir, ehrlich gesagt, auch nicht vorstellen, was der Mordversuch in den Königsgemächern und die Entführung der Kinder miteinander zu tun haben. Vielleicht sollte die Entführung nur eine Ablenkung sein, damit die Mörder in den Gemächern der königlichen Familie in Ruhe ihrer blutigen Arbeit nachgehen könnten. Vielleicht war's aber auch ... na ja, ein *Königsmord*, und dann gleich die ganze Familie ausgelöscht ... – Hätte so eine ungeheuerliche Tat nicht der Beginn eines Umsturzes sein können? Unterstützt dadurch, dass angesehene Familien terrorisiert werden? Womöglich Keile zwischen die Stämme getrieben werden?«

»Kriegerin, Ihr denkt da sehr beunruhigende Gedanken. – Ein Umsturz? Ich kann's eigentlich nicht glauben. Aber bei all dem, was heute geschehen ist ...? Wir werden jedenfalls alle Sicherheitsvorkehrungen für den König verdreifachen und verbessern, und künftig werden wir nach allen Richtungen aufmerksamer sein müssen – viel aufmerksamer.«

Das hörte Ailis gerne. Denn schließlich war genau das eines der wichtigsten Ziele ihrer kleinen Aktion gewesen.

Ryma fuhr fort: »Aber warum haben sie auch die Zwillinge mitgenommen? Das passt doch irgendwie nicht, wenn man bedenkt, dass die beiden später mit ihren Eltern in die königlichen Gemächer zurückgekehrt wären, wo ja schon die Mörder gewartet hätten.«

»Ich hatte schon kurz mit den Kindern gesprochen. – Die beiden gefallen mir, die haben wirklich Biss. Aber sie sind nur durch einen Zufall mit hineingeraten, und offenbar waren die Entführer ziemlich erschrocken gewesen, als sie gemerkt hatten, wer ihnen da zusammen mit den Regenstamm-Kindern ins Netz gegangen war.«

»Hm. Dennoch bleibt das alles sehr merkwürdig. Ich ... Ah! Da kommt ja endlich der Arzt seiner Majestät angekeucht. Dann lasst Euch mal schön zusammenflicken, hiermit seid Ihr bis auf weiteres vom Dienst freigestellt. Wir werden morgen weiter reden, ich muss mich jetzt ohnehin um die Gesellschaft im Großen Saal kümmern, die inzwischen schon reichlich nervös sein dürfte.«

*

Eigentlich wollte König Jaun XII. nichts weiter, als mit seiner Frau und den Kindern so schnell wie möglich zurück in die königlichen Gemächer zu gelangen, damit die Familie nach all diesen Aufregungen unter sich sein konnte. Aber ihm war klar, dass es einige Leute gab, die es ihm als Schwäche auslegen würden, wenn er sich jetzt gleich zurückzog, ohne wenigstens noch ein paar Worte an die

Menschen im Großen Saal zu richten. So ging er gemeinsam mit Ryma zum Saal zurück. Unterwegs informierte ihn der Oberste Gardist darüber, was er von dieser Kriegerin erfahren hatte.

Auch die Zwillinge begleiteten Jaun. Ein dienstbarer Geist musste nur schnell Wasser und Tücher besorgen, damit sie sich unterwegs das Blut aus den Gesichtern waschen konnten. Denn das Blut an den Kleidern und die Schwellungen an der Stirn seines Sohnes und im Gesicht seiner Tochter wirkten schon dramatisch genug. Aber die Menschen sollten auch den Thronfolger und dessen Schwester sehen, damit nicht irgendwelche dummen Gerüchte aufkamen. – Gerüchte schossen in Dorianstadt schneller als Unkraut aus dem Boden, vermutlich die meisten noch nicht einmal aus Berechnung, sondern einfach, weil die Leute Dinge missverstanden, nicht richtig zuhören konnten, Freude an schrecklichen Nachrichten hatte, das Nachdenken vergaßen und die falschen Schlüsse zogen, wenn sie doch mal nachdachten – oder ganz einfach, weil sie Spaß an Klatsch und Tratsch hatten.

Doch bevor Jaun auf die Empore trat, tat er das einzige, was ihm hier im Saal wirklich noch ein echtes Anliegen war: Er ging zu den Ratsmitgliedern des Regenstammes, deren entführte Kinder inzwischen wieder glücklich bei den Eltern standen, und fragte sie nach ihrem Befinden. Aber die Eltern waren vor allem erleichtert, dass ihr Nachwuchs das dramatische Erlebnis offenbar gut überstanden hatte. Und das schien auch zu stimmen, denn als der dicke Junge seine Eltern fragte, was denn nun eigentlich so Dringendes in der Vertretung des Regenstammes vorgefallen sei, dass man ihn und die beiden anderen aus der Vorführung im Blättersaal geholt habe, da wollte sich das Mädchen schier ausschütten vor Lachen. Und das, fand Jaun, hatte irgendwie eine sehr beruhigende Wirkung.

Schließlich gelang Jaun XII. tatsächlich eine ganz passable Stehgreif-Ansprache zu den Vorkommnissen des Abends – mit der Königin an seiner Seite, denn auch Conyra war klar gewesen, dass sie Stärke zeigen musste. So war sie wieder in den Saal zurückgekehrt, nachdem sie sich vergewissert hatte, dass es den Kleinen gutging.

Als Jaun von dem fehlgeschlagenen Attentat auf seine Familie sprach, wurde es totenstill im Saal. Zuletzt bat er seine Gäste, ruhig noch zu bleiben und die Köstlichkeiten aus der Küche des Palastes zu genießen – es wäre doch schade, wenn die vorbereiteten Speisen verderben würden. Doch man habe hoffentlich Verständnis dafür, dass er in Anbetracht der Lage noch Wichtiges zu klären habe. Dass dieses *Wichtige* eigentlich nur darin bestand, endlich seine Familie in die Arme zu schließen und wenigstens für den Rest der Nacht Ruhe zu haben, musste er ja niemandem auf die Nase binden.

Und als er schließlich von der Empore stieg, um zusammen mit der Königin, seinen Kindern und einer Leibgarde aus sechs Kriegern den Saal zu verlassen, da geschah etwas, das Jaun schon lange nicht mehr erlebt hatte: Die Leute ließen ihn, die Königin und seine ganze Familie spontan hochleben, darunter mischten sich etliche Rufe wie: »Wir stehen zu Euch!« und »Nieder mit den Attentätern!«

Unter all den Treue-Bekundungen mochte zwar auch eine gehörige Portion Schleim sein, dennoch empfand sie Jaun dankbar als sehr wohltuend. Am besten gefiel es ihm allerdings, als er kurz hinter dem Saal an seinem Kammerdiener Jorgis vorbeikam, der aber vor lauter Aufregung den König gar nicht bemerkte. Er war gerade mitten in einem heftigen Streit mit dem jungen Kammerdiener eines Ministers und Jaun hörte ihn sagen: »... verdammt, er ist *der König!* Und wenn du jetzt nicht gleich zu zetern aufhörst, nur weil er seine Stiefel nicht trägt, dann kann ich die Dinger auch gerne holen und sie dir ganz tief ...« – doch da war Jaun schon vorbei und konnte den Rest nicht mehr hören.

*

Ailis hatte sich nichts weiter daraus gemacht, dass sich König Jaun XII. an jenem späten Abend vor drei Tagen gar nicht bei ihr bedankt hatte. Schließlich war er der Monarch und sie nur eine unbedeutende Kriegerin der Garde, und vermutlich waren Könige halt so. Wobei sie das ja eigentlich nicht so genau wusste, da sie außer Jaun noch nie einem König begegnet war.

Zudem hatte er ihr seinen eigenen Leibarzt gerufen, das war ja vermutlich auch ein Zeichen der Dankbarkeit gewesen.

Obwohl sie am nächsten Tag noch sehr schlapp gewesen war, hatte sie, wie verabredet, Haans am Nachmittag in seinem nahe des Palastes gelegenen Gasthof besucht und war überaus gerührt gewesen, dass Haans sichtlich mitgenommen wirkte, als er sie lange in seine Arme schloss.

Natürlich hatten sich die Geschehnisse der Nacht wie ein Lauffeuer durch die Stadt verbreitet, wobei die Zahl der Attentäter, die angeblich bis an die Zähne bewaffnet den Palast gestürmt hatten, nach und nach immer fantastischer geworden war.

Ailis konnte Haans aber beruhigen, dass sie die Nacht, in Anbetracht all dessen, was geschehen war, ganz gut überstanden hatte – im Gegensatz zu jenem Tommas, der sie in Haans' Auftrag ermorden sollte.

Dann fragte sie Haans nachdenklich: »Sag mal ... sind es jetzt nicht *wir*, die zu Mördern geworden sind? Schließlich haben wir Tommas in eine Falle gelockt. Auch wenn es im Kampf geschehen ist und Tommas selbst ein Mörder war, so war es doch irgendwie ein ... *Mörder morden*, oder?«

Haans küsste sie, legte dann seine Stirn an ihre und dachte lange nach. Schließlich sagte er: »Ich habe mal einen weisen Mann darüber reden hören, dass jedes Leben gleich viel wert sei. Aber ich bin kein weiser Mann. Und ich denke, dass Menschen, die andere Menschen töten oder auch nur anderen die Freiheit und die Würde nehmen wollen – sei es aus Profitgier, Machtstreben oder aus religiösen Gründen –, dann sind die wirklich weniger wert als andere. Für die Falle, die wir Tommas gestellt haben, werden wir sicher keinen Preis für Edelmut und Güte bekommen, aber der Kerl wird nun niemanden mehr umbringen, und wir haben das Leben des Königs und seiner Kinder sicherer gemacht, vielleicht sogar einen kleinen Teil daran mitgearbeitet, einen Bürgerkrieg und den Untergang des Elf-Stämme-Reichs zu verhindern. – Wobei Letzteres ja noch abzuwarten bleibt.«

»Du denkst also, der Zweck heiligt die Mittel?«

»Nicht immer. Ganz und gar nicht immer. Aber in diesem Fall hat das größere Gewicht auf der Waagschale gelegen, die Tommas unter sich zerquetscht hat.«

»Haans! Du kannst ja ein richtiger Philosoph sein!«

»Ja, aber ich bekomme Kopfschmerzen davon.«

»Na gut, dann halt mich einfach noch ein bisschen fest.«

Und Ailis blieb die Nacht über bei ihm, wenn auch nur, um in seinen Armen lange bis in den nächsten Tag hinein zu schlafen.

*

Natürlich hatte Ailis ihre Geschichte nochmals ganz ausführlich Prinz Ryma und einigen anderen wichtigen Personen erzählen müssen. Jetzt lag sie grübelnd auf ihrem Bett und ließ sich das, was sie all diesen Leuten aufgetischt hatte, nochmals durch den Kopf gehen – als Federträgerin hatte Ailis ein winziges eigenes Zimmer, eher ein

Verschlag im Turm der Waldstammgarde. Schließlich seufzte sie und war sich *ziemlich* sicher, dass ihre Version der Geschehnisse glaubhaft genug gewesen war und sie sich auch nicht verplappert hatte. Dann wurde ihr wieder schwindelig, als sie zum x-ten Mal daran denken musste, wie knapp sie einer selbst verschuldeten Katastrophe entgangen war – sicher würde ihre eigene Arroganz sie irgendwann noch umbringen.

Schließlich überlegte sie, wie sie ihren Freunden beim Waldstamm einen Bericht über die Ereignisse in Dorianstadt zukommen lassen könnte. Eine Brieftaube erschien ihr zu riskant. Da klopfte es, und sie bekam unerwarteten Besuch.

Ihr »Herein« gar nicht erst abwartend – das musste man wohl nicht, wenn man aus *der* Familie stammte – stürmten der junge Thronfolger und seine Schwester in ihr Zimmer, heute weit weniger elegant ausstaffiert als am Abend des Empfangs, aber bis über beide Ohren strahlend.

Himmel, was verlangte denn jetzt die Etikette? Das waren die Kinder des Königs, aber eben Kinder. Ailis stand auf, schlüpfte schnell in ihre Leder-Mokassins und versuchte es mit einem »Hoheiten ...«, wurde jedoch gleich von Jaunessa unterbrochen: »Ach, Trollo noch eins, lasst doch diesen Majestäten-Schnickschnack.«

»Ja«, unterbrach Jonas seine Schwester und schob sie beiseite, »wir wollten sehen, wie's Euch geht ...«

»Ja, und mitnehmen, Papa würde Euch gerne sprechen.«

»Euer Pap... – *der König?*«

»Ich denke schon«, entgegnete Jonas, dann grinste er seine Schwester an und fragte: »Oder haben wir irgendwo noch einen Vater?«

»Nee«, antwortete Jaunessa lachend, »soweit ich weiß, hat Mama nur diesen einen Typen geheiratet, der ständig bei uns zu Hause rumhängt, wenn er nicht gerade am Regieren oder Marmelade kochen ist.«

Dann balgten sie sich regelrecht darum, wer Ailis an der Hand nehmen und hinter sich herschleifen durfte – Jaunessa blieb Siegerin.

Sie hatten den Turm verlassen und den Palast schon fast erreicht, als Ailis, an sich herunterblickend, einfiel: »Himmel! Ich hätte mich noch umziehen sollen!« Sie trug nur eine schlichte blaue Baumwollhose und ein dickes, ziemlich zerknittertes weißes Leinen-Schnürhemd – immerhin war es sauber.

Rückwärts vor ihr herlaufend, versuchte Jonas der künftig VIII. sie zu beruhigen: »Keine Bange, ist nix Offizielles. Sonst hätte Papa einen Boten geschickt und nicht uns erlaubt, dass wir Euch holen. – He! Ich kenne einen neuen Witz! Kann ich ihn erzählen?«

»Äh ...«

»Ein Mann will die Kutsche nach Kausäa erwischen ..., hmm, könnte auch die Kutsche nach Bramaä gewesen sein, egal, er ist jedenfalls spät dran. Kurz vor der Kutschenstation kommt ihm ein Bader entgegen – oder war's ein Metzger? Egal, er fragt jedenfalls den Kerl, ob er die Kutsche noch erreichen könnte. *Das kommt drauf an, wie schnell Ihr laufen könnt*, sagt der Bader. *Wieso?*, fragt der Mann. Sagt der Metzger: *Na, weil die Kutsche vor sechs Minuten abgefahren ist.* – Versteht Ihr den Witz? Weil doch der Mann dachte ...«

»Oh Trollo!«, unterbrach seine Schwester, »du bist soo peinlich! Deine Witze sind schlecht! Und du erzählst sie besch... Trollo! Das darf ich ja nicht sagen!«

»Pah«, knurrte Jonas, »so ein Trillerlopshirn wie du versteht überhaupt keine Witze!«

Dann forderte Jonas Ailis auf, seiner Schwester zu erklären, was für ein ausgezeichneter Witzeerzähler er sei, während Jaunessa die Bestätigung haben wollte, dass ihr Bruder vom Witzeerzählen etwa so viel verstehe wie ein Trillerlops von kaluktanischer Grammatik.

Aber Ailis hatte Glück, dass sie inzwischen den Palast erreicht und das geschäftige Sekretariat des Königs betreten hatten. Denn dort wartete bereits des Königs Kammerdiener Prinz Jorgis auf sie und enthob sie einer Antwort, indem er Ailis anlächelte und sagte: »Ich weiß nicht, ob ich wirklich darauf hoffen soll, Jonas' Krönungsrede noch miterleben zu dürfen.« Dann wandte er sich an die Kinder: »Ihr wisst, dass eure Eltern erst alleine mit der tapferen Kriegerin reden wollen. Also trollt euch und geht meinetwegen ein paar Küchenjungen auf die Nerven.«

Er bat Ailis ihm zu folgen, und schließlich, ein paar Treppen und einschüchternd luxuriöse Zimmer weiter, klopfte er an eine reich mit Schnitzereien verzierte Tür. Augenblicklich war ein freundliches »Immer herein« zu hören, worauf Jorgis Ailis alleine eintreten ließ. Mit einem Kloß in der Kehle betrat die Waldstammkriegerin ein für königliche Verhältnisse wohl eher kleines Gemach, mit vielen offenen Bücherschränken an den Wänden, einem kleinen Kamin, in dem ein Stoß Buchenholz munter vor sich hin brannte, und einiger bequemer Sitzgelegenheiten, darunter auch drei, vier recht abgenutzte

Sessel. Und von einem dieser Sessel erhob sich jetzt der König, den sie ja schon öfters im Palast gesehen hatte, aber noch nie so ... zivil. Jaun XII. trug eine gestrickte Hausjacke aus grauer Schafswolle über einem roten Leinenhemd, eine etwas schlabberige, bequem wirkende zartblaue Baumwollhose und hellgraue Strümpfe, dazu gefütterte Lederhausschuhe. Sein graues Haar war, wie immer, zu einem Pferdeschwanz gebunden.

Ailis hatte aber keine Zeit für weitere Betrachtungen, denn in diesem Augenblick war auch schon die wesentlich eleganter als ihr Mann gekleidete Königin herangeeilt, um die überraschte Waldstammkriegerin augenblicklich in ihre Arme zu schließen. Conyra trug dieselbe aufwändige Frisur wie am Abend des Empfangs, nur ohne die goldenen Weizenhalme. Und dank hoher Schuhe war die Königin nur wenig kleiner als Ailis.

Lange und überraschend kräftig drückte die Königin die jüngere Frau an sich, um schließlich mit belegter Stimme zu sagen: »Danke! – Danke, danke! Ihr seid jung und habt noch keine Kinder. Solltet ihr selbst einmal Mutter sein, dann werdet Ihr wirklich ermessen können, was Ihr für mich getan habt. Ich stehe tief in Eurer Schuld.«

Ailis wurde feuerrot und hoffte, das Königspaar würde dies auf die Worte der Königin zurückführen und nicht auf ihr nun nagendes schlechtes Gewissen. Denn schließlich war sie es ja gewesen, deren Plan, den König zu schützen, gleich die gesamte Königsfamilie in Gefahr gebracht hatte. Oh Ahnen, wenn der König das jemals herausfinden würde, das wäre bestimmt kein allzu lustiger Tag in ihrem dann wohl nicht mehr langen Leben.

Doch nun ließ die Königin sie wieder los und Jaun stand vor ihr, ergriff ihre Hand und hielt sie lange fest, während er erklärte: »Waldstammkriegerin, ein König steht in Eurer Schuld. Und ein Vater, der nie vergessen wird, was Ihr für ihn getan habt.« Dann lächelte er und ergänzte: »In den alten Märchen wäre es nun an der Zeit, Euch das halbe Königreich zu geben.«

Erschrocken fuhr Ailis zurück und rief: »Majestät! Ihr wollt doch nicht wirklich ...?«

Jetzt lachte Jaun herzhaft: »Aber nein. Manche meiner Untertanen glauben zwar, dass ich ein wenig verrückt bin, aber so verrückt nun auch nicht.«

Schon zum zweiten Mal wurde Ailis rot, doch der König bat sie nun, Platz zu nehmen, während er schilderte: »Doch erstaunlicherweise scheint mein Ansehen in der Bevölkerung gestiegen zu sein, obwohl ich wirklich nichts weiter getan habe, als – dank Euch – einem Mordanschlag zu entgehen. Das muss ich mir merken. Wenn meine Popularität wieder sinkt, wer weiß? Vielleicht inszeniere ich dann selbst ein Attentat auf mich? – He, jetzt schaut nicht so entsetzt, Ohanna Festhand. Das war nur ein Scherz. Wer würde denn auch ernsthaft auf eine derart bescheuerte Idee kommen?«

Natürlich waren Jaun und Conyra durch Prinz Ryma schon eingehend über die Vorgänge vor drei Tagen, über Ailis' Leistungen und auch über ihre Überlegungen informiert worden. So meinte Königin Conyra im Laufe des Gesprächs: »Für unsere Familie scheint das Leben ja jetzt etwas komplizierter zu werden – allein schon durch die Schutzmaßnahmen, die bereits in diesem Augenblick erweitert werden. Vermutlich werden wir nun häufiger in einem unserer kleineren Paläste leben, die leichter zu bewachen sind.«

Ailis räusperte sich, setzte alles auf eine Karte und bat: »Dürfte ich einen Vorschlag machen?«

»Aber auf jeden Fall!«

»Prinz Ryma und die Führer der Hundertelferschaften sind über jeden Zweifel erhaben – vermutlich ebenso jedes einzelne Mitglied der Garde. Aber dennoch fürchte ich, dass die Eindringlinge Verbündete im Palast hatten.«

»Ja«, unterbrach der König nickend, »solche Überlegungen hatten wir natürlich auch schon angestellt. Zumal der unfreundliche Herr, der mir sterbend vor die Füße gefallen ist, einen beängstigend echt aussehenden Passierschein in der Tasche hatte.«

»Wäre es dann nicht sinnvoll, einer Persönlichkeit von außen mit Eurem Schutz zu betrauen?«

»Ich nehme an, Ihr habt jemand Bestimmten im Sinn?«

»Ja, Majestät, ich dachte an den Kriegskanzler. Vermutlich würde schon allein die Tatsache, dass ihm Euer Schutz überantwortet wird, viele Taugenichtse davon abhalten, sich als Attentäter zu versuchen.«

»Ohanna Festhand, ich verstehe jetzt, warum Ihr schon so jung zur Federträgerin wurdet. Und das ist sicher nicht das Ende Eurer Laufbahn, so wie Ihr Euren Kopf einzusetzen wisst. Der gute alte Hanu ... – Ich werde mir Euren Vorschlag durch den Kopf gehen lassen. Doch nun lasst uns endlich auch einmal über Euch sprechen. Genauer gesagt, über Eure eigenen Wünsche. Nennt mir einen, den ich erfüllen kann, und ich werde es tun.«

»Majestät, persönlich bin ich gerade ziemlich glücklich, und ich bin auch nicht arm. Deshalb habe ich eigentlich keinen Wunsch. – Obwohl ...«, sollte sie es wagen? »Jedenfalls keinen materiellen Wunsch.«

»Eine Beförderung? Kein Problem.«

»Äh, nein, keine Beförderung. Aber eine Begnadigung wäre nicht schlecht.«

»Bitte? *Ihr* möchtet wegen irgendetwas begnadigt werden? Ganz erstaunlich. Jetzt bin ich wirklich gespannt, Ohanna.«

»Äh, eigentlich auch nicht Ohanna. Mein richtiger Name ist Ailis. Ich hatte in den Truppen des Kriegskanzlers gedient und war im vorigen Jahr zusammen mit einem Freund in Rú-tan als Wache für eine vermutlich ziemlich große Summe eingesetzt. Aber wir haben uns von Dieben übertölpeln lassen. Und eigentlich wollte uns unser Befehlshaber hinrichten lassen, doch wir konnten fliehen und hatten sogar die Spur der Diebe aufgenommen – nur letztlich konnten wir die Beute nicht zurückholen. Doch ich wünsche mir, auch für meinen Freund, nichts mehr, als unsere Namen wieder reinzuwaschen.«

Das Königspaar starrte sie eine ganze Weile nur an, dann sagte Jaun: »Also das ist wirklich mehr als nur erstaunlich. Wenn ich das jetzt richtig verstehe, dann seid Ihr eine Vogelfreie, die es gewagt hat, unter falschen Namen im Palast zu dienen? Eine Fahnenflüchtige, die jetzt gerade mit ihrem König plaudert?«

»Äh ... ja, irgendwie, schätze ich, habt Ihr es ziemlich genau auf den Punkt gebracht, Majestät«, sagte Ailis, während sie gleichzeitig dachte: »Oh, hätte ich doch nur den Mund gehalten.«

Doch da begann der König erneut zu lachen und die Waldstammkriegerin hörte auch zum ersten Mal das herzhafte Lachen der Königin, die sich schließlich zuerst wieder fing und erklärte: »Ich schätze, wir müssen diesen Dieben einen Orden verleihen, oder? Denn ohne sie wärt Ihr nicht zur rechten Zeit am rechten Ort gewesen, um unsere Kinder zu retten.« Dann wandte sie sich an ihren Mann: »Du rehabilitierst sie doch, oder?«

»Aber natürlich«, rief der König und wischte sich eine Träne aus dem Auge, »und den Freund selbstredend auch.«

Schließlich ließ der König alle seine Kinder und das Kindermädchen herbeirufen, sodass Ailis die ganze Familie kennenlernte – wodurch es aber ziemlich laut in der königlichen Privatbibliothek wurde. Das schien Jaun und Conyra allerdings nicht sonderlich zu stören, die schließlich noch einen delikaten Imbiss servieren ließen –

für den König selbst zwei geviertelte und unterschiedlich bestrichene Marmeladenbrote. Und während sie sich stärkten, fragten sie Ailis – augenscheinlich mit echtem Interesse – über die Lage beim Waldstamm aus und wie es um die Piratenangriffe bestellt sei. Wobei allein das Wort »Piraten« Jonas den irgendwann VIII. zu etlichen aufgeregten Zwischenfragen veranlasste.

Als sie sich schließlich verabschiedeten, erklärte der König: »Ohanna ... äh, nein, Ailis, es ist mir ein großes Bedürfnis, Euch mit einer besonderen Auszeichnung zu bedenken. Daher werde ich noch heute bekanntgeben, dass Ihr von nun an das Recht habt, jederzeit zu mir zu kommen. Ohne irgendwelche lästigen Regularien.«

Na, *das* war wohl wirklich eine überaus großzügige Belohnung eines Königs. Jedenfalls aus dessen Sicht. Ailis bedankte sich vielmals für die Ehre und wandte sich zum Gehen, ungefragt begleitet von Jaunessa und Jonas. Doch als sie die Tür erreichte, drehte sie sich nochmals um, und was sie zum Abschied sagte, ließ in König und Königin die unbestimmte Ahnung aufsteigen, dass sich womöglich ein Sturm auf das Königshaus zubewegte: »Es ist mir inzwischen klar, dass bei den meisten Leuten der anderen Stämme mein Waldstamm als etwas sonderbar, vielleicht rückständig gilt. Womöglich sind wir das in mancher Beziehung sogar wirklich. Aber, meine Majestäten, vergesst niemals: Ganz egal was auch immer geschehen mag oder welche Geschichten man Euch über uns erzählt, ja selbst falls die Lage einmal aussichtslos oder der Feind übermächtig erscheint, der Waldstamm steht unverbrüchlich zum Hause Dorians. Immer. Selbst wenn es uns das letzte Schwert kosten sollte.«

11. Die Macht macht nichts

Wer es so weit gebracht hatte wie der Kriegskanzler, der musste auch seine eigenen Schwächen kennen. So war sich Hanu Standhaft durchaus bewusst, dass er eine gewisse Eitelkeit sein Eigen nennen durfte. Es war natürlich keine Eitelkeit wegen irgendwelcher Äußerlichkeiten. Es war vielmehr sein messerscharfer Verstand, den er sich zugutehielt und der ihm oft das Gefühl der Überlegenheit gab. Ein Verstand, der dafür sorgte, dass ihn eigentlich nichts verwirren konnte. Eigentlich. Doch derzeit war er verwirrt. Ziemlich sogar. Und das machte ihn obendrein auch ziemlich wütend.

Kaum war er drei Tage in Kurandor gewesen, als dort eine Brieftaube eingetroffen war und die ungeheuerliche Botschaft von dem missglückten Attentat auf die Königsfamilie gebracht hatte – ungeheuerlich deshalb, weil jedenfalls *er* den Anschlag nicht in Auftrag gegeben hatte, wie er auch seinem inzwischen 19-jährigen Sohn Harubal, der in die Pläne seines Vaters weitestgehend eingeweiht war, eilig erklären musste; seit knapp vier Jahren war Harubal meistens bei den Reisen des Kanzlers dabei, manchmal ritt er sogar voraus, um inkognito die Stimmung gegenüber Kanzler und Königshaus an ihrem jeweiligen Ziel auszukundschaften.

Während Dorianstadt etwa zwischen Zentrum und der Nordgrenze des Stammes der Eisenmarschen lag, befand sich die kleine Stadt Kurandor ziemlich weit im Süden des Stammesgebietes und keinen Tagesritt nördlich der Grenze zum Königreich Pirol. Mindestens alle zwei Jahre traf sich Hanu in Kurandor mit Seiner Exzellenz zweiter Klasse, Meister Jaunipili, dem Kriegskanzler des kleinen Königreiches, dem es erstaunlicherweise über all die Jahre gelungen war, nicht zwischen den Adlerbarbaren und dem Elf-Stämme-Reich zerrieben zu werden. Das Binnenland Pirol galt beiden Seiten als wichtig genug, um es nicht zu überrennen, da es mit einer für den Krieg unentbehrlichen Ware handelte: Informationen – natürlich aus dem jeweils anderen Land. Auch der Austausch von Gefangenen verlief einzig über Pirol, das, in den Ost-Nord-Ausläufern des Hohen Gebirges gelegen, nur die Adler und die Elfen als Nachbarn hatte.

So war es auch bei diesem Treffen zwischen Hanu und Jaunipili, abgesehen vom Austausch einiger diplomatischer Nettigkeiten, in erster Linie um Informationen gegangen. Als kleine inoffizielle Dreingabe hatte es sich der Kriegskanzler zudem gegönnt, den Termin für das Treffen so zu legen, dass er den Empfang für den Stämmerat verpasste – er hasste solche Empfänge. Und dann gab es da natürlich auch noch ein überaus wichtiges inoffizielles Argument für seine Treffen mit den Pirolis in Kurandor: Die Grenze zum Herzogtum der Attentäter lag – im Ost-Süden – ebenfalls nicht weit von der Stadt entfernt. Und wenn Hanu der Sinn danach stand, mit einem der Oberen des Clans der Attentäter zu plaudern, dann tat er dies lieber ungestört und nicht im Stammeshaus der Attentäter in Dorianstadt, wo ein Mann seiner Position nur all zu leicht gesehen und erkannt werden konnte.

Auch diesmal hatte er eigentlich ein Treffen vereinbart gehabt, bei dem er überaus sachte die Fühler in einer überaus heiklen Angelegenheit ausstrecken wollte. Doch das Treffen hatte sich mit der Brieftaube erledigt, und das nicht nur deshalb, weil er sich schon kurz nach der Landung des Vogels – den er am liebsten an den Bratspieß gesteckt hätte – in aller Eile wieder auf den Rückweg in die Reichshauptstadt gemacht hatte.

Das Kriegshaus war das größte Ministerium des Elf-Stämme-Reiches und eines der wenigen, das sich nicht im königlichen Palast befand, allerdings ganz in der Nähe: Der größte Platz der Stadt, direkt vor dem Hauptportal der Palastanlage gelegen, war der Siegesplatz. Auf der gegenüberliegenden Seite des Platzes, 222 Meter vom Palasttor entfernt, befand sich der mächtige Eingang zu den Sekretariaten und zur Residenz des Kriegskanzlers. Gerade saß Kanzler Hanu Standhaft dort in seinem privaten Empfangsraum, denn er erwartete hohen Besuch, der gleich kommen musste. Besonders erfreut war Hanu allerdings nicht über diesen Besuch. Und verwirrt war er noch immer.

Alles Grübeln hatte nichts geholfen, nach wie vor war er der Antwort auf die Frage, welche Gruppe den König beseitigen wollte, keinen Deut näher gekommen. Dabei gab es doch in all den verschiedenen Strömungen, die in Dorianstadt am Werk waren, immer eine undichte Stelle oder eine Verbindung zu einem seiner Agenten. Dieses Mal jedoch herrschte das große Schweigen im Walde, und das allein war überaus beunruhigend.

Man hätte fast glauben können, dass ein Einzeltäter hinter dieser undurchschaubaren Sache stand. Aber das war unmöglich, denn wie sollte so einem einzelnen Mann die Ermordung des Königs nützen?

Nur den Hauch einer Spur hatte es bisher gegeben, doch die deutete in eine Richtung, die der Kanzler ebenfalls nicht so recht glauben wollte. Sicher, die Bruderschaft war immer ein Unsicherheitsfaktor, und der Gleichste hatte einzig und allein den Gleichsten im Sinn. Doch derzeit hätte Cé-tan absolut nichts davon gehabt, mit dem Kriegskanzler doppeltes Spiel zu treiben.

Aber wenigstens in dieser Sache würde Hanu vielleicht gleich Genaueres erfahren, denn sein Diener Rin trat ein und kündigte den Besuch an. Er hatte noch nicht ganz ausgesprochen, da betrat auch schon Cé-tan, der Gleichste der Bruderschaft, den Raum. Da die Kapuze seiner fein gewebten braunen Kutte mit den breiten Purpur-Säumen zurückgeschlagen war, konnte man das schüttere, ungepflegte graue Haar erkennen. Das hagere Gesicht mit den fest zusammengepressten Kiefern des gut 60-jährigen Mannes war von einem dünnen grauen Bart umrahmt. Und es war ein ziemlich ungehalten wirkender Cé-tan, der ungeduldig dem davongehenden Diener aus weißblauen Augen hinterherstarrte.

Kaum hatte Rin den Raum verlassen, da legte der Gleichste auch schon los. Nicht einmal ein Götterlob vorausschickend, fuhr er den Kriegskanzler an: »Was sollte das? Wieso das Attentat, ohne dass wir es abgesprochen hatten? Und dann auch noch diesen offenbar unfähigen Haufen von Trillerlopshirnen beauftragen und ihn ausgerechnet in Kutten der Bruderschaft zu stecken, das ist ja wohl ...«

»Halt auf der Stelle deinen Mund, oder, so wahr ich hier sitze, ich lasse dich noch in dieser Minute exekutieren. Mir wird garantiert ein Grund einfallen. Du vergisst ganz offensichtlich, wen du vor dir hast.«

Der Kanzler hatte nicht einmal geschrien, doch seine schneidend scharfe Stimme war nicht zu überhören gewesen. Erst waren dem Gleichsten rote Zornesflecken ins Gesicht gestiegen, dann war er blass geworden.

Hanu war klar, dass er mit seinen mehr als deutlichen Worten den Gleichsten in dessen kaum zu überbietender Eitelkeit so tief gekränkt hatte, dass sich dieser Riss wohl niemals komplett kitten ließe. Doch nach dem Affront des Gleichsten war ihm gar nichts anderes übrig geblieben, als eine klare Grenze zu ziehen und diesem Verrückten unmissverständlich klarzumachen, wer hier das Sagen hatte. Als Verbündeten verlieren durfte Hanu den Gleichsten allerdings auf keinen Fall, deswegen zwang er sich, mit deutlich ruhigerer Stimme fortzufahren: »Cé-tan, ich kann ja nachvollziehen, dass Ihr mit den

Ereignissen unzufrieden seid. Aber gerade in unserer Situation – immerhin planen wir nichts Geringeres als einen Umsturz – müssen wir höchst vorsichtig sein und uns hüten, lauthals mit irgendwelchen Beschuldigungen um uns zu werfen. Ich kann Euch zudem versichern, dass ich über dieses Attentat mindestens ebenso erstaunt und überrascht war wie Ihr, denn ich habe dazu nicht den Auftrag gegeben.

Und obwohl ich alle meine Agenten darauf angesetzt habe und natürlich auch der Erste bin, der über den Verlauf der regulären Untersuchungen informiert wird, kann ich mir immer noch nicht vorstellen, was hinter diesem seltsamen Anschlag steckt, der noch dazu mit dieser merkwürdigen Entführungsgeschichte in Zusammenhang steht. Das Schlimmste an der ganzen Angelegenheit ist jedoch, dass es der König und die Führung der Garde durchaus für möglich halten, dass der Königsmord die Einleitung zu einem Umsturz sein sollte. Dass das Königshaus, anders als bisher, plötzlich mit einer solchen Intrige rechnet, das macht die Sache für uns natürlich um einiges schwieriger. Wegen dieses blödsinnigen Attentat-Versuchs müssen wir nun noch viel bedachter vorgehen als bisher, denn die Getreuen des Königs werden jetzt nach allen Seiten die Ohren offen halten. Wenn es dumm läuft, kostet uns diese dumme Geschichte Jahre. Und dass wir tatsächlich selbst den König aus dem Weg räumen, das können wir nun erst einmal vergessen.«

»V... Vergessen?«, jetzt erst hatte sich Cé-tan so weit gefasst, dass er wieder sprechen konnte, »aber wie man hört, wird der König Euch zum obersten Beschützer des Königshauses ernennen? Das bietet sicher Gelegenheiten ...«

»Aber das ist es doch gerade! Wenn dem König jetzt etwas geschieht, dann bin ich es, der versagt hat. Auch beim Umsturz selbst würde es mich Rückhalt kosten, denn einige Kleingeister würden nicht die Notwendigkeit erkennen, dieses schwache Königshaus loszuwerden, sondern nur sehen, dass ich es in ihren Augen schändlich ausgenutzt hätte, der oberste Beschützer des Königs zu sein. Zu allem kommt dieser plötzliche Popularitätsschub für das Königshaus, nur wegen dieses Attentates ... Es ist fast schon zum Verrücktwerden.

Ihr seht, ich kann es nun wirklich nicht gebrauchen, wenn Ihr Euch mit solchen Anschuldigungen mir gegenüber ereifert. Zumal *ich* Euch nicht beschuldige, obwohl es durchaus Indizien gibt, die ganz sachte auf die Bruderschaft hindeuten.«

»Bitte?«, mit Mühe konnte es der Gleichste vermeiden, schon wieder laut zu werden, »Ihr glaubt das, weil die Attentäter in Kutten der Bruderschaft in den Palast eingedrungen sind? – Wer sollte uns für so dumm halten, dass wir da nicht eine andere Verkleidung gewählt hätten?«

»Abgesehen davon, dass man es als Trick mit doppeltem Boden sehen könnte, gibt es da noch etwas: Einer der getöteten Attentäter trug einen besonderen Talisman an einem Lederriemen um den Hals, den Ihr sicher kennt: Es war eine Götterkugel.«

»Dergleichen ist unter den Anhängern des wahren Glaubens durchaus verbreitet. Nur weil einer der Attentäter ein Getreuer der Götter war, heißt das ja nicht, dass ich ihn geschickt habe.«

»Da habt Ihr recht. Aber es war nicht irgendein Stück vom Jahrmarkt, sondern ein überaus fein gearbeiteter, teurer Anhänger mit Goldüberzug, den sich nur wirklich *eifrige* Anhänger der Götter leisten und der aus einer Goldschmiede stammt, die bevorzugt von den wohlhabenderen Brüdern in Anspruch genommen wird – die solche Anhänger, wie Ihr ohne Zweifel wisst, auch gerne als Belohnung für verdienstvolle Getreue verwenden.«

Cé-tan verzog sein ohnehin verkniffenes Gesicht noch mehr, doch dann sagte er: »Das ist dennoch ein sehr schwaches Indiz. Das Indiz, auf welches ich gestoßen bin, deutet, mit Verlaub, durchaus in Eure Richtung.«

»*Was* sagt Ihr da? Erklärt Euch bitte.«

»Ich habe natürlich ebenfalls meine Agenten ausgeschickt. Zwei haben versucht herauszufinden, was dieser Tommas, der ja schon identifiziert werden konnte, in den Tagen vor diesem kläglichen Attentat getrieben hat. Offenbar hat es in einer zwielichtigen Spelunke ein Treffen mit einer Person gegeben, die ihm irgendwelche Briefe oder Pläne übergeben hat. Und wie es aussieht, war der Überbringer der Pläne niemand anderes als Euer Mann fürs Grobe, dieser unangenehme Lederkrieger Rolli Schwarzauge.«

»*Bitte?* Wie kommt ihr denn darauf?«

»Nun, weil die Beschreibung mehrerer Leute sehr deutlich war: Ein riesiger Muskelprotz in der Montur eines Lederkriegers, mit dünnem schwarzen Haarzopf und vor allem mit einer Augenklappe. Sollte mich wundern, wenn die Götter zwei solche Kerle herumlaufen lassen.«

»Mich allerdings auch«, bekannte der Kanzler verblüfft, und in Cé-tans Gesicht wollte sich schon ein zufriedenes Lächeln breitmachen, doch da fuhr Hanu Standhaft fort: »Allerdings muss das wohl so sein, denn Rolli kann diese Pläne unmöglich überbracht haben. – Er war nämlich mit vier seiner Leute ebenfalls in Kurandor. Ich habe ihn gerne als – wie nanntet Ihr es? – *Mann fürs Grobe* anonym in meiner Nähe. Diesmal zum Beispiel konnte er einen Mann aus der pirolischen Abordnung in einem ... hm, sagen wir mal, in einem Vieraugengespräch mit deutlichem Körpereinsatz überzeugen, mit ein paar zusätzlichen Informationen herauszurücken, die er mir gegen ein nettes Bestechungssümmchen zugesagt hatte. Die freundliche Erinnerung hatte dann auch geholfen.«

Jetzt kratzte sich der Gleichste ganz untypisch am Kopf und fragte: »Und Ihr habt diesen Rolli auch tatsächlich selbst in Kurandor gesehen?«

»Allerdings. Und, nein, einen Doppelgänger hat *der* sicher nicht. Aber das Ganze ist doch äußerst seltsam.«

Unvermittelt – und ebenfalls untypisch – sprang der Kriegskanzler auf, um mit hinter dem Rücken verschränkten Händen im Empfangsraum auf und ab zu gehen. Der Gleichste sah eine Weile zu, konnte sich aber schließlich ein entnervtes *»Was?«* nicht verkneifen.

Hanu Standhaft blieb stehen, fasste seinen Gast ins Auge und erklärte: »Wenn es nicht eigentlich unmöglich wäre, könnte man fast glauben, das Ganze ist eine abgekartete Sache. Ich meine, dass da zwei scheinbar deutliche Indizien auftauchen, wobei das eine Indiz Euch belastet, das andere mich, und zwar so, dass dadurch ein Keil zwischen uns getrieben wird. Und dann sorgt diese unsägliche Geschichte auch noch für eine Art unsichtbaren Schutzwall um den König. Sollte das wirklich Zufall sein?«

Jetzt war auch der Gleichste aufgesprungen und rief: »Können die Götter eine solche Intrige gegen uns zulassen? Moment ... nein, das kann nicht sein, denn das würde ja auch bedeuten, dass der König gar nicht ermordet werden sollte. Somit wären alle sieben Attentäter nichts weiter als Bauernopfer gewesen.« Doch dann ergänzte Cé-tan in ungewöhnlicher Klarheit: »Andererseits würdet weder Ihr noch würde ich auch nur einen Moment zögern, noch unzählige Menschen mehr zu opfern – und nicht nur Halunken –, wenn es der eigenen Sache dienlich wäre.«

Hanu warf dem Gleichsten einen überraschten Blick zu, dann verfinsterte sich sein Blick, als er erkannte, dass der andere recht hatte. Doch schließlich zuckte er mit den Schulten und erwiderte: »Ja, das mag stimmen. Dennoch ist da ein Haken an der Sache: Wie kann es ein nur vorgetäuschtes Attentat gewesen sein, wenn doch der König selbst nichts davon wusste? Ich habe inzwischen mit ihm und der Königin gesprochen und kenne sie gut genug, um zu wissen, dass für die beiden das Ganze überaus echt gewirkt hatte. Außerdem hätte wohl nicht viel gefehlt, und die Zwillinge, vielleicht die ganze Königsfamilie hätten *tatsächlich* daran glauben müssen. – Nur zwei Waldstamm-Wächter haben die sieben erledigt. Und so dumm kann ja wohl niemand sein, das Überleben der Königsfamilie unter so schlechten Bedingungen aufs Spiel zu setzen.«

»Vielleicht ist ja etwas schiefgegangen, und die Attentäter hätten schon früher und risikoloser aus dem Verkehr gezogen werden sollen?«

»Hm. Überzeugt mich nicht.«

»Ah! Es gibt natürlich auch noch die Möglichkeit, dass der König tatsächlich sterben sollte, und diese Spuren, die gegen uns zu deuten scheinen, wurden dennoch absichtlich gelegt. Zum einen, damit kein Verdacht auf den echten Täter fällt, zum anderen, um unsere Macht zu untergraben. Was darauf hindeuten würde, dass der Täter selbst politische Ambitionen hat ...?«

Jetzt war der Kriegskanzler doch etwas überrascht. Solche Überlegungen hätte er Cé-tan gar nicht zugetraut.

»Jaaa...«, räumte er ein, »das ist zumindest eine Überlegung wert. Wir sollten vielleicht besonders den Bruder des Königs und die Familie der Königin im Auge behalten.«

Dann seufzte der Kanzler tief, bedauerte im Stillen, dass er zu eitel gewesen war, um im Empfangsraum sein Hämorrhoiden-Kissen zu benutzen, und ergänzte: »Ja, wir sollten die alle im Auge behalten, auch wenn ich keinem aus dieser ganzen Bagage einen Königsmord zutraue. Die Geschichte bleibt jedenfalls verwirrend. Tzzz! Ich jetzt auch noch als oberster Beschützer der Königsfamilie! Niemals hatte ich eine solche Machtfülle in meinen Händen – und kann in dieser einen Sache trotz all meiner Macht nun doch nichts machen! Fast könnte man glauben, die Götter haben einen sonderbaren Sinn für Humor.«

»Ihr vergesst Euch!«, ereiferte sich der Gleichste sofort, »die Götter haben keinen Humor!«

Im ersten Moment wollte Hanu ihn fragen, woher er das denn wisse, im zweiten Moment fasste er jedoch den stillen Entschluss, diesen gleichsten aller Brüder lieber zu verraten, als ihn jemals tatsächlich an der Macht teilhaben und auf sein Volk loszulassen.

So sagte Hanu schließlich nur: »Schon gut. Lasst uns nicht streiten. Es ist auch so unangenehm genug, dass unser Plan, den König aus dem Weg zu räumen, zunächst einmal gescheitert ist, obwohl wir noch gar nicht recht damit begonnen hatten. Aber gut, davon werden wir uns letztlich nicht aufhalten lassen. Außerdem: Weitaus dringlicher als die Sache mit dem König ist es, den Waldstamm loszuwerden. Und *dieser* Plan jedenfalls scheint zu rollen oder sollte ich sagen, zu rudern? Es müsste jetzt bald so weit sein.«

»Die Piraten?«

»Die Piraten!«

12. Zwei Welten

Morgen.

Schon morgen sollte der große Tag sein, an dem die Waldstamm-Flotte auslief. Und damit würde es auch der Tag der großen Schlacht werden.

Peter schob seinen Teller von sich. Er, der in den vergangenen Wochen einen überaus gesunden Appetit entwickelt hatte, war an diesem Abend nicht einmal in der Lage, eine kleine Scheibe Brot zu essen. Irgendwie verweigerte sein Magen den Einlass. Er nahm einen Schluck Wasser aus seinem Becher, lehnte sich zurück und schaute sich am Tisch um. Eigentlich hätte man ja erwarten können, dass an so einem Abend viel geredet würde. Doch auch die anderen hingen ihren eigenen Gedanken nach. Ihren Plan hatten sie gestern ein letztes Mal durchgesprochen, und jeder kannte seinen Platz. Nun hieß es warten.

Warten, bis morgen das Blutvergießen beginnen würde. Warten und hoffen, dass die Idee des »Propheten« die richtige war. Hoffen, dass die Toten, wenn es denn schon welche geben musste, unter den Piraten zu finden wären, und gleichzeitig wissen, dass auch bei einem Sieg, selbst wenn er noch so großartig sein sollte, der Tod nicht vor dem Waldstamm haltmachen würde. Er konnte sogar Freunde holen. Aber auch diejenigen Piraten, die morgen um diese Zeit nur noch totes Fleisch sein würden, waren natürlich irgendwelcher Leute Kinder, hatten vielleicht Frauen und selbst Kinder, Geschwister und Freunde … Was machte man, wenn in einem Krieg solche Gedanken aufstiegen? Man konnte den Verstand abschalten einem höheren Schicksal zuschreiben. Man konnte ehrlicherweise auch sagen: Lieber die statt wir. Man konnte aber auch zu der altbewährten Methode greifen und diese Gedanken möglichst rasch wieder verdrängen. Ebenso wie jenen Gedanken, dass man ja durchaus am morgigen Abend selbst schon zum toten Fleisch gehören konnte, so unglaublich dies jetzt erscheinen mochte, während man doch noch lebte und atmete und jung war. Doch der baldige Tod war möglich.

Selbst Tulpe, der Peter gegenüber saß, war sehr schweigsam, obwohl er es seit seiner Genesung an kaum einem Tag versäumt hatte, immer wieder von seinen Abenteuern zu erzählen – was Peter ihm von Herzen gönnte.

Tulpe hatte, gleich am Tag nach seiner Flucht aus dem Turm, Haans seine Geschichte sowie auch zwei der Ich-bin-dann-mal-weg-Steine anvertraut. Der sollte beides an Ailis übermitteln – Seine Geschichte, damit sie Bescheid wüsste, und die Steine, damit sie diese im Palast verstecken konnte. Zwei weitere Steine hatte Tulpe im Boden des Pferdestalls vergraben, der sich im Erdgeschoss des Turmes befand. Die anderen drei hatte er tatsächlich mitgebracht. Peter hatte sie inzwischen selbst gesehen und berührt. Und voll Staunen hatte er die Geschichte über Jeppaz'y, jenen Magier der Meeresspringer, gehört, der das Wissen gehabt haben musste, die magischen Steine für die Reise zwischen den Welten zu nutzen. Sicher würde doch Xavox Genaueres wissen und ihn wieder nach Hause schicken können …?

Xavox hatte es nicht gewusst.

Zwar war ihm der Name des Großmagiers der alten Meeresspringer, der ein bekannter Zauberer gewesen sein musste, durchaus ein Begriff, und er hatte sogar einiges über dessen Leben gewusst. Aber dass Jeppaz'y gewusst haben sollte, wie man mit Hilfe dieser Steine gefahrlos zwischen den Welten wechseln konnte, das hatte Xavox nicht im Entferntesten geahnt. Welche Enttäuschung und doch: welche Hoffnung in den Steinen lag. Xavox hatte seither jeden Abend mit einem von ihnen experimentiert, aber bisher nicht das Geringste erreicht.

Tulpe hatte, nachdem fünf der Steine sicher versteckt waren und ebenso das Manuskript, das er im Bücherhaus gestohlen hatte, noch ein paar Tage in Dorianstadt ausharren müssen. Auf seiner Reise zurück zum Waldstamm – leider ohne Haans, der seine Hauptaufgabe an der Seite von Ailis sah – wollte er möglichst wenig auffallen. Deshalb hatte er sich entschlossen, sich als Helfer auf einem der großen Frachtschiffe zu verdingen, die den Breiten Strom befuhren.

Allerdings hatte er nicht auf Anhieb ein Schiff gefunden, dessen Ziel die Küste war und das auch einen Schiffsjungen gebrauchen konnte. Doch schließlich hatte er, auf einer sehr arbeitsamen und an etlichen Handelsstationen unterbrochenen Reise, auf dem Fluss alle Stammesgebiete durchquert, die ihn von der Küste getrennt hatten: die Eisenmarschen, das Wizenwasser-Gebiet sowie die Länder von Rigberts Stamm und des Regenstammes, wo er schließlich in Trübe Werft angekommen war, der größten Hafenstadt des Elf-Stämme-Reiches. Dort hatte er das *Glück* gehabt, wie er glaubte, rasch das Patrouillenboot des Waldstammes zu entdecken, das dort auf Kiel lag.

Eigentlich hatte der Bootsmeister längst wieder in Tulpac sein wollen, doch die Reparaturarbeiten an dem alten Schiff hatten sich als zu umfangreich herausgestellt, um sie noch vor dem Einsetzen der Winterstürme beenden zu können. So hatte die Mannschaft notgedrungen in Trübe Werft überwintert, wollte dann aber, da die Winterstürme ungewöhnlich früh abgeklungen waren, die Heimfahrt riskieren.

Der Bootsmeister war schließlich auch bereit gewesen, Tulpe mitzunehmen, nachdem er im Vieraugengespräch erfahren hatte, dass Tulpe einer der Jungen aus jener sonderbaren Gruppe war, die gemeinsam mit den Waldstamm-Ältesten im Nekis-Tempel gekämpft hatte.

Wie war Tulpe über die bequeme und schnelle Reisemöglichkeit erfreut gewesen – nicht ahnend, dass ihn die Fahrt um ein Haar auf den Meeresgrund geführt hätte. Aber wer hatte auch vermuten können, dass so früh im Jahr schon wieder Piratenschiffe auftauchen würden?

Nun, der Rest ist Geschichte.

Schon seit einiger Zeit war es für sie zu einer lieb gewonnenen Gewohnheit geworden, am Ende eines Tages ihre Mahlzeit gemeinsam im kleinen Saal der Meeresburg einzunehmen: Peter, Ky und Tulpe, der inzwischen 14 Jahre alt geworden war. Die beiden anderen würden es bald werden, und angesichts dessen, was sie alles erlebt und durchgemacht hatten, sprach keiner der Erwachsenen mehr von ihnen als »den Kindern«. Mit dabei waren aus der alten Königsverräter-Gemeinschaft auch Xavox und Brumberta, zudem vom Waldstamm, wenn es die Amtsgeschäfte zuließen, in wechselnder Zusammensetzung Bela Prinz Starkehand, Oro Prinz Grünhand, der Burgälteste Tilo Prinz Starkehand, Bootsmeisterin Ezar Prinzessin Wetterholz und der ein oder andere Älteste, Clanvertreter oder führende Krieger.

Nur Schiffsbaumeister Jezz'y hatte Peter kaum noch zu Gesicht bekommen. Schon in den vorangegangenen Wochen war er ständig zwischen den Werften gependelt und hatte meist bis spät in die Nacht gearbeitet. Inzwischen war er schon zum Lager am Swollenfluss aufgebrochen, zu seinen geliebten Langbooten. Er wolle sehen, dass dort alles in Ordnung wäre, hatte er gesagt. Tatsächlich aber, das wusste jeder, konnte er sich einfach nicht von seinen Schätzchen trennen.

An diesem Tag stand Peter auf und wünschte den anderen eine gute Nacht, obwohl der Abend noch jung war und sie sonst alle, wenn möglich, noch eine geraume Weile nach der Abendmahlzeit beisammen saßen. Kurz überlegte er, ob er nicht vielleicht Brumberta um einen Schlaftrunk bitten sollte, doch zum einen war ihm das peinlich vor den Waldstamm-Hauptleuten, zum anderen wollte er morgen all seine Sinne ungetrübt beisammen haben.

Nicht, dass man ihm eine echte Führungsrolle im Kampf übertragen hätte – Prophezeiung hin oder her, so verrückt waren die Spitzohren nun auch wieder nicht. Aber ausgeruht zu sein war auch dann keineswegs unangebracht, wenn man nicht viel mehr zu tun hatte, als sich vor Pfeilen oder sonst etwas wegzuducken.

Kurz bevor er sein Zimmer erreicht hatte, hörte er von hinten seinen Namen rufen. Ky war ihm nachgekommen. In dem von einer Öl-Laterne nur schwach erleuchteten Gang griff sie nach seinen Händen und sagte, ohne dabei ein Zittern in der Stimme unterdrücken zu können: »Wenn es morgen wirklich zum Kampf kommt … ich wollte nur sagen, ich werde die Ahnen bitten, dass sie ein Auge auf dich haben sollen. Und ich wünsche mir nichts so sehr, als dass wir uns nach der Schlacht wiedersehen. Aber ganz egal, was auch passiert, und auch wenn du mich nicht wiedersiehst, dann sollst du wissen, dass ich dir und den anderen schon lange nicht mehr böse bin, weil ihr mich entführt habt – so sehr ich meine Eltern auch vermisse. Ist aber schon verrückt, was? Da wurde ich entführt, verprügelt, fast umgebracht, darf mich nicht mehr in meiner Heimat sehen lassen, muss gegen Piraten kämpfen und mache gemeinsame Sache mit einem Haufen Bekloppter, die bei ihrem Kampf gegen den mächtigsten Mann im Reich eigentlich keine Chance haben – aber es war die beste Zeit meines Lebens, und ich fühle mich so … lebendig!«

Peter wollte etwas erwidern, doch Ky hielt ihm den Zeigefinger auf die Lippen, näherte ihren Mund seinem Ohr, während eine Träne in ihrem rechten Augenwinkel glitzerte, und sie flüsterte: »Danke!« Dann gab sie ihm einen flüchtigen Kuss auf die Wange und rannte davon zu ihrem Zimmer. Peter hörte die Tür laut zuschlagen und den Riegel einschnappen.

Gerührt, verwirrt, mit klopfendem Herzen und Angst vor Morgen betrat Peter sein eigenes Zimmer. Eigentlich hatte er damit gerechnet, dass Ky ihn und die anderen darum bitten würde, morgen mit dabei sein zu dürfen. Und er war von Herzen dankbar, dass sie es nicht getan hatte. Vielleicht hatte sie gewusst, dass er es ihr, selbst wenn er hundert Mal kein Recht dazu hatte, niemals erlauben würde.

Bald lag er in seinem Bett, und wäre es ihm bewusst geworden, sicher hätte er sich gewundert, wie schnell er eingeschlafen war.

Er träumte.

Und bekam Besuch.

Auch in einigen Nächten zuvor hatte er sich schon ein paar Mal mit Julius Bloch/Xavox getroffen, der dabei mal mehr der eine, mal mehr der andere gewesen war. Doch so richtig weitergekommen waren sie bisher nicht.

In dieser Nacht blitzte nur wenig von Xavox in Julius Bloch hervor, und so grüßte Peter: »Hallo, Opa. Schön, dich zu sehen. Obwohl ein traumloser, tiefer Schlaf sicher nicht schaden könnte. Weißt du, morgen müssen wir höchstwahrscheinlich …«

»Natürlich weiß ich das«, unterbrach der alte Bloch, »aber ich denke, du solltest dir anhören, was ich Neues habe.«

»Ist es wirklich so wichtig?«

»Na ja, wenn es dich nicht interessiert, wie diese und unsere Welt nebeneinander existieren können …«

»*Bitte?* Du hast es herausgefunden?«

»Bin ziemlich sicher, mein Junge.«

»Aber warum kommst du gerade jetzt damit?«

»Nun, du warst gedanklich die vergangenen Tagen mit ziemlich vielen anderen Dingen beschäftigt, so konnten wir …«

»*Wir?*«

»Na, Xavox, ich und dein Unterbewusstsein natürlich – was selbstverständlich alles dasselbe ist, also: Wir konnten die Zeit nutzen, um ungestört noch mal in allen Gängen deines Unterbewussten zu wühlen und all die Schubladen zu ordnen, in denen du Erinnerungen an deinen Großvater aufbewahrst. Eines wissen wir allerdings nicht: Ob es dir je von Nutzen sein wird, etwas über die parallele Existenz der beiden Welten zu erfahren. In die Zukunft können wir nicht blicken. Andererseits finden wir schon, dass du nicht dumm sterben solltest – *falls* du morgen stirbst.«

»Wie ungeheuer ermunternd! Aber gut. Ich will es wirklich wissen. Also schieß los.«

»Sooo schnell nun auch wieder nicht. Wiederhole erst mal, was du vom ersten Teil der Begründung behalten hast.«

»Mensch, Opa, wir sind hier doch nicht in der Schule.«

»Ich warte.«

»Is ja schon gut! Also: Letztlich ging es darum, dass auch die Zeit nicht ewig und gleichförmig ist. – Albert Einstein war da zuerst drauf gekommen, und inzwischen ist es durch die Wissenschaft bestätigt: Die Zeit ist etwas Relatives, kann an verschiedenen Orten im Universum, von außen betrachtet, unterschiedlich schnell vergehen. Und sogar die Zeit hat vermutlich einen Anfang und ein Ende.

Schön fand ich das Beispiel mit dem Kosmonauten, der selbst in seinem Raumschiff zwar keinen Bruch in der Zeit bemerkt, für den die Zeit also genau so weitergeht wie in dem Moment, als er auf der Erde sein Raumschiff betritt. Von der Erde aus betrachtet verläuft seine Zeit aber anders, er hat also bei seiner Landung auf der Erde faktisch auch eine kleine Zeitreise gemacht. Wie hieß der gleich? Also, im Wachzustand wäre mir das nicht mehr eingefallen: Dieser Sergei Krikaljow, der, nach insgesamt 803 Tagen mit Mir und ISS auf Erdumrundung, tatsächlich auch eine 50stel Sekunde in die Zukunft gereist war – von der Erde aus betrachtet.«

»Prima, Junge, gut gemerkt. Hättest mir ruhig auch zu meinen Lebzeiten schon etwas besser zuhören können.«

»Also Opa! Erstens habe ich offenbar gut genug zugehört, dass vieles in meinem Unterbewusstsein hängen geblieben ist …«

»Das ist sicher nicht dein Verdienst, das passiert ganz automatisch.«

»… und zweitens kannst du von einem kleinen Junge einfach nicht erwarten, dass er Aufmerksamkeit heuchelt, wenn du ihm zum Einschlafen statt Abenteuergeschichten aus Büchern über Quantenphysik vorliest. Aber gut, lass uns nicht streiten. Wie ist er denn nun, der zweite Schritt der Erklärung, warum zwei Welten unbemerkt nebeneinander existieren können?«

»*Fast* unbemerkt …

Was wenige wissen: Einstein hat – eigentlich nur als eine Verständnishilfe für seine Relativitätstheorie – neben der Relativität der Zeit auch die Relativität des Raumes erklärt. Steh doch bitte auf, geh einmal um den Tisch herum und setz dich wieder an der gleichen Stelle.«

»???«

»Tu es einfach!«

Achselzuckend stand Peter auf, ging um den Tisch herum und nahm wieder Platz.

»Halt! Ich hatte dich doch gebeten, dich wieder an der gleichen Stelle zu setzen.«

»Aber ich sitze doch auf demselben Stuhl wie gerade eben.«

»Ja, auf dem selben *Stuhl* schon. Aber befindest du dich auch an derselben *Stelle*, an exakt dem gleichen Ort wie gerade eben?«

»Äh, nein?«

»*Nein!* Allerdings auch … *ja!*«

»??????«

»Na selbstverständlich bist du, von unserer für gewöhnlich benutzten Bezugsgröße aus gesehen, nämlich aus Sicht der guten alten Mutter Erde, an genau der gleichen Stelle wie zuvor. Allerdings bist du keinesfalls mehr an der gleichen Stelle im Universum, wenn du dir die ganze Geschichte aus dem Weltall heraus ansiehst. Denn inzwischen hat sich die Erde ja weiterbewegt, und somit befindet sich der Stuhl nicht mehr an der gleichen Stelle im Weltall wie noch kurz zuvor.«

»Wollte ich mich also an exakt die gleiche Stelle setzen wie vorher, müsste ich den Stuhl schnappen, die Bewegung der Erdkugel zurückverfolgen und mich dann an den Punkt setzen, an der sich die Erdkugel vor zwei Minuten befunden hatte?«

»Klasse, du hast es kapiert! Wobei du dann natürlich wieder in Bezug zur Erde an der falschen Stelle sitzen würdest. Darüber hinaus dürfte das Zurückberechnen ein klein wenig schwierig werden, wenn man bedenkt, dass sich 1. die Erde, leicht schwankend, um die eigene Achse dreht, sich dabei 2. auf einer Ellipsen-Bahn um die Sonne bewegt, sich 3. die Sonne ihrerseits bewegt, zudem 4. auch noch unsere ganze Galaxie sich um ihren Mittelpunkt dreht und dabei 5. auf einer Kreisbahn durch den Raum reist, während sie sich 6. durch die gegenseitige Anziehung auf unsere Nachbar-Galaxie Alpha Centauri zubewegt in einem Universum, das sich 7. auf Grund des Urknalls in seiner Gesamtheit immer noch weiter in die Unendlichkeit hinaus ausdehnt. Du siehst also: Universell betrachtet wird ein Mensch kein einziges Mal in seinem Leben einen Ort zwei Mal betreten.«

Nach kurzem Grübeln meinte Peter: »Zugegeben, das ist ein faszinierender Gedanke …«

»Eine *Tatsache*, nicht nur ein Gedanke.«

»O.K., auch das. Wir haben also die Relativität der Zeit und die Relativität des Raumes. Aber was, bitte, hat das jetzt mit unseren beiden Welten zu tun?«

»Presch doch nicht so schnell voran!«

Einsteins Physik scheint zu zeigen, dass die Zeit an verschiedenen Stellen im Raum unterschiedlich verläuft und dass es daher nicht nur eine Zeit, sondern mehrere nebeneinander existierende Zeiten gibt. Doch das ist falsch oder doch zumindest eine Ungenauigkeit. *Es gibt nur eine einzige Zeit.*«

»Bitte? Aber du hast mir doch von den *existierenden Zeitreisen* und diesem russischen Kosmonauten und all diesen Sachen erzählt.«

»Das stimmt ja auch alles. Dennoch gibt es nur eine einzige Zeit. Eine Zeit jedoch, die keineswegs überall gleich ist.«

»Wie? Also doch mehrere …? Kapier ich nicht.«

»Aber nur, weil wir darauf getrimmt sind, Zeit als etwas ewig Gleiches zu sehen. Doch denk mal an einen Fluss: Der hat auch in seinem Verlauf unterschiedliche Breiten und Tiefen. Würdest du deshalb sagen, es sind mehrere Flüsse? Es ist immer ein und derselbe Fluss, auch wenn sich sein Aussehen von der Quelle bis zur Mündung ständig verändert.«

»Ah. Jetzt verstehe ich, was du meinst. Und du wirst mir sicher auch gleich erklären, wieso es einen Unterschied macht, ob es nun mehrere verschiedene Zeiten sind oder nur eine, die sich von Ort zu Ort oder – hi, hi – von Zeit zu Zeit verändert?«

»Genau das werde ich. Aber zunächst lass mich schildern, wieso es eine einzige Zeit sein *muss*: Denk nochmals an Sergei Krikaljow, den Astronauten, der auf seinen Runden um die Erde eine 50stel Sekunde in die Zukunft reiste. Die Funkverbindung allerdings riss nicht für jenen Sekundenbruchteil ab, sondern es bestand eine kontinuierliche Verbindung. Genau so wäre es zwangsläufig auch, wenn man mit wesentlich schnelleren Raketen durchs All flitzen würde. So paradox es sich anhört: Selbst wenn eine Raumschiff-Besatzung durch ihren Flug zehn Jahre in die Zukunft gereist wäre, so wäre doch – natürlich nur rein theoretisch, weil da in der Praxis die Funk-Technik nicht mitspielen würde – eine Funkverbindung zwischen Raumschiff und Bodenstation nie abgerissen.«

»Moment, Moment: Nehmen wir an, ich bin einer dieser Astronauten und quatsche während der ganzen Reise ohne Unterbrechung per Funk mit meiner Freundin in der Bodenstation, dann müssten wir beide doch den Eindruck haben, dass die Zeit für uns genau gleich vergeht, nur wenn ich wieder auf der Erde lande, dann wird meine Freundin – Überraschung! – aus meiner Perspektive zehn Jahre mehr gealtert sein als ich? Aber das ist doch unmöglich!«

»Es *scheint* allenfalls unmöglich. Und vielleicht würden Leute, die so ein Gespräch durch die Zeit hindurch führen, komplett wahnsinnig werden. Vielleicht würde uns dreidimensionalen Wesen aber auch eine Berührung mit der vierten Dimension gewährt? Vielleicht ist das allerdings auch gar nicht so kompliziert: Stell dir vor, du sitzt in der Mitte eines großen, sich langsam drehenden Propellers und auf einem der Propeller-Flügel sitzt, fast schon an der Spitze, deine Freundin. Ihr sitzt einander zugewandt und blickt euch in die Augen. Da du aber in der Mitte, also auf der Propeller-Nabe sitzt, drehst du dich nur um deine eigene Achse, während sie in einer Kreisbahn um dich herum geführt wird und sich natürlich – sie sitzt ja außen – viel schneller dreht als du. Doch muss deshalb der Blickkontakt abreißen? Natürlich nicht. Ihr sitzt ja auf demselben Propeller, und somit müssen die Geschwindigkeiten eurer Drehbewegungen zwangsläufig derart zueinander passen, dass ihr so auf den anderen ausgerichtet bleibt, als würdet ihr euch auf festem Boden bewegungslos gegenüberstehen. Genau so scheint es mir in der Zeit zu sein, in der sich Astronaut und Bodenpersonal gewissermaßen gegenübersitzen, allerdings jeder in einer anderen Zone der Zeit. Und da der Kontakt nicht abreißt, müssen sich die beiden Punkte in der Zeit in gleicher Relation zueinander bewegen – scheint so, als würde sich auch die Zeit in Kreisen bewegen, oder?«

»Die Zeit *kreist*?«

»Ja. Oder doch zumindest … fast. Denn unabhängige Kreise können es ja nicht sein, wenn man davon ausgeht, dass es nur eine Zeit gibt … aber jetzt wird es langsam auch Zeit für den Schlusseffekt vorwegnehmen – ich *liebe* den großen Effekt am Ende …

So wie der Mensch, jedes Lebewesen und jede Materie altert, so altert auch die Zeit selbst.«

»Die Zeit? *Altert??? Das* ist jetzt *wirklich* verrückt.«

»Das scheint nur kurios. Aber: Auch wenn die meisten Menschen die Zeit für, nun ja, eben für ewig halten, so zeigt das nur, dass die meisten Menschen keinen blassen Schimmer von Quantenphysik haben – komisch, dabei ist das doch ein so kurzweiliges Hobby –, doch was soll's? Schließlich dachten früher ja auch die meisten Leute, dass die Erde eine Scheibe sei, und wer anderes behauptete, konnte schnell einer thermischen Umwandlung seines chemischen Aggregatzustandes unterworfen werden.«

»Hä?«

»Er wurde verbrannt. Aber zurück zur Zeit: Grundsätzlich stimmen die heutigen Physiker mit Einstein überein, dass die Zeit, entgegen der landläufigen Meinung, eben nicht ewig ist und nicht immer schon da war, sondern dass mit dem Urknall vor etwa 15 Milliarden Jahren nicht nur das Universum und das Licht, sondern auch die Zeit selbst entstand. Wobei, die Bemerkung sei mir alten Klugscheißer gestattet, die Frage bleibt: Wenn es vorher die Zeit *nicht* gab, worin hat dann der Urknall stattgefunden? Anders ausgedrückt: Er hätte ja gar keine Zeit gehabt, um zu knallen ... Aber wie wir bald sehen werden und wie ich nicht ohne einen gewissen Stolz sage: Dieses kleine Problemchen habe ich gelöst. Doch ich schweife erneut ab. Also: Die Zeit hat einen Anfang, und etwas, das einen Anfang hat, altert für gewöhnlich. Außerdem, auch das ist Einstein, existieren Masse – also Materie – und Zeit nicht unabhängig voneinander, sondern beeinflussen sich gegenseitig – ich sage nur: e = mc². Und Materie, vom kleinsten Sandkorn bis zur größten Sonne, altert nun mal, warum also nicht die Zeit?

Überhaupt scheint es noch eine wesentliche Analogie der Zeit zur Materie zu geben. Die Zeit ist, wie gesagt, keineswegs gleichförmig, sondern unterschiedlich ausgeprägt – wie Materie. Mit Materie steht aber auch immer Energie in Verbindung, und bei den dicken Kloppern von Materie, den Sternen und Galaxien – die nach Einstein Raum und Zeit beeinflussen und krümmen – ist immer Bewegungsenergie im Spiel. Also dürfte sich auch die Zeit bewegen. So habe ich vorhin durchaus mit Hintergedanken die Propeller für meine Beispiele benutzt, denn ich denke, die Zeit bewegt sich, ich hab's vorhin ja schon verraten, fast im Kreis.«

»Also nicht nur einzelne Bereiche, sondern die komplette Zeit als Ganzes? *Im Kreis?* Jetzt wirst du mir sicher gleich erzählen, dass sie dann irgendwann, an einem Mittwoch um halb fünf, wieder auf ihren Anfang trifft?«

»Mit dem Mittwoch wäre ich mir zwar nicht sicher, aber im Prinzip: Ja!«

»Auweia. – Und was geschieht dann deiner Meinung nach, wenn die Zeit ihren Kreis vollendet hat? Beißt sie sich dann in den Schwanz?«

»Ja, und zwar kräftig.«

»Kräftig?«

»Kawummm!!!«

»Kawummm???«

»Mit drei Ausrufezeichen.«

»Der Urknall? War gleichzeitig ein Endknall? Und das immer wieder?«

»Du hast es erfasst. Das ist auch die Lösung, wieso er die Zeit hatte stattzufinden. Dass der Urknall tatsächlich nur Sache eines einzigen Augenblicks war, davon sind heute viele Wissenschaftler überzeugt – allerdings sind sie vermutlich nicht ohne Weiteres zu überzeugen, dass damals der große Zeiger wieder auf Anfang gestellt wurde: Die Zeit ist am Ende angekommen, und in einem Sekundenbruchteil, ja genau genommen in Nullzeit, stürzt sämtliche Materie, stürzen alle Sterne des Universums – die inzwischen längst erkaltet sind – in sich zusammen, sogar der Raum selbst wird wieder auf einen Punkt zusammengequetscht. Und damit ist die Uhr wieder aufgezogen: Die gigantische Kompression hat die Materie wieder mit Energie aufgeladen, deren Größenordnung derart unermesslich über die menschliche Vorstellungskraft hinausgeht, dass wir nicht einmal annähernd die Zahlen und Worte haben, um sie auch nur im Entferntesten zu beschreiben. Es ist jedenfalls ein Energiezustand, der keine Centillionstelsekunde gehalten werden kann und sich augenblicklich Bahn bricht. So enden das Universum und die Zeit. Beide sind also keineswegs unendlich, sondern endlich – aber dennoch gleichzeitig in ihre eigene Unendlichkeit eingebettet, weil ja der ganze gigantische Zyklus von Entstehen und Vergehen immer wieder erneut beginnt.«

»Wow!«

»Allerdings.«

»Aber wozu das Ganze?«

»Wie – wozu?«

»Na ja, falls es hinter all dem einen großen Plan gibt … warum muss dann immer wieder alles in sich zusammenkrachen?«

»Keine Ahnung, ob es einen kleinen oder großen oder keinen Plan gibt, pfiffig ist es aber auf jeden Fall.«

»Pfiffig???«

»Ja. Pfiffig und faszinierend, selbst ohne einen tiefere Bedeutung dahinter: Stell dir den End- und Urknall wie einen gigantischen Herzschlag vor. Denn irgendwann werden sämtliche Sonnen im Universum erloschen sein – unsere eigene übrigens in etwa fünf Milliarden Jahren –, dann ist alles kalt und kein Leben mehr möglich, und das Universum stirbt den Kältetod. Doch dann kommt der Urknall-Herzschlag und pumpt wieder Energie für eine kleine Ewigkeit ins

System. Erneut beginnen die heißen Feuerbälle von Milliarden Sonnen zu glühen. Erneut kann Leben entstehen. Und alles beginnt von vorne.«

»Nochmals: Wow! Aber nachdem du mir nun das Universum, die Zeit und die unglaubliche unendliche Endlichkeit erklärt hast, und vorausgesetzt, das stimmt alles, dann erklärt das noch immer nicht, warum es unsere beiden verschiedenen Welten gibt, unsere Welten, die keineswegs verschiedene Planeten zu sein scheinen, sondern unterschiedliche Versionen von ein und derselben Welt. Die in vielen Bereichen fast identisch sind, in anderen wiederum ganz und gar nicht. Und es erklärt natürlich auch nicht, wie es gelingt, zwischen diesen beiden Welten – wo immer sie sich auch befinden mögen – hin und her zu wechseln?«

»Tja, du hast recht: Was ich bisher gesagt habe, erklärt das noch nicht ganz. Aber ich war ja auch noch nicht fertig.«

»Aaah! Das *Fast*?«

»Genau, du bist auf der richtigen Spur: Ich sprach davon, dass sich die Zeit *fast* im Kreis bewegt. Auch Monde, Planeten, Sonnen und Galaxien, nicht mal Atome bewegen sich in absolut perfekten Kreisbahnen. Vor allem aber: Denk an die Relativität des Raumes, von der wir vorhin gesprochen haben, und dass man, vom Universum aus betrachtet, als Erdenbürger niemals zwei Mal im Leben an der gleichen Stelle im Raum sein kann.

Jedenfalls wird auch die Zeit nach ihrer Fast-Kreisbahn nie ganz exakt an der gleichen Stelle ankommen, an der sie gestartet ist. Und wenn man den auseinanderstrebenden Raum, das sich dehnende Universum zu Grunde legt, dann wird die große Zeit wohl eher spiralförmig verlaufen, entweder wie die Rille einer Schallplatte oder wie eine Bettfeder .

Wie auch immer: Wir haben also die seltsame Situation, dass die Zeit ihren Anfang zwar wieder erreicht, aber etwas versetzt. Wenn sie die Ziellinie überschreitet: Kawummm!!!, und dann geht's erneut los. Allein schon durch den leicht geänderten Startpunkt wird es in der Entwicklung Unterschiede im Vergleich zur vorangegangenen Zeit geben. Was aber das Seltsamste ist: Gleichzeitig gibt es, aus Sicht der neuen Spiral-Drehung, plötzlich auch die vorangegangene Zeit zwischen dem letzten Ur- und Endknall wieder. Denn an dieser alten Spiral-Rundung schlängelt sich ja der neue Spiralkreis vorbei. Die neue Zeit-Runde befindet sich sozusagen direkt neben oder über ihrem Alter Ego aus der Vergangenheit, ja umwickelt ihn praktisch.

Tja, die Kreisbewegung: Die neue Zeitspirale dreht sich also an ihrem Vorgänger vorbei. Es existieren somit zwei Zeiten – oder sollte man von Dimensionen reden? – ineinander aufgerollt, direkt nebeneinander. Und mit ›direkt‹ meine ich *wirklich* direkt. Offenbar liegen unsere Zeiten so eng beieinander, dass sie sich an manchen Stellen tatsächlich berühren. Vielleicht sind es Unebenheiten im Lauf der Zeit – auch Planeten-Bahnen sind nicht perfekt –, vielleicht sind es ungewöhnliche Phänomene im Raum, die selbst die Zeit beeinflussen, wie es schwarze Löcher tun. Was auch immer der Grund ist: Es gibt diese Berührungspunkte, und den alten Magiern des Elf-Stämme-Reichs ist es absichtlich oder unabsichtlich gelungen, solche Punkte zu entdecken und aufzustoßen.«

Einige Sekunden sah Peter fassungslos auf seinen Großvater, dann meinte er: »Das würde ja bedeuten, dass sich unsere beiden Welten fast an der gleichen Stelle befinden, sich zumindest überlagern, und dass wir sie normalerweise bloß nicht bemerken, weil wir zwar nicht räumlich, aber *zeitlich* voneinander getrennt sind.«

»Du hast es erfasst. Und zwar eine ganze Ecke ›*zeitlich*‹. Ich denke, 50 oder 100 Milliarden Jahre oder mehr dürften es schon sein.«

»Sorry, aber eine solche Zeitspanne kann ich mir beim besten Willen nicht vorstellen … Wie groß war der Zeitsprung von diesem Herrn Krikaljow, sagtest du?«

»Eine 50stel Sekunde.«

»Das haben wir dann aber ein kleines bisschen getoppt, oder?«

»Geringfügig.«

»Und eine unserer beiden Welten gibt es eigentlich, aus Sicht der anderen Welt, schon längst nicht mehr, ihr Universum ist vor … vor dieser verdammt langen Zeit im Endknall ausgelöscht worden? Aber welche unserer Welten ist denn nun die ältere?«

Bloch zuckte lächelnd mit den Schultern und entgegnete: »Da muss sogar ich passen. Im Augenblick habe ich jedenfalls nicht den leisesten Schimmer, ob die Sagenwelt oder diese hier das Vorläufer-Universum oder das spätere ist. Andererseits … na ja, das ist jetzt kein Wissen, sondern eher eine sachte Ahnung, wenn man sich so die Verrücktheiten der Zeit betrachtet: Ich halte es für möglich, dass *keine* unserer beiden Welten vor oder nach der anderen kam. Beziehungsweise, dass beide sowohl vorher als auch nachher entstanden sind. Dass es in dieser allumfassenden Raumzeit nämlich gar kein Vorne und Hinten, Vorher oder Nachher gibt.«

»Äh, muss ich das jetzt verstehen?«

»Nein.«

»Gut.«

»Wie auch immer, jetzt hast du wenigstens eine Ahnung davon, warum es unsere beiden Welten gleichzeitig gibt, obwohl sie nicht in der gleichen Zeit liegen. Jetzt musst du nur noch einen Weg finden, wieder hinüberzukommen. Und dann auch noch die richtige Welt zu treffen.«

Beunruhigt fragte Peter: »Was soll das jetzt wieder heißen?«

»Dass es in der Spirale der Ewigkeit – und ich meine jetzt die *ewige* Ewigkeit – sicher auch schon unendliche Urknalle gegeben hat – du erinnerst dich: der große Herzschlag von Zeit und Materie. Deswegen könnte es zumindest zu *zwei* angrenzenden Welten Verbindungen geben … oder zu vielen, vielen mehr, je nachdem, wie die Zeitebenen ineinander gefaltet sind. Vielleicht sind es sogar unend…«

»*STOPP!* Das will ich jetzt wirklich nicht wissen. Nein, die alten Magier scheinen mit ihren Methoden immer nur in meine Welt gelangt zu sein, und falls wir wirklich dahinterkommen, wie sie das gemacht haben, dann werden mich diese Methoden auch wieder in *meine* Welt führen.«

»Aber woher willst du wissen, dass sie tatsächlich stets in der gleichen Welt waren und nicht bloß *gedacht* haben, dass die Sagenwelt jedes Mal ein und derselbe Planet ist? Schließlich hatte auch Kolumbus sein Leben lang geglaubt, er hätte Indien erreicht, war aber, bekanntermaßen, ganz woanders rausgekommen.«

»Stopp, Stopp!«, kam es, diesmal viel leiser, zurück, »das wird mir jetzt wirklich zu viel! Wenn es sein muss, können wir ja drüber reden, wenn es soweit ist.«

»*Falls* es soweit ist.«

»*WENN* es soweit ist! Aber jetzt und morgen will ich bestimmt nicht darüber nachgrübeln.«

»Hast ja recht. Dann geh ich jetzt wohl besser und lass dich schlafen, äh, traumlos schlafen. Und bitte: Pass morgen auf dich auf, ja? Wenn's nur ist, um dein armes altes Unterbewusstsein zu schützen.«

13. Blutrotes Meer

Peter hatte tatsächlich – und erstaunlicherweise, wie er selbst fand – immerhin bis kurz nach fünf Uhr gut durchgeschlafen. Da hatte er es besser gehabt als einige tausend Krieger heute in den frühen Morgenstunden …

Nach allem, was sie von den Gefangenen erfahren hatten, hatte Xavox mit seiner Berechnung ganz gut gelegen: Wenn die Piratenvölker alles in die Schlacht werfen würden, was sie aufbieten konnten, dann würden sie mit gut 260 Schiffen und etwa 29.000 Mann in den Kampf ziehen. Der Waldstamm hatte über die Wintermonate 111 schwere und an Klobigkeit kaum zu überbietende Zweiruderer aus dem Boden oder besser gesagt aus den Wäldern gestampft, dazu kam dann noch ein ganz besonders fetter und hässlicher Pott, der mehr als doppelt so groß war wie die anderen und der aussah, als könne er sich kaum von der Stelle bewegen. Peter hatte ihn Janus getauft, und es war das einzige Boot, auf dem, in den oberen Reihen, Gefangene als Ruderer eingesetzt werden würden. Der Koloss war so schwer und die Arbeit so anstrengend, dass man diesen Unsicherheitsfaktor in Kauf nehmen würde, um die Kräfte der Krieger an Bord zu schonen. Und so würden auch die Räuber, die dank Peter lebend aus dem Nekis-Tempel herausgekommen waren und die in den vergangenen Wochen in den Werften hatten schuften müssen, wieder etwas zu tun bekommen. Kurze Ketten sollten dafür sorgen, dass sie der Besatzung nicht in den Rücken fallen würden. Denn sollte das Schiff untergehen …

Das Kriegslager vor den Toren Tulpacs war in der Zwischenzeit auf knapp 18.000 Mann angewachsen.

Als es Peter gedämmert hatte, dass ganz offenbar von ihm erwartet wurde, mit den Kriegern in See zu stechen, hatte sein Gesicht einen ziemlichen Farbverlust zu verzeichnen gehabt. Aber eigentlich war es ja klar gewesen: Wie würde es wohl auf die Krieger wirken, wenn er, der »prophezeite« Retter, auf dessen Mist dieser ganze verrückte Plan gewachsen war, selbst an Land zurückbleiben würde, während alle anderen ihr Leben riskierten? – Er war nicht in einem Reich gelandet, in dem die Generäle hinter ihren Truppen zurückstanden.

Peter hatte sich – was sollte er auch anderes tun? – in sein Schicksal ergeben und damit gerechnet, dass er auf dem größten der Schiffe mitfahren würde, das zu diesem Zeitpunkt gerade seiner Vollendung entgegengegangen war – auch wenn das Boot alles andere als vollendet aussah. Als er aber Bela Prinz Starkehand gefragt hatte, wo denn sein Platz auf diesem Schiff wäre, hatte der nur gelacht und sich gefreut, dass er Peter mit einer eigenen Idee verblüffen konnte – ja, die Zeiten waren sonderbar und sogar die Waldstamm-Ältesten überraschten plötzlich mit neuen Ideen: »Selbstverständlich wirst du mit zur großen Schlacht fahren«, hatte Bela gesagt, »aber glaubst du, wir werden unseren Retter – wenn er es denn ist – dort einsetzen, wo die Schlacht am heftigsten tobt?«

Peter hatte ihn nur verständnislos angesehen, und Bela erklärte: »Die Piraten sollen bloß *denken*, dass es sich um unser Flaggschiff handelt. Und falls sie es mit mehreren Booten angreifen, dann werden sie – hoffentlich – ihr blaues Wunder erleben. Dort werden sich nämlich einige unserer besten Krieger und Schützen befinden – und die Waffen, die sich dieses erstaunliche mutige Mädchen ausgedacht hat. Auf den anderen Booten ist dafür ja leider kein Platz.« Das war der Moment gewesen, in dem Peter beschlossen hatte, das schwimmende Ungetüm Janus zu taufen.

Das echte Flaggschiff unterschied sich dagegen nach seiner Fertigstellung äußerlich kaum von den anderen Booten. Es war lediglich ein bisschen höher gebaut worden, um Bela die Möglichkeit zu geben, einen besseren Überblick über die Schlacht zu behalten.

Bei dem kurzen Frühstück in aller Frühe im von Fackeln beleuchteten großen Saal der Meeresburg waren sämtliche Kapitäne der Dieren – die alle noch nicht sehr lange in diesem Amt waren – zusammengekommen, und so war der Saal gedrängt voll. Trotz aller Abenteuer kam sich Peter merkwürdig fehl am Platz vor, wie er im Kettenhemd und mit umgegürtetem Kurzschwert unter all den Kriegern saß, den Rundschild an seine Knie gelehnt und die Haube vor sich auf dem Tisch. Peter konnte Ky nirgends entdecken, doch nach dem Abschied am Abend zuvor glaubte er auch nicht, dass sie überhaupt da sein würde.

Wie die meisten anderen auch aß Peter nur etwas Rusu-Grütze – eine Art Haferbrei – und etwas frisches, noch warmes Brot, dazu trank er einen kleinen Krug heiße Milch. Für eine Henkersmahlzeit, dachte er, war das Ganze wohl etwas dürftig. Und trotzdem würde es genau das für einige der Männer und Frauen hier im Raum sein. Dann bat Bela um einen Moment der Besinnung, und sämtliche der leise geführten Gespräche verstummten. Einige der Anwesenden schlossen kurz die Augen, andere sahen zu Boden oder schienen in eine weite Ferne zu blicken. Alle dachten sie im Stillen kurz an ihre

Ahnen und etwas länger an ihre Familien. Dann sagte Bela laut: »Einen guten Tod all jenen, die den Sonnenuntergang nicht erleben werden. Sie werden im Waldstamm und in ihren Kindern weiterleben. Und jetzt lasst uns kämpfen. Lasst uns die Piratenplage ein für alle Mal zu Burischja schicken. Und wer Mitleid verspüren sollte, der soll an die Seinen zu Hause denken. Lasst uns kämpfen mit jeder Faser unserer Muskeln, mit jedem Schlag unseres Herzens, mit jedem Jota unseres Willens, denn wir sind Krieger. Lasst uns kämpfen und siegen, denn wir sind der Waldstamm – selbst auf dem Meer: Wir sind der Waldstamm.«

Dann schritt Bela mit einer Gruppe von fünf Clan-Ältesten voran, die Kapitäne folgten. Als Bela an Peter vorbeikam, berührte er ihn sanft an der Schulter und bedeutete ihm, neben ihm zu gehen. So fand sich der überraschte Junge, den Schild auf dem Rücken, die Haube unter den Arm geklemmt, unversehens neben dem Gold-Ältesten an der Spitze des Zuges wieder. Doch die Überraschung währte nicht lange, als ihm mit einem Schlag klar wurde, welche Aufgabe ihm tatsächlich in diesem Kampf zugedacht war. Und er wusste nicht, ob er enttäuscht oder erleichtert sein sollte. Er war eine Galionsfigur. Nichts weiter.

So wunderte er sich auch nicht, dass Bela statt des direkten Ausgangs der Burg zum Hafen den zur Stadt nahm: Als die Gruppe die Meeresburg verließ, schienen sämtliche Bewohner Tulpacs, die nicht selbst in die Schlacht zogen, die Straßenränder auf dem Weg zum Stadttor zu säumen; ein Meer aus Fackeln und leiser Applaus begleiteten sie. Auch hinter dem Stadttor riss das Spalier nicht ab, doch hier riefen die Menschen ohne Unterlass den Vorbeiziehenden zu: »Für meinen Vater!«, »Für mein Kind!«, »Für Rupac, meinen Freund!«, »Für meine Töchter!«, »Für Delan, der mich rettete und starb!«, »Für …«, es schien kein Ende nehmen zu wollen, und Peter kannte die Antwort, noch bevor er Bela fragte: »Sind das …?«

»Ja. Sie alle haben Familienmitglieder oder Freunde durch die Piraten verloren. Sie sind gekommen, um unsere Herzen zu stärken – und nicht wenige, um Rache zu fordern.«

Peter seufzte und bemühte sich, besonders aufrecht neben Bela zu gehen. Die Rufe begleiteten sie bis zum nahen Hafen, doch wurden sie dort von einem Ruf aus vielen tausend Stimmen übertönt, der die Kapitäne begrüßte: »Waldstamm!« schallte es von den Schiffen, die sich im Hafenbecken drängten. Die Krieger und die Corvisten waren bereits unter Einweisung der Taktmeister an Bord gegangen.

»Welches ist denn nun unser geheimes Flaggschiff?«, wollte Peter wissen.

»Oh, es wird dir gefallen«, sagte Bela freundlich, »es war Jezz'ys Idee, und ich begrüße sie sehr: Da uns die Sagenwelt, ihre Taktiken – und auch ihr junger Krieger – die Rettung bringen sollen, haben wir gedacht …, nun du hast Jezz'y doch von diesem berühmten Sagenwelt-Kapitän erzählt, so haben wir beschlossen, dass die *Mickey Mouse* unser Flaggschiff werden soll. – He! Warum lachst du so?«

Peter seufzte und murmelte: »Geschieht mir recht, da riskiert man einmal 'ne Lippe …«, dann merkte er, dass ihn etliche Augenpaare ob seines Heiterkeitsausbruchs erstaunt ansahen. Er trat, über seine eigene Kühnheit erstaunt, die Flucht nach vorne an, zog sein Schwert, hielt es im Schein der Fackeln in den Himmel und rief so laut er konnte: »Sollten wir untergehen, dann werde ich mit niemanden so gerne untergehen wie mit euch. Aber wir werden siegen. Denn das Meer ist ruhig und alles andere, was wir brauchen, ist hier: der Waldstamm!«

Und der Jubel um ihn war so groß, dass er Bela kaum unter Lachen sagen hörte: »Willkommen, junger Sagenwelt-Krieger.«

Dann gingen sie an Bord.

Als 40 Minuten später die Sonne über dem Meer aufging, verließ gerade das letzte Schiff den Hafen.

Die Kräfte der Ruderer und Krieger schonend, bewegte sich die Flotte langsam an der Küste der Langen Hand entlang, das vorderste Schiff am engsten unter Land, jedes weitere ein Stück meerwärts versetzt. In der Mitte der Kette segelte die Janus. Nur bei ihr mussten schon zusätzlich die Ruder eingesetzt werden, damit sie mit den anderen Schiffen mithalten konnte.

Zwei Schiffe schräg hinter der Janus stand Peter mit Bela, Tulpe und Xavox – Prinz Oro war als Befehlshaber bei der kleinen Langboot-Flotte – am Bug der *Mickey Mouse* und schüttelte seufzend den Kopf. Das hier war ganz und gar kein Vergleich zu den Langbooten, die sicher gut vier Mal so schnell waren wie diese Pötte. Er wäre ja viel lieber auf einem der eleganten Boote mitgefahren. Doch – natürlich – er sollte bei der Hauptgruppe bleiben, wo ihn die Schar der Krieger, von denen ein Großteil zum allerersten Mal im Leben ein Schiff betreten hatte, sehen konnte – wie es sich für eine gute Galionsfigur gehörte. Andererseits sollte er dankbar sein, denn den Besatzungen der elf Langboote – von denen jetzt natürlich noch kein einziges zu sehen war – oblagen die gefährlicheren Angriffe.

Nur auf der Janus lebte man heute vielleicht noch gefährlicher. Unwillkürlich sah Peter zu dem seltsamen schwimmenden Kasten hinüber – immerhin hatte er mit einer »Sagenwelt-Idee«, wie es die anderen nannten, etwas zu dessen Sicherheit beitragen können. Die Planen, mit denen die Geschütze vor den Augen etwaiger Späher verborgen gewesen waren, hatte man im Hafen zurückgelassen. Aus den Kohlebecken kräuselte sich schon der Rauch, und die Geschützmeister standen bereit. Gerade kam eine Frau – unter den Kriegern waren nicht wenige Frauen – um das klobige, gut drei Meter hohe Mittelkastell herum und inspizierte die Ballisten.

Wobei … auch aus der Ferne schien sie eigentlich zu klein für eine erwachsene Frau. Peter kniff die Augen zusammen und sah genauer hin, dann riss er die Augen auf und erstarrte.

Warum hatte er gestern Abend nur nicht besser zugehört? »… *und auch wenn du mich nicht wieder siehst …*«, hatte sie gesagt.

Peters Herz raste, während ihm gleichzeitig alle Kraft aus dem Körper zu fahren schien, dann stammelte er zu Bela: »Abbrechen! Wir müssen das verschieben! Dort, auf der Janus …«

»Ich weiß«, entgegnete Bela ruhig, »aber jetzt können wir nicht mehr zurück.«

»Ihr habt es *gewusst?*«, sagte Peter entsetzt, während er unwillkürlich mit einer Hand an Tulpes Schulter Halt suchte.

»Was ist denn los?«, fragte der verwundert.

»Ky ist an Bord der Janus! Und Bela hat … Wir müssen sie augenblicklich da runter holen!«

Mit einem Ruf ungläubigen Erstaunens starrte nun auch Tulpe zu dem großen Schiff hinüber, während Bela sagte: »Ein wirklich bemerkenswertes Mädchen. Sie ist schon vor drei Tagen mit der Bitte zu mir gekommen, dabei sein zu dürfen. Durch ihre Gedanken seien diese Geschosse entstanden, es sei ihre Verantwortung, sie dürfe sich nicht davor drücken zu sehen, was diese Waffen anrichten. Und sie könne unmöglich selbst in der Sicherheit der Meeresburg bleiben, während ihre Erfindung anderen Menschen den Tod bringt. Ich bat sie, es sich noch einmal zu überlegen, doch sie bestand darauf.«

Bela so ruhig reden zu hören, ließ Peters Stimmung umkippen. Statt Angst zu verspüren, kochte er jetzt vor Zorn. »Ihr hättet es ihr trotzdem verbieten müssen!«, brüllte er Bela an.

»Ich bin nicht ihr Vater – obwohl ich stolz wäre, es zu sein –, und sie gehört auch nicht zum Waldstamm. Wer bin ich also, dass ich sie aufhalten wollte?«

Peter war fassungslos: »Ihr hättet es mir sagen müssen!«

»Sie bat mich, es nicht zu tun.«

»Aber Mann! Sie ist doch fast noch ein Kind«

»Das bist du auch.«

»Doch *mich* wolltet Ihr nicht auf der Janus mitfahren lassen.«

»Ich habe es dir schon mal gesagt: Dich brauchen wir.«

Peter war sprachlos und zitterte vor Angst und Wut.

Xavox, der die ganze Zeit ruhig geblieben war, sagte nun, auf einen bittenden Blick des Ältesten, freundlich: »Schau, Peter, hättest du sie wirklich aufhalten wollen? Ja, sie begibt sich in Gefahr, und sie könnte verletzt, vielleicht sogar getötet werden. Doch aus ihrer Sicht stellt sie sich heute einer Verantwortung, die sie übernehmen muss. Und bliebe sie zu Hause, dann wäre vielleicht ihr Körper geschützt, aber ihre Seele würde verletzt werden.«

»*Du* wusstest es auch?«

»Ja. Und es ist mir nicht leicht gefallen, sie gehen zu lassen. Aber sie ist nicht allein. Brumberta ist bei ihr, um auf sie aufzupassen.«

»Was? Ich dachte, die würde ihr Hospital auf die Ankunft der Verwundeten vorbereiten?«

»Oh, das ist längst geschehen, und ihr Wissen hat sie, so gut es ging, weitergegeben. Du hättest sie in ihrer neuen Rüstung sehen sollen! Die armen Piraten, die ihr zu nahe kommen.«

»Und falls es dich beruhigt«, ergänzte Bela, »ich habe auch zwei meiner Krieger gebeten, ein Auge auf sie zu haben.«

»Nein«, murmelte Peter grimmig, »ehrlich gesagt, beruhigt es mich nicht.«

Er war nach wie vor wütend auf Bela und Xavox, auch wenn ihm klar war, dass er nichts mehr ändern konnte. Er tastete nach seinem Schwertgriff. Bela glaubte also, dass er mehr wert war als Ky? Nun, eigentlich hatte er den echten Kriegern das Kämpfen überlassen wollen. Aber er war nicht besser als Ky, die im Nekis-Tempel ihr Leben für ihn aufs Spiel gesetzt und für ihn gelitten hatte. Wie konnte er sich also hinter Kriegern verstecken, während sie dort war, wo die Pfeile nur so herumschwirren würden? Wenn es gar nicht anders ginge, dann würde er halt zur Janus hinüberschwimmen.

»Da kommen sie!«, hörten alle plötzlich den Krieger rufen, der von der Mastspitze aus über das Meer spähte.

»Die Piraten?«, Tulpe fuhr herum und starrte über das Meer.

»Nein«, sagte Bela, »es sind die Patrouillen-Boote – wird auch langsam Zeit.«

Die elf Schiffe kamen von ihrem nächtlichen Auftrag zurück und ruderten langsam der Flotte entgegen.

»Woher hattest du noch mal die Idee mit den Salzsäcken?«, wollte Tulpe von Peter wissen.

»Wie oft soll ich's dir noch erklären? Aus einem Film. *Es war einmal in Amerika*, mit Robert de Niro.«

»Ein *Film!* Das war doch diese Sache mit den Bildern, die sich *bewegen!*«

»Nein, nicht die Bilder bewegen sich, sondern es sind viele kleine Bilder hintereinander, und es sieht nur so aus … ach verdammt, jetzt nicht.«

Peter war noch immer überaus unwirsch und besorgt, und Tulpes Versuch, ihn abzulenken, war kläglich gescheitert – zumal sich auch Tulpe selbst Sorgen um Ky machte. Doch schon bald würden sie sich auf andere Dinge konzentrieren müssen.

Nicht lange nachdem sich die alten Patrouillenboote am Ende des Verbandes eingereiht hatten, sichtete der Ausguck des vordersten Schiffes erneut Boote. Und diesmal waren sie es: Immer mehr Piratenschiffe tauchten, noch als kleine Punkte, hinter dem Horizont auf und wuchsen zu einer gigantischen Flotte an.

»Sie kommen!«, eilte der Ruf von Schiff zu Schiff, und noch ehe er beim letzten Boot angekommen war, waren die Segel eingeholt, die Mastbäume umgelegt, und die Formation änderte sich. Jedem war klar, dass die schweren Waldstamm-Pötte den Piraten an Geschwindigkeit und Wendigkeit weit unterlegen waren. Doch eigentlich musste die Waldstamm-Flotte nur eines erreichen: dass sich die Piraten in etwa gleichzeitig auf die einzelnen Boote der Flotte stürzen würde. Ganz exakt konnte das nicht gelingen – doch dafür gab es ja noch die Langboote.

Waren die Zweiruderer bisher wie Perlen an einer Kette die Küste der Langen Hand entlanggefahren, so schwang diese Kette nun, abgesehen von den Patrouillenschiffen, wie eine sich öffnende Tür ins Meer hinaus: Die Ruderer des letzten Bootes legten sich am stärksten ins Zeug. Man würde die Piraten in einer Sichel-Formation erwarten – allerdings nicht allzu exakt und stümperhaft weit auseinandergezogen, wie man es von Anfängern auf dem Gebiet des Seekriegs erwarten konnte und wie es den Piraten, die mehr als doppelt so viele Kriegsschiffe wie der Waldstamm in die Schlacht warfen, die Möglichkeit geben würde, sich mit je zwei Booten auf einen einzigen Gegner zu stürzen.

Prinz Bela setzte seine Sturmhaube auf, Peter, Tulpe und selbst Xavox, der besonders eigenartig in dem extra für ihn angefertigten Kettenhemdchen aussah, taten es ihm nach. Seufzend wandte sich Bela an die anderen: »Ich gebe zu: Bisher hatte ich, tief in mir drin, noch immer gehofft, dass wir heute unverrichteter Dinge zurückkehren würden. Wir hätten zwar weiter unter den Piraten gelitten, doch die alte Ordnung wäre erhalten geblieben. Aber dieser Angriff ist der letzte Beweis, dass der Kriegskanzler – Burischja soll Hanu Standhaft holen! – zu einem Feind im eigenen Reich geworden ist.«

Xavox entgegnete fröhlich: »Aber immerhin hat er uns, wie erwartet, nach der kleinen Luftpost des Waldstammes den Gefallen getan, die Piraten über unsere Flotte und ihr Auslaufen zu informieren, nicht wahr? Und ein paar heimlich des nachts an Land gesetzte Kundschafter, die unsere Boote gezählt und das Kriegslager vor Tulpac gesehen haben, werden ein Übriges beigetragen haben.« Dann hielt er wie durch Zauberei eine flache Lederflasche in der Hand und nahm daraus einen kräftigen Zug.

Die Piraten kamen zügig näher, doch die Flotte des Waldstamms würde ihre Formation rechtzeitig einnehmen. Aufgereiht in einer sichelförmigen Linie, die Klinge der Sichel dem Gegner zugewandt, würden sie die Piraten erwarten.

Im Zentrum der Sichelformation befand sich die schwerfällige Janus, zwei Boote weiter nordwärts von ihr und einen Hauch hinter die Linie zurückgefallen die Mickey. Ein Stück hinter ihr, etwas nach Süden versetzt, ruderte eines der Patrouillen-Schiffe, nahe genug an der Janus, um als deren Begleitschiff durchgehen zu können, doch in Wirklichkeit als Entsatz für das echte Flaggschiff vorgesehen, falls es in zu arge Bedrängnis kommen sollte.

Drei der Patrouillenboote hatten sich leicht zurückfallen lassen und fächerten hinter der Linie auf, um, wo es nötig war, als Reserve eingreifen zu können oder Krieger von versenkten Waldstamm-Schiffen aus dem Wasser zu fischen. Die restlichen sieben der alten Patrouillen-Dieren bildeten hinter der Nordflanke der Sichel einen Keil in Richtung Norden, um Piratenschiffe abzufangen – oder doch zumindest aufzuhalten –, die versuchen sollten, die Sichel von Norden her zu umfahren, um der Waldstamm-Flotte in den Rücken zu fallen. Im Süden reichte die Sichel bis fast an die Küste der Langen Hand heran.

Inzwischen war auch die Formation der Piraten-Flotte auszumachen: In drei Keilen kam ihre Welle heran. Der mittlere und größte zielte geradewegs auf das Zentrum der Sichel, an den Spitzen der Masten flatterten blutrote und bei einigen auch gelbe Flaggen. Mehr dem Land zu näherte sich ein Keil mit dunkelgelben Flaggen, und die Keilformation der großen Dreiruderer, die im Norden angriffen, war blau beflaggt. Noch weiter im Norden war zudem eine lose Formation mit roten und gelben Wimpeln zu sehen, die offenbar tatsächlich versuchte, die Sichel des Waldstamms zu umgehen.

Ezar Prinzessin Wetterholz, nach ihren Leistungen im Kampf gegen die beiden Piraten-Boote als Schiffsmeisterin auf dem Flaggschiff eingesetzt, war nun an Bela herangetreten, deutete auf die sich nähernde Front und sagte: »Da! Jetzt erst legen sie ihre Masten um. Das ist in gutes Zeichen.«

»Warum?«, wollte Tulpe wissen.

»Das bedeutet, dass sie nicht viel von ihren Gegnern erwarten, sonst hätten sie sich früher die höhere Beweglichkeit unter Rudern gesichert. Seht! Es wird noch besser! Die scheinen uns wirklich für sehr leichte Beute zu halten!«

Peter ahnte, was Ezar meinte: Noch bevor der Kampf begonnen hatte, scherten etliche der Piratenschiffe aus den Keilformationen aus und drängten nach vorne – offenbar wollten sie sich beim Beute-Machen nicht ausbooten lassen. Nur die Blauen im Norden blieben unbeirrt in ihrer Formation – und leider auch die sieben Schiffe an der Spitze des roten Keils, stellte Peter mit einem flauen Gefühl im Magen fest, die wie eine Lanzenspitze auf die Janus zu hielten.

Dann war ein helles Pfeifen in der Luft zu hören und Ezar brüllte »*Schilde!*« Sofort hoben die Krieger, die neben den Ruderern standen, ihre großen, leicht nach innen gewölbten Rechteck-Schilde an, um ihre Kameraden und sich selbst zu decken. Auch die Krieger, die dicht aneinandergedrängt im breiten Mittelgang des Schiffes kauerten, hoben ihre Schilde, sodass sie sich wie Schindeln überlappten und ein undurchdringliches Dach bildeten. Fünf Krieger, die als Belas Leibgarde abgestellt waren, sorgten für den Schutz des Ältesten und seiner Begleiter.

Noch bevor Peter verstand, was das unheimliche Pfeifen zu bedeuten hatte, hörte er es auch schon wuchtig auf die Schilde und das Schiff herniederprasseln. Es mussten hunderte Pfeile sein. Zwei davon steckten plötzlich zitternd vor seinen Füßen in den Schiffsplanken. Was tun? Nervös sahen Peter und Tulpe zu Bela hinüber, doch der blieb einfach gelassen stehen, während schon die nächste Pfeilwolke den Himmel verdunkelte. Ezar meinte beruhigend zu den

Jungen: »Das ist bloß das Vorspiel. Sieht schlimmer aus, als es ist. Bleibt nur einfach im Schutz der Schilde.«

Bloß das Vorspiel? Na danke.

Immer lauter waren die Trommeln der Piraten zu hören. Bela fragte Peter ruhig: »Meinst du, es wäre an der Zeit, die Corvi fertig zu machen?«

»Wie? Oh, ja! Dringend!«

Bela gab seinem Hornisten ein Zeichen, der ungerührt sein Horn, in dem zwei Pfeile steckten, an die Lippen hob und ein lautes Signal übers Meer schickte.

Ezar brüllte: »Halber Schlag backbord!«

Die Rudermannschaft an Backbord zog ihre Blätter ein kleines Stück durch, und die Mickey begann sich sachte zu drehen, den Piratenschiffen, von denen man nun schon lautes Johlen hören konnte, eine gefährlich offene Flanke für einen Rammstoß bietend. Gleichzeitig griffen sich je fünf der zehn gut gepanzerten Corvisti eines der beiden Zugseile, die über Rollen zu einer seltsamen Vorrichtung etwa in der Mitte der linken Bootshälfte führte: Es war eigentlich nichts weiter als eine elf Meter lange und fast drei Meter breite Holzkonstruktion mit Geländern links und rechts. An einem Ende des Holzgestells ragten drei fast ein Meter lange, mit kräftigen Spitzen versehene und leicht nach innen gebogene Stahlstangen nach unten, auf denen die Konstruktion derzeit noch auflag. Am anderen Ende ragte dagegen nur ein einziger mächtiger Eisenzapfen aus dem Holz heraus. Der eingefettete Zapfen ruhte in einer tonnenähnlichen hölzernen Ausbuchtung im Schiffsdeck. Es gab mehrere solcher Ausbuchtungen, um das ungewöhnliche Gestell auch von anderen Bereichen des Schiffs aus einsetzen zu können. Zudem ragten an einigen Stellen kräftige Balken aus dem Schiffsboden auf, an denen Flaschenzüge eingehakt werden konnten.

Abgesehen von den Langbooten und der Janus war jedes Schiff der Waldstammflotte mit zwei solcher Corvi ausgerüstet worden. Und auf allen Schiffen in der Sichel-Formation wurden jetzt die gleichen Manöver ausgeführt, nur die Rowling, das Schiff, das zwischen Mickey und Janus lag, rückte gleichzeitig noch etwas in westsüdliche Richtung vor, um das Flaggschiff abzuschirmen.

Von den Piratenschiffen her war ein lautes Hornsignal zu hören, und die Trommeln änderten ihren Takt, wurden schneller. »Macht euch bereit!«, brüllte die Schiffsmeisterin, »sie nehmen Rammgeschwindigkeit auf!«

Die Mickey sah inzwischen fast aus wie ein Igel, so viele Pfeile ragten aus ihr heraus. Die Piraten wunderten sich dagegen, dass der Waldstamm noch mit keinem einzigen Pfeil geantwortet hatte. Das wäre auch kaum möglich gewesen, da auf jedem der Schiffe nur fünf Scharfschützen – man konnte ja nie wissen – ihre Bögen mitgebracht hatten. Die anderen Krieger hatten ihre Fernkampf-Waffen zu Hause gelassen. Die langen Bögen und die Köcher würden nur unnötig im Weg sein und die Krieger behindern. Die Piraten dagegen waren alle mit Langbögen ausgerüstet. Es war eine übliche Taktik der Kriegsführung zur See, den Gegner erst mit einem Pfeilhagel einzudecken. Einige der Piraten würde den Bogen auch nach dem Rammstoß noch in der Hand halten, würden erst zur Nahkampfwaffe greifen müssen, würden hektisch werden … ein kleiner Vorteil, aber auch kleine Vorteile konnten Leben auf der eigenen Seite retten.

Für Peter und Tulpe – und auch für Xavox – hatte Bela eigens kleinere und leichtere Schilde anfertigen lassen.

Die Piratenschiffe schienen nun auf sie zuzurasen – die Rowling hatte mit ihrem Manöver Erfolg gehabt, nur noch ein Piratenschiff hielt auf das Flaggschiff zu, dafür würde es die Rowling mit den Besatzungen von drei Booten zu tun bekommen.

Nervös, die Blicke wie alle anderen auch auf den heranschießenden Feind gerichtet, packte Peter seinen Schild fester, während Tulpe ihn beklommen fragte: »Wie … wie war das noch gleich mit diesen Römern?«

Schon konnte man die Gesichter einzelner Piraten erkennen. Hektisch und immer schneller werdend rasselte Peter herunter: »Im dritten Jahrhundert vor unserer Zeitrechnung war das römische Heer bei Feldschlachten kaum zu schlagen, doch im ersten Punischen Krieg war Rom gezwungen, auch auf dem Meer, wo man fast keine militärische Erfahrungen hatte, gegen die Seemacht Karthago anzutreten. So kamen die Römer auf die Idee, auf See einfach genauso wie an Land zu kämpfen und entwickelten den Corvus. Mit seiner Hilfe siegten sie 260 vor unserer Zeit in der Seeschlacht von Mylae vor der sizilianischen Küste gegen die karthagische Flotte, ein Corvus ist …«, zuletzt waren Peters Worte fast schon miteinander verschmolzen, jetzt wurde sein Stakkato von Ezars Ruf unterbrochen.

»AUFPRALL!«

Fast im gleichen Moment bohrte sich mit einem krachenden Splittern der Rammsporn des feindlichen Schiffs in die Seite der Mickey.

Die Erschütterung war so heftig, dass sich Peter kaum auf den Beinen halten konnte und Xavox tatsächlich auf dem Gesäß landete.

Die übliche Taktik für Angreifer war es, nach dem Treffer das feindliche Schiff entweder zu entern, oder – wenn man dessen Besatzung im Kampf Mann gegen Mann für zu stark erachtete – sich schnellstmöglich wieder frei zu rudern, dann abzuwarten, ob das Schiff sank oder ob man ihm würde den Todesstoß versetzen müssen. Rammsporne waren sogar meist so befestigt, dass man sie mit wenigen Handgriffen vom Schiff lösen konnte, falls sie sich im getroffenen Schiff verfangen sollten.

Da sich nur ein Korsarenschiff mit der Mickey angelegt hatte, gab der Piraten-Kapitän augenblicklich den Befehl zurückzurudern. Doch im selben Augenblick traten auch schon die Corvisten in Aktion: Starke Hände zogen an Seilen, das Vorderteil der Enterbrücke hob sich in die Höhe und mit Macht wurde sie über das feindliche Schiff geschwungen. Drei Piraten – darunter der Kapitän –, die am Bug ihres Schiffes im Weg gestanden hatten, wurden wie Spielzeugfiguren über Bord gefegt. Ihre Schreie waren noch nicht verklungen, da krachte die Enterbrücke auch schon herunter und die drei Stahlzähne verbissen sich in den Planken des feindlichen Schiffs. Gleichzeitig ertönte der schrille Klang einer Trillerpfeife, und die erste Einheit Waldstammkrieger, nein, stürmte nicht etwa, sondern marschierte in Schlachtformation über die Brücke: Vier Krieger, Speere gesenkt, Schilde nach vorne, bildeten die erste Reihe, die außen marschierenden Männer der nachfolgenden Reihen sicherten mit ihren Schilden nach den Seiten gegen Pfeile; die zweite Reihe hatte längere, die dritte noch längere Lanzen, sodass zwölf Speerspitzen gleichzeitig auf die Piraten trafen, die vollkommen überrascht wurden.

Reihe um Reihe marschierten die Krieger auf das feindliche Schiff, und bereits nach wenigen Sekunden sahen sich die Piraten einer massiven Schild- und Speerwand gegenüber, die über die komplette Breite des Schiffs reichte und zügig voranrückte.

Schon waren die Piraten auf ihrem eigenen Schiff hoffnungslos in der Minderzahl. Das Kriegslager vor Tulpac hatte zwar nur etwa 15.000 – für Späher gut sichtbare – Krieger beherbergt, doch in kleineren Lagern, einen knappen Tagesmarsch entfernt, hatten sich annähernd 25.000 weitere Krieger versammelt. Erst einen Tag zuvor waren sie bis auf fünf Kilometer an Tulpac herangerückt, und heute, fast noch mitten in der Nacht, hatten sie die letzten Kilometer zum Hafen zurückgelegt.

So befanden sich, abgesehen von den Langbooten, die eine kleinere Besatzung hatten, auf jedem Schiff des Waldstamms 300 Mann – eine Anzahl, die es schon von ihrer Größe her ermöglichte, dass es eine Bootsbesatzung des Waldstammes mit den Besatzungen von zwei Piratenbooten aufnehmen konnte.

Doch noch wichtiger war der psychologische Effekt. Die Piraten, die es gewohnt waren in wilden Horden loszuschlagen, standen plötzlich mitten auf ihren Schiffen dem disziplinierten, gut ausgebildeten und gut gerüsteten Heer des Waldstammes gegenüber.

Auf dem Schiff, das die Mickey angegriffen hatte, wurde der Feind regelrecht überrollt. Die Piraten begannen erst mit der Gegenwehr, als sie nicht mehr weiter zurückweichen konnten, doch da waren sie schon so zusammengedrängt, dass sie sich gegenseitig behinderten, zumal sie nicht für ein gemeinsames, aufeinander abgestimmtes Vorgehen ausgebildet worden waren.

Keine zehn Minuten, nachdem der Corvus auf dem gegnerischen Piratenschiff aufgeschlagen hatte, war dieses kein Piratenschiff mehr: Es war kein einziger lebender Korsar mehr an Bord, doch aus dem Wasser rund um das Schiff hallten die Hilfeschreie ertrinkender Freibeuter.

Peter und Tulpe, denen Bela ausdrücklich befohlen hatte, bei ihm an Bord zu bleiben – ein Befehl, dem sie in diesem Augenblick nur zu gerne nachgekommen waren –, wussten mit Beginn des Angriffs kaum, wo sie hinblicken sollten, denn der Kampf tobte auch an anderen Stellen, und von rechts kam bald dicker Qualm und Feuerschein.

An der Steuerbordseite war die Rowling von einem Dreiruderer, an der Backbordseite von zwei Dieren gerammt worden. Die Piraten versuchten das Schiff zu entern. Einige sollten Erfolg haben, den sie bereuen würden. Nach beiden Seiten ließen die Waldstammkrieger die Corvi ausschwingen und herunterkrachen, den Corvus an Steuerbord ketteten sie allerdings nur fest, ohne auf das feindliche Schiff zu stürmen. Während der Zweiruderer an Steuerbord mit 240 Mann überrollt wurde, schlugen 60 Mann an Backbord die Piraten, die versuchten, an Bord zu gelangen, lediglich zurück.

Doch als schließlich drei kurze Hornstöße ertönten, ließen die überlebenden Waldstammkrieger die Piraten nachrücken, während sie sich selbst eilig nach Steuerbord zurückzogen und dort über den Corvus auf die inzwischen fast eroberte Piraten-Triere wechselten – allerdings nicht ohne während des Rückzugs fünf über das Schiff verteilte große Amphoren zu zerschlagen, aus denen sich eine zähe, ölige Flüssigkeit ergoss. Vom ehemaligen Piratenschiff flogen fünf Fackeln herüber – der Waldstamm setzte sein eigenes Schiff in Brand. Panisch flohen die Piraten wieder auf ihre Schiffe – nicht alle schafften es. Eine der beiden Dieren an der Backbordseite konnte sich – unter Zurücklassen des Rammsporns – von der Rowling lösen, auf der anderen gelang es den Piraten nicht, die Zähne der festgeketteten Enterbrücke aus dem Holz ihres Schiffes zu zerren, zumal die Männer, die es versuchten, nun von den Waldstamm-Scharfschützen unter Beschuss genommen wurden, die von der höheren Triere aus gut zielen konnten. So drohte das Feuer auf das Piratenschiff überzuspringen.

Für ein weitaus prächtigeres Feuerspektakel hatten inzwischen aber die Schützen der Janus gesorgt.

*

Als der Angriff der Piraten begann, hatte Narrak Felsenbaum, der Befehlshaber auf der Janus, Ky in den hinteren Bereich des Schiffes gescheucht, Brumberta blieb an ihrer Seite. Nachdem die Piraten ihre Geschwindigkeit erhöht hatten, gab Narrak den Befehl, die Janus zurückzurudern. Natürlich konnte er den Korsaren so nicht entkommen. Aber das wollte er ja auch gar nicht. Er wollte nur den Moment des Gegenschlags hinauszögern, um nicht die Piraten auf all den anderen Schiffen auf die Idee zu bringen, dass sie vielleicht doch mit einem ausgeklügelten Widerstand rechnen mussten. Vielleicht zögerte Narrak einen Moment zu lange.

Jedenfalls gab er schließlich den Befehl, und die Ballisten-Meister begannen mit dem Beschuss der sieben Piratenschiffe, die die Janus schon fast erreicht hatten. Das Schiff hatte den Angreifern, leicht schräg, die Steuerbordseite zugekehrt, sodass alle zehn Ballisten auf dieser Seite zum Einsatz kommen konnten. Eine Ballista war in der Kriegsführung der Elf-Stämme-Welt grundsätzlich nichts Neues. Im Prinzip handelte es sich lediglich um eine Art Riesen-Armbrust, die von mehreren Männern unter Zuhilfenahme eines Flaschenzugs gespannt werden musste und deren Pfeil – eigentlich müsste man bei den größeren Ballisten-Geschossen von Speeren reden – eine ungeheure Durchschlagskraft hatte. Ky hatte nicht die Maschine neu entwickelt oder verbessert, sondern die Geschosse. Brandgeschosse waren durchaus bekannt: Man umwickelte Pfeil oder Lanze unterhalb der Spitze mit einem in Teer oder Öl getränkten Lumpen und zündete das Ganze vor dem Abschuss an. Ky allerdings hatte die Falarika, den Feuerpfeil, mit Hilfe eines Töpfers und eines Schmiedes weiterentwickelt. Das Resultat war eine Lanze, die statt einer stählernen Spitze einen etwa 50 Zentimeter langen, schmalen und vorne spitz zulaufenden Tonzylinder hatte. Ein paar Zentimeter setzte sich der Zylinder nach unten in Form eines mit Stofffetzen gefüllten Käfigs fort, aus dem der eigentliche Lanzenstab ragte. Der war in genau erprobten Abständen mit Eisenbändern umgeben, um ein Gleichgewicht zu der schweren Spitze zu erreichen. Denn das Tongefäß war mit einer Mischung aus Teer und Öl gefüllt. Der Lanzenschaft ragte, durch den Käfig hindurch, bis in das Gefäß hinein und hatte dort, im Inneren verborgen, doch eine Spitze. Bei einem Treffer an einer Schiffswand zerbarst der Tonzylinder, die Spitze bohrte sich in das Holz und hielt so den kleiner Feuerkorb auch von außen an den Schiffsplanken fest, über die sich zuvor der zäh-ölige Inhalt aus dem Ton-Gefäß ergossen hatte.

Als I-Tüpfelchen umlief jeden Ton-Kopf der Geschosse spiralförmig eine Kerbe, die die Falarika nach dem Abfeuern in Rotation versetzte, was die Flugbahn stabilisierte und somit die Zielgenauigkeit erhöhte. Die Piratenschiffe waren inzwischen allerdings so nahe herangekommen, dass ein Vorbeischießen kaum noch möglich war.

Auf Narrak Felsenbaums Signal hin senkten sich zehn Fackeln zu zehn Feuerkörben. Die Ziele waren längst erfasst, die Schützen zogen die Auslöser und zehn Geschosse sirrten, eine Rauchfahne hinter sich herziehend, davon. Noch bevor sie ihr Ziel erreicht hatten, zerrten starke Arme an Flaschenzügen, um die Ballisten erneut zu spannen.

Fast gleichzeitig schlugen die Falarika ein. Drei der vier hinteren Schiffe des Piratenkeils wurden an der Bordwand getroffen, und Ky, die den ersten Kampfeinsatz ihrer Erfindung miterlebte, musste mitansehen, wie ihr Plan aufging: Die Tonköpfe zerbarsten, tödliche Klebrigkeit spritzte über das Holz, die Lanzenspitzen gruben sich in die Planken und die Flammen aus dem Feuerkorb entzündeten das Teer-Öl-Gemisch. Der Schütze, der auf das letzte Boot gezielt hatte, feuerte den Brand-Speer eine Winzigkeit zu hoch. Das Geschoss zischte über die Bordwand und wäre auf der anderen Seite, ohne Schaden anzurichten, im Meer gelandet – hätte nicht einer der Piraten das Pech gehabt, im Weg zu stehen. Im Reflex hatte er noch seinen Schild hochgerissen, an dem der Brandkopf zerbarst, die Wucht des darin verborgenen Speers war jedoch so groß, dass er mühelos den Schild durchschlug, die Brust des Korsaren durchstieß und den brennenden Mann an zwei hinter ihm stehende Kameraden nagelte. Der zuerst Getroffene war auf der Stelle tot. Die beiden anderen nicht. Was bis zur Janus hinüber zu hören war.

Die drei vorderen Schiffe des Angriffskeils, der es auf die Janus abgesehen hatte, waren sogar mit je zwei Falarika bedacht worden, wurden jeweils an Bug und mitten an Deck getroffen. Die Flammen loderten hoch. Doch die ängstlichen, teils schmerzerfüllten Schreie der Piraten wurden von einem ganz anderen Schrei übertönt: ein Schrei rasender Wut. Hätte Ky gewusst, wer da schrie, es hätte sie noch mehr erschreckt.

Die roten Korsaren waren, wie auch die gelben, ein zusammengewürfelter Haufen, der sich, teils fester, teils recht locker und nur für einzelne Raubzüge, einem Führer angeschlossen hatte: Tagun, ein ehemaliger Staatskapitän der Chrom-Inseln, der vor fünf Jahren aus deren Flotte ausgestoßen worden war, nachdem einer seiner Wutausbrüche zwei angesehene Handelskapitäne das Leben gekostet hatte. Schon die Jahre zuvor hatte ihn seine Unbeherrschtheit einige Male in Schwierigkeiten gebracht. Doch die Admiralität seines Landes hatte immer wieder ein Auge zugedrückt, da es Tagun durch nicht ganz legale Fahrten sehr gut verstand, die Staatskasse aufzubessern, vor allem aber, weil er nicht nur unbeherrscht, sondern auch im gleichen Maße charismatisch war und ihm eine große Anhängerschaft unter den einfachen Seeleuten folgte.

Doch dass Tagun vor Zeugen die beiden Kapitäne massakriert hatte, brachte das Fass zum Überlaufen. Er wurde, obwohl Staatskapitän in der fünften Generation, aus der Flotte ausgestoßen, es drohten ein Prozess und der Galgen. Doch es kam wie befürchtet: Einige seiner Offiziere schlossen sich ihm an, zudem etliche Seesoldaten. Und ehe die Marine einschreiten konnte, hatte Tagun die fünf Schiffe, die einst unter seinem Befehl standen, zu seinem Eigentum erklärt und zwei weitere gekapert, die gerade ebenfalls im Hafen von Toss lagen. Den Halsabschneidern, die als Rudersklaven eingesetzt gewesen waren, hatte er die Freiheit versprochen, und so war er mit sieben Schiffen zum Schrecken in den Gewässern zwischen den Chrom-Inseln geworden.

In den vergangenen zwei Jahren hatte er seine Fahrten auch auf andere Gewässer ausgedehnt und die Piraten-Allianz der Roten geknüpft. So konnte er schließlich Verbände mit bis zu 120 Schiffen zusammenstellen. Doch nur seine eigenen sieben Schiffe hatten etwas, womit die anderen nicht dienen konnten: disziplinierte Mannschaften, die zum größten Teil als Marinesoldaten ausgebildet waren und es verstanden, gemeinsam einen Angriff vorzutragen.

Und genau jener Tagun war es, dessen Wutschrei Ky und die anderen gehört hatten. Er sah seine Schiffe in Flammen aufgehen und die Arbeit der vergangenen Jahre versinken – ebenso wie seinen Traum, in einigen Jahren mit einer Flotte von tausend Schiffen ein eigenes Imperium auf den Chrom-Inseln zu errichten – und das alles wegen solcher Land-Trillerlops wie diesen spitzohrigen Waldstämmlern!

Doch dieses hässliche große Schiff, das er noch immer für das Flaggschiff des Waldstamms hielt, hatte er fast erreicht. Und auf seinen sieben Schiffen warteten fast dreizehnhundert Mann auf seine Befehle. Wenn es ihm gelänge, das Flaggschiff zu erobern, vielleicht gar, diese teuflischen Waffen selbst zu nutzen …

Ein Zurück gab es mit den brennenden Schiffen ohnehin nicht mehr, was blieb ihm also anderes übrig, als alles auf eine Karte zu setzen, um das Ruder noch herumzureißen?

Da an den meisten von Taguns Dreiruderern bisher nur die Bordwände brannten, hatten – abgesehen vom letzten Schiff – noch nicht allzu viele Ruderer ihre Plätze verlassen müssen. So ließ der Piratenführer das Hornsignal geben, den Angriff auf jeden Fall unbeirrt fortzusetzen. Aus nächster Nähe traf jetzt die zweite Salve von Brandgeschossen die Boote, und nun waren viele Ruderer gezwungen, ihre Plätze zu verlassen – einige sprangen brennend ins Wasser. Doch da die schweren Trieren bereits Fahrt aufgenommen hatten, waren sie auch nicht so leicht zu stoppen.

Fünf der Piratenschiffe bohrten ihre Rammsporne tief in den Bauch der Janus, ein sechstes Schiff verkeilte sich von hinten zwischen zwei anderen und schob sie noch weiter nach vorne, nur das siebte Schiff, das jetzt in hellen Flammen stand, begann bereits zu sinken, war allerdings nahe genug an die anderen Schiffe herangekommen, dass sich die meisten Besatzungsmitglieder – wenn auch unter Zurücklassen ihrer Harnische und Schilde – schwimmend zu den anderen Booten retten konnten, von denen ihre Kameraden Seile herabgelassen hatten.

Von den Spitzen ihrer Boote aus konnten die Freibeuter-Soldaten nicht in breiter Front angreifen, und die Waldstammkrieger standen bereit, um mit Schild und Speer das Entern des Feindes zu verhindern. Doch je 14 Piraten nahmen die umgelegten Masten wie einen

Rammbock zwischen sich und stürmten auf den Schildwall zu. Einige der Angreifer verloren ihr Leben mit Pfeilen in Hals und Kopf, aber die anderen rannten weiter und schlugen eine tödliche Bresche in den Schildwall. Sofort setzten die Piraten nach und bildeten fünf Brückenköpfe an Bord der Janus, Schilde prallten gegeneinander, Schwerter suchten sich ihren Weg zwischen der Deckung des Gegners, Äxte schlugen auf Helme, aus nächster Nähe abgefeuerte Langbogen-Pfeile durchdrangen Kettenhemden – der erste Ansturm forderte auf beiden Seiten viele Opfer. An einer Stelle gelang es den Verteidigern, die Angreifer wieder über Bord zu drängen, aber an vier Punkten rückten immer mehr Piraten nach, vereinigten sich schließlich zu einer breiten Front und die Waldstammkrieger mussten gegen die Übermacht langsam zurückweichen.

*

Die Linie der Waldstamm-Schiffe hielt. Auf breiter Front war es im Zentrum und im Süden der Sichel das gleiche Bild: Die Piraten waren in die Falle getappt, viele Boote hingen an den Corvi wie Fische an der Angel und wurden von den Waldstamm-Kriegern überrollt. Nur etwa 33 Piratenschiffe zappelten in diesem Bereich nicht am Haken. Ihre Mannschaften hatten rechtzeitig erkannt, wie es den anderen Booten ergangen war, die vor ihnen diese seltsame Waldstamm-Flotte erreicht hatten. Entsetzt suchten die Kapitäne der 33 Schiffe ihr Heil in der Flucht. Doch einige der Boote hatten noch nicht einmal gewendet, als ihnen auch schon der Bauch aufgerissen wurde.

Über Winter hatten Männer des Waldstammes das Bett des kleinen Swollenflusses, der etwa auf halber Höhe der Langen Hand in den Ozean strömte, ein wenig vertieft. Dort hatten, verborgen hinter aufgehäuftem Gestrüpp und Astwerk, die elf Langboote gelauert. Nachdem die Piratenflotte vorbeigezogen und gerade außer Sichtweite war, hatte Prinz Oro mit seinem Verband die Verfolgung aufgenommen. Sein Ziel war es nicht, die Piratenschiffe zu entern – dazu hatte er zu wenige Männer –, sondern ganz schlicht, sie in den Grund zu bohren.

Der Geschwindigkeit der Langboote hatten die Piraten nichts entgegenzusetzen. Fünf der 33 Piratenschiffe hatten bereits Löcher in den Flanken, bevor die Besatzungen richtig verstanden, dass plötzlich auch von hinten Gefahr drohte. Die anderen 27 waren so weit

- 283 -

voneinander getrennt unterwegs, dass sie ihre Überzahl nicht ausspielen konnten. Und die Langschiffe hatten Zeit: Von Süden nach Norden rollten sie die Linie auf. Immer zwei konzentrierten sich auf ein Piratenschiff, umkreisten es wie hungrige Wölfe, bis eines von beiden eine günstige Position gefunden hatte und zustieß. Zwar standen sie dabei unter massivem Beschuss, doch die schweren Schilde der Krieger hielten den größten Schaden ab.

War der erste Rammstoß erst angebracht und das feindliche Schiff dadurch noch schwerer zu manövrieren, bekam es noch einen zweiten Stoß verpasst und wurde dann zunächst seinem Schicksal überlassen. Selbst wenn es nicht sank, kam es mit zwei Löchern in den Flanken und etlichen zerborstenen Ruderblättern nur noch so langsam voran, dass man es später würde einholen können. Zumal dort, wo die Freibeuter nichts als offenes Meer zu finden hofften, noch ein Hindernis wartete. Bela und Xavox hatten sich ausgerechnet, dass fliehende Piratenschiffe zunächst ihre Chance darin sehen würden, an der Halbinsel der Langen Hand vorbei auf offene See zu entkommen. So hatten die elf Patrouillenboote in der Nacht fast 200 kleine Fassbojen an Ankern in dieser Fluchtroute ausgebracht. Zwischen den Bojen schwebten, auf fast acht Kilometer Länge, starke Netze im Wasser, in denen sich Rammsporne und Ruderblätter gut verfangen konnten.

Dafür, dass die Piraten nicht schon beim Hinweg auf dieses Hindernis aufmerksam geworden waren, hatten mit Salz gefüllte Säcke gesorgt, die die Bojen auf den Meeresgrund gezogen hatten – Xavox war dafür zuständig gewesen, mit Hilfe von Experimenten die Salzmenge so auszutüfteln, dass die Bojen, wenn sich genug Salz aufgelöst hatte, am späten Vormittag wieder auftauchten. So reichte nun der fast acht Kilometer breite und 200 Meter tiefe Teppich aus einem Netz-Gewirr von der Halbinsel aus ins offene Meer hinaus. Das würde die angeschlagenen Piratenschiffe entweder – beim Durchqueren des Hindernisses – noch weiter aufhalten, oder sie – falls sie es umrudern wollten – wieder nach Norden treiben, also zurück in die Gewässer, in denen auch die Langboote unterwegs waren. Sollten sie gar auf die Wahnsinns-Idee verfallen, in Höhe des Hindernisses an Land gehen zu wollen, so würden dort bereits 444 mit Langbögen ausgerüstete Krieger warten, dazu noch drei Ballisten mit Feuerpfeilen.

Sieben Piratenboote hatte Oros kleine Flottille bereits in Richtung Meeresgrund geschickt, acht weitere so stark beschädigt, dass es fraglich war, ob sie den Sonnenuntergang noch über Wasser erleben würden, doch da stiegen von der Mickey, mit einem kleinen Torsionskatapult abgefeuert, fünf blau leuchtende Brandkugeln in den Himmel – für Oro der Befehl, seine Kampfschiffe so schnell wie möglich in Richtung Norden zu lenken, denn dort lief der Plan des Waldstammes nicht ganz so reibungslos.

Doch davon hatte die Besatzung der Janus nichts bemerkt, die im wahren Wortsinn mit eigenen Problemen zu kämpfen hatte. Den Piraten war es gelungen, einen Keil zwischen die Verteidiger zu treiben, die hielten jetzt nur noch das Mittelkastell wie eine kleine Burg und zudem das hintere Viertel der Janus. Dass das klobige Schiff noch nicht untergegangen war, sondern erstaunlicherweise noch so im Wasser lag, als sei es überhaupt nicht getroffen worden, lag an einer »Erfindung« Peters. Um die schwimmende Festung, die Angriffen kaum ausweichen konnte, vor den Folgen von Rammstößen zu schützen, hatte Peter zunächst – die großen Tanker seiner Welt vor Augen – an ein doppelwandiges Boot gedacht. Doch schnell musste er erkennen, dass das mit den Mittel dieser Welt kaum zu realisieren war und den Ruderern nicht mehr genug Spielraum ließ. Stattdessen hatte die Janus zwei Kiele nebeneinander bekommen. Und beide Kiele waren komplett mit luftgefüllten Schweinsblasen ausgestopft, die mit kräftigen Netzen gesichert waren. So konnte die Janus, eigentlich mehr ein Floß als ein Schiff, praktisch nicht sinken, selbst wenn bei den Angriffen etliche der Blasen platzten.

Zu dem Zeitpunkt, als die Krieger des echten Flaggschiffs *»ihr«* Piratenboot schon fast überrannt hatten und die Männer der Rowling gerade ihr eigenes Boot in Brand setzten, wurde Peter immer nervöser. Was er, jenseits der Rowling und der drei Piratenschiffe mit denen sie kämpfte, auf der Janus erkennen konnte, gefiel ihm überhaupt nicht. Wo war Ky?

In dem Kampfgetümmel und durch den zwischen den Schiffen aufsteigenden Rauch konnte er sie nirgends entdecken. Lag sie vielleicht in genau diesem Augenblick sterbend auf den Planken der Janus? Dieser Gedanke gab den Ausschlag. Bela achtete gerade nicht auf ihn; während der Älteste den Kampf seiner Männer verfolgte, sprach er gleichzeitig mit dem Nachrichten-Meister, der eben neue, von Schiff zu Schiff weitergegebene Hornsignale aus dem Norden erhalten hatte.

Peter trat drei Schritte zurück. Um den Leichtsinn wissend, aber auch wissend, dass Stahl schwerer ist als Wasser, streifte er sein Kettenhemd ab, legte Schild und Eisenhaube – an die er sich wohl nie gewöhnen würde – beiseite und stieß sein Kurzschwert tiefer in die Scheide. Wenn es sein musste, würde er zu ihr schwimmen …

Mit kurzem Anlauf sprang Peter, Kopf und gestreckte Arme voran, über Bord, in Richtung der Piraten-Triere, die gerade von der Besatzung der Rowling erobert wurde. Im flachen Winkel tauchte er in den Ozean ein, ließ sich durch den Schwung vorantreiben. Fast hätte er vor Schreck den Sauerstoff aus seinen Lungen verloren, als etwas schräg vor ihm ins Wasser klatschte. Mit Entsetzen sah er eine hilflos zappelnde Gestalt nach unten sinken, die ihren Eisenharnisch nicht rechtzeitig loswerden konnte und nun, längst außer Reichweite, verzweifelt nach ihm zu greifen schien, bevor sie zum dunklen Schatten wurde und schließlich nur noch ein paar Luftblasen aus der grauen Tiefe aufstiegen. Ob es Freund oder Feind gewesen war, hatte Peter nicht erkennen können. Prustend tauchte er wieder auf und hatte das andere Schiff fast erreicht. Zwei kräftige Schwimmstöße brachten ihn heran, als er hinter sich ein heftiges Schnauben hörte, erschrocken herumfuhr und in Tulpes Gesicht starrte, der keuchte: »Ich muss doch ein Auge auf Réteps Körper haben …«

Beide griffen nach einem der aus Öffnungen in der Bordwand nach unten ragenden Ruder – offenbar waren sie noch nicht wieder besetzt –, und sie begannen, sich nach oben zu ziehen, wo der direkte Kampflärm gerade am Verstummen war. Doch oben sah plötzlich ein behelmter Kopf über die Reling, stutzte nur einen Sekundenbruchteil, dann zielte der zum Kopf gehörende Krieger mit einem weit gespannten Langbogen nach unten.

»*Waldstamm!*«, schrien Peter und Tulpe wie aus einem Mund.

»*Ihr!?*«, entfuhr es dem Schützen ungläubig, während er seinen Bogen wieder entspannte, »hatte ich nicht gesagt, ihr solltet besser auf euch aufpassen? Ich kann nicht immer da sein, um euch aus dem Wasser zu fischen.«

Ursus Guterde reichte erst Peter, dann Tulpe seine große Hand und zog sie ohne Probleme an Bord. Dann fragte er kopfschüttelnd: »Könnt ihr mir sagen, was ihr hier macht?«

»Ich befürchte«, sagte Tulpe mit einem Blick auf Peter, »dass wir hier nur auf der Durchreise sind.«

Doch Peter starrte entsetzt in die andere Richtung. Dort waren die Krieger auf ihre Weise dabei, klar Schiff zu machen. Alle Piraten, die noch nicht während des Kampfes über die Reling gedrängt worden waren, wurden über Bord geworfen – und nicht alle von ihnen waren zu diesem Zeitpunkt schon tot. Die schwer Verwundeten wimmerten, andere schrien oder flehten um Erbarmen. Ein paar der Krieger ließen sich erweichen, und so fand eine Handvoll Piraten die Gnade, dass man sie nicht ertrinken ließ, sondern ihnen ein Kurzschwert ins Herz rammte, doch in die Tiefe mussten sie alle.

Ursus folgte Peters Blick und murmelte: »Verdammter Krieg. Macht den Menschen zum Tier, ob man will oder nicht.«

Peter wandte sich grausend ab, dann sagte er zu Ursus: »Sagt eurem Kapitän: Wenn ihr das Schiff übernommen und die Ruderbänke neu besetzt habt, dann soll er der Janus zur Hilfe kommen.«

»Wer sagt das?«

»Na, euer Retter und Anführer aus der Sagenwelt – wer sonst?«

Dann eilte er zur anderen Seite des Schiffes, wo sich sechs Krieger abmühten, mit Rudern als Hebel die Zähne des Corvus aus den Planken zu stemmen, der das Schiff noch immer mit den Überresten der Rowling verband, die nun – zum Glück gegen den Wind – fast komplett in Flammen stand und die jeden Augenblick sinken konnte.

Nun, er war ja ordentlich nass, dachte Peter, griff sich einen der zahlreich herumliegenden Piraten-Schilde, sprang zwischen den verdutzten Männern auf die Enterbrücke, holte tief Luft, hielt den Schild vor sich und rannte los.

Von den beiden Piratenschiffen auf der anderen Seite hatte es die Mannschaft des Zweiruderers, der an der angeketteten Enterbrücke festhing und mitten im Wind der brennenden Rowling lag, nicht geschafft, ihr Schiff zu lösen. An zwei Stellen war das Feuer übergesprungen. Das zweite Boot, dessen Mannschaft nach dem gescheiterten Angriff auf die Rowling ebenfalls schon stark dezimiert war, hatte sich an der anderen Seite des brennenden Schiffs längsseits gelegt, um dessen Überlebende aufzunehmen. Die sprangen hektisch hinüber, wurden von der anderen Mannschaft an Bord gezogen, und nur ein Pirat, hinten in der Reihe, hatte sich gerade noch mal umgedreht, um einen Blick zurückzuwerfen. Und bekam große Augen, als er eine qualmende Gestalt mit rauchenden Haaren und geschwärztem Gesicht wie Burischja persönlich über diese vermaledeite Enterbrücke auf sich zurennen sah, gefolgt von einer zweiten, die ebenfalls mitten aus dieser Flammenhölle zu springen schien.

Der Pirat wollte schreien, doch da war die Gestalt schon heran und rammte ihm die Oberkante des Schildes gegen die Kinnspitze. Er war schon besinnungslos, noch bevor er auf den Planken aufschlug.

So ganz konnten es Tulpe und Peter nicht fassen, was sie gerade getan hatten. Ihre Körper schienen noch immer zu glühen, die Haare waren angesengt, der Schweiß floss in Strömen. Und noch immer trennten sie eine Diere und gut 70 Meter offenes Meer von der Janus.

Tulpe flüsterte Peter keuchend ins Ohr: »Und wie geht's weiter?«

»So wie wir aussehen … und es sind Besatzungen von zwei verschiedenen Booten …, wir mischen uns einfach unter die Piraten, springen drüben über Bord und schwimmen das restliche Stück.«

»Du bist bekloppt. Mach schnell, bevor ich's mir anders überlege.«

Mit eingezogenen Köpfen drängelten sie sich durch die Piraten und waren schon nach wenigen Sekunden auf das nächste Schiff gesprungen. Ohne innezuhalten eilten sie auf die andere Seite, wollten gerade springen … Da hielt Tulpe Peter im letzten Moment zurück und deutete auf einen Streit, der sich ein paar Meter weiter abspielte. In einer Sprache, die weder Peter noch Tulpe verstanden, redeten zwei Piraten, auf die offene See jenseits des Kampfgetümmels zeigend, flehentlich auf einen langen Kerl mit einem goldenen Stern auf seiner Sturmhaube ein, doch der brüllte sie herrisch an, trat an die Reling und schrie, hinüber zur Janus deutend, zornige Tiraden.

Tulpe flüsterte: »Wenn sich der Kapitän durchsetzt und diese Bande, statt zu fliehen, auch noch die Janus entert …«

Peter flüsterte zurück: »Aber was sollen wir …? Himmel, er trägt einen Eisen-Harnisch. Wir sehen uns drüben.«

Voller Ekel gegen sich selbst, vor dem, was er jetzt eigenhändig tun würde, ging er, zwischen nichtsahnenden Piraten hindurch, ein paar Schritte zurück. Dann stürmte er los und sprang, sich mit aller Kraft abdrückend, den Piratenkapitän mit einem lauten Schrei frontal an. Der hatte ihn im ersten Moment eher verdutzt als erschrocken angeblickt, doch das änderte sich einen Sekundenbruchteil später, als er entsetzt begriff, was geschah, ohne aber den Sturz über die Brüstung aufhalten zu können.

Die beiden Stürzenden rasten auf die Wasseroberfläche zu, Peter wollte sich noch in der Luft von dem Pirat lösen, schaffte es – fast. Spürte, wie seine Beine in dem Moment umklammert wurden, als sie die Wasseroberfläche durchstießen. Und sanken. Panisch klammerte sich der Korsarenkapitän an Peters Beinen fest.

Schon mussten sie fünf Meter tief sein, Peter konnte unmöglich, noch dazu nur mit den Armen, diese Last nach oben zerren – zehn Meter, es drückte und dröhnte in seinen Ohren. Er griff mit der Linken in die unter ihm wogenden Haare des Mannes, zog sich etwas tiefer und stieß ihm Mittel- und Zeigefinger der rechten Hand in die Augen. Der Kapitän zuckte, und Peter bekam seinen linken Fuß frei, setzte ihn auf die Schulter des Ertrinkenden und stieß ihn – 15 Meter – mit aller Macht nach unten, sich selbst mit Kraft nach oben. So kam er endlich unter Zurücklassen seines rechten Stiefels frei und schnellte zum Licht, während er unter sich, aus der dunklen Tiefe, einen letzten schrecklichen, gurgelnden Unterwasserschrei hörte. Noch etwas in der schnell wachsenden Sammlung unschöner Dinge, die er nicht vergessen würde.

Japsend durchstieß er die Wasseroberfläche – diesmal in die richtige Richtung. Nur 15 Meter vom Piratenschiff entfernt war er aufgetaucht, sah sich rasch um, ob er Pfeilen würde ausweichen müssen – doch stattdessen sah er, wie ihn entsetzte Piraten-Gesichter anstarrten. Darunter auch die der beiden, die gerade noch mit dem Kapitän gestritten hatten. Peter konnte es zwar kaum fassen, aber er winkte ihnen tatsächlich zu und deutete aufs offene Meer hinaus. Dann schwamm er, ein gutes Stück vor sich Tulpes Schopf entdeckend, mit kräftigen Stößen auf die Janus zu.

Als die beiden, dort angelangt, über Ruder nach oben geklettert waren und vorsichtig über die Reling spähten, stockte ihnen der Atem: Die Planken schwammen in Blut, waren übersät mit toten Kriegern und Korsaren. Nicht weit entfernt versuchten Piraten, die Stützen des Mittelkastells durchzuhacken, was Krieger von oben mit Lanzen zu verhindern suchten. Gerade rammte eine mächtige Gestalt einen Speer mit einem gewaltigen Stoß durch den Kastell-Boden hindurch in die Schulter eines Piraten hinein, der wohl gedacht hatte, unterhalb dieser Holzplanken sicher zu sein – Brumi war nach wie vor im Kampf sehr einfallsreich, musste Peter erkennen. Ky aber konnte er unter den Verteidigern des Kastells nicht entdecken.

Am anderen Ende des Schiffes hatte sich die geschrumpfte Zahl der Waldstamm-Krieger gegen die Übermacht eingeigelt. Bei den Korsaren stand ein Mann von beeindruckender Größe, der seinen Männern Befehle zubrüllte. Und dann sahen Peter und Tulpe etwas, das ihnen gleichermaßen den Atem verschlug wie sie innerlich jubeln ließ. Die eingekesselten Krieger konnten den Führer der Piraten nicht mit Pfeilen erreichen, da er, aus ihrer Position, hinter seinen

Männern stand. Doch plötzlich wurde hinter der Linie des Waldstammes von vier kräftigen Händen ein Schild in die Höhe gereckt, und auf dem stand, barfuß, um besser Halt zu finden, einen Helm auf dem Kopf, einen Pfeil zwischen den Zähnen und einen gespannten Bogen in den Händen, niemand anderes als Ky. Augenblicklich feuerte sie auf den Piratenführer, doch der reagierte unglaublich schnell und zuckte zur Seite, sodass der Pfeil nur das Schulterteil seiner Jacke aufriss. Nach einem Wimpernschlag hatte Ky den zweiten Pfeil aufgelegt, diesmal hechtete der Korsarenführer zur Seite und musste die Planken küssen, doch jetzt hatten auch einige Piraten die Überraschung verdaut und ihrerseits auf das Mädchen angelegt, das sich augenblicklich wieder hinter den Schildwall der Krieger fallen ließ, sodass fünf Pfeile dort, wo sie gerade noch gestanden hatte, ins Leere zischten.

»Sie lebt! Oh, sie ist unglaublich!«, flüsterte Peter lauter, als er es hätte tun sollen und voller Begeisterung, die aber nur den kurzen Moment anhielt, bis eine starke Hand hinter der Reling hervorkam, seinen Unterarm packte und ihn mit einem kräftigen Ruck über die Bordwand ins Schiff zerrte.

Er fiel durch eine geöffnete Deckplatte hindurch und landete unsanft im niedrigen Gang der oberen Ruderer-Reihe. Dann starrte er aus nächster Nähe entsetzt in das vernarbte Gesicht einer zerlumpten Gestalt.

Die Gestalt zischte: »Fürwahr, sie ist absolut unglaublich. Und sie hat mir Gutes getan. Und du hast uns das Leben gerettet. Kannst du uns die Freiheit versprechen? Der Mann, der da vorne in seinem Blut liegt, ist der Trommel-Meister, er hat die Schlüssel zu unseren Ketten um den Hals hängen.« Dann fragte Hurtz, diesmal eindringlicher: »Kannst du uns die Freiheit versprechen?«

Peter erkannte nun, wen er vor sich hatte. Klar, dass hier die Ruderer ihre Plätze nicht verlassen hatten und so auch bemerkten, wie er und Tulpe hinaufgeklettert waren: Sie waren ja an ihren Sitzen festgekettet. Es waren die Überlebenden aus Bram Silberohrs Bande, die man als Gefangene aus dem Nekis-Tempel geführt hatte. Peter war klar, worauf das hier hinauslaufen konnte. Er musste diesem Kerl nur einfach alles versprechen, was er hören wollte. Peter sagte: »Nein. Ich kann euch nicht die Freiheit versprechen. Zumindest nicht die absolute. Denn ihr könntet unseren Feinden Dinge verraten, die sie nicht wissen dürfen. Aber wenn ich mich für euch einsetze und ihr hier helft – die Waldstämmler wissen einen guten Kampf zu schätzen –, dann, denke ich, werden sie euch in Frieden leben lassen und euch einen neuen Anfang ermöglichen – *innerhalb der Grenzen des Waldstammes*. Erst wenn und falls wir unseren Krieg gewonnen haben, könnt ihr vollkommen frei sein – was übrigens auch für mich und alle auf meiner Seite gilt.«

»Hmmmm … gut. Du hast mich nicht angeschissen. Es gilt. Beeil dich, die Zeit wird knapp.«

Im Nu war Peter zu dem toten Trommelmeister geschlichen und zog ihm mit Grausen die Schlüsselkette über den halb abgetrennten Kopf. Schnell hatte Hurtz seine Kette gelöst und gab den Schlüssel mit einer geflüsterten Anweisung nach vorne weiter.

Fünf Minuten später stiegen 60 Mann wie blasse Gespenster aus dem Schacht empor und bedienten sich an den Waffen der Gefallenen. Die Piraten, die schon fast die Stützbalken des Mittelkastells durchgehackt hatten, bekamen zuerst die Schwerter zwischen die Rippen. Erst ihre Schreie zeigten den anderen, dass hinter ihnen etwas nicht stimmte. Die Diebe waren keine ausgebildeten Kämpfer und eigentlich gegen Taguns Leute ohne Chance, doch mussten die Piraten nun gegen zwei Fronten kämpfen, und Narrak Felsenbaum nutzte die Verwirrung, um seine Krieger einen Ausfall wagen zu lassen. Plötzlich war aus dem Stellungskrieg ein Kampf Mann gegen Mann geworden.

Peter und Tulpe war klar, dass sie alleine nichts gegen einen ausgebildeten Kämpfer ausrichten konnten, und so bestand ihr Einsatz eher darin, zu vermeiden getroffen zu werden. Doch auch sie mussten Hiebe parieren und konnten zwei Mal bedrängten Waldstamm-Kriegern helfen, indem sie deren Gegnern mit Stichen leichte Verletzungen zufügten. Gleichzeitig versuchte Peter, Ky zu entdecken, doch statt das Mädchen zu finden hatte er plötzlich Tulpe aus den Augen verloren.

Dann ging alles sehr schnell. Peter hatte sich gerade vor einem Hieb hinter einer der Ballisten in Sicherheit gebracht. Sie war gespannt, doch ihre Mannschaft war nicht mehr zum Entzünden des Pfeils und zum Abfeuern gekommen. In diesem Augenblick gab es ein lautes, hässliches Knirschen und alle Kämpfenden schienen eine halbe Sekunde lang den Atem anzuhalten. Die Balken des Mittelkastells brachen, die ganze Konstruktion stürzte wie an einem Scharnier nach hinten, mitten hinein in ein dichtes Kampfgetümmel, aus dem Freund und Feind nach allen Seiten davonsprangen. Ky kam aus dem Knäuel nach vorne gehechtet. Und landete direkt vor den Füßen

Taguns. Peter riss die Ballista in ihrem Gestell herum, doch im Moment des Herumschwenkens kam Tulpe in sein Blickfeld, ohne Schwert und seinen Schild so verzweifelt wie vergeblich gegen zwei Piraten hebend. Hätte Peter nachgedacht, vielleicht hätte er nicht … aber er dachte in diesem Moment nicht und riss am Abzug. Haarscharf an Tulpes Körper vorbei raste der Speer und nahm, an einem Körper zerberstend und zwei durchbohrend, zwei Piraten mit ins Meer.

Noch in derselben Millisekunde begriff Peter. Sein entsetzter Blick zuckte zu Ky und dem erhobenen Schwert des Korsarenführers, als eine kleine, blutende Gestalt mit vernarbten Gesicht aus den Trümmern des Aufbaus herausschnellte, von hinten eine an seinem Handgelenk befestigte Eisenkette um den Hals des Piraten schlang und erbarmungslos zuzog.

Während die Hände des Piraten im Reflex zu seinem Hals gezuckt waren, hatte er sein Schwert fallen lassen. Ein Korsar wollte, mit erhobener Streitaxt, seinem Führer zur Seite springen. Ky, noch immer am Boden liegend, rammte ihm das Schwert seines Anführers seitlich unter dem Kettenhemd nach oben in den Körper. Dann meinte Peter ein Knacken zu hören. Der Korsarenkapitän erschlaffte. Und wieder wuchs die dunkle Liste des Unvergesslichen.

Nun gerieten die Piraten eindeutig in die Defensive, doch Peter wollte mit dem Kampf nichts mehr zu tun haben. Taumelnd schleppte er Ky, die am ganzen Leib zitterte, hinter die Kampflinie, wo sie auf einen ebenso zitternden Tulpe trafen. Zwei Minuten später ging das gekaperte Piratenschiff längsseits, und die Krieger der Rowling strömten an Bord. Bald war Taguns Mannschaft genauso tot wie ihr Kapitän. Ihre brennenden Schiffe versanken, und mit ihnen der Zusammenhalt und die Träume der roten Freibeuter.

Erschöpft hatten sich Tulpe, Ky und Peter Schulter an Schulter mit den Rücken gegen die Bordwand sinken lassen. Kurz darauf kam Brumi vorbei, die den Zusammenbruch des Mittelkastells einigermaßen unbeschadet überstanden hatte. Allerdings bot sie einen wüsten Anblick: Aus einem Schnitt in der Wange lief Blut, und ihr Kettenhemd war über und über mit Blutspritzern bedeckt – aber offensichtlich war es nicht ihr eigenes. In der Rechten hielt sie ihr breites Kurzschwert, in der Linken einen Piratensäbel, den sie während des Kampfes aufgelesen haben musste – so schartig, wie beide Waffen waren, hatten ihre Besitzer sie nicht geschont.

Brumberta atmete schwer. Besorgt fragte sie: »Ky, alles in Ordnung? Peter, ich hab gesehen, dass du humpelst ... oh, nur ein Stiefel. Seid ihr wirklich unverletzt, Jungs?«

Tulpe antwortete: »Jedenfalls hat keiner von uns einen Stich oder Hieb abbekommen oder sich was gebrochen, falls du das meinst. Und du?«

»Bin auch noch an einem Stück. Aber solche Tage muss es nicht alle 24 Stunden geben. Wirklich, Ky, überragende Idee, gerade auf der Janus anzuheuern. Aber du hast dich wunderbar geschlagen. Wie hast du die Krieger dazu gebracht, gerade dich auf dem Schild hochzuheben?«

Ky zuckte mit den Schultern und entgegnete: »Ich war die Leichteste, und zum Diskutieren war wirklich keine Zeit. Außerdem hatte ich den Bogen.«

Brumbertas Blick schweifte plötzlich über die Reling und sie bemerkte: »Holla, wir bekommen Besuch.«

Peter und seine Freunde sollten sich nicht lange ausruhen können – was in diesem Moment vielleicht ganz gut war, weil sie so nicht zum Grübeln kamen. Die Stimme Prinz Oros schallte jetzt vom Wasser herauf: »He da! Ist der Prophezeite an Bord?«

Kraftlos stupste Tulpe Peter an: »Ey, du bist gemeint.«

Einen kurzen Moment sah Peter verwirrt aus, dann seufzte er, rappelte sich wieder auf und spähte über die Reling. Da lag, mit der Nase fast genau auf ihn zeigend, die Meeresspringer vor ihm im Ozean. Oro stand an der Spitze und atmete erleichtert auf, als er Peter erkannte. Weiter hinten im Langboot lachte Jezz'y, einen dicken, blutgetränkten Verband um den Kopf, erfreut auf und winkte aufgeregt herüber – offenbar hatten ihn nicht einmal Oro und seine Krieger abhalten können, auf »seinem« Schiff mit dabei zu sein.

Oro rief nun hinüber: »Den Ahnen sei Dank! Du lebst! Als Bela merkte, dass du verschwunden warst – und auch noch erfuhr, in welche Richtung, hat ihn das nicht wirklich glücklich gemacht.«

Während Oros nach Norden beorderter Langboot-Verband an der Mickey vorbeigekommen war, hatte Bela die Meeresspringer mit einem Signal heranrufen lassen und Oro beauftragt, Peter zurückzuholen – möglichst in einem Stück.

»Wie sieht es aus?«, rief Peter zurück, »haben wir gesiegt?«

»Gesiegt? Das ist untertrieben. Es ist geradezu unglaublich. Es ist, wenn man den ankommenden Signalen glauben darf, der größte Sieg, den man sich überhaupt kann. Bisher jedenfalls. Unten im

Norden wird noch gekämpft. Die Mickey und alle Schiffe, die innerhalb des zentralen Frontabschnitts nördlich des Flaggschiffs noch schwimmen können, sind bereits dorthin unterwegs. – Und ich soll dich hinbringen. Warte, wir kommen längsseits.«

»Nicht nötig!«, rief Peter zurück, dann streifte er den verbliebenen Stiefel ab, während er sich noch kurz an Brumberta wandte: »Sag Schiffsmeister Narrak Felsenbaum Bescheid, dass uns Hurtz und seine Leute geholfen und etlichen von uns das Leben gerettet haben. Sie dürfen nicht mehr in Ketten gelegt werden. Genaueres besprechen wir später. Wenn es – was ich nicht glaube – Probleme geben sollte, dann sag einfach, es sei ein Befehl von Oro.«

»Aber es ist kein Befehl von Oro?«

»Na ja, nein, aber vom Prophezeiten, – ist doch fast dasselbe, oder?«

Damit stieg Peter auf die Brüstung und sprang ins Meer.

»Ja, das gibt einem wenigstens die Illusion, man würde all das Blut abwaschen«, murmelte Tulpe und folgte, Füße voran, mit einem lauten Aufklatschen seinem Freund. Ky ließ wortlos die leichte Ketten-Weste, die eigens für sie angefertigt worden war, von den Schultern gleiten und tauchte mit einem eleganten Sprung in den Ozean. Als sie neben Peter wieder die Wasseroberfläche durchstieß, fragte sie leise: »Es war sicher nicht einfach, vom Flaggschiff aus auf die Janus zu wechseln?«

»Nicht so ganz.«

»Gefährlich?«

»Hmhm.«

»Warum hast du's dann getan?«

Peter wurde rot, sagte aber: »Irgendwie scheinen wir solche Gespräche immer wassertretend zu führen ... Wir sind Freunde ... und es ist gut, wenn man Menschen hat, auf die man sich verlassen kann.«

Dann wandte er sich ab und schwamm eilig weiter. Ky schickte ihm ein ungehörtes »Danke« hinterher, bevor sie folgte. Eine Minute später standen alle drei an Bord der Meeresspringer, die sich augenblicklich Richtung Norden in Bewegung setzte.

Unterwegs gab Oro – auch wenn exakte Zahlen noch nicht vorlagen – einen Lagebericht: Fast alle Waldstammschiffe im Süden und im zentralen Abschnitt der Sichel hatten zwar einen oder mehrere Rammstöße abbekommen, gesunken waren bisher allerdings nur die Rowling, die Pullman, die King, die Kai und die Marzi. Alle anderen hielten sich, zum Teil noch immer mit Piratenschiffen verkeilt, über Wasser und wurden nun mit Minimal-Besatzung und einschließlich aller Verwundeten an Land gebracht. Allerdings war es genau genommen bedeutungslos, ob die behäbigen Waldstamm-Zweiruderer noch schwammen oder nicht, denn die meisten Piratenschiffe, die an den Stahlhaken der Corvi gehangen hatten, waren nicht versenkt, sondern erobert worden. Und das bedeutete, dass der Waldstamm, der seine neuen Schiffe durch grüne Wimpel kenntlich gemacht hatte, nun über eine größere und bessere Flotte als vor dem Angriff verfügte.

Nur wenige Schiffe der Korsaren waren der Falle entronnen und hatten dann auch noch den Angriff der Langboote überstanden. Diese wenigen, zum überwiegenden Teil schwer angeschlagenen Schiffe müssten nun bald die Sperre aus Netzen erreicht haben. Mit elf eroberten Dreiruderern hatten die Waldstamm-Krieger die Verfolgung aufgenommen, um den Flüchtenden den Rest zu geben. Man konnte dem Waldstamm wirklich nicht vorwerfen, halbe Sachen zu machen. Jetzt, wo sich die Gelegenheit bot, wollte man das Piraten-Problem ein für alle Mal lösen.

Im Norden hatte ein kleiner Verband aus roten und gelben Korsaren versucht, das Ende der Sichel zu umfahren, um der Waldstammflotte in den Rücken zu fallen. Sieben der elf ehemaligen Patrouillenschiffe – aus denen noch ein Jahr zuvor die komplette Flotte des Waldstamms bestanden hatte – hatten diesen Verband abgefangen und so lange aufgehalten, bis sich jedes dritte Schiff im nördliche Bereich der Sichel, der, vorausschauend, mit mehr Schiffen als die anderen Frontabschnitte bestückt worden war, gewissermaßen nach hinten und zurück in Richtung Lange Hand gebogen hatte. So hingen, nachdem bereits zwei durch die Patrouillenschiffe versenkt worden waren, auch diese Piratenschiffe schließlich an Corvi fest und wurden erobert. Lediglich zwei Dreiruderern und einer Diere war die Flucht gelungen. Sie hatten sich in den Schutz des blauen Verbandes eingegliedert. Und genau der war es, der noch nicht besiegt war. Wären alle Korsaren aus diesem Holz geschnitzt gewesen, der Tag hätte anders enden können.

Mit nur 46 Schiffen hatten die blauen Korsaren zwar den kleinsten Angriffskeil gestellt, doch diese Freibeuter waren, im Gegensatz zu den anderen, eine geschlossene, aufeinander eingespielte Gruppe, zudem die besten Seeleute mit den besten Schiffen und vor allem ebenso diszipliniert wie die Kämpfer des Waldstamms.

Der Blaue Keil hatte seine Formation, obwohl es nach einem leichten Sieg ausgesehen hatte, eisern beibehalten. So hingen erst drei der blau beflaggten Schiffe an Corvi fest, als die Kapitäne der anderen Dreiruderer merkten, was gespielt wurde. Sofort wurde der Frontal-Angriff abgebrochen. Sechs der blauen Schiffe ruderten allerdings noch in waghalsigen Manövern von hinten an die drei Boote heran, die gerade, gegen erbitterten Widerstand, von der Waldstamm-Übermacht erobert wurden, und übernahmen noch gut dreihundert ihrer Kameraden von den verlorenen Schiffen. Dann verfolgte die Führung der Blauen eine neue Taktik: Kleine Gruppen der Dreiruderer versuchten einzelne Boote des Waldstamms abzudrängen und deren Besatzung durch geschicktes Manövrieren dazu zu bringen, dass sie mit den Corvi an falschen Stellen auf Angriffe warteten, während einer der Dreiruderer an einer ungeschützten Stelle blitzschnell zuschlug. Zudem hatten die Korsaren schnell zwei Planken aus der Bordwand gerissen, um mit ihnen herunterkrachende Enterbrücken abzufangen, bevor sich deren Zähne ins Holz hineinfressen konnten.

Tatsächlich hatten die Freibeuter auf diese Weise noch vier Waldstamm-Boote versenken können, wobei allerdings auch eines ihrer eigenen Schiffe so schwer beschädigt wurde, dass sich die Besatzung auf andere Boote zurückziehen musste, da ihr Boot langsam, aber stetig voll Wasser lief.

Dann kamen allerdings immer mehr Zweiruderer des Waldstamms aus dem Süden, wo die Piraten besiegt waren. Es waren jetzt zu viele Waldstamm-Schiffe, um noch einzelne Boote abdrängen zu können, ohne anderen eine Angriffsfläche zu bieten. Neun der elf ehemaligen Patrouillenboote – zwei hatten die Kämpfe nicht überstanden – bezogen nun gemeinsam mit ein paar der schweren Waldstamm-Pötte west-nördlich der blauen Flottille Aufstellung. Und selbst den erfahrenen Kapitänen der Blauen verschlug es erst einmal die Sprache, als sie schließlich zehn Langboote mit unglaublicher Geschwindigkeit herankommen sahen, die im West-Süden Stellung bezogen. Schließlich hatte sich die blaue Flotte wie eine Rotte Keiler aufgestellt: Ein Kreis von Schiffen, mit den Rammspornen nach außen zeigend, um sich nach allen Richtungen verteidigen zu können. Gleichzeitig bewegte sich der ganze Kreis langsam in Richtung offener See, während die Waldstamm-Boote diese Schiffsburg bedächtig umkreisten und gelegentlich einzelne Zweiruderer vorstießen, aber keinen wirklichen Erfolg erzielen konnten.

Auf ihrem Weg nach Norden kam der Meeresspringer ein anderes Langboot entgegen – Peter fand es ziemlich peinlich, dass es den Namen *Nekisdank* erhalten hatte. Der Schiffsmeister der Nekisdank gab Zeichen, die Ruder hochzunehmen, und als die beiden Boote in verlangsamter Fahrt aneinander vorbeiglitten, brüllte er herüber: »Gibt es die Janus noch?«

»Was von ihr übrig ist, schwimmt zumindest noch«, rief Oro zurück.

»Gut! Wir haben Befehl, die Janus an ein paar Schiffe zu hängen und nach Norden zu schleppen. Wir brauchen ihre Geschütze, um die Blauen auszuräuchern, die sind ...«, dann war er außer Hörweite.

Schließlich konnte man von der Meeresspringer aus das Schiffsgewimmel von Freund und Feind auf offener See auch mit bloßem Auge gut beobachten. Die Mickey lag etwas südlich des ganzen Treibens, um den Überblick zu behalten. Während sie sich annäherten, sah Tulpe plötzlich verdutzt zur Sonne hoch und meinte: »Ich fühle mich, als hätte ich 24 Stunden gekämpft. Dabei können seit Beginn der Schlacht noch keine drei Stunden vergangen sein.«

»Drei Stunden, in denen zehntausende Menschen ihr Leben verloren haben«, seufzte Peter.

Oro ergänzte kopfschüttelnd: »Die Geschichte wird es einst für eine Legende halten: zwei der feindlichen Heere fast vollständig vernichtet, und bei uns, dank der Überlegenheit des Heeres, nicht einmal 1100 Tote. Das ist ein einzigartiger Erfolg.«

»Nicht ganz«, entgegnete Peter müde, »1415, im Hundertjährigen Krieg in Nordfrankreich: Bei Azincourt kämpften die Truppen König Heinrichs V. von England gegen das Heer König Karls VI. von Frankreich. Die Franzosen waren zahlenmäßig 3:2 überlegen, die Engländer vielfach erkrankt und geschwächt – aber sie hatten Langbögen. Am Ende des Tages waren von 12.000 Franzosen 10.000 gefallen und 1500 gefangen. Allein in den ersten beiden Stunden der Schlacht waren 5000 französische Ritter gestorben. Die Engländer hatten insgesamt nur 1600 Tote zu beklagen. Außerdem: Zehntausende Tote sind kein Erfolg. Auch wenn man gewonnen hat.«

Oro schwieg. Dann gingen sie längsseits der Mickey und Peter, Ky und Tulpe wurden an Bord genommen, während Oro, für weitere Einsätze bereit, auf dem Langboot blieb.

Xavox drückte jeden der drei mit großer Erleichterung kurz an sich und war froh zu erfahren, dass es auch Brumberta gutging.

Das Wiedersehen mit dem Ältesten verlief etwas weniger enthusiastisch: Als Peter Bela Prinz Starkehand wieder gegenüberstand, bohrten sich dessen Augen, ohne dass er ein Wort sagte, sekundenlang in die seinen. Peter wollte den Blick schon senken, doch dann dachte er: Es war nicht seine Idee gewesen hier zu sein, um für den Waldstamm zu kämpfen – wofür er doch schon einiges getan hatte –, aber Ky beizustehen, *das* war seine Idee gewesen, und deswegen musste er sich nicht schämen. So hielt er dem Blick stand, bis Bela schließlich, nach außen kopfschüttelnd, nach innen lächelnd, zu seinem Nachrichtenmeister sagte: »Gib Signal, dass der Prophezeite wieder gesund bei uns ist, das wird die Krieger interessieren.«

Dann deutete Bela, der trotz seines hohen Alters noch die Augen eines Adlers zu haben schien, über die eingeigelte blaue Flotte hinweg und sagte: »Das gefällt mir nicht. Das gefällt mir ganz und gar nicht. Hoffentlich ist die Janus bald hier.«

Alle an Bord sahen, was er meinte. Aus der Mitte der blauen Flotte waren drei rote Feuerlanzen emporgestiegen. Doch sie hatten nicht auf Waldstamm-Boote gezielt, sondern waren hoch hinauf und weit nach Westen, über das offene Meer hinausgeflogen.

Der Nachrichtenmeister sprach das Offensichtliche aus: »Das war ein Signal. Für irgendjemanden oder für irgendetwas, das hinter dem Horizont wartet.«

*

Nicht lange, und ein Schiff tauchte am Horizont auf.

Da es auf offener See keine Vergleichsmöglichkeiten gibt, ist die Größe eines entfernten Objektes nur schwer zu schätzen. So erkannten sie nicht gleich, was sie sahen, und als sie es erkannten, schwiegen zunächst alle, da jeder für sich dachte, er müsse sich irren. Doch irgendwann mussten sie es glauben.

Was da über den Horizont auf sie zukam, war kein gewöhnliches Schiff. Es war die Mutter aller Schiffe. Zugegeben, dachte Peter, gegen einen Riesentanker der Sagenwelt konnte es nicht mithalten, doch hier, in dieser Welt, musste es wie eine wahr gewordene Unmöglichkeit erscheinen.

Schon die Janus war, nach hiesigen Maßstäben, ein Riese von einem Schiff. Doch dieses Ungetüm war mindestens elf Mal so groß. Bei näherer Betrachtung würde sich herausstellen, dass dieses Schiffsmonster auf zehn langen Kielen ruhte – vorne und hinten jeweils fünf. Und erst die Fortbewegung! Ruder waren derzeit nicht zu erkennen, dafür gab es fünf große Masten mit einer seltsamen Anordnung von je vier Segeln an großen Querstangen, dazu ein gigantisches Dreieckssegel, das dem Riesenschiff fast wie ein Drache vorwegflog und es hinter sich her zerrte – »So was wurde bei uns zuletzt als Zusatzantrieb für große Frachtschiffe ausprobiert«, flüsterte Peter, doch niemand achtete auf ihn, alle hatten nur Augen für das Ungetüm. Bis plötzlich ein Sirren in der Luft zu hören war und irgendetwas Riesengroßes 30 Meter vor ihnen ins Wasser klatschte und eine solche Welle erzeugte, dass die Mickey wild zu schaukeln begann,

»Hm«, meinte Xavox lapidar, »offenbar kann ein sehr großes Schiff auch sehr große Katapulte mitführen.«

Bela gab das Signal, die blaue Flotte, auch wenn man dabei Gegenstöße riskierte, noch enger zu umkreisen, um so die Katapultschützen des Feindes abzuschrecken, da sie nun Gefahr liefen, eigene Boote zu treffen. Gleichzeitig wurde auch die Mickey selbst schnell in Richtung des Kreises manövriert, mit dem Ziel, dahinter aus der Sichtlinie des Kolosses zu verschwinden. »Die Janus kommt!«, rief plötzlich einer der Krieger mit Blick nach hinten. Im Schlepp von sechs gekaperten Piratenschiffen hängend, näherte sich die schwimmende Festung, war aber noch nicht in Schussweite. Bela murmelte unterdessen: »Möchte wissen, warum sie dieses Seeungeheuer bisher noch nicht eingesetzt haben.«

»Ich weiß es«, sagte Peter, der erst in exakt dem Augenblick, als er diese Worte aussprach, wirklich wusste, dass er es wusste.

Vielleicht hatte er diesen Geistesblitz, weil er oft selbst an seine Familie dachte und daran, was er alles tun würde, um sie wiederzusehen. Jetzt erklärte er auf die fragenden Blicke der anderen: »In erster Linie ist das überhaupt kein Kriegsschiff. Es ist ihr Zuhause. Dort leben auch die Alten und die Kinder, dorthin können sie sich zurückziehen. Einen solchen Ort setzt man nicht den Gefahren eines Kampfes aus. Dass sie es doch tun, zeigt, wie verzweifelt sie sind. Erinnert euch daran, als Xavox alles über die Piraten zusammengetragen hat, was damals bekannt war: Während die Roten und die Gelben ein zusammengewürfelter Haufen aus verschiedenen Nationen sind ... oder waren, stammen die Blauen offenbar aus einem einzigen Volk, hatte Xavox erklärt und wegen der Sprache an die Chrom-Inseln gedacht. Aber sie *stammen* nicht aus einem Volk, sie *sind* dieses Volk.«

»Wenn das stimmt«, sagte Bela, »dann muss es uns gelingen, die Janus in Schussposition zu bringen. Wenn wir ihre Heimstatt in Brand schießen können, dann sind sie verloren.«

Xavox deutete auf die eingekesselten Schiffe und fragte sanft: »Stellt Euch vor, der Waldstamm wäre, in seinem eigenen Land und ohne Fluchtmöglichkeit, von der totalen Auslöschung bedroht. Stellt Euch vor, Ihr wüsstet, wenn Ihr diesen Kampf verliert, dann werden die Feinde nicht nur Euch töten, sondern sie werden auch Eure Familie, Eure Kinder und Eure Zukunft abschlachten. Wie würdet Ihr dann kämpfen?«

Bela schwieg einige Sekunden, und auch alle, die Xavox` Worte gehört hatten, verstummten und waren für einen kurzen Moment bei ihren Liebsten und bei diesen schrecklichen Gedanken. Dann meinte Prinz Bela: »Die Blauen, das waren doch die, die wenigstens die Menschen der überfallenen Dörfer fliehen ließen und die auch keine Kinder in die Sklaverei schleppten, nicht wahr? Hm. Vielleicht ist es ja jetzt an der Zeit zu verhandeln.«

Er gab Anweisungen an Schiffsmeisterin Ezar Prinzessin Wetterholz und den Nachrichtenmeister. Kurz darauf stießen die Ruderer die Blätter starr ins Wasser, drückten gegen und brachten das Boot zum Stehen. In 20 Meter Entfernung schlug erneut ein Geschoss ein, doch die Mickey rührte sich nicht. Von der Janus dagegen gab es nun ein kleines Schauspiel zu bewundern, die Gäste in der ersten Reihe waren die Korsaren des sich schnell nähernden Riesenschiffs. Zunächst stieg ein Feuerpfeil fast senkrecht in den Himmel, um nach einigen Sekunden mit einem kleinen Feuerblitz im Meer zu versinken. Dann nahm einer der Corvus-Schützen das inzwischen fast gesunkene Schiff ins Visier, das die Blauen aufgegeben hatten. Über eine Entfernung von nahezu 300 Metern traf er den noch aus dem Wasser ragenden Bug. Jetzt wussten die Blauen Korsaren, welche Waffen das seltsame Floß an Bord hatte, und würden ihre Schleuder sicher entsprechend auszurichten versuchen. Dennoch zischten nun acht Feuerlanzen der Janus so weit neben das Riesenboot ins Wasser, dass jedem klar sein musste: Hier wurde mit voller Absicht danebengeschossen.

Unwillkürlich hatte Ky Peters Hand ergriffen und flüsterte nun: »Wenn du die Möglichkeit hättest, lieber zu verhandeln statt in einen nahezu aussichtslosen Kampf um das Überleben deines Volkes zu ziehen, würdest du es tun?«

»Ich schon, die Frage ist, ob sie ...«

Das Riesenboot änderte den Kurs, zog in einer Eleganz, die man ihm nicht zugetraut hätte, einen weiten Halbkreis und gewann wieder etwas Abstand, wobei man zuvor noch Flaggenzeichen an die eigenen Leute gegeben hatte. Die Waldstammflotte hörte auf, die eingekreisten Feinde zu umrunden, die blaue Flotte unterließ, zunächst wenigstens, weitere Vorstöße. Die Kampfhandlungen ruhten.

Das große Schiff zog jetzt, in etwa drei Kilometer Entfernung, eine unregelmäßige Kreisbahn – die Segel im wahren Wortsinn zu streichen, waren sie jedenfalls nicht bereit. Dann löste sich aus dem Bugbereich ein großes Beiboot und kam langsam auf die Mickey zu. Bela wechselte in die Meeresspringer, lud Xavox und Peter ein, mitzukommen, und fuhr dem Beiboot langsam entgegen. Dabei ließ er die Meeresspringer rückwärts rudern, das ging zwar viel langsamer, doch so zeigte der Rammsporn von dem anderen Boot fort.

Schließlich trieben beide Boote nur noch sachte dahin, bis sie leicht gegeneinanderstießen. Im Bug des Ruderbootes, das von zwölf muskulösen Kriegern vorangetrieben worden war, standen drei Männer. Der mittlere war etwa 50 Jahre alt, sehnig und mit wettergegerbtem Gesicht, einem Bart, der so schwarz wie sein Haar war, und haselnussbraunen Augen. Wortlos starrten sich der Schwarzhaarige und Bela einige Sekunden an, ohne eine Miene zu verziehen, dann begann der Ältere: »Ich bin Bela Prinz Starkehand, Ältester des Ältestenrates des Waldstamms. In den vergangenen drei Stunden hat mein Stamm fast 20.000 Piraten getötet. Piraten, die, wie ihr auch, unsere Küsten überfallen haben. Euch würden wir ebenfalls besiegen. Doch gegen Eure Mannschaft würde es uns einen hohen Blutzoll kosten. Und wir brauchen unser Blut noch für andere Kämpfe. Dies ist der einzige Grund, warum euch der Waldstamm folgendes Angebot macht: Zieht euch auf euer großes Schiff zurück, lasst aber die kleinen Kriegsschiffe hier, damit ihr keinen Schaden mehr anrichten könnt. Dann könnt ihr gehen.«

Der andere entgegnete mit tiefer Stimme: »Ich bin Jorezz, gewählter Großkapitän meines Volkes. Ohne unsere Schiffe haben wir keine Lebensgrundlage. Wir werden also kämpfen. Und ob ihr, trotz eurer Wunderwaffe, gewinnt, das kann nur die Zukunft zeigen.«

»So, kämpfen werdet Ihr?«, Bela deutete auf das Riesenschiff, »und eure Kinder? Was werden die davon halten? Kämpfen die mit?«

Kaum merklich zuckten Jorezz` Augen und seine Kieferpartie wurde noch härter. Dann sagte er: »Selbst wenn wir auf euren Vorschlag eingehen sollten – was wir nicht tun –, wer sagt uns, dass ihr uns nicht massakriert, wenn ihr die Kriegsschiffe habt? Wieso sollten wir euch trauen?«

»Weil wir der Waldstamm sind.«

»Genau deswegen habe ich ja gefragt.«

Eine Sekunde verstand Bela nicht, dann brüllte der sonst so besonnene Mann los: »Wie könnt Ihr es wagen? Noch nie in seiner Geschichte hat der Waldstamm sein Wort gebrochen!«

»Ha!«, brüllte Jorezz zurück, »und ich sage Euch auf den Kopf zu, dass Ihr einen Stamm verraten habt!«

Entsetzt sah Peter die Felle für den Frieden davonschwimmen, als Bela auch schon wutschnaubend entgegnete: »So eine Beleidigung kann nur mit Blut weggewaschen werden! Nenn mir das Volk, das der Waldstamm verraten haben soll!«

»Meinen Stamm. Den Stamm der Meeresspringer.«

Wieder brüllte Bela: »Wir haben niemals ...« Dann stand sein Mund offen, er starrte nur noch vor sich hin, und durch die Reihen der Ruderer ging ein überraschtes Murmeln.

Schließlich fasste sich Bela mühsam wieder, und er fuhr fort: »Ihr wollt uns allen Ernstes erzählen, dass ihr der zwölfte Stamm seid? Unmöglich! Ihr könnt doch nicht einfach ...« In diesem Moment wurde er von einem juchzenden Schrei unterbrochen. Jezz'y, der die letzten Sekunden wie versteinert gewesen war, drängte sich mit einem Jubelschrei an Bela vorbei und sprang auf das andere Boot. Erschrocken wollte Jorezz zum Schwert greifen, da hatte ihn diese seltsame Gestalt schon umarmt und ihm, lachend und weinend, auf jede Wange einen Kuss gedrückt. Dasselbe tat er mit den beiden verdutzt dreinblickenden jüngeren Männern, dann eilte er singend und lachend von Ruderer zu Ruderer, um jedem einen Kuss auf die Stirn zu drücken. Als er alle geküsst hatte, jubelte er mit ausgebreiteten Armen Richtung Himmel: »Oh Ahnen! Danke!« Dann sprang er mit einem Freudenschrei ins Wasser, tauchte einmal unter dem Boot durch, zog sich schwungvoll wieder an Bord und begann johlend zu tanzen.

Einer der Männer in Jorezz' Begleitung fragte entgeistert: »Äh … was hat er denn?«

Xavox antwortete freudestrahlend: »Oh, ich denke, jeder wäre gut gelaunt, wenn er nach ein paar hundert Jahren verschollen geglaubte Verwandte wiedersieht. Darf ich vorstellen: Das ist Jezz'y, letzter lebender Nachfahre der Meeresspringer – bisher zumindest – und oberster Schiffsbauer des Waldstamms.«

Jetzt war es an Jorezz und seinen Begleitern zu starren: »Wie? Es gibt hier noch Meeresspringer?«

»Nur diesen einen.«

»Und er ist euer oberster Bootsbauer?«

»Nun, noch nicht lange, aber: Ja.«

»Aber ihr habt uns Tulpac geraubt, nachdem unsere Flotte weg war.«

»Oha«, sagte jetzt Bela viel ruhiger, »ich ahne, woher der Wind weht, und denke, dass hier ein paar Missverständnisse geklärt werden müssen – die Meeresspringer zurück! Ist das zu fassen! Es wird viel zu reden geben.«

Verwirrt wiederholte Jorezz: »Aber ihr habt unsere Stadt besetzt, das heißt, dass ihr uns wie Feinde behandelt habt.«

Jezz'y unterbrach kurz seinen Freudentanz und schrie lachend: »Sieh dir doch dieses fantastische Boot mal genauer an. Glaubst du, ein Stamm würde so ein Prunkstück nach einem Feind benennen?« Dann johlte er weiter, während sich Jorezz seitlich über die Reling beugte, auf die Seitenwand des Langbootes starrte und laut las: »*Meeresspringer!* – Oh Ahnen! Was ist hier los? Was haben wir getan?«

Peter war einerseits genauso verblüfft wie die anderen und hocherfreut, dass weiteres Blutvergießen von einer zur anderen Sekunde in weite Ferne gerückt zu sein schien – ein Zeichen dafür, dass es eigentlich niemals einen wirklichen Grund für Krieg geben konnte. Andererseits beherrschte ihn aber schnell nur noch ein einziger, egoistischer Gedanke, der zutiefst verständlich war: »Die Meeresspringer sind zurück! Die Meeresspringer sind zurück! Die Meeresspringer sind zurück! – Ihre Magier waren es, die das Geheimnis des gefahrlosen Übergangs von den Magiern der Katzenkrieger übernommen und bewahrt hatten. Und die Steine des Übergangs haben wir bereits! Oh Himmel, oh Ahnen, oh Gott! Sie sind zurück! Und ich werde auch wieder zurückkehren können!«

Doch zu seinem Verdruss bestand Bela darauf, dass Peter mit der Meeresspringer zur Mickey zurückkehren sollte, während er mit Oro und Xavox – und natürlich mit Jezz'y – im Beiboot der Meeresspringer zur ›*Großen Brise*‹ fahren würde, um langsam wenigstens etwas Licht in die Angelegenheit zu bringen.

Die ganze Geschichte würde Bücher füllen, doch sie lief auf Folgendes hinaus: Die Flotte der Meeresspringer, die im Jahr 1203 auf die Suche nach den Ausgewanderten ihres Volkes gegangen war, hatte zwar etliche Hinweise, aber nie ihr Volk gefunden. Über all die Generationen war man vergeblich über die Weltmeere gesegelt. Dabei konnte man, das sei unumwunden zugegeben, oft nur dadurch überleben, dass man der Profession des Piratentums nachgegangen war. Unter diesen Bedingungen wuchs die Gruppe nur langsam – aber sie wuchs. Und vor einigen Jahren hatte man überrascht festgestellt, dass das fahrende Volk der Meeresspringer wieder auf fast 30.000 Köpfe angewachsen war. Es wurde Zeit, einen ruhigen, dauerhaften Hafen zu finden. Wenn man auch das ausgewanderte Volk nicht gefunden hatte, so gab es doch noch die überlieferten Geschichten über das einstige Zusammenleben mit dem Waldstamm, und es war bekannt, dass es dort noch die Meeresspringer-Stadt Tulpac geben musste. Was man jedoch nicht mehr wusste, war die Tatsache, dass man Tulpac als nahezu sterbende Stadt zurückgelassen hatte, die, fast gänzlich entvölkert, nicht alleine überleben konnte und dass sich die letzten Einwohner schließlich – freiwillig – dem Waldstamm angeschlossen hatten.

Als sich die Meeresspringer-Flotte dann endlich, nach über 800 Jahren im Exil, wieder der alten Heimat genähert hatte und Kundschafter ausgesandt wurden, da war die Enttäuschung so tief wie das Meer, dass es hier keine Meeresspringer mehr zu geben schien und Tulpac zu einer Waldstamm-Stadt geworden war. Dann traf man auf Piraten ... auf *andere* Piraten, und es gab Gespräche mit Tagun, der kräftig Öl in die Wunde goss. Schließlich kamen die Meeresspringer überein, dass sie darauf hinarbeiten wollten, ihr, wie sie glaubten, geraubtes Stammland gewaltsam zurückzuerobern.

Das war die Vergangenheit. Was folgen sollte, würde nicht einfach werden, denn es hatte Tote gegeben. Dennoch wollte sich Bela dafür einsetzen, den Meeresspringern eine neue Heimstatt an der Küste zu geben und ihnen beim Bau zu helfen – Tulpac einfach »zurück«-zugeben ging natürlich nicht, weil die Stadt schon seit über 30 Generationen die Heimat anderer Menschen geworden war.

Als Sühne für ihre Piratenangriffe hatten sich die Anführer der Meeresspringer selbst etwas ausgedacht: Wie Xavox vermutet hatte, gab es Stützpunkte für die Piraten an der Küste des Barbarenlandes. Und dort wusste noch niemand von der totalen Niederlage der Korsaren und wie sich die Situation geändert hatte. Obwohl sich die Meeresspringer nie am Sklavenhandel beteiligt hatten, wussten sie doch, wo Gefangene in den Hafenstädten untergebracht waren und wo und wann die Sklavenmärkte abgehalten wurden. Sie wollten sich mit einer kleinen Flotte und als seien sie, wie immer, zurückkehrende Piraten, in die Höhle des Löwen begeben und in einer Blitzaktion so viele der gefangenen Waldstamm-Kinder befreien, wie es noch möglich war.

Wie auf glühenden Kohlen hatte Peter auf der Mickey gewartet und seine Freunde mit seiner Aufregung ganz verrückt gemacht. »Stellt euch vor: Vielleicht kann ich noch heute, spätestens morgen nach Hause!«, hatte er ein ums andere Mal gesagt und sich mindestens zwanzig Mal bei Tulpe vergewissert, dass die Steine des Wechsels, die er aus Dorianstadt mitgebracht hatte, auch sicher in der Meeresburg verwahrt seien. Die Aufregung und Freude hatte sich nach und nach auch auf Tulpe und Ky übertragen ... obwohl, irgendwie ... die reine Freude war es nicht, musste sich Ky eingestehen. Peter würde *gehen*? Würde er dann ihre Welt vielleicht vergessen? Würde er *sie* vergessen? Aber er konnte die Steine ja wieder benutzen ... oder doch nicht? Und wie war das mit Rétep? Würden sie ihre Körper wieder tauschen können? Und hatte der Schuhputzer-Prinz diese seltsamen Figuren gefunden, die im Kampf gegen Kanzler und Barbaren helfen sollten? Ein Kampf, der dann ohne Peter weitergehen sollte ...? Ihr wurde immer schwermütiger zumute, doch sie ließ sich nichts anmerken, weil sie Peter die Freude nicht verderben wollte.

Endlich, nach drei Stunden, kam Bela mir einer Delegation der Meeresspringer zurück an Bord, um endlich, endlich, endlich die Heimfahrt nach Tulpac anzutreten. Auch Jorezz und Jezz'y waren wieder dabei.

Peter konnte sich nicht länger zurückhalten. Umgehend sprach er Jorezz an: »Entschuldigt, Großkapitän ...«

»Ah, du musst dieser erstaunliche Junge aus der Sagenwelt sein – das war heute wahrlich der Tag der Überraschungen –, von dem Prinz Bela erzählt hat. Was kann ich für dich tun?«

»Vielleicht hat der Älteste dann ja auch von meinem Problem erzählt .... Jedenfalls geht es darum, dass einer eurer Großmagier das Geheimnis des Übergangs kannte und ..., so etwas Wichtiges wird doch wohl nicht vergessen sein, oder?«, fragte Peter voller Hoffnung.

Jorezz seufzte und meinte dann: »Bela Starkehand hat mich darauf vorbereitet, dass diese Frage kommen würde. Hm. Ich weiß nicht, ob wir es vergessen *hätten*, aber Tatsache ist: Wir konnten es gar nicht vergessen – weil wir auf den Schiffen es nie gewusst hatten.«

Entsetzt stammelte Peter: »Aber ... dieser Jeppaz'y, ich dachte, der hätte es gewusst?«

»Ja, stimmt, auch unsere Überlieferungen sprechen davon, dass er es wusste ...«

»Und!?«

»Aber Jeppaz'y hat sich nie auf die große Reise begeben. Er hatte zu den wenigen gehört, die in Tulpac zurückgeblieben waren.«

Nach der Freude der vergangenen Stunden, die für ihn sogar die Schrecken des Tages in den Hintergrund treten ließen, krachte Peter aus himmlischen Höhen ins Bodenlose. Wie versteinert starrte er Jorezz an.

Neben sich hörte er ein Räuspern, und Jezz'y sagte: »Mein Junge ...«

Aber sein Trost interessierte Peter nicht.

»Mein Junge, hättest mal besser früher mit mir darüber reden sollen, wonach du auf der Suche bist, nich'?«

Nie mehr würde er seine Eltern sehen, nie mehr das Lachen seiner Schwester hören, nie mehr ... Was hatte der Alte gerade gesagt? »Heißt das«, keuchte Peter heißer, »*du* kennst das Geheimnis?«

»Kennen? Hm, nicht richtig. Aber irgendwie ..., so ähnlich.«

Inzwischen starrten alle Peter an, der Jezz'y jetzt anbrüllte: »Was, bitte, ist ›*so ähnlich*‹ wie kennen? Was weißt du? Nun rede doch!«

»Wenn du mich nur lassen würdest!«, lachte Jezz'y, »also: Ich kenne das Geheimnis nicht wirklich, weil ... hast du vielleicht schon mal versucht, etwas zu lesen, das auf deinem eigenen Rücken steht?«

Damit zog Jezz'y sein Hemd aus und drehte sich um. Auf seinem Rücken stand, gut leserlich in großen hellblauen Lettern tätowiert, ein Satz. Jezz'y erklärte: »Als ich ein Kind war, hat mir das mein Vater eintätowiert, während er es vom Rücken seines Vaters ablas. Ich sollte es auch weitergeben ... Na ja, habe nie geheiratet und es irgendwie vergessen. Ich stamme wohl aus einer Nebenlinie dieses Großmagiers, doch so etwas öffentlich zu erwähnen, ist heutzutage nicht gut. Außerdem kann ich vielleicht Schiffe bauen, als wär's Zauberei, aber sonst steckt kein Fünkchen Magie in mir, da bin ich sicher ... Nun, was steht denn da, auf meinem Rücken?«

Zitternd trat Peter näher, musste sich erst Schweiß und Tränen aus den Augen wischen, damit sein Blick wieder klar wurde, dann räusperte er sich laut und las:

»Für den sicheren Übergang in die Sagenwelt gibt es nur eine bekannte Methode: Nimm einen Stein des Wechsels in die geschlossene Faust und benutze die sieben Namen der Götter. Dann wirst du hinübergelangen. Wenn du genau wissen willst, an welchem Ort du herauskommst, dann musst du die alten Stellen des Wechselns kennen.«

Peter drehte sich um, klatschte, einen Luftsprung machend, lachend in die Hände und johlte: »Ich komme heim! So einfach ist es! Nur sieben Namen der Götter! Ich werde meine Eltern, meine Familie wiedersehen!«

Dann fiel ihm auf, dass sich niemand mit ihm freute. Er sah sich um, sah verlegen zur Seite gerichtete Blicke ...

»Was ...!?«

Betretenes Schweigen.

Dann umarmte ihn Ky und schluchzte voll Mitgefühl: »Oh, Peter ....«

Er wusste nicht, was los war, doch Entsetzen kroch in ihm hoch. *»Was!?«*, verlangte er nochmals zu wissen.

Xavox seufzte und antwortete sanft: »Sag, Peter, in all der Zeit, seit du hier, in unserer Welt bist, hast du da auch nur ein einziges Mal irgendjemanden aus dem Elf-Stämme-Reich den Namen eines unserer alten Götter nennen hören?«

Peter wurde leichenblass. »Nein. Hab ich nicht. Warum nicht?«

»Ganz einfach: weil niemand es *kann*. Es muss lange vor der Entwicklung unserer Schrift gewesen sein, als die frühen Wächter der Heiligtümer begannen, ein Geheimnis darum zu machen: Einfache Menschen dürften die Namen nicht nennen, das sei Frevel ... Irgendwann durften dann nur noch die höchsten Brüder die Namen aussprechen, und schließlich *kannten* nur noch die höchsten Brüder die Namen. Das einfache Volk musste sich mit Umschreibungen begnügen, etwa den *Gott, der für eine gute Ernte zuständig ist* anrufen, oder Ähnliches.«

Entsetzt rief Peter: »Ihr habt Götter und kennt ihre Namen nicht?«

»Sieht ganz so aus. Verrückt, was? Das Interesse an den Göttern ist ohnehin einigermaßen geschwunden. Vor allem die Bruderschaft – die du ja nur zu gut kennengelernt hast – hält es noch aufrecht. Aber es ist ein offenes Geheimnis, dass auch die Brüder selbst nur noch einen einzigen der Namen kennen. Angeblich den des Gottes der Unterwelt – wo immer die auch sein mag. Jedenfalls tätowiert der Gleichste der Bruderschaft, wenn sein Nachfolger feststeht, diesem einen Namen in dessen Schulter – damit der Name nicht vergessen wird, falls der Gleichste tot umfällt, ohne den Namen weitergegeben zu haben. Was ja eigentlich sonderbar ist, dass da die Götter selbst nicht ein bisschen besser aufpassen können ... auf diese Tätowierung musste schon ein paar Mal zurückgegriffen werden. Nun, egal, dieser eine Name ist jedenfalls alles, was an Götter-Namen noch bekannt ist, und den findest du nur auf der Schulter des Gleichsten.«

Peter lachte. Er schien sich schier ausschütten zu wollen vor Lachen. Ky sah ihn entsetzt an. »Nein«, sagte er, während ihm Tränen aus den Augen liefen, »nein, es ist doch wirklich saukomisch! In keiner anderen Welt würde man jemals die Namen seiner Götter vergessen, aber ausgerechnet *hier* ... wirklich, es ist zum Wegschreien. Na ja, werde dann halt mal eben den Gleichsten fragen, ob er mir nicht das Geheimnis anvertrauen will ... dann habe ich immerhin schon mal einen Namen.«

Tulpe schüttelte Peter heftig, bis dieser ihn ansah, dann sagte er: »Du musst ihn nicht fragen. Es gibt noch eine andere Möglichkeit ...«

»Hm?«

»Wenn ein Gleichster stirbt, wird er zur Stromschnelle des Ewigen Drehens gebracht. Die Brüder nennen sie auch Woge der Götter, sie liegt im Hain der Bruderschaft. Der Körper des Gleichsten steckt dann in einer Kugel, die in einem an einer Kette hängenden Eisenkäfig in den Fluss hineinbaumelt ...«

»Und?«

»Der letzte Gleichste ist noch gar nicht so lange tot. Wenn wir ihn stehlen, sollte man den Namen noch lesen können.«

»Du willst einen Toten stehlen? Nun, warum nicht, in einem Land, in dem man die Namen seiner Götter vergisst, ist das sicher nicht das Verrückteste, was man tun kann. Fehlen dann nur noch sechs Namen ...«

»Fünf«, sagte Jorezz. »Bevor sich die Wege der Meeresspringer von denen der übrigen Stämme trennten, war, jedenfalls bei uns, noch der Name des Meeresgottes bekannt – und wir machen nicht so ein Geheimnis draus: Pennut, der Fels des Meeres, heißt er, der Gute. Der Sage nach soll er es gewesen sein, der einst die Ozeane geschaffen hat. Nach einem gigantischen Besäufnis mit ein paar

Götter-Kumpeln, bei dem er einige zehntausend Liter Met abpumpte und ein paar tausend Salzheringe verschlang, soll er am nächsten Morgen die Meere ausgepinkelt haben. Woher er allerdings die Salzheringe hatte, bevor es die Ozeane gab, das wissen allein – na ja – die Götter. Ab und an wird ihm mal etwas Fischsuppe geopfert, hat aber bisher, weder so noch so, nicht viel gebracht. Doch bitteschön: Jetzt kennst du sogar schon einen Namen.«

Peter wurde etwas ruhiger und sagte: »Danke. Immerhin: einer bekannt, einer in Aussicht, fehlen noch fünf ...«, dann sah er Xavox fragend an.

Der kratzte sich am Schädel und meinte: »Nun ja, die Piraten sind geschlagen, Ailis versucht, den König zu schützen, wir haben neue Verbündete, die Pläne des Kriegskanzlers sind – zumindest ein klein wenig – zurückgeworfen, und eine Verbindung zur Sagenwelt müssen wir irgendwie schaffen – wegen Rétep und dieser Figuren, die er finden soll ... Also dann, öfter mal was Neues: Dann machen wir uns halt auf die Suche nach Götter-Namen. Scheint mir, nach all den vergeblichen Jahren, fast einfacher als die Suche nach dem Rezept, wie man Gold in Whisky verwandelt.«

»Moment mal«, warf Peter ein, »ich dachte, diese ganze Gold/Whisky-Geschichte wäre bloß irgend ein Unsinn?«

»Wie kommst du darauf? Nein, in einem fast vollständig verbrannten Kodex, den ich vor etlichen Jahren für viel Geld auf dem Schwarzmarkt kaufen konnte, war gerade noch zu entziffern, dass als Nebenprodukt aus einem Übergangs-Trank aus Gold Whisky geworden war. Hatte ich das nicht erzählt?«

»Musst du wohl vergessen haben. Und ich nehme an, bei deinen Nachforschungen bist du dann gelegentlich beim Verkosten von Schnaps hängen geblieben?«

»Äh…«

Tulpe unterbrach die beiden und wechselte das Thema: »Schon eine Idee, wie man die fehlenden Götternamen herausfinden könnte?«

»Zwei«, antwortete Xavox, »es gab da mal eine Art Schutzbund für Wissen ... den Clan der Bewahrer. Der wurde von der Bruderschaft verfolgt und schließlich, wegen Misserfolges, von seinem eigenen Stamm geächtet. Doch angeblich leben noch ein paar aus diesem Clan. Wenn wir die finden, könnte das weiterhelfen. Und dann ist da noch die Geschichte über einen Möchtegern-Schwarzmagier, der ebenfalls auf der Suche nach Götternamen und mehr war – allerdings nur, weil er damit dunkle Beschwörungen ausführen wollte ...«

»Und der könnte uns was sagen?«

»Sicher nicht – sollte mich jedenfalls wundern – Prinz Aram Harup wurde vor über 100 Jahren hingerichtet.«

»Aber ...?«

»Aber ich weiß, in welchem alten Tempel-Gemäuer er nach den Geheimnissen von Halla der Schrecklichen forschte und mit Ausgrabungen beschäftigt war, als er festgenommen wurde. Dort könnten wir vielleicht eine Spur zu den Götternamen finden oder wenigstens zu den, nennen wir's mal Forschungsergebnissen von Prinz Harup.«

»Ein Ansatz wär's immerhin«, seufzte Peter.

»Bloß ...«

»Oh, wenn du bloß nicht ›bloß‹ sagen würdest ... wo ist jetzt der Haken?«

»Na ja, dieser alte Tempel ... heute liegt er, äh, ein Stück weit auf Barbaren-Gebiet.«

Wieder lachte Peter, doch erstaunlicherweise war es diesmal ein echtes Lachen: »Na ja, dann wird es die nächste Zeit nicht langweilig werden, oder?«

Und Ky zupfte sachte an seinem Ärmel und flüsterte kaum vernehmlich in sein Ohr: »Sei mir nicht böse – aber ich bin froh, dass du noch nicht zurück kannst. Freund.«

Epilog

Der Überlebende

Nur die Besatzung eines einzigen Bootes, eines kleinen, schwer angeschlagenen Zweiruderers der Gelben, der vor dem Netz-Hindernis festsaß, hatte schließlich tatsächlich versucht, an der Langen Hand zu landen. Hinter einer Düne verborgen hatten die Waldstammkrieger das Boot herankommen lassen und dann aus nächster Nähe in Brand geschossen. Die verzweifelten Überlebenden wollten, durch kniehohes Wasser watend, aufs Land stürmen, doch kein einziger der Piraten erreichte lebend den Strand. Langbögen sind furchtbare Waffen.

Wohlgemerkt: Keiner der *Piraten* erreichte den Strand.

Einige Waldstammkrieger wateten durchs Wasser, um verwundeten oder gar toter Mann spielenden Piraten den Garaus zu machen. An einer Stelle lagen zwei Körper übereinander im Wasser, um sie herum färbte sich das Meer blutrot. Die Krieger hatten nicht bemerkt, dass der obere Körper noch vor wenigen Augenblicken gezappelt hatte – bis von unten ein spitzer Dolch in sein Herz gedrungen war. Sie bemerkten auch nicht das kleine Rohr, das zwischen Arm und Achsel des jetzt toten Mannes nach oben geschoben worden war und ein klein wenig aus dem Wasser ragte. Zwei Stunden später, als klar war, dass kein Piratenschiff mehr kommen würde, marschierten die Krieger wieder in Richtung Tulpac.

Weitere zehn Minuten später entwirrten sich die beiden übereinander liegenden Körper, der obere wurde beiseite gewälzt, und ein zitternder, ausgemergelter Mann mit blauen Lippen, der in eine braune Kutte gekleidet war, stemmte sich mühsam aus dem Wasser hoch.

Der junge Mann dankte den Göttern für die Kutte, denn vollgesogen wie sie war, hatte sie ihm geholfen, ruhig unter der Wasseroberfläche liegen zu bleiben. Genaugenommen dankte er ohnehin den Göttern immer für alles. Jetzt auch dafür, dass sie die Gedanken des Führers der roten Freibeuter, dieses götterlästerlichen Piratenkapitäns, so günstig beeinflusst hatten: Er könne ihn – den Gesandten des Gleichsten! – nicht länger ertragen, hatte dieser verfluchte Pirat gesagt. Er stinke und sein Geschwätz sei nervtötend ... Und er hatte ihn vom Flaggschiff auf dieses miese kleine Schiff bringen lassen, dessen Kapitän es nicht gewagt hatte, zu widersprechen. Immerhin:

Dieser Kapitän hatte ihn nicht beleidigt, und fast hatte es ihm ein wenig leidgetan, dem Mann den Dolch in den Rücken zu stoßen. Aber für die höhere Aufgabe musste das natürlich getan werden. Und gestorben wäre der Kapitän ja eh. Er würde für ihn beten. Nicht jedoch für diesen anderen Kapitän, den Roten! Ha! Der war für seinen Frevel bestraft worden, wie seine ganze Brut, die sich nicht bekehren lassen wollte! Nur *er*, er allein, ein wahrer Gläubiger, hatte überlebt! Was natürlich genau so geschehen musste, denn er war im Auftrag des Gleichsten unterwegs, den die Götter liebten, ergo mussten sie auch ihn lieben.

Und während er schlotternd über den Strand stapfte, dachte er mit hingebungsvoll leuchtenden Augen daran, dass er lebte und dass er den Auftrag des Gleichsten ... den Auftrag der *Götter* ausführen würde, zum Ruhme der Götter. Er würde den Jungen finden.

Das Blasrohr hatte er wieder sorgsam in das eigens in seine Kutte eingenähte Futteral verstaut.

Und das andere Futteral ...?

Kurz strich er sich über die Brust.

Ja, das flache Holzkästchen war auch noch da.

Mit den vergifteten Pfeilen.

Ende des zweiten Teils

Aber die Abenteuer gehen weiter ...

www.marco-reuther.de
www.armbrustverlag.de

Literatur/Danksagung und ein Wort zu Parallelwelten

Nur für den Fall, dass Sie zu den Leuten gehören die zuerst die Danksagungen lesen: Nein, dieses Buch ist absolut keine Abhandlung über Quantenphysik, und man muss nicht einmal gut in Physik gewesen sein, um es zu lesen. Die Relativitätstheorie ist nur deshalb am Rande ein Thema, weil ich eine echte (ja, eine echte) Erklärung für die Existenz zweier Parallelwelten geben wollte. Also lassen Sie sich nicht abschrecken, es könnte Ihnen sonst etwas entgehen ...

Die Welt, so wie sie ist, hält die größten Wunder bereit, und dazu bedarf es keiner Magie und Mysterien.

Obwohl Sie mit diesem Buch ein Stück Fantasy-Literatur in den Händen halten, entspricht das Allerfantastischste an dieser Geschichte der Wahrheit und ist in der Folge von Einstein und seiner Relativitätstheorie bewiesen worden: dass nämlich die Zeit keineswegs überall gleichmäßig verläuft und dass Zeit und Raum etwas Relatives sind. (Auch den russischen Kosmonauten Sergei Krikaljow, der im Roman kurz erwähnt wird, gibt es wirklich, und es stimmt, dass er bei insgesamt 803 Tagen, die er mit Erdumrundungen zugebracht hat, eine 50stel Sekunde in die Zukunft gereist ist – aus Sicht der Daheimgebliebenen, für ihn selbst verlief die Zeit wie gewohnt.)

Ob es tatsächlich Parallelwelten gibt, ist natürlich nicht bewiesen, allerdings ist es von der Theorie her möglich und keineswegs so abwegig, wie es auf den ersten Blick scheint.

Dass selbst ein Physik-Dummy wie ich, der in einer langen Schulkarriere den ein oder anderen Physiklehrer zur Verzweiflung getrieben hat, die in diesem Buch verarbeiteten Zusammenhänge verstanden hat (oder doch zumindest glaubt, sie verstanden zu haben), verdanke ich Sachbuchautoren mit der Fähigkeit, einen faszinierenden Stoff auch interessant und für Laien verständlich zu schildern (was wiederum den Physiklehrern nicht in jeder Stunde gelungen ist).

Mein Dank gilt daher, ohne ihn persönlich zu kennen, Jim Al-Khalili, britischer Professor für Theoretische Kernphysik an der Universität von Surrey, für sein Buch »Schwarze Löcher, Wurmlöcher und Zeitmaschinen«, das ich hiermit allen empfehlen möchte, die etwas tiefer in die Materie einsteigen wollen.

Ebenso bedanke ich mich sehr bei Lektorin Gabriela Hoffmann für ihr Engagement und ihr Verharren an Bord der »Meeresspringer«.

Nachwort – Die geschichtlichen Fakten

(Achtung! Dieses Nachwort sollten Sie nicht vor dem Roman lesen, da es etwas über den Inhalt verrät!)

Der junge Held in »Des Königs Verräter – Meerfeuer« nutzt sein Wissen über historische Ereignisse und Schlachten aus unserer realen Welt, um daraus einen Schlachtplan für den Waldstamm zu entwerfen. Da er jedoch zwar an Geschichte interessiert, aber kein Geschichtsprofessor ist, kann er natürlich nicht alle Details kennen.

Falls es Sie interessiert, hier sind die Details:

Wikinger-Schiffe, ihre Geschwindigkeit und ein Vergleich zu den Kriegsschiffen der Griechen und Römer: Im Jahr 1893 fuhr der norwegische Seefahrer und Journalist Magnus Andersen (1857-1938) mit dem Nachbau eines Wikinger Langboots über den Atlantik. Als Modell hatte ihm das »Gokstad-Schiff« gedient, ein Wikingerschiff des späten 9. Jahrhunderts, das in einem Schiffsgrab nahe der norwegischen Stadt Sandefjord entdeckt worden war. Andersen und seine Crew erreichten in nur 27 Tagen New York. Das war doppelt so schnell wie eine Überfahrt mit dem Nachbau von Christoph Kolumbus' Flaggschiff Santa Maria. – Die Durchschnittsgeschwindigkeit, die von den alten Norwegern mit ihren Langbooten auf längeren Strecken unter Segeln erreicht wurde, lag bei etwa sieben Knoten – eine Geschwindigkeit, die heute von herkömmlichen privaten Segelbooten kaum überschritten werden kann. Bei günstigen Windverhältnissen erreichte Andersen sogar elf Knoten, also fast 20 Stundenkilometer. Wurde der Mast umgeklappt und wurde das Boot gerudert, dann konnte ein gutes Langschiffe, groß und schlank, für eine kurze Zeitspanne eine Maximalgeschwindigkeit von gut und gern 18 Knoten erreichen, das entspricht über 33,3 Stundenkilometer.

Vergleiche zeigen auch, dass die Wikinger-Langschiffe den klassischen Drei- oder Zweiruderern, wie sie in der Antike eingesetzt worden waren (und wie sie in ähnlicher Form auch in der Welt des Elf-Stämme-Reichs im Roman verwendet werden) in Geschwindigkeit und Wendigkeit weit überlegen sind. Nachbauten griechischer Trieren – das sind bis zu 37 Meter lange und 4,5 Meter breite Schiffe, auf denen drei Reihen Ruder übereinander angebracht waren – konnten auf kurzen Strecken eine Höchstgeschwindigkeit von lediglich sieben Knoten (13 Stundenkilometer) erreichen.

England gegen die Armada: Auch die Taktik im Kampf der englischen Flotte gegen die spanische Armada war im Roman in die Waldstamm-Taktik verwoben worden.

Am 31. Juli 1588 war die vermeintlich unüberwindliche spanische Flotte, die Armada, im Ärmelkanal zwischen England und dem europäischen Festland erschienen. Der englische Oberbefehlshaber, Admiral Lord Charles Howard, Earl of Nottingham, und seine Kommandeure, darunter die Staatspiraten Sir Francis Drake und Martin Frobisher, durchkreuzten die Pläne der spanischen Flotte, die es auf Beschuss aus der Nähe und – zahlenmäßig überlegen – auf Enterkämpfe abgesehen hatte. Die Engländer hielten mit ihren schnelleren Schiffen Abstand und beschossen die Spanier mit ihren zwar kleinkalibrigeren, aber weiter reichenden Kanonen aus der Ferne. Der Herzog von Medina Sidonia, Oberbefehlshaber der Armada, musste das Unternehmen schließlich abbrechen und verlor beim Umfahren Englands auch noch Schiffe in Stürmen.

Die Engländer hatten also gewonnen, weil sie die Spanier auf Abstand halten konnten. Das war allerdings nicht exakt das, was der Plan für die Seeschlacht des Waldstammes gegen das Piratenheer vorgesehen hatte …

Die 23 Stämme des Elf-Stämme-Reichs

Bevor sich die verbliebenen Stämme durch die zehn Hochzeiten des Prinz Dorian zu einem Reich vereint hatten, hatte es, soweit bekannt, 23 Stämme gegeben. Verbunden waren die Stämme durch eine gemeinsame Sprache, dem Aran, weshalb die Mitglieder aller Stämme von Bürgern fremder Nationen meist Araner genannt wurden.

Die elf überlebenden Stämme, heutzutage auch Herzogtümer genannt, sind (von Westen nach Osten):

• **Waldstamm**

Hauptstadt: Stolzei

Wahlspruch: Ehre den Ahnen

Der Stamm liegt an der Westküste. Nur im Waldstamm ist die Tradition der spitzen Ohren noch lebendig. Anders als in den anderen Stämmen regiert hier ein Ältestenrat.

• **Regen-Stamm**

Hauptstadt: Fish

Wahlspruch: Leben spendende Schönheit, Tod bringender Schrecken (Anm.: Gemeint ist der Ozean, wenn auch eine sehr geringe Minderheit der Historiker den Spruch auf Chlodwiga Spuntbrt bezieht, zweite Gemahlin von Fürst Edelbreth II., die ihren Gatten im frühen 5. Jahrhundert mittels Gift mit seinen Ahnen vereint haben soll.)

Liegt an der Westküste, verfügt über große Seehäfen.

• **Stamm der Schildträger**

Hauptstadt: Kalavant

Wahlspruch: Und immer auf die Deckung achten.

Stamm in der Westhälfte des Reiches.

• **Sturmsee-Stamm**

Hauptstadt: Wingeduckt

Wahlspruch: Sieg oder bestmögliche Alternative

Stamm in der Westhälfte des Reiches.

• **Stamm der Kohleschürfer**

Hauptstadt: Deimant

Wahlspruch: Kommt ihr uns dumm, hau'n wir euch krumm.

Stamm im westlichen und mittleren Bereich des Reiches.

• **Mondstamm**

Hauptstadt: Aufdemmond

Wahlspruch: Die Zukunft kommt.

Kleinster Stamm, in der Westhälfte des Reichs innerhalb des Kohleschürfer-Gebietes gelegen. Auf dem Mondstamm-Gebiet liegen die Mondhöhlen. (Die Historiker vermuten, dass der kleine Stamm ursprünglich gar nicht eigenständig war, aber da in alten Tagen der Mondlichtseele große Bedeutung beigemessen wurde, hatten die Hüter des Mondes eines Tages die Unabhängigkeit erreicht.)

• **Stamm des Wizenwassers**

Hauptstadt: Garstbra

Wahlspruch: Wenn ihr es ehrt, das Land euch nährt.

Im Mittelteil des Reiches gelegen. Zusammenschluss des Wizen- und des Wasser-Stammes durch die Heirat von Freiwinde der Prächtigen mit Eromund dem Müden.

• **Stamm der Eisenmarschen**

Hauptstadt und gleichzeitig Reichshauptstadt: Dorianstadt

Wahlspruch ab etwa 1540: Hart und gerecht (vorher: Hart und gerecht und fruchtbar)

Im Mittelteil des Reiches gelegen. Stamm des Reichsgründers Dorian des Libidinösen.

• **Stamm der Attentäter**

Hauptstadt: Beta

Wahlspruch: Warum einen Krieg führen, wenn es auch ein Attentat tut. – Geheimer Wahlspruch: Geld stinkt nicht.

Im östlichen Teil des Reiches gelegen.

Der Stammesrat steht, wie wie bei fast allen Stämmen üblich, unter dem Vorsitz des Fürsten, der Rat wird aber ausschließlich aus dem Clan der Attentäter besetzt, nicht wie in anderen Stämmen aus verschiedener Clans und Gilden.

• **Rigberts Stamm** (vormals Harthand-Stamm)

Hauptstadt: Harthand (vormals Harthand-Stadt)

Wahlspruch seit 420: Sei hart zum Feind, doch erkenne den Freund (vorher: Sei hart zum Feind).

Im Osten des Reichs an der Süßmeer-Küste gelegen.

• **Namlostamm** (vormals Nebelstamm)

Hauptstadt: Stedig

Kein Wahlspruch

Im Osten des Reichs gelegen, im Süden vom Hohen Gebirge begrenzt.

Die verlorenen Stämme:
Da sich von den 23 ursprünglich bekannten Stämmen der Stamm des Wizens und der Stamm des Wassers schon vor der Reichsgründung durch eine Heirat zum Stamm des Wizenwassers zusammengeschlossen hatten, bleiben elf untergegangene, ausgestorbene oder verschollene Stämme:

• Der kleine Gebirgsstamm der Yetirti, dessen Name selbst unter Historikern kaum noch bekannt und zudem umstritten ist, hatte schon Anfang des 3. Jahrhunderts vier aufeinander folgende harte Winter nicht überstanden.
• Der Stamm der Fischesser und der Stamm der Kampfsänger wurden 418 von Halla der Schrecklichen, Herrscherin des Nebelstammes, vernichtet.
• In weitere Kriegen, teils verbunden mit Seuchen und Hungersnöten, verschwanden im Laufe der Jahrhunderte der Felsenstamm, der Sumpfstamm, der Stamm des Windes und der Ewige Stamm.
• Im Jahr 1093 (das dritte Jahr der großen Hungersnot) verschwand der Stamm der Katzenkrieger spurlos, die Ursache ist bis heute unbekannt.
• Der Stamm des Wundertätigen Kelches wurde von der Pest ausgelöscht.
• Der Stamm der Meeresspringer wurde in alle Winde zerstreut.
• Der Silberstamm wurde von Fürst Ludgar dem Glücklosen bei einem Würfelspiel an zwei benachbarte Fürstenhäuser verloren.

Die Währung des Elf-Stämme-Reichs

1 Goldochse = 2 Goldhand
1 Goldhand derzeit in der Grafschaft der Schildträger = 8 und 2/11 Silberhand
1 Silberhand = 23 Silberschleudern
1 Silberschleuder = 6 Elfernick oder 66 Kupfernick
1 Elfernick = 11 Kupfernick

Wie es weiter geht

Des Königs Verräter – Die Kriegerin
Teil III der Reihe

Wenn man zur Lösung eines großen Rätsels nur die Namen der Reichsgötter kennen muss, dann kann die Antwort auf alle Probleme eigentlich nicht sehr fern sein. – Ein klitzekleines Problem könnte natürlich darin bestehen, dass es seit Jahrhunderten verboten war, die Götter beim Namen zu nennen, weshalb diese nun gründlich vergessen sind … Peter Sagenwelt und seine Freunde müssen tief in Feindesland vordringen und nach den Spuren eines vor vielen Jahren hingerichteten Schwarzmagiers suchen, wenn sie auch nur die geringste Chance haben wollen, dass Peter wieder zwischen den Welten wechseln kann. Wenn es ihnen daneben auch noch gelingt, die Leiche eines kürzlich verstorbenen Gleichsten der Bruderschaft zu stehlen, dann könnte dies ebenfalls hilfreich sein ...

Hier eine kleine Leseprobe:

ssssSSSSSSSSSSSSSSSSSSS...

Das Eisen!
Das weiß glühende Eisen zischte in der feuchten Nachtluft.
Und das Geräusch kam näher.
Es kam näher.
… näher.
… noch n…
Xanckz erwachte schweißgebadet, einen Moment noch immer das Entsetzen in den Augen. Dann atmete sie tief durch und rieb sich einmal durchs Gesicht, um die letzten Reste des Alptraums abzuschütteln. Schon fast zwei Monate hatte sie ihn nicht mehr geträumt und gehofft, es wäre endgültig vorbei. Doch in dieser Nacht war der Zirkusdirektor wieder gekommen, um sie mit dem glühenden Eisen zu brennen. Oh, er holte sie nie ein, denn sie rannte und rannte. Aber er kam immer näher und näher und noch näher, während die Angst mit jedem entsetzten Blick über die Schulter stieg und stieg und noch weiter stieg…

Wann würde sie endlich ihr altes Leben vergessen? Das ließ sie an ihr neues Leben denken. Der besorgte Gesichtsausdruck wurde zu einem leichten Lächeln. Es würde wieder ein anstrengender Tag werden. Und sie freute sich darauf – womöglich ein wenig zu früh.

Der Vormittag verlief zwar nicht anders als erwartet. Auch als Xanckz und ihr Vater Ursus Guteerde am Mittag mit dem Ochsenwagen, auf dem sich das Holz stapelte, vom Wald zurück kamen und sich ihrer Heimstatt näherten, war es ruhig auf dem Hof, und zunächst schien alles wie immer. Doch dann sahen sie es beide: Neben dem Eingang zum Haus war ein fremdes Pferd angebunden. Der Braune gehörte auch keinem ihrer Nachbarn und niemandem aus dem Dorf, dafür hätte Xanckz ihre Hand ins Feuer gelegt. Nervös griff das Mädchen zum Bogen und legte einen Pfeil auf.

»Keine Angst«, sagte Ursus, »die Piraten haben nie Pferde dabei.«

Natürlich – wie konnte sie nur so dumm sein? Andererseits: Xanckz war nicht entgangen, dass Ursus schnell sein Schwert in der Scheide gelockert hatte. Schließlich: man konnte ja auch auf geraubten Pferden reiten, oder?

Doch da trat Rima aus dem Haus, und an ihrer Seite ein fremder Waldstamm-Krieger, der ihrem Vater zur Begrüßung die rechte Hand entgegen hob. Eine Hand, deren Haut mit Blau-Hennah gefärbt war – der Krieger war also ein offizieller Bote des Ältestenrates. Erleichtert ließ Xanckz den Bogen wieder sinken, während ihr Vater vom Kutschbock stieg und dem anderen Krieger, freundlich nickend, entgegen trat.

Der ließ seinerseits ein Begrüßungsnicken erkennen und erklärte: »Allzeit einen guten Weg, Ursus. Mein Name ist Han Waldfischer, ich bringe Nachricht vom Ältestenrat: Dein Stamm braucht dich. Vor den Toren Tulpacs entsteht ein Heerlager, dort wird dein Standort sein. Du wirst morgen losreiten. Wenn es deine Familie entbehren kann, belade ein Pferd mit Korn und nimm es mit. – Deinen Handrücken.«

Ursus streckte die rechte Hand aus, Han griff mit zwei Fingern in einen Lederbeutel, den er um den Hals hängen hatte, und rieb Ursus mit einer blauen, pudrigen Paste einen runden Fleck auf den Handrücken, während er weiter sprach: »In den Dörfern Große Ackerfurche, Altbaum und Voltinsfurt sowie in den Höfen, die zwischen den Dörfern liegen, wirst du der Bote sein. Jeder elfte wehrfähige Mann soll zurückbleiben. Diejenigen, die nicht mit in den Kampf dürfen, sollen regelmäßig auch in den Höfen nach dem Rechten sehen und gegebenenfalls bei der Arbeit helfen.«

»Nun«, wandte Ursus ein, »ich denke, das brauchen wir nicht extra zu erwähnen?«

»Du hast natürlich Recht, aber es ist mein Auftrag, das weiterzugeben, also müssen wir es sagen.«

»Natürlich«, nickte Ursus und stellte fest: »Es geht gegen die Piraten.«

»Natürlich«, entgegnete Han.

»Und es scheint, als würde der ganze Stamm mobil gemacht?«

Han antwortete nur mit einer unbestimmten Handbewegung.

»Verstehe. Brauchst du ein frisches Pferd?«

»Danke, aber ich habe vor zwei Stunden schon gewechselt. Bis zum nächsten Dorf hält das hier noch durch. Und deine Frau war schon so freundlich, mir Brot, Milch und Schinken zu geben.«

Damit band Han den Braunen wieder los und schwang sich in den Sattel, während er noch zu Ursus sagte: »Mögest du deine Scholle wieder sehen.«

»Mögen wir alle unsere Schollen wieder sehen.«

»Einige von uns werden allerdings ihre Ahnen wieder sehen.«

Nun bedankte er sich noch bei Rima und lächelte schließlich Xanckz zu, während er zu ihr sagte: »Halt immer schön die Pfeile spitz und die Sehne geölt, junge Kriegerin«, dann gab er dem Pferd die Sporen und galoppierte davon.

Xanckz sah ungläubig ihren Vater an, dann stammelte sie: »Du…, du musst in den Krieg?«

»Ja.«

»Aber… aber du hast deinen Kriegsdienst doch schon lange hinter dir?«

»Jeder im Waldsstamm ist Krieger. Und wenn es die Zeiten verlangen, muss man das Ackergerät eben nochmals beiseite legen.«

Da sprang Xanckz, ihren Bogen achtlos beiseite werfend, ebenfalls vom Kutschbock, umklammerte ihren Vater und rief: »Geh nicht! Sag ihnen, du bist der einzige Mann auf dem Hof, du musst hier bleiben!«

Sanft strich Ursus dem zitternden Mädchen über den Kopf und erklärte ruhig: »Schau, du weißt, dass das nicht geht. Mir wäre es auch lieber, wir würden in friedlicheren Zeiten leben. Aber wenn der Stamm ruft, dann muss ich kommen. Und ich muss es nicht nur, ich will es auch. Würdest du denn wirklich wollen, dass ich die anderen für uns kämpfen lasse, während ich zu Hause bleibe?«

»Nein… ja… nein. Nein. Wenn ich das wirklich verlangen würde, dann… das wäre nicht gut, oder? Dann würde ich verlangen, dass du unseren Stamm verrätst? Und damit auch unsere Familie und… und dich selbst?«

»Ja, so wäre es wohl. Aber das wirst du nicht tun.«

»Nein. Das werde ich nicht. Aber ich habe solche Angst, dass du nicht wieder kommst. Ich… ich habe schon mal einen Vater verloren.«

»Xanckz, ich weiß, dass das schwer für dich ist. Und ich verspreche dir und deiner Mutter, dass ich vorsichtig sein werde. Und ich bin sehr stolz, dass ich jetzt dein Vater sein darf. Außerdem bin ich gerade jetzt besonders froh darüber.«

»Wa… warum gerade jetzt?«

»Na überleg mal. Dein großer Bruder ist auch im Kriegsdienst, und wenn ich dann weg bin, dann muss doch jemand Sama, Nunula und Ulama beschützen, oder? Schon deshalb danke ich allen Ahnen, dass dich dein Weg zu uns geführt hat, denn das wird nun deine Verantwortung sein.«

Xanckz sah ihren Vater aus großen Augen an, dann sagte sie voller Angst und Stolz: »Wenn es sein muss, dann werde ich sie mit meinem Leben schützen.« Und Ursus wusste, dass dies kein kindliches, leichtfertiges Versprechen war. …

♦ »Des Königs Verräter – Die Kriegerin«, der dritte Teil aus der Reihe »Des Königs Verräter«, erscheint voraussichtlich im Juli 2018 im Armbrustverlag.

Wie es begann

Des Königs Verräter – Die Entführung

Teil I der Reihe

Kein guter Start in den Sonntag, wenn man kurz nach seinem 13. Geburtstag in eine fremde Welt entführt wird, in der einen der mächtigste Mann des Reiches, eine finstere Bruderschaft und der ein oder andere Mörder ans Leder wollen.

Wenn man dann auch noch mit Hilfe eines Halbzauberers und einer zickigen Prinzessin ein Orakel zu einer falschen Prophezeiung verleiten soll, nur damit man gegen ein hoffnungslos überlegenes Piratenheer kämpfen darf, macht das die Sache

nicht eben lustiger … Doch wenn Peter jemals wieder nach Hause zurückkehren will, dann muss es ihm mit Hilfe seiner neu gewonnenen Freunde gelingen, eine Verschwörung gegen das Königshaus zu vereiteln – und dabei auch noch zu überleben.

Unterdessen muss sich Prinz Rétep, Schuhputzer und auf Rang 57.862 der Thronfolge im Elf-Stämme-Reich, in unserer Welt zurechtfinden, ohne sich überfahren, von Peters Schwester enttarnen oder von einem Attentäter ermorden zu lassen. – Eigentlich muss er sich nur vor einer Sache nicht fürchten: dass die vor ihm liegenden Jahre langweilig werden könnten.

Der Autor

Marco R.J.L. Reuther wurde 1963 in Saarbrücken geboren und hat dort auch diverse Schulen getestet. In Trier studierte er Politik, Kunstgeschichte, Ethnologie und die eine oder andere Kneipe. Heute ist er Lokalredakteur der Saarbrücker Zeitung. Mit Frau und Tochter sowie den Katern Lupin und Winston lebt er in einer saarländischen Kleinstadt.

Im Internet:
www.marco-reuther.de oder **www.der-lemmes.de**

Weitere Romane von Marco Reuther:

♦ **»Halana und der Turm des Schwarzen Herzogs« / »Halana und der Bruder des Schlafenden Gottes«**, ein Fantasy-Zweiteiler mit ungewöhnlichen Helden, überraschenden Wendungen, dunklen Geheimnissen und natürlich mit einem großen Abenteuer.

Wie fängt man einen Zauberer? Ein nicht ganz alltägliches Problem, das die junge Kriegerin Halana lösen muss – wenn auch keineswegs freiwillig. Doch das Geheimnis ihrer Herkunft fordert seinen Tribut.

Halanas Feinde sind der mächtige Herzog Cosa, die blutrünstige Bruderschaft der elf Gebote – und Verrat. Ihre Verbündeten sind ein schüchterner Zauberer auf der Suche nach dem Bruder des Schlafenden Gottes, ein einbeiniger Koch, eine Hebamme, ein paar Gaukler und ein falscher Hofnarr. Eine ideale Truppe also, um zwei Nationen und ein Kind zu retten – und um dorthin zu gelangen, wo niemand sein will: in den Turm des Schwarzen Herzogs.

♦ Für Leser von 9 bis 99:

»Klara Plotzky und der Elfenvampir« (Armbrustverlag)

Verwegen und furchtlos geht die zwölfjährige Klara dem gefährlichen Rätsel von Schloss Tunkelhagen auf den Grund und legt sich sogar mit Vampirelfen an! Und wenn es sein muss, erträgt sie sogar Elfenvampire.

Dass Klara in ihrem Kampf auch ein paar sehr seltsame magische Fähigkeiten verpasst bekommt, die mitunter nach hinten losgehen, macht es ihr und ihren Freunden nicht eben leichter, sich mit merkwürdigen Wesen aus einer fremden Welt herumzuschlagen und ein Elfenreich zu retten.

Und das alles nur wegen einer Strafarbeit …

»Der Lemmes – Das Saarland hat ein Geheimnis« (Ulrich Burger Verlag, UBV): Der erste Saarland-Fantasyroman der Welt löst – auch mit Hilfe Johann Wolfgang von Goethes – ein gefährliches Rätsel, dessen lose Enden tief in die Vergangenheit der Saar-Region führen.

Impressum

Des Königs Verräter – Die Entführung
  (auch als E-Book erhältlich)
Alle Rechte vorbehalten
© 2017 Armbrustverlag, Püttlingen
www.armbrustbverlag.de
Herstellung: BoD – Books on Demand, Norderstedt
Covergestaltung: Armbrustverlag
Fotos:
- Alte Uhr: mitifoto (Fotolia)
- Silhouette Krieger: Kristaps Eberlins (Fotoagentur 123RF)
- Silhouette fallender Junge: hibrida (Fotoagentur 123RF)
- Silhouette Langboot: Vyacheslav Biryukov (Fotoagentur 123RF)
- Original-Illustration Armbrust (im Logo):
  Mikhail Avdeev (Bildagentur 123RF)
Satz: Armbrustverlag
Schrift: Times New Roman

Bibliografische Informationen der Deutschen Nationalbibliothek:
Die Deutsche Nationalbibliothek verzeichnet diese Publikation in der
Deutschen Nationalbibliografie, detaillierte bibliografische Daten sind
im Internet über http//:dnb.dnb.de abrufbar.

ISBN: 978-3-946966-14-2